Yaşar Kemal
Memed mein Falke

Yaşar Kemal

Memed mein Falke

Aus dem Türkischen von
Horst Wilfried Brands

Büchergilde Gutenberg

Die türkische Originalausgabe erschien 1955
unter dem Titel *Ince Memed.*
Helga Dağyeli-Bohne und Yildirim Dağyeli
haben die Übersetzung nach der letzten
türkischen Ausgabe bearbeitet.

Lizenzausgabe für die Büchergilde Gutenberg
Frankfurt am Main und Wien
mit freundlicher Genehmigung des Unionsverlags Zürich

Umschlaggestaltung Susanne Will, Stuttgart
Druck und Bindung Ebner Ulm
ISBN 3 7632 4711 4

1

Die Hänge des Taurusgebirges steigen von der weiß schäumenden Mittelmeerküste ganz allmählich bis zu den Höhen der Taurusgipfel an. Über dem Mittelmeer kann man immer weiße Wolken sehen, die, aufeinandergetürmt, dahintreiben. Das Küstenland ist so glatt und ebenmäßig, daß man glauben könnte, es sei mit einer Glanzschicht überzogen. Sein Lehmboden läßt einen an Fleisch denken. Auf Stunden ins Landesinnere hinein riecht es hier nach Meer, nach der Schärfe des Salzes. Hinter den flachen Äckern mit ihrem von Furchen durchzogenen Lehm beginnt das Röhricht der Çukurova, bedeckt mit unentwirrbar ineinander verfilztem Gestrüpp, mit Brombeeren, Wildreben und Schilf – eine dunkelgrüne Hölle, ohne Anfang und Ende, dunkler und wilder noch als Urwald.

Ein Stück weiter landeinwärts, zur Rechten Anavarza, zur Linken Osmaniye, auf dem Weg nach Islahije, kommt man in eine weite Sumpflandschaft. Hier brodelt es im Sommer ringsumher, wenn die Sümpfe kochen und der widerwärtige Geruch von verfaultem Schilf, Kraut und Holz, der Fäulnisgestank des Bodens jedermann fernhält. Das klare Wasser, das im Sommer von den Sumpfpflanzen und vom Schilf verborgen wird, glänzt und glitzert im Winter wie ein Spiegel. Jenseits der Sumpfgebiete gelangt man wieder auf bebautes Land, auf fetten, warmen Boden. Ein Land, das vor Fruchtbarkeit glänzt, das für seine Saat vierzig- bis fünfzigfachen Ertrag zurückgibt. Aber wenn man die sanften, myrtenduftenden Hügel hinter sich zurückgelassen hat, schrickt man jäh vor den Felsen zusammen, die sich plötzlich vor einem auftürmen. Mit den Felsen beginnt das Reich der Kiefern, deren Harz in kristallenen Tropfen an den Stämmen entlang zur Erde sickert. Die Ebenen, die sich hinter den Kiefern erstrecken, haben kargen Boden, der nichts trägt ... Von hier aus sind die Taurushöhen mit ihren Schneegipfeln zum Greifen nahe.

Eine der Hochebenen ist mit Disteln übersät – Dikenlidüzü. Dort gibt es fünf Dörfer. Aber niemand dort besitzt auch nur einen Fußbreit Land. Alles Land gehört Abdi Aga. Die Dikenlidüzü ist eine Welt für sich mit ihren eigenen Gesetzen und Bräuchen, ganz abseits von der übrigen Welt. Die Menschen hier kennen außer ihren eigenen Dörfern so gut wie nichts von dieser Erde. Kaum einer von ihnen hat jemals die Außenwelt gesehen. So weiß auch niemand von der Dikenlidüzü, von ihren Dörfern, von ihren Menschen und deren Leben. Sogar der Steuereinnehmer läßt sich nur alle zwei, drei Jahre einmal blicken. Und der hat mit den Dörflern nichts im Sinn, denn bei denen gibt es nichts zu holen. Er geht zu Abdi Aga. Damit ist seine Pflicht erfüllt.

Das größte unter den Dörfern der Dikenlidüzü ist Değirmenoluk. Hier lebt Abdi Aga, der Grundherr. Das Dorf liegt im Osten der Ebene, am Fuße der purpurnen Felsen, die manchmal milchig-weiß, dann grünlich-silbern in einem bunten Farbenspiel schimmern.

An den Felsen steht seit eh und je eine uralte Platane mit verkrümmten, bis auf den Boden hinabreichenden Zweigen. Wenn man sich dem majestätischen Baum auf hundert, auf fünfzig Meter nähert, so rührt sich weit und breit nichts. Es herrscht eine Stille, so tief, daß einen die Furcht überschauert. Wer auf fünfundzwanzig Meter, ja sogar auf zehn Meter nahe kommt, wird dasselbe empfinden. Aber tretet nur einmal dicht an den Baum heran! Ihr werdet unter einem ohrenbetäubenden Krachen zusammenschrecken! Von Schritt zu Schritt ebbt das Getöse dann wieder ab.

Das Rauschen kommt von der Quelle des kleinen Gewässers. Eigentlich liegt die Quelle gar nicht hier, aber die Leute in dieser Gegend sagen so, und dabei ist es geblieben. Das schaumversprühende Wasser brodelt am Fuß der Felsen an die Oberfläche. Wirft man ein Stück Holz in dieses Wasser, so sieht man es nach ein, zwei Tagen, ja oft nach einer Woche noch auf dem Wasser tanzen. Es geht nicht unter. Einige behaupten sogar, auch ein hineingeworfener Stein halte sich

obenauf. Der Bach kommt in Wirklichkeit von weit her, vom Akçadağ-Berg nämlich, von wo er den Duft des Majorans und des Thymians mit sich trägt, bis er sich hier unter dem Felsen verliert, um mit wütendem Kochen und Schäumen wieder ans Tageslicht zu treten.
Von hier bis zum Akçadağ türmt sich eine so steile Felslandschaft auf, daß man im ganzen Taurus kein Stückchen Land findet, das Platz für mehr als ein einziges Haus hätte. Gewaltige Kiefern und Buchen recken sich von den Felsen in den Himmel, und nur ganz selten trifft man in dieser steinernen Welt auf ein größeres Lebewesen – vielleicht einmal auf einen einsamen Hirsch, der des Abends, das Geweih auf den Rükken gelegt, auf einem Felsvorsprung mit ausgestreckten Läufen in die endlose Weite starrt.

2

Das mit Disteln bewachsene Land geht in den elendesten, unfruchtbarsten Boden über, den man sich vorstellen kann, eine Erde von quarkartigem Weiß. Wo Gräser, Bäume, sogar die Bocksfeige aufgehört haben zu wachsen, da breiten sich die Graudisteln üppig aus, da wuchern und gedeihen sie. Auf guter Erde findet man diese Disteln nie. Guter Boden wird immer bebaut, gepflegt. Solchen Boden liebt die Distel nicht. Auf Boden mittlerer Güte ist sie aber zu finden, dort muß man sie erst ausreißen, bevor gesät werden kann. So ist es überall auf den Ebenen bis hinauf zu den Gipfeln der Tauruskette.
Die Graudistel wird etwa einen Meter hoch. Sie hat Zweige, die mit stacheligen Blüten besetzt sind, Blüten in der Form von fünfzackigen, von harten Stachelspitzen eingefaßten Sternen. Jede Distel bringt Hunderte von ihnen hervor.
Wo sie wächst, da steht sie so dicht, daß selbst eine Schlange

nicht zwischen zwei Stauden hindurchkriechen kann. Und ließe man eine Nadel über dem Blätterdickicht fallen, so würde sie gewiß nicht bis zum Boden gelangen.
Im Frühling zeigen die Disteln ein mattes Blaßgrün. Schon bei leisem Wind legen sie sich fast bis auf die Erde. Im Hochsommer beginnen blaue Adern zwischen dem Grün zu erscheinen, dann gehen nach und nach die Zweige und der Schaft in ein helles, aber immer kräftiger werdendes, prachtvolles Blau über. Schließlich sind ganze Felder, endlose Ebenen eine einzige blaue Fläche, die bei Sonnenuntergang im Winde wogt und rauscht. Wie das Meer den rötlichen Schimmer der sinkenden Sonne widerspiegelt, so liegt auch über dem Distelmeer der gleiche rötliche Schein.
Wenn es Herbst wird, beginnen die Disteln zu vertrocknen. Ihr Blau verwandelt sich in Weiß, und ein krachendes Geräusch ist zu vernehmen. Kleine weiße Schnecken kleben zu Tausenden an den Schäften, die über und über mit milchigen Perlen bedeckt scheinen. Das Dorf Değirmenoluk liegt mitten im Distelland. Es gibt keine Äcker, keine Weinberge, keine Gemüsegärten. Nur eine Wildnis voller Graudisteln.

Mitten durch das Distelgestrüpp lief der Knabe. Er war völlig außer Atem. Schon eine Ewigkeit war er so gelaufen, ohne anzuhalten. Plötzlich blieb er stehen, betrachtete seine von den Stacheln blutig gerissenen Beine. Er war am Ende seiner Kräfte. Er hatte Furcht. Hatte er es geschafft, würde er es schaffen? Ängstlich sah er sich um, weit und breit war niemand zu sehen. Er schöpfte wieder neuen Mut, schlug sich nach rechts, lief weiter, bis er so erschöpft war, daß er sich mitten zwischen die Disteln fallen ließ. Da sah er neben sich einen Ameisenhaufen. Es waren sehr große Ameisen. Für einen Augenblick vergaß er alles und vertiefte sich in den Anblick der am Eingang zu ihrem Bau wimmelnden Insekten. Dann kam er blitzschnell wieder zu sich, sprang auf, hielt sich wieder rechts, bis er bald danach den Bereich der Disteln hinter sich hatte. Am Rande des Feldes sank er in die Knie.

Als er merkte, daß sein Kopf über die Disteln hinausragte, ließ er sich auf dem Boden nieder. Über seine Beine rieselte das Blut. Auf die blutenden Stellen strich er Erde. Die Wunden brannten wie Feuer.
Es war nur noch ein ganz kleines Stück bis zu dem Felsen. Mit seinen letzten Kräften lief er darauf zu. Bald war er bei der Platane, die unter dem höchsten Felsen steht. Der Boden um den Fuß des Baumes war brunnenähnlich vertieft, ausgefüllt mit goldgelben, rotgeäderten Blättern, die sich noch am Stamm der Platane hochtürmten. Er warf sich auf das raschelnde Blätterpolster. Das Geräusch ließ einen Vogel von der äußersten Spitze eines der kahlen Äste auffliegen. Der Knabe, zu Tod erschöpft wie er war, fand noch die Kraft, zu überlegen. Nichts wäre köstlicher, als hier die Nacht zu verbringen, nicht mehr keuchend zu laufen, zu fliehen ... Hier war es so weich, daß man nicht wieder aufstehen konnte. Dann sagte er sich, daß ihn Wölfe und andere wilde Tiere hier in Stücke reißen würden. Ein paar von den letzten Blättern des Baumes fielen zu den anderen. Er sah ihnen zu.
Er sprach laut zu sich selbst, als ob noch ein anderer da sei: »Ich gehe hin. Ich muß das Dorf finden. Keiner weiß, daß ich nach dort unterwegs bin. Ja, ich gehe. Nie mehr kehre ich um, nie mehr gehe ich zurück. Vieh will ich hüten. Pflügen will ich. Ja, Vieh hüten und pflügen. Mutter soll mich nur suchen. Solange sie will. Der Ziegenbart soll mich nie wieder sehen, nie wieder. Aber wenn ich das Dorf nicht finde? Dann muß ich hier draußen umkommen. Dann sterbe ich eben. Das ist immer noch besser ...«
Eine golden-warme Herbstsonne lag auf den Felsen, auf der Platane und auf dem Blätterhaufen. Einige Herbstblumen wagten sich aus dem im Sonnenglanz verjüngten Boden hervor. Bitter duftete der feuchtglänzende Affodill. Man riecht ihn zur Herbstzeit überall in den Bergen.
Eine oder zwei Stunden – wie konnte er es genau wissen? – blieb er dort. Die Sonne war schon hinter den Bergkämmen verschwunden, er hatte es nicht bemerkt. Erst jetzt besann er

sich mit einem Mal darauf, daß man hinter ihm her war. Eiskalt überfiel ihn die Furcht. Wohin jetzt? Er wußte es nicht. Ein schmaler Ziegenpfad führte zwischen den Felsen hindurch. Ihm folgte er, atemlos laufend, ohne auf Felskanten und Geröll zu achten. Seine Müdigkeit war verflogen. Er blieb stehen, schaute sich einen Augenblick um, hastete weiter, über seine eigenen Füße stolpernd. Sein Auge traf eine winzige Eidechse auf einem verrotteten Baumstumpf. Das Tierchen huschte unter den Baum, als er näher kam.
Plötzlich begann er zu taumeln, blieb stehen. Es wurde ihm schwarz vor den Augen. Alles drehte sich um ihn. Mit zitternden Händen und Füßen stand er schwankend, blickte hinter sich und lief weiter. Ein Schwarm Rebhühner flog vor ihm auf, Herzschläge voll Angst für ihn, beim geringsten Geräusch schreckte er zusammen. Bis in den Hals fühlte er sein Herz klopfen. Entmutigt und schweißgebadet schaute er wieder zurück. Seine Knie gaben nach, und er mußte sich zu Boden fallen lassen. Er befand sich auf einem steinigen, kleinen Abhang. In den scharfen Geruch seines Schweißes mischte sich Blütenduft. Nur mühsam konnte er die Augen öffnen. Er hob zögernd den schwer gewordenen Kopf, blickte ängstlich nach unten. Dort sah er verschwommene Umrisse. Aber war das nicht ein Lehmdach? Freudiger Schreck ließ sein Herz so hoch schlagen, als trage er es auf der Zunge. Wirklich, ein Haus! Jetzt konnte er Rauch aus dem Schornstein aufsteigen sehen. Keinen schwarzen, sondern leicht purpurfarbenen Rauch, der sich spiralig verteilte.
Hinter sich hörte er ein Geräusch wie von Schritten. Er fuhr herum. Links von ihm stürzte der Wald wie eine nachtschwarze Mauer vom Himmel auf die Erde. Die dunkle Masse kam näher, wie die schnell wandernde Front eines furchtbaren Wolkenbruchs ... Wieder fing der Knabe zu sprechen an, diesmal laut, mit der Kraft der Verzweiflung, während er, um dem unheimlichen Dunkel zu entkommen, in entgegengesetzter Richtung ausschritt: »Ja, ich gehe hin und sage ihnen ... ich gehe und sage ... Ich wollte euch sagen ... ich bin zu

euch gekommen, um euer Vieh zu hüten. Pflügen kann ich auch ... auch Korn schneiden. Ich heiße Mistik, Mistik der Schwarze ... Nein, eine Mutter habe ich nicht, Vater auch keinen ... Abdi Aga schon gar keinen. Ich will mich um eure Schafherde kümmern, euer Feld pflügen. Ich will euer Kind sein, ja ... Nein, ich bin nicht Ince Memed, Kara Mistik nennen sie mich. Soll meine Mutter nur weinen. Soll mich Abdi Aga der Gottlose nur suchen. Ich werde zu ihnen gehören als ihr Kind ...«

Dann brach er in lautes, jammervolles Weinen aus. Die schwarze Waldwand war immer noch nicht weg. Aber das Heulen aus vollem Halse machte ihn ruhiger. Als er den Hang hinabstieg, hatte er sich ausgeweint. Er wischte sich die Nase am Rockärmel trocken.

Als er im Hof des kleinen Hauses stand, hatte sich die Dunkelheit weiter ausgebreitet. Aber man konnte noch die Umrisse anderer Häuser erkennen. Er blieb einen Augenblick stehen, dachte nach. Ob dies das Dorf war? Vor der Haustür machte sich ein Mann mit langem, schwingendem Bart mit einem Packsattel zu schaffen. Von seiner Arbeit hochsehend, bemerkte er den aufrechten Schatten im Hof. Das dunkle Etwas machte zwei Schritte auf ihn zu, dann regte es sich nicht mehr. Der Mann störte sich nicht weiter daran und fuhr in seiner Arbeit fort, bis es ganz dunkel geworden war. Als er sich dann wieder umwandte, sah er, daß der aufrechte Schatten noch immer an der gleichen Stelle stand.

»He, du!« rief er. »Was hast du hier zu suchen?«

Aus dem Dunkel antwortete es: »Ach, ich ... Ich will Hirte bei dir werden, Onkel. Ich erledige dir alle Arbeit.«

Der Bärtige ergriff die Schattengestalt und zog sie näher heran. »Komm du erst mal hier rein, dann kann man reden.«

Er trat mit dem vor Kälte zitternden Knaben ein. Ein scharfer Nordwind war inzwischen aufgekommen.

»Wirf mehr Holz aufs Feuer, Frau«, sagte der Bärtige. »Das Kind hier zittert am ganzen Leibe.«

»Ja, wer ist denn das?« fragte die Frau verblüfft.

»Allahs Gast«, gab der Alte zurück.
»So einen Gast habe ich mein Lebtag noch nicht zu Gesicht bekommen«, sagte die Frau lächelnd.
»Na, dann sieh ihn dir nur an«, erwiderte der Alte.
Sie ging und kehrte mit einem Armvoll Holz zurück. Nach und nach wurde das Herdfeuer lebendig.
Das Kind kauerte, ganz in sich zusammengekrochen, neben der Feuerstelle an der Wand. Glatte, von der Sonnenglut obenhin rötlich gesengte schwarze Haare fielen ihm tief in die Stirn über dem spitzen, ausgetrockneten, klein wirkenden Gesicht. Es hatte große, kaffeebraune Augen. Sein Körper war sonnenverbrannt. Man mochte sein Alter auf elf Jahre schätzen. Von den Pluderhosen war bis zur Kniehöhe nichts mehr übrig, der Stoff war im Distelgestrüpp geblieben, und seine Beine und Füße waren nackt. Die Beine waren blutverkrustet. Es zitterte immer noch, obwohl das Feuer jetzt angenehme Wärme verbreitete.
»Du bist sicher hungrig, armes Kind«, sagte die Frau. »Wart, ich gebe dir gleich eine Suppe, iß sie.«
»Ja«, erwiderte der Knabe.
»Sie wärmt dich«, sagte die Frau.
»Dann werde ich nicht mehr so zittern«, sagte der Knabe.
Sie füllte aus einem großen kupfernen Topf, der auf der Feuerstelle stand, eine verzinnte, kupferne Schale mit dicker Suppe, während die Augen des Kindes auf die dampfende Speise starrten. Sie stellte die Suppenschüssel vor ihn hin, drückte ihm einen Holzlöffel in die Hand: »So, nun iß schnell!«
»Ja«, antwortete er.
Der Mann meinte: »Aber nicht zu schnell, sonst verbrennst du dir den Mund.«
»Nein, nein«, gab er zurück. Er lächelte.
Auch der Alte lächelte. Die Frau war wohl ein wenig erstaunt darüber, denn ihr Mann sagte erklärend: »Seit er sich über die Suppe hergemacht hat, zittert unser kleiner Löwe nicht mehr.«
»Ja, es hat ganz aufgehört«, bestätigte der Knabe. Nun lächelte auch die Frau.

Die Feuerstelle war frisch mit Lehm verputzt. Aus Lehm war auch das Dach des Hauses, mit einer Reisigschicht an der Decke. Der Fußboden glänzte schwarz vom Ruß vieler Jahre. Das Haus bestand aus zwei Teilen, Wohnraum und Stall. Durch die Verbindungstür drang eine feucht-warme Luft herein, in der sich die Gerüche von frischem Rinderdung, Stroh und frischem Grün mischten. Jetzt traten der Sohn, die Schwiegertochter und die Tochter der alten Leute vom Stall in den Wohnraum. Der Knabe starrte sie entgeistert an.
Der Alte wandte sich zu seinem Sohn: »Nun sag mal erst unserem Gast den Willkommensgruß.«
Der Junge sagte mit ernster Miene: »Willkommen, Bruder. Was gibt's Neues?«
»Danke«, erwiderte er ebenso ernst. »Nichts Besonderes.«
Auch die Tochter und die Schwiegertochter sprachen ihren Willkommensgruß.
Das große Holzscheit auf dem Herd ging in helle Flammen auf.
Der Knabe saß wieder zusammengekauert da. Die Flammen warfen gespenstische Schatten. Der Alte, mit dem Blick auf dieses Geisterspiel, mochte sich denken, was in dem Kopf des Kindes vorging. Schweigend und ohne sich zu rühren, starrte er lange Zeit auf die Schattenbewegungen, die mit den verbrennenden Holzscheiten ihre Richtung veränderten. Als er endlich den Blick wandte, spielte ein Lächeln über seine hageren, von dem weißen Bart viereckig umrahmten Züge. Seine Stirn war von der Sonne kupferfarben, und der Schein der Flammen ließ auch sein ganzes Gesicht und den Hals kupfern glänzen.
Dann richtete sich der Alte mit einem Mal auf. »Sag mal, Gast, wie heißt du eigentlich? Das hast du noch nicht verraten ...«
»Sie nennen mich Ince Memed«, antwortete der Knabe.
Als es nun doch heraus war, biß er sich ärgerlich auf die Lippen, ließ den Kopf sinken, als schäme er sich. Wie oft hatte er sich unterwegs seinen Spruch aufgesagt: »Sie nennen mich

Mistik den Schwarzen.« Dann muß es eben auch so gehen, sagte er sich; warum eigentlich »Mistik«, wenn ich selbst einen Namen habe? Wer wird mich hier schon sehen …

Der Alte wandte sich zu der Schwiegertochter: »Bring jetzt das Essen. Beeil dich!«

Das Tischtuch wurde auf dem Boden ausgebreitet, und die Familie mit Ince Memed setzte sich im Kreise darum herum. Während des Essens sprach keiner ein Wort. Darauf wurde noch eine Traglast Holz auf das Feuer geworfen. Der Alte legte selbst ein großes Scheit genau in die Mitte des Feuers. Es wurde von den benachbarten Flammen ergriffen. Immer wieder war es so, und es machte dem Alten immer wieder Vergnügen, wenn die Flammen sein Stück Holz umzüngelten, packten und fraßen.

Seine Frau trat zu ihm, näherte sich seinem Ohr und flüsterte: »Süleyman, wo soll ich dem Kind sein Lager richten?«

Süleyman antwortete mit seinem stets gleichbleibenden Lächeln: »Soll er vielleicht in der Krippe vom großen Gaul schlafen? Wer weiß, wie weit unser Gast gewandert ist, um gerade zu Süleyman zu kommen! Ich will, daß er gut schläft bei uns.«

Er wandte sich zu Memed, der inzwischen von der Wärme schläfrig geworden zu sein schien: »Hör mal, mein Gast, willst du schlafen?«

Memed schüttelte sich: »Nein, nein! Ich bin ganz wach.«

Der Alte schaute ihm forschend ins Gesicht. »Hör mal, Ince Memed, bis jetzt hast du noch nichts davon gesagt, wo du herkommst. Und wo willst du eigentlich hin?«

Ince Memed rieb sich die vom Rauch gebeizten Augen. »Von Değirmenoluk komm ich, und ich gehe in das Dorf.«

Süleyman wurde langsam neugierig: »Na, Değirmenoluk kenne ich ja, aber welches andere Dorf meinst du?«

»Na, Dursuns Dorf.«

»Von welchem Dursun?« fragte Süleyman hartnäckig weiter.

»Na, bei Abdi Aga arbeitet er.« Dabei starrte er ins Leere.

»Ha?« machte der Alte.

»So heißt unser Aga. Dursun ist sein Knecht. Er pflügt für Abdi Aga. Das ist Dursun.« Seine Augen glänzten plötzlich. Dann fügte er hinzu: »Neulich hat er einen jungen Falken gefangen. Diesen Dursun meine ich. Weißt du jetzt, welchen ich meine, Onkel?«
»Ja, ja, ich weiß schon; und was weiter?«
»In sein Dorf gehe ich eben. Dursun hat mir gesagt: Bei uns im Dorf schlagen sie die Kinder nicht. Sie treiben sie nicht zum Pflügen. Auf unseren Feldern wachsen keine Graudisteln. So sagte er, und da gehe ich jetzt hin.«
»Na, und wie heißt das Dorf? Hat dir Dursun das nicht auch gesagt?«
Memed schwieg, dachte nach, den Daumen im Mund. Dann sagte er leise: »Nein. Den Namen hat er mir nicht gesagt.«
»Seltsam«, meinte Süleyman.
»Ja, seltsam«, wiederholte Memed. »Wir haben zusammen gepflügt, Dursun und ich. Da haben wir uns manchmal zum Ausruhen auf einen großen Stein gesetzt. ›Unser Dorf müßtest du mal sehen‹, sagte er dann, ›seine goldene Erde, das Meer und die Tannen. Dort fährt man einfach auf die See hinaus und kann dann überallhin kommen.‹ Dursun ist von dort durchgebrannt. Das darf ich aber keinem erzählen. Nicht einmal meiner Mutter hab ich es gesagt.«
Dicht an Süleymans Ohr setzte er hinzu: »Und du sagst es auch keinem, Onkel?«
»Hab keine Angst«, begütigte Süleyman. »Ich verrate schon nichts.«
Die Schwiegertochter stand auf und ging hinaus. Kurz darauf kehrte sie zurück, mit einem gefüllten Sack auf der Schulter, den sie zur Erde fallen ließ. Ein Haufen Baumwollkapseln quoll heraus. Sie waren schon gereinigt, schneeweiß, lauter runde weiße Wölkchen. Im Nu hatte sich ihr scharfer Geruch im Raum verbreitet.
»So, jetzt wollen wir Baumwolle zupfen. Nun zeig mal, was du kannst, Ince Memed«, sagte Süleyman munter.
Ince Memed, der sich schon eine Armlast von den Flocken

vorgenommen hatte, gab ebenso munter zurück: »Baumwolle zupfen! Als ob das auch eine Arbeit wäre!«
Sofort begannen seine geschickten Hände zu arbeiten wie eine Maschine.
»Sag mal, Ince Memed«, fragte der Sohn, »wie willst du das Dorf eigentlich finden?«
Ince Memed war es anzumerken, daß ihm diese Frage zu schaffen machte. Mit einem kleinen Seufzer antwortete er: »Ich werde es eben suchen. Es liegt am Meer. Ich finde es schon.«
»Hör mal, Ince Memed, von hier bis zum Meer sind es nicht weniger als fünfzehn Tage Weg.«
»Ich suche es eben. Zurück nach Değirmenoluk gehe ich nicht. Lieber will ich sterben! Ich kann nicht mehr zurück. Und ich gehe auch nicht zurück.«
»Nun sag mal, Ince Memed«, nahm Süleyman das Wort, »mit dir ist doch irgend etwas los, Junge. Jetzt einmal heraus mit der Sprache! Warum streichst du so auf den Straßen umher?«
»Laß nur, Onkel Süleyman. Ich will dir ja alles erzählen. Mein Vater ist tot, und ich bin mit Mutter allein. Wir haben sonst niemanden. Und ich pflüge Abdi Agas Land.«
Als er soweit gekommen war, füllten sich seine Augen mit Tränen. Die Kehle war ihm wie zugeschnürt. Er nahm sich zusammen, aber man sah, im nächsten Augenblick würde er die Beherrschung verlieren und in ein verzweifeltes Weinen ausbrechen.
»Seit zwei Jahren ackere ich dieses Land, und die Graudisteln machen mich kaputt. Sie fressen mich ganz auf. Es ist, als ob einem wilde Hunde die Beine zerbeißen. Auf so einem Feld muß ich pflügen, und dabei prügelt mich der Aga noch jeden Tag halb tot. Erst gestern morgen wieder ... Ich habe geglaubt, ich ginge in Stücke. Aber dann bin ich durchgegangen. Und jetzt gehe ich in das Dorf. Dort kann mich der Abdi Aga nicht finden. Dort will ich für irgendeinen pflügen und sein Vieh hüten. Sein Sohn will ich sein, wenn ich darf.«
Bei den letzten Worten sah er Süleyman gerade ins Gesicht.

Seine Beherrschung war sichtlich am Ende, noch ein paar Worte, und der Sturm der Verzweiflung würde losbrechen. Süleyman hatte das wohl bemerkt, so vermied er es, weiter von Abdi Aga zu sprechen. »Nun paß mal auf, Ince Memed, ich will dir was sagen. Du bleibst einfach hier bei mir.«

Das Gesicht des Knaben leuchtete auf. Eine Welle von Glück überströmte ihn.

Der Sohn fügte hinzu: »Das Meer ist auch zu weit für dich, Ince Memed, und das Dorf ist nicht leicht zu finden.«

Die Arbeit an der Baumwolle war getan. Auf dem Boden wimmelte es von den winzigen schwarzen Baumwollkäfern, die beim Zupfen aus den Kapseln fallen. Neben der Feuerstelle breiteten sie eine kleine Lagerstatt aus. Memed sah schlaftrunken auf die Vorbereitungen. Süleyman hatte längst gemerkt, wie sich der Kleine nach einem Bett sehnte. Er bedeutete ihm mit einer Handbewegung, sich hinzulegen.

Ohne ein Wort kuschelte sich Memed in die Decken hinein, zog die Knie bis zur Brust heran. Der ganze Körper schmerzte, als sei er in einem Mörser zerstoßen worden.

In den Sekunden, bevor er einschlief, ging ihm seine neue Lage durch den Kopf. Jetzt hatte er wieder einen Vater. Sollten Mutter und Abdi Aga nach ihm suchen. Sollten sie suchen bis zum Jüngsten Tag. Er würde nicht zurückkehren.

Zwei Stunden vor Tagesanbruch zuckte er zusammen. Das war die Zeit, um die er jeden Morgen hinaus auf den Acker mußte. Er sprang von seinem Lager auf und trat schläfrig vor die Tür, um zu pinkeln. Auf einmal war er ganz zu sich gekommen, besann sich auf den gestrigen Abend, den weißbärtigen Süleyman. Ja, er war in Süleymans Haus. Wozu sollte er noch in das Dorf? Jetzt war er Onkel Süleymans Sohn. Jetzt würde er nicht mehr von hier fortgehen.

Draußen war es bitter kalt. Zitternd kroch er wieder unter seine Decken, zog die Knie wieder an. Schön warm war es hier. Heute würde er gewiß bis zum Tagesanfang schlafen. Und schon war er wieder eingeschlafen.

Über einem kalten Morgen ging die Sonne auf. Die Mutter

stand schon an der Feuerstelle, nahm die Suppe vom Feuer und rückte sie an den Herdrand, von wo ihr heißer, süßer Dampf aufstieg. Der Sohn war längst aufs Feld hinausgegangen. Süleyman saß an seiner Sattelarbeit, die er dort wiederaufgenommen hatte, wo er sie beim Dunkelwerden hatte unterbrechen müssen.

»Süleyman«, rief die Frau, »iß, die Suppe wird kalt!«

»Ist der Gast aufgestanden?« fragte Süleyman.

»Laß das arme Kind. Es redet die ganze Zeit im Schlaf. Sicher hat es sich gestern zu sehr anstrengen müssen«, antwortete sie.

»Dann laß ihn nur schlafen. Er muß gestern davongerannt, den ganzen Tag auf den Beinen gewesen sein, das konnte man ihm ansehen.«

»Warum mag er wohl weggelaufen sein?«

»Weil sie ihn zu sehr gequält haben.«

»Wie schade um ihn, so ein schönes Kind. Können diese Gottlosen denn so einen Däumling nicht in Ruhe lassen?!« seufzte die Frau.

»Er kann hierbleiben, solange er will«, sagte Süleyman.

In diesem Augenblick reckte sich Memed auf seinem Lager. Nachdem er sich gründlich die Augen gerieben hatte, blickte er zur Herdstelle, wo die Suppe im offenen Topf freundlich dampfte. Dann drehte er den Kopf nach der anderen Seite. Durch die Tür kam ein schnurgerader, wie mit dem Messer geschnittener Sonnenstrahl. Sofort sprang Memed hoch.

Süleyman bemerkte seine nervösen Bewegungen und rief ihm zu: »Keine Angst, mein Kind! Du darfst ruhig weiterschlafen, hier tut dir keiner was.«

Memed nahm die kupferne Wasserkanne vom Herd und trat vor das Haus. Nachdem er sich das Gesicht gewaschen hatte, ohne mit Wasser zu sparen, stellte er sich neben Süleyman, um ihm bei der Reparatur der Sättel zuzusehen.

»Kommt, eßt eure Suppe, sie ist schon kalt!« rief die Frau erneut.

Süleyman stand auf, klopfte mit der Hand auf den Sattel und zwinkerte Memed lächelnd zu: »Komm, wir wollen unsere

Suppe essen.« Es gab Weizengrütze. Ihr Geruch, gemischt mit dem der gekochten Milch, hatte sich angenehm im Raum verbreitet. Sie schmeckte Memed vorzüglich. Er dachte: »Ich werde sein Sohn sein, ja bestimmt.«
Süleyman war jetzt mit den äußeren Arbeiten am Sattel fertig. Nun ging er daran, ihn innen mit Heu auszupolstern. Wie es durch seine langen, alten Finger glitt! Im hellen Glanz der Herbstsonne schimmerten golden die aus dem trockenen Heu unter den Händen des Mannes aufsteigenden Staubteilchen.
»Hat er dich sehr gequält, der Abdi Aga?« fragte Süleyman unerwartet.
Auf diese Frage war Memed nicht gefaßt. Er mußte seine fünf Sinne zusammennehmen.
»Ja. Halb totgeschlagen hat er mich. Sogar barfuß pflügen mußte ich im Graudistelfeld, auch in eisiger Kälte. Noch dazu schlug er mich die ganze Zeit über halbtot. Einmal hat er mich so geprügelt, daß ich einen Monat liegen mußte. Er schlägt ja alle, aber mich am meisten. Mutter sagt, wäre Sari-Hodschas Amulett nicht gewesen, dann hätte ich damals sterben müssen.«
»Ja, dann willst du wohl hierbleiben?« fragte Süleyman.
»Ach, was soll ich in jenem Dorf? Es ist ja fünfzehn Tage weit von hier. Und wenn auch das Meer dort ist, was heißt das schon? Graudisteln gibt es dort keine, aber hier doch auch nicht. Ich bleibe hier. Hier kann mich ja auch keiner finden, oder? Değirmenoluk ist doch ganz weit weg von hier, nicht? Hier kann mich doch niemand finden, oder?«
»Mensch, du bist aber ein närrischer Kerl, du! Değirmenoluk liegt gleich dort drüben hinter dem Berg! Weißt du denn nicht mehr, welchen Weg du gekommen bist?«
Memed, vor Schreck wie versteinert, riß die Augen weit auf. Schweiß perlte aus seinen Poren. All seine Hoffnung war mit einem Schlage dahin. Er wollte etwas sagen, konnte aber nur trocken schlucken. Als er Adler am Himmel ihre Kreise ziehen sah, starrte er ihnen stumm nach. Dann drängte er sich an Süleyman: »Ich will doch lieber in das Dorf gehen und dort

der Sohn jenes Mannes werden ... Abdi Aga bringt mich um, wenn er mich hier findet.«
Süleyman grollte: »Ja, geh nur und laß dich dort von jenem Mann als Sohn aufnehmen.«
»Ach, wie schön wäre es, wenn ich dein Sohn sein und hierbleiben könnte.« Das kam halb schmeichelnd, halb jammernd heraus. »Das wäre ja so schön, aber ...«
»Was aber?«
»Wenn er mich finden würde ... Er hat keine Ehrfurcht vor Allah ... Er hackt mich in Stücke.«
»Was können wir da tun?« murmelte der Alte. Er hob den Kopf von der Arbeit, blickte Memed ins Gesicht, das plötzlich eingefallen und runzlig wirkte wie ein verwelktes Blatt. In den großen Augen des Jungen war kein Glanz mehr. Memed drängte sich noch enger an Süleyman, ergriff seine Hand. »Ach ...«, sagte er, indem er den Alten mit flehendem Ausdruck ansah.
»Hab keine Angst, Ince Memed«, beruhigte ihn Süleyman. Memed lächelte, aber sein Lächeln war bedrückt, mit Furchtsamkeit gemischt.
Als Süleyman mit dem Sattel fertig war, erhob er sich. »Höre, Ince Memed, ich muß jetzt in das Haus da drüben. Du kannst machen, was du willst. Geh dir mal das Dorf anschauen.«
Memed ging ins Dorf. Es waren zwanzig, fünfundzwanzig Häuser. Aus Lehm gebaut, mit unbehauenen, willkürlich und kunstlos aufeinandergesetzten Steinen dazwischen, erhoben sie sich kaum mannshoch über dem Boden.
Er schlenderte vom einen zum anderen Ende. Auf einem Dunghaufen sah er Kinder beim Köküç-Spiel. Ein paar Frauen sah er auch. Sie kauerten vor ihren Spinnrädern. Ein Hund strich mit eingekniffenem Schwanz furchtsam an einer Mauer entlang. Überall lagen Dunghaufen. So trieb er sich bis zum Abend von Haus zu Haus umher, und niemand fragte ihn, woher er käme, wohin er wollte. Bei ihm daheim wurde jeder Fremde sofort von einer Horde Dorfkinder umringt. In diesem Dorf war es ganz anders. Das beschäftigte ihn sehr.

Als er wieder ins Haus kam, traf er auf Süleyman.
»Na, was gibt's draußen, Ince Memed?« empfing ihn der Alte. »Du hast dich ja den ganzen Tag nicht blicken lassen!«
»Alles in Ordnung«, antwortete er.
Auch die folgenden Tage verbrachte er damit, das Dorf zu durchstreifen. Dabei freundete er sich mit ein paar Kindern an. Sie spielten Köküç. Er konnte es weitaus am besten. Aber ganz anders als Kinder sonst, prahlte er nicht damit. Er gewann mit so selbstverständlicher Leichtigkeit, als wolle er das ganze Spiel damit als Kinderei abtun.
Dann kam die Regenzeit, der große Taurusregen, der zum Herbst gehört wie das Abfallen der Blätter. Oft gab es Gewitter. Geröll kollerte von dem dichtbewaldeten Berg über dem Dorf herab in die Ebene.
An einem dieser Tage kam Memed zu Süleyman. »Onkel Süleyman, wie lange soll das noch so weitergehen? Es ist mir unangenehm. Ich esse dein Brot und tue nichts dafür!«
Der Alte lachte. »Wozu die Eile? Nur langsam, es findet sich schon Arbeit für dich, Ince Memed.«

Nach ein paar Tagen setzte der Regen aus. Auf nasse Felsen, Bäume und Äcker schien wieder die Sonne. Von der feuchten Erde stieg ein Dunst auf, der sich überall ausbreitete und mit dem der Dunggeruch vom Dorf herüberkam. Manchmal war die Sonne von silbrigen Dunstwolken verdeckt. Ince Memed saß auf einem Stein am Hauseingang und zog seine neuen Bauernschuhe an. Süleyman hatte sie für ihn genäht. Die Haut war noch feucht, an dem purpurroten Flaum darauf konnte man sehen, daß sie von einem jungen Stier war. Die Schuhe erfüllten ihn mit großer Freude.
Süleyman trat zu ihm und beobachtete ihn, wie er mit geschickten Händen die langen Schnüre immer wieder herumschlang und dann hinten verknotete, wie es sich gehörte.
»Na, Ince Memed, du bist ja ein wahrer Meister im Schnüren von Bauernschuhen«, sagte er.
Memed hob lächelnd den Kopf. »Ich kann sogar Bauernschu-

he nähen, Onkel Süleyman. Aber die hier hast du wunderschön gemacht.«
Er erhob sich, trat zweimal mit seinem ganzen Körpergewicht auf, ging zehn, fünfzehn Schritte, dann wieder zurück. Verblüfft schaute er auf die Schuhe.
»Sie sitzen wie angegossen.«
Sie gingen zusammen ins Dorf. Unterwegs mußte Ince Memed immer wieder seine Schuhe betrachten. Mal schritt er schneller aus, mal blieb er stehen und prüfte genau ihren Sitz. Dann wieder beugte er sich hinunter und streichelte den Flaum auf der Haut.
Süleyman nahm an dieser Freude Anteil. Er war mit seiner Arbeit zufrieden. »Ich sehe, sie gefallen dir, Memed«, schmunzelte er.
»Sie sind wunderbar, sie passen zu meinen Füßen, als wären sie angewachsen.«
»Siehst du, Ince Memed«, meinte Süleyman, »solche Bauernschuhe hätte dir keiner nähen können, wenn du in das Dorf gegangen wärst.«
»Tragen sie in jenem Dorf keine Schuhe?« fragte Memed halb naiv, halb listig.
Süleyman konnte nicht herausfinden, ob es sich um Schläue handelte oder nicht.
»Doch, aber keine Bauernschuhe«, erwiderte Süleyman.
»Ach so, so ist das.«
Jetzt waren sie außerhalb des Dorfes, im freien Land. Memed atmete auf. Die Felder erstreckten sich bis an den Fuß des nächsten Berges. Sie schienen verlassen. Es gab keine Graudisteln, aber um so mehr Steine.
Er blieb einen Augenblick stehen. »Wohin gehen wir eigentlich, Onkel Süleyman?«
»Nur ein bißchen herumlaufen«, war die Antwort.
Memed schwieg und fragte auf dem weiteren Weg nicht mehr. Seine neuen Bauernschuhe waren schon lehmbeschmiert. Er verfluchte den Lehm, der seine Schuhe beschmiert hatte. Das Dorf lag schon sehr weit hinter ihnen,

man konnte nichts mehr von ihm sehen als ein, zwei Rauchfahnen.
»Schau, Ince Memed«, sagte Süleyman, »hier wirst du die Ziegen weiden. Du kannst bis da drüben hinübergehen. Aber siehst du dort den hennafarbenen Hügel? Über den darfst du nie gehen. Dort liegt nämlich euer Dorf. Sie können dich packen und mitnehmen.«
»Nein, nein! Gut, daß ich es weiß.«
Süleyman sagte: »So, das wär's, gehen wir nach Hause.«
Dann kehrten sie um. Der Himmel hing voll schneeweißer Wolken. Zwischen den steinigen, grauen Feldern waren kreisförmige tiefgrüne Flächen eingesprengt. Das waren die Dreschplätze. An den Gräsern am Wege sah man hier und da Schnecken kleben.
Plötzlich begann Süleyman wieder zu sprechen. »Sag mal, Ince Memed, hat er dich sehr gequält, der ziegenbärtige Abdi?«
Memed blieb stehen, Süleyman auch. Memed sah wieder auf seine neuen Bauernschuhe.
»Komm, wir setzen uns dorthin«, sagte Süleyman.
»Gut«, meinte Memed, »setzen wir uns.« Dann begann er zu erzählen:
»Schau, Onkel Süleyman, als mein Vater gestorben war, nahm uns Abdi Aga das bißchen weg, was wir hatten. Mutter durfte kein Wort sagen, sonst hätte er sie halb totgeschlagen, mich natürlich auch. Einmal hat er mich sogar mitten im Sommer an einen Baum gebunden und zwei Tage da draußen gelassen. Wenn Mutter nicht gewesen wäre ... Sicher hätten mich dann die Wölfe zerrissen.«
Süleyman erhob sich seufzend. »Also so stehen die Dinge mit dir, Ince Memed ... Ich kann dir nur sagen, hör auf meine Worte und geh nicht über den hennafarbenen Hügel! Da braucht dich nur einer zu sehen und es dem ziegenbärtigen Abdi zu sagen, und schon holen sie dich.«
»Allah behüte mich davor!« rief Memed aus.
Am nächsten Morgen erwachte er sehr früh, sprang auf und trat vor das Haus. Es war in der ersten Morgendämmerung.

Dann trat er an das Lager Süleymans, der im tiefen Schlaf schnarchte. Er stieß ihn an.
Der Alte kam nur langsam zu sich. »Was ist? Ach, du bist's, Ince Memed. Was gibt's denn?« murmelte er schlaftrunken.
»Ja, ich bin es.« Memed war stolz, der erste zu sein. »Es ist Zeit. Ich muß die Ziegen forttreiben.«
Süleyman stand sofort auf, schaute nach seiner Frau aus. Die war längst auf, die Kuh zu melken. Er rief nach draußen: »Mach schnell den Proviant für Ince Memed fertig.«
Die Frau wusch sich über einem Eimer die Milch von den Händen. »Es genügt erst mal. Ich kann sie am Abend fertig melken.«
Blitzschnell hatte sie den Beutel mit Memeds Mundvorrat für den Tag fertig. Gleichzeitig stellte sie ihm seine Suppe hin. Im Nu hatte er sie restlos aufgegessen. Ohne eine Minute Zeit zu verlieren, band er sich den Proviantbeutel um, und schon trieb er die Ziegen vor sich her. Er riß sich seine abgetragene Kappe vom Kopf, feuerte sie mit einem »Auf geht's!« hinter den Tieren her und brach in einen Freudenschrei aus:
»Hurra!«
Süleyman rief ihm nach: »Glück auf den Weg!«
Memed schaute wieder und wieder zu ihm zurück, bis er mit der Ziegenherde außer Sichtweite war.
Süleyman seufzte in sich hinein. Seine Frau war neben ihn getreten. »Was hast du wieder für Kummer, Süleyman?«
»Frau, sieh nur mal, was der ziegenbärtige Abdi diesem Kind angetan hat! Es könnte einem das Herz brechen, wie es ihm ergangen ist. Ich habe seinen Vater gekannt; ein stiller bescheidener Mann nach seiner eigenen Art ... Und nun muß sein Kind vor Angst und Verzweiflung in die Berge flüchten, mitten unter die Wölfe und Raubvögel. Ist das eine Welt?«
»Süleyman, du nimmst alles viel zu schwer! Nun iß erst mal deine Suppe.«

3

Es war Abend geworden. Die Bauern waren alle von den Feldern zurück. Ince Memed kam nicht, auch nicht, als die Dunkelheit hereingebrochen war.
Zeynep aus dem Nachbarhaus rief zu Memeds Mutter hinüber: »Döne! Döne! Ist Memed immer noch nicht zurückgekommen?«
»Er ist immer noch nicht da!« kam es jammernd zurück. »Was soll ich jetzt nur machen?«
Zeynep wiederholte vielleicht zum zehnten Mal, was sie Döne schon vorher geraten hatte: »Nun geh zu Abdi Aga und frag ihn. Es kann doch sein, daß er zu ihm gegangen ist. Frag ihn selbst, gleich, meine Schwester. Ach, Döne, du Ärmste! Was du alles durchmachen mußt!«
»Ach, womit hab ich das verdient? Memed hält sich nirgends auf, ist er im Dorf, so geht er gleich nach Hause! Bei Abdi Aga bleibt er schon gar nicht – nicht mal eine Sekunde lang! Aber ich will hingehen, vielleicht weiß er ...«
Es war stockfinster unter einem Himmel ohne Mond, ohne Sterne, als Döne ihren Weg zu Abdi Agas Haus suchte. Sie mußte sich tastend vorwärts bewegen. Aus einem winzigen Fenster schimmerte etwas Licht. Sie näherte sich dem Schimmer mit klopfendem Herzen, schluckte ein-, zweimal. Sie zitterte an Händen und Füßen, biß die Zähne aufeinander. Nur mit Mühe konnte sie Laute hervorbringen. Sie klangen wie ein Röcheln: »Abdi Aga! Abdi Aga! Mein Memed ist noch nicht gekommen! Ist er bei Euch? Abdi Aga! Eure Füße will ich küssen, Abdi Aga! Nur sagt, daß er hier ist! Ich komme nur fragen ...«
Eine herrische Stimme dröhnte heraus: »Wer ist da? Was willst du, jetzt mitten in der Nacht, Frau?«
»Abdi Aga, um Allahs willen ... Mein Memed ist noch nicht nach Hause gekommen. Ich wollte nur fragen, ob er vielleicht hier ist ...«

»Ach, du bist es, Döne? Allah soll dich heimsuchen. Komm herein. Laß hören, was du willst.«
Zusammengeschrumpft vor Angst und Schüchternheit, trat Döne ein. Abdi Aga saß mit untergeschlagenen Beinen auf einem Hocksofa neben dem Kamin. Er trug ein Samtkäppchen, das ihm auf das linke Ohr gerutscht war. Das hatte er immer auf dem Kopf, unterwegs, in den Bergen oder im Dorf. Damit wollte er zeigen, daß er ein frommer Muslim war. Er trug ein feines, gesticktes Hemd, seine Hände ließen eine Gebetskette aus großem Bernstein klappern. Er hatte ein scharf geschnittenes, längliches Gesicht, auffallend kleine blaugrüne Augen und rosige Wangen.
»Na? Was willst du denn wieder? Laß hören!«
Döne stand gebeugt und händeringend vor ihm. »Aga, mein Memed ist noch nicht vom Feld zurück. Ich wollte nur fragen, ob er vielleicht bei Euch ist ...«
Abdi Aga erhob sich drohend. »Ei! Sieh mal einer an! Er ist noch nicht zurück! So ein verfluchter Hundesohn! Und wo sind meine Ochsen? Was?«
Er watschelte so eilig zur Tür, daß die Rockschöße seines Hausgewands flatterten. »Dursun! Osman! Ali! Wo seid ihr?!«
Aus drei Richtungen hörte man es antworten: »Hier, Aga!«
»Sofort hierher mit euch!«
Blitzartig tauchten drei Gestalten aus dem Dunkel auf. Einer von ihnen war Dursun, ein grobschlächtiger Mensch in den Vierzigern. Die anderen waren junge Burschen von etwa fünfzehn Jahren.
»Hört zu, ihr drei!« dröhnte der Aga. »Ihr macht jetzt, daß ihr hinaus aufs Feld kommt, und sucht mir diesen Hundesohn. Und vor allem meine Ochsen. Kommt mir ja nicht ohne die Ochsen wieder zurück. Habt ihr verstanden?«
Dursun sagte: »Wir haben uns ja schon gewundert, wo Memed geblieben ist. Wir wollen gehen und ihn suchen.«
Döne brach in lautes Schluchzen aus.
»Still, du!« herrschte Abdi Aga sie an. »Man hat schon genug Ärger mit deinem Hundesohn. Das eine kann ich dir sagen,

wenn mit meinen Ochsen etwas ist, dann bleibt ihm kein Knochen im Leibe ganz! Darauf hast du mein Wort!«
Dursun, Ali und Osman marschierten ins Dunkel hinaus. Die Frau lief hinter ihnen her.
»Bleib nur, Schwester. Wenn er überhaupt zu finden ist, dann finden wir ihn. Du kannst uns dabei nichts nützen. Wer weiß, ob ihm nicht irgendwas Dummes passiert ist, daß er sich jetzt nicht heimtraut. Vielleicht ist der Holzpflug hin. Oder das Joch kann ihm gebrochen sein. Kann jedem so gehen, aber so ein Junge hat dann gleich Angst vor Strafe … Hörst du, Döne? Kehr um, wir finden ihn, wir bringen ihn dir zurück.«
Döne flehte Dursun an: »Um Allahs willen, bring mir meinen Kleinen wieder! Ich vertraue ihn dir an, dich hat er doch gern …«
Dann kehrte sie in ihre Hütte zurück. Die Schritte der drei verloren sich in der Nacht. Ihre Füße fanden die vertrauten Pfade auch in der Dunkelheit. Erst kam der kleine Steinacker, dann stieg es steil an, sie mußten über die Felsen. Als sie die Felsen hinter sich hatten, setzten sie sich, um zu verschnaufen. Niemand sprach ein Wort. Es war stockfinster, und die Totenstille in den Bergen wurde nur von dem leisen Sirren fliegenden Kleingetiers unterbrochen.
Dursun beendete als erster das Schweigen. Er sprach in die Nacht hinein, wie zu sich selbst: »Was ist mit dem Jungen? Wo mag er hin sein?«
»Wer kann das wissen?« sagte Osman.
»Wißt ihr, was der Memed zu mir gesagt hat?« ließ sich Ali vernehmen. »›Ich gehe in das Dorf‹, hat er gesagt. ›Lieber will ich draufgehen, als hierbleiben‹, hat er gesagt.«
»Er wird doch nicht so verrückt gewesen sein, zu verschwinden! Das wäre ja der reine Wahnsinn«, meinte Dursun erschrocken. »Recht hat er, wenn er fort ist«, murmelte Ali zwischen den Zähnen.
»Zehnmal recht hat er!« pflichtete Osman bei.
»Wie wir's haben, ist's schon besser, gleich zu verrecken!« bekräftigte Ali.

»Wir sollten auch alle miteinander von hier weg«, meinte Osman. »Nach der Çukurova.«
»Die Çukurova ist gar nicht mal so weit«, sagte Dursun, »und der Boden bei uns im Dorf, wenn ich nur daran denke ...«, fuhr er fort. »Wißt ihr, schuften muß man ja auch dort, aber man ist dabei sein eigener Aga. Keiner, der einem dauernd dazwischenredet, kein Treiber und Aufseher. Die Felder müßtet ihr mal zur Erntezeit sehen! Ihr meint, es liegen Wolken auf der schwarzen Erde. Das ist alles Baumwolle! Da wird ruck, zuck geerntet, und dann bringt das was ein! Zehn Kuruş das Okka. Da hat man im Herbst fünfmal soviel auf der Hand wie bei Abdi Aga im ganzen Jahr! Da gibt es eine Stadt, die heißt Adana. Die ist ganz aus Kristall. Die glänzt Tag und Nacht wie die Sonne. Darin kann man ewig umherlaufen. Straßen zwischen den Häusern, eine einzige Pracht. Dort fahren Eisenbahnen, ständig kommen und gehen die dort. Auf dem Meer schwimmen Schiffe, jedes so groß wie ein Dorf. Die fahren bis ans Ende der Welt. Alles ist voller Lichterglanz, daß man sich nicht satt sehen kann. Geld, das gibt es in der Çukurova wie Heu. Du brauchst nur zu arbeiten ...«
Das dieser Schilderung folgende Schweigen unterbrach Osman mit einer Frage: »Wie groß ist die Welt wohl?«
»Riesig!« antwortete Dursun. Sie gingen weiter. Dursun fuhr fort, von seinem Dorf zu erzählen. Bald gerieten sie in ein Distelfeld. Die starken Graudisteln zerkratzten ihnen die Beine. »Jetzt muß gleich der Acker kommen, wo Memed gepflügt hat«, meinte Osman.
»Glaubst du? Ich weiß es nicht genau«, antwortete Dursun.
Von links klang Alis Stimme: »Hier ist es!«
»Hier? Wo denn?«
»Ja, hier muß es sein. Es riecht nach umgepflügter Erde.«
Dursun blieb stehen, zog tief die Luft ein. »Ja, du hast recht.«
Von vorn rief Osman: »Ich laufe auf umgepflügtem Boden!«
Ali antwortete: »Ich auch.«
Neben ihnen angelangt, sagte Dursun: »Jetzt müssen wir die Stelle finden, wo er zuletzt geackert hat.«

»Die finden wir leicht«, meinte Osman.
»Mich friert's«, sagte Ali.
Dursun beschwichtigte ihn: »Zuerst müssen wir ihn finden, danach ...«
Plötzlich rief er zurück: »Hier ist die letzte Furche! Er hat überhaupt nicht geackert heute!«
Ali folgte ihm, sich mit den Füßen vortastend. Nachdem er entlang der Grenze des umgepflügten Landes hin- und hergegangen war, sagte er: »Wahrhaftig! Das Stück Land ist so liegengeblieben. Er hat gar nichts mehr daran gemacht.«
»Es wird ihm doch nichts passiert sein?« meinte Dursun halb verblüfft, halb besorgt.
Osman lachte auf: »Dem und etwas passiert, des Teufels eigenem Bruder? So einem kann doch nichts passieren.«
»Du kennst ihn doch am besten, Onkel Dursun«, meinte Ali. »Kann dem etwas zustoßen?«
»Allah gebe, daß es so ist! Ist ein guter Junge, der Memed, und ein armes Waisenkind ...«
Sie setzten sich auf das gepflügte Land, während Osman Holz und Zweige zusammentrug und Feuer machte. Um die Flammen hockend, beredeten sie alle Möglichkeiten. Memed konnte von einem Wolf angefallen worden sein. Ein Räuber konnte ihm die Ochsen weggenommen haben. Noch vieles konnte geschehen sein, und sie fanden kein Ende und konnten sich für keine der vielen Möglichkeiten entscheiden.
In Dursuns vom Widerschein der Flammen kupfern glänzendem Gesicht war der Anflug eines zufriedenen Lächelns. Das Feuer ließ nach, bis nur noch glimmende Reste von ihm übrig waren. Es war ihnen beklommen zumute. Ali stimmte ein Lied an, eine melancholische Weise, die in die Nacht hinausklang:

»Ich schirre den Wagen vor meinem Haus
Kummerschwer weiß mein Herz nicht ein mehr noch aus
Ach, auf das heilige Buch will den Eid ich schwören
Nie soll mein *Merhaba* andern als dir gehören.«

Sie fröstelten, und Osman sammelte neues Reisig, um das Feuer wieder zum Leben zu erwecken. Dursun und Ali halfen ihm dabei, so daß sie einen großen Reisighaufen neben dem Feuer aufschichten konnten.
»Was machen wir jetzt?« fragte Osman. »Es hat keinen Zweck, jetzt mit leeren Händen zurückzukommen. Abdi Aga würde die Hölle über uns loslassen. Das beste ist, wir bleiben die Nacht über hier. Wenn es Tag ist, werden wir ihn schon finden.«
»Memed finden wir sowieso nicht mehr. Der ist über alle Berge in jenes Dorf«, meinte Ali. »Ich möchte ja gern wissen, wo das sein soll, aber er hat von nichts anderem mehr gesprochen.«
Dursun lachte nur.
Während Ali beim Feuer Wache hielt, um es nicht verlöschen zu lassen, legten sich die beiden anderen zum Schlafen nieder. Ali saß unbeweglich und starrte in die Flammen. Einmal wandte er den Kopf vom Feuer ab ins Dunkel.
»Er ist weg«, sprach er zu sich selbst. »Gut so. In diese Kristallstadt ist er gegangen, nach Yüreğir mit dem warmen Boden. Tausendmal recht hat er.«
Später weckte er Osman und ließ sich von ihm ablösen. Auch er legte sich jetzt hin, bettete den Kopf auf eine Erdscholle. Bevor er einschlief, murmelte er: »Der ist dorthingegangen, der Memed, meinst du nicht, Osman? In die Gegend, von der uns Dursun erzählt hat.«
»Ja«, sagte Osman nur.
Alle drei erwachten gleichzeitig, als die Morgendämmerung das erste fahle Licht warf. Im Osten verteilte sich ein leichtes Rot über dem Horizont, faßte die Ränder der Wolken ein, die kurz danach in ein reines Weiß übergingen. Eine kühle, aber angenehme Morgenbrise kam auf. Bald ließ sich die Umgebung klar erkennen. Jenseits des frischgepflügten Ackerlands erstreckte sich die Distelwildnis bis an den Horizont, wo jetzt die Sonne aufging.
Die drei erhoben sich schwerfällig in der Mitte des Feldes.

Langsam wanderten große Schatten westwärts. Alle zugleich reckten sie sich die Müdigkeit aus den Gliedern, und alle zugleich hockten sie sich nieder und pinkelten.
Sie reckten sich wieder, um die Müdigkeit zu vertreiben, während sie über Memeds Ackerland stapften.
»Da, seht die Spuren!« rief Osman plötzlich aus. »Hier sind die Ochsen vor dem Pflug gegangen ... Jetzt müssen wir den Spuren folgen!«
An einer Stelle blieben sie lange stehen und sprachen miteinander. Da hatten zwei Ochsen am Boden gelegen, man konnte es an den großen, muldenartigen Körpereindrücken sehen. Man sah auch, daß sie mit Joch und angeschirrtem Pflug gelegen hatten.
Die junge Sonne begann ihre erste Wärme über das Land zu verbreiten. Aus der Distelwüste heraustretend, kamen sie an einen Wasserlauf. Mit einem Mal stieß Ali einen Schrei aus. Im Nu waren die beiden anderen neben ihm. Da standen die Ochsen, ins Joch geschirrt, und den Pflug hinter sich! Eines der Tiere war rot, das andere violett. Beiden standen die Knochen weit heraus.
Osman war ganz blaß geworden. »Mit dem Jungen ist etwas los. Wenn er nur geflüchtet wäre, hätte er die Ochsen nicht einfach im Geschirr stehen lassen. Da ist etwas anderes passiert!«
»Ein Dreck ist passiert!« sagte Ali. »Der schlaue Kerl hat sie so stehen lassen und ist auf und davon in sein Dorf!«
Osman wurde wütend: »Was soll das verdammte Gefasel? Das Dorf gibt es doch gar nicht.«
»Nun seid mal friedlich, Burschen«, griff Dursun lächelnd ein. »Fangt mir bloß keinen Streit an.«
Sie trieben die Ochsen vor sich her. Als sie im Dorf anlangten, war es schon heller Tag. Vom Berg gegenüber hob sich langsam der Nebel. Die Frauen, die Kinder und das Jungvolk des Dorfes hockten fast vollzählig um Döne herum. Als sie die drei Tagelöhner mit dem Ochsengespann kommen sahen, standen alle auf, starrten mit aufgerissenen Augen schweigend

auf die Gruppe wie auf eine furchtbare Offenbarung. Döne lief aufschreiend auf die Ochsen zu: »Dursun! Wo ist mein Kind?«
Dursun zuckte die Achseln: »Wir haben sie so im Tal gefunden, die Ochsen.«
Die Frau schlug sich mit den Fäusten auf die Brust: »Oh, mein armer Memed, mein armes Waisenkind!«
»Nun reg dich doch nicht so auf, Schwester«, versuchte Dursun die Verzweifelte zu beruhigen. »Es wird ihm schon nichts geschehen sein. Ich gehe noch mal los, ihn suchen. Ich finde ihn schon.«
Döne hörte ihn nicht. Von Schluchzen über und über geschüttelt, warf sie sich in den weißen Staub, der ihr Haar überzog, ihr in die Augen drang und, vermischt mit ihren Tränen, ihr Gesicht unkenntlich machte. Die Menge stand schweigend. Die Blicke wanderten von der am Boden wimmernden Döne zu den Ochsen. Zwei Frauen lösten sich aus der Gruppe, gingen auf die halb ohnmächtig Daliegende zu, ergriffen ihre Arme und zogen sie hoch. Der Kopf hing ihr wie leblos auf die linke Schulter herab. Sie faßten sie unter, um sie in ihr Haus zu bringen.
Sobald Döne fortgebracht war, kam Bewegung in die Umstehenden. Die alte Cennet, eine hagere, verrunzelte Frau, die man Cennet das Pferdegesicht nannte, sprach zuerst. »Die arme Döne!« sagte sie. »Was ist denn mit ihrem Sohn?«
»Der ist tot. Wenn er noch am Leben wäre, müßte er jetzt dasein«, antwortete eine andere. Das war die gedrungene Elif, die sich wegen ihrer Unglücksprophezeiungen als Unke im Dorf einen Namen gemacht hatte. Die schicksalsschweren Worte wurden von Mund zu Mund weitergegeben:
»Memed ist tot ...«
Wieder war Elif zu hören: »Sicher haben ihn die Feinde seines Vaters umgebracht.«
»Unsinn!« entgegnete die alte Cennet. »Sein Vater hatte keine Feinde. Der Ibrahim, der hat keiner Fliege etwas getan.«
Durch die wogende Menge der Frauen mit ihren weißen

Kopftüchern, buntbedruckten Kattungewändern, ihrem Fez und auf den Stirnen klimpernden Kupfermünzen pflanzte es sich wie ein Kanon fort: »Ibrahim hat keinem etwas getan! Armer Memed! Blind werden soll der Heide, der ihm was zugefügt hat.«
Dann verbreiteten sich einige Worte, bei denen man nicht wußte, wer zuerst auf den schrecklichen Einfall gekommen war: »Döne soll schauen, über welchen Plätzen die Adler kreisen. Da soll sie hingehen, wenn sie ihn wiederfinden will.«
»Ja, wo etwas Totes liegt, da kreisen die Adler ...«
»Und wenn er ins Wasser gestürzt ist?«
Plötzlich wandte sich die Menge an die Frau, die das eben geäußert hatte. Es war im Nu still. Die Menge verharrte im Schweigen, um sich alsbald wieder zu beleben.
»Vielleicht ist er ins Wasser gefallen.«
»... ins Wasser gefallen.«
»... ins Wasser ...«
Plötzlich setzte sich die Menge ostwärts in Bewegung, die barfüßigen Kinder an der Spitze, dann folgten die Frauen, mit bloßen Füßen auch sie. Die Kleinen bahnten den Weg durch das Distelgestrüpp, mit blutüberströmten Beinen. Die Frauen folgten, die Graudisteln verfluchend. Hinter dem Distelfeld lag die Felsengruppe vor ihnen. Jetzt gingen die Frauen voran, die erschöpften, blutenden Kinder blieben zurück. Als sie an der rauschenden großen Platane angekommen waren, hatten auch die Kräfte der meisten Frauen nachgelassen. Als sie das Brodeln des Wassers hörten, blieben sie stehen, um nach einem Augenblick des Atemholens geschlossen, wie eine Herde, auf das Wasserloch zuzulaufen, das von dem unter dem Felsen hervorschießenden Wasser zu einem großen Becken ausgehöhlt worden war. Eine nach der anderen trat heran, blickte verstört auf die gurgelnde, wirbelnde Fläche über der unheimlichen Tiefe. Im Halbkreis standen sie darum herum. Ein paar Blätter trieben wirbelnd obenauf, immer an der gleichen Stelle, ohne fortgespült zu werden.
Nachdem die Frauen lange stumm auf das Toben des Wassers

gestarrt hatten, sagte die alte Cennet unvermittelt: »Er wäre wieder nach oben gekommen, wenn er hier hineingefallen wäre.«
»Er wäre wieder nach oben gekommen.«
»Er kann ja nicht darinbleiben, er wäre nach oben gekommen.«
»... wäre nach oben gekommen.«
Zustimmendes Gemurmel antwortete.
Dann kehrten sie um, matt und ohne Hoffnung, jede für sich mit gesenktem Kopf; die Kinder, wieder in ihre Spiele versunken, hinterher.
Döne, der junge Mädchen aus dem Dorf an die Hand gegangen waren, fiel fiebernd und in Tränen aufgelöst auf ihre Lagerstatt. Erst nach Tagen sah man sie wieder, mit blutunterlaufenen Augen, ein weißes Tuch um die Stirn gewunden. Dann blieb sie verschwunden.
Bald ging es im Dorf von Mund zu Mund: »Wißt ihr, wo Döne geblieben ist? Sie sitzt dort droben am Strudel und starrt auf das Wasser. Sie ißt und trinkt nichts mehr, sie starrt nur aufs Wasser und wartet, bis ihr toter Sohn zum Vorschein kommt.«
Genauso war es. Sie erhob sich Morgen für Morgen vor Tagesanbruch und ging zum Wasser. Das dauerte etwa zehn Tage so fort. Dann kam sie ganz gebrochen zurück und verkroch sich in ihrem Haus. Aber eine neue irrsinnige Hoffnung mußte sich in ihr festgesetzt haben: Wieder stand sie im Morgengrauen auf, stieg auf das flache Dach ihres Häuschens und suchte von dort den weiten Horizont mit ihren Blicken ab. Sah sie irgendwo eine Gruppe von Adlern kreisen, so rannte sie in blindem Lauf auf die Stelle zu, ohne auf den Weg zu achten. Sie war abgemagert. Manchmal kreisten die Adler weit in der Ferne, einmal zum Beispiel über Yağmurtepe, wohin man erst nach einem Tagesmarsch gelangte. Döne lief auch dorthin.
Eines Abends spät klopfte es an ihrer Tür. »Mach auf, Schwester Döne, mach auf, ich bin's, Dursun.«

Hoffend und zagend zugleich öffnete sie die Tür. »Komm herein, Bruder Dursun. Mein Memed hat dich gern gehabt ...«
Dursun setzte sich gemessen auf Dönes schon zur Nacht gerichtete Lagerstatt. Er sprach mit ruhiger Sicherheit: »Hör zu, Schwester. Mein Herz sagt mir, daß dein Sohn lebt. Mir ist so, als ob er sich in den Kopf gesetzt hätte, irgendwohin zu gehen. Aber ich werde ihn finden.«
Döne hatte sich neben ihm niedergelassen. »Weißt du etwas? Bitte, bitte sag es, Bruder Dursun, wenn du etwas weißt.«
»Ich weiß nichts Bestimmtes, Schwester. Aber mein Herz hat gesprochen. Ich sage dir nur das eine: Er ist nicht tot. Memed lebt.«
»Meine einzige Hoffnung bist jetzt du, Bruder«, sagte sie, als sie ihm Glück auf den Heimweg gewünscht hatte. »Wenn ich nur wüßte, daß er wohlauf ist, sonst wünsche ich mir nichts auf der Welt ... Von ihm kannst nur du etwas wissen, Dursun Aga. Ich flehe dich an. Von ihm weißt nur du etwas.«

4

Der Sommer kam, die Erntezeit. In der Çukurova sagt man »die gelbe Hitze«, aber die Leute am Fuß des Taurus sprechen von der »weißen Hitze«. Jetzt drückte die weiße Hitze auf das Land.
Vom ersten Tag an war Ince Memed nicht als Hirtenjunge, sondern wie ein Sohn des Hauses gehalten worden, der dem alten Süleyman über alles ging. Obwohl er es hier besser hatte als jemals zuvor, war der Junge, so springlebendig, fast übermütig er nach der ersten Zeit geworden war, seit ein paar Tagen wie verwandelt. Er brachte den Mund nicht mehr auf, sang keine Lieder mehr, wie er es sonst von früh bis spät getan hatte. Es schien, als trage er etwas mit sich herum, mit

dem er nicht fertig wurde. Seine Ziegen hatte er immer auf die beste Weide, in das Waldstück mit dem saftigen Grünfutter, geführt. Nie war es seinen Blicken entgangen, wenn eines der Tiere auch nur einen Augenblick nicht fraß. Sofort hatte er für Abhilfe gesorgt. Jetzt überließ er die Ziegen auf der Weide sich selbst, während er an einer schattigen Stelle, das Kinn auf seinen Hirtenstab gestützt, ins Grübeln verfiel. Ab und zu konnte er seine Gedanken nicht mehr still mit sich abmachen, dann führte er laute Selbstgespräche: »Mein Mütterchen, ach, mein Mütterchen! Wer soll jetzt dein Korn schneiden? O Abdi Aga, du Ungläubiger! Unser Korn verdorrt und geht vor die Hunde! Wer soll es nur schneiden, Mütterchen, jetzt, wo ich nicht da bin?«
Dann hielt er inne, spähte nach dem Himmel und den Wolken, besah den Boden und seine schon rötlichbraunen, schnittreifen Ähren.
»Bald wird es zu Stroh geworden sein, unser Feld an der Storchenquelle. Ach, Mütterchen, wie willst du die Ernte allein schaffen?«
Selbst nachts ließ ihn diese Sorge keinen Schlaf finden. Er wälzte sich unruhig auf seinem Lager. »Nicht ein einziges Körnchen erntet man, wenn man spät dran ist. Das ganze Feld ist ja im Nu ausgetrocknet.« Morgens war er dann wie zerschlagen. Matt, übernächtigt trieb er die Ziegen vor sich her. Die Tiere zerstreuten sich in alle Richtungen; er achtete nicht darauf. Nur wenn Süleymans freundlich lachendes, weißumrahmtes Gesicht, seine Augen, die Augen eines liebevollen, fürsorglichen Vaters, plötzlich vor ihm auftauchten, kam er wieder zu sich. Dann mußte er sich vor sich selbst schämen. Dann sammelte er rasch seine Ziegen wieder, trieb sie auf ein gutes Weideland. Aber es dauerte nicht lange, bis ihn die düsteren Vorstellungen wieder in ihrem Bann hatten. Er mußte sich auf die Erde niederhocken, wenn seine Gedanken zum Feld an der Storchenquelle, zu seiner unter tausend Plagen gebeugten Mutter wanderten ...
Als er wieder hochschaute, ging die Sonne schon unter, und

er mußte die Herde zusammenholen. Dann trieb er sie auf den Kinalitepe zu, auf den rötlichen Hügel, auf dem die letzten Sonnenstrahlen lagen. Er stieg hinauf, die Tiere ließ er am Hang zurück. Jenseits des Hügels breitete sich eine Ebene aus, über der langsam aufsteigend die Abendnebel schwammen. Das war die Distelplatte. Aber das Dorf Değirmenoluk konnte man von hier aus nicht sehen. Es lag hinter einer grauen Bodenwelle. Ringsumher sah das Gras so ausgetrocknet aus, als könnte es jeden Augenblick in Flammen aufgehen. Plötzlich fiel ihm ein, was Süleyman so oft gesagt hatte: »Geh ja nicht über den Kinalitepe hinaus!« Er war innerlich wütend auf sich selbst wegen seines Ungehorsams, aber noch mehr erboste es ihn, daß sich auf der anderen Seite des Kinalitepe keine Menschenseele blicken ließ. Rennend kam er unten an, brachte mit viel Mühe die auseinandergelaufenen Ziegen wieder zusammen und erreichte zu später Stunde das Dorf. Süleyman log er vor, eine so schöne Weide entdeckt zu haben, daß es ein Jammer gewesen wäre, die Ziegen so schnell wieder von dort wegzutreiben.

An einem der folgenden Tage, nach einer erstickend schwülen Nacht, trat er wieder in aller Frühe in den dumpfig riechenden Ziegenstall, um die Herde hinauszutreiben. Es gibt Morgen, an denen schon lange vor der Dämmerung ein Stück des Osthimmels rötlich zu schimmern beginnt. Dann erscheint ein goldener Saum an den Wolken, und es dauert nicht lange, bis die Morgendämmerung hereinbricht. Genauso war es heute. Das konnte Memed sehen, als er zum östlichen Horizont blickte. Leben kam in ihn, und es wurde ihm leicht ums Herz. Er fühlte sich unbeschwert wie ein Vogel, als ihm die Morgenbrise in leichten Wellen über das Gesicht strich. In unerklärlicher Erregung klopfte ihm das Herz, als er seine Herde zum Kinalitepe trieb. Memed ging hinter der Staubwolke, die die Ziegen aufwirbelten. Am Fuße des Hügels ließ er die Ziegen sich hierhin und dorthin verlaufen, setzte sich auf den Boden, stützte das Kinn auf seinen Stock und hing seinen Gedanken nach. Plötzlich stand er in wütender Ent-

schlossenheit auf, um die Tiere zu sammeln und dem Hügel zuzutreiben. Ebenso schnell gab er diesen Gedanken auf, setzte sich wieder, tauchte in seinen Grübeleien unter. Als er so, den Kopf in beiden Händen, dasaß, kam eine Ziege auf ihn zu, leckte ihm Gesicht und Hände.
Er saß reglos und nahm es kaum wahr. Das Tier ließ von ihm ab, entfernte sich.
Mit einem Mal war die ganze Umgebung mit ihren Hügeln, Steinen, Bäumen und Wiesen so in Licht getaucht, als schmölze alles unter der Sonne dahin und ginge in dem allumfassenden Glanz auf. Als er endlich die Hände vom Gesicht nahm, war er geblendet. Lange war er nicht fähig, die Augen in dem allgegenwärtigen Licht aufzuschlagen. Als er sich an die grelle Strahlung gewöhnt hatte, stand er auf, müde und lustlos. Schwerfällig holte er die Ziegen zusammen, trieb sie auf den Hügel. Es dauerte nicht lange, bis sich die Tiere zum rückwärtigen Hang bewegten. Er jagte sie zurück. Die Hand schützend vor den Augen, schaute er in die Weite. Es war ihm, als könnte er sogar die Zweige der riesigen Platane erkennen. Sein Herz pochte in lauten Schlägen. Denn dort im Norden, hinter dem Hügel, lag sein Tal, dort, hinter dem grauen Erdbuckel verborgen, lag Değirmenoluk mit seinem Distelfeld. Jetzt trieb er die Ziegen auf die Bodenwelle zu. Zwei kleine Vögel flogen vor ihm auf. Auch am Himmel war ein Vogel zu sehen, ein einziger; sonst war die Natur weit und breit wie ausgestorben, eine große Stille lag über dem Land.
Weit am Horizont stieg eine weiße Wolke hoch. Plötzlich fiel ihm ein winziges Feld unten am Fuße des grauen Buckels ins Auge. In der Mitte dieses Feldes bewegte sich ein schwarzer Punkt auf und ab. Weiter trieb er die Ziegen, lustlos wie zuvor, müde und wie unter einen fremden Willen gebeugt, immer in der Richtung auf jenes Feld. Als er dort angekommen war, hatte er schnell erkannt, was es mit dem sich auf und nieder bewegenden Punkt auf sich hatte: Das war der alte Hösük, den man »Runkelrübe« nannte, der hier Korn schnitt.

Jetzt hob er den Kopf, ohne Memed und seine Ziegen zu bemerken. Mit mechanischen Bewegungen schwang er weiter seine Sichel.
Memed ließ seine Ziegen laufen. Bald erreichten sie den Rand des Kornfelds, Hösük sah auch jetzt noch nichts. Aber als die Tiere, alle zugleich aus verschiedenen Richtungen, geräuschvoll in sein Feld einfielen, fuhr Hösük die Runkelrübe wutentbrannt hoch, feuerte seine Sichel auf die fremden Eindringlinge und rannte ihnen selbst mit schrecklichen Flüchen entgegen. Memed war stehengeblieben, wo er war, den Blick auf Hösük die Runkelrübe gerichtet.
Als es dem Alten endlich unter Schnaufen, Wettern und Ächzen gelungen war, die Ziegen von seinem Feld zu vertreiben, blieb er stehen und bemerkte erst jetzt den zu ihm herstarrenden fremden Knaben. Das war also der Hirtenjunge! Na, dem würde er's schon besorgen. Kochend vor Wut, bückte er sich nach seiner Sichel, um auf den frechen Flurschädling loszugehen.
»He, du da, Hundesohn! Die Pferde sollen deine Mutter zertrampeln!« schäumte er. »Deine Geißen stampfen im Korn herum, und du stehst da und glotzt! Na, ich werd's dir schon eintränken, Hurensohn, elender!«
Der Junge rührte sich nicht vom Fleck. Der Alte, der seiner Rache sicher sein wollte – nachlaufen konnte er dem Kerl nicht, er würde ihn doch nicht einholen –, begann, näher kommend, in grimmigem Eifer Steine aufzuklauben. Das Kind stand immer noch da, bis Hösük neben ihm war, mit der umgedrehten Sichel auf seinen Kopf ausholend …
Mitten im Schwung hielt er inne, ließ den Arm des Knaben, den er fest gepackt hatte, los: »Ja – das ist ja der Memed! Junge! Alle halten dich längst für tot!« Er schnaufte, rang nach Atem, ließ sich mit tiefrotem, schweißüberströmtem Gesicht auf die Erde fallen. Als er sah, daß sich die Ziegen wieder über sein Feld hergemacht hatten, sagte er, jetzt ruhiger: »Schaff mir die Ziegen da fort, dann komm her zu mir!«
Jetzt erst erwachte Memed aus seiner Erstarrung. Er rannte auf

das Feld, trieb die Tiere weg, dann kam er zurück, setzte sich neben Hösük nieder.
»Memed, Memed! Die ganze Gegend haben wir abgesucht nach dir! Dann hieß es auf einmal, du seist ins Wasser gefallen. Deiner Mutter hat es fast das Herz gebrochen ... Sag mal, hast du denn bei alledem überhaupt nicht an sie gedacht?«
Memed saß nur mit eingefallenen Schultern da, das Kinn auf seinem Hirtenstab, ohne ein Wort zu erwidern.
»Wem gehören diese Ziegen?« wollte Hösük wissen. Doch Memed rührte sich nicht. Er mußte ein zweites Mal fragen.
»Memed, ich rede mit dir. Wem gehören diese Ziegen?«
Zögernd kam die Antwort: »Dem Süleyman. Vom Dorf Kesme.«
»Ist ein braver Mensch, der Süleyman«, sagte Hösük. Und dann: »Hör mal, du Tollkopf, merk dir eins: Wenn man schon auf und davon geht, dann sagt man wenigstens seiner Mutter vorher Bescheid. Wenn einem die Gemeinheiten von dem Abdi Aga das Leben verleiden, wird das jeder begreifen. Aber man läßt nicht seine Mutter ohne ein Wort mit ihrem Vieh und Feld im Stich!«
Als er den Namen Abdi Aga gehört hatte, packte Memed den Alten bei den Händen: »Um Allahs willen, Onkel Hösük! Sag keinem Menschen, daß ich Hirt bei Onkel Süleyman bin! Was auch geschieht, sag keinem ein Wort! Wenn Abdi Aga es hört, holt er mich. Und dann schlägt er mich tot!«
»Das ist doch Unsinn!« brummte Hösük. »Keiner kann dir etwas tun, du Narr! Nein, so was! Seiner Mutter kein Wort zu sagen! Und die arme Frau grämt sich fast zu Tode!«
Damit ließ es Hösük bewenden. Er stand auf, ohne Memed noch eines Blickes zu würdigen, ging zu seinem Feld und mähte weiter. Er arbeitete schnell. Memed konnte das Rauschen der Sichel hören.
Hösük hatte Memed bei seiner Arbeit schon längst vergessen. Wenn ihn die Hüften schmerzten, richtete er sich kurz auf, blickte, die Hände in den Seiten, in die Ferne, dann bückte er sich wieder und mähte weiter. Memed stand bewegungslos

am Rande des Feldes, ständig den Blick auf den Mann mit der Sichel.
Der Tag schwand, die Schatten breiteten sich aus. Memed blickte auf die sinkende rote Sonne. Die Wiesen lagen im Halbschatten. Langsam, mit schleppenden Schritten, ging Memed auf Hösük zu, blieb klopfenden Herzens vor dem immer noch seine Sichel schwingenden Alten stehen. Hösük, der seine Schritte im Korn gehört hatte, richtete sich auf. Sein schweißüberströmtes Gesicht schien im Abendlicht fast schwarz. Sie standen Auge in Auge. Der alte Mann schien aus seinem todmüden Gesicht Memed bis in sein Innerstes zu blicken.
Memed sah zu Boden, während er dicht an Hösük herantrat, seine Hände ergriff. »Onkel Hösük – wenn du Allah und seinen Propheten liebst, dann verrate keinem, daß du mich gesehen hast. Auch meiner Mutter nicht.«
Damit wandte er sich um und lief davon, ohne noch einmal zurückzuschauen.
Als er am Kinalitepe ankam, war die Sonne untergegangen. Sein Körper war schweißnaß. Er war mit sich selbst uneins. Ein wenig freute er sich, aber dicht daneben spürte er die schwarze Angst an seinem Herzen nagen. Von der Höhe des hennafarbenen Hügels schaute er noch einmal zurück auf das kleine Feld, das da unten dicht an der Bodenwelle lag. Mitten darauf war noch ein winziger, sich in der Dämmerung leise bewegender Punkt zu erkennen …
Hösük die Runkelrübe lächelte jedem, dem er im Dorf begegnete, mit bedeutungsvoller Miene zu, wie einer, der ein wichtiges Geheimnis mit sich herumträgt und es zu hüten weiß. Keiner konnte sich einen Vers darauf machen. Der Alte ging stracks auf Dönes Haus zu. Als die Frau die Tür öffnete und Hösük die Runkelrübe vor sich sah, geheimnisvoll lächelnd, wußte sie nicht, was sie davon halten sollte. Die Runkelrübe sah man selten einmal den Mund verziehen, noch gehörte er zu denen, die gern Besuche machen. Für ihn gab es nur einen Weg, den von seinem Haus zum Feld und zu-

rück. Wenn er einmal nichts zu tun hatte, dann saß er auf einer Strohmatte vor seinem Haus und war in eine Schnitzarbeit vertieft; er arbeitete schöne verzierte Löffel, Spindeln, Trinkgefäße aus Kiefernholz und Gebetsketten. Wenn ein solcher Mann plötzlich lächelnd vor der Tür steht, dann muß es schon seine Bewandtnis damit haben. So dachte Döne, als sie nach der ersten Verblüffung endlich sagte: »Willkommen, Hösük Aga. Setzt Euch bitte.«

Hösük tat nicht dergleichen und blieb, immer noch lächelnd, wie angewurzelt stehen.

»Nun kommt, setzt Euch doch bitte, Hösük Aga!« wiederholte die Frau.

Das Lächeln erstarb. Mit schwerer Stimme sagte Hösük: »Döne! Döne!« und verstummte. Döne spitzte die Ohren. »Was bekomme ich für die gute Nachricht?«

Döne lächelte, halb in Erwartung, halb angstvoll. Zittern überkam sie. »Deine gute Nachricht sei mir willkommen, Hösük Aga.«

Hösük sagte: »Ich habe heute deinen Sohn gesehen, Döne.«

Sie brachte kein Wort hervor. Alles Blut war aus ihr gewichen.

»Ja, er ist mir heute über den Weg gelaufen. Größer und kräftiger ist er geworden, der Junge ...«

Döne stöhnte: »Ach – mein ganzes Leben für das, was du da sagst, Hösük Aga! Wenn es nur wirklich so ist!«

Jetzt setzte sich Hösük endlich, um ausführlich zu erzählen, was er erlebt hatte. Döne lief dabei unruhig hin und her.

Die Nachricht verbreitete sich mit Windeseile. Die Dorfbewohner, alte und junge Frauen und Männer, drängten sich vor Dönes Haus. Unter dem Mondlicht wogte und lärmte die Menge. Aber plötzlich verstummten alle, die Köpfe wandten sich nach Süden. Ein Reiter kam mit glitzerndem Zaumzeug von dort. Er näherte sich, teilte die Menge und brachte sein Pferd in ihrer Mitte zum Stehen. »Döne, Döne!« schrie er.

Eine schwache Frauenstimme gab Antwort: »Zu Befehl, Abdi Aga?«

»Habe ich richtig gehört, Döne?«
Döne eilte nach vorn, stellte sich neben das Pferd. »Hösük die Runkelrübe hat ihn gesehen, Aga. Er war bei mir und hat es gesagt.«
»Wo ist der Pandschar?« dröhnte es von oben. »Er soll zu mir kommen.«
»Hösük ist nicht hier!« rief es aus der Menge. »Der geht nicht aus seinem Haus, und wenn die Welt untergeht.«
»Bringt mir den Hösük her, habe ich gesagt!«
Bis zur Ankunft des Alten herrschte Schweigen. Zwei Mann schleppten ihn an, er war in Hemd und Unterhose, stieß Verwünschungen aus: »Was wollt ihr so spät noch von mir, ihr Schurken? Allah soll euch strafen!«
»Ich habe dich holen lassen, Hösük!« Abdi Agas Stimme klang schneidend.
Der Alte fiel zusammen. »Vergebung, Aga! Warum habt ihr mir nicht gesagt, daß mich der Aga ruft, Schufte?«
Er wandte sich dem Aga zu: »Verzeih mir, mein Aga!«
»Stimmt es, daß du Dönes Sohn gesehen hast?«
»Ich habe es Döne gesagt ...«
»Dann wirst du es wohl auch mir sagen?« Hösük die Runkelrübe mußte seinen Bericht wiederholen, während die Menge ihn umdrängte. Er ließ keine Einzelheit aus, erzählte, wie er Memed um ein Haar mit der Sichel über den Kopf geschlagen hätte ...
Abdi Aga tobte. »Süleyman also! Süleyman erfrecht sich, mir meine Leute vor der Tür wegzuschnappen und zu seinen Hirten zu machen! Aber Süleymans Maß ist voll! – Du meinst doch den Süleyman vom Dorf Kesme, wie?«
»Ja, den.«
»Morgen hole ich ihn zurück!« rief er Döne zu.
Abdi Aga gab seinem Pferd die Sporen. Die Menge murmelte hinter ihm her.
Erst vor Süleymans Tür brachte Abdi Aga sein galoppierendes Pferd zum Stehen.
»Süleyman! Süleyman!«

Süleyman trat vor die Tür. Er wurde aschfahl, als er den Reiter erkannte. Der Aga beugte sich vom Pferd herab. »Süleyman! Schämst du dich denn nicht, mir meine Leute wegzuholen? Hast du überhaupt kein Gefühl für Anstand? Als ob Abdi einer wäre, dem man einfach einen Mann wegfängt! So was hat es noch nie gegeben. Schade um dich, Süleyman, mit deinem weißen Bart!«

»Steigt doch erst ab, Aga«, bat Süleyman. »Ich will Euch alles der Reihe nach erklären ...«

»Dein Haus betrete ich nicht. Wo ist der Bursche? Sag, wo steckt er?«

»Bitte bemüht Euch nicht, Herr. Ich hole ihn sofort.«

»Spar dir deine Reden! Zeig mir, wo der Kerl ist!« Süleyman senkte den Kopf. »Gehen wir, Aga.«

Er schritt vor dem Pferd her. Bis sie die Ziegen erreichten, sprach keiner von beiden ein Wort.

Memed saß in Gedanken versunken auf einem Stein. Als er Süleyman mit Abdi Aga auf sich zukommen sah, stand er auf, ging ihnen entgegen, als habe er nichts anderes erwartet. Sein Blick traf Süleyman. Der alte Mann sah zu Boden, in seinen Zügen lag die Hoffnungslosigkeit dessen, der sich in das Schicksal ergibt.

Abdi Aga trieb sein Pferd näher an Memed heran. »Los! Vor mich!«

Stumm, mit eingezogenem Kopf, lief der Knabe vor dem Pferd her.

Es war Mittag, als sie im Dorf anlangten, Memed vorn, Abdi Aga dicht hinter ihm reitend. Auf dem Wege hatte der Aga kein Wort gesprochen. Aber Memed war halb tot vor Angst, er könnte das Pferd antreiben und ihn zertrampeln. Er kannte seine Methoden. Vor Dönes Tür hielten sie an. »Döne, Döne, da hast du deinen Hund!« rief Abdi Aga.

Döne erschien, der Aga wandte sein Pferd. Mit einem Aufschrei schloß sie ihren Sohn in die Arme.

Bald fanden sich die Dorfleute ein. Nach und nach bildete sich ein Kreis um Memed. Jeder stellte eine Frage:

»Wo warst du, Memed?«
»Wie siehst du aus, Memed!«
»Heraus mit der Sprache, Memed!«
Auf die vielen Fragen schaute er nur stumm vor sich nieder. Die Menge wuchs immer mehr an.

5

Memed warf auch noch das letzte Korn auf die Tenne. Während des Schneidens hatte es ununterbrochen geregnet. Die von der Feuchtigkeit aneinanderklebenden Halme verbreiteten einen dichten schwarzen Staub. Memed hatte vom frühen Morgen an seine Garben auf den Haufen geworfen. In seinem kohlschwarzen, unkenntlichen Gesicht blitzten die Zähne. In der Mitte der runden Tenne türmte sich die Frucht. Auf der Umrandung des Dreschbodens blieb ein feuchter Kreis von schwachem Grün zurück.
Erschöpft ging Memed ein paar Schritte, ließ sich auf den Rücken fallen, das Gesicht zur Sonne. Zwischen den Stoppeln bewegten sich ganze Heersäulen von Ameisen, irgendwohin. Die Augen mit den Händen beschattend, blieb er eine Weile tief atmend so liegen.
Tagelang hatte er hart gearbeitet, erst das Korn allein geschnitten, auf dem Feld an der Storchenquelle, das voll von Ackerkratzdisteln war. Dann hatte er, zusammen mit seiner Mutter, die Garben gebunden, und danach hatte er tagelang den Dreschschlitten führen müssen. Jetzt war er nur noch Haut und Knochen, sein Gesicht war voller Falten, die Augen saßen über den eingefallenen Wangen tief in ihren Höhlen.
Ein Stück weiter weidete das alte Pferd, dürr und so abgeklappert, als könne es sich kaum auf den Beinen halten. Es mochte fünfzehn Jahre auf dem Buckel haben. Die Rippen standen ihm scharfkantig heraus, Fliegen krochen ihm über die

Augen. Mitten auf dem Rücken hatte es eine eiternde Wunde, die nie heilen wollte. Der schmutzige Kornstaub vom Dreschen klebte darauf. Immer wieder wurde das Tier von Bremsen gepeinigt.

Es war kurz vor Mittag. Memed, schweißüberströmt, drehte sich auf die Seite. Als er sich mit der Handfläche über das Gesicht gewischt hatte, mußte er eine Handvoll schwarzen Schweiß abschütteln.

Die im Sonnenlicht flimmernde Stoppelfläche blendete die Augen. Er war todmüde. Ab und zu sah er zwischen den Stoppeln zu dem Pferd hinüber, neben dem jetzt ein paar Störche hin und her stelzten. Erst schaute er den Störchen zu, dann versuchte er, den Ameisenkolonnen mit der Hand den Weg abzuschneiden. Die Insekten verfolgten unbeirrt, das Hindernis überkletternd, ihre Marschrichtung.

Mit einem verzweifelten Anlauf erhob er sich halb, setzte sich. Den Kopf auf das rechte Knie gelegt, träumte er ein wenig vor sich hin, aber bald war er wieder hellwach, stemmte sich mit den Händen vom Boden hoch, behutsam mit seinen schmerzenden Gliedern. Nachdem er Gesicht und Hals von den überall krabbelnden Ameisen befreit hatte, trat er zu dem Gaul, der neben einem staubigen Brombeergebüsch stand, einen seiner Vorderläufe leckend. Er zog ihn mit sich. Die riesigen blauen Blüten der Ackerkratzdisteln bewegten sich unter einem leisen Wind.

Mit Mühe schirrte er den alten Gaul an den Dreschschlitten. Das Tier schaffte es nicht mehr, das Gerät über das Korn mit den aufgequollenen Halmen zu ziehen. Memed stieg vom Schlitten, spannte sich selbst mit ein. Der Gaul strauchelte bei jedem zweiten Schritt, bis er schließlich schnaubend auf das Korn sank. Das arme Tier tat Memed leid, aber er wußte sich nicht mehr zu helfen. Das Pferd war schwarz von staubverschmiertem Schweiß, die vorstehenden Rippen flogen. Schaum bedeckte die Flanken, den Rücken und die Kruppe. Auch Memed brannten die Augen vom Schweiß, der ihm von der Stirn lief. Der dumpfig-feuchte Geruch des schon vom

Schimmel befallenen Korns nahm ihm den Atem. Eine Zeitlang drehte er den Dreschschlitten mit der Kraft der Verzweiflung im Kreis über dem Korn, bis es schließlich etwas leichter ging. Die Halme knirschten unter dem Gerät.
Gegen Mittag waren die Halme schon ziemlich zerquetscht, sie hatten ihre Schwärze verloren und glänzten jetzt hell. Hinter dem Schlitten stieg ein feiner goldgelber, brandig riechender Staub auf, der Memed langsam in die Nase drang und ihm die Schleimhäute beizte.
Weit weg stellte ein Mann Garben auf. Noch weiter in der Ferne waren andere zu sehen, die ihren Schlitten trieben. Sonst war kein Zeichen von Leben auf der grenzenlosen Ebene. Die Stoppeln standen hoch ... Die Mähmaschine nimmt das Korn glatt vom Boden ab, und die zurückbleibenden Stoppeln sind kaum eine Spanne lang. Wenn man mit der Hand schneiden muß, ist es anders, dann greift die Sichel kurz unterhalb der Ähre, und die Hälfte des Halmes bleibt stehen. Wo die Stoppelfelder aufhörten, dort begannen die Graudisteln.
Memed war wie ausgedörrt. Auch der Gaul trottete sterbensmatt, den Kopf bis auf den Boden hängend. Memed saß versunken auf dem Schlitten. Die Störche waren jetzt bis an den Dreschplatz herangekommen. Memed schien zu schlafen. Das Pferd knabberte dann und wann lustlos an den Halmen, aber sie fielen ihm gleich wieder aus dem Maul. Memed nahm nichts mehr wahr, die Sonne brannte unbarmherzig auf ihn nieder. Einmal stand er auf, blickte lange in die Richtung, wo das Dorf lag. Kein Mensch war zu sehen. Er biß die Zähne aufeinander. Seine Mutter wollte ihm zu essen und zu trinken bringen. Er schluckte trocken. Keinen Tropfen Speichel mehr hatte er im Mund. Er kroch wieder auf den Schlitten. Das Pferd stand regungslos, den Kopf zwischen die Halme gesteckt. Memed hatte es nicht einmal bemerkt.
»Hühott, mein Gaul!«
Jetzt riß er am Zügel. Die Fliegen umschwärmten das Tier, das sich vergeblich der Peiniger zu erwehren trachtete.

Zornig stand Memed auf, hielt wieder zum Dorf hin Ausschau. Jetzt tauchte hinter den Ackerkratzdisteln ein Kopf auf. Gleich darauf erkannte er seine Mutter. Schnell wurde sein Zorn zur Freude. Die Mutter kam näher, schweißüberströmt, die Hand, in der sie den Mundvorrat trug, schleifte fast am Boden.

»Wie ist's gegangen, mein Kind? Bist du jetzt über den Berg?«

»Die Garben liegen alle«, sagte Memed.

»Aber die Halme sind dick, nicht wahr?«

»Waren sie, ja. Aber jetzt geht's schon leichter.«

Er nahm ihr den Wasserkrug ab, trank in endlosen Schlucken. Das Wasser rann ihm vom Kinn über die Brust bis zu den Beinen hinab.

»Komm herunter, Junge«, sagte die Mutter. »Ich will ein bißchen weitermachen. Iß dein Brot!«

Er gab ihr die Zügel in die Hand, ging in den Schatten des Brombeerdickichts und öffnete den Proviantbeutel. Zwiebeln waren darin, Salz und ein Säckchen Ayran, auf dem es von winzigen Mücken wimmelte. Den Ayran füllte er in eine Schale.

Nachdem er gegessen hatte, legte er sich im Schatten nieder. Nur sein Unterkörper und seine Beine lagen in der Sonne. Er schlief sofort ein. Als er wieder aufwachte, stand die Sonne schon tief. Er rieb sich die Augen, erhob sich und lief zum Dreschplatz. »Mutter, du bist jetzt müde!«

»Komm, steig wieder auf«, sagte sie, traurig, daß sie nicht mehr geschafft hatte.

Zwei Tage später wurde das Korn geworfelt, am Tag darauf fegte man die Spreu weg. Am folgenden Tag dann häuften sich die rötlichen Weizenkörner in der Mitte der Dreschplätze. Aber sie konnten den Weizen noch nicht in die Säcke füllen und nach Hause schaffen. Der Körnerhaufen blieb mitten auf dem Dreschplatz liegen, denn erst mußte Abdi Aga kommen und sich seinen Anteil holen. Diese Nacht über hielt Memed mit seiner Mutter Wache bei der Ernte, unter fortwährendem Kampf mit den Fliegen.

Der Morgen kam, Abdi Aga erschien nicht. Auch mittags noch keine Spur von ihm. Am Nachmittag kam er endlich. Drei seiner Tagelöhner ritten mit Packsätteln hinter ihm. Sein Gesicht verhieß nichts Gutes. Döne kannte ihn zu lange, um dabei nicht vor Angst zu erschauern. In ihrem lederartig verrunzelten Gesicht erschienen noch mehr Sorgenfalten.
Abdi Aga befahl sie mit einem Wink zu sich. Seinen Leuten rief er zu: »Drei Viertel für uns, eines für Döne.«
Döne klammerte sich an seinen Steigbügel. »Nein, Herr! Bitte nicht! Dann müssen wir diesen Winter verhungern. Bitte, bitte, Aga, Eure Fußsohlen will ich küssen!«
»Laß das Geflenne, Döne! Du kriegst genau, was dir zusteht.«
»Mein Teil ist ein Drittel«, ächzte sie.
Der Aga beugte sich von seinem Pferd herab, schaute Döne in die Augen. »Wer hat dein Feld geackert, Döne?«
»Ich, Herr.«
»Und meine Tagelöhner haben dir nicht geholfen?«
»Doch, Herr.«
»Hör mal, Döne!«
»Bitte, Herr?«
»Du hättest lieber deinem Sohn sagen sollen, er solle nicht fortlaufen und Ziegenhirt bei Süleyman spielen!« Damit trieb er sein Pferd an.
Döne war totenblaß geworden. »Um Gottes willen, tut das nicht, Aga!«
Sie konnte es nur noch matt hinter ihm herrufen.
Die Tagelöhner machten sich daran, die Anteile abzumessen, drei Viertel für den Aga, ein Viertel für Döne. Der eine Haufen türmte sich immer höher, der andere schrumpfte zusehends zusammen.
Döne sah auf beide Haufen und stieß Verwünschungen aus: »Gib Gott, daß du mit deinem Anteil nicht glücklich wirst, Ziegenbart! Für Ärzte und Spital soll es draufgehen! Die Würmer sollen darin herumkriechen, damit er's nicht fressen kann!«
Die Tagelöhner luden des Agas Anteil auf die drei Pferde.

Keiner sprach ein Wort mit Döne. Einer wie der andere blieb stumm wie die Erde. Memed setzte sich neben seine Mutter. Ein kleiner Weizenhaufen lag noch inmitten des staubigen Dreschplatzes. Und eben war er noch so hoch gewesen. Der Knabe blickte vom Rest der Ernte zu seiner Mutter. Schuldbewußt schwieg er mit finsterem Gesicht vor sich hin.
»Jetzt verstehe ich, warum er dich nicht geschlagen hat, als er dich von Süleyman zurückbrachte«, sagte die Mutter. »Er wollte uns unser bißchen Brot wegnehmen, der Gottlose.«
Memed konnte nicht mehr an sich halten. Er brach in Schluchzen aus: »Alles meinetwegen ...«
Mit all ihrer Kraft drückte sie ihn an sich. »Was soll jetzt nur werden?«
»Der Winter ...«, sagte Memed.
»Der Winter ...« Dann begann auch sie zu weinen. »Oh, wenn nur dein Vater noch da wäre ...«

6

Eine einzige Kuh hatten sie. Die hatte dieses Jahr gekalbt, ein Stierkalb. Hätte Memed nur ein Dönüm eigenes Land gehabt, so hätte er ungeduldig auf einen zweiten kleinen Stier im nächsten Jahr gewartet. Die beiden Kälber würden dann zusammen aufwachsen. Ein Paar junger Stiere mit geschwungenen Hörnern, auf einer weiten Matte ... Sie beugen sich nicht leicht ins Joch. Man hat seine Last mit den Biestern. Aber schließlich sind sie sanft wie Lämmer, weil er es mit ihnen versteht ... Disteln, auf seinem Feld? Laß sie wachsen, ein, zwei Jahre lang. Dann, im dritten Jahr, vertilgen wir sie mit Stumpf und Stiel. Vorausgesetzt, der Acker gehört mir ...
Neugeborene Stierkälber haben rötliches, ins Purpurne spielendes Fell. Aber es verändert bald seine Farbe, wird gelb, hellrot und endlich purpurrot. Der Flaum an den Ohren ist

samtweich. Es fühlt sich wohlig kühl und weich an, wenn man mit der Handfläche daran rührt. In allen armen Bauernhäusern wird dem Kalb ein Platz in der Nähe der Feuerstelle eingeräumt, dicht neben den Schlafplätzen der Menschen. Man bereitet ihm eine Lagerstatt aus Frühlingsgras voller Blumen. Der Wohnraum riecht nach Frühlingsblumen und Dung. Darunter mischt sich der Milchgeruch des Kalbes. Erst im Herbst, wenn es größer geworden ist, bringt man das Kalb zu den anderen Rindern in den Stall.

Dieses Frühjahr war vergangen, ohne daß sich Döne viel um ihr Kalb gekümmert hätte. In anderen, weniger von Sorge erfüllten Tagen wäre das Jungtier die Freude des Hauses gewesen, wenn es wie der leibhaftige Frühling umhersprang.

Ihr Haus bestand nur aus einem nicht einmal mannshohen Raum mit einem Lehmdach darüber. Dieses Dach war das einzige im Dorf, das dem großen Herbstregen standhielt. Memeds Vater hatte den Lehm kurz vor seinem Tode aus Sarıçağşak geholt. Dem Lehm von Sarıçağşak kommt kein anderer gleich. Er hat Erdkristalle in sich, gelbe, rote, violette, blaue, grüne, alle durcheinandergemischt. Bei Sonnenschein glitzerte das Dach in allen Regenbogenfarben.

Den ganzen Sommer hindurch hatten sie beide, Mutter und Sohn, draußen gearbeitet, was ihre Kräfte hergaben, nur um im Herbst entmutigt und sorgenvoll ins Haus zurückzukehren. Jetzt erst wurde ihnen richtig bewußt, daß sie ein Kälbchen im Hause hatten, aus dem inzwischen ein ansehnliches Jungtier geworden war.

Die Mutter warf ein großes Scheit Holz aufs Feuer. Draußen schwammen dunkle Wolken nordwärts. Kurz darauf erhellte ein Blitz den Raum. Die Herdflammen verzehrten einander, als Memed mit blaugefrorenen Händen eintrat. Er hockte sich neben die Feuerstelle, blickte auf die Kuh, die zufrieden wiederkäuend dalag. Sie hatte Stroh vor sich liegen, fraß aber nicht. Hinten im Raum war noch mehr Stroh aufgeschichtet. Er stand auf, trat neben die Kuh, griff dem neben ihr stehenden Kalb ans Ohr. Aber das Tier liebte diese Berührung nicht,

es zog den Kopf weg und wechselte auf die andere Seite der Kuh hinüber. Der Knabe lächelte.
»Das hat Findik am Aliçli Dere geboren, als du weg warst«, sagte seine Mutter. »Ich suchte sie überall, und dann fand ich sie in einem Gestrüpp, um Mitternacht. Da stand sie neben ihm und leckte ihm den Kopf. Erst wollte sie mich gar nicht zu ihm lassen, aber schließlich habe ich es in meine Schürze gewickelt und heimgetragen.«
»Groß geworden ist es!«
Dann starrten sie schweigend in die Glut, ohne einander anzusehen.
»Anders geht es nicht«, sagte Döne plötzlich, »wir müssen es drangeben. Das Mehl ist jetzt schon verbraucht.«
Memed schwieg.
»Er wird uns so gut wie nichts dafür geben. Er hat es ohnehin auf uns abgesehen. Bis zum Sommer kommen wir nicht durch.«
Memed antwortete nicht.
»Es bleibt uns doch nichts anderes übrig, mein Junge! Ach, wärst du nur nicht davongelaufen. Das ist unser Verderben.«
Langsam hob er den Kopf, blickte seiner Mutter ins Gesicht, die Augen voll Tränen. »Ich bin ja nur der Vorwand! Wenn ich nicht wäre, würde er einen anderen Grund finden.«
»Da hast du recht. Er war schon deines Vaters Feind, der Gottlose.«
Und dann wandten sie sich beide der Kuh zu. Es war eine rötliche kräftige Kuh mit weißen Punkten an der Stirn.
Der Winter kam mit kniehohem Schnee. An einem dunklen schneeverhangenen Mittag hatte Döne den rußschwarzen Kupfertopf auf den Herd gestellt. Das Wasser kochte schon geraume Zeit, als die alte Cennet eintrat.
»Kommt, setzt Euch, Frau Cennet«, sagte Döne.
»Ach, wozu soll ich mich setzen, Schwester«, ächzte die Alte. »Seit dem Morgen laufe ich von Haus zu Haus. Ich weiß mir nicht mehr zu helfen. Ich höre, daß auch du keinen Weizen mehr hast. Und die Gerste sei auch zu Ende. Wir haben

schon seit einer Woche nichts mehr. Schon lange kann man den Boden in den Säcken sehen.
Mit unserer Ernte war es nichts dieses Jahr, Schwester. Ja, wenn wir noch soviel gehabt hätten wie ihr ... Mein Alter ist schon überall gewesen und wollte borgen, aber keiner kann etwas abgeben.«
Dann sah sie das Wasser auf dem Herd kochen. »Was willst du denn da kochen?« fragte sie absichtsvoll.
»Kochen? Wasser.« Döne lächelte bitter.
»Hast du denn gar nichts mehr?« Cennet staunte ungläubig.
»Was wir haben, steht da auf dem Feuer.«
In der Stimme der Alten klang Mitleid: »Ja, und was willst du nun tun?«
»Ich weiß es nicht.«
»Willst du nicht Mustulu noch einmal fragen?«
»Der hat auch nichts mehr.«
Der Schneesturm ließ alles Leben ersterben. Das sind Tage, an denen man die Augen nicht aufmachen kann, an denen man nicht einmal einen Hund draußen sieht. Das Dorf liegt tot und stumm wie ein Berggipfel. Überall sind Türen und Kamine abgedichtet. Jede Verbindung von Haus zu Haus hört auf. Jetzt blieb kein Haus mehr, wo Döne nicht auf ihren Bittgängen angeklopft hätte. So brachte sie sich und Memed von einem Tag zum anderen durch, vielleicht eine Woche lang, vielleicht ein paar Tage länger. Nur an einem Haus klopfte sie nicht an ... Nein, dort nicht. Lieber Hungers sterben.
Es war jedes Jahr dasselbe. Mehr als die Hälfte der Dorfbewohner hatten nichts mehr zu essen. Dann kamen sie bettelnd zu Abdi Aga. Döne brachte es nicht über sich.
Aber der Junge ... Er sprach seit Tagen kein Wort. Nicht ein Tropfen Blut war mehr in seinem Gesicht, seine Lippen waren dünn wie Papier. Alles Leben war aus ihm gewichen, den ganzen Tag blieb er reglos auf einem Fleck sitzen und brütete, den Kopf zwischen den Händen, vor sich hin. Seine ganze Lebenskraft, Haß, Liebe, Angst und Mut speicherte sich in seinen übergroßen Augen. Dann und wann sprang ein winzi-

ger Funke in diesen Augen auf, wie im Auge des Tigers, der zum Sprung auf seine Beute ansetzt, um sie zu zerreißen. Wo mochte er wohl herkommen? Vielleicht war er ihm angeboren. Wahrscheinlich aber kam er von der Folter, der Not und dem Kummer, die er zu ertragen hatte.
Am Himmel ballten sich immer noch die schwarzen Wolken. Vor Abdi Agas Tür stand ein sich in der Kälte aneinanderdrängender Haufen zitternder Menschen in zerlumpten handgewebten Kleidern. Nur eine Gestalt stand abseits: Döne. Sie alle warteten auf Abdi Aga, von dem sie hofften, er werde erscheinen und mit ihnen reden. Er kam dann auch mit seinem schmalen Spitzbart, mit seiner Gebetskette aus neunundneunzig Perlen, ein Käppchen aus Kamelhaar auf dem Kopf.
»Na, habt ihr schon wieder nichts mehr?«
Keiner sprach. Als er Döne allein hinter der Gruppe stehen sah, rief er:
»Du geh nur gleich wieder nach Hause. Du kriegst nichts von mir, nicht ein Körnchen. Hörst du? Bis heute hat in meinem Dorf noch keiner versucht, in ein fremdes Dorf fortzulaufen und dort Tagelöhner bei einem anderen zu werden! Das ist hier neu. Das hat erst dein Sohn, der Däumling, erfunden. Geh nach Hause ...«
Und zu den anderen gewandt: »Folgt mir!«
Dabei zog er einen Schlüsselbund aus seiner Pluderhose und ein Notizbuch aus der Westentasche.
Als sich Döne wieder etwas in der Gewalt hatte, rief sie hinter ihm her: »Er ist ein unmündiges Kind, Aga! Laßt uns nicht verhungern.«
Er blieb stehen, drehte sich um. Die Menge tat es ihm nach.
»Was schert mich das! Soweit ich zurückdenken kann, ist aus Değirmenoluk keiner weggelaufen und hat sich in einem anderen Dorf als Hirt oder Tagelöhner verdungen. So etwas hat es noch nie gegeben ... Also, geh nur nach Hause, Döne.«
Als er die Tür des Kornschuppens öffnete, drang warmer, staubiger Weizengeruch heraus. Er blieb an der Tür stehen.
»Hört zu, ihr: Daß ihr mir dieser Döne nicht ein Korn gebt!

Bis jetzt ist in Değirmenoluk noch niemand verhungert. Aber sie wird verhungern. Oder sie verkauft, was sie vielleicht noch hat. Wenn ich höre, daß einer ihr etwas gibt, komme ich und nehme ihm weg, was ich ihm gegeben habe. Nur damit ihr Bescheid wißt.«
Aus der Menge murmelte es: »Es reicht ja nicht einmal für uns ...« Ein Weib kreischte: »Hätte er nicht weglaufen sollen ... Was geht's uns an? Soll sie verrecken!«
Alle kehrten mit einem Sack voll Vorräten nach Hause zurück. Roggen, Weizen und Gerste, von allem ein wenig.
Am nächsten Tag war der Platz vor der Mühle, am anderen Ende des Dorfes dicht unter der großen Platane, mit Säcken verbarrikadiert. Jetzt war der große Tag für Ismail den Ohrlosen, den Müller. Er hatte alle Hände voll zu tun. Gegen Abend drang der warme Duft frischen Brotes aus allen Häusern.
Durmuş Ali war der freundlichste Mann im Dorf, ein Sechziger, kernig wie eine alte Platane, der aus winzigen Äuglein in die Welt schaute. Sein ganzes Leben lang hatte er nie Schuhwerk an den Füßen getragen. Eine dicke, rissige schwarze Hornhaut an den Sohlen tat ihm den gleichen Dienst. Seine Füße waren so groß, daß es keine Schuhe, auch nicht Bauernschuhe, gab, in die sie passen würden. Fragte ihn einer, warum er immer barfuß gehe, so waren nur lästerliche Flüche von ihm zu hören.
Die Frauen waren mit Backen beschäftigt. Eine knetete Teig, eine rollte die Laibe, eine buk sie auf dem Backblech. Dickes Fladenbrot häufte sich schon daneben an.
Ali aß mit Behagen ein paar davon. Plötzlich wurden ihm die Augen feucht. »Frau, es will mir nicht recht schmecken heute.«
»Aber was hast du denn, Ali?«
»Die Leute von unserem Ibrahim. Es geht mir nicht aus dem Kopf, was der gottlose Abdi mit ihnen macht. Er hat Döne zum Teufel gejagt. Nicht ein Körnchen hat er ihr gegeben gestern.«

»Die Ärmste!« sagte die Frau. »Ja, wenn Ibrahim noch da wäre …«
»Abdi hat uns sogar gedroht …«
»Ich weiß, ich hab's gehört.«
»Kann es so etwas geben? Daß zwei Mäuler Hunger leiden müssen, vor unser aller Augen, mitten in diesem großen Dorf?« So wütend schrie er es hinaus, daß es weit weg noch zu hören war. »Komm, Frau, mach ein anständiges Bündel von dem Brot zurecht. Und füll auch ein Ölçek Mehl in ein Säckchen ab. Ich bring es Ibrahims Leuten.«
Die Frau klopfte sich das Mehl vom Rock, erhob sich vom Brotbrett. Ali eilte aus der Tür, beladen mit Sack und Bündel. Er glich einem mächtigen Baum, in dessen Ästen der Sturm tobte. Erst vor Dönes Haus kam er zur Ruhe.
»Döne, Döne, mach die Tür auf!« rief er.
Döne und ihr Sohn saßen in sich zusammengesunken am erloschenen Herdfeuer, erstarrt wie Stein. Als Döne endlich die Stimme erkannte, raffte sie sich zusammen, stand auf und öffnete apathisch die Tür. »Tretet nur ein, Ali Aga.«
Ali mußte sich durch den Eingang hindurchbücken. »Was läßt du mich den halben Tag draußen stehen, Mädchen? Und warum brennt hier kein Feuer?«
Vor Alis lachendem, gütigem Gesicht verloren Memeds Augen das wilde Sprühen.
Ali zeigte auf das Vorratsbündel: »Gott ist barmherzig!«
»Ja, man sieht es.«
»Aber kalt ist mir, Döne. Schau nur, das Kind ist ganz in sich zusammengekrochen. Komm, mach Feuer!«
Döne sah mit leeren Augen zum Herd. »So, ist es ausgegangen? Ich habe es gar nicht gemerkt.«
Sie legte Holz auf, brachte das Feuer wieder zum Brennen.
»Dieser gottlose Abdi …«
Bei dem Namen Abdi erschienen die Funken wieder in Memeds Augen.
»Wer den totschlägt, um dessen Hand wird der ewige Glanz sein. Ins Paradies wird er eingehen«, sagte Ali. »Sein Vater war

ganz anders. Der hatte auch für die Dorfleute immer ein gutes Herz.«
Nach Ali brachten auch noch andere Döne zu essen. Abdi erfuhr nie etwas davon. Aber mit dem, was ihr die Mitleidigen brachten, konnte sie sich nur zwei Wochen lang weiterhelfen. Als die beiden zwei Tage gehungert hatten, band Döne, ohne ein Wort zu sprechen, der Kuh einen Strick um den Hals.
»Mutter …«, sagte Memed, als sie das Tier hinter sich her zog.
Sie stöhnte nur: »Mein Junge …« Dann führte sie die Kuh bis vor Abdi Agas Tür. Dursun sah sie draußen stehen und sagte seinem Herrn Bescheid. Als der Aga erschien, blickte sie zu Boden. Ihr spitzes Kinn, ihre Lippen, ihr ganzer Körper zitterten.
Abdi Aga schlug der Kuh mit der Hand auf den Rücken. »Willst du sie verkaufen, Döne?«
»Ja, Aga.« Sie flüsterte es fast, ohne den Blick vom Boden zu erheben.
Er winkte Dursun herbei. »Nimm Schwester Döne die Kuh hier ab und bring sie in unseren Stall.«
Dann zog er den Schlüsselbund aus der Tasche.
»Hast du einen Sack mitgebracht, meine Tochter Döne?« Seine Stimme war weich, liebevoll.
»Ja«, sagte Döne.

7

Wo Eichen wachsen, dort sieht man kaum einen anderen Baum. Dort gibt es auf Bergen und Felsen, Tälern und Hügeln nur Eichen. Sie sind von einer besonderen Art, mit kurzen, dicken Stämmen und verkrüppelten, nicht über einen Meter langen Ästen. Dicht aneinander sitzen ihre dickfleischigen, grünen Blätter. So fest haben sie sich mit der Erde ver-

bunden, mit all ihren Kräften, daß es scheint, nichts werde sie jemals von ihr trennen können. Eichenboden ist trocken, weiß wie Kreide. Es ist, als habe sich der Boden verschworen, außer den Eichen kein Wachstum zu dulden.
Zwischen Kadirli und Ciğcik liegen kleine, sanft gebreitete Hügel mit fetter, toniger, pechschwarzer Erde. Das sind die letzten Ausläufer der alten Çukurova-Sümpfe. Sie grenzen im Westen an die Sümpfe von Ağcasaz, im Osten an die Kiefernwälder des Taurus. Diese Hügel sind von oben bis unten bebaut. Auf den Feldern stehen Eichen, so hoch wie Zypressen. Ihre Zweige versprühen frisches Grün. Ihre Stämme sind nicht schwielig verknorpelt wie die der kurzen Eichen unweit. Es sind glatte Stämme, wie sie Pappeln haben. So stehen sie mitten auf den Feldern, als ob sie nicht Eichen wären, sondern irgendwelche gewöhnliche Bäume.
Das Distelfeld wogte grün, purpurn und weiß. Steine und Boden waren mit Reif bedeckt. Mitten im Distelfeld pflügte er, zerriß sich die Beine, unbarmherzig biß die trockene Morgenkälte. Unter der weißen Hitze führte er den Dreschschlitten, ausgedörrt und zu Tode erschöpft. Von dem, was er dem Boden mit Zähnen und Nägeln abgerungen hatte, riß ihm Abdi Aga drei Viertel aus der Hand. Den anderen nahm er nur zwei Drittel ab. Von diesem Jahr an war der Haß sein ständiger Begleiter, der ihn nie mehr verließ. Er schlug und erniedrigte ihn, wie es ihm einfiel.
Jeder Mensch wächst heran und entwickelt sich je nach dem Boden, auf dem er geboren wird. Memed war auf unfruchtbarem Boden herangewachsen. Tausendundeine Not hatten seine Entwicklung auf halbem Wege stillstehen lassen. Schultern und Beine waren nicht voll ausgeformt, seine Glieder glichen trockenen Ästen. Das Gesicht mit den ausgehöhlten Wangen war tief verbrannt von der Sonne. Er hatte etwas von der mit dem Boden in eins verwachsenen Eiche. In seinen scharfen, strengen Zügen war nur eine kleine Insel der Jugendfrische geblieben, die Lippen. Es waren Kinderlippen mit ihrer Röte, ihrem zarten Schwung, über die immer ein Lä-

cheln zu spielen schien, angenehm abstechend von der strengen Bitterkeit, die sonst in diesem Gesicht herrschte.
An diesem Morgen wußte sich Ince Memed vor Freude nicht zu fassen. Er lief vor die Tür, spazierte im Sonnenschein herum, trat wieder ins Haus. Wieder und wieder zupfte er das Taschentuch zurecht, das er in die Tasche seiner neuen, von Schmugglern stammenden Jacke gesteckt hatte. Dann probierte er seine neue Mütze auf, zog sich die langen schwarzen Haarsträhnen darunter in die Stirn hinein. Er versuchte auch, sie zurückzustreichen, aber so befriedigten sie seinen prüfenden Blick im Spiegel nicht. Er zog sie sich wieder in die Stirn. Ja, so konnten sie bleiben. Auch die Pluderhose, die er schon vor zwei Jahren gekauft hatte, trug er heute zum ersten Mal. Dann zog er vielerlei Strümpfe an und aus. Er hatte eine ganze Menge davon, seine Mutter verstand sich aufs Stricken, und die Muster, mit denen sie die Strümpfe bestickte, waren besonders schön.
Die Wahl fiel ihm schwer, und er ging mit einem heimlichen Seitenblick auf seine Mutter zur Truhe, öffnete sie und atmete den eigenartigen Geruch des Wildapfelholzes, der daraus emporstieg. Als er sich hinabbeugte und nach einem besonders bunt und kunstfertig bestickten Paar griff, durchflutete ihn Wärme, und er begann zu zittern ... Die satten Farben leuchteten auf dem düsteren Grund der Truhe. Aber erst als er die kleinen Kunstwerke ans Tageslicht geholt hatte, entfalteten sie ganz ihre strahlenden Farben.
Ein Volkslied hat nachts einen ganz anderen Klang als am Tage. Die Jungen singen es anders als die Alten. Auf dem Berge, in der Ebene, im Wald oder am Meer gesungen – immer hört es sich wieder anders an. Sogar mit den Tageszeiten wechseln Klang und Stimmung des Liedes. Genauso ist es mit diesen bestickten Strümpfen. In ihren Stickereien liegt ebensoviel Gefühl und Vorstellungskraft wie in den alten Liedern. Die harmonische Vereinigung der Farben, Gelb, Rot, Blau, Grün, Orange und andere mehr, läßt ein warmes, weiches Gefühl aufkommen. Mit Hingabe und Kunstfertigkeit

gearbeitet, wird ein solches Gebilde zu einem Zeichen der Freundschaft, der Liebe.
Diese Strümpfe waren ein Liebesgruß, daher Memeds Zittern, wenn er sie berührte. Das Stickmuster zeigt, wenn es diese Bedeutung haben soll, in ständiger Wiederkehr zwei sich schnäbelnde Vögel und zwei Bäume mit schlanken Stämmen, jeder nur mit einer Blüte. Die Bäume stehen dicht beieinander, und ihre Blüten berühren sich wie in einer Liebkosung. Zwischen diesen beiden Mustern fließt ein weißer, von roten Felsen eingerahmter Strom.
In Memeds Innerem drehten sich die Bilder und Farben wie in einem Tanz. Er zog die Strümpfe an, sie reichten ihm bis an die Knie. Über seine halbe Beinlänge küßten sich die Vögel und Blumen, floß der weiße Strom dahin.
Wie schön wäre es, jetzt Hatçe zu begegnen. Als ihm dieser Gedanke durch den Kopf ging, hatte er schon den Weg zu ihrem Haus eingeschlagen. Er sah sie vor der Tür stehen, ihre großen, strahlenden Augen lachten ihm zu. Sie war glücklich darüber, daß er die von ihr gestrickten Strümpfe trug.
Als Memed aus dem Dorf zurückgekehrt war, setzte er sich vor dem Haus auf einen Stein. Bald danach kam sein Freund, mit dem er sich verabredet hatte.
»Seid mir bloß vorsichtig, Kinder!« mahnte Döne. »Wenn Abdi etwas erfährt, dann geht's euch schlecht.«
»Da brauchst du keine Angst zu haben«, sagte Memed.
Sein Freund Mustafa, der Sohn Alis des Glatzköpfigen, war wie er selbst in diesem Jahr achtzehn geworden. Die beiden hatten so lange die Köpfe zusammengesteckt und von der Kreisstadt phantasiert, bis es für sie nichts anderes mehr gab als die Entschlossenheit, sie mit eigenen Augen zu sehen. Seit Dursuns märchenhafter Schilderung der Çukurova – das war jetzt schon Jahre her – ließ es ihnen keine Ruhe mehr. Aber immer, wenn sie das Abenteuer wagen wollten, gab es irgendeinen Hinderungsgrund, einmal Mustafas Vater, dann Memeds Mutter. Hinzu kam die gemeinsame Furcht vor Abdi Aga.
Schließlich hatten sie vor drei Tagen ihren ganzen Plan Döne

offenbart. Erst wollte sie nichts davon hören. »Wie könnt ihr jungen Burschen einfach in die Stadt gehen? Wenn Abdi Aga davon erfährt – der jagt uns aus dem Dorf!«
Memed bettelte. Und am Ende fügte sie sich seufzend: »Ach, mag er mit uns machen, was er will ... Es ist ja alles gleich.«
Mustafas Vater sagten sie, daß sie auf die Hirschjagd gehen und ein paar Tage im Gebirge bleiben wollten. Schließlich waren Memed und Mustafa oft genug zusammen auf der Jagd gewesen. Memed galt als der beste Schütze im Dorf, der selbst einen Floh nicht verfehlte. Ali der Glatzköpfige hätte ihnen natürlich nicht geglaubt, wenn er sie in ihren besten Kleidern und mit »Liebesstrümpfen« gesehen hätte. Mustafa ließ das zum Schein mitgenommene Gewehr in Dönes Haus zurück. Während der ganzen Nacht taten sie vor lauter Pläneschmieden kein Auge zu. Noch vor Morgengrauen machten sie sich auf den Weg. Sie gingen schnell, als fürchteten sie, zu spät an ihr Ziel zu gelangen. Die kühle Morgenbrise ließ sie frösteln. Bis es Tag wurde, sprachen sie nicht, sie gönnten sich nicht einmal eine kurze Verschnaufpause. Erst auf einer grünen Ebene machte Memed halt. »Da hinten muß Sariboğa liegen. Wenn wir das hinter uns haben, kommt Değirmenler, dann Dikirli. Hinter Dikirli liegt die Stadt.«
»Die Stadt ...«, wiederholte Mustafa.
Sie verfielen wieder in ihren schnellen Schritt. Ab und zu blieben sie einen Augenblick stehen, lächelten sich zu, marschierten weiter. Bald hatten sie Süleymanli mit der verbrannten Holzbrücke, dem unterirdischen Wegstück und dem Märtyrergrab hinter sich. Zur Mittagszeit erreichten sie Torunlar. Es war warm geworden. Inmitten rot blühender Granatapfelbäume ließen sie sich auf den feuchten Boden nieder. Plötzlich tauchte zwischen den Bäumen ein hochgewachsener Greis auf mit nackter, graubehaarter Brust, langen grauen Haaren und weißem Bart, müde und schwitzend.
»Friede sei mit euch, Burschen.« Er hatte eine kräftige, hallende Stimme. Kaum saß er neben den beiden, als er auch schon ein Bündel Mundvorrat aus seinem Tragsack zog, feines,

krustig gebackenes, schneeweißes Brot, eine riesengroße rote Zwiebel und auch etwas Magermilchkäse.
Der Alte begann zu essen.
»Kommt her, ihr Burschen«, forderte er sie auf. Memed sagte: »Mahlzeit!«
»Mahlzeit!«
Der Alte drängte: »Kommt, kommt doch!«
Memed sagte nur: »Guten Appetit!«
Mustafa: »Guten Appetit!«
Der Alte wollte sich nicht zufriedengeben.
»Wir wollen in der Stadt essen«, fügte Memed hinzu.
Mustafa wiederholte: »Wir werden in der Stadt essen.«
»Ah, ich verstehe«, schmunzelte der Alte. »Stadtbrot lockt. Aber ihr habt noch eine schöne Strecke Weg bis dahin.«
»Wir werden dort essen.«
»Ja, wir werden dort essen.«
Neben ihnen schäumte ein reißendes Wildwasser zwischen Felsen. Kauend deutete der alte Mann auf den Bach. »Immer diesen Wasserlauf entlang – dann könnt ihr den Weg nicht verfehlen.«
»Und du? Willst du nicht mit?« fragte Memed.
»Ja – zur Stadt will ich ja auch, aber mit euren jungen Füßen können die meinen nicht mehr mit!«
Er beendete sein Mahl, verschnürte sein Bündel wieder, ging ans Ufer, legte sich nieder und trank reichlich. Dann wischte er sich Mund und Bart mit der Handfläche ab und setzte sich zu den Burschen. Er griff nach einer großen Tabaksdose, nahm ein irgendwo herausgerissenes Blatt Papier, rollte sich eine fingerdicke Zigarette und schlug Feuer. Als der Zunder endlich flammte, stieg ein angenehmer Duft auf.
Der Alte rückte sich bequem am Stamm eines Granatapfelbaums zurecht. »Nun erzählt mal, ihr Jungen. Wo kommt ihr her?«
»Von Değirmenoluk«, antwortete Memed.
»Von Değirmenoluk«, wiederholte Mustafa.
»Also aus dem Dorf von diesem ziegenbärtigen Abdi, dem

Gottlosen? Man hört ja, daß er sich als Aga wie ein Heide aufführt, die Bauern versklavt, sie hungern läßt und so weiter. Im Winter sollen dort die Leute vor Hunger umkommen. Sie sagen, keiner darf sich verheiraten, ohne daß er es erlaubt. Nicht einmal aus dem Dorf herauswagen dürften sich die Leute, heißt es. Auf seinen Dörfern soll er die Leute zu Tode prügeln. Er soll der Padischah über fünf Dörfer sein! Und da gibt es keine Regierungsgewalt außer ihm! Er kann mit jedem machen, was er will! Nun hört bloß – ausgerechnet Abdi, der Geißbart. So etwas nennt sich jetzt Aga!« Lachen schüttelte ihn. »Oh, Abdi, alter Ziegenbart!«
Dann, wieder ernst, mit finster gerunzelten Brauen, fragte er: »Sagt mal, ist das eigentlich alles wahr?«
Die beiden Jungen sahen sich an. In Memeds Augen glomm der böse Funke auf. Der Alte hatte die verstörte Scheu bemerkt, die den beiden die Sprache verschlug.
»Wißt ihr auch, ihr Burschen, daß er in Wirklichkeit so feige ist wie ein Hase, dieser geißbärtige Hund, dieser lächerliche Dorftyrann? Wie ein Weib ist er, dieser feine Held. Schade, Jungens, schade. Jetzt ist es zu spät dazu, aber hätte ich nur gewußt, daß so ein Hund aus ihm werden würde, zur Hölle hätte ich ihn geschickt. Tausendmal schade darum! Der Ziegenbart!« Wieder brach er in schallendes Gelächter aus. »Hahaha, der Abdi will Sultan spielen! Kerl, hätte ich das geahnt! Den Fluch über seine Mutter!«
Die beiden dicht nebeneinander hockenden Jungen betrachteten ihn mit ungläubigem Staunen.
»Also zu Abdis Dorfleuten gehört ihr! Ja, es ist schon eine ganze Weile her, seit er winselnd vor mir auf dem Bauch gelegen hat!«
Das kam Mustafa so unglaubhaft vor, daß er sich nicht mehr beherrschen konnte. Es half nichts, daß ihn Memed in die Seite stieß, dem Alten war das breite Lächeln des Burschen nicht entgangen.
»Habt ihr noch nie von Ahmet dem Mächtigen gehört?«
»Doch. Den kennen wir«, sagte Memed.

»Dich meine ich!« wandte sich der Alte streng an Mustafa. »Hast du auch von ihm gehört?«
»Aber gewiß doch!« grinste Mustafa. »Es gibt ja keinen, der ihn nicht kennt.«
»Als Abdi durch Siyringaç kam, wurde er von zwei Räubern ausgeplündert. Seine Frau nahmen sie mit. Und Abdi kam zu mir und lag zu meinen Füßen. Ich habe ihm seine Frau wieder herbeigeschafft, ich habe sie ihm zurückgegeben. Ja, hätte ich damals gewußt, daß er die Armen bedrücken würde ...«
Ahmet der Mächtige war in den Bergen zu einer Legende geworden. »Wenn du nicht still bist, kommt Ahmet der Mächtige und holt dich«, drohten die Mütter ihren Kindern. Man sprach den Namen mit Schrecken aus, aber gleichzeitig auch mit Liebe. Hätte er nur Schrecken verbreitet, so hätte sich der berühmte Räuberhauptmann höchstens ein Jahr in den Bergen halten können. Furcht, mit Liebe gepaart, läßt einen Räuber sich lange behaupten. Liebe allein wird als Schwäche ausgelegt. Die Furcht allein erzeugt jedoch Haß.
Ahmet dem Mächtigen wurde in all diesen sechzehn Jahren nicht einmal ein Haar gekrümmt. Während der sechzehn Jahre seines Räuberlebens tötete er nur einen einzigen Menschen: einen, der seine Mutter vergewaltigt hatte, in der Zeit, als er beim Militärdienst war. Der Heimkehrende hatte kaum von der Untat erfahren, als er Hüseyin Aga erschlug und in die Berge ging.
Er war kein Wegelagerer. Dort, wo er umherstreifte, wagte kein anderer Räuber auf Straßenraub auszugehen. Er suchte sich die reichsten Leute der Çukurova aus. Denen ließ er durch einen von seiner Bande einen Brief überbringen, worin von einer bestimmten Summe Geldes die Rede war. Der Empfänger beeilte sich dann, es ihm zukommen zu lassen. Was er auch forderte, er erhielt es auf den Heller. Die anderen Räuber überfielen die Reichen, folterten sie, brachten sie um und zogen trotzdem mit leeren Händen, eine Abteilung Gendarmen auf den Fersen, aus der Çukurova ab.
Ahmet der Mächtige verpraßte nicht etwa das Geld, das er

bekam. Was sollte er auch mit dem Geld da oben in den Bergen. Dort konnte er nichts damit anfangen. In den Gegenden, die er durchstreifte, brachte er den Kranken Arzneien, den Armen Mehl. Ja, denen, die keine hatten, brachte er sogar Ochsen.

Als dann die Amnestie kam und er in sein Dorf zurückkehrte, zogen die Bauern von nah und fern herbei, um Ahmet den Mächtigen zu sehen. Dann blieb er für immer in seinem Haus, bebaute friedlich sein Land. Tat keiner Ameise etwas. Nur manchmal, wenn eine Ungerechtigkeit vorkam, dann konnte er im Zorn die alten Zeiten herbeiwünschen ... Er schwieg aber sofort wieder, als schäme er sich. Hatte er sich wieder beruhigt, konnte er über seine eigenen Worte lachen. Schließlich geriet er selbst in seinem eigenen Dorf als Ahmet der Mächtige in Vergessenheit. Denn der alte Weißbart, der dort still und friedlich sein Land bestellte, war nicht Ahmet der Mächtige, der lange Jahre über den Taurus geherrscht hatte. Die meisten konnten nicht einmal sagen, ob Ahmet der Mächtige noch am Leben sei. Aber die Legende lebte weiter, und wenn sich in den Bergen ein Räuber besonders hervortat, dann hieß es: »Wie Ahmet der Mächtige.« Wenn man von einem Räuber hörte, der sich nicht an Frauen vergriff, der die Straßenräuberei verschmähte, niemanden umbrachte und die Bevölkerung nicht drangsalierte, so sagte man, er sei wie Ahmet der Mächtige.

Der Alte wandte sich an Mustafa: »Haben sie dir auch erzählt, was Ahmet der Mächtige für ein Mann war?«

»Mein Vater sagt, so einen Räuber hat es nie wieder gegeben im ganzen Land, so tollkühn und anständig ... und dabei ein richtiger Vater der Armen ...«

»Und was sagen sie, wie er ausgesehen hat?«

»Mein Vater sagt, er sei ein Mann wie ein Berg gewesen – mit dunkelverbranntem Gesicht und struppigem Bart, mit einem großen, schwarzen Mal mitten auf der Stirn. Mit Augen, die nur so blitzten. Seine Schüsse waren immer Volltreffer. Mein Vater hat sogar mit ihm gesprochen.«

»Und wer war es, der die Frau von Abdi dem Gottlosen den Räubern weggenommen und ihm zurückgegeben hat?«
»Na, wer anders soll es denn gewesen sein als du? Hast du es uns nicht so erzählt?«
Der Alte schüttelte bedauernd den Kopf: »Ich? Nein, ich war es nicht ...«
Memed blickte ihm aufmerksam ins Gesicht. Zwischen den weißen Büscheln der Augenbrauen bemerkte er ein großes, grünliches Mal. Nicht schwarz war es, grünlich ... Nach dieser Entdeckung kamen seine Augen nicht mehr los von diesem Gesicht.
Jetzt streckte sich der fremde Greis lang auf dem Boden aus, schob sich sein Bündel unter den Kopf.
Mustafa stieß Memed an: »Los, komm jetzt«, sagte er leise.
Memed stand auf, die Augen immer noch auf dem Gesicht des Alten. Der öffnete die Augen. »Wollt ihr gehen?«
»Bleib gesund!« sagte Memed, Bewunderung in der Stimme. Mustafa sprach es ihm nach.
»Lebt wohl!« war die Antwort. Dann schloß er wieder die Augen. Das Wildwasser rauschte.
Bis zum Kiefernwald von Deveboynu sprachen sie kein Wort. Memed machte ein düsteres Gesicht. Ein bitteres Gefühl war in ihm, nur kurz unterbrochen von einer freudigen Empfindung. Ab und zu sah er Mustafa von der Seite an. Dessen Miene hatte einen erstaunten Ausdruck. Als sie eine Anhöhe erklommen hatten, ließ sich Memed ermüdet auf einen Stein nieder. Er lächelte plötzlich.
»Was lachst du?« wollte Mustafa wissen.
Memeds Lächeln wurde noch breiter.
»Nun sag's schon«, drängte Mustafa.
Memed wurde ernst. »Allah weiß, ob dieser Mann nicht selbst Ahmet der Mächtige war! Ich glaube, er war es wirklich.«
»Dummes Zeug.«
Memed wurde zornig. »Warum dummes Zeug? Der Kerl war Ahmet der Mächtige, sage ich dir!«
»Ach, geh mir doch mit deinem Blödsinn! Ein Mensch wie

wir alle – der aussieht wie mein Großvater! Was war denn an dem, was an Ahmet den Mächtigen erinnert?«
»Das Mal! Hast du das grüne Mal nicht gesehen? Mitten auf der Stirn!«
»Nein. Nichts habe ich gesehen.«
»Und seine Augen! Geleuchtet haben sie wie Kienholz!«
»Unsinn.«
»Seine Augen funkelten wie Kristall.«
»Ich habe es nicht gesehen.«
»Und ich sage dir, dieser Mann ist Ahmet der Mächtige und kein anderer!«
Mustafa lachte spöttisch: »Ha – wenn Ahmet der Mächtige so aussehen würde, dann wäre die ganze Welt voll von Ahmet den Mächtigen.«
Unter solch hitzigen Gesprächen waren sie am Fuße des rückwärtigen Hanges angekommen. Vor ihnen lag eine Ebene mit einem Pappelgehölz, durch das sich ein Fluß schlängelte. Bis zum Horizont sah man ihn in der Sonne glitzern. Sie standen staunend, eine solche Landschaft, ein solch langer, schimmernder Wasserlauf war ihnen noch nie vor Augen gekommen.
»Jetzt sind wir nahe dran«, sagte Memed.
»Woher weißt du das?« fragte Mustafa.
»In der Çukurova machen alle Flüsse Schlangenlinien. Dies hier muß der Savrun sein, meine ich. Der Pappelwald muß zur Mühle von Kạdirli gehören. So hat es Onkel Durmuş Ali beschrieben!«
Mustafa glaubte, Memed sei böse mit ihm. Memed wurde nicht leicht zornig, aber wenn es einmal soweit war, dann war mit ihm nicht gut Kirschen essen. Deshalb bemühte sich Mustafa, ihn versöhnlich zu stimmen.
»Ja, klar. Das ist die Çukurova. Du hast gut aufgepaßt bei dem Onkel …«
Als sie nach Şabapli kamen, mußten sie, die Schuhe in der Hand, ein überschwemmtes Wegstück durchwaten. Unterhalb Şabapli, dort, wo jetzt Bolat Mustafas Haus ist, breitet sich dichtes Buschwerk aus auf roter Erde, die in weißen Boden

übergeht. Hinter dem Buschwerk konnten sie die ersten Häuser der Stadt sehen. Ein Teil davon waren Grashütten, aber dazwischen war ein großer Bau mit richtigen Dachziegeln zu erkennen. Und hinter dieser Häusergruppe erstreckte sich jetzt der ganze Ort, eine Spielzeugstadt mit blitzenden Blechdächern, weißgetünchten Häusern und roten Ziegeln. Memed und Mustafa starrten mit aufgerissenen Augen auf die fremde Welt. Noch nie hatten sie so viele Häuser gesehen, und wie blendend weiß sie alle waren!

Als sie den schmutzigen Bach durchquert hatten, lag die Stadt vor ihnen. Die Sonne glänzte auf den Fensterscheiben. Tausende von glänzenden Fenstern ... Kristallpaläste ... Wie Dursun gesagt hatte. Wie die Stadt, wie die Paläste des Feenkönigs.

Am Ortseingang, zu beiden Seiten der Straße, lag ein Friedhof. Die dunkel gewordenen, schräg geneigten Grabsteine waren an der Nordseite mit Moos bedeckt. Zwischen den Gräbern erhob sich ein gewaltiger Maulbeerbaum mit kahlen Ästen. Der Friedhof verfolgte ihre Gedanken auf dem Wege zum Basarplatz, sie hatten ihn entdeckt wie furchterregendes Neuland und konnten ihn erst vergessen, als sie zum ersten Laden des Marktes, einer blechgedeckten Bude, gelangt waren. Der Händler hatte auf einem langen Tisch eine Reihe Gläser mit buntem Zuckerzeug zur Schau gestellt. Vor dem Tisch waren Petroleumkanister und Kisten mit Zucker, Salz, Feigen und Weintrauben aufgebaut.

Gaffend standen sie eine Zeitlang vor den ausgebreiteten Schätzen. Dies alles war so ganz anders als Abdi Agas Krämerladen. Als sie, überall schauend und staunend, bis zur Mitte des Marktplatzes gekommen waren, sank schon die Sonne hinter den Hügeln. Bei einem Stoffhändler blieben sie stehen. Hier gab es bedruckten Kattun mit Mustern, die ins Auge stachen, Stoffe für Pluderhosen, viele Mützen, an einer Leine aufgereiht, ja sogar Seide hing über die ganze Breite des Ladens zur Schau. Vor diesen Herrlichkeiten stand ein kleiner, fetter Mann, der vor sich hindöste.

Der Boden, auf dem sie standen, war gänzlich mit großen Flußkieseln gepflastert. »Sogar den Boden haben sie verziert«, ging es Memed durch den Sinn. Unter einer Reihe alter, verkrümmter Maulbeerbäume hatten die Hufschmiede ihren Platz. Der unverwechselbare Basargeruch von Seife, Salz, neuen Stoffen, Speisen und Fäulnis nistete fremd in ihren Nasen.

Memed zog Mustafa unter einen der Maulbeerbäume, in dem zahllose Spatzen so laut schilpten, daß es über den ganzen Markt zu hören war. »Mustafa, es ist Abend. Was machen wir jetzt?«

Der andere schaute abwesend.

»Die Bauern übernachten in der Herberge, wenn sie in die Stadt kommen. So hat es Onkel Durmuş Ali erzählt. Wir müssen zur Herberge.«

»Gut, gehen wir. Die Herberge ist besser als nichts.«

»Aber wo ist eine Herberge? Wie können wir eine finden?«

»Wie können wir eine finden?«

Scheppernd schlossen sich die Rolläden des Basars. Von dem Lärm wieder ganz zu sich gebracht, machten sich die beiden Hand in Hand auf den Weg. Zwei beleibte, Uhrketten auf den Bäuchen tragende Männer ließen sie vorübergehen, ohne sie nach der Herberge zu fragen. Zögernd blieben sie in der Dämmerung vor einem der Läden stehen, sich immer noch an den Händen haltend wie Kinder. Der Händler witterte Kundschaft, er schmeichelte: »Bitte, tretet doch näher! Was wünschen die Agas?«

Die ungewohnte, ihnen nicht geziemende Anrede schüchterte sie so sehr ein, daß sie schleunigst das Weite suchten, ohne ihre Frage vorzubringen.

Nahezu alle Läden waren schon geschlossen, aber sie trotteten noch fast eine Stunde im Basar umher, ohne den Richtigen für ihre Frage zu finden.

Als Memed schließlich stehenblieb, um auf Rat zu sinnen, durchfuhr es ihn mit einem Mal freudig. Vor ihnen ging einer im groben, handgewebten Wollwams der Leute aus den Ber-

gen. Alle Scheu vergessend, rannte er ihm nach. »Halt, Bruder! Einen Augenblick!«
Der drehte sich um, erstaunt über die Aufregung des Burschen. »Was gibt's?« fragte er ungeduldig.
»Wir sind fremd hier ...«
»Na und?«
Memed war wieder nahe am Verzagen. »Wir wollten nur fragen, wie man hier zu einer Herberge kommt.«
»Geht mir nach«, knurrte der Mann, der seinen Weg schon wieder fortsetzte und in eine Nebenstraße einbog. Memed folgte, den Blick auf die unglaublich schnell ausschreitenden Beine vor ihm gerichtet. Das war der Schritt der Leute, die es gewohnt sind, steile Wege zu wandern. Die heben ihre Füße mit schnellem Schwung hoch, fast bis in Kniehöhe, und setzen sie dann vorsichtig wieder auf den Boden. Ganz anders als die auf der Erde entlang schleichenden Leute aus der Ebene.
Die Herberge war ein unförmig-mächtiger, halbverfallener Bau mit einem großen, wurmzerfressenen Tor.
»Hier ist es«, sagte der Mann. Mit seinem schnellen Gebirgsschritt marschierte er weiter ins Dunkel hinein.
»Jetzt muß man den Herbergshalter finden.«
»Ja, wir müssen ihn finden.«
Der Innenhof der Herberge war voll von Pferden, Eseln, Maultieren und Karren. Eine fußhohe Schicht Pferde- und Eselsmist stank, daß es einem den Magen umdrehte. Mitten im Hof hing eine rußgeschwärzte Laterne an einem Pfahl.
Memed wandte sich an Mustafa: »Schau die Laterne an!«
»Wie riesig!«
Ein aufgeregter, zwergenhafter Mann lief fortwährend hin und her. In einer Ecke stand eine Gruppe laut streitender Leute beisammen. An ihren dicken Filzumhängen konnte man erkennen, daß sie aus Maraş waren. Einer fluchte aus vollem Halse, wünschte dem Aga, dem Pascha, der Welt, dem Himmel, der Mutter und dem Weib die Pest an den Hals.
»Und wenn wir das Tuch nicht verkaufen können?« fing ein anderer an.

»Der Satan soll dein Misttuch holen!«
Was auch immer die anderen sagen wollten, jeder angefangene Satz wurde von einer Lawine Verwünschungen begraben.
Ganz am Rande der lauten Gruppe saß ein harmlos aussehender Alter mit sanften, freundlichen Zügen. Unbeteiligt lächelte er in sich hinein. Auf ihn ging Memed ohne Scheu zu.
»Onkel, wo ist hier der Herbergshalter?«
»Was willst du von dem Dummkopf?« fragte der freundliche Greis. »Der ist ins Wasser gefallen und ersoffen.«
»Oh, der Ärmste!« rief Mustafa aus, aber Memed stieß ihn in die Rippen. Er hatte längst erkannt, daß sie einen Spaßvogel vor sich hatten.
»Direkt auf den Kopf ist er gefallen!« kicherte der Alte.
Mustafa hatte immer noch nicht begriffen und schüttelte in staunendem Bedauern den Kopf.
»Nimm den nicht ernst«, sagte Memed. »Wir wollen hier in der Herberge übernachten. Also, wo ist der Mann?«
Mustafa glotzte verständnislos.
Der Alte zeigte auf einen anderen, der sich in der Nähe zu schaffen machte. »Da ist der Zuhälter, der sich Herbergshalter schimpft! Geht nur hin und sagt ihm, was ihr wollt.«
Der Herbergshalter hatte zugehört, er grinste.
»Schaut! Schaut her! Wenn ihr einen Zuhälter sucht, so ist der Weißbärtige neben euch sogar der Oberzuhälter. Sein Bart ist bei diesem Geschäft grau geworden, nicht in der Mühle …«
»Höre, du Oberzuhälter, die Burschen suchen ein Quartier«, sagte der Alte.
»Ihr könnt bei dem weißbärtigen Zuhälter im Zimmer schlafen. Er zeigt euch, wo es ist.«
»Verschwinde, Zuhälter! Los, Burschen, kommt mit. Ich zeig euch euer Zimmer.«
Ängstlich stiegen sie eine staubbedeckte, schaukelnde Treppe hinauf, die so laut krachte, als sei sie kurz vor dem Zusammenbrechen. Sie kamen in einen schmutzstarrenden Raum, in dem eine Reihe Schlafstellen nebeneinander hingebreitet waren.

»Ihr seid wohl zum ersten Mal in der Stadt, was?« fragte der Alte.
»Ja, so ist es.«
»Nun? Ihr seht beide wie über zwanzig aus. Wie kommt das, daß ihr noch nie hier wart?«
»Wir konnten nicht«, sagte Memed beschämt.
»Aus welchem Dorf seid ihr?«
»Von Değirmenoluk.«
»Ach, das Bergdorf, wie?«
»Ja.«
»Ihr habt noch nicht gegessen?«
Jetzt spürten sie ihren Hunger.
»Ich bin Korporal Hasan«, sagte der Alte.
»Ich heiße Memed, und das ist Mustafa.«
Sie traten in einen Kramladen. Über rostigen Blechbehältern voll Rosinen, Traubensirup und Helva kreiste eine schwarze Fliegenwolke.
»Gib den Löwen hier, was sie haben wollen«, wandte sich Korporal Hasan an den Krämer. »Und mir Brot und Helva.«
»Uns dasselbe«, sagte Memed.
Im Licht einer flackernden Petroleumlampe verzehrten sie mit Heißhunger den süßen Imbiß.
Als sie in ihren Schlafraum in der Herberge kamen, waren alle Liegeplätze außer ihren eigenen schon besetzt. Sie legten sich in Kleidern nieder. Durch den Zigarettenqualm blakte eine Öllaterne an der schmierigen, mit Wanzenspuren bedeckten Wand. Überall wurde erzählt und gelärmt.
»Ihr übernachtet also zum ersten Mal in der Herberge?« Korporal Hasan drehte sich den beiden auf ihren Lagerstätten ausgestreckten Jungen zu.
»Ja«, sagte Memed, »man kriegt ja keine Luft vor Qualm und Gestank.«
»Na, und wie gefällt es euch in der Stadt?«
»Riesengroße Häuser gibt es hier, das muß man sagen. Alle wie Paläste.«
Korporal Hasan lachte: »Da müßtet ihr Maraş erst mal sehen!

Da gibt es einen großen Basar, da glitzert und gleißt es nur so, in allen Farben. Da kann man nur stehen und gaffen, hier die Stoffhändler, da die Sattler, dort die Kupferschmiede ... Das reinste Paradies ist Maraş, hundertmal größer und schöner als hier das Nest! Na, und Istanbul erst ...«
Memeds Gesicht verdüsterte sich. Alle Muskeln gespannt und mit gerunzelter Stirn fragte er: »Wer ist eigentlich hier der Aga?« Korporal Hasan verstand die Frage erst nicht, Memed mußte sie wiederholen.
»Was für ein Aga, Junge? Weshalb soll die Stadt einen Aga haben? Hier gibt es keinen Aga. Jeder ist sein eigener Herr. Na ja, zu den reichen Leuten sagt man ›Aga‹. Aber davon gibt es viele ...«
Memed verstand das nicht.
»Aber es muß doch einen Mann geben, dem das alles hier gehört. Die Läden und die Felder ...«
Der Alte merkte, worauf es hinausging. »Wer ist der Aga von eurem Dorf?«
»Abdi Aga.«
»Und alle Felder bei euch gehören Abdi Aga?«
»Wem denn sonst?«
»Und der Laden im Dorf?«
»Nun, dem Aga.«
»Und die Rinder, die Ziegen, die Schafe, die Ochsen?«
»Die meisten gehören ihm.«
Korporal Hasan strich sich nachdenklich den Bart. Dann begann er: »Schau mal, Memed, mein Sohn: Solche Agas, wie du sie kennst, die gibt es hier nicht. Die Felder gehören den Leuten, die hier wohnen. Natürlich gibt es auch welche, die kein Feld haben. Die Läden haben auch alle einen Besitzer. Die Agas haben viele Felder, die Armen wenige, das ist ja klar. Die ganz Armen haben überhaupt nichts.«
Memed kam aus dem Staunen nicht heraus. »Ist das die Wahrheit?«
Der Korporal darauf: »Meinst du, ich lüge dich an? Natürlich ist das die Wahrheit!«

Der Alte erzählte des langen und breiten von den Leuten ohne Grundbesitz, dann von Maraş und seinen Reisfeldern, von den Pflückern, den Weingärten, dem Boden dort ... von einem Aga namens Hocaoğlu mit so viel Land, daß man nicht so weit schauen konnte, mit Bottichen voller Goldstücke. Memed sagte kein Wort, er konnte sich nicht satt hören. Der alte Korporal war im Kaukasus in Kriegsgefangenschaft geraten. Er wußte von dort zu berichten, aber auch von Galizien, von Damaskus, Beirut, Adana, Mersin, Konya ... In Konya gebe es ein Heiligengrab, darin liege der große Mewlana. Dann brach er plötzlich seine Erzählungen ab und zog sich die Decke über den Kopf.

Inzwischen hatte auch der Lärm im Raum aufgehört. Nur einer saß noch in der Ecke, über seine Saz gebeugt, und entlockte ihr Töne, zu denen er mit leiser, tiefer Stimme Lieder sang. Sein längliches Gesicht nahm im Schimmer der Petroleumlampe abwechselnd alle möglichen Formen an, es zog sich noch mehr in die Länge, dann verkürzte es sich wieder und ging in die Breite ... Lange hörte Memed ihm zu; erst als der Sänger sein Instrument an einen Nagel an der Wand gehängt hatte, kroch auch er unter die Decke. Es fiel Memed wie Schuppen von den Augen.

Er fand keinen Schlaf, zu viele Gedanken schwirrten in seinem Kopf herum. Zum ersten Mal war ihm die ganze Weite der Welt bewußt geworden. Was war schon Değirmenoluk? Ein Pünktchen auf der großen Erde. Jetzt sah er den großmächtigen Abdi Aga wie eine Ameise vor sich. Hatten seine Gedanken erst einmal den enggezogenen Lebenskreis der schicksalsergebenen Machtlosigkeit gesprengt, so wurden sie auch schon leidenschaftlicher. Sehnsucht mischte sich hinein. Gleichzeitig stieg Haß in ihm auf. Er fühlte sich als Mann. In dieser Nacht, als er sich auf seinem Lager hin und her wälzte, dachte er zum ersten Mal: Abdi Aga ist ja auch nur ein Mensch wie ich ...

Als Mustafa ihn früh am Morgen anstieß, erwachte er nicht. Erst als ihm der Freund die Decke wegzog, richtete er sich auf mit bleichem Gesicht und verschwollenen Augen. Aber in seinen Zügen war eine neugewonnene Sicherheit, in seinen Augen das Glück, das von Gedanken kommt, die zu einem Ziel geführt haben.

Als sie ihr Quartiergeld gezahlt hatten und sich zum Gehen anschickten, fragte Memed den Herbergshalter nach Korporal Hasan.

»Wir möchten ihm gern Lebewohl sagen.«

»Ach der, der Zuhälter? Der ist noch bei Nacht aufgestanden, hat sein Zeug aufgeladen und ist damit losgezogen, um es den Dörflern aufzuschwatzen. Er kommt erst in zehn Tagen wieder hierher. Also vergeßt den Zuhälter.«

Es tat ihnen leid, den Alten nicht noch einmal sehen zu können.

Auf dem Basar blieben sie wieder bewundernd stehen. Die Sonne brannte schon heftig. Diesmal drängte sich auf dem Markt eine Menschenmenge, wie sie sie noch nie gesehen hatten. Sirup-Verkäufer mit ihren Messingbehältern auf dem Rücken klapperten lockend mit den Messingtrinkschalen und sangen ihr Lied in die Runde.

»Sirup! Sirup! Honigsirup! Süßholzsirup! Jeder bedauert es, wenn er davon trinkt und wenn er nicht davon trinkt!«

Die Sonnenstrahlen spielten so lebhaft auf den Messinggefäßen, daß sich Memed einem der Händler näherte, nur, um das goldglitzernde Metall besser betrachten zu können. »Gib mir einen Sirup. Meinem Kameraden da auch.« Als sich der Mann zu ihm vorbeugte und eine Schale mit dem Getränk füllte, ließ Memed seine Hand scheu über die glatte Messingfläche gleiten. Der Sirup war kühl und schäumte vielversprechend, aber er schmeckte ihnen nicht. Sie brachten beide nur die Hälfte hinunter.

In einer Ecke des Marktes saß ein Mann auf einem großen Baumstumpf und hämmerte ein Hufeisen. Im Takt der metallischen Hammerschläge sang er Lieder. Das war der stadtberühmte blinde Haci, ein Mekka-Pilger. Dann stieg ihnen ein verlockender Geruch in die Nase, der Geruch von Kebab. Sie drehten sich um und sahen dicken Rauch aus einem verfallenen Ladenbau strömen. Der Qualm verbreitete einen so starken Geruch nach Fleisch und Fett, daß sie wie willenlos in die Kebabstube eintraten. Überrascht über die freundliche Begrüßung, setzten sie sich und warteten auf ihre Gerichte. Memed sah den Basar, die Stadt und die ganze Welt jetzt mit anderen Augen als gestern, als wären seine Füße und sein Herz von Fesseln befreit worden. Er fühlte sich frei, die Weite war in ihm und die Schwerelosigkeit eines Vogels.

Schüchtern aßen sie ihr Kebab, als sähen die Leute nur auf sie. Wie betäubt verließen sie die Kebabstube. Nachdem sie den Basar dreimal von einem Ende zum anderen durchstreift hatten, drehte sich Memed zu Mustafa. »Und über alledem hier soll es keinen Aga geben!«

»Stell dir das vor, ein Ort ohne einen Aga!«

Dann traten sie in einen Stoffladen. Memed wählte einen gelben Seidenstoff aus, preßte ihn in der Hand zusammen und öffnete die Hand wieder. Das leichte Gewebe entglitt seiner Handfläche, und er war überzeugt, daß es wirklich Seide sei. Als sie mit dem Kauf wieder draußen waren, zwinkerte Mustafa:

»Für Hatçe, wie?«

»Du bist klug!« lächelte Memed.

Sie kauften Helva bei dem Händler vom vergangenen Abend und frisches, warmes Brot bei einem Bäcker. Diesen Mundvorrat knoteten sie in ein Taschentuch ein.

Auf einem Stein am Marktplatz sitzend, starrten sie so lange auf die ihnen gegenüber aufgehäuften goldenen Orangen, bis sie aufstehen und jeder eine davon kaufen mußten, die sie gleich verzehrten.

Gegen Mittag traten sie den Heimweg an. Die Sonne stand genau über ihnen und warf ihnen ihre kleinen, runden Schatten knapp vor die Füße. Bis die Stadt ihren Blicken entschwunden war, schauten sie sich auf dem Weg immer wieder um. Sie sahen noch einmal die dünnen silbrigen Rauchfahnen aus den Kaminen emporschlängeln und sich schwebend in der

Luft verlieren, das lebhafte Rot der Dachziegel schob sich noch einmal grüßend vor das stille Blau ...
Als sie ins Dorf kamen, war es schon nach Mitternacht. Ein großer, weithin funkelndes Licht versprühender Stern war am Osthimmel aufgegangen.
Vor Memeds Haus trennten sie sich. Mustafa war todmüde und verwünschte den ganzen Ausflug. Memed aber war glücklich, als er sich mit schleppenden Füßen der Haustür näherte. Er lehnte sich an die Mauer und überlegte, ob er eintreten solle oder nicht. Dann kehrte er um, tappte vorsichtig in der Finsternis zwischen den Hecken, bis er Atem holend vor einem Haus unter einem Maulbeerbaum stehenblieb, dessen Zweige wie ein Schirm ausgebreitet waren. Dann schlug er sich seitwärts ins Dunkel einer Hecke. Dort legte er sich nieder. Nach und nach wich die Müdigkeit von ihm.
Es gibt einen Vogel, zartgliedrig, mit sehr langen Beinen und von der grünlichen Farbe von Bäumen, die man durch Rauch sieht. Sein Hals ist so lang, daß der Schnabel nicht mehr zum Körper zu gehören scheint. Man findet ihn nur am Wasser. Die Bauern von Değirmenoluk nennen ihn wegen seines Rufes »Diwlik«. Der eigenartige Reiz dieses Vogelrufs liegt in dem kurzen Schlußton. Memed konnte ihn genau nachahmen. Jetzt stieß er, auf der Erde liegend, mehrmals den Ruf des Diwlik aus, den Blick auf die Tür des nahen Hauses geheftet. Nichts rührte sich. Er wurde unruhig. Wieder und wieder pfiff er. Endlich wurde die Tür leise geöffnet. Das Herz klopfte ihm bis zum Zerspringen. Ein Schatten kam langsam auf ihn zu. Zusammen glitten sie weiter ins Dunkel hinein, bis sie im Dunkel des Buschwerks geborgen waren.
»Hatçe«, flüsterte er, die Hand nach ihr ausstreckend.
»Liebster«, sagte sie, »ich habe die Straße nicht aus den Augen gelassen ...«
Einer spürte des anderen Wärme, den heißen Hauch seines Atems. Sie klammerten sich aneinander. Wie eine kühle, sanfte Welle glitt die Seide im Dunkel aus Memeds Hand in

Hatçes Hände. Eine ganze Weile hielten sie sich so stumm umschlungen. Hatçe begann von der aus dem Boden aufsteigenden Kälte zu zittern. Sie streckte die Beine aus. Um sie war der Geruch von frischem Gras. Der Kopf schwindelte ihr vor Glück. »Ich könnte keinen Tag leben, wenn du nicht wärst. Zwei Tage warst du fort. Die Welt wurde mir zu eng ...«

»Ich hätte es auch nicht länger ausgehalten«, flüsterte Memed.

»Und die Stadt?«

»Hör zu, ich habe dir eine Menge zu erzählen. Alles ist anders dort. Ich habe da einen kennengelernt, den Korporal Hasan, der war sogar schon in Istanbul. Aus Maraş ist er. Dieser Korporal Hasan sagte mir: ›Nimm doch deine Braut mit und geh in die Çukurova!‹ Dort soll es keinen Aga geben. Korporal Hasan sagt, er wird dort ein Feld für mich finden, Ochsen, ein Haus ... ›Entführe doch einfach dein Mädchen‹, hat er gesagt. Du – das ist ein Mann, auf den ist Verlaß. Er wird alles für uns tun. Wenn wir einfach davonlaufen ...«

»Wirklich, meinst du?«

»Einen langen, schneeweißen Bart hat er. Glaube mir, er wird schon dafür sorgen, daß uns nichts fehlt. ›Bursche‹, hat er gesagt, ›nimm deine Braut, entführe sie und komm!‹ ›Abgemacht‹, habe ich geantwortet, ›in zehn Tagen komme ich mit ihr!‹«

»In zehn Tagen?«

»Ja ... So gut kann nicht einmal ein Vater für uns sorgen.«

»Könnten wir nicht gleich gehen?« fragte Hatçe zaghaft.

»In zehn Tagen ...«

»Ich habe Angst.«

»Mir macht meine Mutter Sorgen. Abdi wird sie peinigen bis aufs Blut.«

»Laß sie doch mitkommen, wenn Korporal Hasan dort für uns sorgen will!«

»Ich werde ihr alles erzählen. Vielleicht kommt sie dann mit.«

»Aber ich habe Angst. Vor Abdi. Sein Neffe ist dauernd bei uns im Haus. Immer hat er etwas mit Mutter zu tuscheln.

Gestern erst ...« Lange blieben sie still. Nur ihr Atem war zu hören und das Geräusch nächtlichen Kleingetiers.

Memeds Inneres floß über von grellem, gelb strahlendem Licht. In zehn, elf Tagen ... die Vorfreude überströmte ihn so, daß er fast die Besinnung verlor.

Hatçe war Osmans Tochter. Osman war ein ruhiger, sanfter Mann, der sich immer abseits hielt. Aber Hatçes Mutter war eine Plage Allahs. Es gab keinen Streit und kein Durcheinander im Dorf, an dem sie nicht ihren Anteil gehabt hätte. Die große, stark gebaute Person machte alle Arbeit im Haus und auf dem Feld.

Memed und Hatçe hatten ihre Kinderjahre zusammen verbracht. Unter den kleinen Buben war es Memed gewesen, der das schönste Puppenhaus hatte bauen können, und Hatçe hatte verstanden, es am besten auszuschmücken. Schon damals waren sie sich immer einig gewesen. Wenn ihnen die Spiele der anderen Kinder zu langweilig geworden waren, gingen sie immer zusammen weg und erfanden dann meistens neue ...

Als Hatçe fünfzehn Jahre alt geworden war, war sie täglich zu Memeds Mutter gekommen, um bei ihr Strumpfstricken zu lernen.

Döne hatte ihr die schönsten Muster gegeben und ihr auch die Ziersticke beigebracht. Manchmal hatte sie ihr zärtlich übers Haar gestrichen und gesagt: »Wenn Allah will, wirst du eines Tages meine Schwiegertochter sein, kleine Schöne!«

Sogar wenn sie Hatçe bei ihrer Mutter im Gespräch erwähnt hatte, nannte sie sie »meine Schwiegertochter«.

Als sie in ihr sechzehntes Jahr gegangen war, kam Memed eines Tages müde vom Pflügen. Hatçe hatte in den Bergen Pilze gesammelt. Es war wohl einen Monat her gewesen, seit sie sich das letzte Mal gesehen hatten. Als sie sich in Alacagedik getroffen und sich zusammen auf einen Stein gesetzt hatten, gab es für sie nichts als Lachen und Glücklichsein. Und als Hatçe hatte aufstehen wollen, hatte Memed ihre Hand festgehalten.

»Bleib noch ein wenig hier.«

Sie hatte gezittert, ein Feuer hatte sie überlaufen.
»Wir sind doch Verlobte, oder?«
Memed hatte ihre Hände ergriffen. Sie hatte verlegen gelacht.
»Sage, Mädchen«, hatte er hartnäckig gefragt, »du bist doch meine Braut, oder etwa nicht?«
Sie war vor ihm zurückgewichen. Er hatte sie festgehalten, bis ihr heiß geworden war. Nach langem Ringen hatte er ihr einen Kuß gestohlen. Sie, über und über rot geworden, hatte ihn heftig von sich gestoßen und war davongelaufen. Aber bald hatte er sie wieder eingeholt, sie festgehalten, und sie war in seinen Armen so sanft wie ein Lämmchen gewesen.
»Um Mitternacht komme ich«, hatte er gesagt. »Ich verstecke mich im Schatten des Maulbeerbaums. Ich pfeife wie der Vogel Diwlik. Keinem wird es in den Sinn kommen, daß ich es bin.« Dann hatte er ihr den Vogelruf ein paarmal vorgemacht: »So hört sich das an.«
Hatçe hatte lachen müssen. »Das hört wirklich keiner. Genau wie der Vogel.«
»Wir sind doch verlobt, nicht?« hatte er wieder angefangen. »Keiner wird's wissen.«
Aber Hatçe war blaß vor Angst geworden. »Wenn uns jemand sieht!« Und weg war sie gewesen.
Seit damals war ihre Leidenschaft füreinander von Tag zu Tag gewachsen und schließlich die ganz große Liebe geworden, gegen die kein Kraut gewachsen ist. Die Geschichte von Memed und Hatçe war in aller Munde.
Sie fanden Mittel und Wege, jeden Abend zusammenzukommen. Wenn es ihnen einmal nicht gelang, konnte keiner von ihnen schlafen.
Manchmal wurden sie von Hatçes Mutter ertappt. Die versuchte, ihre Tochter mit Gewalt von ihrer Liebe abzubringen, aber es nützte nichts. Selbst wenn sie ihr Hände und Füße zusammenschnürte, wenn sie ein Schloß über das andere an der Tür anbrachte, Hatçe fand immer wieder einen Ausweg. Sie strickte »Liebesstrümpfe«, bestickte Taschentücher für Memed. All ihre Liebe, ihre Sehnsucht, ihre Eifersucht legte

sie in die bunten Muster und in die Melodien, die sie darüber sang …
Als Memed in dieser Nacht endlich heimkam, graute der Morgen schon. Er war nicht gewahr geworden, wann und wie er zurückgekommen war. Auch der strahlende Stern war inzwischen verblaßt.
»Mutter!« rief er vor der Tür. Döne hatte die ganze Zeit schlaflos an ihn gedacht. Da hörte sie seine Stimme. Sofort war sie auf den Beinen.
»Mein Junge!« Sie fiel ihm um den Hals. »Seid ihr die Nacht durch gewandert?«
»Ja.«
Er fiel sofort auf sein Bett. Nur schlafen … Das letzte, was ihm bewußt wurde, war ein gelber Glanz … Dieser Glanz sehnsüchtiger Vorfreude und Zukunftshoffnung beherrschte alles in ihm, drang bis in sein Innerstes. Eine goldene Flut warmen Glücksgefühls, aus der die roten Dächer der Stadt vor dem blauen Horizont auftauchten, der dicke, bläuliche Rauch der Kebabstube, der hämmernde blinde Haci, die glatten, runden, weißglänzenden Pflastersteine …
Döne hatte sich zu ihm ans Bett gesetzt. »Wie war's denn in der Stadt, mein Junge?«
Der blinde Haci sang, während er sein Eisen hämmerte. Und die roten Dächer … Memed lächelte im Halbschlaf bei dem Gedanken, daß sie in ein paar Tagen für immer dort sein würden. Es war besser, zu warten, bis Korporal Hasan von seiner Verkaufsreise zurück sein würde. Auf ihn war Verlaß. Und es gab keinen Aga in der Stadt. Sie würden zu dritt arbeiten, und der Ertrag würde ihnen gehören, ihnen allein. Die Çukurova hatte fruchtbaren Boden, auf dem es keine Disteln gab. Eines Tages, wenn er es dort zu etwas gebracht haben würde, dann würde er einmal wieder nach Değirmenoluk kommen und den Leuten von der Çukurova erzählen. Dann würden sie ihm alle, alle folgen, und Abdi Aga bliebe allein in seinem Dorf sitzen. Säen konnte er nicht, ernten auch nicht, und schließlich würde er verhungern …

»Sag, wie war's in der Stadt?« wiederholte Döne.
Er hatte ihr doch schon geantwortet ... An den Ständen der Obsthändler hatte ein Mann in einer richtigen Hose, mit einem sauberen weißen Filzhut, Apfelsinen gekauft, mit schlanken, weißen Fingern schnell die blanken Münzen hingezählt.
»Schläfst du, mein Junge?«
Ob er schlief? In ihm glänzte der goldene Widerschein der Sonne, die ihre Strahlen millionenfach auf die Çukurova ergießt.
Als er erwachte, ging es schon auf Mittag zu, und seine Mutter saß an seinem Bett. Er schämte sich ein wenig, zog sich die Decke über den Kopf, wie er es als Kind aus Übermut getan hatte.
Döne lachte und zog die Decke wieder herunter. »Nun aber heraus mit dir, du großer Langschläfer! Es ist heller Tag! Schnell, stehe auf und erzähle endlich von der Stadt.«
Er zwinkerte ins grelle Sonnenlicht, mußte die geblendeten Augen abwenden. Dann stand er auf, müde und zerschlagen, aber mit einem großen Glücksgefühl im Herzen, dessen Kraft und Wärme ihn selbst verwunderte. Er setzte sich seiner Mutter auf den Schoß, begann zu erzählen. Döne hatte schon manches Mal von der Stadt berichten hören, aber in solchen Farben wie Memed hatten weder ihr Mann noch andere sie zu schildern vermocht. Als die Sirup-Verkäufer mit ihren blitzenden Messingbehältern an die Reihe kamen, redete er sich in trunkene Begeisterung hinein. Die Worte strömten ihm nur so aus dem Munde ...
Endlich hatte er, fieberhaft in seinen Erlebnissen schwelgend, alles berichtet, was er in der Stadt gesehen hatte. Nun wäre es soweit, seiner Mutter das Wichtigste zu sagen. Aber er schluckte nur und schwieg. Döne wußte genau, was das zu bedeuten hatte. Sie strich ihm übers Haar und schaute ihm in die Augen. Immer dann, wenn er ihr etwas besonders Wichtiges anvertrauen wollte, konnte er im letzten Augenblick nicht mit der Sprache heraus.

Verlegen wich er ihrem Blick aus. Da mußte sie nachhelfen. »Nun sage schon, was du noch auf dem Herzen hast, Junge!« Memed erschrak sehr darüber, daß er durchschaut war. Er wurde bleich, schaute zu Boden, er rang nach Worten. »Ich ... ich bin mit Hatçe einig geworden, heute nacht. Ich entführe sie.«
»Kind! Bist du von allen guten Geistern verlassen?!«
»Wir haben gedacht, wenn du im Dorf bleibst, wird dir Abdi Aga nur Quälereien zufügen. Deshalb sollst du mit uns in die Çukurova gehen.«
»Hast du denn ganz den Verstand verloren?« rief sie zornig. »Mein Hab und Gut soll ich verlassen und einfach irgendwohin gehen! Und wie stellst du dir es vor, das Mädchen in die Fremde mitzuschleppen?«
»Aber was soll ich denn sonst tun? Weißt du vielleicht einen anderen Ausweg?«
»Junge, hundertmal hab ich es dir gesagt: Laß die Finger von der Hatçe! Sie ist doch Abdi Agas Neffen versprochen! Vergiß das Mädchen – tausendmal habe ich es dir gesagt. Es kann nun mal nicht sein, darum schlag sie dir endlich aus dem Kopf!«
»Ich kann sie mir nicht aus dem Kopf schlagen, ob mit oder ohne Abdi Aga, oder wer sonst. Seit wann hat Abdi Aga auch über die Herzen zu bestimmen? Ich entführe sie, das ist abgemacht. Das einzige, wovor ich Furcht habe, ist, daß sie dich schikanieren und quälen werden.«
»Ich kann nicht irgendwohin gehen und alles im Stich lassen. Wenn du nicht anders kannst, dann nimm in Gottes Namen die Hatçe. Aber das eine sage ich dir, Sohn, du stehst ganz allein einem mächtigen Aga gegenüber, dem fünf Dörfer gehören. Sein Neffe will das Mädchen für sich. Das kann kein gutes Ende nehmen. Wenn du klug bist, schlägst du dir die Sache aus dem Kopf. Schließlich gibt es noch andere Mädchen.«
»Für mich gibt es keine anderen Mädchen!« schrie Memed wütend. Es geschah selten, daß er sich vor seiner Mutter

vergaß. Doch jetzt kannte sein Zorn keine Grenzen. »Für mich gibt es auf der ganzen Welt nur Hatçe!«
Danach sprach er kein einziges Wort mehr.
Zwei Tage später hörte man, daß Abdi Agas in einem anderen Dorf lebender Neffe die Brautwerber um Hatçe geschickt hatte. Abdi Aga war selbst unter ihnen. Schon beim ersten Besuch wurde ihnen das Mädchen zugesprochen. Daß Hatçe weinte, flehte und schrie, kümmerte niemanden. Der Bräutigam war eine gute Partie, nach der man lange suchen konnte. Und wohin käme man, wollte man einem Mädchen die Entscheidung über sein Herz selbst überlassen! Vielleicht, damit es sich einen Zigeuner aussuche, oder einen Trommler! Es half Hatçe nichts, daß sie sich die Augen ausweinte. Zwei Tage später hatte sie den Verlobungsring am Finger. Abdi Agas Geschenk war eine Halskette.
Nach der Verlobung verbreiteten sich allerlei Gerüchte im Dorf. Alle trugen sie sich gegenseitig zu, Frauen, Kinder, Männer, alte und junge.
»Memed will sie entführen. Er läßt sie dem glatzköpfigen Neffen von Abdi Aga nicht.«
»Das traut sich Memed nicht.«
»Memed kennt keine Furcht.«
»In seinen Augen liegt niemals Angst.«
»Niemals!«
»Er ist ja Memed.«
»Mag sein. Aber er hat ja kein eigenes Stück Brot. Abdi wirft seinen Leichnam stückweise den Hunden vor.«
»Wehe, wenn Abdi gereizt wird! Er ist zu allem imstande.«
»Wo will Memed überhaupt hin?«
»Wohin?«
»Wohin er soll? Er weiß, wohin er gehen soll.«
»Abdi holt ihn auch aus einer Schlangenhöhle wieder heraus.«
»Abdi Aga hat einen langen Arm. Und er hat die Regierung hinter sich.«
»Auch die Regierung. Auch den Landrat. Auch den Amtmann. Auch den Korporal vom Gendarmerieposten.«

»Der Amtmann kommt jeden Tag zu ihm.«
»Bei Allah, ich kann's gar nicht sagen, wie mir der Junge leid tut!«
»Kommt einer aus einem fremden Dorf und schnappt sie ihm weg.«
»Ich habe ihn gestern gesehen.«
»Der Arme.«
»Ich habe ihn hinter seinem Haus gesehen. Er ist quittengelb vor Kummer.«
»Seine Augen funkeln, daß einem angst wird.«
»Seit der Verlobung verläßt der Arme sein Haus nicht mehr.«
»In einer dunklen Ecke ...«
»Grübelt bis zum Abend ...«
»Es ist eine leidenschaftliche Liebe, dagegen anzukämpfen ist schwer.«
»So eine leidenschaftliche Liebe bringt den Menschen um den Verstand.«
»Memed spinnt sowieso schon ein bißchen.«
»Die Mutter bindet dem Mädel jeden Abend Hände und Füße zusammen.«
»Schloß über Schloß hängt sie.«
»Auch für Döne ist es nicht leicht.«
»Döne hat selbst Angst vor Memed.«
»Selbst Abdi Aga hat davon Wind bekommen.«
»Ach, armer Memed!«
»Er hat davon gehört und gelacht darüber.«
»Das Mädchen weint, als wären ihre Augen zwei Brunnen.«
»Ach, armer Memed!«
»Abdi Agas glatzköpfiger Neffe läuft herum und prahlt.«
»Der Gehörnte ...«
»Er trägt ein Hirschgeweih.«
»Er ist eine Tragödie!«
»Memed wird vor Gram sterben.«
»Nicht Memed, Hatçe wird es das Herz brechen.«
»Geblendet soll der sein, der sie trennt.«
»Sprich leise!«

»Bei Allah, möge die Krankheit über ihn kommen!«
»Möge ihm ein elendes Leben beschieden sein.«
»Möge er von der Wundrose befallen werden und jahrein, jahraus bettlägerig sein!«
»Sprich leise!«
»Mögen ihm Disteln aus den Augen wachsen.«
»Fünf Dörfer gehören ihm, auch all diese Berge.«
»Geld regiert die Welt. Nicht das Herz.«
»Der arme Memed!«
»Abdi soll mal abwarten, was Memed noch mit ihm macht.«
»Wenn er ihn umbringt ...«
»Glanz wird um seine Hand sein, wenn er ihn tötet.«
»Er ist ja noch ein Kind.«
»Der arme Memed!«
»Er ist ein Kind, aber ...«
»Und wieviel Bergziegen erlegt er pro Jahr? Zähl sie mal!«
»Er schießt selbst durch ein Nadelöhr!«
»Auch durch Abdis Pupille, wenn Allah will.«
»Sprich leise!«
»Wenn Ahmet der Mächtige noch in den Bergen wäre ...«
»Herabgekommen wie ein Sturmwind wäre er und hätte das Mädchen dem Memed gegeben.«
»Wenn er eine Waffe hätte ...«
»Memed wird sicher mit ihm fertig!«
»Ja, wenn es doch so wäre!«
»Wenn die Bauern das je erleben sollten, so würden sie vierzig Tage und Nächte lang Feste feiern.«
»Wer Liebende trennt, kommt nicht zum Heil.«
»Hoffentlich kommt er nicht zur Ruhe.«
»Wenn Memed ihn nicht straft, so straft ihn Allah.«
»Hoffentlich!«
»Sprich leise!«
»Ahmet der Mächtige, wo bist du? Das ist doch ein Tag, an dem du auftauchen solltest.«
»Ahmet der Mächtige pflügt in Daghistan. Er muß feiger sein als ein Weib.«

»Memed ist in die Stadt gegangen.«
»Er sucht sich dort eine Bleibe.«
»Wenn doch diesem glatzköpfigen Neffen etwas zustoßen würde!«
»Der Blitz soll ihn treffen!«
»Auf der Stelle würde er tot umfallen.«
»Tot umfallen ...«
»Memed soll das Mädchen bekommen und mitnehmen.«
»Memed soll sie mitnehmen.«
»Er soll das Mädchen bekommen ...«
»Ich kenne Hatçe. Sie wird sich töten.«
»Wenn sie stirbt, kann Memed nicht mehr leben.«
»Der arme Memed!«
»Die arme Döne! Sie hat schon in jungen Jahren ihren Mann verloren. Soll sie auch noch ihren Sohn verlieren?«
»Möge sie nicht auch noch ihren Sohn verlieren!«
Das ganze Dorf nahm Anteil an Memeds und Hatçes Schicksal.
Dem allgegenwärtigen Abdi Aga konnte das Gerede nicht entgehen. Eines Nachts ließ er Memed zu sich rufen. Der stand schweigend, machtlos, mit verkrallten Fäusten vor ihm, ließ die schäumenden Wutausbrüche über sich ergehen.
»Undankbarer Schurke! Wie ein Hund bist du an meiner Schwelle groß geworden. Und jetzt erfrechst du dich, die Augen zur Braut meines Neffen zu erheben, ehrloser Kerl!«
Memed stand wie versteinert, mit kalkweißem Gesicht. Nichts regte sich an ihm, nur die Funken glommen in seinen Augen auf.
»Höre mir gut zu, Memed. Wenn du in diesem Dorf leben und zu essen haben willst, dann halte dich an das, was ich dir sage. Du bist noch ein Kind, du kennst mich noch nicht. Wenn ich will, bleibt von einem Haus nichts mehr übrig. Wo der Herd gestanden hat, lasse ich einen Feigenbaum wachsen. Hörst du mich, armseliger Habenichts? Ich bin der Mann, der Feigenbäume wachsen läßt, wo einmal Feuerstellen waren. Weißt du, was das heißt?«

Er packte Memed hart am Arm.
»Ich bin Abdi. Ich pflanze Bäume, wo einmal Häuser waren!«
Memeds Schweigen steigerte die Wut des anderen bis ins Grenzenlose. »Dreckiger Habenichts, Sohn eines Habenichts! Die Braut meines Neffen auch nur anzuschauen! Wenn einer glaubt, daß er sich das herausnehmen kann, dann wird er stückweise den Hunden vorgeworfen. Höre auf meine Worte: Du wirst nicht mehr an dieser Tür vorbeigehen, hast du verstanden? Nie mehr!«
Es nützte nichts, daß er Memed mehrmals heftig anstieß. Ebensogut hätte er versuchen können, aus einem Stein einen Laut hervorzubringen. Außer sich bearbeitete er den Jungen mit Fußtritten. Memed mußte sich äußerste Gewalt antun, um ihn nicht zu erschlagen. Er knirschte mit den Zähnen, biß in verzweifelter Wut mit aller Kraft in das Innenfleisch seiner Backen. Sein Mund war voll Blut, gelbe Blitze zuckten ihm durch das Gehirn.
»Zur Hölle mit dir! Das kommt heraus dabei, wenn man deinesgleichen Gutes tun will! So etwas läßt man aufwachsen, damit einmal ein anständiger Mensch daraus wird. Füttere eine Krähe, und sie wird dir die Augen aushacken! Scher dich zum Satan, Hundesohn!«
Halb ohnmächtig taumelte Memed hinaus. Vor der Tür spuckte er aus. Es war ein Fetzen Blut.

8

Es herrschte eine solche Finsternis, daß man keine Häuser, keine Bäume, keine Felsen, nicht einmal den Mond, die Sterne oder den Boden erkennen konnte. Sachte, aber stetig rieselte der Regen hernieder. Ein leiser, kühler Wind wehte. Dann und wann heulte irgendwo ein Hund in die Dunkelheit hinaus. Ein verfrühter Hahn ließ sein Krähen hören. Es war lange vor der Zeit, gewiß würde ihm sein Herr am Morgen gleich den Hals abschneiden. Von weit her, von der Straße jenseits des Berges, kam Schellengeläute. Mit langen Unterbrechungen erklang es immer wieder – ein Zeichen, daß die dort ihres Weges ziehenden Reisenden am Ende ihrer Kraft waren.

Memed wartete schon lange, zusammengekauert in der Hecke neben dem mit seinen gewaltigen Zweigen Schutz bietenden Maulbeerbaum. Ihn fröstelte unter dem Regen, der seit Einbruch der Dunkelheit auf ihn herabrann. Ein Geräusch hinter dem Gebüsch ließ ihn aufhorchen. Es mußte eine springende Wildkatze sein. Dann fiel ihm seine Mutter ein. An sie zu denken verursachte ihm körperlichen Schmerz, als habe man ihn mitten ins Fleisch geschnitten. Bitterkeit stieg in ihm auf. Sie würden ihr tausend Qualen bereiten ... In der Ferne zuckte ein Blitz; für einen Augenblick waren Stamm und Äste des Maulbeerbaums in einem goldenen Licht zu erkennen. Der grelle Strahl dieser Sekunden drang auch in Memeds inneres Dunkel.

Das Dorf schlief jetzt. Pferde, Esel, Rinder, Ziegen, Schafe, Hühner, Katzen, Hunde und Käfer hatte der Schlummer umfangen, der allen Haß und alle Liebe, alle Angst, Sorge und Tapferkeit ruhen ließ. Nur die Träume lebten. Die menschliche Vorstellungskraft kennt keine Grenzen, so eng auch sein Lebenskreis sein mag. Auch dem, der nicht über das Dorf Değirmenoluk hinausgekommen ist, steht die ganze, endlose Welt der Phantasie offen, eine Welt, die sich weit über diese Erde hinaus erstreckt. Sie reicht manchmal über das Firmament hinaus, sogar noch hinter den Berg Kaf. Sie verwandelt die prosaischen Orte der Wirklichkeit im Traum in ein Paradies. Selbst in Değirmenoluk, in diesem Dorf der Geplagten, waren jetzt verwandelte, unter der Schicht des Schlummers hervorgebrochene Welten an die Macht gelangt.

Auch Memed lebte in der Welt der Traumgesichte, die mit Visionen der Angst abwechselten. Und wenn sie jetzt nicht kam? Allerlei Möglichkeiten gingen ihm durch den Kopf: Ich

weiß, was ich zu tun habe, wenn sie nicht kommt. Als seine Hand den Griff der Pistole berührte, waren Angst und Hilflosigkeit vergessen, wie weggewischt.
Als er das Geräusch von leichten Schritten hörte, schämte er sich seiner Gedanken. Hatçe stand vor ihm. Wäre es heller Tag gewesen, hätte sie sein Gesicht sehen können, so hätte sie bemerkt, wie er erst blaß, dann rot wurde. Sie hätte aber auch erschrecken müssen über das, was in seiner entschlossenen Miene zu lesen war.
»Ich habe dich lange warten lassen. Mutter wollte nicht schlafen.«
Die Hände ineinander verschlungen, gingen sie. Um kein Geräusch zu machen, traten sie so vorsichtig auf, als schwebten sie nur über dem Boden. Bevor sie aus dem Dorf hinaus waren, hatten sie sich kaum zu atmen getraut; jetzt fühlten sie sich schon etwas freier, und ihre Angst ließ langsam nach.
Memed trug das Bündel mit Hatçes Habseligkeiten. Aus dem Rieselregen wurde ein Wolkenbruch. Ringsumher flammten die Blitze. An der Felsengruppe vorbei waren sie in den Wald gelangt. Immer wieder wurde die Umgebung taghell erleuchtet. Man sah das Wasser in Strömen an den Baumstämmen entlangrinnen. Hatçe brach in Schluchzen aus. Memed wurde zornig.
»Das fehlt jetzt noch, daß du zu heulen anfängst.«
Ziellos irrten sie durch den Wald. Bis es dämmerte, wußten sie nicht, wo sie sich befanden. Es regnete unaufhörlich.
Hatçe, in ohnmächtigem Zorn, rief bei jedem Schritt Allahs Fluch gegen den strömenden Regen herab. Bei Morgengrauen entdeckten sie eine Felshöhlung. Über und über zitternd, standen sie aufrecht darin. Die Kleider klebten ihnen am Leibe. Dem Mädchen rann immer noch das Wasser aus den Haaren.
»Wenn der Zunder nicht naß geworden ist, machen wir ein Feuer und trocknen uns erst mal«, sagte Memed zähneklappernd. »Aber freue dich nicht zu früh«, fügte er auf Hatçes hoffnungsvolles Lächeln hinzu, »wir haben viel Regen abge-

kriegt – das Wasser kann auch in den Lederbeutel gedrungen sein – bei uns reicht es ja auch bis unter die Haut!«
Mit zitternden Fingern machte er sich daran, den an seinem Leibgurt befestigten Beutel aufzuschnüren. Dann starrte er hinein. Ihre ganze Hoffnung lag in diesem Ledersäckchen. Sie schauten sich an, lächelten. Das Wasser war nicht ins Innere gedrungen.
»Weißt du, wer diesen Beutel genäht hat?« fragte Memed. »Onkel Süleyman hat ihn mir gemacht, zu dem ich damals durchgebrannt war. Ich habe ihn seither aufbewahrt, als Andenken an ihn.« Dann blickte er ratlos um sich. »Weit und breit nichts Trockenes – wie soll ich nur meine Hände trokken kriegen? Der Zunder wird naß, wenn ich ihn anfasse.«
»Um Himmels willen, faß ihn nicht an!«
»Wart nur, du wirst gleich sehen, wie ich mir die Hände trockne!« sagte er voller Entdeckerfreude.
Er trat an die Rückwand der Höhle. So weit war der Regen nicht gedrungen, die trockene Erde stäubte. Er steckte die Hände hinein, zog sie mit einer Staubschicht bedeckt wieder heraus.
»Na, siehst du?« Er streckte Hatçe seine Hände entgegen. Sie lächelte.
»Los, Hatçe! Geh Reisig und Zweige sammeln!«
Sie sprang hinaus in den Regen. Bald kehrte sie mit einer großen Traglast Reisig zurück. Das Zweigwerk war zum Glück nur außen feucht. Sie brachen es in kleine Stücke, schichteten es in der Mitte der Höhlung auf. Memed konnte den Zunder zum Brennen bringen, aber das Reisig fing kein Feuer. Dazu brauchte es eine richtige, wenn auch noch so kleine Flamme. Wie sollten sie das schaffen?
»Bleib du mal hier«, sagte Memed. »Ich schaue nach einem Kienspan.«
Mit einem harzigen Stück Kiefernholz kam er wieder. Er zog sein großes zweischneidiges Messer hervor, spaltete das Holz in mehrere Späne. Aber der Zunder ließ auch die Späne nicht brennen. Ohne Flamme würde es nicht gehen. Ein einziges

Zündholz hätte genügt. Er hatte Zündhölzer mitgenommen, aber die waren nur noch eine breiige Masse.

»Hatçe! Ob wir nicht ein Stückchen trockenen Stoff finden könnten?«

»Ich schaue in meinem Bündel nach«, antwortete das Mädchen unter Zähneklappern. »Vielleicht ist das Wasser nicht ganz durchgedrungen.«

Draußen rauschte der Regen, als hätte der Himmel alle Schleusen geöffnet. Hatçe grub in ihren Habseligkeiten herum. Schließlich fand sie zwischen ihrer Wäsche eingerollt ein Taschentuch. Das war Memeds erstes Geschenk gewesen. Es hatte rote Tupfen. Die Frauen im Dorf banden sich solche Taschentücher um den Kopf. Sie zeigte es Memed.

»Das ist trocken.«

Er erkannte es sofort.

»Ach, das?« Die Erinnerung freute ihn einen Augenblick. Dann fuhr er hoch: »Und wenn wir hier vor Kälte draufgehen müßten, das wird nicht verbrannt.«

»Vielleicht finden wir doch noch ein trockenes Stück bei den Röcken«, meinte Hatçe.

»Bring dein Zeug einmal her!« befahl Memed. Und als er kurz in dem Wäschebündel gewühlt hatte: »Oho! Du sagst, da wäre ein trockenes Stück? Das ist ja viel mehr!«

»Ja, ja! Verbrenne nur alles; dann können wir nackt umherlaufen!«

Memed zuckte mit den Schultern. »Es wird uns nicht viel anderes übrigbleiben.«

Er riß aus einem trocken gebliebenen Rock das Futter heraus, schlug den Feuerstein, wickelte den Zunder in den Stoff und blies aus Leibeskräften. Als er keinen Atem mehr hatte, gab er Hatçe den Stoff in die Hand. In diesem Augenblick schlug ein Blitz unmittelbar neben ihnen ein. Die Erde erbebte leise, die Bäume knarrten. Memed bückte sich nach dem Stück Leinen, das der erschrockenen Hatçe entfallen war, begann wieder zu blasen, bis seine Backen schmerzten. Mit Freuden sah er ein winziges Flämmchen auf dem Tuch entlangkriechen. Sofort führte seine Hand den Holzspan heran. Der begann knisternd zu brennen. Nachdem er noch ein paar Späne entzündet hatte, steckte er sie alle zwischen das aufgeschichtete Reisig und schob das Zweigwerk so zurecht, daß die kleinen Flammen es richtig erfassen konnten.

Der Regen war inzwischen noch stärker geworden, der Himmel war nur noch schwarzer Dampf, immer wieder durchzuckt von grellen Blitzen und Donnerschlägen. Memeds Inneres ertrank nach jedem Blitzschlag in einer Flut messinggelben Glanzes. Es war immer wieder der gleiche Glanz, der ihn seit dem Tag auf dem Basar nicht mehr losgelassen hatte …

Das Feuer wuchs. Er warf noch Holz darauf, das, nachdem es seine Nässe verloren hatte, langsam anbrannte. Jetzt schlugen große Flammen hoch, spielten hin und her. Sie zogen ihre Oberkleider aus, breiteten sie neben dem Feuer aus.

Als er sah, daß sich Hatçe schämte, ihre Untergewänder abzulegen, sagte er: »Du mußt dich schon ganz ausziehen, wenn dein Frösteln aufhören soll.«

Sie blickte ihn flehend an. »Das trocknet ja auch auf dem Körper.«

Memed sagte ärgerlich: »Bis das Zeug trocken ist, hast du dir den Tod geholt!«

Vor seiner finsteren Miene fügte sie sich. Ihre Schultern waren rund und gebräunt. Schützend hielt sie die Handfläche vor die Brust. Ihre Schultern bebten. Über ihrem schlanken Hals kräuselten sich hinter den Ohren ein paar Haare. Ihre schwarzen Locken reichten bis zu den Hüften hinunter. Die straffen Brüste rundeten sich zwischen den schützenden Fingern. In der Wärme verschwand die Gänsehaut unter den blonden Flaumhärchen ihres Körpers, die Haut gewann nach und nach ihre zarte rosa Farbe zurück.

Memed starrte sie an. In ihm wuchs ein unbezähmbares Begehren.

»Hatçe! …«

Sie erschauerte. Der Klang seiner Stimme hatte ihr alles gesagt, was er fühlte.

»Memed, im Dorf bricht jetzt die Hölle los. Jetzt suchen sie das ganze Land nach uns ab. Und wenn sie uns finden? Ich habe Angst, Memed.«
Er empfand die gleiche Furcht, aber er ließ es sie nicht merken. »Unsinn! Wer soll uns denn hier finden, mitten im Wald!«
»Ich weiß nicht, ich habe einfach Angst.«
Lange schwiegen sie. Der Regen schien etwas nachzulassen. Das Feuer wuchs allmählich, seine Wärme teilte sich auch den Felsen daneben mit. Das Erdreich im Umkreis war trocken geworden. Hatçe zog ihr inzwischen getrocknetes Hemd wieder an, glitt aus den Beinkleidern. Zum ersten Mal sah Memed ihre wohlgeformten Beine, in denen die ganze Kraft ihrer Jugend war.
»Hatçe«, sagte er wieder, mit der gleichen Stimme.
»Ich habe Angst, Memed.«
Er packte sie mit einem heftigen Griff am Handgelenk, umschlang die Widerstrebende mit aller Kraft, küßte sie. Sie fühlte ihren Widerstand schwinden. Er zog sie mit sich an den Fuß des Felsens. Mit geschlossenen Augen, die vollen Lippen halb geöffnet, spürte sie, wie die Kraft aus ihren Händen, ihren Beinen wich.
»Nicht, Memed, ich habe Angst«, stöhnte sie leise.
Die hochschlagenden Flammen des Feuers züngelten auf sie zu, leckten an den Felsen empor.
Als sie endlich wieder zu sich kamen, wollte Memed die wie betäubt Daliegende emporziehen. Sie richtete sich halb auf, dann sank sie wieder zurück. Die Furcht in ihr war verflogen, aber sie fühlte sich wie zermalmt. Erst nach einer Weile stand sie auf. Die Erde klebte ihr an den Beinen, am Rücken und an den Hüften.
Hatçe war zur Frau geworden.

9

Die Mutter erhob sich noch vor der Dämmerung, überzeugte sich, daß Hatçe in ihrem Bett lag. Aber als es Morgen geworden war und das Mädchen nicht zum Vorschein kam, stockte ihr Herzschlag in jähem Schrecken. Sie eilte an das Bett, hob die Decke und erstarrte, wie vom Blitz getroffen. Hatçe hatte ein Kissen der Länge nach unter die Decke gelegt, um ihre Eltern zu täuschen. Die Frau stand wie betäubt. Erst als ihr Mann sie rief, ließ sie das Kissen fallen.
In den Taurusdörfern herrscht ein seltsamer Brauch: Wenn einem die Tochter entlaufen oder ein Pferd, ein Ochse oder ein Huhn gestohlen worden ist, dann stellt er sich vor seine Haustür und verflucht stundenlang aus Leibeskräften das ganze Dorf. Es stört ihn nicht im geringsten, daß ihn keiner beachtet. Dann, wenn sich die erste Wut des Fluchenden gelegt hat, kann die Angelegenheit vernünftig besprochen werden.
»Mann, das Mädchen ist fort!« rief die Frau. »Was machen wir nur?«
Der Mann stieß einen überraschten Freudenschrei aus. »Allah sei tausendmal Dank! Es hat mir keine Freude gemacht, sie Abdis glatzköpfigem Neffen zu geben. Ist mir sauer genug angekommen, nichts dagegen tun zu können. Allah sei gepriesen …«
»Sei still, um Himmels willen! Wenn dich einer hört! Abdi Aga denkt am Ende, wir hätten sie selbst entführen lassen … Die Haut würde er uns abziehen!«
Sie trat vor die Tür und begann mit dem Geheul, das der Brauch verlangte. Es kam ihr nicht von Herzen, und die Verwünschungen wollten ihr nicht so recht von den Lippen. Sie schrie nicht einmal richtig, während ihr Körper hin und her schaukelte: »Weh mir Unglücklichen! Weh dir, Tochter, die du mir Schande gemacht hast! Im Elend sollst du deine Tage hinbringen, die Augen sollen dir auslaufen! Allah möge dich verderben!«

»Hör auf mit dem Unfug! Komm herein!« rief ihr Mann. »Was ist denn schon geschehen? Sie ist auf und davon mit dem, den ihr Herz gewählt hat. Laß das dumme Geschrei; geh zu Abdi Aga und sage ihm, was passiert ist, aber verfluche nicht dein eigen Fleisch und Blut!«
In ein schwarzes Kopftuch gehüllt, machte sie sich auf den Weg. Abdi Aga war erstaunt, sie zu sehen. »Ah, du, Schwester? Komm, setze dich zu mir.«
Die Frau begann zu weinen. Abdi Aga bemerkte nun auch das schwarze Tuch. Ein Schreck durchfuhr ihn. »Was ist geschehen, Schwester?«
Sie antwortete nicht, ließ nur den Kopf hängen und heulte noch lauter.
»Sprich endlich!« schrie er zornig. »So mache doch den Mund auf, du Plage Allahs! Ist vielleicht etwas mit unserer Braut?«
»Ach, Herr ...«, schluchzte sie nur, ohne ein Wort herauszubringen.
»Weib! Wirst du endlich den Mund aufmachen, anstatt mich auf die Folter zu spannen! Allah soll dich heimsuchen!«
Sie wischte sich die Augen. »Sie ist fort. Sie hat ein Kissen unter die Bettdecke gelegt. Seit gestern abend muß sie schon fort sein ...«
Abdi Aga brüllte in ohnmächtiger Wut: »So etwas muß Abdi Aga geschehen! Abdis Schwiegertochter brennt mit einem Tagelöhner durch!«
Er drehte sich zu der Frau, gab ihr einen heftigen Fußtritt. »Niederbrennen werde ich dieses verfluchte Dorf. Niederbrennen, daß nichts mehr davon übrigbleibt!«
Dann verhielt er einen Augenblick, faßte die Frau am Ärmel und beugte sich zu ihrem Ohr hinunter. »Dönes Sohn hat sie entführt, wie?«
Sie nickte, während sie sich die Tränen abwischte.
Den Aga hielt es nicht mehr länger. Er schrie nach seinen Leuten, nach allen Dorfbewohnern. Seinem Ansehen war ein schwerer Schlag versetzt worden. Jetzt durfte er keine Minute zögern.

»Er wird mich kennenlernen, der Landstreicher, der elende Wicht! Alle Knochen werde ich ihm im Leibe zerbrechen.«
Das ganze Dorf wurde von einem Freudentaumel erfaßt. Aber die Leute hüteten sich, ihre Genugtuung offen zu zeigen; sie flüsterten nur miteinander. Überall waren Abdi Agas Horcher …
Es regnete unaufhörlich. Unter dem Regen fanden sich die Dörfler zu kleinen Grüppchen zusammen, um das große Ereignis zu bereden. Es war ein eifriges Kommen und Gehen von Haus zu Haus. Alle waren durchnäßt, aber nur dicht beieinander konnte man frei reden …
Plötzlich tauchten die Männer des anderen Dorfes auf, in einer Wolke von Gebrüll, der betrogene Bräutigam an der Spitze. Jeder trug eine Jagdflinte. Der Bräutigam schäumte vor Wut, stieß wilde Schreie aus: »Das ganze Dorf niederbrennen, dem Erdboden gleichmachen …« Er ging geradewegs auf Memeds Haus zu. Darin saß Döne, die so aussah, als wüßte sie nichts von dem, was vorgefallen war. Der Bräutigam sprang vom Pferd, drang ins Haus, packte die Frau an den Haaren und schleifte sie bis vor Abdi Agas Tür.
Als der Aga sie sah, kannte seine Wut keine Grenzen mehr. Er kam, bearbeitete Döne mit seinen Stiefelabsätzen. Sie gab keinen Laut von sich, als er sie in den Schlamm trat. Nachdem Abdi Aga von ihr abgelassen hatte, begann sein Neffe, die im Schmutz liegende Frau zu mißhandeln. Schließlich ließ er sie liegen, lief durch den Hof, wütend seinen Schnurrbart zwirbelnd, um gleich darauf zurückzukehren und weiter die Daliegende mit den Füßen zu treten. Das Blut aus Dönes Mund rann in den Schlamm.
Abdi Aga war völlig von Sinnen. Er lief auf dem Hof hin und her, ohne ein Wort zu sagen, ohne jemanden zu sehen. Die Umstehenden starrten auf ihn und warteten ab, was er sagen würde. Immer, wenn er eine wichtige Entscheidung zu treffen hatte, wickelte er ein Stück seines Bartes um den Zeigefinger und zerrte daran. Das tat er jetzt ausgiebig. Als er schließlich stehenblieb, hielten alle den Atem an, alle blickten auf ihn.

Er ließ seinen Bart fahren, dann begann er ihn zu streichen. »Hört zu: Sie müssen noch in der Nähe sein, entweder bei den Felsen oder im Wald. Wir werden sie suchen, aber nicht mit so vielen. Zehn Mann ungefähr sind genug. Wenn ihn einer findet und ich bin nicht selbst da, dann wird ihm kein Haar gekrümmt, daß euch das klar ist. Zu mir wird er gebracht. Ich werde die Rechnung mit ihm glattmachen, kein anderer. Ich werde ihm beibringen, was es heißt, Abdi Agas Schwiegertochter zu entführen.«

Als er geendet hatte, trat Rüstem, ein Mann aus dem anderen Dorf, vor, ein blatternarbiger Kahlkopf mit einer unförmigen Nase. »Erlaubt einmal, Aga: Seit gestern abend hat es doch ununterbrochen geregnet, nicht?«

»Ja. Freilich«, kamen einige Stimmen zugleich aus der Menge.

»Nun«, fuhr Rüstem fort, »der Schlamm zeigt schließlich ihre Spuren, und wenn nicht, wenn sie den Felsen entlang gegangen sind – dann müssen wir die Spuren suchen. Weit können sie nicht sein. Wir werden sie finden.«

»Drei Mann müssen dem Weg zur Stadt folgen«, ordnete der Aga an. »Ich habe gehört, sie sollen zur Stadt unterwegs sein ...«

Dann wandte er sich Rüstem zu: »Wer soll die Spuren sichern?«

»Ali der Hinkende! Der verfolgt selbst die Spur eines Vogels, wenn er nur mit der Schwinge den Boden berührt hat.«

»Bringt mir Ali den Hinkenden!« befahl Abdi Aga.

»Hier ist er ja!« riefen einige.

Ali kam, einen Fuß nachschleppend, baute sich vor dem Aga auf. »Macht Euch keine Sorgen, Herr. Wenn Ince Memed nur den Boden berührt hat – ich finde ihn. Wenn er sich nicht in einen Vogel verwandelt hat ... Ihr könnt ganz unbesorgt sein.«

Die Leute aus Alis Dorf rühmten den Spurensucher vor den anderen Dörflern und vor dem Aga: »Seit fünfzehn Jahren ist bei uns keine Nadel gestohlen worden. Ali der Hinkende kommt jedem Dieb auf die Spur, da geht nichts drüber!«

»Der geht sogar der Witterung der Hirsche nach, bis er sie am Futterplatz findet!«
»Er heißt Ali der Hinkende, Aga.«
»In dieser Gegend hier gibt es keinen Steinmarder mehr.«
»Wegen Ali dem Hinkenden.«
»Selbst wenn Ince Memed in den Himmel gefahren ist, er findet ihn.«
»Der riecht einen Menschen noch nach drei Tagen auf dem Weg!«
Sogar Hösük die Runkelrübe war da, der Einzelgänger, der sich nie unter die Menge mischte, der nur selten ins Dorf kam. Er kannte Ali den Hinkenden schon lange. Die beiden hatten jahrelang Seite an Seite gepflügt. Hösük wußte, was für ein unvergleichlicher Spurensucher Ali war. Er hatte mit angehört, daß sich Ali der Hinkende dafür verbürgt hatte, Memeds Spur zu finden. Er mußte mit ihm sprechen, ohne daß es Aufsehen gab. Ali würde seine Worte nicht in den Wind schlagen. Zu lange hatten sie Brot und Salz zusammen gegessen.
Als sein Lob in aller Munde war, hörte Ali mit Wohlgefallen zu. »Mit Allahs Segen und Eurer Hilfe, Aga …«, spreizte er sich in gespielter Bescheidenheit. Es hätte ihn gleichgültig gelassen, wenn sie gesagt hätten, Ali der Hinkende sei ein tapferer Mann oder einen solchen Mann wie Ali den Hinkenden gebe es in diesen Dörfern kein zweites Mal. Das einzige, woran ihm lag, war, als unvergleichlicher Fährtensucher anerkannt zu werden.
Als sich Ali von der Menge löste und den Weg zu Hatçes Haus einschlug, um dort die Fährtensuche aufzunehmen, holte ihn der alte Hösük ein.
»Nur auf ein paar Worte, Ali. Warte einen Augenblick.«
Ali der Hinkende umarmte ihn erfreut.
»Hösük, Bruder! Ich wollte dich schon lange einmal wiedersehen – eben in diesen Tagen wollte ich bei dir hereinschauen. Wie steht es? Sobald ich mit dieser Arbeit fertig bin, komme ich zu dir und bleibe für den Abend. Aber erst muß ich

den Burschen aufspüren. Wird nicht schwerfallen. Was heißt es schon für mich, jemanden zu finden?«
»Geh hinter mir her«, sagte Hösük, »es braucht uns keiner miteinander reden zu hören. Der Aga traut mir nicht.«
Ali der Hinkende wunderte sich über Hösüks Geheimnistuerei, aber er tat, wie ihm geheißen. Der Regen, der kurze Zeit ausgesetzt hatte, begann aufs neue, in großen Tropfen zu fallen.
Vor Abdi Agas Haus wurde ein Pferd gesattelt. Es war für Ali bestimmt. Zu Pferd eine Spur verfolgen? Das mochte seltsam scheinen, aber es war bekannt, daß Ali seine Fährte aufspürte, selbst wenn er mit geschlossenen Augen ritt.
Im Schatten eines Hauses blieb Hösük stehen. Als Ali neben ihm angelangt war, redete er in vorwurfsvollem Ton auf ihn ein:
»Komm, setz dich zu mir, Bruder. Sag mir, wie kannst du es über dich bringen, den armen Jungen dem Abdi auszuliefern? Hat es einen besseren Mann gegeben als Ibrahim? Er wird sich im Grab umdrehen, wenn du seinem einzigen Kind ein Leid geschehen läßt! Ich weiß, daß du ihn findest, das ist so sicher, als wenn er schon in deiner Hand wäre. Denke daran, Ibrahim war dein Freund! Du weißt, was Abdi dem Jungen tun wird, und du wirst es dann ihm getan haben. Soll ich dir was sagen, Ali? Du führst sie heute in die Irre, dann kann Memed sich retten. Als Kind hat er sich einmal nach Kesme zu Süleyman geflüchtet. Alle glaubten damals, er sei nicht mehr am Leben. Ein halbes Jahr danach – es kann auch ein ganzes Jahr gewesen sein – traf ich ihn und sagte seiner Mutter, daß er lebte. Das war damals. Alle hatten sie ihn totgeglaubt. Er wird es auch diesmal fertigbringen, sich irgendwo zu verkriechen. Aber du mußt sie auf eine falsche Fährte führen, hörst du, Bruder? Wer weiß, wo die armen Kinder jetzt sind, wo sie vor dem Höllenwetter Unterschlupf suchen! Laß die Finger von dieser schmutzigen Sache, Ali.«
Ali der Hinkende hatte während Hösüks Rede die Farbe gewechselt. Für ihn bedeutete es alles, für ein großes Dorf die

Hauptperson zu sein, eine Fährte aufzuspüren, die Flüchtigen zu finden. Er hatte nur stumm zu Boden gestarrt, als Hösük sprach, und er schwieg auch jetzt noch.
Hösük fuhr fort: »Ali, Bruder, jetzt kauern sich die Ärmsten aneinandergeschmiegt und zitternd unter einen Baum, während sich die Wasserfluten über sie ergießen! Sie haben solche Angst, daß es einen Stein erweichen muß! Der Wolkenbruch hört ja überhaupt nicht mehr auf. Wenn Allah sich ihrer erbarmt, möge er dem Regen Einhalt gebieten! Ali, es sind verzweifelte Verliebte! Du weißt, wer Liebenden Böses antut, dessen Hand wird verdorren. Wie ein Baum, aus dem die Säfte ziehen. Führe sie einen falschen Weg, Ali, und eine Stätte im Paradies wird dir in dieser Stunde bereitet werden! Gib mir dein Wort, Ali!«
Der andere sagte unter Hösüks inständigen Blicken kein Wort. Der Alte ergriff seine Hand und begann von neuem:
»Hör mir zu, Ali. Sie haben sich geliebt, seit sie Kinder waren. Das Mädchen brachte keinen Bissen hinunter, wenn es Memed nicht sehen durfte, sie konnte nicht schlafen, weinte blutige Tränen. Diese zwei hat Allah zusammengeführt, verstehst du das, Ali? Allah! Als er nach Kesme gelaufen war, hat das Mädchen krank gelegen, bis er zurückkam. So ist das, Ali, denke einmal selber darüber nach. Und dann haben sie sie mit Gewalt an den glatzköpfigen Neffen von Abdi verkuppelt. Darauf sind die beiden geflohen. Ja, Bruder Ali, du mußt mal selbst darüber nachdenken. Ein verängstigter Vogel flüchtet sich ins Gebüsch. Dort ist er geborgen. Für Memed kannst du die Zuflucht sein. Werde nicht zur Ursache seines Verderbens! Dann wirst du vielleicht Abdi zum Freund haben, aber ein großes Dorf zum Feind. Und das ist keine Kleinigkeit, Ali, du weißt es selbst. Das war es, was ich dir sagen wollte.«
Ali erhob sich wortlos, mit hängenden Schultern und kummervoller Miene.
»Denk daran, daß du ein ganzes Dorf zum Feind haben wirst«, sagte Hösük hinter ihm. Dann holte ihn der Alte wieder ein, flüsterte ihm ins Ohr: »Hast du noch nie gehört, wie es dem

ergeht, der Liebende auseinanderbringt? Wer ein Nest zerstört, dessen eigenes Nest wird zerstört werden, Ali! Für das ganze Dorf war es ein Festtag, als es hieß, daß die beiden zusammengekommen seien. Ali, du wirst verrotten wie ein zugrundegehender Baum! Und denk daran, was aus seiner Mutter wird. Sie liegt immer noch blutend im Schmutz. Überlege es dir gut, Ali!«

Jetzt war das Pferd gesattelt, Ali wurde gerufen. Ein junger Bursche hielt die Zügel und erwartete ihn respektvoll. Eine schwarze, langhaarige Satteldecke hing dem Pferd über den Rücken.

Der Regen dauerte unverändert an. Alle Dorfbewohner waren auf den Beinen, alle Blicke waren auf Ali den Hinkenden gerichtet. Als er die Last von Hunderten von Augenpaaren auf sich fühlte, kroch der unerträgliche Schmerz wieder in sein lahmes Bein. Seit seiner frühesten Jugend suchte ihn dieser Schmerz heim, immer dann, wenn er sich in einer schwierigen Lage sah. Es war, als bekäme er die stummen Verwünschungen eines ganzen Dorfes, der Menschen und Tiere, der Erde und der Steine an seinem Körper zu spüren.

Unter dem Maulbeerbaum vor Hatçes Haus fand er zwei nebeneinander verlaufende Spuren. Zunächst umritt er das Haus vier-, fünfmal. Alle Dorfkinder waren hinter ihm. Dann streifte er, scheinbar ziellos, eine ganze Weile im Dorf umher.

Ein paar Männer standen neben Hösük. »Was hast du Ali dem Hinkenden gesagt?«

»Gründlich Bescheid gesagt habe ich ihm«, erwiderte der Alte voller Selbstbewußtsein. »Ich denke nicht, daß er das in den Wind schlagen wird.«

Mit Genugtuung hatte er beobachtet, daß Ali wie aufs Geratewohl im Dorf hin und her ritt. So verfolgte man keine Fährte. Man blieb vom ersten Anfang an auf einer Spur, bis man ihr Ziel erreicht hatte. Es war wie das Aufziehen eines Wollstrumpfs. Was Ali der Hinkende da machte, schien ein gutes Zeichen.

Und schon ging Hösüks Meinung von Mund zu Mund: »Er

hat Mitleid mit den Liebenden. Er wird die Verfolger in die Irre führen.«
»Ali kenne ich«, sagte ein anderer. »Er würde auch die Spur seines eigenen Vaters verfolgen, selbst wenn es dem ans Leben ginge. Wenn er nur einer Fährte nachgehen kann. Ohne das kann er nicht leben. Er ist kein schlechter Mensch, und ich glaube, daß ihm die beiden wirklich leid tun, aber er kann eben nicht anders, er muß ihre Spur verfolgen. Setze ihn auf eine Fährte, und er geht ihr nach, und wenn er weiß, daß es für ihn den Tod bedeutet.«
»Nun gut«, sagte Hösük. »Aber warum reitet er dann im Dorf umher? Nehmen wir einmal an, er will der Fährte nachgehen. Ja, glaubt ihr, Memed ist mit dem Mädchen erst von Haus zu Haus gegangen? Wer ein Mädchen entführt, schaut nicht einen Augenblick zurück. Ali der Hinkende würde sich nicht täuschen lassen, wenn er Ernst machen wollte. Schon gar nicht in diesem Regen, der macht es noch leichter ... Aber ich habe ihm noch mal ins Gewissen geredet ...«
»Allah gebe, daß es so ist, wie du sagst«, seufzte der andere nach einigem Nachdenken. »Wenn man ihn so hin und her reiten sieht ... Vielleicht hat er es sich wirklich überlegt!«
Hin und her ritt Ali der Hinkende. Vor jeder Tür saß er ab, untersuchte den Boden, nahm prüfend Steine in die Hand. Er tat alles, was dazugehört, eine Spur zu sichern. Nur von der Stelle, wo die wirkliche Fährte ihren Ausgang nahm, hielt er sich sorgsam fern. Wenn sie ihm wieder unter die Augen käme, dann würde sie ihn nicht mehr loslassen, das wußte er zu gut. Für Sekunden wünschte er sich, dem Pferd die Sporen geben und im vollen Galopp fliehen zu können. Er blickte zum Wald hinauf. Dorthin führte die Spur, und es war ihm, als sähe er die beiden leibhaftig vor sich. In seinem Kopf ging alles durcheinander.
Der Regen rann noch immer, als er das Pferd wieder auf Hatçes Haus zu wendete. An dem Buschwerk neben dem Maulbeerbaum hielt er an. Hier lag die lange Spur eines Bauernschuhes. Die Bauernschuhe mußten noch neu sein, mit

langen Flaumhaaren – von der Haut eines Stierkalbs, das im letzten Winter geschlachtet worden war. Wieder sah er die Liebenden vor sich dort im Wald, im Regen, und er empfand brennende Sorge um sie.
Eine Stimme riß ihn aus seinen Gedanken: »Was ist los mit dir, Ali? Willst du hier stehenbleiben und träumen? Abdi Aga wird schon langsam ungeduldig. ›Was trödelt er so lange im Dorf herum?‹ hat er gesagt, und: ›Soll das die Spurensucherei von eurem vielgepriesenen Ali sein?‹«
Als die beiden noch miteinander sprachen, preschte Abdi Aga selbst herbei.
»Donnerwetter, Oberster der Spurensucher! Alle Achtung! Eine feine Fährte hast du da ausfindig gemacht! Seit dem Morgen bummelst du durch das Dorf wie ein Landvermesser. Jetzt wirst du wohl gleich in dem Gebüsch hier einschlafen.«
Ali der Hinkende wurde schwarz vor Augen. Zornig wandte er sich zu Abdi Aga um: »Aga, fragt doch mal die Bauern, ob er neue Bauernschuhe angehabt hat und ob sie von der Haut eines Bullenkalbs aus dem letzten Winter waren.«
»Das stimmt genau«, warf einer der Bauern ein. »Im Winter ist Ismail, dem Müller, ein Stierkalb eingegangen. Memed hat ein Stück von der Haut gekauft.«
»Soweit hast du recht behalten«, sagte Abdi Aga. »Also zeige, was du kannst, Ali.«
Ali der Hinkende war ganz in sich zusammengekrochen. Er gab seinem Pferd die Peitsche und galoppierte aus dem Dorf, Abdi Aga und sieben, acht andere Reiter hinter ihm drein. Bei den Felsen brachte Ali sein Pferd zum Stehen. Die Spur führte hierhin. Er war überrascht – die Richtung hatte zum Wald gewiesen – und untersuchte die längs der Felsen verlaufenden, kaum sichtbaren Spuren.
»Hier sind sie gegangen. Steigt ab, wir wollen die Fährte zu Fuß weiterverfolgen.«
Sie ließen die Pferde bei einem der Männer zurück und gingen Ali nach. Zwischen den Felsen sahen sie ein kleines Stück glänzender, schwarzer Erde mit drei gelben Blumen darauf.

Eine der Blumen lag fast am Boden.
Ali deutete auf die Erde: »Wißt ihr auch, warum diese so flach daliegt und die anderen aufrecht stehen? Hier könnt ihr die Spuren vom Rand eines Bauernschuhs sehen, der heute nacht hier hingetreten ist.«
Alle bückten sich, aber keiner sah etwas. Dann strich er zwischen den Felsen herum, Abdi Aga immer hinter ihm. Am Fuß eines steilen Felsens stutzte er: »Hier sind sie umgekehrt.«
Sie gingen zu ihren Pferden zurück. Jetzt führten die Spuren so deutlich zum Wald hin, daß auch die anderen sie verfolgen konnten. Am Waldrand hielt Ali an. Er war aschfahl geworden; dann überlief es sein Gesicht purpurrot. Die Fährte hatte wiederum die Richtung gewechselt, sie verlief jetzt erneut zu den Felsen hin. Die Marschroute eines Blinden, eines in die Irre Geratenen, der nicht weiß, wohin ... Die Spur folgte eine kurze Strecke der gleichen Richtung, dann kehrte sie wieder um, lief im Zickzack. In Ali regte sich das Mitleid. Diesen Abdi in den tiefsten Wald hineinzuführen, ging es ihm durch den Kopf, dann konnten sich die armen Kinder in Sicherheit bringen ...
Zwischen dem Wurzelwerk eines Baumes war das frische Kraut halb niedergetreten. Dahinter steckte ein Holzsplitter in der Erde. Der Regen nahm an Heftigkeit zu. Der lahme Ali zog sich die Satteldecke über den Rücken.
»Die Zeit vergeht, Ali«, sagte Abdi Aga. »Hast du die Spur wieder verloren?«
»Nein. Folgt mir nur.« Er wandte sein Pferd zum Wald. Aber jetzt fand er die Fährte wirklich nicht wieder.
»Sie führt nicht mehr weiter«, wandte er sich zu Abdi um.
»So? Das ist wohl alles, was du kannst, was?«
Hinter Abdi ritt der Bräutigam, die Pistole in der Hand.
»Ich werde sie gleich wiederhaben«, sagte Ali verbissen. »Sie müssen hier in der Nähe Schutz gesucht haben. Eine ganze Weile sind sie im Kreis gelaufen. Dadurch bin ich irre geworden.«
Er mußte einige Zeit suchen, bis er wieder auf der Fährte

war. Im dichten Waldesinnern wollten die Pferde nicht mehr weiter, sie mußten wieder absteigen.
»Hier haben sie einen Zweig abgebrochen.« Und dann: »Jetzt sind wir ganz in ihrer Nähe. Hier haben sie Reisig mitgenommen. Trockenes Reisig. Die Spur geht auf die Felsen zu.«
Außer Ali und Aga waren alle bis auf die Haut durchnäßt. Abdi wandte sich seinem Neffen zu: »Warum hast du keine Satteldecke mitgenommen?«
Der andere gab keine Antwort. Die Pistole zitterte in seiner Hand. Ali rannte humpelnd auf die Felsen zu. Die anderen liefen hinter ihm her.
»Ich habe sie. Sie sind unter der Felsengruppe. Seid leise.«
Als alle außer Atem um ihn herumstanden, wies Ali auf den Boden: »Hier haben sie Feuer gemacht, und dort auf dem Reisig haben sie ihre Kleider zum Trocknen ausgebreitet. Das Feuer ist mit Zunder angezündet worden, nicht mit Streichhölzern.«
Dann ging er auf den Hintergrund der Höhle zu, wo das Erdreich trocken war, bückte sich, suchte lange herum. Er sah die Vertiefungen, die die breiten Hüften des Mädchens hinterlassen hatten, und auch die Spur der Schulterblätter.
»Kommt doch einmal hierher!« rief er aus.
Alle bückten sie sich, starrten auf den Boden. Abdi Aga sah Ali dem Hinkenden fragend ins Gesicht.
»Wir kommen zu spät«, sagte Ali.
Abdi Aga hatte wohl begriffen, aber er wollte es ganz genau wissen: »Was meinst du damit?«
»Seht her, Aga: Hier waren ihre Hüften. Da sind die Spuren von ihren Schulterknochen, und da lag ihr Kopf. Seht ihr die Linien hier? Das waren ihre Haare. Ja. Das ist nun einmal so, wer ein Pferd stiehlt ...«
Abdi Agas Miene veränderte sich. Er stand eine Weile schweigend da, bis allmählich wieder Leben in ihn kam. »Und wo, meinst du, sind sie jetzt?«
»Sie müssen ganz in der Nähe sein. Wir werden sie gleich haben.«

»Bis es dunkel ist, muß die Sache erledigt sein, Ali.«
»Sie sind höchstens zwei Stunden von hier fort. Wie weit kann man in zwei Stunden schon kommen, hier im Wald? Außerdem müssen sie hungrig sein. Hier ist nicht ein Brotkrümel zu finden. Wenn sie etwas mitgehabt hätten, dann hätten sie hier auch gegessen.«
Der vor Nässe triefende Bräutigam zitterte. »Machen wir erst einmal ein Feuer an«, sagte er zähneklappernd. »Wir holen uns ja alle den Tod.«
Die anderen stimmten ihm bei. Abdi Aga wurde zornig: »Wir suchen weiter, bis wir sie haben. Ihr könnt ja hierbleiben und euch den Hintern wärmen, ihr alten Weiber!«
Er zog seine Pistole und tauchte mit Ali in den Wald hinein. Seinem Neffen schien es besser, sich anzuschließen und auf das wärmende Feuer zu verzichten.
Langsam senkte sich die Dämmerung herab. Ali war sicher auf der Fährte. Je weiter sie kamen, desto frischer waren die Spuren. Jetzt konnten ihnen die beiden nicht mehr entkommen. Hinter einem Gebüsch hörten sie ein Rascheln.
»Umstellt die Büsche!« befahl Abdi Aga.
»Hier sind sie!« rief Ali.
Plötzlich schrie eine Frauenstimme auf.
»Ihr wißt Bescheid!« brüllte der Aga. »Keiner krümmt ihm ein Haar. Faßt ihn und übergebt ihn mir. Alles, was mit ihm geschehen wird, besorge ich mit eigener Hand!«
Memed duckte sich hinter dem Busch. Seine Hand umfaßte den Griff der Pistole in der linken Tasche seiner Pluderhose. Kaltblütig wartete er ab. Er fürchtete nichts und niemanden mehr.
»Hab keine Angst, Hatçe. Sie kriegen dich nicht.«
Dann stand er auf.
»Ich ergebe mich!« rief er den vorsichtig näher Kommenden zu.
»Ihr bleibt hier stehen!« schrie Abdi Aga. »Dieser Hund ist meine Beute!«
Während sich die anderen vorsichtig zurückzogen, stürzten

Abdi und der Bräutigam vor. Memed stand aufrecht zwischen den Büschen, ein schmaler, gerader Schatten in der tiefen Dämmerung.
Ali der Hinkende saß auf einem Baumstumpf, das Gesicht in den Händen vergraben. Sein Jagdfieber war einer furchtbaren Ernüchterung gewichen. »Nie wieder!« murmelte er vor sich hin. »Nie, nie mehr bringe ich das fertig …«
»Verkommener Schurke! Jetzt rechnen wir ab! Jetzt werd ich dich ins Dorf bringen – alles andere kannst du dir schon ausmalen!«
In diesem Augenblick war das Klicken eines Abzugs zu hören, aber es folgte kein Knall.
Wütend drehte sich Abdi um. »Idiot! Habe ich euch nicht gesagt, es wird ihm kein Haar gekrümmt!«
Memed rührte sich nicht. Mit eiskalter Gelassenheit stand er da. Dann zog er die Pistole ganz langsam und ruhig aus der Tasche, richtete sie auf Abdi Aga und feuerte zweimal. Abdi Aga fiel mit einem Aufschrei zu Boden. Memed zielte auf den Bräutigam. Er gab drei Schüsse ab. Auch dieser rührte sich nicht mehr. Memed steckte die Pistole wieder ein.
Er war ganz ruhig, als er sich an die anderen wandte: »Hier ist Hatçe. Wenn einer von euch sie anrührt, wißt ihr, was euch geschieht.«
Dann drehte er sich zu Hatçe um. »Geh du jetzt erst einmal nach Hause. Ich hole dich, sobald ich kann. Dann gehen wir irgendwohin, wo uns keiner findet. Geh nur! Die da können dir nichts tun.«
Sie begannen auf ihn zu schießen. Er wunderte sich darüber, aber er war schon zu weit entfernt; ihre Kugeln gingen ziellos ins Dunkel. Gegen Mitternacht verließ er den Wald.
Immer noch rann der Regen.

10

Leise und zaghaft klopfte es an der Tür. Das Klopfen setzte aus, begann dann wieder.
Die Frau weckte ihren Mann. »Steh auf. Es klopft jemand.«
Verschlafen machte er einige Anstrengungen, sich zu erheben, aber schließlich fiel sein Kopf auf das Kissen zurück. Das Klopfen wurde heftiger.
»Los jetzt!« rief sie. »Du sollst aufstehen, es klopft einer bei uns an!«
Brummend rappelte er sich hoch, stolperte zur Tür. »Wer ist denn da?«
»Ich, ich bin's«, antwortete eine heisere Stimme.
Sie räusperte sich. »Wer bist du?«
»Schnell, mach auf! Du kennst mich.«
Die Tür öffnete sich.
»Na, dann komm herein.«
Der Fremde taumelte herein. Drinnen war es dunkel.
»Mach schnell Licht, Weib, wir haben einen Gast.«
Als die Lampe brannte, kam die Frau zu ihnen. Der Fremde troff vom Regen, die Kleider klebten ihm am Leibe. Das Paar betrachtete ihn erstaunt, über das Gesicht der Frau ging es wie eine ratlose Frage. Sie musterte ihn von Kopf bis Fuß.
»Mir ist, als müßte ich den Gast kennen«, sagte sie schließlich. »Aber ich weiß nicht, warum.«
Der Mann lächelte. »Auch mir geht es genauso.«
Er legte dem Fremden die Hand auf die Schulter, blickte ihm forschend ins Gesicht. »Es ist irgendwas Vertrautes an ihm, aber ich weiß nicht was. Aber eins sehe ich sicher, nämlich, daß dem Gast kalt ist. Er ist triefnaß. Mach schnell Feuer, Frau.«
»Also sag schon, wer bist du?«
»Onkel! Der Ince Memed bin ich.«
Die Frau trug Brennholz aus dem Nebenraum herbei.
»Weib! Schau doch mal, wer da gekommen ist! Unser Ince

Memed ist es! Ein Teufelskerl ist er geworden, ein junger Stier. Wie oft haben wir dagesessen und von ihm gesprochen. Gerade in diesen Tagen habe ich noch gesagt: ›Was mag aus dem Jungen geworden sein?‹ Ich muß es im Gefühl gehabt haben.«

»Wirklich, Junge! Die ganzen letzten Tage hat Onkel Süleyman nur von dir gesprochen.«

Süleyman war sehr gealtert. Seine Brauen fielen ihm in langen, weißen Büscheln über die Augen. Das und der lange, schneeweiße Bart gaben ihm das Aussehen eines ehrwürdigen Greises.

Die Frau brachte Wäsche, legte sie Memed hin. »Zieh dich um, mein Sohn, sonst gibt es eine Lungenentzündung.«

Memed ging in eine dunkle Ecke, dann setzte er sich in Hemd und Unterhose an die Feuerstelle. Süleyman sah ihn fragend an.

»Wie gerne hätte ich euch einmal wiedergesehen. Aber ihr wißt ja, das Leben auf dem Dorf ...«

»Ich wette, du warst immer noch nicht in diesem Dorf, was, Memed?« fragte Süleyman neckend.

Memed lachte bitter. »Daraus ist nichts geworden.«

Aber dabei blitzte das gelbe Licht durch sein inneres Dunkel.

»Du wirst mir die Frage nicht übelnehmen, aber was führt dich um diese Nachtzeit hierher?«

»Ich erzähle dir alles. Ich bin zu dir gekommen, weil du der einzige bist, den ich auf der Welt kenne. Der einzige, der mir helfen kann.«

»Du frierst, Kind«, unterbrach ihn die Frau. »Warte, ich mache dir eine warme Suppe.«

Als er die heiße Schüssel in die Hand nahm, mußte er an die lange zurückliegende Nacht denken, in der er schon einmal frierend an diesem Herd gesessen hatte.

Damals war er einsam und verängstigt gewesen. Er erinnerte sich, wie er sich vor dem dunklen Wald gefürchtet hatte. Jetzt war er kühn. Er hatte seinen Entschluß gefaßt, die enge Welt von gestern gesprengt. Er hatte begonnen, die Luft der Frei-

heit zu atmen, und er bereute nichts von dem, was er getan hatte.
»Sprecht euch in Ruhe aus, ihr beiden«, sagte die Frau. »Ich lege mich schlafen.«
Als sie allein waren, drängte Süleyman: »So, jetzt mal heraus mit der Sprache, Memed, mein Junge!«
»Ich habe Abdi getötet. Und seinen Neffen auch ...«
»Wann war das?« unterbrach Süleyman erregt.
»Heute. Bei Einbruch der Nacht.«
»Ist das wirklich wahr, Memed? Wer einen Menschen umgebracht hat, der sieht anders aus als du jetzt.«
»Ja, es ist geschehen. Es stand in meinem Schicksalsbuch.«
Dann berichtete er, wie es zugegangen war, ließ nichts dabei aus. Die Hähne krähten schon.
»Du hast recht getan, Junge. Möge es dir zum Segen gereichen. Und was hast du jetzt vor?«
»Der Polizei stelle ich mich auf keinen Fall. Ich gehe in die Berge.«
»Jetzt schlafe dich erst einmal aus. Alles andere überlegen wir morgen.«
»Du meinst nicht, daß sie mich hier aufstöbern?«
»Auf den Gedanken kommt kein Mensch, daß jemand einen umbringt und dann gleich im nächsten Dorf bleibt. Ausgeschlossen. Wenn sie dich suchen, dann in den entfernten Dörfern, in den Bergen ...«
An der Wand lehnten reihenweise Mehlsäcke.
»Komm, laß uns die Säcke wegziehen«, sagte Süleyman. »Dahinter mache ich dir deinen Schlafplatz. Sicher ist sicher.«
Sie mühten sich ab, die schweren Säcke von der Wand abzurücken, und vergossen viel Schweiß, bis ein schmaler Zwischenraum entstanden war, in den sich ein Mensch mit knapper Not hineinzwängen konnte.
»So, Memed. Klettere dahinter und lege dich nieder. Da kannst du einen Monat lang schlafen, es findet dich keiner.«
Auch Süleyman suchte sein Lager auf, nachdem er die Haustür sorgfältig verriegelt hatte.

Seine Frau schlief schon. Er weckte sie. »Hör mal: Ich habe Memed hinter den Säcken eine Schlafstelle gerichtet. Du wirst keinem etwas davon sagen, daß er hier ist! Auch der Schwiegertochter nicht, auch unserem Sohn nicht!«
Memed dachte vor dem Einschlafen an Hatçe. Dann sah er den sich krümmenden und stürzenden Abdi vor sich. Darauf war Abdi nicht gefaßt gewesen. Und der Bräutigam hatte aufgeschrien, den Boden mit den Händen aufgewühlt, sich in Zuckungen gebäumt, die Zähne zu den Tannen gebleckt, bis er plötzlich in sich zusammenfiel und reglos in seinem Blut dalag. Dabei war sein Blick auf einen sich seltsam gebärdenden Mann gefallen. Als alle anderen auf ihn feuerten, saß jener auf einem Baumstumpf, den Kopf in beiden Händen, mit hin und her schaukelndem Oberkörper wie jemand, der von namenlosem Gram heimgesucht wird. Das Gebaren dieses Unbekannten war ihm ein Rätsel. Wer mochte es gewesen sein?
Bald hatte er das alles vergessen, sein Kopf war frei, als sei er ein neuer Mensch, und er fiel in einen tiefen Schlaf. Als er erwachte, war ihm leichter ums Herz. Was geschehen mußte, war geschehen.
Süleyman rief ihn: »Hör mal, du: Ich bin früh aufgestanden und durch das ganze Dorf gestreift. Es ist noch nirgends etwas zu hören. Bis jetzt wissen sie von nichts. Vielleicht kommen sie auch hierher suchen. Wir werden heute nacht in die Berge gehen und sehen, daß wir die Banditen finden.«
Memeds Freude war in seinem Gesicht zu lesen.
»Der tolle Durdu ist entfernt mit uns verwandt. Ich habe schon viel für ihn getan. Er wird dich unter seinen Schutz nehmen. Aber länger als drei Monate darfst du nicht bei ihm bleiben. Er ist ein verrückter Kerl. So wie er es treibt, kann es nicht mehr lange dauern. Auf irgendeine Art kriegen sie ihn eines Tages. Diese Sorte von Bandenführern hält sich höchstens ein Jahr dort oben, das ist eine alte Erfahrung. Durdu ist eine Ausnahme, aber so, wie ich ihn kenne, wird er's nicht mehr allzulange machen. Sieh zu, daß du so bald wie möglich von ihm freikommst. Du mußt es als eine Aus-

bildung betrachten, ein, zwei Monate lang. Dann sollst du dich selbständig machen. Ich kann es dir nur immer wieder einschärfen, halt es nicht zu lange mit diesem Hund. Der ist kein rechter Bandit, ein gemeiner Plünderer ist er, ein Aasgeier ... Wenn es nicht für dich wäre, dann wollte ich mit dem Hund nichts zu schaffen haben. Er war ja nicht immer so ein schlechter Kerl. Zu dem, was er heute ist, hat ihn die Gemeinheit der Bauern gemacht. Er kam einmal als Gast in sein eigenes Dorf. Sie haben ihn sich vollfressen und vollsaufen lassen, damit er den Gendarmen in die Falle gehe. Damals ist er nur um Haaresbreite davongekommen. Seither ist er wie ein wildes Tier.«
»Hat er eine große Bande?«
»Was es hier herum an Galgenvögeln und Totschlägern gibt, ist zu ihm gestoßen. Höre, Memed, mein Sohn, du hast noch nicht das Alter, alles richtig zu bedenken. Aber du würdest es bereuen. Wie lange du in den Bergen bleibst, weiß Allah allein. Ich habe genug mit den Banditen zu tun gehabt, um sie genau zu kennen – und um zu sehen, welches Ende es mit den meisten von ihnen genommen hat. Wer sich mit ihnen einläßt, muß sich davor hüten, ihnen zu schnell sein Vertrauen zu schenken. Du wirst sehen, daß sie von der ersten Minute an deine Kameraden sein wollen; sie sind freundschaftlich mit dir, nehmen Anteil an deinem Geschick. Aber du darfst dich ihnen nie ganz aufschließen. Es muß immer ein Abstand bleiben. Es macht Eindruck auf sie, wenn du deine Würde behältst. Mit allen gleich gut Freund sein zu wollen, ist diesen Leuten gegenüber ein Fehler. Wenn sie eine schwache Stelle an dir entdecken, dann hast du dein Leben lang keine Ruhe, und dein Ansehen bei ihnen gilt keine zehn Kuruş mehr. Mit der Zeit wirst du sie kennenlernen. Beurteile sie nach ihren Taten, nicht nach ihren Worten! Dann suche dir den heraus, der zum wirklichen Kameraden taugt.
Weißt du, zwischen dem Leben in den Bergen und dem im Gefängnis gibt es keinen Unterschied. Hier wie dort gibt es Anführer und die anderen, die die Sklaven der Anführer sind.

Und zwar die niedrigsten Sklaven ... Die Häuptlinge leben wie die Fürsten, die anderen wie die Hunde ... Du mußt selbst ein Anführer werden. Aber mach die anderen nicht zu deinen Sklaven. Das soll dein Geheimnis sein fürs Leben. Der tolle Durdu wird dir eine Flinte geben. Mit der Zeit kriegst du auch die anderen Waffen in die Hand. Ich will losgehen jetzt und herausbringen, in welcher Gegend sich Durdu herumtreibt.«

Süleyman wußte, daß einer im Dorf dem Durdu als Hehler diente. Von ihm erfuhr er den Aufenthaltsort des Bandenführers. Durdu stammte aus Aksöğüt, dem gegenüberliegenden Dorf. Süleyman hatte ihn von Kindheit an gekannt. Sein Vater war aus dem Krieg nicht zurückgekehrt. Wenn Durdu und seine Mutter nicht verhungert waren, so hatten sie es nur Süleymans Hilfe zu verdanken.

Er war jetzt fünf Jahre in den Bergen, hauste in den Dörfern wie ein Mordbrenner, machte alle Straßen unsicher. Wer auch immer ihm in die Hände fiel, mußte seinen Weg splitternackt fortsetzen. Durdu nahm ihm alles ab, auch die Unterkleider. Er kannte keinen Unterschied zwischen Freund und Feind.

Es kam Süleyman schwer an, daß er Memed diesem Menschen ausliefern sollte. Dem war es zuzutrauen, daß er den Jungen kurzerhand umbrächte, wenn ihm die Laune danach war.

»Ich weiß jetzt, wo der tolle Hund steckt«, sagte Süleyman zu Memed. »Auf dem Duman-Berg soll er sein. Wir müssen da hinauf und drei Schuß abgeben. Dann kommen seine Leute und bringen uns zu ihm. Ich traue dem Kerl nicht über den Weg, aber er hält immerhin große Stücke auf mich. Ja, wenn es hier herum noch eine andere Bande gäbe ...«

Nach Sonnenuntergang machten sie sich auf, Süleyman voraus, Memed hinter ihm. Als sie das Dorf verlassen hatten, wandte sich der Alte um: »He, Memed! Wenn du jetzt zu den Räubern gehörst, wirst du dann auch unser Haus überfallen?«

»Das wird sogar das allererste sein. Das bin ich mir doch schuldig, als Mitglied der Bande von Durdu dem Tollen!«

Süleyman lachte schallend.
»Nun, ehrlich gesprochen, ohne Spaß!«
»Habe ich dich vielleicht schon einmal belogen?«
Süleymans Miene veränderte sich. »Memed, Junge, hättest du eine Schlechtigkeit begangen, irgendeinen anderen Menschen umgebracht – mit diesen meinen Händen hätte ich dich zur Polizei geschleppt!«
»Einem anderen hätte ich kein Haar krümmen können.«
Der Alte blieb jäh stehen, faßte Memed am Kragen, schaute ihm fest in die Augen.
»Ince Memed, mein lieber Junge: Wenn du je einen Unschuldigen tötest oder einen, der nichts Schlimmes getan hat, oder wenn du einen Menschen seines Geldes wegen umbringst, dann werde ich dich zu fassen kriegen, so wie jetzt.«
»Sei ohne Sorge. Vom Töten habe ich für immer genug«, sagte Memed ruhig.
Süleyman ließ ihn nicht los. »Wenn dir noch mal ein Abdi Aga begegnet, und du bringst ihn nicht um – Junge, auch dann werde ich dich zu fassen kriegen! Und wären es hundert von der Sorte …«
Memed lachte: »Darauf hast du mein Wort! Es wird mir nie zuviel werden …«
Der Regen hatte seit dem Morgen aufgehört. Die Ebene war ein einziger Morast. Die Steine rutschten ihnen unter den Füßen weg, als sie langsam bergan stiegen. Es roch nach vermodertem Holz, bitteren Blüten und Gras. Die Sterne schienen übergroß, alle waren von einem leuchtenden Hof umgeben. Weiter oben hörten sie das Kollern einer Turteltaube. Es klang wie das Blöken eines Geißleins.
Als sie sich dem Gipfel des Duman-Tepe genähert hatten, sagte Süleyman: »Nimm deine Pistole, Ince Memed. Gib drei Schuß ab.« Dabei ließ sich der Alte schwer atmend auf den Boden fallen. »Ach ja! Es will nicht mehr so recht mit den alten Knochen. Ja, früher …«
Memed schoß dreimal in die Luft. Von weit her antwortete ein einzelner Schuß. Die Felsen warfen sein Echo zurück.

Süleyman erhob sich, ächzend vom Schmerz in seinen alten Knien. »Komm, laß uns ihnen entgegengehen.«
Memed nahm Süleymans Arm. Ein zweiter Schuß fiel ganz in ihrer Nähe. Sie blieben stehen.
»Was soll das heißen, ihr Hundesöhne!« schrie Süleyman. »Wollt ihr mich vielleicht umbringen?«
»Wer da?« brüllte eine junge Stimme.
»Komm her, Kerl, führe mich zum Tollen!«
Hinter den Felsen zu ihrer Linken erschien ein Mann. »Habt ihr vorhin geschossen?«
»Natürlich waren wir das«, brummte Süleyman selbstbewußt. »Wo ist der tolle Durdu? Bringe mich sofort zu ihm.«
Die Stimme des Mannes klang erstaunt. »Und wen soll ich bei Durdu Aga melden?«
»Sag ihm, Onkel Süleyman vom Dorf Kesme sei da.«
»Ach so! Entschuldige bitte, Onkel Süleyman, aber ich habe deine Stimme nicht erkannt.«
»Ja, das Alter! Sogar die Stimme verändert sich. Aber wer bist du, Bursche? Dich erkenne ich auch nicht.«
»Ich bin Cabbar, Mustuks Sohn, aus Karacaören. Ich war oft mit Vater bei dir wegen der Sättel. Du hast unsere Sättel gemacht und uns dabei Lieder gesungen.«
»Was? Du bist auch bei der Bande? Habe nie davon gehört.«
»Ist eben so gekommen«, sagte Cabbar. Dann rief er Durdu zu: »Es ist Onkel Süleyman aus Kesme!«
Die Worte hallten von den Felsen wider.
Vor einer großen Felsenhöhle brannte ein Feuer. Sieben, acht Männer saßen um die Flammen und reinigten ihre Gewehre. Über ihnen stieg der Felsen in die Höhe, steil wie eine Pappel.
Memed empfand das Bild, das sich ihm bot, wie etwas Unwirkliches. Einer der Männer am Feuer stand auf, als sich Schritte näherten, ein baumlanger Mensch. Sein Schatten tanzte riesengroß auf dem Felsen hinter ihm. Er ging auf die Ankömmlinge zu.
»Ich glaube, da kommt unser Durdu«, sagte Memed.

»Ja, das ist er«, bestätigte Cabbar, »das ist unser Durdu Aga.« Durdu rief aus Leibeskräften: »Willkommen, Onkel Süleyman! Was führt dich hierher? Willst du bei uns mitmachen?« Er erfaßte die Hand des Alten, küßte sie.

»Durdu, Kerl! Man hört, du seist der Sultan hier in den Bergen. Der unumschränkte Gebieter …«

»So ist es, Onkel Süleyman. Verlaß dich drauf, da unten kommt keiner weiter auf den Straßen, wenn ich nicht will. Über kurz oder lang werde ich den Durchzug hier überhaupt sperren. Dann wird keiner in dieser Gegend den Fuß auf die Erde setzen, ohne seinen Wegzoll an mich zu zahlen. Von hier bis nach Maraş werde ich überall meinen Tribut eintreiben. Aksöğüt soll mich kennenlernen. Die werden noch merken, was es heißt, mit Durdu dem Tollen zu tun zu haben.«

»Du redest wieder einmal ein Zeug daher«, sagte Süleyman.

»Wenn sie mich noch lange reizen, dann werde ich Aksöğüt niederbrennen, dem Erdboden gleichmachen. Da, wo es gestanden hat, pflanze ich Bocksfeigen.«

Süleyman unterbrach ihn zornig: »Hör auf mit dem dummen Geschwätz!«

»Ah! Ich sehe, du kennst mich noch nicht …«

»Mehr als genug! Was hast du aus dem Räuberleben gemacht? Daß das Volk im Banditen den Abschaum der Menschheit sieht!«

»Wart noch ein paar Jahre. Dann hab ich's geschafft. Dann wirst du sehen, wie dieses Geschäft angepackt werden muß.«

»Bis dahin bin ich tot. Einstweilen ist die ganze Welt voll von deinem Ruhm als Plünderer.«

»Nun, du wirst schon sehen.«

Jetzt wurde Süleyman ernstlich böse. »Wenn du so weitermachst, werden sie dich totschlagen wie einen tollwütigen Hund! Und ich werde es noch erleben! Schade um deine Jugend. Da hilft dir auch dein gottloses Maul nichts.« In ruhigerem Ton fügte er hinzu: »Du weißt, daß ich dich mag, trotz all deiner Verrücktheit.«

»Und ob ich das weiß! Frage nur meine Kameraden. Jeden

Tag sage ich ihnen, wenn meine Knochen von Allah sind, mein Fleisch ist von Onkel Süleyman! – Stimmt das etwa nicht, Freunde?«

»Doch«, antworteten die Gefolgsleute im Chor.

»Du weißt, ich war dagegen, daß du für nichts und wieder nichts Bandit wurdest, ohne einen vernünftigen Grund. Soll ich dir sagen, warum du in die Berge gegangen bist? Aus Prahlerei, sonst nichts. Das kann nicht gutgehen, Durdu. Das ist reiner Wahnsinn.«

»Komm, Onkel Süleyman«, sagte Durdu. »Setz dich, trink eine Schale Tee.«

Der Alte hockte sich nieder, die Hände auf den Knien. »Die Jugend ist kurz, glaubt mir. Ihr Wirrköpfe opfert eure schönsten Jahre in den Bergen.« Dann lächelte er Durdu zu: »Teufelskerl, du verstehst es! Wo hast du nur all den Wermut her?«

Rings um das große Feuer war der Boden ein dicker weicher Teppich von ausgebreitetem Wermutkraut, dessen aromatischer Duft die Nacht erfüllte.

Durdu brüstete sich. »Die Berge gehören uns, Onkel. Wir finden hier schon, was wir brauchen.«

»So, so! Also hast du auch schon das Wermutfeld im Grundbuch auf dich eintragen lassen?« lachte Süleyman. Währenddessen beobachtete Memed seine neue Umgebung aufmerksam.

Alle Bandenmitglieder trugen rote Fese. Das ist in den Bergen üblich, der rote Fes ist das Erkennungszeichen der Räuber. Man hat noch nie einen Banditen mit einer Kappe oder gar mit einem Hut herumlaufen sehen. Wer diesen Brauch aufgebracht hat, ist ungewiß. Mag sein, daß sich die wilden Haufen in den Bergen nicht vom Fes trennen wollten, als das Gesetz im ganzen Lande vorschrieb, an seiner Stelle einen Hut zu tragen.

Sobald sich Süleyman hingesetzt hatte, kamen die Bandenmitglieder einer nach dem anderen, boten ihm den Willkommgruß und küßten ihm die Hand. Auf Memed, der, den Kopf zwischen die Schultern gezogen, hinter Süleyman saß und sich

so klein wie möglich machte, warfen sie seltsame Blicke, halb neugierig, halb mißtrauisch.
»Wenn ihr wissen wollt, was es mit diesem Jungen auf sich hat«, sagte Süleyman, »er heißt Ince Memed. Er hat einen Mord begangen. Drum habe ich ihn zu euch gebracht.«
Bei dieser Vorstellung schrumpfte Memed noch mehr in sich zusammen.
Durdu blickte Memed an, dann Süleyman. Erstaunt fragte er: »Du meinst, er soll mit uns losziehen?«
»Wenn ihr ihn haben wollt. Sonst wird er auf eigene Faust gehen.«
»Onkel Süleyman, wenn du ihn zu uns bringst ...«
Er griff in seinen Mantelsack, brachte einen Fes zum Vorschein und warf ihn Memed zu.
Der stand da wie im Traum, fing das Stück Filz in der Luft auf.
»So, mein junger Kämpfer, setz das Ding auf! Das ist mein eigener alter Fes. Einen anderen haben wir nicht da. Später finden wir dir einen besseren.«
Dann drehte er sich zu Süleyman um, lachte unter seinem Bart: »Wunderbar, ist noch jung, der Bursche.«
»Was hat das zu besagen, wenn er Abdi Aga zum Teufel geschickt hat! Wegen eines gestohlenen Esels geht man nicht in die Berge.«
Durdu war fassungslos vor Erstaunen. »Was, Abdi Aga? Abdi Aga, sagst du? Das ist ja ein tolles Stück!«
»Na, was hast du denn gedacht?« sagte Süleyman befriedigt.
Durdu starrte Memed immer noch ungläubig an. »Du hast ja nicht einmal eine Flinte, Bruder. Das hast du gut gemacht, es dem Abdi Aga heimzuzahlen, dem Blutsauger von fünf Dörfern. Diesem Blutegel ...«
Dann befahl er, zu Cabbar gewandt: »Wo hast du die Flinte vergraben, die wir beim letzten Überfall mitgenommen haben? Hole sie her, und bringe auch ein, zwei Patronentaschen mit. Und vergiß die Patronen nicht.«
Aber es wollte ihm noch nicht recht in den Kopf, daß so ein

Winzling von einem Jungen den Abdi Aga zur Strecke gebracht haben sollte.
Süleyman hatte seine nachdenklich-zweifelnden Blicke aufgefangen. »Übrigens hat er nicht nur den Abdi Aga getötet. Dessen Neffen auch.«
Jetzt wußte Durdu überhaupt nicht mehr, was er sagen sollte. Er stand mit offenem Mund da. Memed kroch noch mehr in sich zusammen, kauerte wie fröstelnd am Feuer. Kleine Schalen mit heißem Tee wurden den beiden gereicht.
Süleyman neigte sich zu Memed hinüber. »Jetzt beginnt das Räuberleben, Junge. Halte die Ohren steif!« Seine Stimme klang liebevoll, wie die eines Vaters.
Immer mehr Holz wurde auf das Feuer geworfen. Mit der Wärme nahm auch der angenehm-strenge Duft des Wermutkrauts zu. Die Helle der Flammen ließ die Sterne zu winzigen Pünktchen zusammenschrumpfen.
»Sei ohne Sorge, Onkel Süleyman«, sagte Durdu, »solange ich da bin, wird ihm kein Haar gekrümmt.«
Der Alte musterte ihn von Kopf bis Fuß, in seinem Blick war Mitleid. »Du gehst schnurstracks in den Tod, Durdu.«
»Warum denn, Onkel?« lachte der Häuptling.
»Ein richtiger Bandit würde nie so ein riesiges Feuer machen, oben auf dem Gipfel. Man soll seine Feinde nie unterschätzen. Das heißt mit offenen Augen ins Verderben rennen.«
Durdu brach in schallendes Gelächter aus: »Aber Onkel! Wer kann uns denn hier oben sehen?«
»Vielleicht heute nicht, morgen nicht, aber … aber dann.«
»Nichts werden sie sehen. Und selbst wenn – glaubst du denn, Durdu der Tolle würde die Gendarmen an sich heranlassen? Oh, da kennst du Durdu den Tollen nicht, den Adler in diesem Revier. Das möchte ich denn doch sehen, wer sich ins Revier des tollen Durdu wagt!«
»Warten wir ab.«
Durdu fand es an der Zeit, das Gesprächsthema zu wechseln. »Sag, Memed, hat deine Hand nicht gezittert, als du auf Abdi Aga geschossen hast?«

»Nicht im geringsten.«
»Wohin hast du gezielt?«
»Auf die Brust. Genau auf die Stelle, wo das Herz ist ...«
Plötzlich war ihm, als sei alles um ihn herum verschwunden und nur er allein übriggeblieben. Ob es daran lag, daß ihm dieser Durdu nicht recht gefiel? Er blickte in das ausgehende Feuer. Die Gesichter der mit ihren Waffen beschäftigten Männer tauchten ins Dunkel zurück. Die Schatten auf dem Felsen nahmen Riesengestalt an, bevor sie ganz verschwanden. Süleymans Gesicht, umflackert vom Feuerschein, hatte einen heiteren Ausdruck. Als Memed daran dachte, welch große Stücke der Alte auf ihn hielt, wich das fremde, unbehagliche Gefühl allmählich von ihm. Dann überfiel ihn die Müdigkeit, er rollte sich auf dem Fleck zusammen.
»Ich will mich auch hier hinpacken, Burschen«, sagte Süleyman. »Unser junger Held schläft schon.«
»Warte, ich geb dir einen Militärmantel zum Zudecken!« rief Durdu.
Süleyman breitete die Hälfte des Mantels über Memed und streckte sich neben ihm aus.
Auch die anderen legten sich jetzt schlafen bis auf einen, der oben auf dem Felsen Wache hielt.

Memed erwachte frierend und mit steifen Gliedern. Es sah noch nicht so aus, als ob der Tagesanbruch nahe wäre. Es war stockdunkel, aber er konnte seine neuen Kameraden in einer Reihe neben dem Feuer liegen sehen und hörte ihr Schnarchen. Er schaute sich nach dem Wachtposten um, aber er fand keinen. Die Schnarchtöne füllten den ganzen Umkreis. Man sagt, wer keine Ruhe im Innern hat, der schnarcht, und das ist vielleicht richtig. Memed empfand seit Tagen zum ersten Mal wieder Furcht. Zwei Mann würden genügen, um dieser schnarchenden Räuberbande den Garaus zu machen. Dann konnten sie zufrieden abziehen und ihre Schnurrbärte zwirbeln ...
Er lud sein Gewehr und zog auf den Ausguckposten.

Durdu wurde als erster wach. »Posten!« rief er, sich die Augen reibend.
»Zu Befehl, Aga! Nichts zu sehen, alles in Ordnung!« meldete Memed.
»Du bist es, Ince Memed? Aber du bist ja eben erst angekommen. Laß dir Zeit! Wirst noch oft genug Wache halten.«
»Ich konnte ohnehin nicht schlafen. Da habe ich eben den Kameraden abgelöst ...«
»Ja, das ist immer so«, sagte Durdu. »Jeder, der neu in die Berge kommt, kann die ersten paar Nächte nicht schlafen. Er fühlt sich irgendwie fremd und hilflos, als sei er ganz allein auf der Welt.«
»Hör nur unseren Tollen, hör ihn nur!« brummte Süleyman verschlafen. »Was er nicht alles weiß.«
»Onkel Süleyman, was ich auch sage, immer hast du etwas daran auszusetzen. Du glaubst wohl, ich könnte nicht bis drei zählen.« Durdu war gekränkt.
Es wurde langsam hell. Die Sonne war noch nicht zu sehen, aber ihre Strahlen lagen schon auf dem gegenüberliegenden Gipfel, während es um die Hänge noch dunkel war. Dann verbreitete sich das Licht langsam weiter nach unten, bis die Sonne hinter der Bergkette erschien.
»Lebt wohl!« sagte Süleyman. Er küßte Memed auf die Stirn und ging. Durdu lief hinter ihm her. »Trink erst noch eine Schale Tee mit uns, Onkel Süleyman!«
»Danke, mein Junge. Aber ich muß weg.«
Durdu ergriff seinen Arm. »Ohne noch einen Tee mit uns zu trinken, gehst du nicht davon! Einmal in tausend Jahren kommst du hierher auf meinen Berg, und da soll ich dich so fortlassen! Nein, das gibt es nicht.«
»Gegen einen Tollen kann man halt nicht an«, murmelte Süleyman in sich hinein. »Also kehren wir um.«
»Macht ein anständiges Feuer!« befahl Durdu.
»Jetzt wird man den Rauch sehen«, meinte Süleyman.
»Warum nicht? Wie soll ich zurechtkommen, ohne Feuer anzuzünden? Lehre mich das!«

»Ich kann dich gar nichts lehren, mein Sohn. Das mußt du selber wissen.«
Durdu der Tolle wurde nachdenklich, schüttelte ein-, zweimal den Kopf. Schwarze Locken fielen ihm unter dem roten Fes in die Stirn.
»Du mußt endlich die armen Leute in Ruhe lassen«, fuhr Süleyman fort, »mit den Schlechten kannst du alles tun, was du willst. Aber verlaß dich nicht zu sehr auf deine Tollkühnheit. Brauche auch deinen Kopf! Sonst wirst du's nicht überleben. Die Berge hier sind wie ein eiserner Käfig.«
Der Tee kochte. Wieder reichten sie Süleyman zuerst seine Schale, aus der das heiße Getränk in der Morgenfrische dampfte. Der Alte schickte sich endgültig zum Gehen an.
»Memed wird sich nützlich machen bei euch. Aber seid gut zu meinem Jungen in den ersten Tagen. Laßt ihm seine Eigenheiten. Er wird sich bald eingewöhnt haben.« Damit wandte er sich talwärts, auf seinen Stock gestützt. Gebeugt zwar, schritt er doch so rüstig aus wie ein junger Bursche.
Memed traten die Tränen in die Augen. Vielleicht würde er ihn niemals wiedersehen. »Was für gute Menschen gibt es auf dieser Welt«, sagte er zu sich selbst.
Durdu saß auf einem Stein. »He, Ince Memed!« rief er, »komm, probier mal deine neue Flinte aus! Du hast wohl noch nie mit so einem Ding geschossen, was?«
»Ein paarmal schon.«
»Dort auf dem Felsen ist ein weißer Fleck. Siehst du den? Gut. Darauf zielst du jetzt.«
Memed legte an, zielte, feuerte auf die weiße Stelle.
»Ziel verfehlt, Ince Memed!« rief Durdu.
»Was?! Das kann nicht sein!« Memed war zornig.
Der Ältere zuckte die Achseln. »Ich sage es doch. Daneben getroffen.«
Memed biß sich auf die Lippen. Diesmal rückte er den Gewehrkolben ein paarmal hin und her, bis er richtig an der Schulter aufsaß. Er nahm sich mehr Zeit beim Zielen, erst dann drückte er ab.

»Genau die Mitte!« rief Durdu. Um den weißen Fleck kräuselte sich ein Rauchwölkchen.
»Ja, warum ist denn der andere danebengegangen?« fragte Memed erstaunt.
»Willst du vielleicht behaupten, daß bei dir jeder Schuß trifft?«
»Ich weiß nicht«, lächelte der Junge.
Durdus Gesicht straffte sich – ein junges, aber doch schon von Falten durchzogenes Gesicht mit einem übergroßen, dünnlippigen Mund. Von der linken Wange bis zum Haaransatz lief eine lange Narbe. Das Kinn, obwohl spitz, verriet Energie. Durdu lachte fortwährend. Sein Lachen hatte etwas Bitteres.
»Ince Memed, aus dir kann man etwas machen, mein Junge.«
Memed errötete wie ein schamhaftes Kind. Von unten pfiff es dreimal. Angespannt horchten sie.
Cabbar rief: »Aga, der Melder kommt!«
Es dauerte nicht lange, bis der Mann erschien. Außer Atem gab er seinen Bericht: »Fünf Reiter! Von der Çanakli-Ebene in Richtung Akyol. Alle ordentlich gekleidet, sie sehen aus, als ob sie Geld hätten.«
Die Männer waren schon dabei, sich bereit zu machen.
»Los, los!« rief Durdu. »Macht euch fertig – und daß mir jeder genug Munition mitnimmt. Durdu der Tolle läßt wieder mal ein paar Herdfeuer ausgehen!«
Zu Memed gewandt, zeigte er auf den weißen Fleck auf dem Felsen: »Schau her!«
Ein Schuß knallte, ein Rauchwölkchen verdeckte die Stelle.
»Na?«
»Haargenau!«
»Und ob!« lächelte Durdu. Dann sah er Memed ins Gesicht.
»Deine erste Jagd, Ince Memed. Halte dich wacker!«
Memed gab keine Antwort.

Es war Mittag, als sie unten an der durch dichte Eichenwälder führenden Straße angelangt waren. Sie gingen mit fünfzig Schritt Abstand von Mann zu Mann am Straßenrand in Dekkung, während einer von ihnen weit vorn Ausschau hielt.

Bald tauchte ein Mann auf, vor dem ein schmächtiges Eselchen einherstolperte. Dem Reisenden hing ein zerrauftes hellgraues Haarbüschel vom Kinn herab. Die Spitzen des langen, den Mund verdeckenden Schnurrbartes waren vom Tabakrauch gelb gefärbt. Er blinzelte aus umrunzelten Augen in die Sonne. Seine riesigen Füße waren über und über mit Staub bedeckt. Mit der vielfach geflickten Pluderhose hin und her schlenkernd, zog er gemächlich seines Wegs und sang dabei vor sich hin. Die auf der Lauer Liegenden hörten ihm lächelnd zu.

»Harz rinnt nieder von den Kiefern
Sehnend schaut dein Liebster, Mädchen,
deine Busenknospen duften
wie die bitteren Orangen.

Mädchen mit den schwarzen Augen,
strähle deine Ambralocken.
Braucht dein Vater keinen Wächter
für den Busen wie Orangen?«

»Hände hoch, oder ich schieße!« schrie Durdu.
Das Lied brach ab, der Mann blieb stehen. »Ich ergebe mich ja schon, Vater. Was soll denn das?«
Der tolle Durdu sprang aus seinem Versteck auf die Straße. »Ausziehen!«
Der Mann schaute verblüfft. »Was soll ich denn ausziehen?«
»Alles, was du auf dem Leibe hast!«
Der abgerissene Mensch schüttelte sich vor Lachen. »Mach keine faulen Witze, um Allahs willen! Was willst du denn mit meinen Lumpen anfangen? Laß mich weiterziehen, ich bin hundemüde. Hab mir die Füße so wund gelaufen, daß ich umfallen könnte. Also laß mich schon laufen, guter Aga ...«
»Du sollst dich ausziehen, habe ich gesagt. Aber ein bißchen flink«, wiederholte Durdu mit finsterer Miene.
Der andere lächelte ihn ungläubig-verwundert an. Er war sich

noch nicht darüber klar, ob der Befehl wirklich ernst gemeint sei, und nahm seine Zuflucht zu dem unterwürfig-schmeichelnden Ausdruck eines Hundes.
»Wird's bald?«
Der Mann lächelte hartnäckig weiter. Durdu trat ihn heftig ans Schienbein. Der Mißhandelte stieß einen Schmerzensschrei aus.
»Ausziehen, habe ich gesagt! Los jetzt!«
Das Opfer verlegte sich aufs Flehen. »Pascha Efendi, die Füße will ich dir küssen ... Ich habe doch nichts anzuziehen ... soll ich splitternackt umherlaufen?«
Er steckte seinen Zeigefinger in den Mund, saugte daran und hielt ihn hoch. »So nackt wie ein neugeborenes Kind! Du bist ein großer Herr, ein Pascha, ein Efendi, bitte laß mir meine Kleider!«
»Verdammter Hundesohn, willst du jetzt das Zeug ausziehen? Wart nur, ich gebe dir gleich den ›Pascha Efendi‹!«
Der arme Teufel winselte in seiner Not. »Fünf Monate habe ich mich in der Çukurova abgeplagt, in der Fremde ...«
»Also hast du Geld!« schnitt Durdu ihm das Wort ab.
»Fünf Monate beinahe krepiert, von den Çukurova-Fliegen aufgefressen ...«
»Geld hast du bei dir, elender Hundskerl!«
»Nur ganz wenig! Auf den Reisfeldern habe ich geschuftet, im Schlamm. In meinem Alter! Ich bin fast draufgegangen, jetzt will ich heim. Hab Erbarmen, Efendi – laß mich nicht splitternackt vor die Meinen treten ...«
Durdu raste: »Gerade das sollst du – runter mit dem Zeug, sonst ...«
Der Mann wand sich in Verzweiflung. Durdu zog seinen Dolch. Die Klinge blitzte in der Sonne, als sie sich ihrem Opfer näherte.
Der Mann sprang vor Entsetzen ein Stück vom Boden hoch. »Gnade! Laß mich Weib und Kind wiedersehen, ich ziehe ja alles aus!«
Die im Versteck krümmten sich vor Lachen. Nur Memed war

angewidert. Abscheu vor Durdu stieg in ihm hoch. In seinen Augen glomm der wilde Funke.
In panischer Angst, mit flatternden Händen riß sich der Mann Jacke und Pluderhose vom Leibe.
»Nun also! Was stellst du dich erst so an, Mensch? Hemd und Unterhosen auch. Schnell, schnell!«
Wieder näherte sich der Dolch.
»Nicht töten, Pascha! Ich will ja alles tun, was du sagst.«
Als er auch das Hemd auf den Kleiderhaufen gelegt hatte, blickte er Durdu flehend an, den Kopf gesenkt.
»Du brauchst mich nicht so anzuschauen. Es hilft dir nichts. Los, los!«
Es dauerte ziemlich lange, bis der Zitternde sich mit ungeschickten Händen seines letzten Kleidungsstücks entledigt hatte. Mit den Händen seine Blöße verbergend, lief er auf den am Wegrand grasenden Esel zu, faßte ihn mit der Linken an der Halfter und zog ihn mit sich fort. An seinen stockdünnen, haarigen Beinen standen die Muskeln hart wie Knochen hervor. Sein eingefallener Leib war gerunzelt wie ungegerbtes Schafleder. Er war verwachsen und hatte eingesunkene Schultern. Der armselige, schmutzige Körper war mit Ungezieferbissen übersät.
Als Memed ihn so vor sich sah, wuchs die Bitterkeit in ihm ins Grenzenlose.
In diesem Augenblick lief der Ausguckposten den anderen entgegen: »Sie kommen!«
»Ah, unsere Reiter!« sagte Durdu.
Die im Versteck lachten hinter dem Mann her, der, immer noch die Hand schützend vor sich haltend, ganz langsam weiterging. Im Gehen blickte er sich immer wieder furchtsam und sehnsüchtig nach seinen Kleidern um.
»Komm her, du!« rief ihm Durdu zu. »Hol dir dein Zeug. Es kommt bessere Beute. Du hast noch einmal Glück gehabt …«
Der Alte schnellte mit einer Behendigkeit heran, die niemand der ausgemergelten, armseligen Gestalt zugetraut hätte. Blitzschnell raffte er seine Lumpen zusammen und rannte fort.

Memeds Gesicht war dunkel vor Wut. Er mußte sich Gewalt antun, Durdu nicht über den Haufen zu schießen.
»Hände hoch!« schrie Durdu, diesmal noch lauter.
Alle fünf Reiter brachten ihre Pferde zum Stehen.
»Wenn ihr euch nur von der Stelle rührt, wird geschossen!« Den in Deckung Liegenden rief er zu: »Ich gehe hin. Ihr feuert von allen Seiten los, wenn sich das Geringste regt!«
Dann schlenderte er gleichmütig den Reitern entgegen.
»Absteigen!«
Lautlos folgten sie dem Befehl. Die Männer waren alle gut gekleidet, zwei davon nach der Art der Städter. Ihre Pferde hatten silberbeschlagenes Zaumzeug. Einer der Reiter war noch im Knabenalter, vielleicht siebzehn.
»Noch drei Mann hierher!«
Der Junge begann laut loszuheulen: »Tötet mich nicht! Nehmt euch, was ihr haben wollt, aber laßt mich leben!«
»Nur ruhig, mein kleiner Löwe. Du darfst gleich gehen. Splitternackt, wie dich deine Mutter geboren hat.«
Blitzschnell warf der Junge seine Kleider von sich.
»Ihr tötet mich nicht?« fragte er dankbar.
Im Nu drückte er Durdu das Bündel mit allem, was er auf dem Leibe getragen hatte, in die Hand. »Hier, nimm!«
Die anderen taten es ihm nach, ohne ein Wort, bis sie in ihren Unterhosen dastanden.
»Würden die Agas so freundlich sein, sich auch der Unterhosen zu entledigen? Das ist bei mir nämlich die Hauptsache.«
Schweigend gehorchten sie, hielten ihre Hände vor sich und zogen ihres Wegs.
Mit den Pferden, den Kleidern und der übrigen Beute wandten sie sich wieder den Bergen zu.
»Du hast uns Glück gebracht, Memed«, sagte Durdu. »Alles glatt abgelaufen. Und eintausendfünfhundert Lira noch obendrein. Und die schönen Pferde! Die Kleider von dem Jungen werden dir besonders gut stehen. Sie sind noch nagelneu. Ach, wie er geflennt hat, das Milchgesicht! Hatte Angst um sein kostbares Leben ...«

Als sie an ihrem Felsen von den Pferden gestiegen waren, gab Durdu keine Ruhe, bis Memed die erbeuteten Kleider angezogen hatte. Dann musterte er ihn beifällig: »Alle Achtung! Wie dich das Zeug von dem kleinen Hundesohn kleidet! Wie ein Schüler schaust du aus …«
Aber Memed fühlte sich in den fremden Sachen nicht wohl, er kam sich erniedrigt vor. Seit sie von der Straße fort waren, brannte eine Frage in ihm, die er nicht auszusprechen gewagt hatte. Jetzt konnte er sie nicht mehr zurückhalten.
»Wir nehmen den Leuten alles weg. Gut. Aber warum auch ihre Unterhosen? Das verstehe ich nicht.«
Jetzt war ihm leichter, einen Augenblick vergaß er sogar die fremden Kleider auf seinem Körper.
Durdu lachte: »Unser Ruf soll sich im ganzen Land verbreiten, deshalb machen wir das so! Keine Bande tut das, nur der tolle Durdu. Alle sollen wissen, wer die Leute ausgeraubt hat …«

11

Auf den Regen war feuchte, klebrige Hitze gefolgt. In Abdi Agas Hof legten sie Velis blut- und schmutzbedeckten, von grün glitzernden Fliegen wimmelnden Leichnam auf eine Pferdedecke.
Abdi Aga war eine Kugel durch die linke Schulter bis unter das Schulterblatt gedrungen, wo sie noch steckte. Die zweite hatte sein linkes Bein durchlöchert, ohne den Knochen zu berühren. Noch im Wald hatte der Dorfarzt die Wunden versorgt, der Aga hatte fast kein Blut verloren. Aber das Geschoß unter seinem Schulterknochen machte ihm zu schaffen. Es schien auch die Lunge in Mitleidenschaft zu ziehen.
Seine beiden jungen Söhne, die Verwandten, Dienstboten und Tagelöhner umstanden sein Bett und warteten darauf, daß er

die Sprache wiederfinden würde. Bis jetzt hatte er nur leises Wimmern und Stöhnen von sich gegeben. Seine Ehefrauen saßen am Kopfende und weinten still in sich hinein.
Plötzlich schlug er die Augen auf. »Was ist mit Veli?«
Nur das lauter werdende Schluchzen der Frauen antwortete ihm.
»Also ist er ...«
»Möge Allah dich bewahren, Abdi Aga«, sagte einer aus dem Dorf.
Abdis Augen blitzten auf. »Und dieser Verfluchte?«
»Ist uns entkommen.« Sie flüsterten es fast, mit hängenden Köpfen.
»Und das Mädchen, diese Hure?«
»Die haben wir hergebracht.«
Abdi schloß wieder die Augen, legte wimmernd den Kopf in die Kissen zurück.
»Ihr habt das Mädchen nicht geschlagen, nein?«
»Nicht angerührt haben wir sie.«
»Gut so. Sie hat keinen Kratzer abbekommen?«
»Keinen einzigen.«
»Gut.«
Jeder wußte es: Wenn Abdi Aga einen, der sich etwas hatte zuschulden kommen lassen, nicht mißhandelte, dann hatte er etwas viel Schlimmeres mit ihm vor. Der Unglückliche mußte sein Leben lang büßen. Wen Abdi Aga aber prügelte, dem blieb viel erspart. Bauern, die ihm gegenüber ein schlechtes Gewissen hatten, kamen und setzten sich so lange ihm gegenüber, bis sie ihre Tracht Prügel erhielten.
Plötzlich überlief ein freudiger Ausdruck das bleiche, eingefallene Gesicht. »Sind alle hier, die mit mir im Wald waren?«
»Ali der Hinkende und Rüstem nicht«, kam die Antwort.
»Geht und holt sie mir sofort her!« befahl Abdi energisch.
Bald darauf hallte der Hof von Klagegeschrei wider. Velis Eltern und die Leute aus seinem Dorf waren gekommen. Die Mutter warf sich über den Toten und küßte ihn. Der Vater saß wie versteinert da, eine Hand an der Schläfe, als sei alles

Blut aus ihm gewichen. Mit Mühe gelang es den anderen, die Mutter wegzuführen. Auch der Vater erhob sich, schwer und langsam. Er war schlank und hochgewachsen, mit sehr schmalem Gesicht und hoher Stirn. Er trug eine kragenlose, bestickte Weste und eine Pluderhose aus gestreiftem Baumwollstoff. Seine Füße steckten in Bauernschuhen aus frischer, roher Haut, an der noch der Haarflaum zu sehen war. Der Mann stand da, als könne er nichts von alldem begreifen. Sein Gesicht drückte unsagbaren Schmerz aus, die Hände hingen ihm wie vergessen herab. Er ertrug es nicht, den Leichnam seines Sohnes zu sehen, und schaute zur Seite.
Einer sah ihn so dastehen, nahm seinen Arm und führte ihn hinein zu Abdi Aga.
»Kismet!« sagte der Aga und schüttelte den Kopf.
Aus seinem Schwager brach es heraus.
»Kismet nennst du dies? Mit Kismet hat dies nichts zu tun. Quäl eine Katze, einen Hund, einen Vogel – beim ersten Mal, beim zweiten Mal haben sie nur Angst, aber beim dritten Mal werden sie wild und reißen dich in Stücke. Bei Menschen geht es schneller … Nun ist er auf und davon. Allah soll ihn strafen …«
Dann erstarrte er wieder wie vorher auf dem Hof, als hätte er kein Wort gesprochen, seit er ins Zimmer getreten war.
Abdi Aga knirschte mit den Zähnen. »Hätte ich das nur geahnt … Warte nur, was ich mit ihnen mache! Warte nur, sie werden sich tausendmal nach dem Tod sehnen, dieser Verfluchte und seine Hure. Tausendmal! Glaubst du, ich ließe ihn davonkommen? An eine Kiefer werde ich ihn binden und den Baum in Flammen setzen. Über kurz oder lang haben wir ihn.«
Er drehte sich zu den Umstehenden und fragte: »Ist die Verfolgung aufgenommen?«
»Sofort!«
»Ist jemand zur Gendarmerie geschickt worden?«
»Auch sofort.«
»Sind noch keine Gendarmen gekommen?«

»Sie kommen erst heute abend. Sie haben Meldung an die Regierung gemacht und warten auf den Kommissar und den Polizeiarzt ...«

»Ja, ohne Arzt geht es nicht«, sagte Abdi Aga.

»Bevor sie da sind, müssen alle herkommen, die mit mir im Wald waren. Unbedingt alle, habt ihr verstanden?«

»Ali der Hinkende und Rüstem sind jetzt da«, meldete einer der Tagelöhner.

»Also sind jetzt alle zusammen?«

»Alle.«

»Dann sollen sie alle zu mir kommen. Und ihr anderen verlaßt das Zimmer.«

Der Vater des Erschossenen stand langsam auf, ohne daß seine Erstarrung von ihm wich, und ging mit schweren Schritten, ohne Abdi Aga noch einmal anzusehen. Alle anderen folgten ihm.

Die Männer, die draußen gewartet hatten, traten in den Raum und setzten sich mit erwartungsvollen Mienen um Abdi Agas Bett. Sie wußten ungefähr, was kommen würde. »So und so habt ihr auszusagen«, würde die Anweisung lauten. So war es immer, wenn die Obrigkeit im Spiele war. Sie waren dazu erzogen, nie selbst eine Äußerung zu tun. Abdi Aga nahm sie sich jetzt vor und ließ sie diejenigen Sätze auswendig lernen, die er für richtig hielt. Dann traten sie vor den Abgesandten der Staatsgewalt und plapperten ihr Papageiengeschwätz herunter. Wenn sie ihren Vers aufgesagt hatten und eine Frage kam, auf die sie nicht eingeübt waren, erwiderten sie: »Mehr weiß ich nicht.«

Abdi Aga sah sie der Reihe nach an. Alle waren blaß. Eine Zeitlang löste sich sein Blick von ihnen, während er, schweigend vornüber geneigt, im Bett saß. Dann hob er wieder den Kopf, sah erneut einem nach dem anderen mit durchbohrendem Blick in die Augen. Mit leiser Stimme begann er:

»Hört mir zu, Brüder. Ich will euch eine Gewissensfrage stellen. Darüber sollt ihr alle einmal in Ruhe nachdenken: Ein Hund, den ihr an eurer Schwelle großgefüttert habt, fällt euch an, beißt euren Kindern die Kehle durch – was würdet ihr mit ihm machen? Darauf sollt ihr mir antworten. Nur euer Gewissen sollt ihr befragen ...«

Lange sah er jeden einzelnen an.

»Nun, antwortet. Was würdet ihr in diesem Fall tun?«

Wieder zwang er mit blitzenden Augen jeden in seinen Blick.

»Was würdet ihr tun? Sprecht!«

Ein Gemurmel antwortete: »Alles kommt, wie es kommen muß.« Abdi Aga riß die Augen noch weiter auf. »Und wie meint ihr das?«

»So wie du sagst, Aga. Du weißt es am besten.«

Er nickte gewichtig Zustimmung.

»Seht, Brüder, genauso ist es mir ergangen. Mein Hund hat mein Kind angefallen und mich selbst. Der tollwütige Köter ist entlaufen. Aber er wird wieder eingefangen werden. Für ihn gibt es keine Rettung, selbst wenn er ein Vogel wäre. Den Mitschuldigen haben wir schon. Alles Unheil ist nur durch dieses Mädchen über uns gekommen. Haben wir nicht mit unseren eigenen Augen gesehen, wie das Weibsstück Veli niedergeschossen hat? Auf mich hat Ince Memed geschossen, auf Veli das Mädchen. Beide hatten Pistolen in der Hand, ihr alle habt es gesehen. Erst hat der Verfluchte auf mich gezielt und abgedrückt, dann sie auf Veli.«

Er rief nach draußen: »Kinder! Einer von euch soll hereinkommen!«

Der sechzehnjährige Sohn, sein Ältester, trat ins Zimmer.

»Bring mir die Waffe, mein Sohn.«

Der Junge nahm aus einem Wandschrank im Zimmer eine nagelneue Pistole, reichte sie seinem Vater. Abdi Aga zeigte die Waffe herum.

»Schaut genau hin: Das ist die Pistole, die ihr dem Mädchen abgenommen habt. Oder etwa nicht? Ist das nicht die Waffe, mit der Veli ermordet worden ist? Schaut sie euch nur richtig an!«

Die Pistole wanderte von Hand zu Hand.

»Habt ihr sie euch auch genau angesehen?«

»Ja. Ganz genau.«
»Das ist die Pistole, die das Mädchen in der Hand gehabt, mit der sie Veli erschossen hat. Als Veli zu Boden gefallen war, ist ihr die Pistole aus der Hand gerutscht. Haci hat sie aufgehoben. Er hat das Mädchen ergriffen. Ihr alle habt das mit angesehen. Ist es nicht so, Haci?«
Haci war ein vorzeitig gealterter kleiner Mann mit grauen Augen und einer zu großen Nase, der in seinen zerlumpten Kleidern und mit seinem verwahrlosten grauen Bart aussah, als sei er durch den Straßenstaub geschleift worden.
»Es war genauso, wie du sagst, mein über alles geliebter Aga. Als die Pistole auf den Boden fiel ... ja, Aga, da habe ich sie aufgehoben. Das Mädchen wandte sich um und lief davon. Das heißt, sie ergriff die Hand von dem Jungen. Von dem fluchbeladenen Ince Memed meine ich. Sie hielt seine Hand, und alle beide liefen davon. Da bin ich hin und habe Hatçe gepackt, habe sie nicht losgelassen. Ja, vor meinen Augen hat sie Veli niedergeschossen.«
Er schüttelte den Kopf, tat, als wische er sich Tränen aus den Augen.
»Mein armer Veli Aga! So einen gibt es nicht wieder. Immer die Besten müssen den Bösen zum Opfer fallen. Mußte mein Veli Aga auch noch durch ein Weibsstück zu Tode kommen, das nicht einmal fünf Groschen wert ist? Vor meinen Augen hat sie ihn gemordet, die Tochter eines Ungläubigen ... und gezielt, die Tochter eines Hundes – wo sie das nur gelernt hat!«
»Ihr habt es gehört«, sagte Abdi Aga. »Habt ihr es nicht auch alle so mit angesehen? Sekerja, du doch auch, nicht wahr?«
»Ich auch. Wie er es gesagt hat«, antwortete Sekerja.
»Und du, Ali?«
Ali der Hinkende hatte sich die ganze Zeit nur mit Mühe beherrscht. Jetzt brach es aus ihm hervor.
»Ich habe nichts gesehen, Aga. Nicht das geringste. Seit dieser verfluchten Spurensuche schaut mich keiner mehr an. Keiner in diesem Dorf und keiner daheim. Wo ich vorbeikomme,

drehen mir sogar die Kinder den Rücken zu. Meine Frau hat mich betrachtet wie einen Aussätzigen, als ich heimkam, hat kein Wort mit mir gesprochen. Nein, Aga, ich habe nichts gesehen, nicht einmal, daß Memed auf dich geschossen hat. Nein, Aga, laß mich dabei heraus!«

Er stand auf und hinkte zur Tür, in seiner Miene und in seinem ganzen Körper Auflehnung.

Für Abdi Aga kam das unerwartet. Einen Augenblick lang war er fassungslos, er ließ seine Unterlippe hängen. Dann begann sein Kopf vor Wut zu zittern, er beugte sich vor, als wolle er hinter Ali herlaufen.

»Ali! Verschwinde sofort aus deinem Dorf!« brüllte er. »Sieh zu, daß du deine Sachen zusammenpackst und dich davonmachst! Wenn du nur einen Tag noch in deinem Hause bleibst, schicke ich Leute, die es zusammenreißen! Hast du gehört? Schamloser, undankbarer Hungerleider!«

Dann wandte er sich wieder den anderen zu. Er schäumte.

»Ihr habt es alle gesehen! Oder?«

»Wir haben es gesehen«, antworteten sie im Chor.

»Nun laßt euer Gewissen urteilen, meine Dorfleute, Brüder ... Ein Grünschnabel, ein Däumling steht auf, mich zu töten. Mich, seinen Herrn, den Aga von fünf Dörfern! Wegen eines Mädchens! Was wäre aus euch geworden, wenn ich gestorben wäre? Denkt nur einmal daran. Wenn ich nicht mehr wäre! Ein Mädchen, das meine Schwiegertochter werden sollte, geht mit einem barfüßigen Hungerleider durch. In welchem Buch steht dergleichen geschrieben? Befragt euer Gewissen, Leute. Man muß in jeder Sache nur auf das Gewissen hören, sonst wird nichts Gutes daraus.«

Musa der Holzklotz sprach: »Es ist schließlich für unseren Herrn. Wir haben unser Gewissen richtig befragt.«

»Recht so, Musa«, sagte Abdi Aga anerkennend.

»Ja, wir haben es uns überlegt«, ließ sich Kadir der Ziegenbock vernehmen. »Wir wissen jetzt, was das Rechte ist. Für unseren Aga ...«

»Möge es euch allen zum Segen gereichen! Dieses Jahr werde

ich nur ein Viertel eurer Ernte nehmen. Und das Vieh, das ihr habt, das gehört von nun an euch selbst. So geht denn, und laßt euer Gewissen richtig entscheiden, wenn die Obrigkeit euch befragt …«
Strahlend verließen sie den Aga. Drei Viertel der Ernte und das Vieh! Welch ein unverhoffter Segen! In einer Ecke des Hofes, fünfzig Schritt von dem Toten, hockten sie sich hin, um ihr Sprüchlein auswendig zu lernen.
»Ja, Efendi, so war es. Der Haci hat die Pistole vom Boden aufgehoben. Das Mädchen hatte den Burschen an der Hand und wollte davonlaufen. Dann ließ sie seine Hand los, und wir kriegten sie zu fassen …«
»Falsch«, unterbrach Haci, »so war es nicht. Du mußt sagen, daß Haci, also ich, sie erreichte, als sie davonrennen wollten. Ich habe Hatçe gepackt. Darauf hat der Bursche, Ince Memed meine ich, das Mädchen losgelassen und ist geflohen.«
»Haci hat das Mädchen gepackt. Darauf hat der Bursche, Ince Memed meine ich, das Mädchen losgelassen und ist geflohen.«
»Das Mädchen hat gezielt … Wo mag sie das gelernt haben, die Tochter eines Hundes? Also sie hat gezielt, auf Veli, und dreimal abgedrückt. Und alle drei haben getroffen! Diese Tochter eines Hundes! Alle drei! Als Veli zu Boden gestürzt war, da fiel dem Mädchen die Pistole aus der Hand. Haci kam und hob sie auf …«
»Richtig«, sagte Haci. »So ist es gewesen und nicht anders. Laßt es uns noch gut wiederholen, ehe sie kommen.«

Am späten Nachmittag kamen sie. Vorn ritten zwei Gendarmen mit aufgepflanztem Bajonett, hinter ihnen der Arzt, der Staatsanwalt und der Sergeant der Gendarmen. In Abdi Agas Hof stiegen sie ab. Über den Toten war eine Decke gebreitet. Ein wachsgelber Arm hing drunter hervor.
Der Arzt war ein junger, blauäugiger Mann mit einem Mädchengesicht. Mit Widerwillen betrachtete er die Leiche. »Kann beerdigt werden.«
Mit ernsten Mienen begaben sich die fünf Männer hinein,

setzten sich um Abdi Aga herum. Sie waren ermüdet von dem langen Ritt. Drei von ihnen kannten Abdi Aga aus der Kreisstadt. Der Sergeant war gut mit ihm befreundet und ergriff jede Gelegenheit, seinem Mitgefühl über das Vorgefallene Worte zu verleihen.
»Habe keine Sorge, Aga«, sagte er, »ich erwische den Mörder. Mit meinen eigenen Händen. Das ist sicher. Er kriegt seine verdiente Strafe, da brauchst du dir keine Gedanken zu machen.«
Der Sergeant hatte auch eine Schreibmaschine mitgebracht, die auf Abdi Agas Tisch aufgebaut wurde. Einer der Gendarmen mußte Hatçe holen. Sie berichtete alles so, wie es sich zugetragen hatte. Dann wurde ihre Aussage zu Protokoll genommen. Darauf hörten sie die Tatzeugen, Haci als ersten. Nach langer Einleitung kam er zum entscheidenden Punkt.
»Als Memed auf Abdi Aga schoß, sah ich, daß dieses Mädchen da, die Hatçe, auch eine Pistole in der Hand hielt und sie auf Veli richtete. Sie zielte genau und schoß. Veli schrie auf: ›Ich bin getroffen‹, stürzte zu Boden. Sie blieb erschrocken stehen und die Pistole fiel ihr aus der Hand. Da bin ich hingelaufen und habe die Pistole aufgehoben. Memed faßte das Mädchen, diese Hatçe da meine ich, am Arm, und sie liefen fort. Ich stürzte mich auf sie und hielt sie fest. Aber Memed entkam. Das Mädchen hatte ich so fest gepackt, daß es nicht fortlaufen konnte.«
Hatçe stand entgeistert, als sie die Aussage hörte. Sie begriff nicht, was das bedeuten sollte.
»Sie sagen, du hättest Veli getötet, Hatçe. Was hast du dazu zu sagen?« fragte der Staatsanwalt.
»N-ein«, stammelte sie. »Wie hätte ich das anfangen sollen? Ich einen großen, starken Mann töten?« Es war doch ganz anders gewesen, als Haci es erzählt hatte. Warum erzählte er nur so etwas?
Dann wurde Zekeriya verhört. Seine Aussage glich der Hacis fast bis aufs Wort. Als sämtliche Zeugen immer nur dasselbe wiederholt hatten, wurde es klar, daß ihr etwas Böses zugefügt

werden sollte. Die Angst packte sie, Tränen sprangen ihr aus den Augen.
Der Staatsanwalt hielt den Zeugen die Pistole hin. »War das die Waffe, die Hatçe in der Hand hielt?«
»Ja, ja, diese da war es.«
Über Nacht blieben die Abgesandten der Obrigkeit bei Abdi Aga zu Gast. Sitzteppiche wurden für sie ausgebreitet, junge Lämmer zu ihren Ehren in Lehm geröstet. Überall in den Bergbauerndörfern setzte man dem Staatsanwalt den Lammbraten in dieser köstlichsten aller Zubereitungsarten vor.
Hatçe wurde die Nacht über im Nebenzimmer eingeschlossen. Da saß sie bis zum Morgen schlaflos, den Kopf auf den Knien, und weinte still in sich hinein. In der Frühe holten zwei Polizisten sie ab, um sie ins Gefängnis zu bringen. Sie war nur halb bei Sinnen und hatte nicht die geringste Vorstellung davon, was nun mit ihr geschehen werde. Ihre Füße strauchelten auf dem Weg. Nur einmal zuvor hatte sie das Dorf verlassen, um in die Fremde zu gehen. Da war der an ihrer Seite gewesen, dem ihre Liebe und ihr Vertrauen gehörten, und sie hatte ihren Weg und die Zukunft klar vor sich gesehen. Ein Feld unter der warmen Sonne, ein eigenes Nest ... Jetzt war nur noch Furcht und Verzweiflung in ihr. Nicht einmal ihre Mutter war gekommen, um ihr Lebewohl zu sagen, auch ihre Freundinnen nicht. Das war mehr, als sie ertragen konnte. Manchmal war sie nicht mehr imstande, etwas zu denken, zu fühlen oder zu sehen. Wenn sie dann wieder zur Besinnung kam und die beiden Gendarmen neben sich wahrnahm, durchschauerte es sie wie die Vorahnung von Schrecklichem. Jeder Schritt trug sie tiefer in ein trostloses Dunkel. Wie eine grausame, unbarmherzige Gewalt sah sie die Obrigkeit vor sich.
Am folgenden Tag erreichten sie die Stadt. So erschöpft Hatçe war, die neue Umgebung gab ihr ein wenig Sicherheit zurück, ihre Furcht ließ vorübergehend nach. Sie dachte an Memed, der ihr immer wieder von einem verwirrenden gelben Glanz erzählt hatte, von den Orangen, den hellen Pfla-

stersteinen, dem Duft des Gebratenen, dem dahinströmenden Fluß ... Sie sah ein Zimmer aus Glas, das wie ein Storchennest auf einem Haus saß. In einem anderen Haus glühte eine Fensterscheibe unter den Sonnenstrahlen rot auf, da hatten sie wohl eine rote Scheibe eingesetzt ... Aber als Memed ihr wieder einfiel, erlosch ihre Neugier. Wo mochte Memed jetzt sein? Wenn sie ihn fingen, würden sie ihn töten. Nur um ihretwillen!

Der Boden der Haftzelle unter der Gendarmeriestation war aus Zement. Das Wasser, wer weiß, woher es kam, stand knöcheltief im Raum. Darüber hinaus stank die dunkle Zelle widerlich nach Abort. Ein Fenster gab es, groß wie eine Schießscharte, und auch das ließ sich nicht öffnen. Hatçe blieb hier für eine Nacht, die ebenso schlaflos war wie die vorige. Es war auch nichts im Raum, worauf sie hätte schlafen können. Sie versank in der Dunkelheit wie im Meer, sehnte mit allen Fasern den Augenblick herbei, in dem sie die Tür öffnen und ihr die Freiheit wiedergeben würden. Obwohl kein Lichtstrahl in die Zelle drang, spürte sie, daß es wieder Tag wurde.

Als die Tür aufging, fiel die Grelle des Tageslichts bleischwer auf sie. Ein Gendarm faßte sie am Arm, zog sie nach draußen. Vor dem Gebäude hatte sich eine Menschenansammlung gebildet. Die Leute starrten sie neugierig an. »Das ist das Mädchen, das seinen Bräutigam getötet hat«, hörte sie. Die Menschen waren also ihretwegen hier! Mit gesenktem Kopf ging sie durch die Gruppe.

Jetzt fürchtete sie die Gendarmen neben sich nicht mehr. Sie gaben ihr ein Gefühl der Sicherheit gegenüber den fremden Leuten.

Sie wurde einem ganz alten Richter vorgeführt, der sie zunächst fragte, wer sie sei und woher sie komme. Dann sagte er: »Du sollst Veli, Mustafas Sohn, erschossen haben. Stimmt das?«

»Allah ist mein Zeuge, daß ich Veli nicht getötet habe«, antwortete sie, voll Vertrauen in die Wahrheit. »Wie sollte ich denn jemanden töten? Ich getraue mich ja nicht einmal, eine Pistole in die Hand zu nehmen!«

Der Richter kannte sich gut mit den Bauern und den Frauen auf den Dörfern aus. Nicht umsonst hatte er in vielen Jahren Tausende von ihnen verhört. Es war ihm bald klar, daß Hatçe unschuldig war. Dennoch blieb ihm nichts anderes übrig, als sie zu verurteilen. Die Zeugenaussagen waren zu gewichtig.

Die Frauenzelle war erst nachträglich an das Gefängnis angebaut worden. Ihre Wände, deren Tünche abgeblättert war, trugen die Spuren zahlloser Stechmücken, die an ihnen totgeschlagen worden waren. Die Decke, die Dielen, Fenster und Balken, alles war in einem verrotteten, halbverfaulten Zustand. Es roch nach Moder und Urin.

Widerwillig brach sie ein Stückchen von dem Brot ab, das man ihr gebracht hatte. Sosehr sie auch kaute, sie brachte es nicht herunter, sie spie es wieder aus. Zwei Tage lang konnte sie nichts essen. Sie konnte sich nicht mit dieser furchtbaren Welt abfinden, in die sie so plötzlich geraten war wie in einen besonders schlimmen Traum.

Am dritten Tag tauchte ihre Mutter mit verweinten Augen am Gefängnisfenster auf.

»Tochter, meine Tochter! Was ist nur über dich gekommen? Ach, warum hast du ihn getötet?«

Hatçe sprach mit zorniger Auflehnung: »Was redest du da! Ich soll getötet haben? Habe ich je eine Waffe in die Hand genommen? Das mußt du doch genausogut wissen wie ich!«

Die alte Frau war betroffen von der Erbitterung ihrer Tochter. Noch keinen Augenblick war ihr zum Bewußtsein gekommen, daß Hatçe einer solchen Tat gar nicht fähig war.

»Wie kann ich das wissen, Tochter, wenn alle sagen, du seiest es gewesen! Ich will zum Bittschreiber gehen und ihn ein Gesuch aufsetzen lassen. Meine Tochter fürchtet sich vor Waffen, lasse ich schreiben. Abdi Aga hat mir sagen lassen, ich solle das ja nicht versuchen. Aber ich werde es dennoch tun, ohne daß er es erfährt. Und wenn er mich töten würde …

Dich trifft keine Schuld, Tochter. Dieser Gottlose, der Ince Memed, hat es getan. Dir wollen sie es nur in die Schuhe schieben. Dieser Unselige hat uns ins Verderben gebracht. Ich lasse ein Gesuch für dich aufsetzen, meine Tochter, gleich gehe ich hin. Wenn der Bittschreiber meine Tränen sieht ...«
Sie reichte Hatçe den Beutel mit Essen, den sie ihr aus dem Dorf mitgebracht hatte, durch das Fenster. »Ja, er soll alles aufschreiben, wenn die Regierung das liest, dann wird sie sehen, daß du unschuldig bist, mein Herzblatt. Das sind ja auch Menschen, sie werden dich schon nicht unschuldig schmachten lassen!«
Der Besuch der Mutter hatte ihr das Herz ein wenig leichter gemacht. Jetzt erst wurde sie gewahr, was sie alles aus dem Fenster erblicken konnte: das glänzende rote Ziegeldach eines neuen Hauses, dahinter die Kuppel einer Moschee und das wie ein Bleistift schlanke schneeweiße Minarett, noch weiter einen Feigenbaum mit seinen dickfleischigen Blättern und dann einen weiten, staubigen Hof mit hin und her gehenden Menschen. Memed hatte es so gut geschildert. Aber wie schön die roten Dachziegel leuchteten, davon hatte er nichts gesagt.
Der Wärter öffnete die Tür. »Du kannst herauskommen!« sagte er in strengem Ton. Je einmal mittags und abends durfte sie hinaus in die Luft. Bisher hatte sie es kaum wahrgenommen, wenn sie nach draußen geführt wurde. Nun lockte die Welt mit neuer Hoffnung.
Als sie aus dem Fenster schaute, riefen ihr ein paar Gefangene zu: »Nimm's nicht so schwer, Schwester! So ist der Lauf der Welt! Du hast es dem Kerl richtig besorgt, bravo! Sollst leben, Schwester! Hoch die wahre Liebe!«
Sie antwortete nicht, trat vom Fenster zurück in die Zelle. Ihre Gedanken gingen zu Memed.
Die Mutter machte sich zu Fahri auf, dem Bittschreiber, einem verdrehten Trunkenbold. Er war vor Jahren aus seinem Amt als Gerichtsschreiber gejagt worden, weil er Schmiergelder genommen hatte. Aber mit seiner jetzigen Tätigkeit verdiente er zwei- bis dreimal mehr. Man sagte ihm nach, er sei

findiger als ein Advokat. Seine Bittschriften schrieb er nur in Trunkenheit, denn angetrunken war er immer.
Fahri döste, den Kopf auf dem schmutzigen Tisch mit der Schreibmaschine, vor sich hin. Raki-Geruch strömte von ihm aus. Als er Schritte hörte, hob er den Kopf. Er kannte den Schritt der Leute, die mit ihren Anliegen zu ihm kamen. Sein Tisch stand unter dem Vordach eines Fleischerladens, daher gingen immer Menschen an ihm vorüber. Er hob nie den Kopf von der Tischplatte, aber wenn er den vertrauten Bittstellerschritt auch nur von weitem hörte, wurde er sofort wach, richtete sich auf, sah dem Ankömmling ins Gesicht und ließ ihn seinen Kummer vorbringen.
»Na, dann erzähl mal«, sagte er zu Hatçes Mutter.
Die Frau hockte sich auf das Straßenpflaster, lehnte den Kopf an die Hauswand. »Ach, bester Fahri Efendi«, stöhnte sie, »frage nicht, was uns alles zugestoßen ist!«
Der Schreiber kaute an seinem Bleistift.
»Bester Fahri Efendi, meine einzige Tochter, meine Hatçe ... Sie haben sie weggeholt und ins Gefängnis gesteckt. Mein schönes Töchterchen, mein Herzblatt schmachtet im Gefängnis!«
Fahri nahm langsam den Bleistift aus dem Mund. »So? Nun, dann erzähl mir mal, wie sie da hineingekommen ist.«
»Ja, bester Fahri Efendi, ich will dir alles erklären. Hör genau zu: Wir haben meine Tochter, meine hennageschminkte Tochter, meine wie ein Rebhuhn mit Henna geschminkte Tochter mit Veli verlobt, mit Abdi Agas Neffen. Und dann hat der Gottlose, der Ince Memed, Dönes vaterloser Sohn, etwas mit ihr angefangen, ohne daß wir davon wußten. Eines Nachts sind sie ausgerissen. Ali den Hinkenden kennst du gewiß, den Spurensucher? Den kennt ja jedermann. Dieser Gottlose setzt sich auf ihre Fährte und findet sie, wie sie sich unter einem Felsen lieben. Der Bursche zieht seine Pistole und schießt auf Abdi Aga und Veli, dann macht er sich aus dem Staub ...
... Dann, mein Bruder, Fahri Efendi, was soll ich dir sagen,

bis jetzt haben sie ihn noch nicht. Dafür haben sie meine arme Hatçe mitgenommen. Die Kriminaler haben sie ins Gefängnis gesteckt, meine schöne Tochter. Bloß wegen Memed! Allah soll ihn mit Blindheit strafen! Alle haben sie ausgesagt, meine Tochter habe den Veli umgebracht! Alle, bis auf Ali den Hinkenden, und den hat Abdi Aga aus dem Dorf gejagt. Ich habe ja selbst geglaubt, sie hätte es getan, bester Fahri! Wie kann ich wissen, daß das ganze Dorf wie aus einem Munde lügt! Aber dieser gottlose Abdi Aga hat sie dazu gebracht. Alle müssen tun, was er sagt …

… Ja, mein lieber Fahri Efendi, dann bin ich zu ihr hingeeilt. Und da höre ich, daß alles ganz anders war. ›Verstehe ich vielleicht mit einer Waffe umzugehen?‹ hat sie gesagt, meine hennageschminkte Tochter. Ja, es ist wahr, sie kann gar nicht schießen, sie hat solche Angst vor Waffen! Bei uns ist nie so etwas ins Haus gekommen, ihr Vater macht sich nichts aus solchen Sachen … Sie wollten ihr nur etwas antun. So ist die Sache, Fahri Efendi Aga. Meine hennageschminkte Tochter hat Angst vor Gewehren. Das mußt du alles an die Regierung schreiben.«

Fahri nahm ein Blatt Papier, spannte es in seine alte, klapprige Schreibmaschine und begann unter lautem Rattern draufloszuschreiben. Ohne Unterbrechung schrieb er fünf Seiten voll.

»So, Frau, ich will dir das Gesuch vorlesen. Paß auf, wie ich denen das auseinandergesetzt habe.« Er las in einem Zuge, schob dabei seine Zigarette von einem Mundwinkel zum anderen.

»Na, wie gefällt dir das?«

»Wunderschön hört sich das an. Tausend Dank, Efendi!«

»Höre«, sagte Fahri, »wenn es für jemand anderen wäre, hätte ich so einen Schriftsatz nicht einmal für fünfzehn Lira aufgesetzt. Aber du brauchst mir nur zehn zu geben. Ich habe es so hingedreht, daß es einen Stein erweichen muß.«

Dann setzte er ihr, während er den roten Geldschein in der Hand zusammenballte, genau auseinander, wo sie das Gesuch abgeben müsse und was sie dabei zu sagen habe.

»Vielen, vielen Dank auch, Bruder Fahri Efendi. Wenn ich wiederkomme, bringe ich dir auch Butter und Eier mit.«
Sie folgte seiner Beschreibung, fand die Stelle, wo sie die Bittschrift abgeben sollte, und erschrak, weil sie sich einem der Männer gegenübersah, die ihre Tochter geholt hatten.
»Ach, lieber Aga«, hob sie an, »warum hast du meine Tochter mitgenommen und sie ins Gefängnis geworfen? Sie kann ja gar nicht mit einem Gewehr umgehen, wie soll sie dann einen Menschen töten können? Als Kind kam sie immer weinend zu mir gelaufen, wenn sie eine Flinte sah! Ich habe hier ein Gesuch mitgebracht, Fahri Efendi hat es mir aufgesetzt. Lies es und laß meine hennageschminkte Tochter frei, Bruder. Mein armes Herzblatt ist unschuldig. Sie hat sich an diesen schlechten Kerl gehängt und ist mit ihm fortgelaufen … Wie oft kommt es vor, daß ein Mädchen durchbrennt … Laß sie frei, Bruder, deine Fußsohlen will ich küssen!«
»Rede nicht soviel!« sagte der Staatsanwalt streng. »Willst du uns belehren? Gib das Gesuch her und verschwinde! Das Gericht wird schon richtig darüber entscheiden.«
Damit beugte er sich wieder über seine Akten.
Hatçe hatte sie ungeduldig erwartet.
»Eine Bittschrift habe ich Fahri Efendi aufsetzen lassen, die wird selbst einen Stein erweichen. Wenn sie die gelesen haben, wissen sie, daß du unschuldig bist, und lassen dich frei. Ich habe ihn schreiben lassen, daß du schon immer Angst vor Waffen gehabt hast … Für zwanzig Lira hat er geschrieben, aber er hat nur zehn von mir genommen. Und wenn es all mein Geld gekostet hätte, es ist ja für dich, meine hennageschminkte Tochter …«
»Ach, wenn es nur hilft …«, seufzte Hatçe. Dann senkte sie den Kopf. »Mutter, meine schöne Mutter … wenn du wiederkommst, bringe mir doch Nachricht von Memed, ja? Ich bitte dich, Mutter!«
»Den Teufel werde ich!« fuhr die Alte zornig auf. »Hat uns dieser Unselige nicht schon genug Kummer gemacht?«
Hatçe hob die Augen, schaute sie flehend an. »Ach, Mutter,

Mutter, mein Herz … sieh nur, ich muß hier in diesem Loch verfaulen … Ich sterbe, wenn ich nicht weiß, was mit ihm ist. Willst du, daß deine Tochter stirbt? Nur eine Nachricht …«
»Die Nachricht, daß er tot ist, werde ich dir bringen. Allah gebe, daß sie ihn in Stücke reißen!« Das Mädchen brach in Tränen aus.
Die alte Frau schwieg. Dann erhob sie sich. »Die Sonne geht schon unter, meine hennageschminkte Tochter. Ich muß gehen.«
»Mutter!« schluchzte Hatçe.
Die Alte blieb mit nassen Augen stehen. »Gut«, sagte sie mit halberstickter Stimme, »ich will es versuchen. Dir zuliebe … Ach, wie haben sie Memeds Mutter zugerichtet! Die arme Döne, ich glaube, sie wird sterben … Leb wohl, mein Kind!« Sie ging. »Und mache dir nur keine Sorgen! Die Bittschrift …«
Sie vertraute voll und ganz auf den Erfolg ihres Gesuches.

12

In der Dunkelheit konnte man keine Hand vor Augen sehen. Der Wald rauschte – eine pechschwarze, in die endlose Finsternis reichende Mauer. Weit weg, in Gipfelnähe, brannte ein Feuer. Sie tasteten sich mit ausgestreckten Armen geräuschvoll vorwärts, immer wieder stießen sie an die Bäume. Die Nacht duftete feucht nach Kiefern, Buchen, Mimosen, Wermutkraut, Belladonnalilien und Schweiß. Ein paar vereinzelte Sterne blinkten auf und verschwanden.
Monatelang hatten sie Häuser überfallen, Reisenden den Weg abgeschnitten, sich mit den Gendarmen herumgeschlagen, die sich jetzt nur noch Durdus Bande widmeten. Durdu der Tolle machte sich seinen Spaß mit ihnen. Schon nach kurzer Zeit hatte sich Memed unentbehrlich gemacht; der Bandenchef

hielt große Stücke auf ihn, die Kameraden hatten ihn liebgewonnen.
Durdus Stimme kam aus dem Dunkel: »So! Hier bleiben wir. Zwei Tage lang haben wir Fersengeld gegeben. Jetzt reicht es. Haaalt!«
Das war ein Befehl. Aber Memed trat neben ihn. »Nicht so laut, Aga!«
»Was soll das?« fragte Durdu ungehalten. Wenn es ein anderer gewesen wäre, hätte es ihm weniger ausgemacht. So ein Grünschnabel wollte ausgerechnet ihn lehren, wie sich ein Bandit zu verhalten habe!
»Und wenn der Feind nur eine Ameise wäre …«, sagte Memed.
»Was dann?«
Memed schien den spöttischen Unterton nicht zu spüren.
»Ich meine, man soll den Gegner nie unterschätzen.«
Durdu konnte nicht mehr an sich halten. »Oho, Ince Memed! Also hat dich Süleyman nicht als Kameraden zu uns gebracht? Den Stabschef willst du machen? Ich glaube, du kümmerst dich besser um deine eigene Sache, mein Junge.«
Links neben Memed ging Cabbar. Atemlos sagte er: »Er hat recht, Aga. Die kesseln uns ja ein, wenn wir im Wald bleiben! Sie sind uns dicht auf den Fersen, und wenn sie uns einkreisen, können sie uns abknallen wie Rebhühner. Sergeant Asim wartet schon lange auf so eine Gelegenheit.«
»Ja«, sagte Memed, »wie Rebhühner werden sie uns abknallen.«
»Schließlich sind nicht nur ein paar Gendarmen hinter uns her«, fügte Cabbar hinzu, »sondern auch die Bauern und die anderen Banden. Mit all denen können wir es nicht aufnehmen.«
»Das ist aussichtslos. Wir haben nicht einmal genug Munition.«
»Keinen Schritt mehr weiter!« befahl Durdu unbeeindruckt. Seine Stimme hallte durch den Wald. »Seit zwei Tagen sind wir auf der Flucht wie die räudigen Köter!«

Einer unter ihnen wurde »Sergeant Recep« genannt. Keiner wußte, wo er herkam, seit wann er dieses Räuberleben führte. Keiner wagte ihn danach zu fragen. Man wußte, daß ihn ein neugieriges Wort so aufbrachte, daß er zu einem Mord fähig war. Wer ihn einmal gefragt hatte, den mied er. Er war über fünfzig. Das einzige, was man von ihm wußte, war, daß er zur Bande Ahmets des Mächtigen gehört hatte. Als die Amnestie kam und alle Bandenmitglieder sich der Polizei gestellt hatten, war er allein zwei Jahre lang in den Bergen geblieben. Als sich wieder Banden formierten, hatte er sich ihnen angeschlossen. Alle Banditen kannten und achteten ihn, denn er hatte allen Gruppen der Reihe nach angehört. Nirgends hielt es ihn lange. Heute stieß er zu Durdus Haufen, wenn ihm der Sinn danach stand, morgen ließ ihn eine Laune zu Durdus Todfeind übergehen. Niemals ließ er sich zu Geschwätz mit jemandem oder über andere herbei, keiner entlockte ihm ein unnötiges Wort. Er fand seinen Platz in jeder Bande, auch in der des Kurden Reşo … Keiner fragte lange nach Woher und Wohin. Es war eine Ehre für jede Bande, ihn zu den Ihrigen zählen zu können. In all den Kniffen, die zu einem Räuberleben gehören, tat es ihm keiner gleich. Wenn er in einem Handgemenge dabei war, dann arbeiteten seine Hände wie ein Maschinengewehr.

Jetzt klang die Stimme dieses schweigsamen Mannes durch die Nacht: »Durdu, die Jungen haben recht. Wir müssen aus dem Wald heraus. Den Felsen entlang müssen wir uns halten.«

»Sergeant Recep«, rief Durdu, »nicht ein Schritt wird von hier weitergegangen!«

»Durdu Aga«, versuchte es Cabbar erneut, »sie brauchen uns nur einzukreisen und den Wald anzuzünden …«

»Keinen Schritt weiter!« schrie Durdu.

»Dann ist es aus mit uns«, murmelte Cabbar vor sich hin.

»Keinen Schritt!«

Cabbar beharrte: »Wir werden vernichtet.«

»Verdammt, wer befiehlt hier eigentlich?«

»Du natürlich.«

Memed bestätigte: »Du.«
Die anderen wiederholten es ihrerseits.
»Aga, darf ich etwas sagen? Aber du mußt nicht zornig werden ...«
»Fang an, Stabschef!« sagte Durdu, wieder besser gelaunt.
»Wenn wir wenigstens noch so weit gehen würden, bis die Bäume dichter stehen. Vielleicht finden wir eine Mulde als Deckung ...«
»Ausgeschlossen! Keinen Schritt weiter! Es bleibt dabei.«
Er ließ sich, wo er stand, auf den Boden fallen, um dem Befehl Nachdruck zu verleihen. Die anderen taten es ihm nach. Lange sprachen sie nicht. Ein paar Zigaretten glühten im Dunkel.
Cabbar stand auf, reckte sich und stieg hügelan. Memed folgte ihm. Cabbar hockte sich neben einem Baum nieder, und sie pinkelten. Als sie sich wieder erhoben hatten und sich umwandten, sahen sie zu ihrem grenzenlosen Erstaunen einen schwachen Feuerschein. Sie blieben stehen. Durdu hatte ein paar Kiefernzweige angezündet. Sein Schatten tanzte im Schein des Feuers hin und her.
»Der Mensch geht mit offenen Augen in den Tod«, sagte Memed.
»Wenn es ja nur Sergeant Asim wäre«, meinte Cabbar. »Die Bauern auf unseren Fersen aber sind noch viel gefährlicher. Wir haben denen allen zu schwer zugesetzt mit unseren Plündereien.«
»Seit ich dabei bin, haben wir mindestens fünfhundert Leuten die Hosen ausgezogen«, sagte Memed.
»Hätten wir all die Kleider wenigstens an die Armen in den Dörfern verteilt. Dann würden uns die Bauern vielleicht ungeschoren lassen. Draußen ist keiner, der uns hilft. Und wenn wir den Leuten von Aksöğüt in die Hände fallen – die zerreißen uns bei lebendigem Leibe. Was Durdu in Aksöğüt angerichtet hat, das ist eine Schande. Man kann es nicht begreifen.«
Memed unterbrach ihn: »Weißt du, Bruder, man darf die

Menschen nicht bis zum Äußersten treiben. Töte sie, prügle sie, aber erniedrige sie nicht mehr, als nötig ist. Es ist schlimmer als der Tod, wenn einer splitternackt vor seine Leute hintreten muß. So etwas darf man nicht tun. Es gibt Gefühle, an die man nicht rühren darf. Das kenne ich von Abdi Aga. Es kann sich bitter rächen. So etwas darf man nicht tun.«
Auf dem Rückweg versanken sie bis zu den Knien in einem nach Poleiminze riechenden Bach. Die ganze Nacht unter den Sternen atmete diesen Geruch nach grünen Kräutern.
»Wenn wir Durdu nur dazu bringen könnten, wenigstens bis hierher weiterzugehen ...«
»Und wenn du ihn totschlägst, du bringst ihn keinen Schritt mehr weiter. Das ist bei ihm bloße Starrköpfigkeit.«
Durdus Feuer hatte sich ausgebreitet. In einem Umkreis so groß wie ein Dreschplatz war alles in Flammen. Große Holzstücke verbrannten krachend. Durdu lief lachend hin und her.
»Schaut nur das Feuer an! Das kann seinesgleichen suchen, wie?«
»Wir hätten lieber darauf verzichtet«, sagte Cabbar.
»Wie es lodert und prasselt.«
»Wir hätten lieber darauf verzichtet.«
Durdu wies ihn zurecht: »Hör auf, Cabbar.«
Die Nacht über blieben sie beim Feuer. Außer Durdu konnte keiner von ihnen schlafen. Sie hatten Angst, im Schlaf überfallen und niedergemacht zu werden. Wer von dieser Furcht befallen wird, dem kann keiner helfen.
Sergeant Recep, Horali und Memed hielten Wache, während die anderen zu schlafen versuchten. Eine Zeitlang warfen sie sich unruhig hin und her, dann stand Cabbar als erster auf, hockte sich mit untergeschlagenen Beinen neben das Feuer. Einer nach dem anderen folgte ihm. Nur Durdu schlief fest. Die um das Feuer Sitzenden starrten schweigend in die Flammen.
Das erste Morgenlicht brachte den erwarteten Überfall. Von allen Seiten setzte der Kugelregen ein. Ohne im geringsten überrascht zu sein, rannten sie vom Feuer weg und suchten

Deckung im Gehölz. Memed konnte sich gerade noch hinter einem Baumstumpf zu Boden werfen, als ihm die Geschosse auch schon an den Ohren vorbeipfiffen. Vor ihm bot sich der ungedeckte Rücken eines Uniformierten als Ziel. Das war Sergeant Asim selbst.

Memed legte auf ihn an, aber plötzlich ekelte ihn so, daß er glaubte, sich erbrechen zu müssen. Er ließ die Waffe sinken, dann feuerte er aufs Geratewohl in eine andere Richtung. Er kicherte vor sich hin.

»Sergeant, Sergeant! Du hast keine Deckung! Paß auf, oder du kriegst gleich eins ab!«

Rings um Asim ging ein Geschoßhagel nieder. Eine Kugel schlug ihm die Mütze vom Kopf.

»Kerl«, schrie er, »wenn ich dich erwische!«

»Ich heiße Ince Memed, Sergeant. Mich kriegst du nur als Leiche. Verschwinde, Sergeant, du hast daheim Weib und Kind. Geh nach Hause auf deine Station!«

»Schade, sehr schade!«

Kaum hatte er den Mund wieder zugemacht, als ein Geschoß seine Hand streifte. Fast wäre ihm das Gewehr entfallen. Blut tropfte auf die Erde.

»Hast du gehört, Sergeant? Zieh ab, laß uns in Ruhe. Willst du denn unbedingt hier ins Gras beißen?«

Der Sergeant war von allen Seiten den Kugeln ausgesetzt. Er zog sich ein Stück zurück. Der Kerl hatte ihm die Mütze vom Kopf geschossen und ihm die Hand geritzt. Wie auf dem Schießstand. Dabei hätte er ihn längst über den Haufen schießen können. Ince Memed, wer war das? Hätte der tolle Durdu ihn so erwischt, gäbe es jetzt keinen Sergeanten Asim mehr. Ince Memed? Der Name war ihm noch nicht begegnet.

»Kerl«, sagte er, »wart nur, ich werde dir deine Scherze noch austreiben!« Es klang fast wohlwollend.

Unaufhörlich zischten die Kugeln durch die Morgendämmerung. Durdu wirbelte überall herum, verschmähte jede Dekkung, feuerte, was das Zeug hielt. Ab und zu hielt er inne, um dem Sergeanten Flüche entgegenzuschleudern: »Sergeant,

glaube ja nicht, daß der tolle Durdu vor dir Reißaus nimmt! Ich schicke dich ohne Hose zu deinem Hauptmann zurück. Dann kannst du ihm zeigen, wo deine dünne Nadel baumelt!«
Die Gendarmen und Bauern hatten sie von allen Seiten eingeschlossen. Sie steckten nun in einem Käfig. Durdu hatte längst erkannt, daß seine Lage aussichtslos war. Kriechend arbeitete er sich an Memed heran. Auf den war am meisten Verlaß.
Die Angreifer brauchten ihren Ring nur etwas enger zu ziehen, dann konnten sie die ganze Bande Mann für Mann abknallen. Vielleicht zum ersten Mal in seinem Leben verlor Durdu die Fassung.
Aber auch seine Gegner wagten sich nicht näher heran. Es war ihnen unbegreiflich, daß Durdu das Gefecht in der Waldlichtung angenommen hatte. Das sah nach einem Hinterhalt aus.
»Wir sind in der Klemme«, sagte Durdu. Er war schweißgebadet und atmete schwer. »Hier kommt keiner mehr heraus.«
»Mich hat es erwischt!« schrie einer auf.
»Da! Der erste! Sergeant Recep ist hinüber! ... Vor den meisten ist mir ja nicht bange ... Aber ein Gendarm ist dabei, er soll aus Dörtyol sein ... Und dann Mustan der Schwarze aus unserem Dorf. Die beiden schießen, daß nicht einmal ein Floh durchkommt. Wenn die nicht wären, dann würde ich mich schon irgendwie davonmachen.«
»Meine Flinte ist heiß«, sagte Memed, »ich kann sie nicht mehr anfassen. Was soll ich jetzt nur machen?«
»Du hast zuviel geschossen, Memed. Das Gewehr ist schon in Ordnung. Lege eine kleine Feuerpause ein, gib Erde auf den Lauf, laß ihn sich abkühlen. Sonst treibt er auf, dann bringst du keinen Schuß mehr heraus.«
»Bruder«, sagte Durdu leise, »wir sind eingekreist. Um mich ist mir nicht bange, ich komme schon irgendwie heraus, und wenn nicht, so liegt mir auch nichts daran. Aber um euch mache ich mir Sorgen. Wie werdet ihr nur den Hals aus der Schlinge kriegen? Nachher heißt es, Durdu der Tolle ist ausgekniffen und hat seine Kameraden in der Falle sitzen lassen.«

»Ich sehe keinen Ausweg«, sagte Memed. »Warten wir erst mal den Abend ab.«
Zwei Schüsse schlugen knapp vor Durdu in die Erde. Staub wirbelte hoch.
»Bis zum Abend müssen wir auf jeden Fall aushalten«, wiederholte Memed.
»Das war Mustan der Schwarze«, sagte Durdu und deutete auf die Einschläge. »Der hat uns jetzt im Visier. Er muß uns ausgemacht haben.«
»Durdu Aga, ob Sergeant Recep wohl tot ist? Wir müßten nach ihm schauen.«
»Bleib liegen! Der Kerl macht uns fertig!«
In diesem Augenblick erhob sich eine Staubwolke vor ihnen. Die Einschläge um sie herum waren schon nicht mehr zu zählen.
»Habe ich es dir nicht gesagt? Mustan den Schwarzen kenne ich, diesen verfluchten Hund.«
»Der Teufel soll ihn holen!«
Meter für Meter rollten sie sich weiter, bis sie hinter einem großen Baum Deckung gefunden hatten. Während der Kugelregen die Äste über ihnen herunterschlug, kamen Memeds Gedanken nicht von Recep los:
»Der Sergeant gibt keinen Ton von sich! Könnten wir nur an ihn heran …«
Schüsse peitschten rings um sie und knickten die Zweige der Bäume.
Sie krochen weiter, gelangten unter dem Geschoßhagel bis zu Recep, der blutüberströmt auf der rechten Seite lag. Als er sie sah, lächelte er mit zusammengebissenen Zähnen und hob mühsam den Kopf. »Jungens, seht zu, daß ihr eure Haut rettet. Das sind mindestens hundertfünfzig Mann. Laßt mich hier liegen. So will es das Schicksal …«
Sie schauten nach seiner Wunde. Das Geschoß war in den Hals gedrungen und hatte den Körper über dem Schulterblatt wieder verlassen. Der Knochen war unverletzt, aber das Fleisch um die Austrittsstelle war nur noch blutiger Brei.

»Hört, ihr«, sagte Sergeant Recep. »Behaltet mir den Cabbar im Auge. Ein Teufelskerl. Der hält eine Armee in Schach. Ohne ihn hätten sie mich durchlöchert wie ein Sieb. Er hat das Feuer auf sich gelenkt, als er sah, daß ich getroffen war. So mörderisch hat er gefeuert, daß ihnen angst und bange geworden ist.«

Sie zerrissen sein Hemd und verbanden die Wunde.

»Brecht durch«, murmelte Recep, halb ohnmächtig.

»Unmöglich, Sergeant«, sagte Memed. »Wenn wir das versuchen, werden wir glatt abgeknallt. Noch haben sie Angst vor uns. Entweder halten wir bis zum Abend aus, oder wir beißen hier ins Gras.«

Sergeant Recep überlegte, das Gesicht verkrampft, um nicht vor Schmerzen schreien zu müssen. »Ich glaube, du hast recht, Memed, mein Junge. Wenn auch nur einer von euch zur Flucht ansetzt, seid ihr alle erledigt. Sammelt alle, laßt sie schwören, keinen Schritt zurückzugehen. Jeder Ausbruchsversuch bedeutet den Tod. Haltet aus. Sie wagen es bestimmt nicht, anzugreifen. Sonst wären sie längst gekommen. Sie fürchten irgend etwas, einen Hinterhalt.«

»So müssen wir es machen, Durdu Aga. Das einzige, was uns noch übrigbleibt.«

»Aber auf den Sohn von Zala müßt ihr gut aufpassen«, sagte Recep. »Ein feiger Hund, der erste, der versuchen wird, fortzulaufen. Laßt ihn nicht aus den Augen!«

»Wir wollen unsere Leute zusammenholen. Horali und Cabbar sollen weiterfeuern, um sie hinzuhalten.«

Durdu drehte sich um, pfiff zum Sammeln. Seine Gefolgsleute verstanden nicht, was das bedeuten sollte in einem Augenblick, wo es von allen Seiten Blei hagelte.

»Ich möchte wissen, wie man sich in diesem Hexenkessel sammeln soll«, maulte Zalas Sohn zu seinem Nachbarn. »Es hat ja doch keinen Zweck mehr. Sergeant Recep ist auch schon hin.«

Horali kam als erster, dann Yusuf der Rote, dann Güdükoğlu.

»Wo steckt der Junge von Zala?« fragte Durdu argwöhnisch.

»Der kommt noch«, sagte Horali. »Hat die ganze Zeit am Boden geklebt und nicht einen Schuß abgegeben. Gezittert hat er wie Espenlaub.«
»Hm, seltsam«, sagte Durdu. »Sonst hat er mehr Schneid gezeigt als die meisten andern.«
Jetzt kam auch Zalas Sohn, vorsichtig auf dem Boden kriechend, mit blutenden Händen.
»Horali und Cabbar! Ihr setzt das Feuer fort!« befahl Durdu. »Damit wollen wir sie ablenken. Es gibt etwas zu bereden.«
Die kurze Feuerpause während des Sammelns hatte Sergeant Asim in seinen bösen Vorahnungen nur bestärkt. Er hatte nicht das erste Mal mit Durdu dem Tollen zu tun; man konnte nie wissen, was der gerade im Schilde führte. Es konnte unter allen Möglichkeiten die wahnwitzigste sein, aber auch die vernünftigste ... Wenn er sich hier auf der Lichtung auf den Kampf eingelassen hatte, war er entweder todessüchtig, sehr unerfahren, verrückt, abenteuerlustig, oder er hatte eine teuflische Falle ausgeklügelt. Einem solchen Kerl, der auch durch ein Nadelöhr noch seinen Weg fand, war alles zuzutrauen. Wie sollte man sich in dieser Lage verhalten? Der Sergeant wußte sich keinen Rat. Zog er ab, war sein Ansehen zum Teufel. Blieb er und geriet in eine Falle, würden sie ihn mitsamt seinen Männern niedermetzeln. Und was sollte das bedeuten, ihm die Mütze vom Kopf zu schießen und ihm mit einem haargenau gezielten Schuß die Hand zu ritzen? Eine Warnung? Der Schütze, dieser Memed, hätte ihn mehr als einmal erledigen können, wenn er nur gewollt hätte. Aber jetzt den Rückzug antreten, wo er Durdu den Tollen in der Zange hatte wie vorher noch nie? Nicht noch einmal würde sich der so in die Enge treiben lassen!
»Kameraden!« rief der Zugführer, »bleibt alle stehen, wo ihr jetzt seid. Wir müssen erst einmal abwarten, was der Tolle vorhat. Wir haben ihn ohnehin in der Zange. Er ist eingekesselt. Mit offenen Augen ist er hier hineingeschlüpft – sonst hätte er sich längst zwischen den Felsen verdrückt, zum Mordağ hinüber.«

»Nein, diesen verrückten Zuhälter kenne ich«, sagte der Korporal. »Der ist nicht mehr bei Sinnen. Er hat es sich einfach in den Kopf gesetzt, hierzubleiben. Kein Gedanke an eine Falle, dazu beschäftigt er sich viel zu sehr mit sich selbst. Laß uns den Ring enger ziehen, und du wirst sehen, wie schnell wir ihn haben.«

»Vergiß nicht, Durdu treibt es immerhin schon seit Jahren. So ein ausgekochter Hundesohn läßt es nicht so leicht auf einen Kampf im Freien ankommen. Wenn er nicht in den Wald ausgewichen ist und uns ausgerechnet hier in der Lichtung ein Gefecht liefert, dann steckt noch etwas anderes dahinter, das kannst du mir glauben. Da müssen wir wachsam sein.«

»Nein, nein, Sergeant«, beschwor ihn der Korporal, »der Kerl ist einfach übergeschnappt vor Größenwahn! Wir brauchen nur die Schlinge zuzuziehen, und er ist in unserer Hand. Ein Kinderspiel!«

»Kein Wort mehr! Wir bleiben, wo wir sind!«

Sergeant Asims Unsicherheit wuchs, als Horali und Cabbar wieder zu schießen anfingen. Was hatte das zu bedeuten?

»Brüder!« sagte Durdu, »jetzt müssen wir eisern zusammenstehen. Wir alle feuern gleichzeitig. Nicht einen Fußbreit wird gewichen, und wenn sie uns die Flinte auf die Brust setzen! Alles klar?«

»Klar!« antworteten alle wie aus einem Munde.

»Gut. Jeder sucht sich eine sichere Deckung.«

»Soll ich einmal Ausschau halten?« fragte Memed.

»Ja. Such uns einen Platz.«

»Deckung!« schrie Memed plötzlich. Alle warfen sich sofort auf die Erde. Eine ganze Salve pfiff ihnen um die Ohren.

»Sie haben uns ausgemacht«, sagte Durdu. »Jetzt lassen sie uns hier keine Ruhe mehr.«

Eine Ewigkeit lang konnten sie die Nase nicht mehr vom Erdboden erheben. Links und rechts von ihnen schwirrten die Kugeln. Zalas Sohn zitterte unaufhörlich. »Memed ist getroffen!« rief er plötzlich mit vor Schreck aufgerissenen Augen.

»Wer?« rief Durdu.

Memed hörte seinen Namen. »Was ist los?« drehte er sich jetzt um.
»Du bist ganz voll Blut«, sagte Zalas Sohn zähneklappernd. »Es hat dich erwischt.«
»Aber ich habe doch gar nichts gespürt!« Er faßte sich an den Kopf. Seine Hand war rot von Blut. Sein Herz schlug schneller. Er tastete nach einer Verletzung, aber er konnte nichts finden. Durdu, blaß vor Schreck, befühlte Memeds Kopf. »Eine kleine Schramme.«
»Wenn schon«, lächelte Memed. »Die erste.« Er stand auf und schlich auf den Wald zu, mitten durch das Feuer. Einige Augenblicke später hörten sie seine Stimme: »Kommt hierher!« Die verbissene Wut der schießenden Gendarmen ließ ihnen nicht lange Zeit zur Besinnung. Sie fanden sich in einer Grube voll abgebrochener Äste wieder. »Ausgezeichnet«, sagte Durdu. »Laßt uns das Holz hinauswerfen.«
Da brach über ihnen die Hölle los. Ringsumher prasselte es in den Ästen, Blätter regneten auf sie herab. Sie sprangen in die Grube und erwiderten das Feuer. Eine halbe Stunde etwa dauerte der ununterbrochene Kugelwechsel. Dann trat eine Pause ein. Durdu fühlte seine alte Selbstsicherheit zurückkehren. Hätten die anderen wirklich angreifen wollen, dann wären sie jetzt gekommen. Und selbst wenn sie jetzt den Ring der Umzingelung enger zuziehen würden – bis zum Abend konnte er es mit seinen Leuten auf jeden Fall aushalten, bis dahin war es nicht mehr lang.
Horali und Cabbar kamen. Sie konnten sich draußen nicht mehr halten. »Und was wird mit Sergeant Recep?« fragte Cabbar. Es gab ein aufgeregtes Hin und Her, bevor sich Memed Gehör verschaffen konnte.
»Beruhigt euch nur«, sagte Memed. »Ich hole ihn.«
Alle Kräfte aufbietend, schwang er sich aus der Grube empor. Er war so erschöpft von den Anstrengungen, daß er kaum Atem holen konnte. Hinter einem Baumstumpf ließ er sich der Länge nach fallen.
Plötzlich setzte das Feuer der anderen Seite wieder ein. Er

konnte sich nicht hinter seiner Deckung hervorwagen. Ein Hagel von Schüssen klatschte in das Holz. Er tat einen verzweifelten Sprung und spürte dabei einen fürchterlichen Schmerz. Jetzt haben sie mich erwischt, durchfuhr es ihn. Ängstlich tastete er seinen Körper ab, fand aber nichts.
Als er Sergeant Recep erreicht hatte, war er über und über blutig, seine Hände und Füße waren übel zugerichtet.
»Junge, was ist denn bloß mit dir?« fragte Recep. »Du schwimmst ja im Blut!«
Memeds Lächeln war in dem blutüberströmten Gesicht kaum wahrzunehmen. »Los, Sergeant. Deinetwegen bin ich gekommen.«
»Du bist ja wahnsinnig! Bringe dich in Sicherheit und laß mich hier allein. Die Kerle haben uns in der Zange. Es ist nichts mehr zu machen. Von überallher pfeift es. Und das alles wegen diesem tollwütigen Hund! Hier kommt keiner mehr heraus. Sergeant Asim hat dazugelernt! Aber du bist ein feiner Kerl, Memed. Höre auf mich: Wenn du aus diesem Hexenkessel herauskommst, dann darfst du nicht einen Augenblick länger bei diesem Verrückten bleiben. – Ich möchte nur wissen, warum sie immer noch nicht ihren Ring dichter um uns gezogen haben! Es ist schon Nachmittag. Sie müssen doch längst gemerkt haben, wie es mit uns steht.«
»Sie haben Angst«, sagte Memed. »Sie glauben, wir hätten ihnen eine Falle gestellt. Wenn sie wüßten, wie sich Durdu in der Lichtung angestellt hat! Aber nun komm, Sergeant Recep! Wir müssen es riskieren, wir zwei. Wenn es uns erwischt, dann sind wir alle beide hin. Wenn wir Glück haben …«
»Memed, Junge! Wenn ich das hier überstehe …«
»Die Wunde ist nicht gefährlich, Sergeant. Das überstehst du glatt.« Er lud sich den großen, schweren Mann auf den Rükken, trug ihn ein Stück.
»So geht es nicht, Junge. Ich will mich lieber bei dir stützen.«
Auf dem ganzen Weg ließen sie eine Blutspur hinter sich. Die Kugeln pfiffen ihnen um die Ohren. Dann und wann krallten sie sich in die Erde ein.

»Jetzt fangen sie erst richtig an, diese Teufel«, murmelte Recep zwischen den Zähnen.
Als sie mit Mühe und Not bis zu der Grube gelangt waren, fanden sie zwei weitere Verwundete vor, Zalas Sohn und Horali. Zalas Sohn zitterte jetzt noch mehr als zuvor. Er heulte und schrie.
Das Feuer der Gegenseite war jetzt gezielter. Offensichtlich hatten sie sich doch entschlossen, den Kreis enger zu ziehen. Höhnend rief Mustan der Schwarze aus Aksöğüt zu Durdu hinüber: »He, Toller! Bald wird Aksöğüt sehen, was mit dir los ist! Deinen Onkel Mustan kennst du wohl noch, was? Sei nur nicht so stolz!«
Durdu, schäumend vor Wut, feuerte schweigend und verbissen weiter.
»Ei, toller Durdu! Hast wohl deine Zunge verschluckt, mein Kleiner?«
Schließlich hielt es Durdu nicht mehr länger. Er sprang auf: »Mustan der Schwarze! Ich kenne dich recht gut, Onkel. Und du kennst mich auch! Ich will nicht mehr Durdu der Tolle heißen, wenn ich dir nicht aus der Hose deiner Frau eine Mütze mache! So wahr ich Durdu der Tolle heiße!«
In diesem Augenblick wurde er so heftig nach hinten gezogen, daß er auf Memed fiel. Eine halbe Sekunde später krachten fünf Schüsse auf einmal. Mustan der Schwarze und vier andere hatten auf Durdu gefeuert, aber sie kamen zu spät.
»Verrückter Hund, Sohn des Teufels! Noch einmal so eine Idiotie, und die nächste, die du abkriegst, ist von mir!«
Durdu lachte über Sergeant Receps Wutausbruch.
»Wenn dir schon wieder nach Schießen zumute ist, dann halte dich nur an die da drüben!«
Recep deutete auf Memed: »Diesem Däumling da hast du es zu verdanken, daß du noch lebst, elender Narr.«
Durdu warf einen freundlichen Blick auf Memed. Gesicht, Haare und Hände des Jungen waren blutverkrustet. Durdu grinste vor sich hin. Er dachte an den Tag zurück, als Memed gekommen war. Wie er sich schüchtern hinter Süleymans

Rücken verkrochen hatte. Was es nicht alles gibt auf dieser Erde, dachte er. So ein Dreikäsehoch, gestern erst angekommen, heute schon gewitzter als mancher, der sich seit fünfzig Jahren draußen herumschlug ...

»Ergebt euch!« brüllte eine Stimme vor ihnen.

»Jetzt bist du dran, Mustan der Schwarze!« antwortete Durdu. Der andere blökte wie ein Kalb, als er hinschlug.

»Nun? War das jetzt besser, Recep?«

»Ja, besser. Aber sage, wollt ihr hier sterben?«

»Aus der Grube gehen wir nicht mehr hinaus. Hast du es nicht selbst so gewollt?«

»Jetzt streichen sie alles mit dem Maschinengewehr ab. Da gibt es keine Hoffnung mehr. Übergabe oder Tod.«

»Übergabe oder Tod?« In Memeds Stimme war Erregung und Angst. Für einen Augenblick flammte das messinggelbe Leuchten in seinen Augen auf.

»Wenn du einen anderen Ausweg weißt, Ince Memed ...?«

»Was soll ich schon wissen – wenn dir nichts mehr einfällt, Sergeant ...«

Recep dachte angestrengt nach. Der höllische Feuerbrand in seiner Wunde hatte nachgelassen; dafür setzte der Wundschmerz so heftig ein, daß er kaum einen Gedanken fassen konnte. Sein Gesicht verkrampfte sich, ununterbrochen biß er sich auf die Lippen. Dann hob er den Kopf und schaute alle der Reihe nach an.

»Ich wüßte noch etwas. Wenn wir das fertigkriegen, sind wir gerettet. Dann wird Sergeant Asim machen, daß er wieder zu seinem Hauptmann zurückkommt.«

Alle sahen ihn erwartungsvoll an.

»Drei Handgranaten! Einer von euch müßte den Schneid aufbringen, drei Handgranaten auf dieses verdammte Maschinengewehr zu schmeißen!«

Cabbar, der gerade sein Gewehr durchlud, drehte sich um.

»Schneid haben wir alle, aber ...«

»Sonst gibt es keine Möglichkeit mehr?« fragte Memed.

»Das wäre die einzige.«

»Gut. Ich mache es.« Der wilde Funke trat wieder in seine Augen. Für einen Augenblick fühlte er den Widerstreit zwischen Glück und Schmerz in seinem Innern.
»Du Ausbund an Kühnheit!« rief Durdu. Dabei kletterte er auch schon aus der Grube. »Noch zwei Handgranaten mehr!« Dann rannte er los, so schnell er konnte, während ihm die Kugeln um die Ohren schwirrten. Hinter einem großen Stein warf er sich zu Boden. Die anderen erschraken. Sie glaubten, er sei getroffen. Am Sockel des Steines standen frische, gelbe Krokusblüten. Der Stein war rund, er gab bei einer Probe nach. Durdu rollte ihn ein Stück vor sich her. Bald prallten die Geschosse an dem weißen Stein ab. Rufe waren überall zu hören. So ging es nicht. Der Stein war ein zu deutliches Ziel. Fünfzig Meter weiter war eine Mulde. In Sprüngen erreichte er sie schließlich. Es roch nach Erde, verfaulten Blättern. Eine purpurne Steinblume, deren Namen er nicht wußte, stand dazwischen.
Eine Wolke trieb an dem Gipfel vorbei. Ihre Ränder hatten einen goldenen Glanz.
Das ganz nahe Rattern des Maschinengewehrs riß ihn aus seinen Träumen. Vor ihm war ein Erdhügel, gleich dahinter ein zweiter, etwas höherer. Das Maschinengewehr mußte in der dazwischenliegenden Mulde stehen. Er mußte von der anderen Seite kommen, von dem zweiten, dichtbewaldeten Hügel.
Mit schlenkernden Armen schritt er aus, wie auf friedlicher Wanderschaft. Denen, die ihm zusahen, stockte der Atem. Im Nu hatte er die Handgranaten abgezogen und auf die Maschinengewehrstellung geworfen. Eine, noch eine, dann die dritte. Die Detonationen ließen die Erde erbeben. Ringsumher war alles von Rauch eingehüllt.
Atemlos kam er zu den Kameraden zurück. Die Sonne ging gerade unter.
Er sprach nicht, schaute keinen an. Seine harten Augen waren auf einen Punkt gerichtet. Sein Gesicht schien kleiner geworden, zusammengeschrumpft.

Nur noch vereinzelt waren Schüsse zu hören.
Durdu stand auf, er reckte sich. »Auf Wiedersehen, Sergeant Asim! Geh dein Tacktack reparieren! Ich warte hier solange!«
Von der anderen Seite kam kein Laut.
»Du kennst dich hier aus, Sergeant«, sagte Durdu. »Gibt es ein Dorf in der Nähe?«
»Nein.«
»Das heißt, daß wir bis zu den Felsen marschieren müssen. Aber bis wir dahin kommen, sterben wir ja vor Erschöpfung und Hunger!«
»Es hilft nichts, sage ich euch! Trotz meiner Wunde, und wenn ich hinkriechen muß – ich bleibe nicht stehen, bis wir dort sind.«
Es war ein weiter, mühsamer Weg. Der Morgen dämmerte schon herauf, als sie völlig entkräftet bei den Felsen anlangten. Der verwundete Horali fluchte zusammenhanglos vor sich hin, wie er es während des ganzen Weges getan hatte. Sergeant Recep begann zu wimmern, hilflos gegenüber dem Schmerz, den er bisher mit zusammengebissenen Zähnen unterdrückt hatte.
Durdu hing auf einem Stein, abgekämpft und verwundet. Schweigend drehte er sich mit müden Händen eine Zigarette, tat ein paar Züge.
Dann wandte er sich Memed zu: »Weißt du, was jetzt mein größter Wunsch wäre, Bruder?«
»Nein.«
»Daß ich den Kopf von diesem Mustan dem Schwarzen mitten in unserem Dorf auf einer Stange aufpflanzen könnte. Was brauchte mir der Kerl auch nachzustellen, Memed ...«
»Ich kann euch nur sagen, ich krepiere vor Hunger!« rief Cabbar von weitem.
»Dann sieh doch zu, ob du etwas auftreibst!« antwortete Durdu. »Wenn du das fertigbringst, bist du wirklich ein Kerl.«
»Ich höre Hunde bellen! Aber wie kommt das nur, wenn hier kein Dorf sein soll?«
»Cabbar«, ächzte Sergeant Recep, »ich habe ja schon viele

Dummköpfe gesehen, aber so einen wie dich noch nicht. Kannst du dir nicht vorstellen, woher das Gebell kommt?«

»Wie soll ich das wissen? Habe ich vielleicht Hunde geworfen?«

»Du bist und bleibst ein Esel. Hier in der Nähe sind Yürükenzelte. Die Hunde gehören den Nomaden. Verstehst du es jetzt?«

»Dann können wir ja zu den Zelten gehen und um etwas zu essen bitten. Kommst du mit, Memed?«

»Macht was ihr wollt«, bemerkte Durdu. »Wir wollen inzwischen ein Feuer anzünden und uns aufwärmen.«

»Cabbar, wir gehen«, sagte Memed. »Aber sie müssen uns ja für Zigeuner halten, wenn sie uns so sehen.«

»Ist nicht so schlimm, Bruder. Wir brauchen uns nur das Gesicht ein wenig zu waschen.«

Schweigend stiegen sie von den Felsen in die Ebene hinab. Sie vermieden es, sich ins Gesicht zu sehen, als schämten sie sich einer bösen Tat. Schließlich streckte Cabbar die Hand aus, faßte Memeds kleinen Finger. Memed hob langsam den Kopf. Ihre Augen trafen einander. Sie blieben stehen.

»Cabbar, wir folgen einem schlechten Menschen.«

»Ja, aber was sollen wir machen? Wer einmal angefangen hat … Jetzt ist es zu spät.«

Die Sonne stand schon hoch am Himmel, als sie das Zeltlager erreichten. Ein halbes Dutzend riesengroße Hunde stürzte auf sie zu. »Haltet die Hunde fest!« rief Cabbar. Kinder kamen aus den Zelten, schrien auf, als sie die beiden Gestalten sahen: »Räuber, Räuber!« Jetzt erschienen die Frauen, hinter ihnen tauchten Männer auf.

»Friede sei mit euch«, grüßte Memed. Die Nomaden schauten verblüfft auf den blutjungen, schmächtigen Banditen. Neben ihm war Cabbar ein großer, kräftig gebauter, gut aussehender Mann.

»Beliebt, hier einzutreten, Agas«, sagte ein bärtiger Yürüke.

Sie bückten sich unter den Zelteingang hindurch. Memed, der

noch nie ein Nomadenzelt von innen gesehen hatte, war so sprachlos über den Reichtum, der sich seinen Augen darbot, daß er nicht einmal das »Grüß Gott« des Besitzers wahrnahm. Buntbestickte Säcke standen dicht nebeneinander an der Rückwand. Ein verwirrendes Farbenspiel, in das sich die Sonnenstrahlen mischten ... Wo kam nur all das Licht im Zelt her? An einem der Säcke blieben seine Blicke haften. Er trug das Motiv der Liebesvögel, Hunderte, Aberhunderte kleiner Vögel, die sich schnäbelten, grün, blau, gelb, rot, violett ... Tränen stiegen ihm in die Augen. Der Zeltpfahl in der Mitte war mit kunstvoller Schnitzerei bedeckt. Das Muster, springende Hirsche, war mit Perlmutt eingelegt.
»Was träumst du da vor dich hin?« stieß ihn Cabbar an. »Komm zu dir!«
Memed lächelte. »Wie wunderschön das hier ist! Ich habe noch nie ein Zelt von innen gesehen. Das ist ja wie im Paradies!«
»Wem gehört das Zelt?« fragte Cabbar.
»Mir«, antwortete der weißbärtige, rotgesichtige Alte, der ihnen gegenübersaß. »Ich bin Kerimoğlu.«
»Der bist du? Ich habe schon viel von dir gehört, Aga. Jetzt sehe ich dich also auch von Angesicht. Dann bist du ja der große Kerimoğlu, der Stammesälteste von den Saçikarali?«
»Ja, der bin ich.«
Das Zelt füllte sich mit dem Geruch frisch gekochter, dampfender Milch. Der Aga blickte Cabbar an. Cabbar gab den Blick zurück.
Der Aga wandte sich um: »Die jungen Leute müssen hungrig sein, Frau, beeil dich!«
»Es ist gleich soweit. Die Milch kocht schon.«
Memed lächelte Cabbar zu: »Meine Nase ...«
»Was ist denn mit deiner Nase?«
»Sie hat sich nicht getäuscht. Sie hat den Milchgeruch von draußen gleich gewittert.«
»Die meine auch. So sind nun einmal die Nasen aller Hungrigen.«

Kerimoğlus rotes Gesicht wurde noch röter, als er behutsam fragte: »Ihr kommt wohl aus dem Kampf, junge Leute?«
»Sergeant Asim hatte uns bös in der Zange«, antwortete Cabbar. »Aber wir sind noch mal davongekommen, Allah sei Dank.«
»Er ist ein Angsthase«, meinte Memed, »sonst hätte er uns einen nach dem andern abschießen können wie Rebhühner.«
»Schade um die viele Munition, die er in die Luft geknallt hat«, meinte Cabbar.
Die Frau breitete das Tafeltuch aus. Kerimoğlu machte lächelnd Platz.
Memed fühlte sich fremd, als sei er selbst ein anderer in dieser Umgebung. Sein Blick streifte die Flinte. Dann blickte er an sich hinunter. Patronengurte hingen ihm über die Brust, ein furchterregender Dolch und die Handgranaten an der Seite, auf dem Kopf hatte er den abgelegten, verbeulten Fes von Durdu dem Tollen ... Ja, ein Bandit bist du geworden, dachte er bei sich. Ein Bandit wirst du bleiben, dein Leben lang.
Zuerst wurde die dampfende Milch aufgetragen, auf der sich eine dicke Rahmschicht runzelte. Dann kam Traubensirup, und dann brachten sie gebratene Fleischstückchen. Den beiden lief das Wasser im Mund zusammen. Sie schauten sich lachend an wie Kinder. Auch Kerimoğlu lachte, in seinem alten Gesicht glänzten die weißen, gesunden Zähne. »Langt zu, junge Leute, laßt euch nicht nötigen!«
Sie ergriffen ihre Löffel und stürzten sich auf die Milch. Im Nu war das Brot weg, neues wurde gebracht. Als sie die Milch aufgegessen hatten, wurde sofort nachgefüllt. Nach der reichlichen, hastigen Mahlzeit dankten sie dem Aga. Kerimoğlu aß bedächtig weiter. »Wohl bekomm's der Jugend!«
Dann wischte er sich mit dem Handrücken über den Bart, zog sich vom Mahl zurück. »So, jetzt wollen wir uns eine anzünden.«
»Wir beide rauchen nicht«, sagte Cabbar. Kerimoğlu steckte sich eine Zigarette in den Mund, schlug Feuer. Der angenehm betäubende Zundergeruch breitete sich aus.

»Eh … ich will euch was sagen. Aber ihr dürft jetzt nichts Falsches denken …«
»Sprich nur, Aga«, sagte Memed.
Verlegen, noch röter werdend, begann Kerimoğlu: »Ich meine … ihr habt ja keine Mutter dort in den Bergen, kein Zuhause … ihr kommt aus dem Kampf, seid über und über voll Blut. Zieht eure Sachen aus, die Mädchen sollen sie schnell durchwaschen, sie trocknen ja schnell. Wenn ihr es sehr eilig habt, können sie über dem Feuer getrocknet werden. Ihr zieht solange meine Kleider an. Ihr braucht keine
Angst zu haben, Kerimoğlu wollte euch vielleicht ans Messer liefern. Hier geschieht keinem Gast etwas – nur über Kerimoğlus Leiche. Das sollt ihr wissen.«
»Wir kennen Kerimoğlu«, sagte Cabbar. »Wie kannst du nur so etwas von uns denken!«
»Sage das nicht, junger Mann. Alle Menschen haben die gleiche rohe Milch eingesogen. Sie sind zu allem Schlechten fähig, genau wie zu allem Guten. Sage das nicht …«
Eine Schwarzäugige mit Rosenwangen und geschminkten Augenlidern legte jedem der beiden ein Bündel nach Seife duftender Wäsche hin. »Ich gehe nach draußen«, sagte Kerimoğlu. »Kleidet euch derweil um.«
»Cabbar! Was für gute Menschen gibt es doch auf dieser Welt.«
»Was für böse, grausame Menschen gibt es auf der Welt, Memed!«
»Sieh nur diesen Kerimoğlu. So etwas von Gastfreundschaft …«
»Kann ich hereinkommen?« rief Kerimoğlu von draußen.
»Ja.«
»Laß mich nach deiner Verwundung sehen«, sagte der Eintretende.
»Nicht nötig. Eine Kugel hat meinen Kopf gestreift. Eine winzige Schramme.«
Kerimoğlu wandte sich an Cabbar: »Und du? Hast du nichts abbekommen?«

»Nein, zum Glück.«
Kerimoğlu verließ das Zelt, dann kam er mit einer Schüssel und Verbandstoff wieder. Er hatte selbst ein Wundpflaster zubereitet. Das legte er auf Memeds Kopfwunde, dann wikkelte er ihm den Verband um. »In zwei Tagen ist alles vorbei. In unserer Jugend haben wir das auch mitgemacht, das vergeht schnell wieder ...« Seine Hände waren geschickter als die eines Arztes.
»Vielen Dank, Aga«, sagte Memed.
»Die Wunde ist leicht, aber sie hat sich entzündet. Das Pflaster wird schnell wirken. Du brauchst keine Angst zu haben.«
Kerimoğlu hatte etwas Sonderbares an sich. Wenn er etwas fragen wollte, wurde er schüchtern wie ein Kind und errötete. Mit verlegenem Lächeln auch diesmal, machte er sich schließlich Luft: »Nimm es mir nicht übel, Junge, aber bist du wirklich ein Bandit? Ein richtiger? Oder ...«
Cabbar mußte lachen: »Unser Ince Memed, der spielt Räuber und Gendarm!«
Memed lächelte: »Ich komme dir wohl nicht wie ein echter Bandit vor, Aga?«
»Nimm's nicht krumm, mein Junge, ich habe nicht aus Geringschätzung gefragt. Aber du siehst sehr jung aus, wie sechzehn. Deshalb ...«
»Achtzehn«, sagte Memed stolz.
»Ich habe mich nur gewundert ... Warum bist du Bandit geworden, in dem Alter?«
»Er hat seinem Aga den Esel gestohlen und verkauft«, sagte Cabbar. »Dann ist er aus Angst vor den Prügeln zu uns gekommen. Wir haben ihn aufgenommen. Ein Eseldieb hatte uns in unserer Sammlung noch gefehlt ...«
Der Aga hatte den Scherz gemerkt und war betrübt darüber. Man sah ihm an, daß er es bereute, gefragt zu haben. Er schwieg. Cabbar tat die Betroffenheit des Alten leid.
»Aga, hast du schon einmal von einem gewissen Abdi Aga gehört, aus Değirmenoluk?«
»Den kenne ich gut«, sagte Kerimoğlu. »Neulich hieß es, er

sei erschossen worden. Aber das stimmt nicht. Er lebt noch. Sein Neffe ist tot.«

»Der auf ihn geschossen hat, sitzt hier.«

Kerimoğlu musterte Memed von Kopf bis Fuß. »Seltsam. So sieht er doch gar nicht aus wie einer, der imstande ist, einen Menschen umzubringen, der Ince Memed. Seltsam!«

»Aga«, sagte Memed, »wenn du uns noch ein wenig von dem Wundpflaster machen könntest? Wir haben einen verwundeten Kameraden ...«

»Es ist noch Heilsalbe da. Ich gebe dir davon. Pflaster will ich auch gleich machen.«

»Mögest du nie einen schlechten Tag sehen!«

Kerimoğlu bereitete ein Wundpflaster, dann tat er Salbe in ein Stück Leinwand. Als sie sich verabschiedeten, sagte der Aga: »Ich habe mich gewundert über dich, Ince Memed. Du siehst wirklich nicht aus wie einer, der jemals ein Bandit wird. Aber da kann man nichts machen. Der Kerl hat dich vielleicht grausam behandelt. So ist der Mensch. Man weiß nie, was in einem steckt.«

»Leb wohl«, sagten sie.

»Alles Gute«, antwortete Kerimoğlu. Seine weißen Zähne lachten. »Kommt nur wieder, zum Plaudern!«

Beide trugen sie in jeder Hand einen mit Brot, Käse und Butter prall gefüllten Beutel. »Was für ein guter Mann«, sagte Cabbar.

»Du, Cabbar«, entfuhr es Memed, »wir haben ihm ja seine Wäsche nicht zurückgegeben!«

»Na, wenn schon! Vergessen ist nicht gestohlen.«

»Nein, das geht nicht. Wir müssen zurück.«

Der andere lachte: »Kerimoğlu hat recht. Du hast nicht das Zeug zum Räuber.« Sie rannten zurück. Kerimoğlu stand vor dem Zelteingang. »Was ist?« fragte er überrascht.

»Wir haben vergessen, deine Sachen wieder auszuziehen. Deswegen sind wir zurückgekommen.«

»Ach so«, sagte Kerimoğlu erleichtert, »das laßt nur sein. Ich schenke sie euch.«

»Wirklich?«
»Ja, ja. Ich bin euch böse, wenn ihr sie auszieht.«
Erst bei Anbruch der Nacht erreichten sie die Felsen. Ganz oben flackerte ein Lichtschein.
»Dort oben müssen sie sein, Memed. Wo das Licht ist.«
»Die Unsrigen?«
»Wer sonst? Wer in der Welt macht sonst so ein Riesenfeuer als Durdu. Damit will er Sergeant Asim ärgern.«
»Laß den Erkennungspfiff hören, Cabbar. Ich habe nicht mehr genug Kraft dazu.«
Cabbar steckte zwei Finger in den Mund, stieß einen grellen, langgezogenen Pfiff aus.
»Junge, dein Pfiff ist eine Tagesreise weit zu hören!«
Vom Feuer oben ertönte ein Schuß. Eine ganze Salve folgte.
»Ob etwas los ist, Cabbar?«
»Durdu der Tolle feiert ein Fest. Wenn er sich richtig wohl fühlt in seiner Haut, dann muß er drauflosknallen.«
Obwohl sie sich zu erkennen gegeben hatten, kam ihnen keiner entgegen. Das kränkte sie etwas.
Als sie endlich am Lagerfeuer ankamen, fühlten sie sich am Ende ihrer Kräfte. Durdu und alle Gefährten standen auf und gingen ihnen entgegen.
»Salut!« rief der Tolle, zog seine Pistole und feuerte ein paarmal in die Luft. »Wir sind schon beinahe verhungert. Sergeant Recep jammert noch immer, aber jetzt kommt es vom Kohldampf!«
Durdus Feuer flackerte höher als zuvor. Das harzigen Geruch ausströmende Holz krachte laut.
Memed sah zuerst nach dem Sergeanten und fragte ihn, wie er sich fühle.
»Die Wunde wird bösartig! Sie brennt wie Feuer. Diesmal gehe ich drauf, du wirst es sehen …«
Dann kümmerte sich Memed um Horali, den anderen Verletzten, der ihn mit einem Schwall von Flüchen empfing. Er verwünschte alles, was ihm gerade in den Sinn kam, und seine Wunde. Dann flüsterte er, als habe er etwas besonders Wichti-

ges zu sagen: »Hast du schon gehört? Abdi Aga ist nicht tot, der Zuhälter, der dreckige ... Aber keine Angst, den kriegen wir noch. Der Teufel soll sie alle holen, auch seinen Neffen ... der ist wenigstens hin ...«
»Ich habe Wundpflaster für dich mitgebracht, Bruder. Auch Salbe. Alles von Kerimoğlu. Die Salbe hat er selbst angerührt. Ein weiser, alter Mann. In zwei Tagen ist alles wieder gut ...«
»Zum Teufel mit deiner Salbe!«
»Sag das nicht, Bruder Horali. Sie hilft dir bestimmt!«
»Hoffentlich!«
Recep richtete sich auf. »Das sind nur Redensarten von diesem Kerimoğlu! Ich will zufrieden sein, wenn mir's in einem Monat bessergeht.«
Nachdem Memed die Wunden der beiden versorgt hatte, setzte er sich aufatmend ans Feuer.
»Was sagt Cabbar da von dir, Memed? Der Mund hätte dir offengestanden, als du in Kerimoğlus Zelt kamst?«
»Ja, das stimmt, Durdu. Ich habe ja noch nie so ein Zelt von innen gesehen. Es ist wie im Paradies ...«
»Ja, der Kerimoğlu! Wenn der nicht so ein reiches Zelt hat, wer denn sonst?«
»Kennst du ihn näher, Cabbar?«
»Gehört habe ich viel von ihm. Er soll ein schwerreicher Mann sein. Das haben wir ja auch selbst gesehen ...«
»Was es für gute Menschen auf der Welt gibt«, sagte Memed. »Er hat aber auch an alles gedacht. Er hat uns zu essen gegeben, bis wir nicht mehr konnten, er hat meinen Kopf verbunden, unsere Wäsche waschen lassen. Und er hat uns noch Wäsche von seinen eigenen Sachen geschenkt!«
»Ja, er ist ein sehr großer Aga«, pflichtete Cabbar bei.
Durdu schüttelte den Kopf. »Wie ist es nur möglich, daß wir von so einem berühmten Aga noch nie etwas gehört haben?«
»Er ist der Aga der Yürüken. Sie schlagen ihre Zelte auf und ziehen dann wieder weiter.«
»Gute Menschen sind es, das steht fest«, sagte Memed. »Der Zeltpfahl war ganz mit Perlmutt ausgelegt.«

Durdu horchte auf. »Mit Perlmutt, sagst du? Teufel noch mal! Der Kerl muß ja nicht wissen, wohin mit seinem Geld!«
»Na, was glaubst du denn? Das Zelt war so groß, daß es vielleicht zehn oder fünfzehn Pfähle hatte. Eine junge Frau brachte uns das Essen. Ich kann dir sagen, die hatte mindestens fünfzig Goldstücke um den Hals hängen! Ein reicher Mann … aber wie gut und freundlich, mit immer lachendem Gesicht!«
Durdu schwieg und starrte in die Flammen, tief in Gedanken versunken. Es war seine Gewohnheit, seinen Blick auf irgend etwas zu konzentrieren, bevor er einen Entschluß faßte. Das konnte ein Mensch sein, ein Baum, eine Wolke, eine Blume, ein Vogel, ein Gewehr oder ein Feuer; er starrte stundenlang hin, ohne sich zu rühren. Auch die anderen verstummten.
»Legt euch schlafen!« befahl Durdu barsch. »Die Nachtwache halten Horali, ich und Sergeant Recep.«
Keiner wagte einen Laut. Sie wußten, in solcher Stimmung zog er bei jedem Widerspruch die Waffe. Stumm gingen sie und krochen am Fuß der Felsen zusammen.
Es gibt Menschen, in deren Gesellschaft man sich wohl fühlt. Auch Sergeant Recep gehörte zu ihnen. Sie sind nur dazu auf der Welt, um von anderen geliebt zu werden. Haben sie ihnen deshalb etwas voraus? Nein. Ist Sergeant Recep etwa gesprächig? Nein. Ist er vielleicht fröhlich? Auch das nicht. Ist er viel zu Scherzen aufgelegt? Tut er anderen besonders viel Gutes? Nichts dergleichen. Es ist ein Rätsel. Seit drei Jahren gehörte er bereits zur Bande des tollen Durdu. Niemand konnte verstehen, daß es ihn so lange festhielt. Beim ersten Zusammentreffen hatte er zu Durdu gesagt: »Höre, Toller: Wenn du einer von diesen verdammten Klugscheißern wärst, dann wollte ich nichts mit dir zu tun haben. Was kommt bei diesen Überschlauen schließlich heraus? Daß man in eine Falle gerät und den Bauch voller blauer Bohnen kriegt. Hast du mich verstanden?«
»Ich habe verstanden.«
Seither verlor Sergeant Recep kein Wort mehr darüber. Was Durdu der Tolle auch alles anstellte, er widersprach ihm nie.

Einige Male wurde er schuldlos verwundet, doch machte er Durdu nie Vorhaltungen deswegen.
Über sein Leben wußte man nicht viel. Seine Mundart verriet, daß er aus Antep kam, aber auch das war nicht ganz sicher. Auf jeden Fall mußte er eine lange Zeit dort verbracht haben. Von Antep redete er des öfteren.
Es gab verschiedene Versionen seiner Vergangenheit. Die eine lautete, daß er eines Nachts erwacht sei. Er habe seiner Frau aufgetragen, sein Gewehr zu holen und ihm Mundvorrat zu richten. Dann habe er die Waffe gereinigt und geölt, sich die Patronengurte umgehängt, schließlich habe er zu seiner Frau gesagt: »Gib mir meinen alten Kalpak. Ich gehe in die Berge. Sieh zu, daß du zurechtkommst.« Darauf die entgeisterte Frau: »Hat man so etwas schon gehört! Steht der Kerl mitten in der Nacht auf und will in die Berge! Du hast wohl den Verstand verloren?« – »Der Sinn steht mir eben danach, Weib«, habe er gesagt, dann sei er ohne ein weiteres Wort gegangen, um nie mehr zurückzukehren.
Andere wollten wissen, er habe sich mit seinem Schwiegersohn überworfen, der seine Tochter beschimpft und dabei ihn selbst verwünscht habe. Weil er sich über ihn geärgert hatte, ging er in die Berge, denn ihn zu töten, konnte er einfach nicht übers Herz bringen.
Wieder andere behaupteten, der Sergeant sei ein reicher Mann gewesen, dem der Wegzoll und die Steuern Verdruß bereitet hätten. Wenn der Einnehmer aufgetaucht sei, habe er sich krank gestellt und ins Bett gelegt. Schließlich sei er in die Berge gegangen, um den Abgaben zu entgehen. Manche meinen, er habe seine Schwiegermutter umgebracht und deshalb Zuflucht in den Bergen gesucht. Jeder reimte sich eine andere Geschichte zusammen und brachte sie unter die Leute. Welches die richtige, welches die falsche war, wer hätte das zu sagen vermocht?
Ob er nun tatsächlich ein Verbrechen begangen hatte, war ungewiß. Aber aus welchem Grund er auch einst aus dem friedlichen Leben ausgebrochen sein mochte, heute waren ihm

mindestens dreißig Jahre Kerker sicher, würde er je gefaßt werden. Mit gar zu vielen Plünderungen, Schießereien, Straßenüberfällen und Anschlägen war sein Name verbunden.
Durdu schlief, gegen seine Gewohnheit, bis in den Tag hinein. Als er auch am Mittag noch nicht erwachte, wurde Cabbar unruhig. Das hatte etwas zu bedeuten. Der Tolle schlief nur dann so lange, wenn er einen ganz besonderen Raubzug vorhatte. Das kam alle ein, zwei Jahre einmal vor. Was er jetzt wohl im Schilde führte? Darauf konnte man gespannt sein.
Sergeant Recep hatte einen vergnügten Tag. Er sang mit rostiger Stimme Lieder. Dann rief er: »Weckt doch mal diesen Tollen, Burschen, damit wir endlich was zu futtern kriegen!«
»Ich nicht«, sagte Memed. Auch Cabbar wollte nichts damit zu tun haben. Güdükoğlu trat neben den schlafenden Anführer: »Durdu Pascha! Wach auf!« Er redete Durdu stets mit »Pascha« an. Durdu hörte das gern. Güdükoğlu war so etwas wie ein Hofnarr für ihn, neben anderen Ämtern, die er in der Bande innehatte. »Komm, wach auf, Pascha. Es ist Mittag vorbei.«
Durdu rieb sich mit seinen großen Fäusten die Augen und kam langsam hoch. »Wir wollen gleich essen. Dann wird losgezogen.«
»Was machen wir mit den Verwundeten?« fragte Cabbar. »Recep und Horali geht es nicht besonders ...«
Durdu wandte sich an die beiden: »Wie fühlt ihr euch? Könnt ihr mitmarschieren?«
»Ich marschiere«, antwortete Recep. »Es tut nicht mehr so weh.«
»Ich auch«, sagte Horali. »Der Teufel soll die Wunde holen ...«
In einem großen Kreis setzten sie sich zum Essen nieder.

Die Schatten veränderten ihre Richtung von Norden nach Osten, senkten sich an den Felsen herab. In der Ebene, bei den Zelten, bellten die Hunde.
»Wohin gehen wir jetzt?« fragte Memed.

Durdu gab keine Antwort. Seine wilden Blicke waren Warnung genug, nicht weiter in ihn zu dringen.

Als Durdu die Richtung einschlug, aus der das Gebell kam, wurde Memed und Cabbar alles klar.

»Du, das gibt etwas Böses«, flüsterte Cabbar Memed ins Ohr.

Der nickte. »Wenn er dem Kerimoğlu etwas tut? Was machen wir nur?«

Sie waren ratlos und fühlten sich unbehaglich in ihrer Haut. Durdu hatte eine besondere Schandtat vor, sein ganzes Gebaren verriet es. So dunkel und wild wurde sein Gesicht nur selten. Jetzt verlangsamte er seinen Schritt.

»Cabbar, wie viele Zelte sind es, außer dem von Kerimoğlu?«

»Drei.«

Durdu ging schneller.

Als sie die Zelte erreichten, sprangen ihnen die großen Hirtenhunde entgegen, hinter den Hunden die Kinder, dann erschienen die Frauen, die Männer …

Kerimoğlu stand an der Spitze seiner Stammesleute, dem Räuberhaufen freundlich zulächelnd. Rings um die Zelte bewegten sich die Schafherden, das Schwarz der Filzzelte hob sich von den weißen Fellen der zahllosen, vielstimmig blökenden Schafe und Lämmer ab. Die großen Hunde umstreiften mit kraftvoller Lässigkeit die Herden. Die Kamele lagen mit speichelnden Mäulern zufrieden im Gras.

»Seid willkommen, meine Gäste!« rief Kerimoğlu. Jedem einzelnen drückte er freundschaftlich die Hand.

»Danke«, lächelte Memed. Aber Ungewißheit und Argwohn ließen sein Lächeln sofort wieder ersterben. Was würde Durdu unternehmen?

»Der da ist unser Bandenführer«, sagte er zu Kerimoğlu.

Der Stammesälteste war nicht weltfremd. Unter den Brauen warf er argwöhnische Blicke auf Durdu, der mit düsterem Gesicht, den Kopf erhoben, näher kam.

»Wie heißt er?« fragte Kerimoğlu.

»Durdu der Tolle«, sagte Memed.

»Oh, der ist es …« Das Lächeln auf dem rosigen Gesicht er-

fror. »Ist das nicht der, der die Leute bis auf die Unterhosen ausplündert?«
»Ja«, antwortete Memed leise und verlegen.
Auch Durdu war verblüfft, als er ins Zelt kam. An der Wand hing ein silberbeschlagenes Gewehr. »Bring einmal das Gewehr her, Aga. Mal schauen, wie so eine Aga-Flinte aussieht.« Durdus Blick verhieß nichts Gutes.
Kerimoğlu erkannte, daß Unheil über ihn hereingebrochen war. Sein Herz krampfte sich zusammen. »Wollt ihr gleich essen«, fragte er, als er Durdu das Gewehr gab, »oder erst am Abend?«
Durdus Augen funkelten. »Da, wo ich zum Plündern hinkomme, kann ich nichts essen und auch keinen Kaffee trinken. Den, an dessen Tisch ich gegessen habe, kann ich hinterher nicht ausrauben.«
»Iß erst, nachher kannst du immer noch plündern. Von Kerimoğlu ist noch keiner hungrig weggegangen.« Aber seine Stimme zitterte, auf der Stirn erschienen kleine Schweißperlen.
»Durdu Aga«, sagte er, »diese Berge sind voll von Banditen. Bis jetzt hat es noch keiner fertiggebracht, Kerimoğlus Zelt zu plündern. Wenn du es unbedingt tun willst ...«
Memed und Cabbar standen wie gelähmt. Es war ihnen, als müßten sie vor Scham in den Erdboden versinken.
»Ich mache immer das, was die anderen nicht fertigbringen«, sagte Durdu. Kerimoğlu rührte sich nicht vom Fleck.
»Schaff erst mal das Geld her, Aga!«
Sergeant Recep und Horali setzten sich wieder, um dem Schauspiel zu folgen. Was auch immer der Grund sein mochte, Receps Augen lachten.
Als Durdu sah, daß Kerimoğlu immer noch reglos dastand, trat er langsam auf ihn zu und ließ den Kolben seines Gewehrs mit aller Wucht auf seine Schulter niedersausen. Der alte Mann sackte zusammen. Durdu zerrte ihn am Arm wieder hoch. Im Hintergrund des Zeltes schrien Frauen und Kinder auf.

»Hör mal, Aga! Du magst über deinen Saçikarali-Stamm gebieten – hier in den Bergen kommandiert Durdu der Tolle. Güdükoğlu!« dröhnte er. »Du gehst mit dem Aga und bringst alles Geld, das er hat. Auch die Goldmünzen von den Frauen. Verstanden?«
»Ja, Pascha!«
Das war eine von Güdükoğlus Aufgaben bei der Bande: Bei jedem Überfall sammelte er das Bargeld und die Wertsachen ein. Wo er gewesen war, blieb nicht ein Kuruş zurück. Heute war sein großer Tag. Er packte den Aga am Arm, schleifte ihn mit. »Na, dann komm mal, Kerimoğlu. Zeig, wo du dein Geld hast, oder du kriegst eine von Güdükoğlus blauen Bohnen zu schmecken!«
»All dein Geld oder dein Leben!« schrie Durdu.
Am Zelteingang waren die Frauen und Kinder der anderen Jurten zusammengelaufen. Durdu verscheuchte sie. »Fort mit euch in eure Zelte! Ihr kommt nachher dran!«
Kerimoğlus Blicke suchten Memed und Cabbar. Die beiden standen hinter ihm. Er wandte sich um. Memed schlug die Augen nieder, als ihm der alte Mann mit einem Ausdruck ins Gesicht sah, daß es ihm die Kehle zusammenschnürte. Der Greis wandte sich zur anderen Seite und schritt Güdükoğlu voraus.
Im Frauenteil des Zeltes hatten sich die jammernden Weiber in ihrer Angst wie Schafe aneinandergedrängt.
»Öffne die Truhe!« bedeutete Kerimoğlu einer der Frauen. »Nimm alles Geld heraus und gib es dem Mann da. Legt alle eure Ketten, Armbänder und Ringe ab und gebt sie mir.«
Er wußte, daß Durdu ihm nicht einen Kuruş lassen würde. Da war es besser, ihm alles freiwillig auszuliefern.
Güdükoğlu kam mit einem Packen Banknoten und einem Sack Goldmünzen. Kerimoğlu hatte den gesamten Goldschmuck der Frauen eingesammelt.
»Ist das wirklich alles, Güdükoğlu?« fragte Durdu, als er die Beute an sich genommen hatte.
»Jetzt ist nichts mehr da.«

Sonst war das bei den Plünderungen anders. Auf Durdus Frage »Ist das alles?« pflegte Güdükoğlu regelmäßig zu antworten: »Es ist noch mehr da, Pascha«, um dann mit einem Goldstück oder einer Banknote wieder aufzutauchen. Er durchsuchte das Haus so lange, bis er auch das Letzte an barem Geld aus irgendeinem Winkel zutage gefördert hatte. Er brauchte einen Menschen nur anzusehen, um zu wissen, ob irgendwo noch etwas Wertvolles versteckt war.
»Bist ein kluger Mann, Kerimoğlu«, höhnte Durdu, »du hast alles freiwillig herausgerückt. So leicht hat es mir bisher noch niemand gemacht.«
Der alte Mann war leichenblaß, wie versteinert stand er da. Seine Lippen zitterten.
»Durdu der Tolle hat so eine Gewohnheit ... Vielleicht hast du schon davon gehört, Kerimoğlu? Etwas, was andere Banditen nicht tun. Aber andere Banditen bringen es ja auch nicht fertig, Kerimoğlu zu überfallen ... Weißt du, was ich meine?«
Kerimoğlu schwieg.
»Diese Gewohnheit besteht darin, daß er die Leute, die er ausplündert, bis auf die Unterhosen auszieht. Also herunter mit deinen Sachen!«
Kerimoğlu rührte sich nicht.
»Ausziehen, habe ich gesagt!«
Kerimoğlu stand immer noch reglos.
Bebend vor Wut stürzte Durdu auf ihn zu, versetzte ihm einen Faustschlag in den Nacken, stieß ihn ein paarmal mit dem Gewehrkolben vor die Brust. Der alte Mann taumelte, Durdu packte ihn am Arm, riß ihn wieder hoch. »Ausziehen!«
»Tu mir das nicht an, Durdu ... Kerimoğlus Zelt hat noch nie einer überfallen ... Das bringt dir kein Glück!«
Durdu geriet vollends außer sich. Er ließ den Arm des Greises los, bearbeitete ihn mit Fußtritten.
Kerimoğlu, am Boden liegend, stöhnte: »Nicht ... es bringt dir kein Glück ...«
Durdus blinde Wut steigerte sich zur Raserei. Er trampelte auf Kerimoğlu herum. »Daß mir das kein Glück bringt, weiß ich

selbst – aber sie sollen wenigstens von mir sagen: Der hat dem großmächtigen Kerimoğlu die Hosen ausgezogen!«
Der Lärm hatte ein paar von den Frauen aus dem rückwärtigen Zeltteil herbeieilen lassen. Eine warf sich weinend über Kerimoğlu. Güdükoğlu riß die Frau zurück, schleuderte sie beiseite.
Durdu brüllte: »Entweder du ziehst dich mit eigener Hand splitternackt aus, oder ich lege dich um!«
»Tu mir das nicht an!« wimmerte der alte Mann. »Hier vor den Frauen und Kindern ...«
Ein flehender Blick traf Memed, der sich, am ganzen Leibe zitternd, die Lippen biß. Memed fühlte, wie eine Flamme in ihm hochschoß. Er wandte sich zu Cabbar um. Der knirschte in ohnmächtigem Zorn mit den Zähnen.
»Ausziehen!« schrie Durdu. »Oder ...« Er hielt die Mündung seines Gewehrs vor Kerimoğlus Mund. »Oder ...«
Mit einem jähen Sprung war Memed vor dem Zelteingang.
»Rühr dich nicht vom Fleck, Durdu! Ich schieße!« schrie er. »Verzeih mir, aber ich kann das nicht mehr mit ansehen. Ich schieße dich über den Haufen!«
Cabbars frische Stimme schallte: »Rühr dich nicht, Durdu Aga! Laß den Mann und verschwinde, oder du kriegst auch von mir eine verpaßt! Wir sind lange Kameraden gewesen, es wäre besser, wenn nicht wir dich umlegen müßten ...«
»Besser, wenn nicht wir dich umlegen müßten!« sagte auch Memed.
Durdu stand wie vor den Kopf geschlagen. Aber er war nicht der Mann, sich lange verblüffen zu lassen.
»Ah, so steht es?« brüllte er, riß sein Gewehr hoch, feuerte zweimal.
»Das ist keine Art zu schießen, Durdu Aga!« rief Memed. »Schau her!«
Zwei Kugeln pfiffen haarscharf an Durdus Ohr vorbei.
»So steht es also, Ince Memed? So? ...«
»Wenn dir dein Leben lieb ist, laß den Mann und verschwinde aus dem Zelt!«

Durdu versetzte dem am Boden Liegenden noch einen Fußtritt. »Los, Kameraden, gehen wir.«
Es war dunkel geworden. Memeds Schatten war in einer Bodenvertiefung vor dem Zelt zu erkennen.
»Dafür wirst du mir büßen, Ince Memed. Und du, Cabbar.«
Als letzter trat Sergeant Recep heraus. »Das hat mir verdammt gefallen von euch, Jungens! Kann ich nicht bei euch bleiben?«
»Na gewiß! Bleib, Sergeant!«
»Du auch, Sergeant Recep?«
»Ich auch, Durdu Aga.«
»Auch du wirst mir dafür büßen, Sergeant.«
Als sich Durdu mit seinen Leuten vielleicht fünfzig Meter entfernt hatte, warf er sich zu Boden. »Legt an, Kameraden! Jetzt geht es auf Leben und Tod!«
Er feuerte eine ganze Salve auf die beiden, die ihre Deckung nicht verlassen hatten. Sie wußten, womit bei Durdu zu rechnen war.
»Sei nicht kindisch, Durdu Aga! Geh deiner Wege!«
»Entweder ihr oder ich!« schrie Durdu erbittert.
Sergeant Recep rief: »Geh deinen Weg, Mann! Laß die Kinder in Ruhe! Du hast dir dein Unglück selbst zuzuschreiben, weil du dich mit Kerimoğlu angelegt hast. Die Nachricht hat sich schon im Stamm der Saçikarali herumgesprochen. Bald werden sie in die Berge ausschwärmen. Geh deiner Wege!«
»Geh deiner Wege!« wiederholte Memed.
»Du sollst nicht durch unsere Hand sterben!« rief Cabbar. »Nun verschwinde aber!«
Das Feuer von der anderen Seite hörte auf.
»Sie ziehen ab, die verfluchten Hunde! Sie gehen Kerimoğlus Geld unter sich aufteilen.«
»Laß sie nur«, sagte Recep, »wenn der Mann wirklich den ganzen Stamm unter sich hat, dann sollt ihr mal sehen, wie schnell die Berge von den Saçikarali voll sind!«
»Wie können wir jetzt nur dem Kerimoğlu wieder in die Augen sehen«, murmelte Memed.
»Der Mann hat uns Gutes getan, und wir haben es ihm mit

Schlechtem vergolten«, sagte Cabbar. »Was sollen wir da noch viel daherreden? Sollen wir ihn vielleicht fragen, wie ihm das von uns gefallen hat? Oder ihm sagen: ›Das ist so unsere Art von Mannhaftigkeit‹? Was? Das beste ist, wir machen, daß wir von hier wegkommen, ohne ihn noch einmal zu sehen!«
»Ach, was mache ich nur ...«, flüsterte Memed todunglücklich.
Er verließ die Deckung, ging auf das Zelt zu. Von innen ertönte herzzerreißendes Jammern und Wehklagen. Er schlug den Türvorhang zurück. Zwei Frauen hielten Kerimoğlus blutüberströmten Kopf über eine Schüssel, wuschen unter Verwünschungen seine Wunden.
»Kerimoğlu Aga ...«
Alle Gesichter wandten sich ihm zu. Am liebsten wäre er jetzt ohne ein Wort davongelaufen. Aber er blieb.
»Aga ...«, stammelte er, »vergib – das konnten wir nicht wissen ...«
Er drehte sich um und lief davon.
»Geht nicht, bevor ihr zu Abend gegessen habt, mein Sohn!« hörte er Kerimoğlu hinter sich herrufen.
»Komm, steh auf, Cabbar! Ich kann hier keine Minute mehr bleiben. Es zerreißt mir das Herz um diesen Mann ...«
Cabbar erhob sich. »Was können wir da noch machen? Es ist nun mal geschehen ...«
»Ach, verdammt«, stöhnte Memed auf, »hätten wir den Tollen doch umgelegt!«
»Den umzulegen ist nicht so einfach, Memed. Meinst du, ich hätte ihn sonst am Leben gelassen? Den Kerl triffst du einfach nicht. So einer ist mir noch nicht begegnet.«
»Der Mann ist mir ein Rätsel«, sagte Sergeant Recep. »Der kann tun, was er will, es bleibt ungestraft. Der hat Sachen gemacht, die hätte ein anderer nicht einen Tag überlebt. Gut, daß wir von ihm weg sind ... Aber alles, was recht ist, Schneid hat der Bursche! Als würde er jede Minute auf den Tod warten ...«
»Ja, der Mann hat irgend etwas an sich ...«, schloß Cabbar.

Ali schlug vor: »Laß uns hier zwei Stunden schlafen!«
Hasan antwortete: »Aber es ist doch nicht mehr weit, Ali! Bis Mittag sind wir in unserem Dorf. Du kannst bei uns übernachten und dich morgen früh wieder auf den Weg machen. Am Nachmittag schon bist du in deinem Dorf.«
Ali war ein großgewachsener, aber schmächtiger Mann, den schon der leiseste Windhauch umblasen konnte. Sein langes Gesicht war übersät von Pockennarben.
»So spät in der Nacht sehen wir nichts! Komm, laß uns hier bis zum Morgen schlafen. Bis dahin sind es nur noch ein oder zwei Stunden.«
»Nicht einmal eine Minute kann ich hierbleiben! Wo ich mein Haus vier Jahre nicht gesehen habe!«
»Ich auch nicht!« sagte Ali.
»Na und?«
»Ich bin hundemüde!«
»Schau!« sagte Hasan, »hier in der Nähe hört man ein Wasser rauschen. Geh hin und wasch dir das Gesicht ...«
»Das kalte Wasser vertreibt die Müdigkeit am besten«, erwiderte Ali.
»Gibt es überhaupt ein Wasser wie das in unserem Dorf?« fragte Hasan. »Es ist eiskalt und sprudelt klarer als Milch aus dem Boden hervor ... Früher stand mitten in der Quelle eine uralte Platane. Ich habe sie mit meinen eigenen Augen gesehen. Eines Tages regnete es. Ein schwarzer, pechschwarzer Regen ... Auf einmal leuchtete ein grünes Licht am Himmel auf. Es ergoß seine Strahlen voll über die Platane. Wir gingen hin und sahen, daß die Platane verschwunden war ... Sie war zu Asche geworden ... Gott ist mein Zeuge, ich habe es selbst gesehen. Sie war nur noch Asche. Heute weiß man nicht einmal mehr, wo sie stand.«
»Drei Jahre, drei lange Jahre ist es mir dreckig gegangen in der Çukurova«, sagte Ali, »aber endlich habe ich es geschafft, Bruder.« Auf dem Weg erzählte Ali vielleicht hundertmal mit immer den gleichen Sätzen, mit immer den gleichen Worten von der Çukurova, von dem Geld, das er dort verdiente,

während es ihm dreckig ging, und davon, was er mit dem verdienten Geld vorhatte. Aber auch über all das gab es bald nichts mehr zu erzählen. Sie liefen eine Weile schweigsam nebeneinander her. Zu guter Letzt begannen sie wieder von vorne. Hasan erzählte wieder von seinem Dorf, seinem Kind, von der Platane, die zu Asche geworden war, von der Çukurova, von seinem Aga dort.
Ali setzte das Gespräch fort: »Zweihundert vom Geld werde ich dem Schwiegervater geben und mir seine Tochter ins Haus holen, vom Rest kaufe ich ein Paar Ochsen. Und für meine Mutter lasse ich eine mit Baumwolle besetzte Weste anfertigen. Die Arme friert. Und dann wird das Haus neu gedeckt. Wenn es regnet, sickert Wasser durch. Das gottlose Dach läßt den Regen herein ...«
»Bringe es nur in Ordnung! Es ist böse, wenn es hereinregnet, unerträglich!«
»Die Çukurova, das ist vorbei. Es ist aus. Man wird dort geröstet, in dieser Heimat der Gottlosen! Das mache ich nicht noch einmal mit. Ihre Malaria steckt mir jetzt noch im Bauch. Diesen Winter mußte ich einiges durchmachen!«
»Auch ich habe Malaria«, entgegnete Hasan.
»Das Elend in der Çukurova habe ich auf mich genommen, nur um mir eine Frau, ein Paar Ochsen und eine dicke Weste für meine Mutter kaufen zu können. Wie sonst könnte man es dort aushalten?«
»Man könnte es nicht!« Hasan hatte ihm das Wort aus dem Mund genommen und sprach weiter: »Bruder, wenn wir so weitermarschieren, kommen wir morgen mittag zu unseren Weidegründen.«
»Dort ...«, sagte Ali.
»Dort mitten auf der Ebene ...«
»... steht ein großer ...«
»... ein großer Baum mit schwer herabhängenden Zweigen.«
»Wenn du an diesem Baum vorbeigehst ...«, begann Ali.
»... siehst du auf der linken Seite ...«, fuhr Hasan fort.
»Steine übereinanderliegen.«

»Die gehören zu einem mit Gras bewachsenen Grab.«
Ali half Hasans Gedächtnis nach: »Du hast den Baum auf dem Grab vergessen!«
»Am Tag, als ich das Dorf verließ, hatte jemand mitten auf dem Grab einen Baum gepflanzt. Seine Zweige waren dünn, sein Stamm gerade so dick wie ein Handgelenk.«
»Der arme Baum, ganz allein ...«, fügte Ali hinzu.
»So ist das nun mal«, meinte Hasan.
»Wenn er nicht vertrocknet ist ...«
»... muß er ganz schön groß geworden sein«, ergänzte der andere. »Wenn ich am Grab vorbeigehe, wird man mich sehen.«
Ali verbesserte ihn. »Nicht irgendwer, sondern Bekir, Körces Sohn, wird dich sehen.«
Hasan stimmte zu: »Bekir wird mich sehen, denn er sitzt ständig am Brunnenrand, starrt auf das Wasser, das vorbeirauscht, und hängt seinen Gedanken nach.«
»Das ist so seine Gewohnheit, nicht wahr?« fragte Ali.
»Das ist seine Gewohnheit«, erwiderte Hasan.
»Bekir wird bestimmt zu euch nach Hause laufen, um die Kunde zu überbringen.«
»Mit gebeugtem Rücken ...«
»... die Hände auf den Knien ...«
»... wird mir meine Mutter entgegenkommen«, sagte Hasan.
»Auch das Kind?« fragte Ali.
»Komm, wir setzen uns etwas«, schlug Hasan vor.
Sie ließen sich nieder.
Hasan war ein kleiner, dünner, sehr hagerer Mann. Seine großen Zähne blitzten zwischen den Lippen. Seltsam und so, als wären sie bestäubt, traten seine Augenbrauen hervor. Er trug eine blaue Pluderhose aus Baumwolle. Sie war nagelneu und roch noch nach Fabrik. Auch seine Mütze war neu und wollte nicht recht auf den Kopf passen. Sein rotgeblümtes Hemd saß jedoch wie angegossen. Er hatte sich Halbschuhe gekauft, wie man sie in Adana trug, aber er traute sich nicht, sie zu tragen. Statt dessen lief er in Bauernschuhen aus unge-

gerbter Haut. Außerdem trug er bestickte Kniestrümpfe, die er schon aus dem Dorf mitgenommen hatte. »Wir sind hundemüde«, sagte er.

Ali meinte: »Ja, wir sind müde, aber …«

»Steh auf«, sagte Hasan. »Diese Rast reicht einem Reisenden doch …«

»Wie sagen die Ahnen …?«

»Ein Reisender gehört auf den Weg.«

»Wir erreichen bald das Dorf, Bruder. Mein Sohn ist jetzt sechs. Er war zwei, als ich das Dorf verließ. Jetzt …«

»Jetzt ist er sechs.«

»Zusammen mit meiner Mutter wird auch das Kind uns entgegenkommen.«

»Es wird dich Baba rufen. Wir gehen dann zu dir«, sagte Ali.

»Danach werden alle Bauern zu uns ins Haus strömen und sich um mich herum versammeln. Sie werden fragen: Sag mal, Hasan Efendi, was hast du in der Çukurova verdient? Ich werde antworten: Nichts, was kann man schon in der Çukurova verdienen. Wir sind gegangen, wie wir gekommen sind.«

»Morgen stehe ich zeitig auf, esse die Tarhana-Suppe, die deine Mutter zubereitet, und mache mich anschließend auf den Weg.«

»Wenn du weg bist, gehe ich mit dem Kind ins Nachbardorf, um ein Paar Ochsen mit halbmondförmigen Hörnern zu kaufen. Dann laufe ich zum steinigen Feld am Ufer und entferne die Steine Stück für Stück …«

»Dann pflügst du das Feld zwei-, dreimal hintereinander wie in der Çukurova. Bis der Boden wie Mehl ist. Dann säst du.«

»Es wird eine Saat aufgehen, bei der jeder Stengel so groß wird wie eine Tigerpfote …«

»Die Weste für meine Mutter lasse ich beim Schneider in Göksün anfertigen.«

Hasan trat so dicht an Ali heran, daß er seinen Atem verspürte. »Wie lange ist es schon her, daß du das Dorf verlassen hast?«

»Drei Jahre.«

»Wenn du ankommst, wird es deine erste Aufgabe sein, deine Braut heimzuführen.«
»So lange hat die Arme auf mich gewartet. In diesem Jahr werden es sechs Jahre, seitdem wir uns verlobt haben. Sobald ich ihrem Vater das Geld in die Hand zähle, wird am zweiten Tag ...«
»Das ist gut so«, sagte Hasan.
»Ich werde an einem Tag alles wieder vergessen, was ich in der Çukurova mitgemacht habe.«
Da sie bergan stiegen, hörten sie auf zu reden. Als sie den Gipfel erklommen hatten, lag zu ihren Füßen eine weite Ebene ausgebreitet.
Vom Rande des Weges drang eine Stimme an ihr Ohr, und sie blieben stehen. Plötzlich hörten sie das Klicken eines Abzuges.
»Halt! Stehengeblieben!«
»Wir sind tot!« schrie Hasan auf. »Tot sind wir!«
»Tot sind wir!« schrie auch Ali.
»Komm, wir laufen davon!« rief Hasan. »Wenn er schießen kann, soll er schießen! Besser erschossen als ausgeraubt! Wenn wir nicht erschossen werden, können wir unser Haus erreichen.«
»Los!« brüllte Ali.
Sie rannten, was die Beine hergaben. Hinter ihnen ging ein Geschoßhagel nieder. Aufschreiend warfen sie sich zu Boden. Die Stimme von vorhin dröhnte: »Rührt euch nicht vom Fleck! Wir kommen!«
Ali und Hasan lagen reglos da. Die Furcht lähmte sie. Memed, Cabbar und Sergeant Recep, alle drei kamen angerannt und standen nun um sie herum.
Memed befahl: »Steht auf!«
Sie lagen wie tot da, erhoben sich nur langsam.
Memed fragte: »Wo kommt ihr her?«
»Aus der Çukurova, Bruder«, antwortete Hasan.
»Ja, von dort«, stimmte Ali zu.
Cabbar lachte. »Dann habt ihr also einen schönen Batzen Geld

verdient. Wenn wir euch nicht aufgegabelt hätten, müßten wir jetzt Hungers sterben. Los, her mit dem Geld!«
»Tötet mich!« wimmerte Hasan. »Genau vier Jahre ...«
Cabbar herrschte ihn an: »Los! Heraus mit dem Geld!«
»Erschieß mich, mein Aga!« flehte Hasan.
Ali stammelte: »Meine Braut wartet seit genau sechs Jahren auf mich. Na, also, so erschieß mich doch!«
Hasan fügte hinzu: »Seit sechs Jahren!«
Cabbar griff Hasan unter die Achsel und zog einen Beutel hervor. Er war von Schweiß durchtränkt. Er machte den Beutel auf und holte in Wachstuch gewickelte Geldscheine heraus.
Cabbar rief: »Schau einmal an! Wieviel Geld du hast! Und wie gut versteckt!«
Hasan bat: »Stell mir dein Gewehr auf den Mund und drück ab! So erschieß mich doch! Mit leeren Händen brauch ich mich bei meinem Weib, meinem Kind gar nicht erst blicken zu lassen.«
Ali wiederholte: »Sechs Jahre genau. Wir sind verloren! Erschießt mich! Ich kann ihnen so nicht unter die Augen treten!«
Hasan klagte: »Genau vier Jahre habe ich das Giftwasser der Çukurova getrunken, ihre Malaria steckt noch in mir.«
Ali flehte: »Ich küsse eure Hände und Füße!«
»So tötet uns doch!«
Memed traten die Tränen in die Augen. »Schaut her!« lenkte er gütig ein, »niemand will euer Geld. Cabbar, gib ihm sein Geld zurück! Nimm dein Geld!«
Hasan traute seinen Ohren nicht. Angst überkam ihn. Zitternd streckte er die Hand aus und nahm das Geld entgegen. Kein Wort kam über seine Lippen.
»Allah schenke euch ein langes Leben!« war alles, was er schließlich hervorstieß. Dann begann er zu weinen.
Ali bekräftigte: »Ein langes Leben!«
Memed ergriff wieder das Wort: »Hört her! Geht auf keinen Fall durch die Ebene von Çanakli. Die Bande von Durdu dem

Tollen hat sie jetzt in der Hand. Sie raubt euch aus bis auf die Unterhosen! Lebt wohl! Und du, Bruder, gebe Allah, daß du deine Braut wiedersiehst!« Dann räusperte er sich; er wollte noch mehr sagen, aber es verschlug ihm die Sprache.

Hasan schluchzte wie ein Kind und wollte nicht mehr aufhören. »Dank sei euch!« sagte er im Weggehen. »Dank sei euch, Brüder. Allahs Segen über euch! Möge Allah euch aus diesen Bergen erretten und euch wieder mit euren Lieben vereinen!«

Hasan lief schnurstracks davon, nicht ohne sich jedoch immer wieder umzusehen. Dann setzte er endgültig seinen Weg fort.

Auch Ali pflichtete ihm bei: »Möge Allah euch mit euren Lieben vereinen!«

Sie verschwanden am Horizont.

Hasan weinte immer noch. »Hör auf«, sagte Ali, »wozu dieses Klagelied?«

»Was für gute Menschen gibt es doch auf dieser Welt! Schau dir dieses Räuberkind, diesen Däumling an! Wenn er nicht gewesen wäre, dieses schreckliche Ungeheuer hätte uns unser ganzes Geld geraubt!«

»Nein«, sagte Ali, »sie haben es uns nicht wegnehmen dürfen.«

»Wenn wir nicht durch die Ebene von Çanakli gehen, können wir ja erst in zwei Tagen im Dorf sein.«

»Was sollen wir nun tun?« fragte Ali.

»Wenn sie mir die ganze Ebene von Çanakli schenken würden, und wenn unsere Reise nicht zwei Tage, sondern zwei Monate dauern sollte, so werde ich doch diese Ebene meiden wie die Pest!«

13

Iraz war mit zwanzig Jahren Witwe geworden, als ihr Kind erst neun Monate alt war.
Sie hatte ihren Mann sehr geliebt und an seinem Totenbett geschworen, nach Hüseyin werde es keinen anderen mehr für sie geben. Sie hatte sich wirklich daran gehalten und nicht mehr geheiratet.
Ein paar Tage nach dem Tod ihres Mannes ließ sie das Kind bei einer Verwandten und ging aufs Feld, die Arbeit des Verstorbenen fortzusetzen. Einen Monat später war das ganze Land gepflügt und gesät. Auch die Erntearbeit bewältigte sie allein. Sie war jung, stark und ausdauernd.
Ging sie dann, ihren Sohn auf den Armen, mit dem Kleinen scherzend durch das Dorf, so fragte sie immer wieder: »Wird mein Kind nicht groß und stark, auch wenn seine Onkel sich nicht um ihn kümmern? Schaut nur, wie er wächst, mein Riza!«
Der älteste Onkel wollte Iraz heiraten.
»Ich heirate nicht mehr«, sagte sie. »In Hüseyins Bett kommt kein anderer Mann, und sollte ich bis zum Jüngsten Tag leben …«
»Aber es ist doch sein Bruder«, drängten die anderen sie, »es ist ja kein Fremder, der Onkel deines Kindes. Er wird für es wie ein richtiger Vater sorgen …«
Der abgewiesene Freier rächte sich, indem er ihr den von Hüseyin hinterlassenen Acker wegnahm, obwohl er darauf nicht den geringsten Anspruch hatte. Beim Tod ihres Vaters hatten die drei Brüder das Land gleichmäßig unter sich aufgeteilt, und dieses Feld war Hüseyin, Iraz' Mann, zugefallen. Aber was sollte eine junge Frau, die den Weg zur Obrigkeit nicht kannte, dagegen unternehmen?
Nun hatte Iraz keinen Acker mehr. Aber sie ließ sich nicht entmutigen. »Wird mein Kind nicht dennoch groß, wenn auch seine Onkel Gemeinheiten begehen?« sagte sie jetzt.

»Wird mein Riza nicht weiterwachsen, weil er kein Feld mehr hat?«
Im Sommer arbeitete sie als Tagelöhnerin auf den Feldern, im Winter tat sie Dienst in den Häusern reicher Leute. So brachte sie sich recht und schlecht durch. Ihr Kind gedieh prächtig. Aber auf ihren Lippen war stets die gleiche bittere Frage, das gleiche klagende Wiegenlied: »Soll mein armer Waisenjunge nicht aufwachsen?«
Er wuchs auf. Und er hörte dabei Tag für Tag, von seiner Mutter und von den Leuten im Dorf, warum sie so arm und ohne ein Stück eigenes Land waren. Und die bittere Frage seiner Mutter, in der all ihr Schmerz, ihre Mühsal und ihre Tapferkeit lagen, fraß sich in ihm fest.
Riza ging jetzt in sein einundzwanzigstes Jahr, ein hochgewachsener Bursche, wie ein junger Baum. Keiner in Sakarköy saß zu Pferde wie er, keiner konnte sich beim Schießen oder im Ringkampf mit ihm messen, keiner warf den Wurfspieß vom Sattel aus wie er. Aber in ihm wie in seiner Mutter war eine ständige Unruhe, ein bohrender Schmerz. Sie hatten eigenes Land und mußten doch für Fremde arbeiten, um leben zu können.
Sakarköy hatte viel Ackerland, verglichen mit anderen Dörfern. Der ergiebige Boden erstreckte sich über eine weite Ebene. Mitten darin ragte der Adaca wie ein Wahrzeichen auf, ein gewaltiger Felsblock, der im Grün der Felder kalkweiß schimmerte. Einer der größten Äcker am Fuße des Felsens hatte Rizas Vater gehört. Sein fetter, freigiebiger Boden ging Riza nicht aus dem Sinn. Wo er auch ackerte auf fremden Feldern, immer wieder wanderten seine Blicke zum Fuße des Adaca, und sein Grimm fraß sich tiefer.
An jedem Tag, den Allah werden ließ, fing seine Mutter davon an. »Ah, mein Sohn, das Adaca-Feld! Damit konnte dein Vater alles beschaffen, was wir brauchten, um anständig leben zu können. Blind sollen sie werden ...«
Immer wenn Riza sie so sprechen hörte, senkte er den Kopf, versank in Grübeln, glaubte den Geruch von fettem, glänzen-

dem Erdreich zu spüren, die brennende Sehnsucht nach dem Boden im Herzen …

»Dein Onkel, der Gottlose«, sagte die Mutter, »er wird die Strafe erhalten, die er verdient.«

Dann war plötzlich etwas Seltsames über Riza gekommen. Jeden Morgen stand er in aller Frühe auf, ging hinaus auf die Felder, zum Adaca … An dem Acker am Fuße des Felsens setzte er sich auf einen Stein, sann vor sich hin. Das Korn wuchs gut. Die Erde wimmelte von Käfern. Im ersten Morgenlicht stiegen die Bodennebel auf. In Riza wurde die Sehnsucht nach dem rauchenden Stück Land unerträglich. Er tauchte die Hand in das warme Erdreich. Goldfarben rieselte es ihm zwischen den Fingern hindurch. »Meine Erde.« Ein Schauer der Verzückung durchrann ihn. »Meine Erde, von fremder Hand gesät und abgeerntet. Zwanzig Jahre lang.«

Wenn er dann müde nach Hause kam, antwortete er nicht auf die Fragen seiner Mutter, wo er seit dem frühen Morgen gewesen sei.

Zwei Monate ging es so fort, bis das Korn kniehoch stand und schon gelbgrün war. Dann sagte Riza eines Tages: »Mutter, das Feld gehört uns.«

»Aber ja, Junge, wem denn sonst?«

»Ich gehe zur Regierung.«

»Auf diesen Tag habe ich schon immer gewartet.«

»Ich habe die Alten gefragt. Das Feld ist vom Großvater auf mich gekommen. Selbst wenn Vater es nicht mit den Onkeln geteilt hätte, stünde es uns zu.«

»So ist es.«

Die Erbschaftssache war vor Gericht schnell entschieden. Das fette, weiche Land am Adaca wurde Riza zugesprochen. Nach all den Jahren der Entbehrung war es wie die Heimführung einer Braut nach langem, unverzagtem Harren und Hoffen. Es war Sommer, als ihm der Acker übergeben wurde. Die Ernte war vorüber, die Stoppeln flirrten im Sonnenlicht.

Riza verschaffte sich als erstes ein Paar Ochsen, um den sommerlichen Boden umzubrechen. Er pflügte fieberhaft, als

könne er es nicht erwarten, seine Erde die neue Saat empfangen und in der künftigen Ernte vervielfacht wieder hergeben zu lassen.
Das Umpflügen geschieht immer in zwei Arbeitsgängen. Der erste beginnt zwei Stunden vor Morgengrauen, der zweite am Nachmittag, wenn der Westwind aufkommt. Mit dem ersten muß man aufhören, wenn die Sonne zu heiß für die Tiere wird. Sie bleiben dann einfach stehen. Bis zum Nachmittag wird im Schatten eines Baumes ausgeruht. Wenn die kleinen, leichten Wolkensegel über dem Mittelmeer dahintreiben und die Brise Erleichterung bringt, wird weitergepflügt bis Mitternacht, wenn es das Mondlicht erlaubt.
Die Nacht nach dem Tag, an dem Riza auf seinem Feld zu arbeiten begann, war mondhell. Er pflügte bis Mitternacht und spürte keine Hitze, keine Ermüdung. In mancher der folgenden Nächte hörte er bis zum Morgen nicht auf. Die weiche, umgebrochene Erde sah im Mondlicht noch schöner aus, das Knirschen der Pflugschar war in der nächtlichen Stille noch lauter zu hören …
Iraz war stolz auf ihren Sohn, der sein rechtmäßiges Erbe wieder in seine Hand gebracht hatte. Sie war außer sich vor Glück, wenn sie im Dorf auf die Frage nach Riza antworten konnte: »Der pflügt sein Feld.«
Es war Vollmond, die Felder glänzten in der Nacht. Unter einem kühlen Wind zogen Rizas Ochsen, mit den Hufen im weichen Boden einsinkend, unermüdlich den Pflug. Trotz des hellen, bleifarbenen Lichtes ringsum wurde Riza von der Müdigkeit übermannt. Er ließ die Ochsen frei, bettete sich an einen Erdhügel und schlief ein.
Am Morgen kam der zwölfjährige Durmuş, ein Kind aus der Verwandtschaft, das ihm immer das Frühstück brachte. Es war schon heiß, und der Knabe suchte Riza unter den Bäumen im Schatten. Riza ging ihm jedes Mal fröhlich entgegen, wenn er ihn kommen sah, packte ihn unter den Achseln und hob ihn in die Luft. Diesmal rührte sich nichts. Das Kind suchte die Bäume ab. Endlich entdeckte es Riza. Er lag mitten auf dem

Feld, seltsam zusammengekrümmt. Von den Ochsen war nichts zu sehen. Als der Knabe neben Riza angelangt war, schrie er erschrocken auf, rannte zurück. Der Beutel mit dem Essen fiel ihm aus der Hand.

Völlig außer Atem erreichte er das Dorf, schreiend vor Entsetzen. Vor den Häusern warf er sich auf den Boden. Die Frauen versammelten sich um ihn, zogen ihm die Zunge heraus, flößten ihm kaltes Wasser ein, gossen ihm Wasser über den Kopf. Schließlich kam er wieder zu sich.

»Riza Aga hat dagelegen, ganz voll Blut. Auf der Erde war eine Blutlache, aus seinem Mund ist Blut gekommen ...«

Die Frauen ließen die Köpfe sinken. Sie schwiegen.

In Windeseile hatte das ganze Dorf, hatte auch Iraz die furchtbare Nachricht vernommen. Alle hasteten auf das Feld, die sich an den Haaren reißende, laut wehklagende Iraz voran. Rizas Kopf war von dem Erdhügel herabgerutscht und hing zur Seite.

»Mein Sohn, mein armes Waisenkind!« schrie Iraz auf, als sie sich über den Leichnam warf.

Riza lag zusammengekrümmt da, die Knie bis zur Brust angezogen. Das Erdloch vor ihm war voll von geronnenem Blut, auf dem das Ungeziefer umherkroch. Durch den Dunst sengte die Sonne hernieder. Ein Schwarm grünglitzernder Fliegen bewegte sich auf der Leiche. Das fast erstarrte Blut schien in der vor Hitze flimmernden Luft dennoch zu brodeln. Frauen, Kinder und Männer bildeten einen Kreis um den Toten. Die meisten Frauen weinten.

»Mein schöner, großer Sohn!« schrie Iraz, sich in Krämpfen windend. »Ach, wer hat dich getötet?«

Zwei Frauen versuchten vergebens, sie von ihrem toten Sohn zu lösen, an den sie sich mit aller Kraft festgeklammert hatte.

»Begrabt mich lebendig mit meinem Riza«, stöhnte sie.

Bis in die Nacht hinein ließ sie von dem Toten nicht ab.

Die Nachricht erreichte die Kreisstadt. Die Gendarmen kamen mit dem Staatsanwalt und dem Polizeiarzt. Mit Mühe brachten sie die Frau von dem Leichnam weg und wieder auf ihre

Beine, aber sie sank gleich zu Boden, blieb ohne Lebenszeichen reglos liegen. Lange Zeit mußten sie warten, bis sie sie vor den Staatsanwalt führen konnten.

»Wer kann deinen Sohn getötet haben, Frau?« fragte der Beamte. »Hast du irgendeinen Verdacht?«

Sie hob das Gesicht, starrte den Mann mit leeren Augen an. Der Staatsanwalt mußte seine Frage wiederholen.

»Diese Ungläubigen«, flüsterte sie. »Wer soll es sonst getan haben? Der Sohn von seinem Onkel hat ihn getötet. Wegen des Feldes ...«

Nachdem der Staatsanwalt ein Protokoll über den Erbstreit aufgenommen hatte, verließ er mit seinen Begleitern den Acker. Die Dorfleute folgten ihm.

Der fliegenbedeckte Leichnam, der Pflug und das Joch, von den irgendwohin entlaufenen Ochsen verlassen, und die Mutter, deren leergeweinte Augen keine Tränen mehr hergaben, blieben allein in der unendlichen Trostlosigkeit der Ebene zurück. Der fette Ackerboden des Feldes glänzte schwarz wie ein aufgesetzter Flicken inmitten der gelben Weite.

Ali, der Sohn von Rizas Onkel, wurde als der mutmaßliche Mörder ergriffen und zur Polizeistation gebracht. Obwohl er aussagte, sich an jenem Tag in einem vier Stunden entfernten Dorf aufgehalten zu haben, und dafür auch Zeugen beibrachte, gab es für Iraz und für fast ganz Sakarköy keinen Zweifel, daß Ali wegen des Ackers Riza erschlagen hatte.

Die Leute trauten aber ihren Augen nicht, als Ali zwei Tage später zurückkam und sich mit selbstbewußtem Auftreten im Dorf zeigte. Als Iraz davon hörte, geriet sie außer sich, nahm die Axt und lief zu Alis Haus. Alis Leute sahen die Tobende rechtzeitig genug kommen, um noch die Tür verriegeln zu können. Iraz schlug mit der Axt auf die Tür ein. Ali war nicht im Haus. Die Frau hieb mit verbissener Wut, gleich würde sie die Tür aufgebrochen haben und ihre Waffe gegen alle da drinnen schwingen. Der Lärm hatte schon eine Anzahl Neugieriger herbeieilen lassen, aber niemand wagte, sich ihr zu nähern. Es hätte auch keiner daran gedacht, ihr, einer Mutter,

die Blutrache für ihren Sohn nehmen wollte, in den Arm zu fallen.
Immer wieder rief eine Männerstimme von drinnen: »Hör auf, Schwester! Ali ist nicht da! Was haben wir hier dir getan? Laß es sein!«
Auch Alis Vater schrie: »Ali ist nicht im Haus, Iraz! Geh weg!«
Plötzlich stürzte sich Ali, der sich durch die Menge gedrängt hatte, von hinten auf Iraz, entriß ihr die Axt, schleuderte die Erschöpfte mit aller Kraft zur Seite und trat sie mit Füßen. Andere sprangen dazwischen und befreiten sie.
In der Nacht darauf steckte Iraz Alis Elternhaus in Brand. Während sich die Dorfleute bemühten, das Feuer zu löschen, schwang sich Ali aufs Pferd, galoppierte zur Polizei und erstattete einen Bericht über die Vorfälle.
In der Frühe kehrte er mit den Gendarmen zurück, und die Dorfleute versammelten sich um ihn.
»Laß das sein, Ali! Die Ärmste weiß doch nicht, was sie tut. Streue nicht noch Pfeffer in ihre Wunden, laß sie nicht im Gefängnis verkommen! Das Feuer ist ja wieder gelöscht worden.«
Ali aber hörte nicht auf sie. Iraz wurde zur Polizeistation gebracht. »Ja, ich habe ihre Haustür aufgebrochen«, sagte sie bei der Vernehmung. »Ich hätte sie alle mit meiner Axt umgebracht, wenn ich hineingekommen wäre. Ist es vielleicht zuviel, wenn ich die alle töte, die meinen einzigen, vaterlosen Sohn ermordet haben? Ja, auch das Haus habe ich angezündet. Sie sollten alle verbrennen, alle miteinander ... Aber die verfluchten Dorfleute haben das Feuer gelöscht. Meint ihr, der Preis wäre zu hoch gewesen für meinen Riza? Ach, der war ein ganzes großes Land wert. Wißt ihr denn überhaupt nicht, wie ich ihn großgezogen habe?«
Vor dem Staatsanwalt und in der Gerichtsverhandlung sagte sie das gleiche. Man brachte sie ins Gefängnis, in die einzige Frauenzelle. Das hatte sie nicht erwartet! Sie hatte ein Haus angezündet, um ihren Sohn zu rächen, einen Jüngling, so stattlich wie eine Platane! Das neue Unrecht, das ihr nun

widerfuhr, erschien ihr noch furchtbarer als Rizas Tod. Sie ging wie blind umher, ohne den Kopf zu heben, ohne etwas wahrzunehmen. Sie merkte nicht einmal, ob sie allein war oder bei anderen.

Früher hatte ihr breites, sonnenverbranntes Gesicht mit den großen, leuchtenden, braunen Augen, den schräg aufsteigenden Brauen unter dem schneeweißen Kopftuch, das sie immer trug, eine eigene Schönheit gehabt, die noch durch das zierliche Kinn und eine schwarze Stirnlocke unterstrichen wurde. Jetzt war sie in einem bejammernswerten Zustand, das Gesicht eingefallen und schwärzlich dunkel, in den Augäpfeln nichts Weißes zu sehen, so blutunterlaufen waren sie vom Weinen, das Kinn eingeschrumpft, die Lippen blutleer und vom Durst aufgesprungen. Nur das Kopftuch war makellos weiß wie immer.

»Ein ganzes Land war er wert«, murmelte sie vor sich hin. »Und wenn ich ein ganzes Dorf in Schutt und Asche legen würde, es wäre nicht zuviel ...«

Hatçe wagte es nicht, eine Frage an ihre neue Gefährtin zu richten. Sie war unendlich froh, nicht mehr allein sein zu müssen, aber zugleich sagte sie sich, daß es unrecht sei, sich darüber zu freuen, wenn noch jemand an diesen unglückseligen Ort geraten war. Für ihr Leben gern hätte sie die fremde Frau gefragt, wo sie herkomme und warum sie hier sei, aber angesichts ihrer apathischen Hoffnungslosigkeit konnte sie die Fremde nur stumm anblicken.

Am Abend kochte sie im Gang vor der Zelle eine Suppe. Dann trat sie mit dem Topf, aus dem der Geruch von Zwiebeln und ranzigem Fett dampfte, scheu an die Frau heran. »Du bist gewiß hungrig, Tante. Iß ein wenig Suppe.«

Iraz starrte mit leeren Augen, wie eine Blinde. Furchtsam wiederholte Hatçe: »Tante, iß ein wenig Suppe, nur ein bißchen. Du bist sicher sehr hungrig.«

Die andere gab kein Lebenszeichen von sich. Hatçe stieß sie leise an. »Tante!«

Ganz langsam kamen die leeren Augen zu sich und hefteten

sich auf Hatçe, die nun erschrak. Diesen Blick konnte sie nicht aushalten. Sie wollte etwas sagen. Aber sie brachte nur ein sinnloses Stammeln heraus, stellte das Gefäß vor die Frau hin und stürzte nach draußen, schwer atmend vor Furcht.
Hatçe kehrte wieder in die Zelle zurück, als der Aufseher kam, um abzuschließen. Dann legte sie sich sofort ins Bett, um diesem Blick nicht wieder begegnen zu müssen. Als es dunkel geworden war, wagte sie nicht aufzustehen und Licht zu machen, wie sie es sonst allabendlich tat. Auch vor der Dunkelheit war ihr angst; aber es war weniger schlimm, als dieses Antlitz an der Grenze zwischen Leben und Tod sehen zu müssen.
In dieser Nacht konnte sie kein Auge zutun. Als das erste Morgenlicht durch das Fenster drang, stand sie auf. Die andere klebte in ihrem Winkel an der Wand wie ein leichter Schatten, bewegungslos. Das weiße Kopftuch hob sich wie ein Loch von der schmutzigen Wand ab.
Am Mittag saß sie noch genauso da. Auch am Abend hatte sich nichts in ihrer Haltung verändert. Hatçe mußte noch eine weitere Nacht in unruhigem Halbschlaf verbringen. Am folgenden Morgen erhob sie sich entschlossen und ging auf Iraz zu.
»Ich flehe dich an, Tante! So darfst du nicht weitermachen!« Sie ergriff ihre Hände. »Bitte, bitte nicht!«
Die Frau richtete ihre erloschenen Augen groß auf sie.
»Erzähl mir deinen Kummer, Tante«, drang Hatçe in sie. »Jeder, der hier hineingerät, hat seine Last zu tragen. Glaubst du das denn nicht?«
»Was sprichst du, Mädchen?« wimmerte Iraz.
Hatçe war glücklich, daß ihre Gefährtin endlich den Mund aufgetan hatte. Ein Stein war ihr vom Herzen gefallen.
»Warum bist du nur so, Tante? Seit du hier bist, hast du kein Wort gesprochen, keinen Bissen angerührt.«
»Mein Sohn war ein ganzes Land wert, der Stolz des Dorfes. War es vielleicht zuviel?«
Sie verstummte wieder.

»Seit du da bist, habe ich mein eigenes Leid ganz vergessen. Was ist dir nur widerfahren, Tante? Willst du es mir nicht anvertrauen?«
»Wenn ich denen, die meinen Sohn umgebracht haben, das Haus anzünde, wenn ich ihnen die Tür einbreche und sie alle totschlage, ist das vielleicht zuviel?«
»Schande über sie!« sagte Hatçe, »Blindheit soll sie alle treffen!« Iraz wiederholte die gleichen Worte immer wieder. Hatçe antwortete mit bedauernden Klagerufen und mit Verwünschungen.
»Jetzt haben sie mich hier eingesperrt, und der Mörder meines Sohnes spaziert frech im Dorf umher. Wozu soll ich da noch weiterleben?«
»Tante, du bist halbtot vor Hunger. Seit du hier bist, hast du nichts gegessen. Ich will dir eine Suppe kochen.«

Ein paar Wochen nach ihrer Einlieferung hatte Hatçe begonnen, den Mitgefangenen, die Geld hatten, ihre Wäsche zu waschen. So hatte sie sich ein paar Kuruş zusammensparen können. Jetzt rief sie das kleine Mädchen, das für die Gefangenen zum Basar ging und ihre Besorgungen erledigte. Sie drückte dem Kind ein Fünfzig-Kuruş-Stück in die Hand und trug ihm auf, Butter zu holen. Es sollte eine besonders gute Suppe werden. Sie war außer sich vor Freude. Die Frau hatte die Sprache wiedergefunden. Wenn ein Mensch spricht, dann ist die Gefahr, daß er an seinem Kummer zugrunde geht, schon halbwegs überwunden. Wenn ein Mensch nicht redet und sich verschließt, dann ist sein Ende verhängnisvoll. Deshalb freute sie sich. Während nun Hatçe den kleinen Herd mit Kohlen füllte, gingen ihr alle Lieder, die sie kannte, durch den Kopf, eines nach dem anderen. Sie fächelte und blies, bis endlich die Kohlen rot zu glühen begannen. Die Suppe in dem kleinen, verzinnten Topf kochte bald. Daß sie so schnell kochte, überraschte Hatçe.
Als Iraz das Wort »Suppe« gehört hatte, war ihr ein jäher Schmerz durch den Leib gefahren; Leib und Magen schienen

wie zusammengeklebt. Von draußen her drang ihr der Geruch von geschmolzener Butter und von gebratenen Zwiebeln in die Nase. Sie hörte es aufzischen, als das heiße, flüssige Fett in die Suppe gegossen wurde.

Hatçe kam herein, stellte die Schale vor sie hin. Der Holzlöffel, den sie ihr gegeben hatte, lag fremd in ihrer Hand, als wüßte sie nichts damit anzufangen.

»Komm, Tante, iß doch!« mahnte das Mädchen.

Ganz langsam tauchte Iraz den Löffel in die Suppe.

Als sie gegessen hatte, begann Hatçe wieder: »Da in der Schnabelkanne ist Wasser, Tante. Wasch dir das Gesicht. Das wird dir guttun.« Iraz befolgte den Rat.

»Hab Dank, schönes Mädchen! Allah lasse dich an das Ziel deiner Wünsche gelangen!«

»Ach ja«, seufzte Hatçe, »wenn es nur wahr würde ...«

Dann setzte sie sich und schüttete Iraz ihr eigenes Herz aus.

»Jetzt bin ich neun Monate hier, Tante. Keiner kommt und sieht nach mir, selbst meine Mutter war nur ein einziges Mal da. Wenn ich nur etwas von meinem Memed wüßte, sonst wünsche ich mir nichts in der Welt.

Ach ja, Tantchen, die ersten Tage habe ich auch hungrig in diesem Loch gelegen. Später habe ich für die Gefangenen Wäsche gewaschen. Ach, mögen sie mich aufhängen, es ist mir gleich! Aber wenigstens eine Nachricht von Memed sollte kommen, ob er lebt oder tot ist!«

Iraz erholte sich allmählich von ihrer dumpfen Apathie. Andere Verurteilte machten ihr klar, daß ihre Aussagen einen schweren Fehler enthalten hatten. Sie hätte nicht sagen dürfen, daß sie die Tür aufbrechen wollte, um die Hausbewohner zu erschlagen, daß sie das Haus angezündet hatte, um die Menschen darin verbrennen zu lassen. Und wenn zehn Söhne ermordet worden wären, ohne einen klaren Beweis, ohne einen Tatzeugen gab es keine gesetzliche Handhabe, den Mörder zu fassen. Auch das erfuhr sie; sie brauchte lange, es zu begreifen. Bei ihren späteren Vernehmungen vor Gericht leugnete sie alles ab.

»Wenn ich nur draußen wäre«, seufzte sie, »ich würde der Obrigkeit schon beweisen, daß Ali meinen Sohn getötet hat.«
Hatçe sprach ihr Mut zu: »Wenn Allah will, wirst du freikommen, Tante Iraz, und dafür sorgen, daß der Mörder seine Strafe erhält. Sieh nur, ich bin noch so jung und muß hier auf ewig verfaulen! Alle sagen sie gegen mich aus.«
Mit der Zeit wuchsen Iraz und Hatçe zusammen wie Mutter und Tochter. Sie trugen ihren Kummer gemeinsam. Hatçe wußte nun alles über Riza, seinen stolzen Wuchs, seine schwarzen Augen, seine Finger so fein wie Bleistifte, seine Meisterschaft im Halay-Tanz, die Erlebnisse seiner Kindheit, die Fronarbeit, unter der Iraz ihn großgezogen hatte. Sie kannte den Streit über den Acker und Rizas tragisches Ende in allen Einzelheiten, so als hätte sie alles selbst miterlebt. Und Iraz wußte alles über Memed, von der Zeit an, als er und Hatçe als Kinder zusammen gespielt hatten …
Schließlich konzentrierte sich ihre gemeinsame Sorge und Hoffnung ganz auf ihn und sein ungewisses Schicksal.
Die beiden Frauen verbrachten jeden Tag bis in die Nacht hinein mit Strümpfestricken, bis ihre Augen vor Erschöpfung nichts mehr sahen. Ihre Strümpfe machten in der Kreisstadt von sich reden. »Die Strümpfe des Mädchens, das ihren Verlobten getötet hat, und der Frau, deren Sohn erschossen wurde …« Die selbstgeschaffenen Muster, mit denen sie sie bestickten, sprachen so beredt von ihrem Leid wie die lauteste Klage. Die Farben waren schwermütiger, herber, als man es je gesehen hatte. Alle Menschen sprachen von der bewegenden trauervollen Schönheit der Strümpfe.
Der Unglückliche, der zum ersten Mal in ein Gefängnis kommt, fühlt sich so verloren, als sei er aus der Welt ausgesperrt. Alle Bande, die ihn an sein Zuhause, an seine Lieben, an alle vertrauten Dinge ketteten, sind gewaltsam zerrissen, und er versinkt in eine tiefe, beklemmende Leere. Und dann erfüllt ihn ein Gefühl, als ob ihm alles, was um ihn ist – Boden und Wände, das Stückchen Himmel, das er sehen kann,

die Tür und das vergitterte Fenster – feindselig entgegenblikke. Wenn er kein Geld hat, so ist er dazu verdammt, in seinem Winkel hoffnungslos vor sich hin zu vegetieren.
Hatçe und Iraz wußten, warum sie sich Tag und Nacht mit der Strickarbeit abquälten. Von dem Geld, das sie damit verdienten, rührten sie keinen Kuruş an. Monatelang lebten sie von den kargen Rationen, die ihnen der Aufseher brachte.
Irgendwann, vielleicht schon morgen, vielleicht in einem Monat, würde Memed kommen, denn eines Tages würden sie ihn einfangen und hierherbringen. Dann würde er Geld nötig haben. Also gönnten sie ihren Augen keine Ruhepause.
»Unser Memed wird es hier nicht so schwer haben wie wir, mein Mädchen. Dafür sind wir jetzt da«, sagte Iraz.
»Ja, dafür sind wir da, Tante«, erwiderte Hatçe mit Stolz in der Stimme.
Immer häufiger ließ Hatçe zornig ihrer Enttäuschung über ihre Mutter freien Lauf. »Ist das vielleicht eine Mutter? ›Ich flehe dich auf den Knien an‹, hab ich zu ihr gesagt, ›bringe mir eine Nachricht von Memed, sonst habe ich keinen Wunsch!‹ Und sie? Weggegangen ist sie und hat sich nicht mehr blicken lassen!«
»Wer weiß«, meinte Iraz, »was mag ihr nur zugestoßen sein, deiner armen Mutter?«
Wie immer gingen sie um Mitternacht in ihre Betten, die kalt und feucht waren wie der ganze Raum. Das Nachtgetier schwirrte. Damit ihre Augen sich an die Dunkelheit gewöhnen sollten, rieben sie sie leicht.
»Tante Iraz …«, murmelte Hatçe.
»Was ist?«
Auf diese Weise fingen sie Abend für Abend ihre Gespräche an. »Es ist naß.«
»Was können wir tun dagegen?«
»Verdient meine Mutter den Namen Mutter?« klagte sie.
»Was mag ihr nur zugestoßen sein?« erwiderte Iraz.
Hatçe kam vom Hundertsten ins Tausendste.
»Ein eigenes kleines Häuschen wollten wir haben, in Yüreğir

in der Çukurova ... Memed wollte als Tagelöhner anfangen. Später wollten wir uns ein kleines Feld kaufen. So hat Memed mir's immer gesagt ...«

»Ihr seid ja noch so jung! Das kann alles noch Wirklichkeit werden«, sagte Iraz tröstend.

»In die Kebabstube wollte er mich führen, in der Stadt ...«

»Er wird dich schon noch hinführen!«

Bei diesen Gesprächen gerieten sie ins Träumen, sie vergaßen, daß sie im Gefängnis waren, daß Memed als ein Gejagter irgendwo in der Wildnis umherstreifte.

»Der Boden von Yüreğir ...«, seufzte Hatçe, »warm ist er, sonnig. Die Frucht steht so dicht, daß kein Tiger hindurch könnte. Unser Feld ist dreißig Dönüm groß. Halb Weizen und halb Gerste haben wir gesät ...«

Iraz träumte mit. »Und zwischen dem Weizen ein Viertel Dönüm Zwiebeln ...«

»Innen habe ich das Haus mit grüner Tonerde verputzt ...«

»Auch mit roter ...«

»Eine Kuh haben wir, eine rötliche, mit großen Augen. Und auch ein Kälbchen von ihr.«

Iraz schwieg, und Hatçe fuhr fort: »Mein Haus ist auch dein Haus. Memed ist dein Sohn, ich bin deine Tochter.«

»Du bist meine Tochter.«

»Vor unserem Haus steht ein Weidenbaum. Seine langen Zweige reichen bis auf den Boden ...«

»Rings um unseren Blumengarten ziehen wir Hecken ...«

Hatçe kam zu sich wie aus tiefem Schlaf. »Wann werden sie wohl Memed hierherbringen, Tante?«

»Morgen oder irgendwann bald ...«

»Wir haben ja gut vorgesorgt für ihn, nicht, Tante?«

»Ja, wir sind bereit für ihn. Geld haben wir genug.«

Erst wenn sie an dieser Stelle ihrer allnächtlichen Gespräche angekommen waren, waren sie getröstet und beruhigt genug, um schlafen zu können.

Freitags, wenn Markt in der Kreisstadt war, spähte Hatçe besonders gespannt auf die Straßen hinaus. Wenn ihre Mutter käme, dann würde sie an einem Freitag kommen. Auch heute war sie wieder einmal vor Morgengrauen erwacht.

Gegen Mittag ging eine hochgewachsene Frau, einen ledernen Doppelsack über der Schulter, furchtsam auf das Gefängnis zu.

»Tante Iraz!« schrie Hatçe auf.

»Was ist denn, mein Mädchen?« Iraz eilte erschrocken herbei.

»Meine Mutter!«

Sie standen nebeneinander, schauten auf die Straße, der alten Frau entgegen, die, den Kopf zu Boden gesenkt, müde auf nackten Füßen daherhumpelte, die Enden ihres schwarzen handbemalten Kopftuches zwischen den Zähnen. Vor dem Gefängnistor blieb sie stehen.

»Was willst du, Frau?« rief der ausgemergelte, immer vor Nervosität zitternde Aufseher heraus.

»Meine Tochter ist hier ...«

»Mutter!« rief Hatçe.

Die Alte hob langsam den Kopf, sah den Wächter an. »Das ist sie, Bruder Efendi.«

»Gut, du kannst mit ihr sprechen.«

Sie setzte ihre Traglast ab und ließ sich auf den Boden nieder, den Rücken gegen die Wand stützend. »Oh, meine Knochen!«

Hatçe stand stumm da, schaute auf ihre Mutter. Die Füße der alten Frau waren aufgerissen, auf den wunden Stellen klebte dick der Staub. Ihre Haare waren weiß bestäubt, schmutzvermengter Schweiß rann ihr vom Hals herab. Augenbrauen und Wimpern waren ganz unter der Staubschicht verschwunden. Das schmutzige, zerrissene Gewand schlotterte ihr um die Beine. Aller Groll, der sich in Hatçe gegen ihre Mutter angesammelt hatte, war schnell verflogen, als sie sie in diesem Zustand vor sich sah. Tränen traten ihr in die Augen, und es würgte ihr in der Kehle; aber sie brachte es nicht über sich, näher zu ihr zu treten.

Die Mutter sah ihren hilflosen Blick und die Tränen. Ihr war ebenso beklommen zumute.

»Komm zu deiner Mutter, mein Unglückskind!« sagte sie.

Dann konnte sie nicht mehr an sich halten, weinte leise in sich hinein. Hatçe trat jetzt zu ihr, küßte ihr die Hand und setzte sich neben sie.

Iraz gesellte sich zu ihnen. »Willkommen, Schwester!«

»Das ist Tante Iraz. Wir wohnen zusammen.«

»Was ist denn der Schwester widerfahren?« fragte die alte Frau erstaunt.

»Ihren Riza haben sie erschossen.«

»Oh! ... Blind sollen sie werden, die das getan haben, Schwester.«

Eine Zeitlang schwiegen alle drei, dann hob die Mutter den Kopf. »Ach, mein Herzenstöchterchen, schwarzäugiges, sei deiner Mutter nicht böse. Was hat dieser Gottlose, der Abdi, nicht alles mit mir gemacht, nur, weil ich die Bittschrift zur Obrigkeit gebracht habe! Was ich durch ihn gelitten habe, das weiß nur ich allein. Er hat mir verboten, noch einmal in die Stadt zu gehen. Ja, meine Rose ... hätte ich meinen Liebling sonst in der fremden Stadt allein gelassen, zwischen vier Wänden eingeschlossen? Jeden zweiten Tag wäre ich gekommen, wenn ich gekonnt hätte.«

Sie brach plötzlich ab. Zum ersten Mal hellte sich ihr Gesicht auf. »Halt, mein Goldschatz, fast hätte ich's vergessen!«

Sie zog die Köpfe der beiden ganz dicht zu sich heran und flüsterte: »Ich habe eine Nachricht für dich, meine Schöne. Memed ist ein Räuber geworden! Ein Bandit!«

Hatçe wurde blaß, als sie den Namen hörte. Das Herz klopfte ihr bis zum Zerspringen.

»Memed ist zu der Bande Durdus des Tollen gegangen, nachdem er auf die beiden geschossen hatte. Was die Banditen für Dinge tun, das sollte kein Mensch für möglich halten. Es heißt, sie ließen keinen seines Weges ziehen, sie hätten alle Straßen abgeriegelt. Wer sich wehrt, den bringen sie um! Sie plündern die Leute bis auf die Unterhosen aus, ja, bis sie so dastehen, wie ihre Mutter sie geboren hat ...«

»Memed tut so etwas nicht!« rief Hatçe zornig. »Memed tötet keinen Menschen.«

»Wie kann ich das wissen, mein Mädchen! Die Leute erzählen es eben so. Memeds Name ist in aller Munde, er kommt gleich neben dem tollen Durdu. Ich sage ja nur, was ich gehört habe. Abdi, der Gottlose, hat einen ganzen Monat lang ein paar Männer nachts Wache vor seinem Haus stehen lassen. Im Dorf sagen sie, er hätte trotzdem kein Auge zugetan vor Angst und wäre bis zum Morgen immer nur auf und ab gelaufen. Dann ist Sergeant Asim gekommen, und es hieß, er wäre hinter Memed her gewesen. Er hätte gesagt, so einen Banditen wie Ince Memed hätte es hier in den Bergen noch nie gegeben. Wenn er nicht gewesen wäre, hätte Asim mit Durdus Bande aufgeräumt. Daraufhin hat Abdi Aga aber gemacht, daß er aus dem Dorf hinauskam! Manche sagen, er sei jetzt in der Kreisstadt, andere meinen, in einem von den Çukurova-Dörfern. Ja, es sagen sogar welche, bis zur höchsten Obrigkeit nach Ankara hätte er sich geflüchtet. Nun, wo er weg war, konnte ich endlich zu meinem Liebling kommen. Ja, meine Rose, so war das alles ...«

Während ihrer Erzählung hatte ihr Gesicht zufrieden, sogar froh ausgesehen. Als sie geendet hatte, war es grünlich-blaß wie die Farbe eines Toten. Sie schien dem Ersticken nahe.

Iraz und Hatçe hatten sich bei der Nachricht, Memed sei Bandit geworden, freudig in die Augen gesehen. Als sie aber den veränderten Gesichtsausdruck der alten Frau bemerkten, schraken sie zusammen.

»Mutter, Mutter! Was ist?« stammelte Hatçe.

»Ach, frage nicht, Mädchen! Ich muß dir eine schlechte Nachricht bringen. Allah gebe, daß sie falsch ist. Ich kann es kaum über die Lippen bringen. Gestern morgen habe ich es gehört! Durdu und Memed sollen Streit bekommen haben. Es ging um einen Yürüken-Aga, den Memed in Schutz genommen hat. Deli Durdu hätte Memed und seine zwei Gefährten getötet, sagen sie. Ein Reiter soll durch das Dorf gekommen sein und es gewußt haben, ein schwerbewaffneter Yürüke mit zwei Gewehren, der seinem Aga zu Hilfe kommen wollte. Sein Pferd ist schon über und über voll Schweiß und Schaum

gewesen. Ja, das haben sie alles im Dorf erzählt ...« Hatçe war zuerst erstarrt, dann klammerte sie sich mit einem Aufschrei an Iraz. »Muß auch das noch über mich kommen, Tante?«
»Ich gehe jetzt«, sagte ihre Mutter. »Allah sei mit dir, mein Kind. Ich lasse dich die Wahrheit wissen, sobald ich kann. Da im Sack ist Butter, auch Brot und Eier. Nächsten Freitag komme ich wieder, wenn dieser Gottlose bis dahin nicht wieder im Dorf ist. Paß gut auf den Sack auf. Lebt wohl!«
Sie ging.
Unterwegs murmelte sie vor sich hin: »Ich hätte es ihr nicht sagen dürfen. Nein, das hätte ich nicht sagen dürfen.«
Hatçe schluchzte verzweifelt: »Wie kann der gottlose tolle Durdu meinen Memed töten? Wie kann ein Mann seinem Kameraden ans Leben? Nein, ich kann es nicht begreifen ...«
Iraz tröstete sie: »Banditen werden jeden Tag totgesagt. So etwas darfst du nicht glauben. Daran gewöhnst du dich, später macht dir das gar nichts mehr aus.«
Hatçe hörte ihr nicht zu. »Ich will nicht mehr leben, wenn mein Memed tot ist.«
Iraz wurde heftig. »Hör mal, Mädchen, wie willst du wissen, daß er umgekommen ist? Einen Lebenden beweint man nicht. Als ich jung war, habe ich mindestens zwanzigmal gehört, Ahmet der Mächtige sei tot. Und heute noch soll der leben.«
»Ach, Tante, mit ihm ist es anders. Er hat doch noch keine Erfahrung. Ich kann nicht weiterleben. Ich sterbe.«
»Dummes Kind! Hast du noch nie gehört, wie oft es vorkommt, daß Banditen die Nachricht von ihrem eigenen Tod ausstreuen? Der Ziegenbart ist aus dem Dorf geflüchtet, als er erfahren hat, Memed sei bei den Räubern. Du wirst sehen, Memed hat das alles selbst verbreiten lassen, damit er den Ziegenbart erwischen und töten kann. Es ist gewiß eine List, verstehst du?«
»Nein, Tante. So etwas würde er nicht tun. Oh, ich überlebe es nicht.«
Sie begann zu zittern, als hätte ein Fieber sie gepackt.
Iraz nahm sie in die Arme und brachte sie dann zu Bett.

»Wart ab! Wart nur ab, mein törichtes Mädchen. Schon in einem Tag kann alles anders aussehen! Du darfst nicht alles glauben …«
Nach zwei Tagen stand Hatçe, mehr tot als lebendig, wieder auf. Alles Leben war aus ihr gewichen. Um die Stirn hatte sie sich ein schwarzes Tuch gebunden. Ihr Gesicht war wachsbleich. Von Tag zu Tag wurde sie schwächer. Die Nächte verbrachte sie schlaflos im Bett, sitzend, den Kopf auf den Knien.
Auch Iraz konnte nicht schlafen. Sie sprachen nachts nicht mehr miteinander.
Nur Iraz sagte immer wieder: »Du wirst sehen, du verrücktes Mädchen, bald haben wir bessere Nachrichten von Memed.«
Hatçe blieb stets die Antwort schuldig.

14

In den letzten zwei Tagen hatten sie sich tagsüber verborgen gehalten und sich nur nachts auf den Weg getraut. Sie fürchteten eine Falle Durdus des Tollen. Bis zu den Kieferfelsen waren sie gekommen; dort legten sie eine Ruhepause ein.
»Er kann das nicht verwinden«, sagte Cabbar. »Jetzt ruht er nicht, bis er uns irgend etwas antun kann. Ich kenne ihn durch und durch; schließlich bin ich vier Jahre mit ihm herumgezogen. Ehe er unsere Fährte losläßt, stirbt er lieber. Du kannst dich darauf verlassen, daß er uns jetzt auf den Fersen ist. Das hätten wir lieber nicht tun sollen …«
»Hast du Angst, Cabbar?« fragte Memed.
»Nein, aber …«
»Was aber?«
»Ich meine nur so. Er wird uns jetzt keine Ruhe mehr lassen.«
»Er soll nur kommen …«
»Ja, wenn er einfach kommen würde! Aber der Bursche stellt

uns eine Falle, dort, wo wir es nie vermuten – und schon sind wir drinnen. Wenn er sich zum offenen Kampf stellen würde wie ein Mann! Die Entscheidung wäre bei Gott: entweder er oder wir!«

Sergeant Recep blickte verträumt auf die untergehende Sonne, auf einen Kiefernwipfel, der auf einer Seite in Rot getaucht war. Langsam senkte er den Kopf. Die letzten Sonnenstrahlen vergoldeten sein Gesicht und den Verband aus buntem Tuch, der um seine Halswunde geschlungen war.

»Er oder wir!« fiel er ein, dann versank er wieder in der Abendstimmung.

»Bruder Memed, bist du mir jetzt böse?« fragte Cabbar.

»Nein, warum denn, Bruder? Du hast sicher recht. Ich glaube auch, daß er uns auf den Fersen bleiben wird.«

»Ich meinte nur, wir müssen auf der Hut sein, für alle Fälle …«

»Du hast ganz recht.«

»Hört mal, Burschen«, ließ sich Sergeant Recep vernehmen, »wißt ihr, was ich an diesen Bergen liebe?«

»Nein«, lächelte Memed.

»Die Bäume hier, wenn die Sonne untergeht und wenn das Licht auf einen Baum nach dem anderen fällt.«

Als die Sonne untergegangen war, wurde es rasch dunkel. Es war Halbmond. Das Mondlicht ließ die Schatten der Bäume langsam, ineinander verflochten, auf den Boden fallen.

»Wollen wir weiter?« fragte Cabbar.

Memed stand auf. »Ja, gehen wir.«

»Wartet einen Augenblick auf mich, Burschen!« rief Recep, der auf einen der Felsen zuging. Gleich darauf kehrte er um. »Als es dunkel wurde, war da am Fuß des Felsens so ein grünes Aufflammen. Es war aber nur Moos.«

Cabbar lachte. »Wenn du mit deiner grünen Flamme fertig bist, können wir ja gehen«, meinte der ebenfalls lachende Memed.

»Ja, ich habe mich darüber gewundert. Ich hätte mir das gern noch länger angeschaut, aber wir haben ja etwas vor.«

»Ja, wir haben etwas vor«, sagte Memed.
Sie ließen die Felslandschaft, durch die sie zwei Tage lang gewandert und geklettert waren, hinter sich und stiegen talwärts. Ihre Schritte waren matt, denn sie hatten seit dem Morgen nichts mehr zu essen gehabt. Die Sohlen ihrer Schuhe waren von dem Felsenboden durchgewetzt, wie von einem Schleifstein abgeschliffen; sie trugen nur noch das Oberleder an den Füßen. Die scharfen Felsvorsprünge hatten ihnen die Hände blutig gerissen.
»Jetzt schleichen wir wieder durch die Gegend«, sagte Sergeant Recep. »Warum habt ihr nur solch eine Angst vor diesem Schurken? Laßt uns erst einmal nach unten kommen. Eine Falle! Soll er es doch versuchen!«
»Reg dich nicht auf, Sergeant«, sagte Memed, »wir sind ja schon unterwegs nach den Tälern.«
»Meine Hände schmerzen noch mehr als die Schußwunde am Hals. Wie soll ich denn mit solchen Händen schießen? Und da soll man sich nicht aufregen!«
»Das geht alles vorbei«, meinte Memed. »Sobald wir im Dorf sind, lasse ich dir Wundsalbe für deine Hände machen.«
»Du bist schlimmer als ein altes Weib«, sagte Cabbar.
Der Sergeant wurde fuchsteufelswild. »Wenn du noch einmal so etwas sagst, Cabbar, dann, bei Allah, nagele ich dich hier an einen Baum, hast du mich verstanden?«
»Halt den Mund, Cabbar«, warnte Memed.
Cabbar lachte schallend, was Recep noch mehr erboste. Er knirschte mit den Zähnen. »Verdammter Hurenbastard!«
»Gleich kommen wir hinunter in die Ebene, Sergeant, mein Löwe«, sagte Memed versöhnlich.
»Sag dem Hurenbastard, er soll aufhören zu lachen. Bei Gott, ich nagele ihn an einen Baum!«
Cabbar ging auf den Sergeanten zu, faßte seine Hand und küßte sie. »So«, lachte er. »Wir sind wieder versöhnt. Was willst du jetzt noch von mir?«
»Mit Hurenbastarden versöhne ich mich nicht«, murmelte er, immerhin nun etwas sanfter.

»Sergeant, ist deine Flinte geladen?« fragte Memed, um das Thema zu wechseln.
»Sie ist!« antwortete Recep scharf.
»Gut.«
»Mit fünf Schüssen werde ich diesem Gottlosen, dem Abdi, den Kopf zerschmettern! Ich will ihm zeigen, was es heißt, die Ärmsten der Armen zu versklaven!«
»Wir werden zusammen auf ihn abdrücken«, sagte Memed. »Der Brand in meinem Herzen geht nicht vorbei, bevor ich ihn mit eigener Hand getötet habe.«
In all seinem rasenden Haßgefühl dachte er darüber nach, was es hieß, einen Menschen zu töten, ihn ganz und gar auszulöschen … Es war eine erregende Vorstellung, daß das in seiner Macht lag! Er erinnerte sich daran, wie er im Wald auf die beiden Männer geschossen, wie Veli seine letzten Atemzüge getan hatte, sich windend und strampelnd im Schlamm … Aber das war etwas ganz anderes gewesen. Das hieß nicht, einen Menschen mit vollem Bewußtsein zu töten. Er hatte seine Pistole abgefeuert, ohne daran zu denken, daß es bedeutete, ein Leben zu vernichten. Nein, er hatte geschossen, um sich seiner Haut zu wehren; dadurch war es ihm leichtgefallen. Aber jetzt hatte er es sich in kaltblütiger Ruhe zum Ziel gesetzt, einen Menschen zu töten, ein Wesen, das Wut, Liebe, Freude fühlte wie er, und mit einem Mal überkam ihn ein Gefühl, als habe er kein Recht, das zu tun. Er hatte inzwischen gelernt, gründlich über die Dinge nachzudenken. Vielleicht hatte der alte Sergeant Hasan damals in der Kreisstadt die Lust am Nachdenken in ihm geweckt.
Aber was war, wenn er Abdi nicht töten würde? Diese Möglichkeit ging ihm für Sekunden vage durch den Kopf. Er versuchte, sie erschrocken abzuwehren, aber sie ließ ihn nicht los. »Ach was«, redete er sich zu, »laß uns erst mal ins Dorf kommen, dann sieht es anders aus …«
Ein lauter Schrei Receps riß ihn aus seiner Grübelei: »Helft mir, schnell! Ich stürze ab!«
Der Sergeant hatte vergebens versucht, mit einem Bein von

dem Felsvorsprung, auf dem er stand, auf den nächsten zu springen. Nun konnte er nicht zurück und hing über der Spalte in der Luft, sich mit den Händen an einer Baumwurzel festklammernd.
Als sie ihn aus seiner gefährlichen Lage befreit hatten, stöhnte er verzweifelt: »Um Gottes willen, Memed, wie weit ist es noch bis in die Ebene?«
»Wir sind ja schon beinahe da.«
Sie erreichten die Ebene, als der Mond gerade hinter dem gegenüberliegenden Bergmassiv verschwand.
»Endlich!« rief der Sergeant aus. »Daß wir das geschafft haben, ohne von einem Felsen zu stürzen und uns den Hals zu brechen ... Der Teufel hole den verrückten Hund und seine Fallen – jetzt laßt uns erst mal anständig ausruhen. Meine Handflächen brennen schon wie Feuer, darf ich euch sagen.«
Den beiden anderen ging es nicht besser. Die scharfen Felskanten hatten ihre Spuren an den Händen, Knien und Füßen zurückgelassen.
Sie sprachen nicht. Memed versank sofort wieder in seinen Gedanken. Er hat den Tod mehr als verdient! Er dachte an den Winter damals, als sie, kurz vor dem Verhungern, ihre Kuh weggebracht hatten; an sein Pflügen im bitteren Morgenfrost zwischen den mörderischen Disteln, die ihm die Beine zerfleischt hatten; an den bis ins Herz krampfenden, wahnsinnigen Schmerz der Wunden in der Kälte; an seine ganze von Plage und Trübsal vergiftete Kindheit. Er hat den Tod mehr als verdient ... Oh, wenn wir erst im Dorf sind!
Cabbar stieß ihn in die Seite. »He, Memed! Was träumst du da schon wieder?«
»Nichts, nichts.« Er schämte sich.
»Kommt hoch, wir wollen uns auf den Weg machen«, sagte Cabbar. »Sonst wird es zu spät, noch etwas zu unternehmen.«
Nach einer Viertelstunde erreichten sie das Graudistelfeld.
»Verdammt!« schrie Recep. »Bei diesen Disteln sehnt man sich nach den Felsen zurück. Die zerfleischen einem ja die Beine wie tollwütige Hunde!«

»Ja, das ist das Distelfeld, auf dem ich immer gepflügt habe«, sagte Memed mit gepreßter Stimme.
Der Sergeant fluchte ununterbrochen.
»Hör mal, Memed«, meinte Cabbar, »wie kann man nur durch diese Riesendisteln mit dem Pflug hindurchkommen? Das ist ja ein Wald!«
Sie blieben einen Augenblick stehen, um wieder zu Atem zu kommen und sich das Blut von den Beinen zu wischen.
»Der Boden ist noch dazu voller Steine«, stellte Cabbar fest.
»Jetzt sind wir genau an der Stelle, wo ich gepflügt habe«, sagte Memed.
Weit weg im Süden krähte ein Hahn. Dann gelangten sie in ein Tal. Steine rollten ihnen unter den Füßen. Hier waren die Disteln noch bösartiger. Als sie das Tal durchquert hatten, wuchs der hohe Schatten der einsamen Platane vor ihnen auf. Dann hörten sie das Plätschern von Wasser.
»Wir sind da«, sagte Memed. »Hier können wir uns erst einmal das Gesicht waschen. Morgen mache ich jedem von euch ein paar Bauernschuhe.«
Sie stiegen hinunter, zogen die Schuhe aus und tauchten die Füße ins Wasser. Sergeant Recep fluchte noch immer.
»Jetzt ist es aber genug, Mann!« sagte Cabbar. »Wir haben die Disteln doch hinter uns.«
»Verdammt und dreimal verdammt! Solch einen Distelwald habe ich mein Lebtag nicht gesehen.«
»Das nennen sie bei uns die Quelle.« Memed dachte daran, wie seine Mutter wochenlang auf den Wasserspiegel gestarrt hatte, in der Meinung, seine Leiche würde nach oben kommen. Damals, als er sich zu Süleyman geflüchtet hatte. Und wohl zum tausendsten Mal fragte er sich, was wohl aus seiner Mutter geworden sei.
»Du, Cabbar, was mögen sie mit meiner Mutter gemacht haben?«
»Was können sie ihr denn schon tun?« meinte Cabbar. »Hör mal, Bruder«, fuhr er fort, »bevor wir ins Dorf hinuntergehen, sollten wir lieber erst einmal feststellen, ob die Luft rein ist.«

»Du hast recht«, sagte Memed. »Da unten liegt die Mühle von Ismail dem Ohrlosen. Da können wir uns zuerst umhören.«
»Das wäre bestimmt besser. Ich finde, man darf niemals einfach in ein Dorf hineinschlendern, ohne daß man sich erst umgesehen hat.«
»Sieh an«, meinte Sergeant Recep, »dieser Hanswurst Cabbar weiß genau, worauf es ankommt, der Hundesohn. Als Bandit muß man in jedem Stein und in jeder Ameise einen Feind sehen. Man muß sich immer so verhalten, als ob hinter jedem Stein eine Falle wäre. Du bist noch ein blutiger Anfänger, Memed, mein Sohn. Aber du bist gewitzt, und du verstehst dich aufs Denken. Das ist ein guter Ersatz für die Erfahrung. Überdenke nur immer alles ganz genau.«
Bald standen sie vor der Tür der Mühle.
»Wer ist da?« rief Ismail, der Müller, der ihre Schritte gehört hatte.
»Ince Memed. Ibrahims Sohn.«
Von drinnen war lange nichts zu vernehmen. Dann kam die Antwort. »Das ist gelogen! Wie kann Ince Memed hier sein, wenn wir erst gestern gehört haben, daß ihn Durdu der Tolle umgebracht hat?«
Man hörte nur das Rauschen des vom Mühlrad ablaufenden Wassers in der nächtlichen, von Mehlduft erfüllten Finsternis. Dann sprach Memed wieder. »Nein, Onkel Ismail, ich bin nicht tot. Hast du mich nicht an der Stimme erkannt?«
»Doch; ich komme. Ich mache schon auf.«
Geräuschvoll öffnete sich die Tür. Schwankender, orangefarbener Feuerschein traf die Gesichter der Eintretenden.
Ismail sah Memed lange in die Augen. »Nun, Ince Memed, du hast es immer noch nicht fertiggebracht, diesen gottlosen Hund zu erledigen und die Dorfleute von ihm zu befreien.«
Memed lächelte.
Ismail, das schmale, spitz zulaufende Gesicht, den Bart und die abgetragene, fettige Kappe über und über mit Mehl bestäubt, musterte Hände und Füße der Ankömmlinge.

»Wo kommt ihr denn her?« fragte er besorgt.
»Wir sind mit Durdu aneinandergeraten«, lachte Memed, »und dann mußten wir zwei Tage lang in den Felsen umherklettern.«
»Gestern kam ein Reiter hier durch, um sich mit Durdu dem Tollen zu schlagen. Der hat gesagt, Durdu der Tolle habe dich getötet. Es ist allen im Dorf elend nahegegangen, Memed, kann ich dir sagen. Weißt du, sie haben dich hier alle sehr gern.«
Er klopfte Memed freundlich den Rücken, tätschelte ihm die Ohren. »Man traut ja seinen Augen nicht, Junge! Was trägst du da für ein Arsenal mit dir herum? Ich sehe dich noch in der Sarica-Ebene pflügen, mitten in den Graudisteln. Jetzt stehst du vor mir, von unten bis oben behängt mit Patronengurten. Es kommt mir ganz unwirklich vor! Aber ihr werdet jetzt Hunger haben. Ich will euch etwas richten. Das Herdfeuer brennt schon ganz gut.«
Ismail der Ohrlose ging schon sehr gekrümmt. Er war nicht mehr so jung, wie Ince Memed ihn in der Erinnerung behalten hatte.
»Sag, wie geht es meiner Mutter und Hatçe? Ist Abdi zu Hause?« Die Frage hatte ängstlich geklungen. Der Müller rührte sich nicht von der Stelle, er gab keine Antwort. Er hatte damit gerechnet, daß Memed ihn fragen würde. Dennoch schaute er verlegen um sich, während er überlegte, was er sagen sollte.
»Was ist mit meiner Mutter?« wiederholte Memed.
»Ja, alles in Ordnung«, stotterte Ismail drauflos, »und mit diesem Gottlosen, ja, das muß ich dir genau erzählen … Aber wart erst, fast hätte ich's vergessen, ich wollte euch ja Salzwasser bringen für eure Hände und Füße …« Er eilte hinaus.
Memed blieb in wachsender Unruhe zurück. Es gefiel ihm nicht, daß Ismail seine Frage so rasch übergangen hatte.
Der Müller kam mit einer Schüssel voll Wasser wieder. »So, Salzwasser ist das beste für eure Hände und Füße. Sonst machen sie böse Schmerzen, die Kratzer von den Felsen.«

»Hast du sie neulich mal gesehen, meine Mutter?« fragte Memed unruhig.
»Ja, ja, ich sage ja, es ist alles gut, mein Lieber ... Also mit dem gottlosen Hund, hört zu: Als er gehört hatte, daß du zu den Banditen gegangen warst, da wurde es ihm ganz schön heiß unter dem Hintern. Er ließ bis zu zehn Mann vor seinem Haus Wache halten, dann auf einmal war er verschwunden. Sein Gesicht hättest du mal sehen müssen! Was die Angst alles aus einem Menschen machen kann! Jetzt ist er sicher wieder zurück. Es heißt, seine Leute hätten ein großes Fest veranstaltet, um deinen Tod zu feiern.«
Memed hielt es nicht länger aus. Er brannte darauf, ins Dorf zu kommen. »Auf, Freunde! Wir müssen dort sein, bevor es Morgen wird.« Ohne ein Wort standen die beiden auf. Sie wußten, wie es in Memed wühlte.
»Wollt ihr nicht noch einen Augenblick bleiben?« fragte Ismail betrübt. »Euer Essen steht noch auf dem Herd.«
Memed und seine Gefährten verließen die Mühle.
»Das Salzwasser tut euch gut!« rief der Müller hinter ihnen her, »laßt euch später noch einmal sehen!«
Nach wenigen Schritten befanden sie sich wieder inmitten von Graudisteln.
Feucht glitzerten die Sterne am Himmel. Recep blieb stehen und wandte sich nach Osten. »Mein Komet, der Stern mit dem großen Schweif, ist noch nicht zu sehen«, sagte er. »Also haben wir noch eine Menge Zeit bis zum Morgen.«
Die anderen schwiegen. Die Schmerzen an ihren Händen und Füßen hatten wirklich nachgelassen. Ein Fuchs sprang vor ihnen auf; der buschige Schwanz fegte über die Disteln. Recep hätte ihm nur zu gern eins aufgebrannt; aber sie waren zu nahe bei dem Dorf.
Als sie das erste Haus erreichten, sprangen ein paar große Hunde auf sie zu. Auf Memeds Zuruf »Psch ... ruhig da, nehmt Platz!« wurden sie freundlich und legten sich bald nieder.
Das Dorf war wie ausgestorben. Vergebens spähte Memed

nach Leben aus, nach Hühnern, nach Menschen, die zur Feldarbeit gingen. Leise klopfte er an die Tür seines Elternhauses. Nichts rührte sich. Er horchte, klopfte wieder. Kein Laut war zu hören.

Beunruhigt trat er an das kleine Fenster, rief leise: »Mutter, Mutter!« Er preßte das Ohr an den Fensterrahmen, lauschte mit verhaltenem Atem, ohne etwas anderes zu vernehmen als das Geräusch der Holzwürmer.

Dann fiel ihm ein, daß seine Mutter immer am liebsten zu Durmuş Ali und den Seinen gegangen war.

»Hier wohnt Onkel Durmuş Ali.«

Vor dem Haus waren die Umrisse eines großen Wachhundes zu erkennen. Beim Herannahen von Schritten hob das Tier den Kopf, dann legte es ihn langsam wieder auf die Vorderpfoten.

Memed lehnte sich müde an die Tür. »Onkel Durmuş Ali! He, Onkel Durmuş Ali!«

Von drinnen hörten sie aufgeregtes Sprechen. Die volle Stimme des Alten war zu erkennen. »Wahrhaftig! Das muß Memed sein!«

Die Tür wurde geöffnet. Durmuş Ali erschien in Hemd und Unterhose, ein Siebziger jetzt, aber noch kräftig wie ein Fünfzigjähriger, nur leicht vom Alter gebeugt. Der schneeweiße Bart reichte dem Riesen bis zum Gürtel.

Er lachte Memed entgegen. »Da ist er, quicklebendig! Gestern noch hat dich ein Yürüke totgesagt! Junge, wie mich das freut! Ihr Mädchen, Memed ist da, er ist es wirklich! Steht auf, macht Feuer, legt Decken zurecht, vorwärts! Kommt herein, Burschen!«

Er legte den brennenden Holzspan auf den Herd, setzte sich. »Wie geht es dir jetzt, Ince Memed? Nun erzähl einmal. Das ganze Dorf hat getrauert bei der Nachricht. Hatçe wird sich ja zu Tode grämen, wenn auch sie es gehört hat. Du weißt wohl gar nichts von ihr? Ja, und deine arme Mutter ... Ich habe sie selbst zu Grabe getragen, mit meinen eigenen Händen. So, als hättest du es getan.«

Er hob den Kopf, sah Memed an. Erschrocken bemerkte er, wie sich der Junge verfärbte.
»Was ist mit dir? Hast du denn nichts von alledem gewußt?«
Cabbar schossen die Tränen in die Augen. Sergeant Recep rückte verlegen hin und her, machte sich mit seinem Gewehr zu schaffen.
Mit unbewegtem Gesicht fragte Memed: »Und was ist mit Hatçe?«
Durmuş Ali schlug sich vor die Stirn. »Oh, ich elender Narr! Wie konnte ich das nur sagen! Hätte ich nur gewußt, daß du von allem keine Ahnung hast!«
Durmuş Alis Frau hatte die ganze Zeit am Herd gekauert und reglos ins Feuer gestarrt. Sie hatte Memed nicht einmal mit einem »Willkommen« begrüßt. Jetzt fuhr sie zornig auf. »Das sieht dir wieder mal ähnlich! Konntest du den Jungen nicht erst essen lassen? Jetzt hast du alles nur noch schlimmer gemacht!«
»Konnte ich das vielleicht wissen, wo das alles schon Monate her ist?« gab der Alte schuldbewußt zurück. »Konnte ich ahnen, daß er noch nichts davon erfahren hat?« Er war den Tränen nahe. »Verzeih, mein Junge. Man wird eben alt.«
Durmuş Alis Söhne, Enkel und Schwiegertöchter, alle Bewohner des Hauses standen im Kreis um die am Feuer Sitzenden. Alle starrten auf Memed mit seinem purpurnen Fes, den über der Brust gekreuzten Patronengurten, mit Dolch, Pistole und Handgranaten am Gürtel und dem um den Hals hängenden Fernglas. Ungläubiges Erstaunen war in ihren Blicken, der eine oder andere schien sogar ein wenig belustigt, als säße ein Räuber spielender Knabe neben den Erwachsenen.
»Was ist mit Hatçe?« wiederholte Memed.
Durmuş Ali gab keine Antwort. In sich zusammengekrümmt starrte er in die Flammen.
»Sag du, Tante.« Memed wandte sich an die Frau, deren weiße, zur Hälfte hennarote Haare unter dem Kopftuch um die eingesunkenen Wangen hingen. »Was ist denn nur bloß mit Hatçe?«

Sie sah ihn mitleidig an. »Was soll ich dir sagen, Memed, mein Junge? Was mit Hatçe ist?«
Sie wurde abwechselnd rot und blaß.
»Was ist denn nun mit Hatçe, zum Teufel?« rief Memed. »Einer wird es doch wohl endlich sagen!«
Sie warf ihrem Mann einen vernichtenden Blick zu.
»Ach, was soll ich dir nur sagen? Wer weiß, wie lange der arme Kerl unterwegs ist ...«
Sie erhob sich, trat neben Memed, setzte sich mit einem heftigen Ruck zu ihm, schlug ihm mit der Hand aufs Knie. »Hör zu, mein Junge, ich will dir alles genau erzählen. Abdi war ja nur verwundet. Ach, wäre ihm die Kugel ins Herz gegangen und dort steckengeblieben! Kaum war er wieder bei sich, so ließ er auch schon die falschen Zeugen aufmarschieren. Nur der hinkende Ali, der Unselige, der eure Spur verfolgt hat, wollte nicht falsch aussagen. Darauf hat ihn der Ziegenbart aus dem Dorf gejagt. Er mußte mit Kind und Kegel und seinem ganzen Hausrat in die Fremde ziehen.«
Dann berichtete sie des langen und breiten, wer gegen Hatçe falsch ausgesagt hatte, daß das Mädchen in der Kreisstadt im Gefängnis sitze, in einer Einzelzelle.
»Wie ich gehört habe, wollen sie sie über kurz oder lang aufhängen«, fügte sie hinzu.
Der winzige Funke glomm in Memeds Augen auf und hielt an.
Er erhob sich. »Kommt! Wir wollen nun die Rechnung mit diesem Abdi Aga glattmachen.«
Dann wandte er sich noch einmal zu Durmuş' Frau um, ergriff ihre Hand. »Sag, Tante, meine Mutter haben sie auch auf dem Gewissen; ist es nicht so?«
Sie bekam feuchte Augen und brachte kein Wort heraus.
»Es stimmt also?«
Die alte Frau schwieg. Memed ließ ihre Hand los.
Die drei tauchten wieder in die Dunkelheit. Memed prüfte sein Gewehr und lud dann nach. »Seht eure Gewehre nach und macht die Handgranaten scharf!«

Sergeant Recep war die Erzählung der Frau sehr zu Herzen gegangen. Während sie gesprochen hatte, waren seine Blicke immer wieder zu Memed gewandert, während er den Kopf stumm hin und her gewandt hatte. Jetzt faßte er den schnell, fast im Laufschritt vorangehenden Jungen am Arm, brachte ihn zum Stehen.

»Höre, du, wir werden niemanden von ihnen am Leben lassen, auch das kleinste Kind nicht.«

»Von solchen Sachen verstehst du mehr als ich, Sergeant«, erwiderte Memed. Er machte sich frei und schritt weiter vorwärts.

Vor Abdi Agas Tür sagte Memed: »Du rufst, Sergeant. Sag, wir kämen mit einer wichtigen Nachricht.«

Recep klopfte dreimal heftig. Eine Frauenstimme war zu hören. »Wer ist da?«

»Mach auf, Schwester! Schnell, ich habe eine wichtige Botschaft für dich! Hab nicht viel Zeit, muß gleich weiter.«

Die Frau öffnete sofort. »Wart einen Augenblick hier, Bruder, ich will einen Span anzünden.«

Als es drinnen hell geworden war, traten alle drei zugleich auf das Licht zu. Der Frau verschlug es vor Schreck die Sprache. Ihr verblüffter Blick blieb an Memed hängen, dann schrie sie plötzlich auf. Sergeant Recep war sofort bei ihr, packte sie, preßte ihr seine Hand auf den Mund.

»Ist Abdi Aga da?« fragte Memed wild.

»Nein, er kommt nicht mehr hierher. Bei meinem Leben, liebster Memed, er ist wirklich nicht hier.«

Inzwischen waren alle im Haus wach geworden und starrten zitternd auf die Banditen, die beiden Frauen Abdi Agas, seine zwei Söhne und ein paar Frauen aus einem anderen Dorf, die zu Besuch da waren.

»Laß sie vor dir hergehen, Sergeant, durchsuche alles!« befahl Memed. »Sobald er auftaucht, schieß ihn über den Haufen!«

»Klar. Alle fünf in seinen Kopf!« rief Recep und stieß die Frau mit dem Gewehrkolben. »Hol ein Licht und geh vor mir her, los!«

Sie gehorchte ohne einen Laut.
Memed stand aufgerichtet in der Mitte des Raumes. Er glich nun einem furchterregenden Rachegott. Die Frauen weinten laut, die beiden Kinder zitterten wie Zweige im Wind.
Nach einiger Zeit kam der Sergeant düster blickend zurück. »Nichts. Ich habe alles durchstöbert, jeden Winkel.«
»Er ist schon vor einem Monat in die Çukurova gegangen«, sagte die eine Frau. »Er hat gewußt, daß du kommen würdest.«
»Sergeant!« rief Memed, auf die Kinder deutend. »Nimm die beiden mit hinaus. Tu das, was sein muß.«
Die beiden Frauen warfen sich Memed zu Füßen. »Was haben dir die unschuldigen Kinder getan? Suche diesen Gottlosen, töte ihn, aber verschone die armen Kleinen!«
Der Sergeant hatte die Knaben schon gepackt und schleifte sie mit sich. Cabbar griff den einen am Handgelenk und schleuderte ihn zu Boden. Das Kind schrie in Todesangst.
Die eine der Frauen lag stumm vor Memed hingestreckt. Die andere flehte ihn weiter an. »Memed, ach Memed, was haben dir meine Kinder getan?«
Der Sergeant warf den anderen Knaben hart zu Boden, hielt ihn mit dem Fuß fest, das Gewehr auf den Kopf des Kindes gerichtet. Er drehte sich zu Memed um. »Muß es unbedingt draußen sein? Worauf wartest du noch? Soll ich nicht abdrücken?«
Die Frau, die bisher stumm vor Memed gelegen hatte, sprang plötzlich mit falkengleicher Geschwindigkeit auf, stürzte sich auf Cabbar, der sein Opfer zur Tür gezerrt hatte, umklammerte seine Hände.
Cabbar riß den Dolch aus dem Gürtel, stach zu. Mit einem Aufschrei sank die Frau zu Boden.
Die andere flehte noch inständiger. »Memed, Memed, du bist im Recht, aber meine armen Kinder haben dir doch nichts getan!«
In Sekundenschnelle wechselte Memeds Gesichtsausdruck. Die nadelkopfgroßen Funken in seinen Augen erloschen. Er sah,

wie sich Receps Finger am Abzug bewegte. Für Worte war keine Zeit mehr. Mit dem Fuß schleuderte er den Gewehrlauf zur Seite. Die Kugel schlug in die Wand.
»Cabbar, laß das Kind los!«
Die Frau küßte ihm in überströmender Dankbarkeit die Hände. »Geh und suche diesen Gottlosen, töte ihn nur! Der Himmel weiß, daß du ein Recht dazu hast, armer Junge! Wenn ich ihm auch nur eine Träne nachweine, will ich nicht mehr Seyneb heißen!«
Memed erwiderte nichts. Mit schweren Schritten verließ er das Haus. Er fühlte sich wie ausgehöhlt.
Sergeant Recep war fuchsteufelswild, er verfluchte Gott und die Welt.
»Mit deinem Herzen wirst du nie ein Bandit werden!« Er packte Memed mit stahlhartem Griff am Arm. »Wie willst du auf diese Art zu deiner Rache kommen? Der Abdi läßt dich von seinen Leuten irgendwo in die Enge treiben und abschlachten. Vergiß nicht, du hast es jetzt auch noch mit dem tollen Durdu zu tun!«
»Red nicht so dumm!« warf Cabbar ein. »Wir haben einen Feind mehr, aber dafür haben wir einen ganzen mächtigen Stamm zu Freunden gewonnen. Mit den Saçikarali auf unserer Seite haben wir es nicht nötig, ein paar unschuldige Kinder umzubringen!«
Recep erwiderte nichts mehr.
Notdürftig bekleidet erschienen die von dem Lärm herbeigerufenen Nachbarn. Wie ein Lauffeuer drang die Nachricht »Memed lebt!« von Mund zu Mund. Schnell verbreitete sich die Kunde von seiner Großherzigkeit.
Sie bahnten sich ihren Weg durch die Menschenansammlung und verließen Abdi Agas Hof. Die Dorfleute waren so still, daß man sie in der Dunkelheit atmen hörte.
Erst jetzt sprach Memed wieder. Seine Stimme klang matt, wie gebrochen. »Wir müssen heraus aus dem Dorf. Jetzt wissen sie es alle, sie lassen uns keine Ruhe mehr.«
»Meine Wunde hat sich entzündet, ich habe wahnsinnige

Schmerzen«, sagte der Sergeant. »Was soll ich nur draußen damit anfangen? Halb verhungert sind wir auch.«
»Wir kommen später wieder zurück«, beruhigte ihn Memed.
Im Dorf brach hinter ihnen ein Höllenlärm los. Von überallher war endloses, aufgeregtes Hundegebell zu hören.
Recep holte tief Luft. »Jetzt wollen wir uns erst einmal niedersetzen. Ich bin am Ende meiner Kraft. Meine Wunde gibt keine Ruhe.«
»Du, Sergeant, du bist ja andauernd verwundet. Irgend etwas ist immer los mit dir.«
Den Sergeanten packte der Zorn. Er stand auf. »Du Hundesohn!« brüllte er. »Wenn du mir noch einmal so kommst, rücke ich dir auf den Pelz. Das kannst du mir glauben.«
Cabbar lachte schallend.
»Hör auf, Cabbar«, mahnte Memed. »Du bringst uns noch ins Verderben!«
Der Sergeant tobte. »Dieser Hurenbastard bringt mich noch so weit, daß ich nicht mehr weiß, was ich tue!«
»Hör nicht darauf, Sergeant Recep.« Memed versuchte ihn zu beruhigen. »Er macht nur Spaß.«
»Er soll sofort aufhören damit. Ich denke eben an meine Gesundheit!«
»Mach keine solchen Späße mehr, Cabbar!« sagte Memed.
Cabbar ging auf Sergeant Recep zu, ergriff seine Hände und küßte sie. »Verzeih mir, ich werde nie mehr Späße machen!«
Sergeant Recep lachte. »Dieser Zuhälter versteht es, sich bei jedem Liebkind zu machen.«
»Einmal und nie wieder«, besänftigte ihn Cabbar. »Mit solchen Späßen ist es ein für allemal vorbei.«
Sie ließen sich auf dem Boden nieder, um abzuwarten, bis die Dörfler sich beruhigen und in ihre Häuser zurückkehren würden. Jeder hing schweigend seinen Gedanken nach.
Allmählich ebbte der Lärm im Dorf ab.
Cabbar ertrug das Schweigen nicht lange. »Sergeant Recep«, fragte er, »hättest du das Kind wirklich umgebracht, wenn Memed nicht dazwischengetreten wäre?«

»Ausgelöscht hätte ich es, mit Leib und Seele. Was sonst? Was kümmert dich das?«
»Nichts, nichts. Ich habe ja nur gefragt ...«
Sergeant Recep knirschte mit den Zähnen. »Cabbar, deine Mutter muß die Dorfhure gewesen sein und dein Vater der Kuppler!«
»Sei jetzt still, Cabbar!« mahnte Memed.
»Ich sage doch gar nichts.«
Das Dorf lag nun wieder in der gleichen nächtlichen Stille.
»Kommt, wir müssen zu Onkel Durmuş Ali, bevor es Tag wird.«
»Laß uns eilen, Memed, um Gottes willen«, sagte Recep.
Durmuş Ali erwartete sie an seiner Haustür. Er hatte sie schon von weitem gehört. »Ich habe nicht mehr geschlafen. Ich warte schon eine ganze Weile auf euch.«
»Nun sind wir ja da, Bruder«, sagte Sergeant Recep.
»Ich habe ein Huhn für euch schlachten lassen. Ihr müßt jetzt einen tüchtigen Hunger haben.«
»Und wie, Bruder!« erwiderte Recep.
Durmuş Ali staunte den Sergeanten an. Alles Lederzeug, das er an sich trug, der Gürtel, die Patronengurte und der Gewehrriemen, war mit meisterhaft gearbeiteten Silberbeschlägen verziert. Sein lang herabhängender Schnurrbart schimmerte rot. Er pflegte ihn mit Henna zu färben.
Kaum saßen sie, als auch schon ein junges Mädchen mit schamhaft niedergeschlagenen Augen und einem heimlichen Lächeln zu Memed hin das Mahl auftrug. Zuerst kam heiß dampfender Reis, danach auf einer Platte das gebratene Huhn.
Receps Augen leuchteten. »Das ist die beste Arznei für meine Schmerzen, dampfender Reis, der so recht nach Butter duftet!«
»Hör mal, Sergeant, du hättest eigentlich so ein feiner Pinkel werden sollen statt Bandit«, stichelte Cabbar.
»Halt's Maul!« fuhr Recep zornig auf.
»Du sollst ihn in Ruhe lassen, Cabbar!«
»Was habe ich denn gesagt?«

Memed hatte gemerkt, daß Durmuş Ali ein paarmal halb zum Sprechen angesetzt hatte. »Was schluckst du die ganze Zeit, Onkel Durmuş Ali? Sag es nur!«
»Na ja, ich meinte, eh ... von Kind auf konnte man sich bei dir darauf verlassen, daß du ein anständiger Mensch werden würdest. Du hast recht getan, diese unschuldigen Kinder zu schonen.«
Das war mehr, als Sergeant Recep ertragen konnte. »Davon verstehst du nichts, Alter. Weißt du nicht, was Rache heißt? War dir noch nie danach zumute?«
»Nein.« Durmuş Ali senkte den Kopf.
»Wäre ich an Memeds Stelle gewesen, dann wäre in diesem Haus kein lebendes Wesen übriggeblieben. Sogar das Haus hätte ich dem Erdboden gleichgemacht. Hast du das gehört, Alter?«
»Ja, ich habe es gehört«, sagte Durmuş Ali, den Blick auf Memed gerichtet.
Während des Essens saß Memed gedankenverloren und schweigend da, den Kopf vornübergebeugt.
»Von Herzen Dank, Onkel Durmuş Ali!« sagte er schließlich.
»Von Herzen Dank«, tat es Cabbar ihm nach.
»Von Herzen Dank«, fiel Sergeant Recep ein, »jetzt bin ich wieder bei mir.«
Cabbar wollte eben zu reden beginnen, aber Memed hinderte ihn daran.
»Ich wollte dich noch etwas fragen, Onkel Durmuş Ali.«
»Ja, Memed?«
»Weißt du, in welches Dorf Ali der Hinkende gezogen ist?«
»Sie sagen, er sei nach Çağşak gegangen, zwei Tagesreisen von hier.«
»Wie können wir das genau erfahren?«
»Die Schwester des blinden Ali ist dort verheiratet. Seit zwei Tagen ist sie hier im Dorf. Die können wir fragen.«
Memed wandte sich an seine Gefährten. »Wir müssen Ali den Hinkenden finden. Wenn er in Çağşak ist, dann müssen wir eben dorthin.«

»Gut«, sagte Cabbar.
»Und meine Wunde?« meinte Recep. »Sie läßt mir keine Ruhe mehr, seit sie sich entzündet hat.«
»Du bleibst hier, Sergeant. Onkel Durmuş Ali wird dich pflegen.«
»Das werde ich gern tun, Bruder. Und sicher verstecken werde ich dich auch.«
Recep war ehrlich entsetzt über den Vorschlag. »Ich kann euch nicht allein lassen, und wenn ich draufgehe. Aber wie wäre es, wenn wir jemanden zu ihm schicken würden? Er soll hierherkommen.«
Durmuş Alis Frau, die bisher still in ihrer Ecke gesessen hatte, mischte sich in das Gespräch. »Meint ihr nicht diesen Gottlosen, der Memeds Spur verfolgt und all das Elend über ihn gebracht hat? Der kommt nie und nimmer. Der rückt aus in die Berge mit seinem schlechten Gewissen, wenn ihr nach ihm schickt.«
»Ihr müßtet zwei Tage hier bei uns im Stall bleiben«, sagte Durmuş Ali.
»Meinetwegen zwei Wochen«, antwortete Memed.
»Gut. Ich lasse einen Boten zum hinkenden Ali reiten. Er soll sagen, Durmuş Ali hätte einen Auftrag für ihn. Sie sagen, der Hinkende hätte geschworen, nie wieder eine Fährte zu suchen, nachdem das mit dir passiert ist. Aber mir zuliebe wird er kommen. Du wirst ihm doch nichts tun, Memed?«
»Ha!« rief die alte Frau dazwischen. »Bohre ihm einen Dolch zwischen die Rippen, Memed! Nur dieser ungläubige Hund ist an allem schuld, ohne ihn hätten sie dich nie gefunden, mitten im Wald. Durmuş Ali soll ihn herschaffen, und dann mache Hackfleisch aus ihm, hier vor der Tür! Ich will selbst losgehen und alle Dörfler zusammenholen. Sie sollen es alle sehen!«
»Red kein dummes Zeug daher, Frau«, sagte Durmuş Ali. »Als ob der Hinkende das getan hätte, um Memed zu schaden! Der denkt doch an nichts als Spurensuchen. Sonst weiß er nichts von der Welt. Er überlegt nicht, ob das, was er tut, gut oder

schlecht ist. Wenn du ihm etwas von einer Fährte sagst, verliert er den Verstand. Aber du hättest ihn einmal sehen sollen, als er aus dem Wald zurückkam – kein Blutstropfen war mehr in seinem Gesicht. Und als alle gegen Hatçe ausgesagt haben, um nicht davongejagt zu werden, da hat er als einziger sein Bündel geschnürt. Nein, Ali der Hinkende ist kein schlechter Mensch. Tu ihm nichts, Memed!«

Die Frau gab nicht nach. »Gut hin, gut her, Memed, du mußt ihn töten nach alldem, was er über dich gebracht hat. Und wenn du ihn selbst aus einem Mauseloch herausholen müßtest!«

Nun wurde Durmuş Ali zornig. »Weib, ich sage dir ein für allemal: Wenn du Allah und die Religion liebst, dann misch dich nicht in diese Sachen!«

»Und ich sage dir, Durmuş Ali, hör auf damit, den Jungen von seinem Weg abzubringen! Er soll tun, was er tun muß. Ach, mein Herz ist wie Eis vor Haß. Ich wünsche mir nur, daß ich seinen blutigen Kadaver sehen könnte!«

»Du wirst dem armen Kerl nichts tun, mein Memed, nicht wahr?«

»Ich will ihn eine Spur suchen lassen«, sagte Memed langsam, in ruhiger Überlegung.

Durmuş Ali neigte sich zu seinem Ohr. »Seine Spur?«

Memeds Augen bejahten.

»Das freut mich, Memed. Das macht mir Spaß. Ich lasse den Hinkenden sofort herholen. Der kommt im Laufschritt, so wie ich ihn kenne. Sie sollen euch gleich ein Lager in unserem Stall herrichten. Frau! Mach die Betten zurecht, anstatt dumm zu schwätzen, damit unsere Gäste schlafen können. Ich gehe los.«

»Fahr in die tiefste Hölle!« sagte seine Frau giftig. Ihr tiefbraunes Gesicht mit dem zusammengeschrumpften, zahnlosen Mund und den grauen Augen nahm einen geheimnisvollen Ausdruck an, als sie Memed mit bedeutsamen Gebärden zu sich heranwinkte, sich zu seinem Ohr beugte. »Traue nur diesen Schurken nicht, auch nicht deinem Onkel. Es sind alles

die Leute von diesem Gottlosen. Sie bringen es fertig, dich hier in den Stall zu stecken und dann an die Gendarmen zu verraten. Deshalb will ich jetzt in die Mühle gehen und zwei Tage lang aufpassen. Wenn die Gendarmen kommen, lasse ich dich warnen, damit du rechtzeitig fliehen kannst. Ich will nicht, daß dir hier im Dorf etwas zustößt, Memed. Ich muß auf dich aufpassen, das bin ich der armen Döne schuldig. Und deinem Vater, der ein so guter Mann war ... Jetzt lasse ich euch euer Lager richten. Wollt ihr euch gleich hinlegen?«
»Ich bin todmüde, Mutter Hürü. Drei Tage ohne Schlaf ...«
»Ach, du armer Junge!« Aufregung bemächtigte sich der kleinen, weißhaarigen Greisin. »Ich Närrin, die Augen sollen mir auslaufen! He, Mädchen, Töchter des Gottlosen! Die Burschen sind halb tot vor Müdigkeit. Macht ein Lager im alten Kuhstall auf dem Stroh!«
»O weh, Mutter!« stöhnte Recep.
»Was ist denn, Sergeant?« fragte Memed.
»Da, schau nur mal meinen Hals an! Er ist so geschwollen, daß er nicht mehr zwischen die Schultern paßt!«
»Wir machen dir gleich etwas dafür.«
»Mutter Hürü wird dir jetzt etwas zurechtmachen, kein bißchen mehr bleibt davon zurück«, sagte die alte Frau.
Ein kleiner, am Stützbalken des Stalles befestigter Kienspan warf flackerndes Licht in den Raum. Der Stall war zur Hälfte mit Stroh gefüllt, dessen Staubdunst beizend in die Nasen drang. Auf einer Seite war getrockneter Kuhmist zum Heizen aufgeschichtet. In den Spinngeweben an der Decke hingen Tausende von kleinen Strohteilchen. Als die Frauen mit dem Ausbreiten der Lager fertig waren, schlossen sie die Tür und ließen die Gäste allein. Durch das kleine Fenster drang das erste Frühlicht. Der Tagesanbruch mußte nahe sein.
Cabbar stand neben seinem Schlafplatz und gähnte mit geschlossenen Augen. Sergeant Recep warf sich auf sein Strohlager. »Brüder, ich verbrenne vor Hitze. Aber wir dürfen nicht alle schlafen. Einer muß Wache halten.«
»Ihr könnt schlafen«, sagte Memed, »ich halte Wache.«

Cabbar schlief sofort ein. Recep wimmerte vor sich hin. Memed setzte sich mit seinem Gewehr oben auf den Strohhaufen, den Kopf zwischen den Knien.
Gegen Mittag brachte ihnen Hürü zu essen.
»Oh, das habe ich ganz vergessen«, sagte sie erschrocken, als sie Receps leises Jammern hörte.
Als sie mit dem Essen fertig waren, kehrte die Alte mit einer dampfenden Schüssel zurück. »Das hat mein Vater immer zurechtgemacht, wenn einer eine Wunde hatte. Davon ist jeder bald wieder gesund geworden.«
Mit geschickten Händen machte sie sich daran, die Wunde freizulegen. Es war nicht leicht; der alte Verband war festgeklebt. »Bruder, deine Wunde ist aber bös entzündet. O du armer Kerl, was mußt du für Schmerzen haben!«
Recep klagte leise, mit zusammengebissenen Zähnen. Hürü versorgte die Wunde, umwickelte sie mit einem sauberen Verband. »Ah, das tut mir gut«, atmete der Sergeant auf. »Allah segne deine hilfreichen Hände, Schwester.« Erleichtert legte er sich schlafen.
»Schlaf du auch, Bruder«, sagte Cabbar. »Ich wache jetzt.«
Hürü schickte sich an, von der Mühle Ausschau zu halten. »Sobald ich Gendarmen auftauchen sehe, schicke ich euch Nachricht. Sie sollen keine Schuftigkeit gegen dich begehen, Memed. Nicht in diesem Haus, nicht gegen Dönes Sohn ...« Sie ging.
Memed legte sich nieder, aber er konnte nicht schlafen, so müde und übernächtig er seit Tagen war. Die Mutter tot, Hatçe im Gefängnis, das war zuviel für ihn. Er war fast betäubt vor Schmerz, manchmal war ihm, als müßte er darunter ersticken. Der Kummer fraß an seinem Herzen wie helle Flammen. Alles war ihm zuwider, er selbst, die Menschen, seine Gefährten. Aber er ließ sich nicht anmerken, wie ihm zumute war.
Um Mitternacht riß ihn Cabbar aus seinen Gedanken. »Mir ist jetzt nach Schlaf. Komm, löse mich ab.«
Memed kletterte wieder auf den Strohhaufen, zog die Knie bis

zur Brust hoch, stützte den Kopf darauf und grübelte weiter. Gegen Morgen übermannte ihn doch der Schlaf. Aber als die Stalltür aufging, fuhr er sofort hoch und hob die Flinte.
Durmuş Ali lächelte. »Was soll das, Ince Memed? Willst du mich totschießen? Höre, Ali der Blinde hat Ali den Hinkenden mitgebracht! Sie sind schon hier. Wecke deine Gefährten, kommt heraus. Ich habe dem Lahmen auseinandergesetzt, worum es geht. Er stirbt bald vor Angst. Meine verrückte Alte ist gleich auf ihn losgegangen, hat ihm ins Gesicht gespuckt. ›Wenn Ince Memed dich nicht tötet, tue ich es‹, hat sie gesagt. Du kannst dir denken, wie der Kerl jetzt um sein Leben zittert. ›Habt ihr mich hierhergebracht, um mich zu töten?‹ fragte er immerzu.«
In Memeds Gesicht war bei der Nachricht ein leiser Freudenschimmer erschienen. Auch Cabbar war wach geworden. Erst wollten sie den Sergeanten schlafen lassen, aber dann dachten sie, daß sie ihn damit erzürnen würden.
»Sergeant Recep, steh auf!« rief Cabbar. »Ali der Hinkende ist da. Wir müssen uns mit ihm besprechen.«
Recep versuchte vergebens, seinen Hals zu recken. »Was sagst du? Ali der Hinkende?«
»Komm, steh auf. Wir müssen zu dem Kerl«, sagte Memed. »Wartet einen Augenblick!«
Der Sergeant klopfte sich das Stroh von den Kleidern, rückte sein silberbeschlagenes Lederzeug zurecht und zwirbelte den Schnurrbart. Dann zog er einen silbernen Kamm hervor und kämmte sich sorgfältig die Haare. Aber er vermied es, auf seine Füße zu blicken; von seinen Schuhsohlen war nichts mehr übrig. Schließlich bürstete er noch mit dem Rockärmel den Staub von seinem Fes.
Cabbar konnte nicht an sich halten: »Und die Schuhe? Sie sind nicht gerade die schönsten, aber es muß wohl auch so gehen.«
Als sie ins Haus traten, versuchte Ali der Hinkende neben dem Feuer aufzustehen. Aber er war so schwach in den Knien, daß er nicht hochkam. Er war aschfahl im Gesicht.

Ali der Blinde sagte: »Den Bruder Ali habe ich geholt.«
»Danke dir«, sagte Memed.
»Also du bist dieser Schurke von einem Spurensucher?« starrte ihn Recep drohend an. »Hast du keine Furcht vor Allah, Mann? Und kein Schamgefühl im Leibe?«
Ali der Hinkende starrte reglos in die Asche der Feuerstelle.
»Still, Sergeant. Ich werde mit Ali Aga reden.«
»Ja, ja!« ereiferte sich Recep. »Sprich nur mit diesem Schuft ohne Ehre und Gewissen!«
Memed hockte sich neben Ali nieder. »Ich habe etwas mit dir zu bereden. Kommst du auf einen Augenblick mit nach draußen?«
Ali der Hinkende stammelte, erstarrt vor Angst. »Memed, das habe ich nicht gewußt, daß es so ausgehen würde. Laß mich am Leben! Ich habe Weib und Kind ...«
»Du brauchst keine Angst zu haben. Ich will dir nur etwas sagen, was kein anderer zu wissen braucht.«
»Gnade, Memed, Barmherzigkeit!« wimmerte Ali. »Ja, ich habe dir Schlimmes angetan, Bruder, aber vergelte es mir nicht!«
»Komm mit, ich will dir dort in der Ecke etwas sagen.«
Ali der Hinkende hatte keinen Tropfen Blut mehr im Gesicht. Er zitterte wie Espenlaub. »Memed, Bruder, ich will deine Fußsohlen küssen, laß meine Kinder nicht zu Waisen werden!«
Sergeant Recep wurde wütend. »Dein Maß ist voll, du hinkender Schurke! Wirst du wohl aufstehen?«
Er zog seinen Dolch aus dem Gürtel.
»Du rührst den Mann nicht an, Sergeant!« rief Memed.
»Aber nein, wir werden ihm kein Haar krümmen, es wäre schade um ihn. Ein feiner Mann! Ich schenke ihn dir, verziere deinen Fes damit!«
Widerwillig steckte Recep die Waffe wieder zurück.
»Ich will dir nichts tun, Ali Aga, du brauchst dich nicht vor mir zu fürchten. Hätte ich dich töten wollen, dann hätte ich es gleich getan. Ich will dir etwas ins Ohr sagen.«

Zögernd stand Ali der Hinkende auf, ging, den kranken Fuß nachschleppend, in die dunkle Ecke.
Memed folgte ihm.
»Höre, Ali. Du hast all dieses Unheil über mich gebracht. Gut. Hinterher hast du dich wie ein Mann gezeigt. Gut. Das ist alles vorbei. Jetzt geht es um andere Dinge. Du wirst eine neue Spur suchen. Für mich.«
»Bei Allah«, ächzte Ali der Hinkende verzweifelt, »nachdem das mit dir gewesen ist, habe ich geschworen, nie wieder eine Spur zu suchen. Töte mich lieber. Ich habe es beschworen. Ich kann meine Hand nicht noch einmal mit Blut beflecken.«
»Du willst nicht? Dann bist du ein toter Mann.«
Ali sank in sich zusammen. »Das nicht! Das nicht, um Allahs willen!«
»Du wirst die Spur suchen oder ... Da hilft dir kein Flehen und Jammern.«
»Welche Spur meinst du?«
»Die von Abdi Aga. Du wirst ihn finden, und wenn er unter den Flügeln eines Vogels steckt. Wenn nicht, dann weißt du ...«
»Oh, Bruder!« atmete Ali auf. »Das ist es, was du von mir willst? Ja, wenn es so ist! Den finde ich für dich, und wenn ich ihn in der Hölle suchen müßte! Er ist entweder in der Kreisstadt oder im Dorf Avşar oder in Saribahçe. Kommt nur mit mir in die Çukurova, ich finde den Gottlosen. Das ist so sicher, als hätte ich ihn schon. Der Gottlose hat mir das Haus über dem Kopf zusammengerissen, als ich gesagt habe, von mir bekäme er keine falsche Aussage. Seither sitze ich mit Weib und Kindern in Çağşak und hungere. Ja, Bruder, um den zu finden, ist mir nichts zuviel. Und wenn ich als Bandit in die Berge gehen muß‹...«
»Gut«, sagte Memed. »Komm, wir wollen uns wieder ans Feuer setzen. Du wirst keinem etwas davon sagen. Durmuş Ali hat schon gemerkt, was los ist, aber der hält den Mund.«
»Von mir aus soll es die ganze Welt erfahren. Was dieser Mensch den Leuten im Dorf angetan hat, dir, Hatçe und mir,

das hat schon lange auf mir gelegen wie ein Berg. Am liebsten nähme ich mir eine Flinte und käme mit dir.«
Als sie wieder am Feuer saßen, strahlte sein Gesicht.
»Du schaust so vergnügt aus, Hinkender«, sagte Durmuş Ali, »siehst du etwa wieder eine neue Fährte vor dir?«
»Nein, nein. Ich freue mich, weil mir Memed verziehen hat.«
Dann legten sie sich wieder im Kuhstall zur Ruhe. Ali der Hinkende mit ihnen.
Vor Tagesanbruch verließen sie ihre Strohlager und machten sich auf den Weg.
»Lebt wohl, Mutter Hürü, Onkel Durmuş Ali!« rief Memed zurück. Das Dorf begann zu erwachen. Hier und da rauchte schon ein Schornstein.
»Memed, Memed!« rief ihm Hürü nach. »Ich habe keine Ruhe, bevor du den Schurken in Stücke gehackt hast! Döne dreht sich im Grabe um, wenn du es nicht tust. Hörst du?«
»Glück auf den Weg, mein Junge! Hör nicht auf die verrückte Alte! Nichts für ungut, Ali, die Weiber werden mit dem Alter immer schlimmer!«
Als sie aus dem Dorf heraus waren, leckte sich der Hinkende Ali genüßlich über die Lippen. »Ha, bald werde ich den Gottlosen mit meinen eigenen Augen sterben sehen ... Memed, Bruder, hör mir einmal gut zu. Ich habe wie ein Hund gegen dich gehandelt, aber ich will es von jetzt an wiedergutmachen. Du hast ein gutes und mildes Herz, Bruder. Ich werde dir helfen, wenn wir den Gottlosen ausgelöscht haben. Ein anderer als du hätte mich bestimmt getötet, aber du hast verstanden, daß mich keine Schuld trifft. Ja, hätte ich gegen Hatçe ausgesagt, dann stünde die Sache anders.«
Recep hatte lange geschwiegen. »Du bist also ein guter Spurensucher?« fragte er Ali den Hinkenden.
»Ich war es, bis ich den Schwur getan habe, keines Menschen Fährte mehr zu verfolgen. Jetzt spüre ich nur noch das Rotwild für die Jäger auf. Wenn ich das nicht tun könnte, dann wollte ich nicht mehr leben.«
»Das ist ein Leben!« Cabbar und Recep schüttelten die Köpfe.

Bis sie zu der Hochfläche am »Hängenden Felsen« kamen, blieben sie stumm.
Tau lag auf den Wegen, auf der roten Erde, die einen Geruch ausströmte, der an den der Çukurova erinnerte.
Recep klagte wieder über seine Schmerzen. Er war vor dem Zusammenbrechen. »So geht es nicht«, sagte Ali der Hinkende. »Die Wunde wird sich immer schlimmer entzünden. Wir müssen in ein Dorf. Hier in der Nähe liegt das Haus Ümmets des Blonden. Ein guter Mann. Dorthin können wir gehen.«
»Nein«, entgegnete der Sergeant, »das bringe ich nicht über mich, nur wegen so einer Wunde in den Häusern herumliegen, wenn wir hinter dem Gottlosen her sind. Memed, Cabbar«, schrie er wild, »bei dieser Unternehmung überlaßt ihr mir die Führung und gehorcht jedem meiner Befehle! Einverstanden?«
»Einverstanden, Sergeant«, sagte Memed. »Einverstanden, was auch immer geschieht. Mal sehen, was du vorhast.«
»Wer sich mir widersetzt, wird umgelegt, und wenn es mein eigener Vater wäre!«
»Schön«, sagte Cabbar, »aber was hast du vor? Wir werden dir gehorchen, aber nun erzähl uns einmal, was du im Sinn hast.«
»Das überlasse nur mir. Höre, Ali, du bist ja ein guter Spurensucher. Du hast dein Wort gegeben, diesen gottlosen Abdi aufzustöbern.«
»Das habe ich, und ich finde ihn, darauf kannst du dich verlassen. Mein einziger Wunsch wäre, daß ich ihn mit eigener Hand in die Hölle schicken könnte.«
»Und wo, denkst du, ist er jetzt?«
»Das kann ich nicht genau sagen. Entweder in der Kreisstadt oder im Dorf Avşar. Vielleicht ist er sogar bis nach Yüreğir ausgerückt, vor allem, wenn er weiß, daß wir hinter ihm her sind. Weil sich nach Yüreğir, in die Ebene, keine Banditen hinuntertrauen.«
»Und was machen wir, wenn er wirklich dort ist?«
»Dann beobachte ich ihn und gebe euch Nachricht, sobald er von Yüreğir weggeht. Ich lasse ihn nicht aus den Augen.«

»Und was sollen wir jetzt tun?«
»Ihr bleibt am besten im Haus Ümmets des Blonden. Ich gehe inzwischen in die Çukurova und mache ihn ausfindig. Dann gebe ich euch sofort Bescheid. Auf, gehen wir zu Ümmet dem Blonden. Er haßt den Gottlosen genauso wie wir.«
Am Nachmittag erreichten sie das Haus, das einsam auf einem bewaldeten Hügel stand.
»Hier, das ist unser Ince Memed!« sagte Ali der Hinkende.
Ümmets Gesicht leuchtete auf. »Das habe ich mir schon lange gewünscht, dich einmal zu sehen, Bruder! Wie ich mich darüber gefreut habe, daß du in die Berge gegangen bist!«
Ali der Hinkende ließ die anderen im Hof des Hauses zurück, wandte sich um und stapfte los.
»Du hättest erst einen Kaffee trinken sollen, Bruder Ali!« rief Ümmet der Blonde hinter ihm her.
»Keine Zeit«, gab der Hinkende zurück, »ich habe eine dringende Sache zu erledigen.«
Er bewegte sich so schnell vorwärts, wie es sein nachschleifender Fuß erlaubte. Bald war es dunkel, ein leiser Nachtwind kam auf. Hinter den Bäumen schimmerte der Mond, eine gefrorene Scheibe.
»Ich finde ihn«, murmelte er vor sich hin, »und wenn er sich unter den Flügeln eines Vogels versteckt hat.«
Er dachte daran, wie sein Haus vor seinen Augen eingerissen worden war, von Abdi Agas Leuten, in einer einzigen Stunde, das Haus, an dem er jahrelang gearbeitet, das er unter tausend Mühen vervollkommnet und ausgeschmückt hatte. Nun war es nur noch ein Schutthaufen. Er biß die Zähne aufeinander und beschleunigte seine Schritte.
Der neue Tag war angebrochen, als er in die Kreisstadt kam. Er ging zum Basar. Der Straßenfeger Murat, der Aussiedler, kehrte fröstelnd den Marktplatz.
Ali rief Murat einen Gruß zu und humpelte in seinem Eilschritt zu Tevfiks Kaffeestube. Das Kaffeehaus war gerade geöffnet worden. Er bestellte einen Tee. Das dampfende Getränk vor sich und kaum fähig, seiner Erregung Herr zu wer-

den, wartete er, bis die Läden des Basars aufmachten. Als das erste Morgenlicht auf die mit weißen Steinen gepflasterten Bürgersteige fiel, wandte er sich zu Onkel Mustafas Laden. Onkel Mustafa war ein freundlicher Weißbart aus Maraş. Sein Geschäft war noch geschlossen, Ali mußte sich davorsetzen und warten.

Gegenüber lag die Schmiede des blinden Haci. Bald erschien der Blinde und begann singend seine Hufeisen zu bearbeiten. Dann kam auch Mustafa Efendi. Als er Ali den Hinkenden an der Schwelle seines Ladens sitzen sah, lachte er freundlich. »Nun? Führen die Diebesspuren bis in meinen Laden?«

Ali richtete sich auf. »Ja, so ist es.«

»Komm herein, Ali. Wo hast du die ganze Zeit gesteckt, Bruder? Man hat dich ja gar nicht mehr zu Gesicht bekommen.«

»Ach, frag nicht! Ein Unglück nach dem anderen.«

»Ja, ich habe davon gehört. Daran hat Abdi Aga nicht gut getan. Und wenn er noch so regelmäßig die täglichen Gebete einhält – was er an dir getan hat, war unmenschlich.«

»Er soll hier in der Stadt sein, hat man mir gesagt«, forschte Ali vorsichtig. »Wenn das stimmt, dann ist es besser, wenn ich mich nicht hier blicken lasse. Sonst kriege ich nur Ärger.«

»Da kannst du unbesorgt sein, Ali«, sagte der Alte. »Der zittert jetzt um sein Leben wegen dieses jungen Burschen, der zu den Banditen gegangen ist. Das muß ja ein Mordskerl sein, wie man so hört. Abdi Aga jedenfalls weiß nicht mehr, wo er sich noch verstecken soll vor diesem Jungen. Es hält ihn nicht einmal mehr in der Stadt. Gestern war er bei mir. Er hat Zigaretten und Streichhölzer gekauft, dann ist er in vollem Galopp fortgeritten, nach Aktozlu. Da muß er sich niedergelassen haben. Ja, Ali, du mußt geduldig sein, was er dir auch angetan hat. Jeder Schurke findet einmal seinen Meister. Du siehst ja, jetzt flieht er schon vor einem kleinen Jungen von einem Schlupfwinkel in den anderen.«

»Bei wem wird er wohl in Aktozlu wohnen?« fragte Ali vorsichtig weiter.

»Natürlich beim Dorfvorsteher, bei Hüseyin. Das ist doch ein Verwandter von ihm.«
Ali wollte ganz sichergehen. »Nein, ich glaube eher, daß er sich in Saribahçe verkriecht, wo der Sohn seines Onkels wohnt. Dort bleibt er immer, wenn er in die Çukurova kommt. Ich weiß, daß er nicht gern nach Aktozlu geht.«
»Was sagst du da, Ali?« ereiferte sich Mustafa Efendi. »Der Mann ist vor Angst gelb wie Bernstein, alles Blut ist aus ihm gewichen, und da wird er sich dem Schutz seines Vetters anvertrauen, dieses Weichlings? Nein, dazu ist Abdi viel zu schlau! Vor ein paar Tagen soll dieser junge Bandit sein Haus überfallen haben. Er wollte die Kinder umbringen, aber dann kam ihn doch das Mitleid an, und er ließ sie leben. Eine ganze Gendarmenabteilung ist hinter dem Jungen her, sagen sie. Heißt er nicht Ince Memed? Meinst du, Abdi traut sich aus Aktozlu heraus, nachdem er das gehört hat? Der Dorfvorsteher Hüseyin ist ein tapferer Mann. Der stirbt eher, bevor er einen Gast ausliefert. Und du glaubst, der durchtriebene Abdi ginge nach Saribahçe? Da bist du gewaltig im Irrtum. Geh nur, an Hüseyins Herdfeuer wirst du ihn finden; das ist so sicher wie nur irgend etwas.«
»Was er mir getan hat, das möge Allah ihm tun«, sagte Ali. »Ich wünsche ihm, daß er lange an alle Türen im Lande klopfen und in Todesangst schwitzen muß.«
»Sei geduldig«, sagte Mustafa Efendi. »Der Tag kommt auch für ihn, früher oder später.«
Obwohl Ali der Hinkende nun alles über Abdi Agas Versteck wußte, war er noch nicht recht zufrieden. Er sagte sich, daß er Ince Memed nicht auf bloßen Verdacht hin in die gefährliche Çukurova-Ebene bringen dürfe. Wenn er dann auch noch dort für nichts und wieder nichts gefaßt würde, war nichts mehr zu machen.
Er kaufte ein wenig Helva bei Mustafa Efendi und Brot beim Bäcker gegenüber, dann machte er sich auf den Weg nach Aktozlu.
Eine Wegstunde hinter der Kreisstadt beginnen die Sümpfe

von Ağcasaz, wo das Riedgras so dicht und so hoch steht wie ein Wald. Der Savrun-Fluß, der das Sumpfland kristallklar erreicht und dann die Moräste durchquert, ist von hier an trübe. Das Dorf Aktozlu liegt am Rande der Sümpfe. So gut wie alle seine Einwohner haben mit der Malaria zu tun. Am Schilfdickicht von Yalnizdut wurde Ali stutzig. Er ging erst hier einer Spur nach, dann dort. Plötzlich war er auf der Fährte eines Schakals. Sie führte immer tiefer in den Sumpf hinein, aber der Hinkende konnte sich nicht von ihr trennen, auch wenn er innerlich über die verrückte Bestie fluchte. Endlich brachte ihn die Spur wieder auf festen Boden. »Der verdammte Schakal wußte genau, was er wollte«, sagte er sich. »Ein schlaueres Tier gibt es nicht.«
Am folgenden Vormittag erreichte er Aktozlu, ein Dörfchen von vielleicht fünfundzwanzig Hütten aus Schilfrohr. Das Schilf der Dächer war frisch, wie immer in den sumpfnahen Dörfern. In den Siedlungen, wo sie das Schilfrohr von weit her holen müssen, sind die Dächer von der Sonne ausgedörrt und silbrig gebleicht.
Das Dorf lag wie ausgestorben da. Nur in der Tür einer winzigen, ganz von Hecken eingezäunten Hütte zeigte sich eine Frau, die sofort wieder verschwand.
»He, Schwester!« rief Ali. »Frau Schwester, wo ist wohl Hüseyin Agas Haus?«
Die Frau erschien wieder an der Tür, zeigte auf ein langgestrecktes, halb mit Schilf, halb mit Zinkblech gedecktes Haus mitten im Dorf. Ali beschleunigte seine Schritte, humpelte atemlos vor Erregung darauf zu.
Die große Tür stand offen. Er blieb einen Augenblick davor stehen, bis ein hochgewachsener Mann aus dem Hause auf ihn zutrat. »Suchst du jemanden, Bruder?«
»Ich bin einer von Abdi Agas Dorfleuten und habe eine Nachricht für ihn.«
»Dann komm herein.«
Das langgestreckte Haus ganz durchquerend, gelangten sie in einen mit gewebten Kelims ausgelegten Raum. Neben dem

prasselnden Feuer saß er, Abdi Aga, seine Gebetskette langsam zwischen den Fingern bewegend, während der Körper im Halbschlaf leicht hin und her schwankte. Ali blieb abwartend in der Tür stehen.

»Aga, da ist einer aus deinem Dorf«, sagte der Große.

Schläfrig hob der Aga den Kopf, starrte Ali an, der sich nur mit Mühe aufrecht halten konnte. Abdis verständnisloser Blick zeigte, daß er den Ankömmling zuerst nicht erkannte. Dann kniff er forschend die Augen zusammen, und sein Gesicht verlor die Farbe. Er wollte etwas sagen, brachte aber kein verständliches Wort heraus. Ali humpelte auf ihn zu. Abdi Agas Augen weiteten sich, die Gebetskette fiel ihm aus der Hand.

»Komm her zu mir, Ali, mein Sohn«, konnte er schließlich sagen. »Hast du Neuigkeiten aus dem Dorf?«

Ali der Hinkende setzte sich neben ihn ans Feuer.

»Nun, was gibt's?«

Ali blickte ein paarmal auf den noch immer dastehenden Mann. Abdi Aga begriff.

»Laß uns einen Augenblick allein, Osman. Wir haben vertrauliche Dinge zu bereden.«

Der Hochgewachsene schloß die Tür hinter sich. Abdi rückte näher. »Laß hören, Ali.«

Plötzlich veränderte sich seine Miene, nahm einen drohenden Ausdruck an. »Oder bist du jetzt dabei, meine Spur zu verfolgen?«

Ali der Hinkende blickte so verzweifelt, als wollte er in Tränen ausbrechen. »Ach, Aga, die Spurensucherei hat ein Unglück nach dem anderen über mich gebracht! Mein Heim habe ich verloren, mein Haus, und nun wird sie mich noch mein Leben kosten. Ince Memed hat mich in Çağşak überfallen und weggeschleppt. ›Den Abdi Aga fange ich auch noch‹, hat er gesagt, ›dann bringe ich euch beide um!‹ Dann hat er eines Nachts euer Haus aufgebrochen – das war ein Tumult und Geschrei! Aber in dem Durcheinander bin ich ihm entwischt in Hösüks Haus. Der hat mir die Fesseln von den Händen gelöst. ›Schau doch mal nach, was in des Agas Haus los ist!‹ habe ich ihm gesagt. Mein Hösük kommt zurück. ›Der Aga ist nicht im Haus!‹ sagt er, ›man kann nicht hinein, Memed hat die Tür von innen verriegelt.‹ Die Frauen und Kinder kreischen fürchterlich! Ja, und dann haben zwei Banditen überall im Dorf nach mir gesucht. Ich habe mich aus dem Staub gemacht. Hinter mir war die Hölle los, man hat das Angstgeschrei noch unten im Tal gehört. Deshalb bin ich zu dir gekommen, ich weiß mir nicht mehr zu helfen …«

Abdi Aga war blaß geworden.

Ali der Hinkende brach in Schluchzen aus. »Weib und Kind sind in Çağşak zurückgeblieben, Aga. Was habe ich denn Schlechtes getan? Jetzt kann ich mich nicht mehr zurücktrauen! Ach, was soll ich nur machen? Gib mir doch einen Rat, lieber Aga! Aber du bist ja selber schlimm dran. Wie mag es dir hier ergehen, in den fiebrigen Çukurova-Dörfern? Ganz abgesehen von uns, es jammert mich, wenn ich an deine Lage denke. Du bist doch ein mächtiger Aga über fünf Dörfer. Und jetzt sagen sie überall, du wärest vor einem Däumling geflohen und müßtest dich in der Çukurova verstecken. Mir kommen die Tränen, wenn ich daran denke!«

Abdi Agas Gesicht und Hals waren gerötet. Tränen standen ihm in den Augen. »Ali, mein Sohn, ich habe schlecht gegen dich gehandelt, du Ärmster. Du kannst deine Habe aus Çağşak holen und wieder in dein Dorf zurückkehren. Ich gebe dir ein Papier mit, meine Leute sollen dir Ochsen und Saatgut geben. Verzeih mir, mein Sohn. Geh jetzt und ziehe wieder zurück.«

»Ach, wie kann ich das?« jammerte Ali. »Dieser Schurke bringt mich um, wenn ich mich wieder in der Gegend blicken lasse!«

»Hab nur keine Angst vor ihm; glaubst du denn, ich ließe ihn noch lange in den Bergen sein Unwesen treiben? Er hat sich mit Durdu dem Tollen überworfen. Mit dem werde ich jetzt Verbindung aufnehmen. Und Çiçeklis Bande hetze ich ihm auch noch auf den Hals, das wirst du noch sehen! Solange noch ein Atemzug Leben in mir ist, will ich ihn jagen wie ein

Rebhuhn. Nein, mein Lieber, du brauchst keine Angst zu haben.«
Er zog ein Bündel Geldscheine aus der Tasche.
»Da, nimm, mein Sohn, das ist für dich. Nun hör einmal gut zu. Du gehst sofort nach Değirmenoluk und sagst meinen Leuten, sie sollen drei von den Schafherden in die Çukurova treiben. Dieser Verfluchte darf dich aber nicht zu Gesicht bekommen. Du kannst bei Nacht ins Dorf gehen, damit dich niemand sieht. Dann schickst du einen von den Tagelöhnern nach Çağşak und läßt ihn deine Sachen holen. Du kommst gleich wieder zurück und bringst mir Nachricht, wie es meinen Kindern geht. Ich muß wissen, was der Verfluchte mit ihnen gemacht hat. Jetzt iß erst etwas, und dann mach dich auf den Weg.«
Ali der Hinkende fing wieder an zu heulen. »Bitte, tue mir das nicht an, lieber Aga, schicke mich nicht zurück! Der Verfluchte tötet mich!«
Abdi Aga wurde zornig. »Du machst das, was ich dir sage! Wer weiß, ob die Gendarmen ihn nicht schon längst erwischt haben. Was versteht er denn von der Banditenspielerei!«
»Gut, Aga, ich gehe sofort. Er ist ja noch ein Anfänger.«
Alis Essen wurde gebracht. Er schlang es schnell hinunter, dann zog er ab. In pausenlosem Weg kam er in anderthalb Tagen wieder zu dem Haus von Ümmet dem Blonden. Es war um Mitternacht. Er stieß einen leisen Pfiff aus. Ümmet kannte ihn und öffnete sofort.
»Willkommen, Bruder! Sprich leise, das Haus ist voll von Gendarmen. Sie waren hinter eurem Memed her und sind jetzt auf dem Rückweg. Sie schlafen fest. Sergeant Asim war ganz von Sinnen, kann ich dir sagen. Dabei lassen es sich eure Burschen im Strohschober wohl sein, bei einem Lamm, das ich ihnen gebraten habe! Dieser Ince Memed muß ja ein stahlharter Bursche sein. Und ein feiner Kerl obendrein, redet nicht viel und hält sich so zurück, als hätte er mit sich selber genug zu tun. Das kann man auch an seinen Augen sehen, in denen leuchtet es manchmal so auf ... Du wirst sehen, er wird

noch mal der berühmteste Bandit in diesen Bergen! Komm, ich führe dich zu ihm.«

Vor dem Schuppen hob Ümmet der Blonde zwei Steine auf und schlug sie dreimal gegeneinander. Leise wurde die Tür geöffnet. »So, da bin ich wieder«, sagte Ali der Hinkende.

»Willkommen«, erwiderte Memed. »Hör einmal, Ali Aga, dein Freund Ümmet hat das Herz auf dem rechten Fleck. Ein anständiger Mann. Jeder andere hätte uns längst ans Messer geliefert! Gut, daß du gekommen bist.«

»Bruder, ich habe ihn gefunden! In Aktozlu sitzt er, bei Hüseyin Aga am Feuer.«

Außer sich vor Freude, zündete Memed ein Streichholz an und vergaß alle Vorsicht. Als die Kienfackel brannte, näherte er sich leise dem Lager in der Ecke, auf dem Cabbar und Sergeant Recep schliefen. Er stieß Cabbar an. Der riß sofort die Augen auf und packte sein neben ihm liegendes Gewehr.

»Alles in Ordnung, Cabbar. Ich bin's nur.«

»Was ist denn los?«

»Ali ist zurück.«

»Hat er ihn aufgespürt?«

»Ja, jetzt klappt die Sache.«

»Und gehen wir sofort los?«

»Ja. Aber was machen wir mit Sergeant Recep? Es steht schlimm mit ihm. Jetzt kann er den Hals nicht mehr bewegen und denkt, es wäre zu Ende mit ihm. Sollen wir ihn lieber hierlassen?«

»Der bleibt nicht, Memed. Er macht uns einen Höllenspektakel.«

»Ja, es hilft nichts, wir müssen ihn wecken.«

Cabbar rüttelte den Sergeanten. Recep drehte sich auf die andere Seite und schlief weiter.

»Sergeant, steh auf!«

»Ich kann doch nicht«, stöhnte Recep. »Laßt mich in Ruhe, ich sterbe.«

»Los, Sergeant, steh auf, Mann! Wir müssen sofort weg!« Cabbar zerrte ihn an der Hand hoch.

»Laßt mich doch! Ich sage euch, ich muß sterben, sterben muß ich ...«
»Sergeant, steh auf! Du bist doch unser Bandenführer, unser Löwe, du kannst doch nicht liegen bleiben!«
Sobald Cabbar seine Hand losgelassen hatte, war Recep auf das Lager zurückgefallen und auf der Stelle wieder eingeschlafen.
»Der arme Kerl«, sagte Memed. »Zum ersten Mal seit Tagen schläft er wieder, nachdem er sich dauernd herumgewälzt hat!«
Dann packte er ihn an den Handgelenken, zog ihn hoch, flüsterte ihm ins Ohr: »Sergeant, Sergeant! Abdi Aga ist in Aktozlu. In Aktozlu! Ali der Hinkende ist da. Ali der Hinkende!«
Sergeant Recep öffnete die Augen. »Hat er ihn gefunden? Dann hat er seine Haut gerettet. Sonst hätte ich ihm unweigerlich den Garaus gemacht.«
Er stand auf. Sein Gesicht war verzerrt. Solche Anstrengung kostete es ihn, den Schmerz zu verbeißen.
»Schaut noch mal nach meiner Wunde, bevor wir losziehen. Burschen, jetzt wird Sergeant Recep die beste Tat seines Lebens vollbringen. Er wird den gottlosen Abdi töten! Dafür wird ihm Allah seine sämtlichen Sünden vergeben.«
»Warte, ich versorge deine Wunde«, sagte Ali der Hinkende.
»Mensch, Ali«, stöhnte Recep, »wenn du ihn nicht gefunden hättest, wäre es um dich geschehen gewesen. Ich hätte dich umgebracht, mein Wort darauf.«
»Ja, ich habe mein Teil getan. Jetzt tut ihr das eure und gebt ihm seine Strafe, diesem Feind der Hilflosesten.«
»Darauf kannst du dich verlassen. Das werde ich besorgen.«
Ali gab Salbe auf die Wunde, bandagierte sie neu.
»Los jetzt«, drängte er, »schade um jede Minute, die der Unmensch noch länger lebt.«
Sie brachen so eilig auf, daß sie sogar vergaßen, sich von Ümmet zu verabschieden.
»Daß es endlich soweit ist ...«, murmelte Cabbar.
»Gott sei Dank«, sagte Memed. Er verging vor Ungeduld.

Seine Füße schienen kaum den Boden zu berühren. Ali humpelte hinter ihm, so schnell er konnte. Unterwegs brachte er die anderen mit der Erzählung seiner Schwindeleien bei Abdi Aga zum Lachen.
»Zehn Lira hat er mir sogar gegeben!«
Als sie Yalnizdut erreichten, waren sie erschöpft vor Hunger. Bis hierher hatten sie es in ihrer Begierde, ans Ziel zu kommen, nicht über sich gebracht, auf dem nächtlichen Marsch durch Täler und Sümpfe eine Pause einzulegen. Am Tage mußten sie sich verborgen halten.
»Keine Sorge«, sagte Ali, »ich hole uns gleich Brot. Wartet hier im Graben auf mich.«
Er ging in das Dorf Yalnizdut. Von hier aus war Aktozlu schon zu sehen, es lag eine halbe Wegstunde weiter, in Richtung auf die Burg von Anavarza. Nach einer Zeitlang kam er mit einem Sack Brot und einem Beutel Joghurt zurück.
»Den Joghurt habe ich gestohlen. Er hing an einem Türpfosten. Ich brauchte ihn nur herunterzunehmen, wie zu Hause.«
Sie aßen in Ruhe, dann drehte sich jeder eine Zigarette.
Receps Schmerzen mußten ins Unerträgliche gestiegen sein. Es war in seinem verkrampften Gesicht zu lesen. Wieder und wieder sagte er zwischen den zusammengebissenen Zähnen:
»Ich bin der Anführer. Wenn ihr mir nicht gehorcht, wißt ihr, was euch blüht. Ich habe so viel Schlechtes getan, jetzt laßt mich auch einmal ein gutes Werk vollbringen. Ihr führt jeden Befehl von mir aus, ist das sicher?«
»So soll es sein«, antworteten Memed und Cabbar.
»Gut. Wir warten hier ab, bis es ganz dunkel ist. Dann schlagen wir uns in das Ried am Dorfrand. Keine Widerrede! Ich kenne hier jeden Fußbreit Boden, jeden Stein. Was ihr dort seht, das ist die Insel im Ceyhan. Hinter Anavarza liegt Hacilar. Wenn die Sache erledigt ist, müssen wir oberhalb Hadschylar in die Berge. Eine Abteilung Gendarmen mindestens werden sie hinter uns herjagen. Es wird nicht so einfach sein, ihnen zu entwischen. Aber so wie ich kennt sich keiner hier aus. Nur haltet euch genau an das, was ich euch sage. Bruder

Verstümmelte Hand hat damals gedacht, er wüßte es besser, und die ganze mächtige Bande ist zum Teufel gegangen. Auch ihn selbst hat es getroffen. Die Çukurova ist Sergeant Receps Revier, vergeßt das nicht!«
Der Graben, in dem sie Schutz gesucht hatten, war das ausgetrocknete Bett eines Wildbachs. Das Wasser hatte weiße Flußkiesel, Kiefernrinde, Schilfrohr und Oleanderwurzeln angespült und unter einem ihm den Weg versperrenden Keuschlammbaum aufgehäuft.

Es war Abend geworden. In den Strahlen der sinkenden Sonne glänzte die weite Ebene wie eine ungeheure Kupferplatte. Die Wolken leuchteten. Die Sonnenscheibe schien am anderen Ende des Flachlands unmittelbar über dem Boden zu schweben.
»Das habe ich lange nicht mehr gesehen«, sagte Sergeant Recep, »den Sonnenuntergang in der Çukurova. Wenn die Sonne eine Zeitlang auf der Erde stehenbleibt, bis sie sich blutrot färbt, und dann sofort untertaucht. Wartet einen Augenblick, laßt mich das noch einmal sehen, bevor ich sterbe.«
Als Cabbar auflachte, wurde er böse. »Was hast du da zu lachen, Hundemißgeburt?«
»Ich lache über Ali«, sagte Cabbar, der nun etwas vorsichtiger geworden war.
Als die Sonne verschwunden war, fiel sofort die Dunkelheit über sie. Der Sergeant stand, die Hände in den Hüften, wie eine Statue da. »Daß ich das noch einmal habe sehen können ...«
Sie durchquerten die Ebene von Yalnizdut. Dann mußten sie ein Sumpfgelände hinter sich bringen, bevor die Schilfrohrhütten von Aktozlu vor ihnen auftauchten. Aus ein, zwei Hütten schimmerte Licht, sonst lag die ganze Siedlung in tiefster Finsternis. Erschöpft ließen sie sich nieder.
Ali wollte sich eine Zigarette anzünden.
Recep unterbrach sein leises Stöhnen und fuhr ihn an: »Läßt du wohl das Zündholz verschwinden, bevor ich dich zu Bo-

den schmettere, du Wahnsinniger!« Stumm gehorchte Ali der Hinkende.
»Ich sage es euch noch einmal: Wer nicht pariert, der wird umgelegt. Und wäre es mein eigener Vater.« Es klang messerscharf. »Bin ich der Anführer oder nicht?«
»Natürlich bist du es, Sergeant.«
Recep senkte den Kopf auf die Brust und überlegte. Nach einer halben Stunde richtete er sich auf. »Hör mal, Memed. Ali den Hinkenden wirst du auch hinterher noch gut gebrauchen können, was meinst du?«
»Das glaube ich auch.«
»Für diese Sorte Männer hat ein Bandit immer Verwendung.« Er blieb so lange still, bis Cabbar die Geduld verlor. »Was ist denn, Sergeant, du schläfst wohl?«
»Hundebastard! Als ob es eine Kleinigkeit wäre, mitten in der Ebene einen Mann aus einem Haus herauszuholen! Ich schlafe nicht, ich lege mir einen Plan zurecht.«
Nach einer weiteren Pause des Nachdenkens begann er, den Blick nacheinander auf die dunklen Umrisse der drei heftend, wieder zu reden. Seine Stimme klang anders als sonst, warm und väterlich.
»Burschen, das ist meine letzte Unternehmung. Dann ist Schluß für mich. Ich weiß es. Aber ich muß an euch denken. Vor allem an dich, Ince Memed. Du hast das Herz auf dem rechten Fleck. Du bist in all den Jahren als einziger unter den Männern von fünf Dörfern gegen die Unterdrückung aufgestanden. Das heißt etwas. Wenn ich am Leben bleiben könnte, dann würde ich auf dich aufpassen wie auf meinen Augapfel. Aber es soll nicht sein. Du, Ali der Hinkende, du bist ein Mann mit Verstand. Du wirst Memed manchen Dienst leisten können, gerade, weil du kein Bandit bist.«
»Für Memed tue ich alles, was ich kann«, sagte Ali.
»Jetzt hört, wie wir die Sache machen. Gegen Mitternacht gehen wir zu Hüseyin Agas Haus und lassen uns öffnen. Wenn wir drin sind, erledigen wir Abdi Aga und machen uns aus dem Staube. Ali der Hinkende muß zurückbleiben.«

»Es muß schon Mitternacht sein, Sergeant«, sagte Memed. »Wir marschieren jetzt los.«
Recep erhob sich und brachte seine Patronengurte in Ordnung, lud die Pistolen, sah die Handgranaten nach. Dann suchte er in seinen Taschen.
»Gib mir deine Zündhölzer, Ali. Und bleib nicht hier, geh am besten sofort deiner Wege.«
»Allahs Segen sei mit euch.« Ali der Hinkende wandte sich um und stapfte in die Nacht hinaus.
»Auf Wiedersehen, Ali!« rief Memed leise hinter ihm her. »Und vielen Dank auch.«
Erst als sie ihn nicht mehr erkennen konnten, gingen sie auf das Dorf zu. Ein frischer Nordostwind pfiff durch die überhängenden Schilfdächer. Vor dem halb mit Zinkblech gedeckten Haus blieben sie stehen.
»Du klopfst an, Memed«, befahl der Sergeant. »Cabbar, du legst dich in Deckung, hier hinter dem Erdhügel. Wenn sich etwas nähert, schießt du sofort, ohne jede Rücksicht.«
Memed hob einen Stein auf, hämmerte an die Tür. Das Zinkblech glänzte im Sternenlicht wie eine Eisfläche. Die Schläge hallten lange durch die nächtliche Stille, bis eine Männerstimme herausrief: »Wer ist denn da zu nachtschlafender Zeit?«
»Ich bin's, Bruder!« schrie Recep. »Ich komme aus Abdi Agas Dorf. Mach auf, ich habe eine wichtige Nachricht für ihn!«
»Dann komme bei Tag wieder.«
Am anderen Ende des Dorfes begann ein Hund zu bellen.
»Es ist sehr eilig. Ich muß den Aga unbedingt sofort sprechen. Mach auf, Bruder!«
Der Mann öffnete die Tür, schloß sie aber im gleichen Augenblick wieder. Man hörte, wie der Riegel vorgeschoben wurde.
»Ah, die verdammte Wunde«, stöhnte der Sergeant, »sonst wäre ich schon hineingekommen. Macht nichts, ich bringe sie schon dazu, aufzumachen.«
Der Sergeant brüllte nun aus Leibeskräften: »Ich bin Sergeant Recep, der Bandenführer! Den Namen habt ihr schon sicher

mal gehört! Liefert mir diesen Gottlosen, den Abdi, aus, sonst habt ihr euch alles andere selbst zuzuschreiben. Mit Hüseyin Aga habe ich nichts zu tun. Den anderen gottlosen Hund sollt ihr mir ausliefern, mehr nicht.«
»Und ich bin Ince Memed! Ich bin hier, meine Mutter und meine Braut zu rächen! Gebt ihn heraus; eher gehen wir nicht von hier weg.«
»Hier ist kein Abdi Aga. Geht eurer Wege!« rief die Stimme von drinnen.
»Sergeant Recep bin ich, hörst du? Der Altmeister der Banditen. Ich gehe nicht, bevor ich den Gottlosen habe! Memed, mache eine Handgranate scharf. Auf die Türschwelle damit! Wollen doch sehen, ob wir da hineinkommen oder nicht!«
»Ich habe Frau und Kinder im Haus!« schrie der Mann. »Abdi ist nicht hier.«
»Dann mach doch auf!«
»Nein.«
»Los, Memed!« brüllte der Sergeant. »Laß die verdammte Tür platzen!«
»Fertig, Sergeant. Soll ich?«
»Worauf wartest du denn noch, zum Teufel?«
Von innen peitschte ein Schuß.
»Nieder, Memed! Der Hund schießt!«
Im gleichen Augenblick prasselte ein Kugelregen nieder.
»Jetzt die Granate, Memed!«
»Schont die Unschuldigen! Wir kommen!« rief es aus dem Haus. »Hör auf zu schießen, Abdi Aga! Wir gehen nach draußen, macht ihr, was ihr wollt.«
Es wurde still. Die Tür öffnete sich. Schläfrige Kinder, zitternde Weiber in Unterkleidern stürzten heraus und liefen davon, so schnell sie konnten. Als letzte verließen ein Greis und zwei junge Burschen das Haus.
»Abdi ist drinnen. Geht nur zu ihm, rechnet mit ihm ab«, keuchte der Alte.
Sofort setzte das Gewehrfeuer wieder ein. Abdi schoß erstaunlich schnell. Die Dorfleute hatten die Schießerei gehört und

kamen von allen Seiten auf Hüseyin Agas Haus zu. »Ein Banditenüberfall«, rief einer. Sofort liefen die Leute in ihre Häuser zurück. Eine Minute später war niemand mehr zu sehen.
»Memed!« rief der Sergeant. »An die Tür und geschossen, was das Zeug hält!«
»Was nützt es? Der Kerl ist drinnen. Er schießt uns alle drei über den Haufen!«
»Bepflastere die Tür, habe ich gesagt, keine Widerrede! Uns über den Haufen schießen? Das will ich ihm schon zeigen! Laß ja nicht locker da an der Tür.«
Dann nahm er alle Kraft zusammen und brüllte furchterregend. »Was, Abdi, statt dich mir zu Füßen zu werfen, versteckst du dich im Haus und schießt auf mich? Ich werde dir's zeigen!«
Er ging auf die Windseite des Hauses. Memed feuerte an der Tür weiter, gespannt, was der Sergeant unternehmen werde. Von innen schoß es ebenfalls ununterbrochen. Cabbar lag bewegungslos in seiner Deckung und beobachtete zum Dorf hin. Abdi Agas Schüsse kamen immer gezielter. Memed wäre längst getroffen worden, hätte er das schützende Dunkel neben dem Eingang verlassen. Das Dorf lag wieder so ausgestorben da wie bei ihrem Einzug.
Geraume Zeit verging. Memed feuerte immer noch auf die Tür. Was sollte aus dieser Sache werden? Der Sergeant war hinter dem Haus verschwunden und noch nicht wieder zum Vorschein gekommen. Schließlich war Memed es leid, zwecklos seine Munition zu verschwenden. Sofort schrie Recep hinter dem Haus: »Wirst du wohl weiterknallen, du Hurensohn!«
Lustlos gehorchte er.
»Ihr könnt hier ruhig bis zum Morgen stehen und schießen!« rief eine fremde Stimme hinter dem Maulbeerbaum. »Damit kriegt ihr Abdi Aga nicht aus dem Haus. Spart euch die Mühe!«
»Wer bist denn du?«
»Ich bin Hüseyin Aga. Der Kurde Reşit war der letzte Bandit,

der sich in die Çukurova gewagt hat. Und ihn hat sie auch verschlungen. Wenn es erst Morgen ist, sammeln sie euch hier auf der Ebene wie Fallobst ein. Seht zu, daß ihr noch wegkommt!«
Receps rauhe Stimme dröhnte hinter dem Haus hervor: »Cabbar, stopf dem Schurken das Maul!«
Cabbar feuerte eine Salve unter die Maulbeerbäume.
Da geschah es. Eine riesige rote Flamme schoß über dem Haus empor. In Sekundenschnelle brannte es an allen vier Ecken lichterloh.
»Ein Erznarr bist du, Hüseyin Aga! Den Kurden Reşit konnten sie vielleicht jagen, mich nicht. Ich bin Sergeant Recep, der Wolf der Çukurova! Entweder blase ich dem Abdi heute nacht das Lebenslicht aus, oder ich zünde das ganze Dorf an.«
Der Mann hinter dem Maulbeerbaum stieß laute Rufe aus. Im Nu war das Dorf in Aufruhr.
»Hör auf zu schießen, Memed!« rief der Sergeant. »Jetzt wird er ausgeräuchert! Bevor er erstickt, kommt er schon heraus!«
Der Nordost wirbelte die schon in Pappelhöhe steigenden Flammen hin und her. Bald hatte das Nachbarhaus Feuer gefangen, dann das nächste. Kaum eine Viertelstunde war vergangen, als ein halbes Dutzend Hütten lichterloh brannte. Memed und Cabbar warteten ab, schußbereit in Deckung. Sergeant Recep tobte wie ein Berserker um das Haus herum. »Heraus mit dir, Abdi, heraus und vor Memeds Füße! Sonst wirst du lebendig geröstet! Komm, wirf dich ihm zu Füßen, vielleicht schenkt er dir das Leben!«
Von drinnen kam kein Laut, aber dann und wann pfiff eine Kugel an Receps Ohren vorbei. Die Flammen schlugen in den Himmel. Überall flogen die Funken durch die Finsternis. Der Himmel wurde taghell. Von den violetten Felsen von Anavarza bis zum Ried am Ceyhan-Fluß lag das Land unter einem weißen Lichtschein, der die Nacht durchbrochen hatte. Die notdürftig bekleideten Dorfleute liefen aufgeregt hin und her und suchten ihren Hausrat aus den brennenden Hütten zu bergen.

»Komm heraus, Abdi!« brüllte Recep, »oder du wirst gebraten wie Kebab! Keine Sorge, Memed, er muß jeden Augenblick aus der Tür kommen. Es gibt keinen anderen Ausgang. Laß ihn krepieren, sobald er auftaucht!«

Eine alte Frau rannte unter den Maulbeerbäumen hervor, verschwand in dem brennenden Haus, bevor Sergeant Recep den Mund auftun konnte. Augenblicke später kam sie wieder zum Vorschein, eine Matratze vor sich her tragend, die sie unter den Bäumen niederlegte. Dann schleppte sie eine kleine Nußbaumtruhe heraus, Töpfe, Kelims, Schüsseln, Schlafdekken. Als sie schließlich wieder erschien, eine große, zusammengerollte Bettdecke in den Armen, ging hinter ihr die Tür in Flammen auf.

Memed und Cabbar in ihrer Deckung und Sergeant Recep neben dem Haus warteten, die Blicke auf den brennenden Ausgang gerichtet, in atemloser Spannung. Abdi kam nicht zum Vorschein. Die Flammen leckten an den Außenwänden hoch, das Haus sank allmählich in sich zusammen. Immer noch war nichts zu sehen. Mit weitaufgerissenen Augen starrten sie auf die wüste Stätte, auf die brennenden, sich nach innen umlegenden Zimmerwände. Von Abdi war keine Spur zu sehen.

Der Nordost hatte an Stärke zugenommen. Die Flammen sprangen von Hütte zu Hütte weiter. Fast alle Behausungen brannten lichterloh. Die Umgebung war in grelles Licht getaucht wie am Tage, wenn der rote Glutball der Çukurova-Sonne über der Ebene hing. Die langen Schatten der Maulbeer- und Weidenbäume fielen auf den feuchten Boden und vermischten sich mit den Umrissen hin und her huschender Menschen.

Der Wind schien nur noch aus Flammen zu bestehen, die irgendwoher unablässig herangepeitscht wurden.

»Er muß uns doch entkommen sein!« rief Memed.

»Es war kein Schlupfloch da, aus dem er hätte entwischen können«, sagte Sergeant Recep. »Ich bin eigens deshalb dauernd um das Haus herumgegangen, um ihn nicht ausbrechen zu lassen. Er ist drinnen verbrannt. Das war ihm lieber, als uns in die Hände zu fallen.«

»Vielleicht.« Cabbars Stimme klang zweifelnd.

»Möglich«, meinte Memed. »Und dabei wollte ich ihn tot vor mir sehen.« Er seufzte. »Allah hat es nicht gewollt. Und jetzt brennt ein ganzes Dorf wegen dieses Verfluchten.«

»Laß es brennen«, sagte der Sergeant. »Wenn es nach mir geht, kann die ganze elende Çukurova abbrennen.«

»Was soll aus den Leuten hier werden?« fragte Memed.

»Die haben so oder so nichts. Da laß sie auch noch ihre Hütten verlieren, das ändert nicht viel für sie. Sie werden so arm sein wie eh und je.«

»Höre, Sergeant, wollen wir noch lange hier warten? In der Stadt wissen sie bestimmt schon alles. Sobald es Tag wird, ist der Teufel los!«

Recep brach in schallendes Gelächter aus. »Ja, sie werden ein Telegramm nach Ankara jagen, ein Dorf sei in Brand gesteckt worden. Bald wird die Hölle losbrechen. Wir müssen uns jetzt in die Klippen von Anavarza schlagen. Wenn wir uns in der Ebene erwischen lassen, sind wir erledigt.«

Die drei blickten noch einmal seufzend auf das abgebrannte Haus zurück, dann machten sie sich auf den Weg.

Als das Dorf hinter ihnen lag, wandten sie sich um. Sie sahen ein einziges Flammenmeer.

»Mein Gott!« sagte Memed. »Kein Haus ist übriggeblieben. Daran ist nur der Nordost schuld. Das habe ich nicht gewollt, das nicht. Lieber wäre ich gestorben!«

»Das ganze Dorf ist niedergebrannt«, sagte Cabbar bekümmert.

»Habt ihr gemerkt«, begann Memed wieder, »wie sie uns alle angesehen haben, als wir gegangen sind? Wie versteinert, keiner hat den Mund aufgemacht. Sie haben uns nicht verflucht oder mit Steinen beworfen, nur stumm angestarrt. Das war das schlimmste. Nein, lieber wäre ich gestorben, als das sehen zu müssen.«

Der Sergeant ließ sich nicht darauf ein. »Es ist nun mal ge-

schehen. Oh, mein Hals! Jetzt geht es zu Ende ... Mein Hals, mein Hals! Als ob er mir abgeschlagen würde ...«
Er ließ sich stöhnend auf den Boden fallen, stützte den Kopf zwischen die Hände und blieb eine Zeitlang so sitzen. Memed und Cabbar standen abwartend neben ihm, als sich Recep plötzlich in Krämpfen am Boden wand. Vergebens versuchte Cabbar, den wie eine Stahlfeder hin und her schnellenden großen Mann zu halten. Vom Dorf her drang das Geschrei einer Menschenmenge an ihre Ohren.
Der geschweifte Komet war aufgegangen, genau über der Stelle, wo die Sonne erscheinen würde. Der funkelnde Stern schien um seine Achse zu wirbeln wie ein Feuerrad.
Der Stimmenlärm kam näher.
»Diesen Weg sind sie gegangen. Soeben!«
»Welchen?« fragte es zurück.
»Das klingt wie die Stimme von Sergeant Asim«, flüsterte Memed Cabbar zu.
»Das ist er«, sagte Cabbar unruhig. »Wir müssen machen, daß wir hier wegkommen. Sergeant, steh auf. Gleich haben sie uns.« Er lud den sich Aufbäumenden auf seine Schultern. Sie liefen drauflos, ohne zu wissen, in welcher Richtung.
»Durch das Ried!« hörten sie Sergeant Asim rufen. »Richtung Anavarza!«
»Jetzt sind wir dran«, murmelte Cabbar.
»Hätte ich wenigstens diesen Gottlosen sterben sehen, dann läge mir nichts an meinem Tod«, sagte Memed. »Wenn ich es nur wirklich glauben könnte, daß er da drin lebendig verbrannt ist ...«
»Der Sergeant regt sich nicht mehr!« keuchte Cabbar.
»Setze ihn nicht ab. Wer weiß, was mit ihm ist ...«
»Nichts ist«, stöhnte Recep. »Es ist wieder vorbei. Laß mich auf die Füße kommen.« Cabbar ließ ihn von seinem Rücken gleiten. »Was ist los? Wo gehen wir hin?«
»Sergeant Asim ist uns auf den Fersen.«
»Hilf mir auf die Beine«, sagte der Sergeant mit schwacher Stimme.

Cabbar faßte ihn unter die Achseln, zog ihn hoch. Recep schwankte ein wenig, als er sich rechts und links umblickte. »Wir sind nicht mehr weit vom Ried. Wenn wir bis Anavarza kämen, könnte uns nichts mehr passieren. Aber das schaffen wir nicht. Sie passen uns auf dem Weg ab.«
Er lauschte angespannt. »Sie sind ganz in der Nähe. Man kann ihre Stimmen hören. Im Ried haben wir weniger Aussicht, davonzukommen – wenn es Tag wird, werden es die Dorfleute nach uns absuchen. Aber es gibt keine andere Möglichkeit!« Memed stimmte ihm zu.
»Hinter dem Ried ist der Ceyhan. Wir springen hinein und lassen uns von der Strömung treiben. Vielleicht haben wir Glück.«
»Und wenn nicht?« sagte Cabbar. »Wenn wir dann wenigstens sicher sein könnten, daß der gottlose Hund verbrannt ist! Aber wer weiß – vielleicht ist er doch noch einmal davongekommen.«
Das machte den Sergeanten rasend. »Kerl«, schrie er, »du selber bist ein gottloser Hund! Man könnte meinen, du würdest dich noch darüber freuen, wenn er uns entwischt wäre! Kannst du mir vielleicht sagen, wie? Memed war an der Tür, ich überall ums Haus herum. Wie soll er denn davongekommen sein, wenn kein einziges Fenster im Haus war? Sag doch, wie?«
»Bei lebendigem Leib verbrannt ist er«, sagte Memed. »Und wenn ich nun selbst sterben muß, dann wird es mir leicht.«
»Das meine ich auch«, atmete Recep auf. Cabbar aber schwieg.
Nur das Geräusch vieler Schritte war in der Nacht zu hören, überall, im Gebüsch, im Gras, auf der Erde; es brandete wie eine gewaltige Meereswoge gegen die dunkle Stille. »Sie sind ganz nahe«, flüsterte Cabbar. »Sie sprechen nicht mehr.«
»Zum Ried«, befahl der Sergeant. »Faßt meine Hand, folgt mir!«
Sie rannten weiter. Die Schritte hinter ihnen wurden nun auch schneller, deutlicher, zahlreicher. Mit dem immer mehr

anschwellenden Getrappel schienen auch die Berge, die Steine, die Büsche und Bäume sie zu verfolgen und einzukreisen. Die schreckliche Ebene, endlos wie das Strafgericht Gottes ... Bei Tage flimmert sie unter der Sonne wie eine riesige Zinnplatte, und die paar kleinen Hügel sind nur Maulwurfshaufen, kaum wahrzunehmen. Die Anavarza-Klippen, das bedeutete die Rettung ... Sonst blieb nur der Ceyhan mit seiner reißenden Strömung, nur streckenweise von stillem Wasser unterbrochen, mit seinen schilfbestandenen Ufern, in deren schwarzen, glucksenden Sumpfboden man einsinkt, wo die langbeinige Trappe ihre Nistplätze hat. Die Besenheide dort duftet. Auf der ganzen Ebene steht nur ein einziger Maulbeerbaum, dessen Blätter dicht mit Staub bedeckt sind. Dieses Sumpfgelände war der einzige Schlupfwinkel, wenn sie nicht in der weiten Ebene hilflos den Verfolgern ausgesetzt sein wollten. Aber den größten Teil der Moräste hat noch nie eines Menschen Fuß betreten, schon der durchdringende Faulgeruch schreckt davon ab, sich hineinzuwagen.

Das Geräusch der Verfolger wurde immer deutlicher, es lief über die ganze Ebene hin wie das Rauschen des Windes, es verbreitete sich wie eine Flamme in der ausgetrockneten Steppe.

»Hier hinüber, Kinder«, keuchte Sergeant Recep, »nur noch ein kleines Stück, dann haben wir es geschafft.«

Plötzlich dröhnte vor ihnen eine Gewehrsalve.

»Hinlegen!« rief Recep und warf sich nieder. »Sie feuern ins Ried. Keinen Laut, nicht zurückschießen. Wir müssen in das Röhricht hineinkriechen. Entladet die Gewehre. Ein einziger Schuß, und wir sind verloren.«

Von der anderen Seite antwortete wütendes Feuer. Die Abschüsse blitzten wieder und wieder im Dunkel auf. Dann wurde es still.

»Hier sind sie nicht«, hörten sie eine halblaute Stimme. »Sonst hätten sie zurückgeschossen.«

Ein anderer von den Gendarmen sagte: »Die Bauern kommen gleich, die wissen es genau.«

Die Leute aus den verbrannten Hütten näherten sich. »Sie können nur auf Anavarza zu gelaufen sein … Im Ried, in der Çukurova, da verbirgt sich kein Bandit, wenn er nicht den Verstand verloren hat.«
Jetzt stieß die ganze Dorfbevölkerung mit Frauen und Kindern zu den Gendarmen. Von überallher drang aufgeregtes Geschrei durch die Nacht. Die wütende, rachedurstige Menschenmenge schwärmte nach allen Richtungen aus, bis zum Rand des Rieds und über die Felder.
Bald darauf hörte man Schüsse von Anavarza her.
»Nach Anavarza! Nach Anavarza!« Die Menge ergoß sich in Richtung auf die Klippen über die Ebene, weithin war das Getrappel unzähliger Schritte zu hören.
»Rührt euch nicht vom Fleck!« befahl der Sergeant. »Die Leute hätten uns nicht besser helfen können. Sie führen die Gendarmen in die Irre. Aber jetzt mäuschenstill!«
Memed spürte Receps fiebrigheißen Atem an Ohren und Hals.
Kaum fünfzehn Meter von ihnen liefen die Gendarmen nervös und unschlüssig hin und her. Die drei duckten sich noch tiefer ins Gestrüpp, ihre Herzen klopften bis zum Hals. Unterhalb der Anavarza-Klippen wurde immer noch vereinzelt geschossen. Die Verfolger kreisten noch ein paarmal in der Nähe, beredeten sich, dann zogen sie ab.
»Allah sei Dank!« Sergeant Recep atmete tief auf. »Wenn wir diesen Bauern in die Hände gefallen wären … Jetzt heißt es mitten hinein ins Ried.«
Sie erhoben sich. Recep blieb nach zwei Schritten stehen.
»Was ist denn, Sergeant?« fragte Memed.
»Oh …«, stöhnte Recep auf. Er konnte nicht sprechen.
»Antworte doch, was sollen wir machen?«
»Hinein …«, stammelte der Sergeant, kaum hörbar, »ganz hinein … in Deckung …«
Memed faßte ihn an einem Arm, Cabbar am anderen. Recep schleppte die Füße nach, als sei kein Leben mehr in ihnen. Sie zerrten ihn so mit sich, bis der Morgen heraufdämmerte. Die

Sümpfe schwammen in orangefarbenem Frühlicht, mit dem das Dunkelgrün des Riedgrases verschmolz. Blauer Nebel dampfte himmelwärts über die ganze Ebene.
Die Dornen von Brombeersträuchern zerkratzten ihnen die Beine. Memed dachte an die Graudisteln. Sekundenlang überflutete ihn der gelbe Messingglanz.
Vorsichtig legten sie den Sergeanten ins Gebüsch. Receps Kopf und Hals waren bis zur Unkenntlichkeit aufgeschwollen. Wieder und wieder öffnete er den Mund, als wollte er etwas sagen, brachte aber kein Wort heraus. Er zeigte in Richtung Anavarza, blickte fragend die Gefährten an. Einige Tränen quollen ihm aus den Augen, dann schloß er sie. Er streckte sich in seiner ganzen Länge aus, richtete sich noch einmal halb auf und fiel zurück.
»Sergeant!« rief Memed halblaut. »Unser armer Sergeant! Nie hätte ich geglaubt, daß er sterben könnte.«
»Er hat es gewußt«, sagte Cabbar. »Er hat ja dauernd davon gesprochen.«
»Ob er jetzt wohl seinen Frieden gefunden hat?« meinte Memed nachdenklich.
»Niemand hat gewußt, wer er wirklich war, wo er herkam, warum er Bandit geworden ist …«
»Er war noch mehr auf Abdis Tod aus als ich selbst. Dabei war Abdi doch mein Feind, nicht der seine. Aber er hätte dich beinahe in Stücke gerissen, als du gesagt hast, er sei uns entkommen!«
»Zieh dein Messer heraus, Memed, wir wollen unserem geheimnisvollen Sergeanten ein Grab schaufeln.«
In einer Stunde Arbeit hatten sie eine kleine Grube in dem nassen Morastboden ausgehoben. Dann schnitten sie ein paar starke Äste und dornenloses Buschwerk ab. Sie legten den Toten in sein Grab, zwängten die Äste über ihn hinein, schichteten die Zweige darüber und bedeckten das Grab mit Erde.
»Cabbar, neben unserem Sergeanten soll noch ein Baum stehen.«

»Du hast recht. Wir wollen ihm einen Baum aufs Grab pflanzen.« Nach langem Suchen fanden sie einen armdicken Maulbeerbaum im Ried, gruben ihn aus und pflanzten ihn zu Häupten des Sergeanten wieder ein.
»Das ist sicher das erste Grab hier in den Sümpfen«, meinte Memed.
Bald darauf ging die Sonne auf, das frische, glänzende Erdreich auf dem Grab begann zu dampfen. Es wurde langsam hell. Vom Dorf her erhob sich Geschrei nach Anavarza und zu den Sümpfen hin.
»Was hat er zuletzt gesagt, Memed?«
»Er hat nur auf die Klippen gezeigt.«
»Wir müssen zum Ceyhan. Durch die Sümpfe finden wir nicht nach Anavarza hin.«
»Wir sollten uns doch besser an seine Weisungen halten. Schließlich hat er sich hierherum ausgekannt wie kein zweiter ... Wie er außer sich darüber war, daß das Dorf gebrannt hat, Cabbar! Am liebsten hätte er die ganze Çukurova in Flammen aufgehen sehen. Dabei hatte er sonst doch ein gutes Gemüt. Wer weiß, was ihm diese Çukurova alles angetan hat.«
»Seit ich ihn gekannt habe, hat er die Çukurova verflucht. Man durfte nicht einmal den Namen aussprechen in seiner Gegenwart. Manchmal, wenn er so vor sich hin träumte, sang er leise ein paar Verse, das Çukurova-Lied, du kennst es; das geht so:

Die Çukurova brennt wie die Hölle
Ihre Mücken sind reißende Wölfe
Wenn du stirbst, fänd mein Herz keine Ruh;
Komm, Bruder, laß in die Heimat uns ziehn ...

Immer wenn er das Lied zu Ende gesungen hatte, mußten alle schweigen. Mehrere Tage lang lief er dann umher, allein und von Sorgen geplagt. Dann gesellte er sich wieder zu den anderen. Was mochte ihn bedrücken? Niemand wußte es. Das ist

nun also sein Ende. Er bleibt im Ried von Anavarza zurück. In der letzten Zeit war er gar nicht mehr zornig auf die Çukurova, auch das Çukurova-Lied kam ihm nicht mehr über die Lippen. Von anderen Räubern weiß ich, daß der Sergeant nie mit den anderen zusammen in die Çukurova hinabging, sondern immer am Wegrand wartete, bis sie von dort wieder zurückkamen. Das war sein Los. Jetzt liegt er im Boden der Çukurova begraben.«
»Vielleicht hat er es so gewollt«, sagte Memed.
»Ziehen wir weiter, Memed. Bald wimmelt es hier von Menschen und Hunden.«
Memed drehte sich zum Grab des Sergeanten um. »Adieu, mein Sergeant, adieu!« sagte er, schon im Weggehen. Seine Augen wurden feucht.
»Adieu, adieu«, sagte auch Cabbar.
Mit Mühe bahnten sie sich einen Weg durch das dichte Gestrüpp, durch das nicht einmal ein Tiger hätte dringen können. Cabbar trug das Gewehr und das silberbeschlagene Lederzeug des Sergeanten. Die zusätzliche Traglast und das vor ihm wie eine undurchdringliche Mauer aufragende Dickicht machten ihm zu schaffen. Die Mittagshitze sengte. Außer dem Rascheln des hohen Riedgrases war weit und breit kein Geräusch. Wenn sie sich umblickten, sahen sie den langen Tunnel, den Memed durch das Dickicht geschlagen hatte. Nach Anavarza waren es wohl noch zwei Wegstunden. Sie sahen nur den Himmel und die höchste Spitze der Klippen.
Als sie das Ried etwa zur Hälfte durchquert hatten, stand die Sonne schon über der Felsspitze.
»Laß uns hierbleiben und die Nacht abwarten«, sagte Memed.
Cabbar streckte sich sofort aus. »Ich kann nicht einen Schritt mehr weiter.«
Von den Felsen her wurde das Geräusch von Hunderten und aber Hunderten von Schritten zu ihnen getragen.
Memed sprang auf und schaute um sich. »Zu sehen ist nichts, aber die Bauern suchen noch weiter. Wenn schon. Wir sind hier in Sicherheit.«

»Wenn sie uns aber dann an den Straßen auflauern, nachdem sie uns in den Klippen und im Ried nicht gefunden haben?« erwog Cabbar. »Es sollte mich wundern, wenn sie sich nicht in den Hinterhalt legen, auf der Strecke nach Azapli oder nach Sumbas und der Stadt.«
»Dann warten wir lieber noch hier ein paar Tage.«
»Wir könnten ja auch auf den Kozan hinauf.«
»Kennst du denn den Weg?« fragte Memed.
»Nein, aber in den Bergen kenne ich mich aus. Von Anavarza aus sieht man genau, wie man gehen muß.«
»Gut, dann wollen wir hier raus, bevor es dazu zu dunkel wird.«
Bei Einbruch der Dunkelheit waren sie auf den Klippen von Anavarza. Vereinzelt blinzelten Lichter in der Ebene. Der Ceyhan schlängelte sich als dunkles Band zu ihren Füßen. Eine dichte Rauchwolke zeigte, wo Aktozlu liegen mußte. Memed deutete nach Osten. »Was ist das da?«
»Das muß Bozkuyu sein.«
»Es ist nicht weit. Können wir nicht da durchschlüpfen?«
»Ich weiß nicht recht … Ob sie nicht auch dort die Straße besetzt haben?«
»Ach was«, meinte Memed, »wir kommen schon durch.« Er suchte im Dunkeln Cabbars Gesicht. »Du, was meinst du, Bruder, ob der Verfluchte tot ist?«
»Ich kann nicht daran glauben«, sagte Cabbar. »Wenn er noch drin gewesen wäre, dann hätten wir ihn schreien hören.«
»Vielleicht hat ihm der Rauch die Besinnung genommen!«
»Er hat doch bis zuletzt geschossen.«
»Vielleicht ist eine der einstürzenden Wände auf ihn gefallen … oder die Decke …«
»Ach ja«, seufzte Cabbar, »ich wünschte, es wäre, wie du sagst. Dann hätten wir das alles nicht vergebens durchgemacht.«
Sie stiegen hinab in die Ebene. Der Hunger ließ sie nicht mehr zum Nachdenken kommen.

15

Die Alten erzählten oft davon, wie es früher in der Çukurova gewesen war. Ismail der Alte, ein Greis, der das neunzigste Lebensjahr schon hinter sich hatte, war unerschöpflich in diesen Geschichten. Seine Augen waren so grün wie die Weidegründe der türkmenischen Nomaden, zu denen auch er gehörte, wie sein spitzes Kinn verriet. Seine Schultern waren noch genauso gerade und breit wie in seiner Jugend, seine Augen hatten noch den gleichen Falkenblick. Nach wie vor zog er mit zwei Gewehren auf die Jagd, sang türkmenische Heldenlieder und erzählte von den Stammesfehden der Vergangenheit. Am Schluß jeder Erzählung zeigte er stolz die Wunden, die er in den alten Tagen empfangen hatte.

Manchmal wurde es ihm zu eng in seinem Haus und im Dorf, dann glaubte er, er müßte jede Stunde, die ihm noch blieb, dazu nützen, das alte freie Türkmenenleben in die neue Zeit herüberzuretten.

Es gab Tage, da geriet er in eine geradezu trunkene Begeisterung. Dann schwang er sich auf den feurigen, rötlichen Jährling, den er selbst liebevoll pflegte, und galoppierte hinaus in die Berge mit ihrem Kiefern-, Poleiminzen- und Thymianduft. An solchen Tagen war er wie ein Windstoß, der aus der wilden Väterzeit in das eintönige Heute hereinblies. Dann sprach er von Wanderzügen, von Verbannung, vom großen Kampf der Stämme gegen die Osmanen; dem Glitzern der mit kleinen Spiegeln ausgelegten Gewehre, dem Klang der buntbemalten hölzernen Kaffeemörser in den Zelten; dem leuchtenden Rot und Grün der Zelte, das die Çukurova-Ebene überflutete …

»So vor fünfzig, sechzig Jahren …« Wenn er einmal so begonnen hatte, dann gab es kein Aufhören mehr, wie bei einer alten vielstrophigen Ballade. »Damals war die Çukurova nur Sumpf, Schilf und Ried. Äcker gab es nur am Fuß der Hügel, und das waren handtellergroße Äckerchen … Damals lebte

hier keine Menschenseele außer uns. Wenn sich die kahlen Bäume, die nackte Erde wieder für den Frühling zu schmükken begannen, dann hob unsere große Wanderung an, ein rauschendes, wogendes Meer von Rot und Grün. In die Berge ging es, auf die Sommerweiden von Binboğa. Erst wenn der Winter anbrach, stiegen wir wieder hinab in die Çukurova. Schilf und Röhricht standen so dicht, daß es nicht einmal Tiger durchdringen konnten. Das Gras in der Ebene war das ganze Jahr über kniehoch. Scheue, großäugige Gazellen gab es herdenweise. Wir jagten sie auf unseren zähen, schnellen Pferden. Bei der Gazellenjagd konnten sie zeigen, was in ihnen steckte.
Das Schilfrohr an den Seen der Çukurova wurde so hoch wie Pappeln. Seine Rispen neigten sich hinab zum Wasser wie Sonnenstrahlen. Der Wind trug bei Tag und Nacht den Duft der Narzissen mit sich, von denen die ganze Ebene übersät war. In der Ferne schlugen die weiß schäumenden Mittelmeerwellen ans Ufer. Zelt neben Zelt wurde aufgeschlagen, überall schlängelte sich der Rauch in den Himmel. In der Ebene zwischen Osmaniye und Toprakkale, am Oberlauf des Ceyhan, nach den Bergen zu, lagerte der Stamm Tecirli, unterhalb von ihnen, um Ceyhanbekirli, Mustafabeyli und die Kreisstadt Ceyhan, die Cerit. Das Gebiet zwischen Anavarza und der Burg Hemite gehörte den Bozdoğan. Von Anavarza bis Kozan schweiften die Lek-Kurden, zwischen dem Sumbas-Fluß und dem Taurus waren die Zeltplätze des Sumbasli-Stamms, von Kadirli bis zu der Gegend, wo jetzt das Dorf Ekşiler liegt, lagerten die Tatarli. Manchmal wechselten die Stämme ihre Gebiete untereinander. Die Bozdoğan zogen dorthin, wo die Cerit gewesen waren, die Cerit gingen in das Gebiet der Bozdoğan. Der mächtigste Stamm waren die Avşar. Sie konnten überall in der Çukurova ihre Zelte aufschlagen, und niemand hätte gewagt, sich ihnen zu widersetzen.
Ich weiß es noch genau, als es den Streit mit den Osmanen gab ... Damals lebte ein Bey, den sie Kozanoğlu nannten. Er war der Führer aller Stämme in diesem Kampf. Die Osmanen

blieben Sieger. Sie nahmen Kozanoğlu gefangen und verschleppten ihn. Die Avşars mußten nach Bozok in die Verbannung ziehen. Die mächtigen Stämme zerstoben in alle Winde. Dadaloğlu singt das Lied von der Niederlage dieses Stammes. Es gibt auch ein Klagelied auf Kozanoğlu ...«
Immer an dieser Stelle brach die Erzählung Ismails des Alten ab. Tränen traten ihm in die Augen, wenn er mit zitternden Lippen, aber noch immer machtvoller Stimme das Klagelied auf Kozanoğlu sang:

»Durch den Schnee zum Kozan-Berge
schleppt' ich mich mit meinen Wunden,
späht' ich kriechend nach dem Wundarzt,
der mir hülfe, zu gesunden.

Kann es wahr sein, daß die Söhne
meuchlings ihre Väter morden?
oh, sagt an, ihr Sultanskrieger,
was ist aus der Welt geworden?

Als das schwarze Zelt gesunken
unter fremder Reiter Drohen
ist der Widder Kozanoğlu
vor der Hundertzahl geflohen ...

... Dann haben die Osmanen die Stämme mit Gewalt in der Çukurova seßhaft gemacht, ihnen Felder gegeben, das Land vermessen, Grundbücher angelegt. Niemand durfte mehr auf die Sommerweiden ziehen, die Wege zu den Bergen waren von Militärposten gesperrt. Die Stammesleute wurden immer weniger, die Malaria und die Hitze rafften einen nach dem anderen hinweg.
Der Stamm wollte nicht mehr in der Çukurova bleiben. An den Setzlingen und Bäumen, die ihnen die Osmanen gaben, brannten sie die Wurzeln ab, bevor sie sie einpflanzten. Deshalb sieht man heute in keinem Dorf hier einen Baum. Dann

merkten die Osmanen, daß sie die Stammesleute auf diese Art völlig ausrotten würden, und sie erlaubten ihnen wieder, auf die Sommerweiden zu ziehen.
Langsam gewöhnten sich die Nomaden an die Çukurova; sie machten Dörfer aus ihren Zeltplätzen, sie begannen den Boden zu bebauen ... So kam es, daß die Stämme auseinanderfielen, daß neue Sitten aufkamen. Eine andere Zeit war angebrochen. Auch die Menschen wurden anders, schicksalsergeben. Schließlich wurde alles so, wie es der Osmane gewollt hatte.«
Tagelang konnte Ismail der Alte so die Geschichte von den alten Stämmen erzählen, ohne müde zu werden. Er lebte nur von der Sehnsucht nach der vergangenen Zeit des freien Daseins. »Ich habe Dadaloğlu noch selbst gesehen«, begann er immer. Er war sehr stolz darauf.
Die Jahre zogen ins Land: 1917, 1918, 1919, 1920. Der Osmane war im großen Krieg gewesen und besiegt worden. Die Çukurova wimmelte von Deserteuren und Wegelagerern, das Taurusgebirge war unzugänglich geworden. Dann rückten die französischen Besatzungstruppen an, und Banditen, Deserteure, Freischärler, brave Männer und Halunken, Halbwüchsige und Greise zogen in den Befreiungskampf. Alles, was eine Waffe tragen konnte, tat sich zusammen und half, den Feind aus der Çukurova zu werfen. Aus dem ganzen Land wurden die Fremdlinge vertrieben. Es gab eine neue Regierung; eine neue Epoche brach an.
Gegen Ende des vergangenen Jahrhunderts hatten sich die Lebensbedingungen mehr und mehr so entwickelt, daß die Menschen gezwungen wurden, sich an ein Stück Land zu binden. Der Boden gewann ständig an Wert. So gaben die Türkmenen, des langen Kampfes müde, ihre Sommerweiden auf und widmeten ihre ganze Kraft der Feldbestellung.
Der jungfräuliche Boden war unvorstellbar ertragreich; er gab das Vierzig- bis Fünfzigfache von dem, was er als Saat empfangen hatte, wieder zurück. Vom Jahre 1900 an war bereits ein kleiner Teil der Sümpfe trockengelegt und das Riedgras

niedergebrannt worden. Allmählich konnte annähernd die Hälfte des Çukurova-Bodens bebaut werden.
Die neue Regierung gab sich alle Mühe, der unumschränkten Gewaltausübung der Feudalherren und ihrer Überbleibsel einen Riegel vorzuschieben. Das Feudalsystem war ohnedies schon im Niedergang begriffen. An seine Stelle trat die Herrschaft einer kleinen Gruppe von Neureichen, die alle erdenklichen Mittel anwandten, um ein möglichst großes Stück Land aus dem Besitz der blutarmen Einheimischen an sich zu bringen. Da sie es verstanden, die Gesetze zu ihrem Vorteil auszulegen, und auch vor Bestechung und nackter Gewalt nicht zurückscheuten, blieben sie schließlich Sieger. Ihre Ländereien nahmen immer mehr an Umfang zu. Die Folge war ein erbitterter Kampf zwischen den neuen Grundbesitzern und der eingesessenen Bevölkerung. Die Reichen verfielen nun darauf, die in den gegenüberliegenden Bergen streifenden Räuberbanden als Druckmittel gegen das hartnäckig sein Recht auf den Boden verteidigende Volk einzusetzen. Sie sorgten dafür, daß ihnen in ihren Gebirgsschlupfwinkeln die Vorräte nicht ausgingen, und sie nahmen sie gegenüber der Regierung in Schutz. Bald gab es kaum einen Aga, der sich nicht dieses bequemen Mittels, seine Macht zu sichern, bedient hätte. Wenn einer keine Bande mehr zu seiner Rückendeckung finden konnte, so tat er das Seine, um einen neuen Plündererhaufen auf die Beine zu bringen. Kein Wunder, daß der Taurus von Banditen wimmelte. Die Streitigkeiten der Agas der Ebene wurden jetzt von ihren Söldlingen in den Bergen ausgetragen. Die Banden fielen übereinander her; das Treiben forderte seinen Blutzoll unter ihresgleichen und unter dem armen Volk in der Ebene. Der Landbesitz der Agas wuchs.
Ali Safa Bey war der Sohn eines verarmten Agas. Sein Vater hatte es trotz seiner Armut fertiggebracht, ihn erst nach Adana aufs Gymnasium, dann nach Istanbul auf die Juristische Hochschule zu schicken. Ohne seine Studien abgeschlossen zu haben, war er dann als Advokat in der Kreisstadt aufgetaucht. Nachdem er nacheinander alle möglichen Geschäfte betrieben

hatte, war er schließlich auf den Gedanken gekommen, sich auf den Grunderwerb zu verlegen.
Zuerst brachte er es mit allerhand Advokatenkniffen dahin, daß die Ländereien, die sein Vater einst hatte veräußern müssen, aus dem Besitz der Bauern wieder in seine Hände gelangten. Sein Landhunger, einmal geweckt, war nun nicht mehr zu sättigen.
Die Bauern waren nicht mehr die gleichen wie zur Zeit der ersten Zwangsansiedlung und in der ihr folgenden Epoche. Sie hatten längst begriffen, welcher Wert in diesem Boden steckte, und klammerten sich mit aller Macht an ihn. Zwischen ihnen und Ali Safa Bey kam es zu einem jahrelangen Kampf, in dem der gescheiterte Rechtskundige eine schurkische Schläue zeigte. Immer wieder fand er neue Schliche, um den Bauern mehr und mehr Land abzujagen. Zunächst bestand seine Taktik darin, daß er zwei Dörfer gegeneinander ausspielte, die Partei der einen Seite ergriff und mit ihrer Hilfe den Boden der anderen an sich brachte. Das war zwar der einfachste Weg für ihn, aber dieses Verfahren ließ sich nicht allzulange anwenden. Die Bauern, die er gegeneinander aufgehetzt hatte, begriffen bald, wer der lachende Dritte war. Als sie endlich zu dieser Erkenntnis gekommen waren, zeigte es sich, daß sie sie mit dem Verlust der Hälfte ihres Bodens hatten bezahlen müssen. Die Güter Ali Safa Beys hatten sich inzwischen um die Landfläche von zwei bis drei Dörfern vergrößert.
Im Lauf der Jahre kam er immer wieder auf neue Einfälle. Natürlich wurden seine neuen Winkelzüge mit der Zeit durchschaut, aber Ali Safa Bey war dennoch stets der Gewinner. Von Jahr zu Jahr konnte er seinem Reich ein weiteres Stück hinzufügen. Als er die Dinge schließlich so weit getrieben hatte, daß weit und breit alles vor ihm auf der Hut war, mußte er andere Wege gehen.
Wozu waren die Berge voller Plünderer, Deserteure, flüchtiger Mörder und Aufrührer? Er schreckte nicht davor zurück, sich diese wilden Gesellen dienstbar zu machen, und wurde schnell mit ein paar Bandenführern handelseins, nicht ohne

einige seiner eigenen Leute zu ihnen in die Berge geschickt zu haben, um ganz sicherzugehen. Nun ließ er die Banditen auf die Dörfer los. So wurde er bald zum unumschränkten Herrscher des Gebietes, und wehe dem Bauern, der es wagte, das Haupt gegen ihn zu erheben! Ihm wurde eines Nachts das Haus eingerissen, die Frau verschleppt, er selbst vielleicht zu Tode gefoltert ... Alle Welt wußte, daß Ali Safa Bey hinter diesen Dingen stand, aber nie wurde ihm ein Haar gekrümmt. Die Gendarmen, die die Räuber verfolgten, mußten dran glauben.

Andere Agas folgten dem Beispiel. Die Erde der Çukurova rötete sich vom Blut. Die Banden in den Bergen splitterten sich in einander feindliche Gruppen auf. Es kam vor, daß eine sich über Nacht in nichts auflöste und eine neue sich bildete. Nur ganz wenige Banditen, Gizik Duran, Reşit der Kurde und Cötdelek, widerstanden den Werbungen der Agas und taten das ihre, um das gequälte Volk vor den Söldlingshaufen und ihren Auftraggebern zu schützen. Die Erinnerung an diese Männer ist im Taurus noch heute durch Lieder und Balladen, die von Mund zu Mund gehen, lebendig. Die anderen, die sich damals durch ihre blutige Schreckensherrschaft einen Namen machten, sind längst vergessen.

Eben in jenen Tagen, als sich die Banditen zum Nutzen der Agas gegenseitig zerfleischten, als die ihres Bodens beraubten Bauern unter der Fronherrschaft stöhnten, ging Ince Memed in die Berge.

Aus Ali Safa Beys zwanzigtausend Dönüm Land waren am Ende des ersten Jahres dreißigtausend geworden. In den folgenden Jahren wuchs es stetig weiter von fünfunddreißig- auf vierzig-, fünfundvierzig-, fünfzig-, auf schließlich einundfünfzigtausend ... Die Bauern arbeiteten als Tagelöhner für ihn auf dem Boden, der ihnen selbst gehört hatte.

Ali Safa Bey war ein hochgewachsener Mann von auffallend dunkler Gesichtsfarbe, mit dichten schwarzen Augenbrauen. Stets trug er eine Peitsche mit silbernem Griff bei sich, die er gern an seine stets blankgewichsten Stiefel schlug.

Es war Dienstag. Kalaycis Bande hatte Nachricht geschickt, daß ihr die Munition ausgegangen sei. Mit dem Nachschub aus Syrien war erst in einer Woche zu rechnen. Ali Safa Bey war unruhig. Nervös ging er in seinem großen Haus auf und ab. Seine Gedanken kreisten immer um das gleiche. Noch ein paar Jahre mußte er Geduld haben. Dann würde er auch das Land von Vayvay in die Hand bekommen. Dann würde ein Telegramm nach dem anderen nach Ankara abgehen: »Aufruhr! Die Berge wimmeln von Banden. Wo bleibt die Staatsgewalt?« Dann wehe dir, Kalayci, und deiner Bande! Nur noch zwei Jahre Geduld …
Ali Safas Frau saß auf dem Diwan und beobachtete gespannt sein aufgeregtes, von Peitschenhieben auf die Stiefelschäfte begleitetes Gebaren. In solchen Stimmungen pflegte er ihr stets seine geheimen Pläne anzuvertrauen.
»Weißt du, was ich tun werde, Frau?«
»Nun, was willst du tun?«
»Bei Allah, ich habe genug von dieser Bande. Ständig wollen sie mehr Munition. Ständig habe ich Ärger mit dem Gendarmerierevier. Weiß Gott, ich bin es jetzt überdrüssig. Sind doch gestern die Bauern allesamt zum Landrat gezogen und haben ihm die Ohren vollgejammert: Wir können uns vor den Banditen nicht mehr retten, unsere Habe, unser Leben und unsere Ehre sind keinen Tag mehr vor ihnen sicher … Sie wollten sogar ein Telegramm nach Ankara schicken. Also, ich habe noch rechtzeitig Wind bekommen und sie davon abbringen können. Laßt unsere Stadt nicht vor der Obrigkeit in schlechtem Licht erscheinen, habe ich ihnen gesagt. Zwei Jahre müssen wir noch Geduld haben. Oder glaubst du, mir machte es Spaß, mit diesen Gesellen zu tun zu haben? Wenn Vayvay erst in meiner Hand ist, weißt du, was ich dann machen werde, Frau?«
Sie schüttelte verneinend den Kopf.
»Ich werde die Bauern zusammenrufen und eine Depesche nach der anderen nach Ankara jagen, die Banditen hätten die Berge besetzt und ihren eigenen Räuberstaat errichtet. Dann

schicken sie ein Regiment oder eine Gebirgsbrigade her, und es ist aus mit der Gesellschaft. Die Regierung ist mit dem großen Kurdenaufstand fertig geworden, sie wird auch die paar abgerissenen Strauchritter zur Räson bringen … Den Telegrafisten habe ich ins Gebet genommen. Der wird keine Depesche nach Ankara geben, worin von Banditen die Rede ist. Das fehlte noch, daß wir hier in einen schlechten Ruf bei denen da oben kommen … Aber laß mich nur erst die Felder von Vayvay haben, in ein paar Jahren, dann weiß ich, wie ich mit dem Banditengesindel umspringen werde …«
Er schwieg, ging eine Weile, seinen Gedanken nachhängend, hocherhobenen Hauptes im Zimmer auf und ab.
Der Bey wurde aus seinen Zukunftsträumen gerissen, als die Tür klappte.
»Es ist jemand draußen und will Euch sprechen«, sagte die Dienerin. »Ein Mann mit einem langen Bart, er hat den ganzen Kopf umwickelt.«
»Laß ihn herein!« befahl Ali Safa Bey.
Der bärtige, bis über die Augen bandagierte Mann schleppte sich stöhnend bis zum Diwan, ließ sich darauf fallen.
»Friede sei mit dir, Bruder Ali Safa Bey Efendi!«
»Auch mit dir sei Friede.«
»Ali Safa Bey«, stieß der Mann atemlos hervor, »dein Vater war mein bester Freund – jetzt komme ich als Hilfesuchender an deine Schwelle! Abdi hat sich als Schutzflehender zu dir geflüchtet! Nur du kannst mich noch retten, sonst bin ich verloren … Ein großes Dorf hat er in Flammen aufgehen lassen, und ich war mittendrin! Du bist jetzt meine letzte Hoffnung. Schütze mich, ich flehe dich an, ich will dir die Füße küssen, befreie mich von diesen schrecklichen Nachstellungen! Dein Vater und ich, wir waren wie Brüder – mehr noch, wir waren Freunde … Laß mich nicht vergebens bitten, rette mich!«
Ali Safa Bey lächelte. »Warum regst du dich so auf? Du solltest erst ein wenig zu Atem kommen, dann wollen wir die Sache in Ruhe bereden.«

»Du fragst noch, warum ich mich aufrege?« schnaufte Abdi Aga. »Soll ich mich vielleicht nicht aufregen, wenn der Kerl über mir ist wie das Schwert des Todesengels? Jetzt hat er ein großes Dorf in Brand gesteckt, das große Dorf Aktozlu, nur um mich zu vernichten. Ich küsse deine Fußsohlen, Ali Safa Bey, aber rette mich aus den Händen dieses Ungeheuers! Onkel Abdi wird sich für dich aufopfern ... Ali Safa Bey! Wie das Schwert des Todesengels! Ich habe keine Minute mehr Ruhe vor ihm ...«

»Hör mal, Abdi Aga«, sagte der Bey etwas belustigt, »ich habe mir sagen lassen, dein Ince Memed soll nur ein spannenlanges Kerlchen sein.«

»Was?« schrie der Aga aufspringend. »Glaube das nur ja nicht! Der ist in die Höhe geschossen wie eine Pappel; ich habe ihn ja selbst gesehen, als er das Haus angezündet hat. Er ist so groß wie wir beide zusammen! Die Leute lügen, sage ich dir. Glaubst du, so ein Däumling wäre zu all diesen Untaten fähig? Ein Riese ist er, ein Dämon, dieser Verfluchte!«

»Mach dir darum keine Sorgen, Aga«, sagte Ali Safa Bey beruhigend, »wir werden schon Mittel und Wege finden. Nun trink erst mal einen Kaffee.«

Abdi nahm zitternd das duftende Getränk entgegen, das ihm die Dienerin reichte, und trank unter lautem Schlürfen.

Ali Safa Beys Frau setzte sich zu ihm. »Mögest du bald genesen, Aga! Das Herz hat uns geblutet, als wir erfuhren, wie es dir ergangen ist, du Ärmster. Aber Ali Safa Bey wird schon mit diesem Gottlosen fertig werden. Du kannst ganz beruhigt sein.«

Seit er aus dem Brand davongekommen war, erzählte Abdi Aga jedem, der ihm über den Weg lief, des langen und breiten von seinen Erlebnissen. Jeder mußte seine weitschweifigen Schilderungen über sich ergehen lassen, ob er wollte oder nicht. Die ihn anhörten, bedauerten ihn und verfluchten Ince Memed. Der Landrat, der Kommandant des Gendarmeriereviers, Gendarmen, der Gemeindeschreiber, Stadtbewohner und Bauern, alle bezeugten ihm ihr Mitgefühl. Wenn er unter

Tränen von seinen schrecklichen Erlebnissen berichtete, konnte niemand ungerührt bleiben. Sein Gesicht nahm dabei einen so jammervollen und verstörten Ausdruck an, daß man ihm seine Leiden glaubte, bevor er noch den Mund auftat.

»Ja«, sagte die Frau, »uns allen hat das Herz geblutet. Die Frau des Landrats war gestern bei uns. Der Landrat sei außer sich, sagte sie. Feuer hat er gespuckt. Der Kerl muß zur Strecke gebracht werden, koste es, was es wolle, hat er gesagt. Und sie sagt, sie will unbedingt den Mann sehen, der mit heiler Haut aus diesem furchtbaren Feuer herausgekommen ist. Aber laß nur erst Ali Safa Bey die Sache mit dem Dorf Vayvay unter Dach haben, dann wird er es den Banditen zeigen! Dann läßt er keinen einzigen von ihnen übrig. Wirklich, es hat uns alle um dich gejammert.«

Ali Safa Bey ging derweilen gedankenvoll, mit der Peitsche an seine Stiefel schlagend, durch das ganze Haus.

»Oh, Töchterchen«, begann Abdi Aga mit verkrampftem Gesicht und zitternden Lippen, »was ich durchgemacht habe, das hat noch kein Mensch erlebt. Oh, mein schönes Töchterchen! Veli, das war mein Neffe, mein ganzer Stolz, mit seinem Wuchs wie ein junger Baum. Hatçe war seine Braut. Und dieser Ungläubige hat Hatçe entführt. Meinetwegen! Wenn sich zwei Herzen einig sind – dagegen ist kein Kraut gewachsen. Konnte Veli vielleicht kein anderes Mädchen bekommen? Bah, an jedem Finger zehn! Schließlich bin ich Aga über fünf Dörfer, und das war schon mein Vater und mein Großvater. Gut, habe ich gesagt, er hat die Braut meines Neffen entführt, er soll trotzdem zurückkehren und im Dorf wohnen, anstatt in der Fremde zu verkommen. Meine Bauern sind für mich ja alle wie meine Kinder. Doch es heißt auch: Füttere eine Krähe, sie wird dir die Augen aushacken. So heißt es, aber ich habe es nicht glauben wollen. Barmherzigkeit zieht Übel nach sich, sagen sie. Ich habe nicht darauf gehört, und ich bin für meinen Unverstand schwer bestraft worden. Hätte ich ihn nur in der Fremde darben lassen … Nun, ich habe die Schlange an meinem Busen genährt und damit meinen Todfeind. Dann haben sie meinen Neffen getötet und auch mich verwundet. Fast wäre ich auch gestorben. Das habe ich von meinen Wohltaten gehabt ...«

»Armer Abdi Aga!« rief die Frau aus. »Aber wie kann man auch nur solchen Leuten Gutes tun! Mein Ali Safa Bey tut nie jemandem etwas Gutes.«

»Nein, man muß sich davor hüten«, sagte Abdi Aga mit Nachdruck. »Mir ist es gründlich vergangen. Was tut dieser undankbare Hungerleider? Er beißt in die Hand, die ihm Brot gereicht hat. Er schießt mich nieder, flieht in die Berge und mischt sich unter die Banditen. Soll er, dachte ich, Allah wird ihn strafen. Eines Tages kommt Nachricht, daß er geschworen hat, mich zu töten. Er zieht mit seiner Bande auf das Dorf zu. Er werde mein Blut wie Sirup trinken, verkündet er überall. Jetzt frage ich dich, was will er von einem Greis, der ohnehin schon mit einem Fuß im Grabe steht, der nur für Glauben und Gebet lebt und sich nicht um die Dinge dieser Welt kümmert ... Ich bin aus dem Dorf geflohen, aus meinem Heim, von diesem Verfluchten war das Schlimmste zu erwarten. Hüseyin Aga von Aktozlu ist ein Verwandter von uns, zu ihm bin ich gegangen und habe mich in seinem Haus verborgen. Ach, das hätte ich nicht tun dürfen. Das ganze Dorf ist zu Asche geworden, und das alles meinetwegen.«

»Wärst du doch zu uns gekommen«, sagte die Frau, »dann wäre so etwas nicht möglich gewesen.«

»Ach, wie konnte ich das alles wissen, mein Töchterchen? Nie wäre es mir in den Sinn gekommen, daß dieser Verfluchte wirklich so etwas tun würde. Ein ganzes Dorf niederzubrennen! Die armen Leute standen nackt und bloß im Freien. Das Elend dreht einem das Herz um, sie haben nichts zu essen, nichts, womit sie sich kleiden könnten. Im Winter werden sie bitteren Hunger leiden. Den meisten ist auch das Vieh verbrannt. Wenn mir niemand leid tut, das Elend dieser Unschuldigen jammert mich. Da vergesse ich meine eigene Not. Ich habe Ali den Hinkenden in mein Dorf geschickt, der soll den Ärmsten Korn bringen. Wahrhaftig, mir blutet das Herz.

Stell dir vor, mein schönes Töchterchen: Kaum hat dieses Ungeheuer meinen Aufenthalt ausfindig gemacht, so zieht er mit seiner Bande los. Mitten in der Nacht höre ich nach mir rufen. Ich wußte sofort, daß nur er es sein konnte, denn noch in der Nacht zuvor hatte ich von ihm geträumt. Mein Herzschlag stockt einen Augenblick. Aber Hüseyin Aga liefert mich ihnen nicht aus. So etwas tut der nicht. Darauf fängt der Verfluchte an, die Tür mit einem Kugelregen zu überschütten. Bring deine Familie hinaus, befahl er Hüseyin Aga. Das tut er auch – was blieb dem armen Kerl denn anderes übrig? Aber ich habe mich von drinnen verteidigt. Da hat der Verfluchte das Haus in Brand gesteckt. Das große Haus brennt wie Zunder, während sie zu dritt auf die Tür feuern. Zwischen Flammen und Rauch laufe ich im Kreis umher. Ein-, zweimal war ich soweit, mich hinauszustürzen. Dann habe ich mir gesagt, lieber bei lebendigem Leibe verbrennen, als diesen Teufeln in die Hände fallen. Die roten Flammen sind über mir, der Qualm hüllt mich so dicht ein, daß ich die Tür nicht mehr sehen kann. Meine armen Bauern, denke ich ... Wenn ich nicht mehr bin, dann müssen sie in fünf Dörfern Hungers sterben. Ja, mein Töchterchen, meine Kleider fingen schon an zu brennen ... In meiner Todesangst werfe ich mich auf den Boden, wälze mich hin und her. Auf einmal höre ich eine Stimme an meinem Ohr. Abdi Aga, Abdi Aga! Das war die ältere von Hüseyin Agas Frauen. Sie hat mich mitten im Feuer gesucht! Hier bin ich, Schwester, sage ich. Komm, sagte sie, hierher, wo das Blech ist. Ich wickle dich in die Decke. Und sie packt mich ganz in einer großen Bettdecke ein – wie groß bin ich schon – und schleppt mich hinaus. Dieser Gottlose denkt jetzt, ich wäre verbrannt. Ja, wenn die Frau nicht gewesen wäre ...«

Die Augen der Frau standen voll Tränen. »Wie gut, daß sie nicht darauf gekommen sind, Abdi Aga. Diese Ungläubigen hätten dich getötet ...«

Auch die Augen von Abdi Aga wurden feucht. Um ein Haar hätte er geweint.

»Dann«, sagte er, »haben sie gewartet, bis das Haus in Schutt und Asche lag. Danach steckten sie ein Haus nach dem anderen in Brand. Nun ja, sie haben Hüseyin Agas Haus angezündet. Wegen mir. Aber Hüseyin ist reich. Es macht ihm nichts aus, an der gleichen Stelle ein neues Haus zu bauen. Was zum Teufel haben diese Verdammten und Gottlosen aber in den anderen Häusern verloren? Der Winter steht vor der Tür. Wie sollen diese Armen, nackt und ohne Dach über dem Kopf, ihn überstehen? Ihr Gottlosen hättet besser abhauen sollen, nachdem ihr Hüseyin Agas Haus niedergebrannt habt. Was haben die armen Bauern euch getan? Nur diese Armen dauern mich, sonst niemand.«
Die Frau ergriff erneut das Wort: »Ach, und die armen Leute! Ohne Haus und Habe müssen sie diesen Winter in der Kälte zittern, ohne Nahrung ... Aber wenn das mit dem Dorf Vayvay erst in Ordnung ist, dann wird Ali Safa Bey nicht einen einzigen Banditen in den Bergen übriglassen. Eine Depesche nach der anderen wird er abschicken. Nach Ankara ... An Ismet Pascha ... Dann kommen richtige Soldaten, nicht nur solche Gendarmen ... Sie werden sie alle greifen und aufhängen. Es wird ihnen gründlich vergehen, Dörfer niederzubrennen. Aber laß nur erst die Sache mit Vayvay erledigt sein!«
Der Bey, der immer noch gedankenverloren auf und ab spazierte, hatte bei den letzten Worten aufgehorcht. Argwöhnisch kam er näher, faßte die Frau am Arm. »Was hast du dem Aga da gesagt?«
»Keine Sorge, Ali Safa Bey«, begütigte Abdi Aga, »wir sind uns ja nicht fremd. Schließlich war mir dein Vater näher als ein Bruder.«
»Na eben«, sagte die Frau schuldbewußt, »wenn ich Abdi Aga als einen Fremden betrachtet hätte, dann würde ich nicht so zu ihm gesprochen haben.«
Ali Safa Bey sah sie mit einem vorwurfsvollen Blick an. »Nun geh schon in dein Zimmer. Ich habe unter vier Augen mit dem Aga zu reden.«
Als sie sich verlegen zurückgezogen hatte, setzte sich Ali Safa

Bey lächelnd neben Abdi Aga, legte ihm die Hand aufs Knie. »Ich habe gründlich über alles nachgedacht, Aga. Mit diesem Ince Memed ist nicht so leicht fertig zu werden. Du hast ganz recht, ihn zu fürchten. Vor einem, der keine Angst vor der Staatsgewalt hat, der mir nichts, dir nichts ein großes Dorf niederbrennt, muß man sich fürchten. Seit einer Woche wimmeln alle Berge von Gendarmen und Bauern. Keine Spur von ihm. Mindestens fünfzig Männer von Aktozlu sind ihm auf den Fersen und die besten Schützen aus fünfzehn anderen Dörfern. Sie finden ihn nicht. Vor einem solchen Mann kann man nur Furcht haben. Es fällt schwer, so einen aus dem Wege zu räumen.«
Abdi Aga wechselte mehrmals die Farbe, dann umklammerte er Ali Safa Beys Hände. »Du mußt mich vor ihm retten, wie auch immer! Wenn nichts geschieht, dann kommt er wieder und brennt die ganze Çukurova nieder!«
»Es wird sehr, sehr schwerfallen, Abdi Aga. Trotzdem, ich will sehen, was ich tun kann, um dem Burschen das Handwerk zu legen. Aber ich hätte da auch noch eine Bitte an dich …«
»Mein Leben für dich, Ali Safa Bey!« Abdi Aga sprang erregt auf. »Verlange von mir, was du willst. Für dich gebe ich mein Leben, Sohn meines Blutsbruders!«
Ali Safa Bey zog ihn an der Hand auf seinen Platz zurück. »Ich danke dir, Aga. Ich wußte, daß du mich schätzt. Aber du darfst nicht glauben, daß ich wegen dieser Sache einen Gegendienst von dir verlangen will. Nein, das darfst du nicht glauben, sonst spreche ich nicht weiter. Ich werde mich um Ince Memed kümmern, aber du sollst nicht denken, ich wollte eine Gegenleistung dafür.«
Mit der gleichen Überschwenglichkeit beteuerte Abdi Aga: »Kein Gedanke daran, bei Allah! Schließlich bist du für mich der liebe Sohn meines Blutsbruders!«
Ali Safa Bey schwieg eine Weile nachdenklich, dann hob er den Kopf, blickte Abdi Aga in die Augen. »Du weißt, Aga, daß ich mich mit einer Menge Sorgen herumschlagen muß. In den letzten Jahren geht es etwas besser, Allah sei Dank.

Aber die Sache mit dem Land von Vayvay läßt mich immer noch keinen Schlaf finden.«
»Ich weiß Bescheid«, sagte Abdi Aga eifrig. »Der ganze Boden von Vayvay hat deinem Vater gehört. Dein Vater hat ihn bestellt und dort geerntet. Als er starb, gingst du zur Schule. Die Bauern von Vayvay haben sich das zunutze gemacht und angefangen, den Boden zu bearbeiten. Habe ich dir nicht schon immer gesagt, daß dir nach dem Grundbuch der ganze Boden von Vayvay zukommt? Dafür stehe ich gerade und die Leute in meinen fünf Dörfern auch. Auch die von Aktozlu. Überlasse die ganze Landangelegenheit nur mir. In etwa einem halben Jahr hast du die Vayvay-Felder.«
»Aber nun glaube nicht etwa, das sollte eine Gegenleistung sein, Aga …«
»Nein, nein«, schüttelte Abdi Aga den Kopf, »es ist schon in Ordnung.«
»Ich habe sie ja schon alle aus dem Dorf vertrieben, sie trauen sich vor Angst nicht mehr hin. Aber trotzdem wollen sie den Anspruch nicht aufgeben.«
»Das überlaß nur Onkel Abdi Aga. In solchen Sachen kenne ich mich aus. Du wirst schon sehen, wie gut ich damit fertig werde.«
»In einer Woche kommt Munition aus Syrien.«
»Und dann?«
»Ich schicke sie Kalaycis Bande.«
Abdi Aga erhob sich. »Zähle nur immer auf Abdi, mein Sohn.«
Ali Safa Bey wünschte, daß der Gast bei ihnen über Nacht bliebe. Aber Abdi Aga hielt es nicht für tunlich, bei ihm zu verweilen. Er sagte sogar: »In diesen Tagen ist es besser, wenn wir vor den Leuten miteinander kein Wort wechseln. Man kann nie wissen …«

16

Sie wanderten die ganze Nacht hindurch, ohne auch nur einmal haltzumachen, ohne ein Wort miteinander zu wechseln. Außer Atem erreichten sie beim ersten Morgenlicht die Klippen von Akçaçam.

Von oben blickten sie auf die Çukurova-Ebene, die im Dunst gegen die aufgehende Sonne hingebreitet lag. Als sich der Nebel allmählich teilte, erschienen nach und nach Dörfer, Straßen, Hügel und die Schlangenlinie des glitzernden Flusses. Es wurde Vormittag, und über der Ebene waren die letzten Dunstspuren verschwunden. Die Landschaft schimmerte unter ihnen in der Sonne; jeder Baum, jeder Stein war zu unterscheiden. Die bunten Flecken der Äcker, schwarz, rot und grau, lagen zum Greifen nahe.

Cabbar brach als erster das Schweigen. »Schau nur, dort unten waren wir gestern abend.«

»Ja.«

Memed sah sich nicht um. Cabbar wußte nicht, was er mit Memeds starrer Teilnahmslosigkeit anfangen sollte. Vergebens versuchte er, ebenso wortkarg zu sein.

»Siehst du den schwarzen Fleck unterhalb Anavarza? Das ist das Ried. Und dort sind die Sümpfe von Ağcasaz ... Schau nur, über Aktozlu steigen immer noch die Rauchwolken hoch! Kannst du es erkennen?«

»Ja, ja, ich sehe schon«, gab Memed apathisch zurück, mit gesenktem Kopf.

»Was ist mit dir los, Memed? Du brütest so vor dich hin ...«

»Ach, ich muß immerfort an den Gottlosen denken, ob er wirklich verbrannt ist. Und was soll nur aus den armen Leuten von Aktozlu werden? Die haben dieses Schicksal nicht verdient. Es läßt mir keine Ruhe.«

»Du mußt das vergessen. Es ist nun mal geschehen ... Jetzt laß uns weiterziehen, bis zu Ümmet dem Blonden. Dort bleiben wir über Nacht. Morgen schlagen wir uns dann in die Berge.«

Memeds Augen begannen plötzlich aufzuleuchten. »Weißt du, was ich mir gerade überlegt habe?«
»Was denn?«
»Ich werde zur Distelplatte gehen und die Ältesten von den fünf Dörfern zusammenrufen. Es gibt keinen Abdi Aga mehr, werde ich ihnen sagen. Eure Ochsen gehören von nun an euch allein, ihr braucht sie mit keinem mehr zu teilen. Auch die Felder sind euer Eigentum, ihr könnt sie bestellen, wie es euch beliebt. Solange ich in den Bergen bin, kann euch niemand etwas anhaben. Wenn mir etwas zustoßen sollte, dann müßt ihr euch selbst weiterhelfen ... Dann hole ich alle Bauern zusammen und lasse sie das Distelfeld abbrennen. Vorher soll dort keiner pflügen.«
Cabbar bekam nasse Augen. »Ja, ein Dorf ohne Aga – das wäre einmal eine gute Sache. Jeder kann behalten, was er erarbeitet hat ...«
Memed lächelte: »Ja, jeder kann es behalten ...«
»Gewehr bei Fuß halten wir dafür Wache«, sagte Cabbar.
»Aber noch etwas anderes müßten wir tun«, meinte Memed nachdenklich.
»Was denn?« fragte Cabbar gespannt.
»Ach, ich weiß es noch nicht genau, Bruder. Aber es muß etwas geschehen ... Mit diesen armen Leuten von Aktozlu, weißt du? Die haben nun unseretwegen kein Dach mehr über dem Kopf.«
Cabbar stand auf. Seine langen Beine und breiten Schultern strafften sich wie Stahldraht, als er sich reckte. Memed tat es ihm nach. Sein abgemagertes Gesicht war von der Sonne dunkel gebrannt, die Haut schien unmittelbar über die Knochen gespannt. In seinem Gesicht war keine Spur von Ermüdung. Sein Gang, seine Worte, jede seiner Bewegungen verrieten Behendigkeit, gesunde Kraft und Stolz. Das Banditenleben hatte einen anderen Menschen aus ihm gemacht.
Sie stiegen den Osthang der Felsen hinab, dem Ziegenpfad folgend.
»Bestimmt sind sie jetzt hinter uns her«, meinte Cabbar.

»Ganz sicher, Cabbar. Deshalb schlagen wir uns in den Wald. Weißt du, seit mir das mit den Feldern in den Sinn gekommen ist, liegt mir wieder etwas am Leben.« Er mußte an den Sergeant denken. »Dieser Sergeant ...«, fuhr er fort, »er ist von dieser Welt gegangen, ohne daß wir erfahren haben, was für ein Mensch er eigentlich war. Noch im Tode wollte er uns helfen. Und doch hat es ihn gefreut, daß er das Dorf in Flammen gesetzt hat. Ich habe diesen Mann nie begreifen können. Einmal konnte er zu jedermann freundlich sein, ein andermal war er feindselig gegen alle. Das Dorf brannte, und er freute sich darüber. Und doch ist mir, als würde er sich auch darüber freuen, wenn wir den Bauern Gutes tun würden.«
Cabbar hob witternd die Nase in die Luft, sog den Duft der Kiefern ein, während er auf einem Stückchen Holz kaute.
»Mir ist so sonderbar zumute«, sagte Memed. »Es wird mir fast schwindlig, wenn ich an die Sache mit den Feldern denke. Ich möchte lachen und weinen zugleich. Was werden bloß unsere Bauern dazu sagen?«
»Das möchte ich auch wissen.«
Der sanfte Wind führte den Geruch der Quellen und der Poleiminzen mit sich. Die Sonne stand schon tief, als sie nach langem Weg durch den Wald und über die Klippen endlich vor dem Haus Ümmets des Blonden standen.
Erschöpft und schweißgebadet setzten sie sich, um den Sonnenuntergang abzuwarten. Als die Sonne gesunken war, senkte sich die Dunkelheit sofort aufs Land. Über der im Abenddunst liegenden Çukurova ging ein schwarzer Vorhang nieder. Die Sterne standen dichtgedrängt nebeneinander. Ein Sternbild am Osthimmel glich einem Funkenregen. Hier und da ging eine Sternschnuppe nieder, verschwand hinter dem Bergmassiv ...
Erst als es dunkel geworden war, traten sie an das Haus heran.
»Bruder Ümmet!« rief Memed leise. Es dauerte lange, bis sich die Tür öffnete. Als Ümmet der Blonde die beiden im Dunkel erkannte, schrak er zusammen und blieb sprachlos stehen.
»Grüß Gott, Bruder Ümmet«, sagte Memed. »Wie steht's?«

»Still!« flüsterte Ümmet. »Folgt mir, ich bringe euch in die Berge. Hier ist alles voll.«
»Wir sind ausgehungert, Ümmet«, sagte Cabbar.
»Dann wartet einen Augenblick.«
Ümmet kehrte ins Haus zurück. Nach zehn Minuten tauchte er wieder auf. »Nun laßt uns gehen.«
Nach mehr als einer Stunde mühsamen Weges im Dunkel von Baum zu Baum über Felsen auf den Berggipfel zu blieb Ümmet atemlos stehen. »Hör mal, du Wahnwitziger, was hast du dir dabei gedacht? Ein großes Çukurova-Dorf niederzubrennen! So etwas konnte nicht einmal der Gizik Duran wagen. Wie habt ihr das nur angefangen?«
»Was ist eigentlich los, Ümmet? Nun sag es endlich!« drängte Cabbar.
Ümmet holte Atem. »Was wird schon sein? An die tausend Bewaffnete sind auf den Beinen, Leute von neun oder zehn Dörfern. Dazu noch eine Abteilung Gendarmen, die seit zwei Tagen jedes Mauseloch nach euch durchsuchen. Wenn ihr denen in die Hände fallt, dann bleibt nichts von euch übrig. Mehl machen sie aus euch! Ein großes Çukurova-Dorf, hat man so etwas schon mal gesehen? Einfach niedergebrannt haben sie es ...« Er schwieg fassungslos.
»Na, ja«, murmelte Memed verlegen. Seine Stimme wollte ihm nicht gehorchen. »Wir haben es eben niedergebrannt.«
Ümmet hatte nur ungenau von der Sache gehört. So schien es ihm besser, das Gesprächsthema zu wechseln. Aber es fiel ihm nichts anderes ein, bis es ihm wie ein Blitz durch den Kopf fuhr: »Habt ihr etwa den Gottlosen dabei zur Strecke gebracht?«
»Der Gottlose ist mit Hüseyin Agas Haus zu Asche verbrannt«, sagte Cabbar.
»Hört«, fuhr Ümmet fort, »hier ist eine Erdhöhle, da kommt keiner hin. Da bleibt ihr, bis die Verfolger wieder abgezogen sind. Wenn ihr wissen wollt, was Ali der Hinkende macht – der ist jetzt in Değirmenoluk. Morgen bringe ich euch zu essen. Laßt euch nur ja nicht einfallen, von hier wegzugehen.

So, hier ist es. Hier hinein verkriecht euch. Wenn sie euch finden, dann hütet euch, bergab fliehen zu wollen, zur Çukurova hin. Dann wäre es zu Ende mit euch. Seht zu, daß ihr den Gipfel erreicht. Am rückwärtigen Hang kommt ihr zum Keşiş-Fluß. Allah sei mit euch!«

Als Ümmet gegangen war, setzten sie sich neben die Öffnung der Höhle und aßen mit Heißhunger.

»Ich krieche hinein und lege mich schlafen«, sagte Cabbar. »Wenn du es vor Müdigkeit nicht mehr aushältst, dann wecke mich.«

Memed gab keine Antwort. Das helle Leuchten durchfloß ihn wie ein in der Sonne gleißender, rauschender Strom. Jeder hat sein Feld selbst im Besitz, ob Abdi Aga nun tot ist oder nicht. Das Graudistelfeld steht in Flammen. Das Feuer durchrast es mit der Geschwindigkeit eines bergab stürzenden Gießbaches ... Der Wirbelwind treibt die Flammen über die nächtliche Ebene vor sich her. Zehn, fünfzehn Tage, einen Monat tun die Flammen unaufhörlich ihr Werk. Dann ist eines Tages das Feuer erloschen, aus der Distelplatte ist eine verkohlte schwarze Fläche geworden.

Lieder erklingen vom Distelfeld her, fröhliche, übermütige Lieder, aus allen Richtungen. Die Bauern haben zu pflügen begonnen, und keine Graudisteln zerreißen ihnen dabei die Beine. Jetzt ist es ein Vergnügen, das Land zu bestellen.

Jetzt muß ein großes Fest gefeiert werden in Değirmenoluk. Ein Fest ohnegleichen. Durmuş Ali wird seine komischen Tänze vollführen, wie er es tut, wenn er ganz ausgelassen ist, auf einem Bein, das andere hochschleudernd bis über den Kopf, und alles wird sich schütteln vor Lachen. Daran würde auch Sergeant Recep seine helle Freude haben, aber der liegt jetzt im Ried von Anavarza.

Mitten in diesen Träumen fühlte Memed etwas wie eine unbestimmte Furcht. Mehr als tausend Bauern! Es war kaum zu glauben. Was wollten sie alle in den Bergen? Ein Dorf war abgebrannt. Was scherte es sie? Eine Abteilung Gendarmen! Nun gut. Mochten es fünfzehnhundert oder zweitausend

Mann sein! Die Furcht verflog so schnell, wie sie gekommen war. Schließlich hatte er mehr als dreihundert Schuß Munition. Und keiner davon würde umsonst verfeuert werden, dessen war er sicher.
In solchen Gedanken verbrachte er die Zeit bis zum Morgen. Dabei ging ihm Hatçe nicht aus dem Sinn. Wenn er an das Gefängnis dachte, krampfte sich ihm das Herz zusammen. Wie konnte ein Mensch von so viel Leid auf einmal betroffen werden!
Cabbar erwachte erst am Vormittag. »Warum hast du mich nicht geweckt, Memed?« blinzelte er in die Sonne.
»Ich war nicht müde.«
»Laß uns etwas essen, dann kannst du schlafen.«
»Meinetwegen.«
Cabbar brachte den Beutel. Käse und frische Zwiebeln waren darin. Sie rollten beides in Brotfladen ein und aßen langsam. Unter dem Felsen gegenüber sprudelte eine Quelle. Als sie satt waren, traten sie an das Wasser, legten sich flach auf den Boden und tranken.
»Ich lege mich dort in die Sonne«, sagte Memed.
Kaum hatte sein Kopf den Erdboden berührt, so schlief er auch schon. Sein Gesicht hatte den friedvollen Ausdruck eines Kindes. Als die Sonne den Berggipfel erreicht hatte, wachte er schweißgebadet auf. Er streckte sich, ging an die Quelle und erfrischte sich mit dem kalten Quellwasser das Gesicht.
»Ob dieser Ümmet uns hereinlegen will?« fragte Cabbar.
»Das glaube ich nicht. Aber wir wollen trotzdem von hier weg. Laß uns nach Değirmenoluk gehen.«
»Und wenn wir in eine Falle geraten?«
»Ein Bandit gerät nicht in eine Falle. Ein Bandit stellt sie.«
»Aber wir müssen erst auf Ümmet warten.«
»Ja. Wir können nicht fort, ohne ihm Bescheid zu sagen.«
Nach einer Stunde hörten sie ein Rascheln unten in den Büschen. Sofort sprangen sie hinter die Felsen. Das Geräusch wurde lauter, kam näher. Hinter den Kiefern erschien Ümmet. Er lächelte, als er die beiden in Deckung sah.

»Sie haben aufgegeben. Sie kehren um. Ich habe ihnen auch noch zugeredet. Wenn die Banditen erst gestern in der Ebene von Anavarza gehaust haben, können sie unmöglich heute auf dem Akarca-Berg sein, habe ich gesagt.«

»Das hast du richtig angefangen, Bruder Ümmet«, lachte Cabbar.

Ümmet faßte Memeds Hand. »Du bist mir so lieb geworden wie mein eigenes Leben, Bruder. Du hast recht getan. Ich bin dein Diener, mit all den Meinen.«

»Ja, verbrannt haben wir ihn, lebendig geröstet«, prahlte Cabbar. Ümmet schwieg dazu.

»Sag mal, Bruder Ümmet, wenn jedermann den Boden zu eigen hätte, den er bestellt, wie fändest du das?« fragte Memed.

»Eine sehr, sehr gute Sache wäre das.«

»Und wenn jeder die Ochsen besitzen würde, mit denen er pflügt?«

»Etwas Besseres könnte es gar nicht geben auf der Welt.«

»Und wenn die Distelfelder gründlich abgebrannt würden und dann gepflügt?«

»Ein sehr guter Gedanke, wirklich ...«

Cabbar nahm einen neuen Beutel Proviant von Ümmet entgegen und band ihn um.

»Möge es dir gutgehen, Ümmet«, sagten sie.

»Kommt zu mir, wann immer ihr in Bedrängnis seid. Ich werde euch beschützen wie meine Brüder. Du bist mir lieb geworden, Memed.«

»Ich danke dir.«

Memed, der voranlief, blieb stehen. Als Cabbar ihn eingeholt hatte, hielt auch er inne. Memed drückte die Hand Cabbars, die das Gewehr hielt. Ihre Blicke kreuzten sich. So standen sie da und blickten sich an.

Memed war glücklich. »Bruder, ich freue mich, ich freue mich riesig.«

»Ich mich auch«, gab Cabbar zurück.

17

Das Dorf Karadut liegt unmittelbar am Ufer des Ceyhan-Flusses. Der Ceyhan tritt kurz vor Karadut in die Ebene und wird so breit, daß er einem See gleicht. Sein Wasser scheint still dazuliegen. Alle zehn bis fünfzehn Jahre sucht sich der Fluß hier ein neues Bett. Einmal bricht er nach links aus, dann nach rechts. Der reichlich abgelagerte Schlamm macht die Çukurova an dieser Stelle fruchtbarer als anderswo.
Der Wert des Bodens um Karadut ist nicht in Geld auszudrücken.
Ali Safa Beys jüngster Landzuwachs grenzte an Karadut. Mehr als die Hälfte dieses Landes hatte er von vertriebenen Armeniern übernommen. Das übrige hatte er den Bauern von Karadut mit List und Gewalt entrissen. Die jahrelange Feindschaft zwischen ihm und den um ihr Land gebrachten Leuten ging so weit, daß es zu gelegentlichen Schießereien kam. Die Geschichte, wie Ali Safa Bey den fruchtbaren Boden von Karadut an sich gebracht hatte, war schon fast ein Abenteuerroman. Sie zeigte so recht die Grenzenlosigkeit seiner skrupellosen Habgier und Verschlagenheit.
Bekir der Blonde war der einzige Einwohner von Karadut, der lesen und schreiben konnte. Schon als er in der Kreisstadt zur Schule gegangen war, hatte man seine Intelligenz gerühmt. Er war ein unerschrockener, aufrechter Mann, von dem niemand je ein unwahres Wort gehört hatte.
Wenn der hochgewachsene, schlanke Bekir mit seiner immer freundlichen Miene und seiner kindlichen Arglosigkeit nicht gewesen wäre, dann hätte der Bey längst alles Land von Karadut seinen Gütern einverleiben können. Aber der rechtschaffene Mann stand ihm dabei im Wege wie ein Berg. Er beschützte seine eigenen Felder und die der anderen. Er war ganz anders als die Bauern, die ihn verehrten und in allem auf ihn hörten. Jahrelang war es Ali Safa Bey nicht gelungen, ihm einen Schaden zuzufügen. Seine Prozeßhändel mit den Bauern

zogen sich in die Länge, und der Erfolg blieb lange Zeit aus, bis …

Der Bandenführer Osman der Verzinner war Bekirs Vetter. Der Verzinner, Ali Safa Beys Lakai, war immer ein vagabundierender Taugenichts gewesen. Bei den Bauern war er verhaßt, zumal er alles, was sich im Dorf ereignete, sofort dem Bey zutrug. Schließlich ließ er sich nur noch selten in Karadut blicken. Er gab sein Handwerk als Verzinner auf und verdingte sich als Landarbeiter bei Ali Safa Bey. In ohnmächtiger Erbitterung mußten es sich die Bauern gefallen lassen, daß er ihnen ihr Vieh stahl, die Ernte in Brand steckte und andere Schurkereien verübte. Ihre Furcht vor dem Bey war noch größer als ihr Respekt vor Bekir Efendi.

Dann kam Bekir Efendis Hochzeitstag, eines der größten Feste, die das Dorf je gesehen hatte. Alles war aus dem Häuschen, man sang und tanzte zu der unermüdlichen Musik der Flöten und Trommeln. Auch die letzte Hütte des Dorfes prangte im Hochzeitsschmuck. In der letzten Nacht der Hochzeitsfeierlichkeiten knallten drei Schüsse vor dem Hochzeitshaus. Es gab einen Menschenauflauf. Man hatte auf Bekir Efendi geschossen. Eine Kugel des Verzinners hatte ihn getötet.

Das festliche Hennarot an den Händen, stand die junge Braut vor dem Leichnam. Der Mörder tauchte in der Dunkelheit unter und entkam in die Berge.

Bekir Efendi ausgerechnet an seinem Hochzeitstag zu ermorden, eine solche Tat hatte selbst vom Verzinner niemand erwartet. Während ihm die Bauern für den hinterhältigen Mord an dem von allen verehrten Bekir den Tod wünschten, gingen allerlei Vermutungen über seine Beweggründe von Mund zu Mund. Manche glaubten, Ali Safa Bey habe ihn angestiftet und ihm Geld gegeben. Andere meinten, er sei in die Braut verliebt gewesen und habe den Gedanken an ihre Verheiratung mit Bekir Efendi nicht ertragen können. Wieder andere glaubten an gar kein besonderes Tatmotiv. Nein, dem Verzinner, dem Taugenichts, sei es einfach in den Sinn ge-

kommen, Bekir niederzuknallen, damit man mit Furcht und Schrecken von ihm sprechen solle.
Manche, die Osman den Verzinner näher kannten, meinten, daß er Bekir Efendi seit den Tagen ihrer Kindheit nicht ausstehen konnte. Selbst die Tatsache, daß der Verzinner in Ali Safa Beys Dienste getreten war, ließ sich dadurch erklären, daß Bekir Efendi auf der Seite der Bauern stand ... Er hatte Bekir nie ausstehen können. Er tat es, weil er heiratete und weil die Bauern ihn sehr schätzten. Wie auch immer, es gab keinen ernsthaften Grund für den Verzinner, Bekir Efendi einfach zu erschießen. Alles, was über ihn gemunkelt wurde, konnte zutreffen. Ihm war alles zuzutrauen.
Von da an war der Verzinner eine furchtbare Waffe in Ali Safa Beys Händen geworden. Was sich an Galgenvögeln und lichtscheuem Gesindel in den Bergen umhertrieb, sammelte er um sich. Seine Bande kam als die furchtbarste Landplage seit Menschengedenken über das arme Volk der Çukurova. Wer immer es gewagt hatte, Ali Safa Bey Widerstand entgegenzusetzen, wurde unter dieser unbarmherzigen Geißel bestimmt seines Lebens nicht mehr froh.
Trotz allem hatte Ali Safa Bey dem Dorf Karadut auch nach Bekir Efendis Ermordung keinen Fußbreit Boden abzuringen vermocht. Der Verzinner konnte sich nicht im Dorf blicken lassen. Mochte er zehnmal Bandit sein und überall Schrecken verbreiten, die Leute von Karadut hatten nur Verachtung für ihn. Für sie war er kein Mann.
Seit Tagen war die Çukurova voller Unruhe. Ince Memeds Name war in aller Munde, er hatte fast legendären Klang, seitdem das Dorf Aktozlu abgebrannt war. Die Neugierigen, die nach Aktozlu kamen, weil sie die Stätte der Verwüstung mit eigenen Augen sehen wollten, waren nicht mehr zu zählen. Frauen und Kinder konnten sich nicht genug tun, den Leuten aus den Nachbardörfern Ince Memed so zu beschreiben, wie sie ihn gesehen zu haben glaubten: »Er war ein Riese, furchtbar anzuschauen. Einen gewaltigen Fichtenstamm hat er in Brand gesteckt und ist damit von Haus zu Haus

gelaufen. Wenn das Feuer irgendwo verlöschen wollte, dann ist er sofort gekommen und hat es wieder angesteckt. Ihr hättet ihn nur sehen sollen! Seine Augen haben Funken gesprüht in der Nacht ... Einmal ist er in die Höhe geschnellt wie eine Pappel, dann ist er wieder zusammengeschrumpft. Und keine Kugel konnte ihm etwas anhaben!«

Überall in den Dörfern wurden solche Geschichten über ihn erzählt, und überall wurden sie wieder anders ausgeschmückt.

Der Verzinner konnte sich keinen schöneren Auftrag wünschen, als Ali Safa Bey von ihm verlangte, Ince Memed zu beseitigen. Es war in der Höhle, in der sie sich in Abständen trafen, in der Höhle auf dem Weinberg des Dorflehrers.

Der Bandenführer war schlau genug, sich seine Freude nicht anmerken zu lassen. »Das wird sehr schwierig sein, Ali Safa Bey. So ein Kerl läßt sich nicht einfach überrumpeln.«

»Ince Memed ist in der Çukurova so berühmt geworden, daß der, der ihn zur Strecke bringt, noch berühmter wird. Solch eine Gelegenheit kommt nicht so schnell wieder! Und dann denke daran: Wenn du Memed aus dem Weg räumst, gehört die Çukurova uns.«

»Das ist kein Kinderspiel«, sagte der Verzinner.

Ali Safa Bey schlug ihm ermunternd auf die Schulter. »Es wird schon ordentlich was dabei herausspringen, darum brauchst du dir keine Sorgen zu machen.«

»Leicht ist es nicht«, seufzte der Verzinner, »aber ich will mal sehen, vielleicht kriegen wir es doch irgendwie hin.«

»Das mußt du! Tollkühn mag er ja sein, aber er ist ein Neuling. Er weiß noch nicht, was die Berge alles in sich haben. Du läßt ihn in eine schöne Falle laufen, und fertig ist die Sache.«

»Na, mal sehen.«

Als er sich von Ali Safa Bey verabschiedete und zu seinen Kumpeln kam, verkündete er: »Wir haben einen Auftrag, bei dem ziemlich viel herausspringt, außerdem ist er nicht zu schwer.«

Seine Kumpane schauten ihn erwartungsvoll an.

»Ein Kerl namens Ince Memed ist auf der Bildfläche erschienen, jener, der das Dorf Aktozlu in Brand gesteckt hatte. Ihn werden wir um die Ecke bringen. Dabei springt viel heraus, soviel, wie ihr nur wollt.«

Seit der Verzinner in die Berge gegangen war, hatte er drei andere Banden vernichtet. Die Zahl der Menschenleben, die er auf dem Gewissen hatte, war mit Bekir Efendi auf über vierzig angestiegen. So hieß es jedenfalls.

Ince Memed umzulegen, war für die Bande des Verzinners ein Kinderspiel. Osman der Verzinner war von kleiner Gestalt. Seine eigenartig kalt und tot wirkenden Augen hatten das Grün einer Schlange. Manchmal spielten sie ins Graue. Spärliche blonde Barthaare umrahmten sein Gesicht wie die Stacheln eines Igels. Sein dünner Hals, der immer rot war wie ein gesottener Krebs, paßte überhaupt nicht zu den breiten Schultern. Die ganze Gestalt war mit silberverzierten, glitzernden Patronengurten drapiert. Rings um den Gürtel steckten Pistolen mit Perlmuttgriffen, Dolche und zweischneidige Messer. Auf der Brust trug er einen Feldstecher. Er war weder tapfer noch wagemutig, aber verschlagen. Er hatte noch niemals Auge in Auge mit einem Gegner gekämpft.

Wenn der Verzinner Ali Safa Beys Werkzeug war, so traf in einem gewissen Grade auch das Umgekehrte zu. Bis jetzt war er nur ein-, zweimal mit den Gendarmen in Berührung gekommen. Sobald sie zu seiner Verfolgung ansetzten, ließ Ali Safa Bey ihn warnen. Im Winter führte er in einem eigens für ihn hergerichteten Zimmer im Hause des Beys ein großartiges Leben. Nur wenn es ihm dort zu langweilig wurde, ging er in die Berge und zog mit seiner Bande los. Seine Spießgesellen hatten es auch nicht schlecht. Wenn der Schnee kam, bezogen sie ihr Winterquartier in einem hochgelegenen, unzugänglichen Bergdorf und ließen es sich alle Tage bei gebratenem Lamm wohl sein. Dieses freie Herrenleben hatten sie nur Ali Safa Bey zu verdanken. Kein Wunder, daß der Verzinner sich auf Geheiß seines Schutzherrn auch auf dieses Abenteuer einließ.

»Kennt einer von euch Ince Memed?« fragte er seine Leute. Horali, der mit geschlossenen Augen an einem Baum lehnte, richtete sich auf. »Ich kenne ihn gut, Aga. Wir waren zusammen in der Bande von Durdu dem Tollen.«
»Dann komm mal zu mir«, rief der Verzinner. Er packte ihn an den Schultern. »Sag, was ist das eigentlich für ein Kerl, dieser Ince Memed?«
Horali schluckte. »Wenn du ihn so siehst, dann traust du ihm erst einmal überhaupt nichts zu. Ein kleines, schmächtiges Bürschchen mit einem großen Kopf und großen Augen, immer vor sich hinträumend, vielleicht zwanzig Jahre alt. Wer ihn nicht schießen gesehen und im Kampf neben ihm gestanden hat, der kennt ihn nicht. Am Tag seiner Ankunft bei uns hat er schon besser geschossen als Durdu der Tolle. Der Kerl trifft sogar eine Münze. Ich würde mich nicht wundern, wenn Ince Memed jetzt durch ein Nadelöhr schießen könnte. Und behende ist er: Bei dem Streit im Yürükenzelt hätte er Durdu den Tollen und uns alle niederschießen können, wenn er nur gewollt hätte. Glaubst du, ein anderer hätte es fertiggebracht, Durdu in die Verteidigung zu drängen? Der hat Angst vor ihm gehabt.«
Der Verzinner sagte: »Du lobst ihn aber sehr, hat dich Ince Memed hier als Erzlober angestellt?«
Horali entgegnete: »Nein, du hast gesagt, daß ich von Ince Memed erzählen soll, und so erzähle ich eben, was ich weiß und was ich gesehen habe. Ja, so ein Kerl ist dieser Ince Memed!«
Der Verzinner setzte sich hin, nahm den Kopf zwischen die Hände und begann nachzudenken. Nach geraumer Zeit rief er Horali wieder zu sich. »Hör mal, Horali, traut dir Ince Memed eigentlich?«
»Nein.«
»Und warum nicht?«
»Weil ich zu Durdu gehalten habe, als er mit ihm aneinandergeraten ist. Außerdem traut er sowieso keinem, und wenn es sein eigener Vater wäre. Auch seinem Cabbar traut er nicht.«

»Na, langsam! Du machst ja einen zweiten Gizik Duran aus ihm.«
»Ich kenne ihn eben.«
Der Verzinner wurde wütend. »Ich kenne ihn, ich kenne ihn … zum Teufel mit deiner Klugscheißerei!« Er bohrte in der Nase und zupfte sich Haare aus den Nasenlöchern, ein Zeichen von Ungeduld bei ihm. »Willst du mir vielleicht erzählen, daß Ince Memed sich nicht in einen Hinterhalt locken läßt?«
»Nein, das will ich nicht. Den Menschen möchte ich sehen, der nie in eine Falle geht. Und Memed ist noch ein Anfänger. Es kommt eben ganz darauf an, wie die Falle beschaffen ist.«
»Ich verlasse mich auf dich, Horali. Du bist bis jetzt mit allem fertig geworden. So einen erfahrenen Banditen wie dich gibt es nicht noch einmal in den Bergen. Ich vertraue dir die Sache an.«
»Sie sind aber zu zweit, Aga.«
»Wer ist denn der andere?«
»Der lange Cabbar.«
»Bei Allah!« rief der Verzinner aus, »der lange Cabbar! Ein feiner Kerl. Ein schneidiger Bursche.«
»Ja, aber es hilft ja nun nichts. Er muß mit dran glauben.«
»Nicht zu ändern … Paß auf, Bruder Horali: Wir müssen erst herauskriegen, wo er steckt. Dann gehst du hin und lädst ihn zu einem Treffen ein. Wenn es nicht klappt, finden wir eben einen anderen Weg.«
»Ich glaube schon, daß er kommen wird. Dabei denkt er nicht an einen Hinterhalt.«
»Also ist die Sache klar?«
Horali lächelte. »Er ist ja noch ein grüner Junge. Ich werde ihn schon aufstöbern.«

18

Seit Tagen waren sie auf der Flucht durch Wälder und Felsengebirge, von einem Versteck zum nächsten hetzend, ausgehungert und erdrückt von der Erschöpfung und von der Last der Munition, die sie auf dem Rücken mitschleppten.

In der pechschwarzen Finsternis blinkte nur hier und da ein einsamer Stern, schon halb verkrochen, gleichsam fröstelnd vor dem Morgen, der bald kommen mußte.

Ein ohrenbetäubender Lärm ließ Cabbar zusammenfahren. »Um Himmels willen, was ist das?«

»Die Quelle! Weißt du nicht mehr? Als wir zum ersten Mal hierherkamen ...«

»Ach ja, ich erinnere mich. Hier können wir uns setzen.«

»Ausgeschlossen.« Memed war genauso müde und zerschlagen wie Cabbar, aber er war zu unruhig, um auch nur einen Augenblick irgendwo zu verweilen. »Das kleine Stück, das wir noch hinter uns bringen müssen, Bruder Cabbar ...«, keuchte er. »Wenn wir im Dorf sind, können wir uns ausruhen. Wir müssen da sein, bevor es hell wird. Meinst du nicht, Bruder?«

»Gut«, sagte Cabbar.

Schweigend gingen sie weiter.

Als das erste Morgenlicht in schmalen Streifen am Osthimmel schimmerte, waren sie da. Hunde stürzten ihnen mit lautem Gebell entgegen. Memed achtete nicht darauf, schritt hochaufgerichtet auf Durmuş Alis Haus zu. »Onkel Durmuş Ali!«

»Bist du's, mein Memed? Ich komme sofort. Willkommen, mein Junge! Was hast du mit dem Gottlosen gemacht? Wir haben gehört, daß du Aktozlu niedergebrannt hast. Der Hund soll in Flammen aufgegangen sein.«

Die Tür öffnete sich. »Von wem habt ihr die Nachricht?« fragte Memed erregt, »wissen es alle hier?«

»Einer wie der andere, mein Junge. Das hast du richtig gemacht. Wir waren alle froh darüber. Man soll sich ja nicht freuen, wenn jemand stirbt. Aber der hat nichts Besseres verdient. Selbst seine Frau hat ihm keine Träne nachgeweint. ›Jetzt ist es ihm so ergangen, wie er es den anderen getan hat‹, das waren ihre Worte. Kommt herein, Burschen.« Plötzlich stutzte er. »Wo habt ihr denn euren Gefährten gelassen, den Alten?«

»Ach, frage nicht …«

»Allah sei ihm gnädig. Jetzt will ich Feuer im Herd machen. Ihr müßt hungrig sein.«

Memed hatte seine Frage nicht vergessen. »Sag, Onkel Durmuş Ali, von wem habt ihr die Nachricht?«

»Ali der Hinkende hat es gesehen. Als das Dorf gebrannt hat, ist er hingegangen und hat gesehen, wie sie Abdis Knochen aus dem Haus herausgeholt haben. Sie waren ganz verkohlt.«

Während Durmuş Ali das Feuer kräftig schürte und anblies, setzte Memed sich an den Herd, Cabbar hinter ihm.

»Na, und was gibt es sonst Neues?« lachte der Alte.

»Nichts.«

Bald begann das Frühlicht den Raum zu erhellen.

Durmuş Alis Frau tanzte aufgeregt um Memed herum. »Ist er geröstet worden, ja? Sag, Memed!« Sie nahm den Topf vom Feuer, schmolz die Butter und goß sie in die Suppe, daß es aufzischte. Der Geruch des geschmolzenen Fettes breitete sich aus. »Richtig geröstet? Sogar seine Knochen seien verbrannt, sagen sie. Gut so. Aktozlu soll nur noch Asche sein. So ist es recht.« Sie brachte den niedrigen Tisch, stellte ihn in die Mitte, füllte eine große Schüssel mit der Suppe. Währenddessen stand ihr Mund keine Sekunde lang still. »Lebendig geröstet also!« Memed hielt zögernd den Löffel, ohne ihn in die Suppe zu tauchen. Cabbar sah ihn schweigend an.

Durmuş Ali hielt mit Essen ein und betrachtete die beiden erstaunt.

Memed begann unter seinen Blicken hastig zu essen. Die Funken traten in seine Augen. Er fühlte sich wie berauscht: Er sah ein berghohes Feuer über die Distelfelder rasen, einen Orkan von Flammen … Er hob den Kopf. »Ich möchte dir etwas sagen, Onkel Durmuş Ali.«

Der Alte sah ihn fragend an.
Mit zitternder Stimme fuhr Memed fort: »Da der Gottlose nun tot ist ...« Er verstummte.
Der Tisch wurde fortgebracht, das Feuer im Herd neu angefacht.
Die Kinder des Hauses starrten mit weit aufgerissenen Augen auf Memed.
»Ich habe da einen Gedanken«, sagte Memed behutsam. »Ich weiß ja nicht, was du dazu meinst ...«
Wieder schwieg er. Dann sprach er schnell weiter: »Die Felder von diesem Dorf und von den anderen fünf, all die Felder ... Das, was jeder gesät hat, alles für ihn selbst ... Was er gesät hat, soll ihm auch gehören. Was das bedeutet, wißt ihr. Ich halte Wache, mit der Waffe in der Hand. Die Distelplatte muß in Flammen aufgehen und ...«
Der Alte unterbrach seinen Redefluß: »Halt, Memed, ich habe nichts von all dem verstanden. Sprich ein bißchen langsamer.«
Memed zügelte seine Erregung. »Was ich sagen will, Onkel – der Boden gehört nicht dem Gottlosen, sondern allen.«
Durmuş Ali kratzte sich nachdenklich an der Stirn.
»Der Gottlose hat den Boden nicht erschaffen«, fuhr Memed fort. »Aber fünf Dörfer haben Sklavendienste für ihn geleistet. In der Çukurova gibt es keine Agas oder so was. Du hättest Korporal Hasan einmal hören müssen!«
»Früher hat auch hier der Boden allen gehört. Bis der Vater von diesem Gottlosen kam und uns mit List und Tücke um unser Land brachte. Vorher konnte jeder säen, wo und wie er wollte.«
Durmuş Ali neigte gedankenverloren den Kopf.
»Genau wie früher. Was denkst du, Onkel?«
»Genauso wird es wieder sein.«
»Ach, könnte es nur so sein, wie du sagst«, murmelte der Alte, Tränen in den Augen.
Durmuş Alis Frau hatte alles mitangehört, während sie, gegen den Stützbalken gelehnt, mit der Handspindel spann. Jetzt ließ sie das Gerät fallen, stürzte auf Memed zu, küßte ihm die

Hände. »Mein Herzensjunge, willst du das wirklich tun? Wir müssen nicht mehr zwei Drittel unserer Ernte abgeben?«
»Solange ich lebe, werde ich über die Felder wachen, mit der Waffe«, sagte Memed mit Entschiedenheit.
»Die Ochsen auch?«
Die alte Frau ließ Memeds Hände los und trat in eine dunkle Ecke. Dort schluchzte sie vor sich hin. An der verrußten Wand zog eine Spinne ihr Netz.
Memed hob den Blick nicht. »Jawohl!«
Durmuş Ali ging hinaus. Draußen zögerte er, kehrte wieder um, sah in Memeds Gesicht, aus dem steinerne Entschlossenheit sprach.
»Wen soll ich denn rufen, mein Sohn?«
»Die du für die Vernünftigsten hältst.«
»Jawohl ...«
Zuerst trat er bei Hösük der Runkelrübe ein, setzte ihm die Sache auseinander. Hösük wußte nicht recht, was er dazu sagen sollte. Ebenso ging es ihm mit allen anderen Männern, die er aufsuchte; nach der ersten freudigen Überraschung wurden sie nachdenklich. Was Memed vorhatte, war etwas so Unerhörtes, daß sie zunächst nicht daran glauben konnten.
Überall im Dorf sammelten sich kleine Gruppen von Männern, Frauen und Kindern vor den Häusern. Sie sprachen untereinander, aber sie sahen sich dabei nicht an. Dann zogen sie, erfüllt von zaghafter Hoffnung, schweigend und erregt von Haus zu Haus. Als sie schließlich alle vor Durmuş Alis Tür standen, drang kein Laut aus der Menge. Selbst die kleinsten Kinder waren still.
Memed hatte das Geräusch der vielen Schritte gehört. »Was gibt es denn da draußen, Mutter?« fragte er Durmuş Alis Frau.
Die Alte wischte sich die Tränen ab. »Das ganze Dorf hat sich um das Haus versammelt. Alle starren sie auf die Tür. Ich weiß nicht, was sie wollen.«
Sie ging hinaus. Wie eine erdrückende Last spürte sie die Blicke der Menge auf sich. »Was wollt ihr hier?« rief sie gereizt, »was steht ihr alle hier herum?«

Niemand antwortete ihr.
»Allah soll euch strafen! Feiern solltet ihr, lachen und tanzen, statt dazustehen wie Steinblöcke – habt ihr nicht gehört, daß Ince Memed den Aga lebendig verbrannt hat?«
Langsam kam Bewegung in die Menge.
»Ja, bei lebendigem Leibe geröstet hat er ihn ... Und ganz Aktozlu in Schutt und Asche gelegt ... Wißt ihr das vielleicht nicht? Gestern ist er zu uns gekommen. Hier ist er jetzt. Nur für Abdi Aga zu arbeiten, damit hat es jetzt ein Ende. Die Felder gehören uns. Und auch die Ochsen sind unser ...«
Die Menschenansammlung belebte sich. Erst lief ein Murmeln über sie hin. Dann wurden die Stimmen immer lauter. Alle sprachen gleichzeitig. Mit einem Mal erfüllte ein ohrenbetäubender Lärm das Dorf. Hunde und Hähne stimmten ein. Hühner flogen aufgescheucht hin und her, Kinder heulten, Esel schrien, Pferde wieherten ... So war es in Değirmenoluk bisher noch nie hergegangen.
Bald darauf war das ganze Dorf von einer Staubwolke eingehüllt. Freudenschreie erklangen, Flöten und Trommeln begannen ihr fröhliches Spiel, muntere Lieder wurden gesungen.
»Unser Ince Memed, das ist ein Kerl!«
»Ja, unser Ince Memed! Es war schon immer zu erwarten, daß etwas Besonderes aus ihm werden wird.«
»Schon immer war das zu erwarten ...«
»Die Ochsen gehören uns!«
»Jeder wird sein Feld bestellen, wie er will. Nicht mehr zwei Drittel hergeben müssen.«
»Nicht mehr zwei Drittel hergeben müssen ...«
»Ein für allemal Schluß mit dem Hunger den ganzen Winter über.«
»Schluß mit dem Betteln wie ein Hund.«
»Das ist unser Ince Memed!«
»Die Kühe werden nicht mehr verkauft!«
»Keine Tyrannei mehr!«
»Jeder kann gehen, wohin er will.«
»Jeder darf jetzt sogar Gäste im Haus haben ...«

»Wer es immer auch sei.«
»Jeder ist sein eigener Herr!«
»Ja, unser Ince Memed!«
»Lebendigen Leibes verbrannt ...«
»Zusammen mit Abdi Aga das ganze Dorf ...«
»Lebendigen Leibes verbrannt ...«
»Unser Ince Memed!«
»Lebendigen Leibes ...«
»Er wird auch noch Hatçe aus dem Gefängnis holen!«
»Dann feiern alle fünf Dörfer die Hochzeit mit ...«
»Unser Ince Memed!«
»Memeds Hochzeit ...«
Zwei Tage und zwei Nächte lärmten Flöten und Trommeln ohne Unterlaß. Auch die vier Nachbardörfer waren im Freudentaumel, die dumpfen Paukenschläge hallten über die Ebene nach Değirmenoluk hinüber. Nachts lag die Distelplatte im Lichtschein. Selbst die Erde und das Wasser, die Steine und die Bäume schienen an der Ausgelassenheit teilzunehmen.
Aus den fünf Dörfern trafen die Männer, auf die es ankam, in Durmuş Alis Haus mit Memed zusammen. Die Blicke, mit denen sie ihn ansahen, waren mißtrauisch und liebevoll, furchtsam und dankbar. Am zweiten Abend teilte Memed seinen Lieblingsplan mit:
»Agas, manche unter euch haben mit dem Pflügen angefangen. Bevor ihr weitermacht, habe ich eine Bitte an euch.«
»Was immer du wünschst, Ince Memed«, erwiderten die Alten.
»Seid ihr noch nie auf den Gedanken gekommen, die Graudisteln abzubrennen und dann zu pflügen?«
»Nein.«
»Meint ihr nicht, daß dann die Arbeit viel besser von der Hand gehen würde?«
»Gewiß.«
Memed erhob sich langsam. Alle wandten die Köpfe nach ihm. »Wir werden Feuer an das Distelfeld legen. Gepflügt wird erst hinterher.«

Er hängte sein Gewehr um, umgürtete sich mit den Patronengurten und verließ das Haus. Die Bauern folgten ihm.
Memed stand lange reglos da. Endlos erstreckten sich die Distelfelder vor ihnen. Die Graudisteln waren jetzt schneeweiß anzusehen. Die ganze Ebene lag wie tief verschneit da. Nur das krachende Geräusch der Disteln war zu hören. Auf ihren Ästen und Stengeln krochen Myriaden winziger weißer Schnecken dichtgedrängt auf und nieder.
Einige Männer begannen die Disteln niederzumähen, sie aufzuhäufen. Bald türmte sich ein immer höher anwachsender Berg auf.
»Genug jetzt«, rief Durmuş Ali. Er zog einen Span aus der Tasche, entzündete ihn und pflanzte ihn in die Mitte des ausgetrockneten Haufens, der langsam Feuer fing. Bald schlugen die Flammen hoch, vom Wind hin und her gewirbelt. Die Bauern wichen zurück, sie bildeten einen Halbkreis und schauten dem Feuer zu, das bald von dem Distelhaufen auf die Ebene übergriff und vor dem Wind herlief.
Jetzt setzten Trommeln und Flöten ein. Lieder und frohe Rufe klangen über die Hochfläche. Eine ausgelassene Menge folgte dem Lauf des Feuers mit Reigentänzen und fröhlichem Spiel. Cabbar schoß übermütig in die Luft.
Der Wind trieb die Feuerwand jetzt mit rasender Geschwindigkeit über die Ebene. Die Flächen, die das Feuer hinter sich ließ, waren schwarz. Im Verbrennen gaben die Disteln hohe, singende Töne von sich. Es klang wie Vogelgezwitscher.
Die ganze Nacht hindurch, bis zum Morgen, wütete das Feuer auf der Distelplatte, vom Kinalitepe bis zum Yildiztepe, von der Quelle bis nach Kabağaç und über die Fluren der anderen Dörfer hinaus bis nach Çürükçinar. Plötzlich wurde es auf dem Gipfel des Alidağ so hell, als ob er in der grellen Mittagssonne läge. Man sah eine riesige Feuerkugel über die Bergspitze rollen, einem Meteore versprühenden Kometen gleich …
Es war taghell. Die Bauern staunten. Auch Memed. Dort auf dem Alidağ-Gipfel sahen sie zum ersten Mal Feuer.

Die sieben Männer, die gegen Hatçe falsch ausgesagt hatten, fanden sich am Morgen vor Memed ein, stumm und vor Scham fast in den Boden versinkend.
»Was wollt ihr?« fragte er.
»Wir sind schuldig ...«, stammelten sie.
»Laßt es sein«, winkte er ab.
»Nur unter Zwang, Ince Memed ...«
»Ich weiß es.«
Die Männer zogen ab, Tränen in den Augen, mit gesenkten Köpfen. Während der ganzen Nacht fand Memed keinen Schlaf. Die freudige Erregung, aber auch die Sorge um Hatçe bewegten ihn.
Ein heller, klarer, taufrischer Tag, leicht wie eine Flaumfeder, brach in Değirmenoluk an. Das ganze Dorf lag in einer gleißenden Verzauberung. Die Bäume schwammen im Licht. Noch immer brannten die Graudisteln. Aus der weißlichen Fläche war eine verkohlte Steppe geworden.
Als Memed hörte, daß Ali der Hinkende auf dem Wege zum Dorf gesehen worden sei, war er voller Erwartung. Der Hinkende erschien, müde den Fuß nachziehend. Keuchend, schweißüberströmt blieb er vor Memed stehen.
Memed trat lächelnd zu ihm, hielt seine Hand und drückte sie liebevoll. »Komm zu dir, Ali Aga!«
Ali sprach nicht. Sein Gesicht war so fahl und eingefallen, als sei er in den paar Tagen um fünfzehn Jahre gealtert.
»Was hast du denn, Ali Aga?« drängte Memed. »Du siehst ja ganz verstört aus!«
»Frag mich nicht«, sagte Ali der Hinkende tonlos. Es klang so bitter und verzweifelt, daß Memeds Unruhe wuchs.
»Etwas Schlimmes?« fragte er mit aufgerissenen Augen.
Ali rang nach Atem, die Hände zitterten ihm. »Ach, frag nur nicht ...«
»Jage mir keine Angst ein, Ali Aga!«
»Es ist nun mal nicht zu ändern. Aber es ist mir aufs Herz geschlagen«, stöhnte Ali.
Memed trat dicht an ihn heran. »Sag es schon!«

»Der Gottlose … Er …«
»Waas?«
»Er ist davongekommen!«
»Nein!« Memed schwankte, wie vom Blitz getroffen.
»Ich habe mit ihm gesprochen. Er hat sich in der Stadt ein Haus genommen. Mich hat er hierhergeschickt, auf seinen Hof.«
Als Cabbar Memeds Verfassung sah, bekam er es mit der Angst zu tun. »Mach dir keine Sorgen, Bruder Memed«, beruhigte er ihn, »für ihn gibt es kein Entfliehen. Kein Entfliehen. Wenn nicht heute, dann morgen …«
Durmuş Alis Frau stieß einen Schrei aus, dann trat sie in einen dunklen Winkel, begann sich unter lautem Jammern an die Brust zu schlagen. »Muß dieses Unheil noch über mich kommen! O weh, o weh!«
Bald hatte das ganze Dorf die Nachricht gehört. Alle verkrochen sich in ihre Häuser. Nichts blieb von der geräuschvollen Fröhlichkeit. Değirmenoluk lag wie ausgestorben da. Selbst das Hundegebell und das Krähen der Hähne war verstummt. Kein lebendes Wesen machte sich mehr bemerkbar. Ein ganzes Dorf, eben noch überschäumend von geräuschvoller Lebensfreude, schien plötzlich in ein fremdes Land ausgewandert zu sein.
Bis zum Nachmittag hielt die lähmende Stille an. Durmuş Ali saß in sich zusammengesunken da, den Kopf zwischen den alten Schultern vergraben. Seine Frau kauerte bleich und mit eingesunkenen Wangen in einer Ecke. Memed grübelte, den Kopf auf den Gewehrkolben gestützt, mit gerunzelter Stirn vor sich hin.
Dann regten sich wieder Lebenszeichen. Zuerst stieg ein Hahn auf einen Misthaufen, schlug mit den buntglänzenden Federn und krähte. Die Hunde begannen zu bellen. Schließlich verließen die Menschen ihre Behausungen. Hier und da bildeten sich kleine Gruppen. Ein dumpfes Gemurmel setzte ein, schwoll an, durchlief das Dorf von einem Ende zum anderen.
»Er denkt, er sei ein großer Mann.«

»Ince Memed kommt vom Berg und denkt, er sei ein großer Mann …«
»Wer ist er denn? Der Sohn des armseligen Ibrahim!«
»Hält sich für einen Helden, wenn er die Felder von unserem Aga verteilt …«
»So ein Däumling!«
»Wer ihn sieht, glaubt, er habe ein Kind vor sich.«
»Ein Trottel!«
»Nicht einmal das Gewehr kann er tragen.«
»Er spielt Bandit …«
»Glaubt, er kann Bandit spielen und Dörfer in Brand stekken …«
»Und erfrecht sich, die Felder und Ochsen von unserem Abdi Aga zu verteilen, als ob sie seinem Vater gehörten …«
»Ein großer Mann will er sein …«
»Wie ein Hund hat er vor des Agas Schwelle gelegen!«
»Bis gestern noch …«
»Der vertrottelte Sohn des armseligen Ibrahim!«
»Ein Angeber!«
»Vertrotteltes Schwein!«
»Das Mädchen eines andern verfault seinetwegen im Kerker …«
»Verfault im Kerker …«
»Stell dir das nur vor!«
»Er ließ die Distelplatte niederbrennen, nur damit wir die Füße nicht zerkratzen, wenn wir pflügen.«
»Die Füße nicht zerkratzen!«
»Kommt hierher und rühmt sich, Abdi getötet zu haben!«
»Unseren Aga …«
»Ha, unser Aga! Der streckt hundert solcher Schurken auf einmal nieder!«
»Unser Aga …«
Eine Menschenmenge strömte in Abdi Agas Hof, um die Frauen und Kinder ihres Herrn zu seiner Errettung zu beglückwünschen.
Die Unruhe dauerte bis Mitternacht an. Mehr als die Hälfte

der Bauern war auf Memeds Seite. Sie hatten ihre Häuser nicht verlassen. Durmuş Ali war mehr tot als lebendig. Seine Frau hatte sich niederlegen müssen. Keine Macht der Welt brachte sie mehr dazu, den Mund aufzutun. Auch Memed war so stumm, als hätte er die Sprache verloren. Nur Cabbar war unverändert. Er gab sich alle Mühe, auf die Bauern einzuwirken, und predigte ihnen: »Abdi Aga kann sich nie mehr hier im Dorf blicken lassen. Ihn braucht ihr nicht mehr zu fürchten. Über kurz oder lang muß er doch sterben. Bei Allah, er wird nicht mehr lange leben. Seid nicht so mutlos, ich sage euch doch, er wird sterben!«

Niemand hörte auf ihn.

Sie verließen Durmuş Alis Haus vor Tagesanbruch. Memed hob den Kopf nicht vom Boden. Er strauchelte beim Gehen. Cabbar schritt langsam und stumm neben ihm. Am Dorfausgang wurden sie von ein paar Hunden angebellt. Memed schien es nicht zu bemerken. Cabbar bewarf sie mit Steinen. Von den Graudisteln war nichts mehr übrig. Nackt, aufgebrochen und mit schwarzer Asche bedeckt, lag die Erde da.

Memed stand mitten in der Ebene. Cabbar hatte nicht den Mut, ihn anzusprechen. Er wartete ab. Memed stand wie angewurzelt. Dann ging Cabbar zu einem Felsen hinüber, um sich dort niederzulassen. Sein Gewehr lag ihm auf dem Schoß. Es dämmerte. Memed rührte sich noch immer nicht vom Fleck. Sein Schatten fiel in Richtung des Dorfes. Es war Vesperzeit. Memed regte sich auch jetzt noch nicht.

Cabbar konnte es nicht mehr aushalten, lief zu Memed und schüttelte ihn. »Was ist mit dir, Bruder Memed?« fragte er.

In Memed kam plötzlich Leben. Er blinzelte, als sei er eben aufgewacht.

»Mach dir nichts draus, Bruder Memed. Der Mensch ist zu allen Schandtaten fähig. Ihn werden wir, komme, was wolle ...«

Memed knirschte mit den Zähnen und sprach so scharf wie ein Messer: »Komme, was wolle ...«

Dann blickte er hinüber zu der endlosen, verbrannten Ebene.

19

Das tiefe Grün der Myrten erinnert an ein stark berauschendes Getränk. Die Hänge des Sülemiş-Hügels sind dicht bedeckt mit Myrten, die Busch an Busch am Boden kleben. Wer die Ziegenpfade hinabgeht, spürt ihren scharfen, schweren Duft, der die Glieder träge macht.
Unterhalb des Sülemiş-Hügels erstreckt sich eine Ebene. Dort gibt es keinen einzigen Stein. Die Erde ist fein und weich wie Sand. So weit das Auge reicht, stehen hier Granatäpfelbäume. Niemand weiß, wer sie gepflanzt hat. Dieser Platz heißt der Granatapfelhain. Im Frühling summt die ganze mit roten Blüten überdeckte Ebene von Bienen.
Unterhalb des Granatapfelhains fließt der Savrun, ein schäumend von Fels zu Fels springendes Wildwasser, das vom Hochtaurus herunterkommt. Hier tritt es als stiller, breiter Fluß in die Ebene, seicht, kaum knöcheltief. Aus dem angeschwemmten Sand haben sich kleine und größere Inseln gebildet. Die meisten davon sind dichtes Ried. Auf anderen wachsen duftende Büsche und Tamarisken mit purpurnen Stämmen und nadeligen Blättern. An den Ufern steht der Oleander mit seinen großen, rosafarbenen Blüten.
Seit Jahren werden auf Bostancik, einer der größten dieser Inseln, Zucker- und Wassermelonen angebaut. Der Kurde Memo hatte die Insel von einem Aga gepachtet, der viel Land besaß. Hier werden die prächtigsten Melonen der Çukurova gezogen. Wächter über Bostancik war Horali. Der Umkreis seiner auf Pfählen stehenden Hütte war mit Melonenschalen bedeckt, ein Zeichen der Freigiebigkeit, mit der Horali jeden, der auf die Insel kam, mit den wohlschmeckenden Früchten bewirtete. Woher dieser Mann gekommen war, wußte niemand. Aber er schien so zur Insel Bostancik zu gehören wie die Tamarisken. War er gern hier oder ungern? Jedenfalls ging es ihm hier nicht schlecht. Wenn er in den heißen Sommernächten wachen mußte, brachte der unter der Pfahlhütte

plätschernde Savrun ihm Kühlung. Die Kiesel glitzerten im Mondlicht. Eines Frühlingstages kamen Landarbeiter nach Bostancik, um neu zu pflanzen. Aber sie fanden die Insel nicht mehr. Wo sie gewesen war, strömte das Wasser. Bostancik war von Gießbächen fortgeschwemmt worden.
Horali blieb für ein, zwei Jahre verschwunden. Damals war es eine regelrechte Mode geworden, zu den Banditen zu gehen. Wer mit irgendeinem aneinandergeraten oder mit seiner Frau verzankt war, griff sich ein Gewehr und machte sich in die Berge auf. Als es sich schließlich bestätigte, daß auch Horali bei den Banditen war, wußten die Leute nicht, was sie dazu sagen sollten. Das war der Horali, der jetzt fieberhaft nach einem Weg suchte, Ince Memed in den Hinterhalt zu locken. Aber es war ihm nicht ganz wohl dabei. Irgend etwas Unerklärliches in seinem Herzen schien ihn zu warnen.
Zuerst fragte er die Leute von Değirmenoluk. »Sein Schlupfwinkel ist auf dem Alidağ«, sagten sie. Horali streifte einige Tage vergebens auf dem Berg herum. Auch auf den Hochebenen um den Alidağ fand er ihn nicht. Die Bauern, denen er begegnete, sahen ihn auf seine Frage einfältig an. »Ince Memed? Wir haben keinen Ince Memed gesehen. Wir kennen keinen Ince Memed.«
Horali gab nicht auf. Nachdem er Memed von Berg zu Berg nachgespürt hatte, verfiel er auf eine List, die ihn ans Ziel zu bringen versprach: Er gab sich gegenüber jedem, den er traf, als Mitglied von Memeds Bande aus und erzählte, nachdem sie das Dorf niedergebrannt hätten, sei er in dem allgemeinen Durcheinander von den anderen abgekommen. Auf diese Weise erfuhr er, daß Memed sein Quartier in den Kieferngründen bei der Savrun-Quelle aufgeschlagen hatte. Manchmal verbrachte er auch die Nacht im Dorf. Das Quellgebiet des Savrun war voll von kleinen Wegelagererbanden. Mit diesen Gesellen wollte Memed nichts zu tun haben. Er sprach nicht einmal mit ihnen.
Memed schlief in den Ästen einer der großen Kiefern, während Cabbar darunter wachte. Kam die Zeit der Ablösung,

blieb er, sein Gewehr im Schoß, auf dem Baum sitzen. Cabbar ließ sich nicht dazu bringen, auch auf den Baum zu klettern. Memed hatte sich seinen luftigen Platz wie ein Nest ausgepolstert. Cabbar warf zwar staunende Blicke nach oben, verließ sich aber lieber auf die Erde.
Ein Mann, der Memed einmal Unterschlupf gewährt hatte, brachte Horali unter die große Kiefer. Cabbar umarmte ihn freudig. »Wie froh ich bin, daß du deine Verwundung überstanden hast, Horali! Wo steckst du denn jetzt?«
Memed war blitzschnell vom Baum herabgeglitten. »Willkommen, Bruder Horali! Wir haben oft gedacht, was du jetzt wohl machen würdest.«
Auf solch einen freundschaftlichen Empfang war Horali nicht vorbereitet. »Ach, nichts weiter ...«, stammelte er verlegen. »In der Bande des Verzinners bin ich jetzt. Nach Durdus Tod bin ich zu ihm übergewechselt. Wir streifen wie immer durch die Gegend. Was soll es sonst schon geben? So steht es nun mal im großen Buch geschrieben. Ein anderes Geschick ist uns nicht beschieden ...«
Cabbar lachte. »Was ist los mit dir, Horali? So trübsinnig kennt man dich ja gar nicht.«
»Ach, frage nicht«, seufzte Horali.
Die drei setzten sich, an die Baumstämme gelehnt. Horali blickte suchend umher. »Wo ist denn Sergeant Recep?«
»Mögest du lange leben«, sagte Cabbar. »Er ist an seiner Verwundung gestorben.«
»Armer Sergeant ... Ja, so ist der Lauf der Welt!«
»Was für eine trügerische Welt. Ein Haufen schwarzer Erde ist alles, was davon bleibt.« Cabbars Worte klangen bitter.
Memed erwachte aus seinen Gedanken. »Von der Sache mit Durdu dem Tollen haben wir gehört. Erzähl doch mal, wie es zugegangen ist. Du warst doch dabei.«
»Ach, frage nur nicht danach, Bruder Memed. Ewig schade um all die prächtigen Burschen. Ein Jammer ist es ...«
»Nun verrate uns schon, wie es war«, drängte Cabbar, »erzähle!«

»Nachdem ihr fort wart, ist es mit Durdu dem Tollen immer schlimmer geworden. Wir haben sogar Frauen aus den Dörfern verschleppt und uns in den Bergen unseren Spaß mit ihnen gemacht.«

»Dann wundert mich nichts mehr«, meinte Cabbar. »Wenn ein Bandit erst damit anfängt, dann ist er verloren.«

»Ach, wenn es nur das gewesen wäre ...«

»Was denn noch?«

»Er hat Tribut von den Dörfern eingetrieben. Jedes Haus mußte ihm eine Abgabe zahlen. Die Reichen viel, die Armen weniger ...«

»Das ist schon eine böse Sache«, sagte Cabbar. »Und was dann?«

»Ja, dann ... Laß es mich der Reihe nach erzählen, Bruder. Eines Tages sind wir nach Aksöğüt gezogen. Wir haben die Männer in ihren Häusern eingeschlossen und die Frauen aus den Häusern geholt und auf den Dorfplatz geführt. Alle, auch die alten Weiber. Dann mußten sie vor uns den Bauchtanz aufführen. Wie Schafe haben sich die armen Geschöpfe zitternd aneinandergedrängt. Ein paar von ihnen fingen vor lauter Angst wirklich ein bißchen an zu tanzen.

Ich weiß bis jetzt noch nicht, wie alles gekommen ist, aber auf einmal war alles eine Wolke von Staub und Dampf. Von Durdu dem Tollen war nichts mehr zu sehen. Ich habe mich auf einem Dach wiedergefunden ... Mein Gewehr war nicht mehr da. Vielleicht eine halbe Stunde lang war alles unter der Staubwolke, dann wurde die Sicht wieder klar. Die Menge drängte sich auf dem Platz. Dann bin ich von dem Dach heruntergeklettert, am ganzen Leib zitternd. Ich weiß heute noch nicht, was ich mir dabei gedacht habe. Ich bin stehengeblieben und habe die Leute angestarrt. Die Menge hat sich dann langsam verlaufen. Vielleicht haben mich doch welche gesehen, aber sie waren nicht mehr fähig, irgend etwas zu unternehmen. Schließlich war der Platz leer. Es waren auch keine Leichen zu sehen. Von Durdu und den anderen war nichts mehr übriggeblieben. Ein paar Gewehrstöcke und einen von Durdus Stiefeln habe ich im Staub liegen sehen, sonst nichts …

Ja, so ist es gewesen. Sobald ich meine fünf Sinne wieder beisammen hatte, bin ich von dort geflohen, so weit meine Füße mich getragen haben …«

»So war es also?« staunte Cabbar. »Die Leute haben es ganz anders erzählt.«

»So etwas mußte ja kommen«, sagte Memed. »Und er hat es ganz genau gewußt. Deswegen war ihm alles gleichgültig.«

»Na, mit dem Verzinner ist es auch nicht viel anders«, meinte Cabbar.

»Der ist nicht wie Durdu der Tolle«, sagte Horali, »er trägt seine Haut nicht so leicht zu Markte. Dazu ist er zu feige und hinterlistig.«

»Höre auf mich, Bruder! Mit dem wird es genauso ein Ende nehmen. Du tätest besser daran, dich von ihm fernzuhalten. Bis jetzt hast du Glück gehabt. Es würde mir um dich leid tun.« Memed schien bei Cabbars warnenden Worten seinen eigenen Gedanken nachzugehen. Aber plötzlich wandte er sich um und faßte Horalis Hand. »Mir täte es auch leid, Horali! Sag mal, warum bist du eigentlich zu uns gekommen? Hast du eine Nachricht für uns, oder was sonst?«

Horali sah die beiden eine Weile ratlos an, dann ließ er den Kopf sinken, er wurde abwechselnd rot und bleich. Schließlich überstürzten sich seine Worte. »Der Verzinner lädt euch zu sich ein. Er ist sehr begierig, Ince Memed kennenzulernen. Ich habe gesagt, daß ich dich kenne, und habe dich bei ihm herausgestrichen. ›Ich will ihn suchen, meinen Freund, und zu dir bringen‹, habe ich gesagt. Lange genug habe ich nach euch suchen müssen.«

Memed und Cabbar wechselten einen schnellen Blick. »Dahinter steckt etwas«, wollten sie damit andeuten. »Und was will der Verzinner sonst noch von uns?« fragte Cabbar.

»Ich habe Bruder Memed doch so gelobt bei ihm«, antwortete Horali unsicher, »da hat er mir aufgetragen, ihn zu finden und zu ihm zu bringen.«

»Das war schön von dir, Bruder Horali«, sagte Memed, »ich danke dir dafür.«
Cabbar warf ihm wütende Blicke zu.
Memed ließ sich nicht beirren. »Ja, dann wollen wir uns aufmachen, Brüder. Ich habe mir ja auch schon immer gewünscht, ihn kennenzulernen. Wo erwartet er uns?«
»Auf dem Konurdağ.«
»Gut. Wenn ich seine Einladung ausschlagen will, wessen Einladung soll ich dann annehmen?«
Cabbar war verblüfft. Er zog den Mann, der Horali geführt hatte, beiseite. »Sag mal, wie hat dieser Bursche dich gefunden?«
»Er hat alle Leute so lange ausgefragt, bis sie ihn zu mir gebracht haben. ›Ich gehöre zu Ince Memeds Bande‹, hat er gesagt. ›Wir sind auseinandergekommen. Führe mich zu ihm.‹ Und das habe ich getan, nachdem er nicht aufgehört hat zu fragen.«
»Gut, du kannst jetzt gehen.«
Es war weit bis zum Konurdağ. Mehr als ein Tagesmarsch. Der Mann aus dem Dorf blickte ein paarmal zurück, als er sich entfernte.
»Bruder Hüseyin«, rief Memed hinter ihm her, »wir kommen in ein paar Tagen zurück. Glück auf den Weg und vielen Dank dafür, daß du unseren Freund hergebracht hast!«
»Auf bald also!« antwortete der Mann.
Gegen Mittag erreichten sie Siringaç. Bei Einbruch der Dunkelheit waren sie bis zum Keşiş-Fluß gekommen. Dort holten sie sich in einem Dorf zu essen und zogen nach ein paar Stunden weiter. Als der neue Tag anbrach, waren sie bei Akkale. Dort tranken sie aus einer moosüberwachsenen Quelle. Auf dem ganzen Weg ging Memed voran, Horali in der Mitte und Cabbar hinterdrein.
Als sie den weißen Hügel über Akkale erklommen, auf dem sie schlafen wollten, blieb Horali ein ganzes Stück zurück. Cabbar machte sich das zunutze. »Memed! Weißt du eigentlich, was hier gespielt wird, Bruder?«

»Ja, ich weiß es«, lächelte Memed.
»Warum gehen wir dann?«
»Verstehst du denn nicht, Bruder? Er schickt einen Mann nach mir aus, um mich in eine Falle zu locken. Einen, der mich kennt ... Er lädt mich ein. Kann ich es ablehnen? Dann sagt er, ich hätte Furcht. Er glaubt, daß er mir eine Falle gestellt hat ...«
»Und wir gehen auch hinein. Mit offenen Augen. Das sind zehn Mann, Memed!«
»Und wenn es hundert wären. Wir haben keine andere Möglichkeit.«
»Dann laß uns Horali erledigen!«
»Das geht nicht. Erst muß ich mit dem Verzinner zusammentreffen und sehen, was er für ein Mann ist.«
»Nun gut. Lassen wir es darauf ankommen.«
Da sagte Memed: »Schau dir Horalis Gesicht an. Von Minute zu Minute wechselt es die Farbe. Das Gesicht eines Menschen, den die Reue plagt. Er bereut das, was er tut ... Ich spüre, daß er uns bald unter Tränen alles gestehen wird. Ob er uns wohl ein einziges Mal ins Gesicht sehen kann? Vielleicht betet er schon innerlich darum, daß wir nicht zum Verzinner gehen. Schau ihm mal ins Auge, wenn er kommt.«
In diesem Augenblick holte Horali sie ein. Die beiden brachen ihr Gespräch ab.
Memed klopfte ihm sanft auf die Schulter. »Nun, Horali, so ist das also!«
Mit zitternden Lippen entgegnete Horali: »Ja, so ist das.« Er torkelte wie ein Betrunkener.
Auf dem Hügel standen einige uralte Walnußbäume. Sie traten in ihren Schatten ein.
»Legt euch aufs Ohr und schlaft«, sagte Cabbar. »Ich halte Wache.«
Sie legten sich hin und schliefen. Sie lösten sich bei der Wache ab und schliefen dann wieder. Als sie die Augen aufschlugen, zog der Abend herauf.
Von Akkale aus liefen sie hinüber in den Osten von Andirin.

Der Weg war felsig. Sie gelangten zu einem Kiefernwald, durch den sich auch ein Tiger keinen Weg hätte bahnen können. Es duftete nach Kiefern, wildem Pfefferminz und Poleiminze. Das Geräusch rauschenden Wassers erfüllte die Stille. Eine Turteltaube gurrte unablässig.
»Ich glaube, wir kommen jetzt zum Falkenfelsen«, sagte Cabbar.
»So ist es«, sagte Horali. »Morgen früh sind wir beim Verzinner. An der Göğçe-Quelle auf dem Konurdağ wird er auf uns warten.«
Memed biß die Zähne zusammen. »So soll das also sein?« Aber er beherrschte sich.
Er konnte sich nicht vorstellen, warum der Verzinner ihm eine Falle stellen wollte. In seinem Kopf schossen die Gedanken wild durcheinander. Abdi Aga fiel ihm jetzt ein. Aber was Abdi Aga mit dem Verzinner zu tun haben sollte, darauf konnte er sich keinen Reim machen.
Über dem Gipfel des Kayranli breitete sich eine vielfarbige Morgendämmerung aus. Die Nebel stiegen langsam vom Boden und von den Bäumen auf, als sie am anderen Tag den Konurdağ erreichten. »Wartet solange hier«, sagte Horali. »Ich gebe inzwischen Bescheid.«
Memed und Cabbar setzten sich.
»Meinst du, daß sie uns jetzt mit einer Salve überschütten, Cabbar?«
»Nein. Bevor sie uns anfallen, werden sie uns zumindest mit Lammbraten bewirten.«
»Das glaube ich auch. Der Verzinner hat nicht den Mut, sich auf einen offenen Kampf mit uns einzulassen. Wenn er der ist, von dem wir so viel erzählen gehört haben, dann wird er uns erst einmal die Gewehre aus der Hand nehmen und danach trachten, uns bei der Mahlzeit umzubringen. Das ist dann ein Kinderspiel. Aber ich weiß immer noch nicht, warum er uns ans Leben will.«
»Das ist doch ganz klar«, sagte Cabbar. »Er ist Ali Safa Beys Mann.«

»Na und?«
»Und Ali Safa Bey ist ...«
»Das glaubst du doch selbst nicht.«
»Laß dich nicht für dumm verkaufen, Memed. Sie sind einer des anderen Sklave. Hast du jetzt verstanden?«
»Ja, ich habe verstanden. Abdi Aga steckt also dahinter, was?«
»Natürlich! Anders kann es doch gar nicht sein!«
Kurz vor Mittag kam Horali zurück. Sie standen auf, um das letzte Wegstück bis zur Göğçe-Quelle zurückzulegen. Als sie unterhalb der Quelle waren, tauchte der Verzinner in der Ferne auf. Langsam kam er näher. Es war offensichtlich, daß er etwas im Schilde führte.
Memed warf sich zu Boden und begann sofort auf den Verzinner zu feuern. Hinter ihm kam ein Aufschrei. Memed drehte sich um und sah, daß Cabbar auf Horali geschossen hatte.
»Ich habe bis zur letzten Minute gewartet«, rief Cabbar. »Ich wollte ihm noch eine Gelegenheit geben, den Mund aufzutun und seine kostbare Haut zu retten.«
»Der Verzinner ist nicht mehr zu sehen«, sagte Memed besorgt. »Ich habe zu schnell abgedrückt. Ich glaube, ich habe ihn verfehlt.« Dann rief er aus Leibeskräften: »Verzinner, komm her, wenn du ein Mann bist! Du feiger Furz! Zeig dich, du Schlächter! Ali Safas Hund! Du Schlächter! Du Schlächter, du feiger Furz! Zeig dich!«
Auch Cabbar brüllte mit: »Hast du gemeint, daß wir die Flucht ergreifen? Zeig dich, wenn du ein Mann bist!«
Von der anderen Seite kam kein Laut.
Kurz darauf hagelte es Kugeln von überall her.
Memed lachte. »Der Verzinner hat Mut bekommen. Jetzt werde ich's ihm zeigen!«
Der Kampf dauerte bis Mitternacht.

20

Bald wußte es die ganze Çukurova, von Kadirli bis Kozan, von Ceyhan bis Adana und Osmaniye: Ali Safa Bey hatte auf Abdi Agas Betreiben den Verzinner veranlaßt, eine heimtückische Falle zu stellen. Ince Memed aber war nicht nur aus dieser Falle entwischt, ohne einen Kratzer abzubekommen, er hatte auch noch den Verzinner verwundet und zwei seiner Leute getötet.

Ince Memeds Abenteuer gingen, in entsprechend ausgeschmückter Form, in der Çukurova und im Taurus von Mund zu Mund. Alle waren auf seiner Seite. Die Bergbewohner waren bereit, Ince Memed gegen alle Feinde zu verteidigen, koste es, was es wolle. »Die Leute haben gedacht, er sei nur ein harmloses Kind«, pflegten sie zu sagen, »aber er besteht von Kopf bis Fuß nur aus Mut. Er ruht nicht eher, als bis er an Abdi Aga Rache für seine Mutter genommen hat. Und Ali Safa Bey wird für seine Schandtaten an dem Dorf Vayvay auch bezahlen müssen.«

Die große Wirkung des Kampfes zwischen Ince Memed und dem Verzinner zeigte sich in Vayvay. Als die Nachricht eintraf, war es gerade Abend. Alle ließen sofort ihre Arbeit liegen und versammelten sich auf dem Dorfplatz. Ihre Freude war unbeschreiblich. Endlich hatten sie einen Verbündeten, und noch dazu einen, der in ihren Augen so mächtig und unbesiegbar war wie ein Held der Sage. Sie dichteten Ince Memed so viele Wundertaten an, daß zehn Männer sie in ihrem ganzen Leben nicht alle hätten vollbringen können. Aber darüber dachten sie nicht lange nach; sie sahen nur, daß ihr verhaßter Feind endlich in seine Schranken verwiesen worden war. Zwei Jahre lang hatten sie es aus Furcht vor dem Verzinner nicht gewagt, einen Fuß aus ihrem Dorf zu setzen. Ali Safa Bey hatte leichtes Spiel dabei gehabt, ihnen ein Feld nach dem anderen wegzunehmen. In die Kreisstadt zu gehen und dort ihre Sache zu vertreten, war ihnen unmöglich gemacht.

Osman der Mächtige saß auf der steinernen Brunnenplatte in der Mitte des Dorfplatzes. »Ince Memed, mein Falke!« rief er ein ums andere Mal aus.

Osman der Mächtige war ein schmächtiger Achtzigjähriger von kleiner Gestalt, mit einem dürftigen, nur aus einem Dutzend weißer Haare bestehenden Kinnbart und schräggestellten grünen Augen. Seine zehn erwachsenen Söhne waren mit den anderen Bauern um ihn versammelt. Alle warteten achtungsvoll auf das, was er sagen würde.

»Ince Memed, mein Falke!« wiederholte der Greis noch einmal, dann erhob er sich. »Mein Falke plündert die Leute nicht aus, was meint ihr?«

»Würde Ince Memed so etwas tun?« kam es von den anderen.

»Bringt mein Pferd heraus, Söhne! Und ihr, Freunde, sammelt Geld unter euch. Ich will zu meinem Falken. Er hat Geld nötig, da oben in den Bergen. Jeder soll geben, soviel er kann.«

Als der Tau auf der Çukurova-Erde im Licht des neuen Tages als Dampf in die Luft stieg, lenkte Osman der Mächtige sein Pferd in die Richtung der in bläulichem Nebel schimmernden Taurusberge.

Nach drei Tagen stieg er, vor Erschöpfung fast ohnmächtig, in Değirmenoluk aus dem Sattel. Mit schleppenden Schritten ging er, das schaumbedeckte Pferd hinter sich herziehend, durch das Dorf. Die Kinder unterbrachen ihr Spiel und starrten auf den fremden alten Mann, der atemholend stehengeblieben war.

»Kommt doch mal her, Kinder!« rief Osman der Mächtige ihnen zu. »Sagt, wo ist Gül Alis Haus?«

Der vorwitzigste der Knaben antwortete: »Gül Ali? Der ist doch schon lange, lange tot! Da war ich noch gar nicht auf der Welt ...«

»Und Ince Memeds Haus?«

»Na, Onkel, hör mal!« sagte der beherzte Bursche im Ton der Entrüstung. »Weißt du denn nicht, daß Ince Memed jetzt ein Bandit ist?«

»Wie kann ich das wissen, mein Sohn? Ich komme aus der Çukurova. Hat Ince Memed denn keine Angehörigen, Mutter oder Vater?«
Der Knabe schüttelte den Kopf.
»Bei wem bleibt er denn, wenn er ins Dorf kommt?«
»Bei Onkel Durmuş Ali!«
»Also Ince Memed ist Bandit geworden, sagst du?«
»O ja. Er ist ins Dorf gekommen, hat gesagt, daß er unseren Aga totgemacht hat, und dann hat er alle Felder verteilt, als wären sie von seinem Vater, und das Graudistelfeld hat er abbrennen lassen. Unser Aga läßt ihn töten. Hier im Dorf will keiner etwas von ihm wissen, nur die Frau von Onkel Durmuş Ali. Aber unser Aga wird sie auch aus dem Dorf jagen.«
»Wo ist denn Durmuş Alis Haus, mein Sohn?«
»Das dort!« Das Kind machte ein Zeichen mit dem Kopf.
Osman der Mächtige zerrte sein Pferd weiter. Vor Durmuş Alis Haus rief er: »Ein Gast Allahs!«
Notdürftig gekleidet erschien der vom Alter gebeugte Durmuş Ali in der Tür. Sein schneeweißer Bart schien bis an die Knie zu reichen. »Willkommen, Gottesgast«, begrüßte er den Fremden, dann führte er das Pferd in den Stall.
Drinnen brannte ein großes Feuer. Es roch nach Stroh, Teig und getrocknetem Kuhmist. Durmuş Ali kam zurück und setzte sich seinem Gast gegenüber. »Grüß Gott!« Er schob ihm seine große, rostige Tabaksdose hin.
Osman der Mächtige neigte sich zu ihm. »Komm etwas näher, ich will dich etwas fragen: Weißt du etwas von Ince Memed? Wo ist er jetzt wohl zu finden?«
Sein ängstliches Flüstern ließ Durmuş Ali dröhnend auflachen: »Hier kannst du ruhig laut reden, wenn du etwas von Ince Memed wissen willst.«
»Ince Memed ist mein Falke. Ich bin hierhergekommen, um ihn zu suchen.« Er erzählte umständlich, was ihn zu Memed führe. Inzwischen hatte sich auch Durmuş Alis Frau eingefunden und hörte mit.
»Ince Memed ist mein Falke.« Mit diesen Worten, die Balsam

auf der Zunge Osmans des Mächtigen waren, schloß er auch seine lange Rede.
»Er ist auch unser Falke«, sagte Durmuş Alis Frau. »Ihr werdet sehen, es dauert nicht lange, bis er den räudigen Abdi tötet. Dann kommt er und verteilt die Felder. Wenn du wüßtest, Bruder, was diese elenden Bauern meinem Ince Memed alles angetan haben! Aber der Tag wird kommen, an dem ich diesen Undankbaren auf dem Dorfplatz ihre Schande ins Gesicht schreien werde! Geh nur zu ihm, Bruder, und sag ihm das. Grüße ihn von mir, und er soll auch den anderen Gottlosen töten, den Ali Safa Bey. Und dem Verzinner soll er den Kopf abschneiden und ihn in die Çukurova schicken. Hast du gehört, Bruder?«
»Um Allahs willen, Weib«, brummte Durmuş Ali. »Nun gib endlich Ruhe. Jetzt müssen wir uns um das kümmern, was unser Gast auf dem Herzen hat.«
»Ach, mach dich doch nicht wichtig!« gab die Alte zurück. »Ali der Hinkende geht sowieso zu Memed. Er muß jetzt im Dorf Çiçeklideresi sein. Da können wir den Bruder doch mit ihm schicken.«
Osman der Mächtige fragte ängstlich: »Ist es weit bis dahin?«
»Ziemlich weit«, antwortete die Frau.
»Dann will ich heute nacht lieber hierbleiben und mich dann auf den Weg machen.«
»Gut«, sagte die Frau, »und ich lasse den Hinkenden suchen. Abdi hat ihn zu seinem Hausbewahrer gemacht, aber er ist auf unserer Seite …«
Durmuş Ali warf ihr wütende Blicke zu. Sie verstummte.
Plötzlich sahen sie, daß Osman der Mächtige mit zur Seite gefallenem Kopf und dem Rücken an der Wand eingeschlafen war. Durmuş Ali lächelte. Die Frau auch.
»Der arme Alte«, sagte sie, »wer weiß, wieviel Tage er auf dem Pferd saß.«
»Wer weiß.«

21

Sie folgten einem schmalen Saumpfad, der nach Çiçeklideresi hinaufführte. Seit dem frühen Morgen hatte Osman der Mächtige nicht aufgehört, Ali den Hinkenden mit Fragen zu bestürmen. »Sag, was ist er für ein Mann, mein Falke?«
Jedesmal hatte der Hinkende darauf geantwortet: »Große, gelblichbraune Augen hat er. Sein Haar steht aufrecht wie Stacheln, seine Miene ist bitter. Er hat ein sonnenverbranntes Gesicht und ein spitzes Kinn. Er ist mittelgroß, behende und kann sogar durch ein Nadelöhr schießen. Furcht kennt er nicht. Er geht drauflos und wenn er weiß, daß es den sicheren Tod bedeutet.«
»So?« sagte Osman der Mächtige dann. »Und verbirgt sich mein Falke immer auf diesem Berg?«
»Nein. Aber dieses Jahr wird er sicherlich hier bleiben. Von Çiçeklideresi ist es nicht weit zur Kreisstadt ...«
»Ja, und?«
»Dort sitzt nämlich Hatçe im Gefängnis. Die Zeugen haben ihre falsche Aussage widerrufen, aber die Obrigkeit läßt das Mädchen trotzdem nicht frei.«
Sie gingen über eine leuchtendgrüne Matte, deren Gras so kurz war wie geschnittener Rasen. Weiße und dunkle Herbstwolken drängten sich nebeneinander am Himmel. Es ging gegen Abend, als sie, kurz nachdem der Wald durchschritten war, vor einem Erdbau standen. Der Hinkende stieß einen Pfiff aus.
Cabbar erschien auf dem Dach des Unterstandes. »Memed, Bruder!« rief er hinunter.
Jetzt zeigte sich auch Memed. »Oh, Ali Aga! Willkommen!« Sie umarmten sich.
»Sei mir nicht böse, Memed, daß ich jetzt erst komme«, sagte Ali, »ich hatte Nachrichten für dich, aber ich konnte dich nicht erreichen. Nur gut, daß ihr euch aus der Falle des Verzinners gerettet habt. Dieser Hundesohn, der Horali! Das hätte

ich nie von ihm gedacht, ich habe ihn doch gekannt, seit er Wächter in der Melonenpflanzung war.«
Während die beiden miteinander sprachen, stand Osman der Mächtige mit verklärtem Lächeln abseits. Das Pferd in seinem Rücken hielt wie immer den rechten Vorderlauf angewinkelt, die Haare standen ihm vom Körper ab. Es war durchnäßt.
»Wer ist das?« fragte Memed leise.
»Der kommt von ganz da unten, aus dem Dorf Vayvay«, antwortete Ali der Hinkende. »Er nennt dich nur ›seinen Falken‹.« Memed ging langsam auf den Alten zu, streckte ihm die Hand hin. »Willkommen, Onkel!«
»Danke, mein Sohn«, erwiderte Osman der Mächtige strahlend, »das bist du also, mein Falke?«
»Ja, der bin ich«, lächelte er, ein wenig verlegen.
Mit einem ganz unerwarteten Schwung sprang der Alte auf Memed zu, nahm ihn in die Arme, bedeckte ihn schluchzend mit Küssen. »Ince Memed! Ince Memed, mein Falke!«
»Ich kann es nicht glauben«, flüsterte Osman, »ich traue meinen Augen nicht. Du bist es also wirklich, mein Falke?«
»Entschuldige schon, Onkel«, sagte Memed, noch verlegener, »wir können dir nicht einmal einen Kaffee anbieten, hier auf dem Berg ...«
»Mögest du lange leben, mein Falke!«
Memed war nicht mehr so schmächtig. Seine Wangen hatten etwas Farbe bekommen. Sein schwarzer Schnurrbart war gewachsen, sein ganzer Ausdruck hatte an Entschlossenheit gewonnen. Seine Gestalt schien breiter geworden zu sein.
Ali dem Hinkenden war seine Veränderung nicht entgangen.
»Memed«, rief er aus, »man kennt dich nicht mehr wieder ...«
»Allah gebe, daß das Dorf Çiçeklideresi nie arm wird!« lachte Cabbar. »Die versorgen uns – man kann sich wirklich nicht beklagen. Für Çiçeklideresi ist Memed der Aga, der Richter und die Obrigkeit, alles in einer Person. Die Bauern gehen schon gar nicht mehr zur Regierung. Und er ist ein gerechter Richter! Du siehst, wir haben es weit gebracht, seit du das letzte Mal bei uns warst!«

Ali lächelte. »Ich bin nur immer wieder froh, daß ihr nicht dem Verzinner in die Hände gefallen seid. Ich habe alles gleich brühwarm erfahren. Daß Abdi sich Ali Safa Bey zu Füßen geworfen hat, daß der Bey den Verzinner in die Stadt bestellt hat, damit er dich umbringen sollte – alles habe ich gewußt. Ich habe dich warnen wollen, aber du warst nicht zu finden. O weh, o weh, habe ich mir gesagt, o weh, habe ich gedacht, der Verzinner hat meinen Memed gefressen! Ich habe mich auf den Weg gemacht. In Akkale erfuhr ich, daß du dem Verzinner begegnet bist und ihn verletzt hast. Es heißt, du hast noch zwei andere erschossen. Da habe ich meine Mütze in die Luft geworfen und bin ins Dorf zurück. Dort wartete und wartete ich ungeduldig. Endlich erhielt ich nach einem Monat aus Çiçeklideresi eine Nachricht, die mir Göde Duran überbrachte.«

»Mein Falke«, sagte Osman der Mächtige, »ich bin der Abgesandte des Dorfes Vayvay. Der Verzinner ist Ali Safas Hund. Bei uns gibt es keinen, der das nicht zu spüren bekommen hätte. Ali Safa nimmt uns die Felder weg. Wenn wir unser Recht suchen, dann läßt er den Verzinner auf uns los. Und ich habe gehört ...«

Memed wandte sich Ali dem Hinkenden zu: »Ja, so ist das also, das alles entspringt Abdi Agas Gehirn. Ja, so ist es. Das habe ich mir gleich gedacht.«

Osman der Mächtige beteuerte: »Ach, ich habe gehört, du hättest diesen Gottlosen verwundet. Ach, hättest du nur gleich ganz mit ihm aufgeräumt ...«

Memed entgegnete gleichmütig: »Gestern kam Nachricht, daß er vor ein paar Tagen zur Hölle gefahren ist. Er hat seine Verletzungen nicht überstanden.«

Osman der Mächtige sprang auf, stürzte auf Memed zu, küßte ihm die Hände. »Ist das wahr? Wir sind von ihm befreit?«

»Du kannst es glauben«, sagte Memed. »Ich habe mich immer gefragt, warum diese Kugel den Verzinner nicht zur Strecke bringen konnte. Bevor ich abdrückte, hatte ich ihn genau im Visier.«

»Allah lasse dich ans Ziel deiner Wünsche gelangen«, sprach der Alte mit vor Glück bebender Stimme. Dann holte er einen großen Beutel aus seiner Satteltasche. »Hier nimm! Das schicken dir die Leute von Vayvay, Gott sei's gedankt. Nun erlaube, daß ich dir Lebwohl sage. Ich muß dem Dorf die Freudenbotschaft bringen. Das wird ein Fest geben!«
Er stürzte hinaus und schwang sich auf sein Pferd. »Gott befohlen, mein Falke!« rief er vor dem Eingang zu Memeds Bau. »Onkel Osman kommt ein andermal wieder ...« Damit gab er seinem Pferd die Sporen.
Noch immer erstaunt über den seltsamen Gast, sahen Memed und Cabbar hinter ihm her.
»Sagt mal, Jungen«, fragte Ali der Hinkende, »wie kommt ihr bloß in diese Gegend? Wie habt ihr diesen wunderbaren Schlupfwinkel ausfindig gemacht?«
»Wozu hat man seine Nase?« schmunzelte Memed.
»Erzähl mir doch nichts! Es ist ja eine Ewigkeit von Değirmenoluk. Du kannst dich doch hier gar nicht auskennen.«
Memed zeigte auf die Wand. Dort hing eine Saz.
»Paß auf, Ali Aga: Die Saz gehört Ali dem Armen. Dem Aşik. Wir haben ihn in Mazgaç getroffen. Dort hat er auf einem Stein gesessen und seine Saz gespielt. Neben sich hatte er ein Gewehr liegen. Er ist nämlich auch Bandit, seit langem schon. Er hat sich uns angeschlossen.«
Ali der Hinkende schüttelte erstaunt den Kopf.
»Ali ist hier im Dorf zu Hause«, fuhr Memed fort, »seine Onkel sind die tapfersten Männer vom Dorf Çiçeklideresi. Verstehst du es jetzt?«
»Er muß bald kommen«, sagte Cabbar. »Jetzt ist er ganz oben auf dem Berg und denkt sich neue Lieder aus. Wenn er von oben zurückkommt, noch ganz außer Atem, dann nimmt er sofort die Saz auf seinen Schoß und fängt zu spielen an. Das ist so seine Art. Bei uns gibt es immer Musik und Fröhlichkeit, als wäre dauernd Hochzeit.«
»Um Geld braucht ihr euch jedenfalls nicht mehr zu sorgen«, sagte Ali, »jetzt habt ihr das große Dorf Vayvay im Rücken.«

»Auf diese Weise kannst du Räuber bleiben bis an den Jüngsten Tag«, lachte Cabbar, »passieren kann dir nichts mehr.«
»Sag das nicht, Cabbar«, mahnte der Hinkende, »glaubst du, Ali Safa Bey legt jetzt die Hände in den Schoß? Der Verzinner war sein Geschöpf und sein Liebling. Mit ihm habt ihr ein Stück von ihm selbst getötet. Kann er das einfach hinnehmen?«
»Mag er es hinnehmen oder nicht«, meinte Memed gleichmütig, »mir ist nicht bange vor ihm. Wie sagt Ali der Arme immer? ›Hat es schon einmal einen Tag gegeben, aus dem nicht ein Abend geworden ist?‹«
Kaum hatte er den Namen genannt, so kam Ali der Arme auch schon langsam hereingeschlendert, das Gewehr quer über die Brust gehängt, und griff nach seiner Saz. Nachdem er das Instrument ein wenig gestimmt hatte, begann er zu singen. Seine tiefe, machtvolle Stimme klang, als komme sie aus einer tausend Jahre zurückliegenden Vergangenheit. Sein Lied schien vom Meer, von den Bergen, von der Çukurova her zu wehen. Es trug das Salz des Meeres, das Harz der Kiefern, den Duft der Poleiminze.
»Komm und stille meine Schmerzen«, sang er, »bist Arznei für alle Herzen.« Die Stimme setzte aus, während der Sänger die Saiten im Refrain lauter erklingen ließ. »Bist Arznei für alle Herzen.« Dann sang er weiter: »Wohin ich auch immer blickte, stets sah ich die Liebste vor mir ...«
Als das Lied zu Ende war, hockte er zusammengekrümmt über der Saz, als sei er eingeschlafen. Aber plötzlich hob er den Kopf, seine Hände flogen über die Saiten. Es klang wie der Ausbruch wilder Naturgewalten:

»Mein Name, fragst du? Wisse, der arme Ali bin ich
Klug für einen Tag, doch toll für hundert bin ich
Wie zur Frühlingszeit der Gießbach schäumt, so bin ich
Hoch vom Berg, vom schneebedeckten, komm ich ...«

Der Sänger verstummte. Lange saß er erschöpft und bewe-

gungslos da. Behutsam legte er das Instrument beiseite. Auch Memed rührte sich nicht. Plötzlich während des Liedes war der stählerne Funke in seinen Augen erschienen, das gelbe Leuchten war in ihm aufgeflammt.
»Ali Aga«, sagte er leise.
»Ja?«
Er zeigte mit dem Kopf nach draußen. Der Hinkende erhob sich, ging zur Tür. Memed folgte ihm.
Als sie hinaustraten, ging Cabbar auf Ali den Armen zu und stupste ihn an. Ali der Arme kam wieder zu sich.
»Schau her, Ali«, sagte Cabbar, »sieh mich an ...«
»Was ist denn?«
»Memed führte den Hinkenden hinaus. Verstehst du?«
Ali der Arme lachte. »Ich verstehe.«
»Der Mann hat den Verstand verloren. Sein Verstand ist im Eimer. Weißt du, was er jetzt dem Hinkenden sagt? Er will mit ihm in die Kreisstadt gehen.«
»Was hast du sonst erwartet? Jedem, der ihm über den Weg läuft, erzählt er die Geschichte. In Çiçeklideresi geht sie von Mund zu Mund. Die Bauern wissen, daß Memed gesagt hat, er werde seine Hatçe noch einmal sehen, bevor er stirbt. ›Allah möge mir das Leben nehmen‹, soll er gesagt haben, ›aber selbst wenn die Kreisstadt in Flammen steht, werde ich Hatçe im Gefängnis sehen.‹ Das alles erzählen sich die Bauern.«
Cabbar sagte: »Dieser Mann rennt mit offenen Augen in sein Unglück. Ich möchte ihn zurückhalten, aber er schaut mich so böse an, als wäre ich sein Feind.«
»Laß den Betrunkenen gehen, bis er umfällt.«
»Ja, laß den Betrunkenen, aber Memed ist ein tapferer, ein guter Mann. Diese Berge haben noch keinen wie ihn gesehen und werden es auch nicht mehr. Er ist ein Licht, ein Heiliger ...«
Draußen wütete der Nordostwind. Es würde bald Schnee geben. Eben waren die Kraniche über die Berge gezogen, die Boten des Winters, den man schon in der Luft wittern konn-

te. Kiefernnadeln wirbelten im Sturm umher. Memed drückte Ali den Hinkenden gegen eine Kiefer. »Setz dich hier hin.« Der Hinkende starrte Memed erwartungsvoll ins Gesicht. Memeds Lippen zitterten, als er sich neben Ali niederließ.
»Ali Aga«, begann er, »du bist ein gescheiter Mann. Du weißt genauso gut wie ich, daß all das Ungemach nur deinetwegen über mich gekommen ist. Aber es ist mir klar geworden, daß du nicht anders handeln konntest.«
Sein Gesicht zeigte qualvolle Anspannung. »Hör zu, Ali. Morgen gehe ich zu Hatçe.«
»Das ist doch nicht dein Ernst?« rief Ali erschrocken.
»Du hast es gehört.« Eiskalte Entschlossenheit war in seiner Stimme.
Ali der Hinkende verfiel in sorgenvolles Grübeln. Dann stöhnte er: »Das bedeutet den sicheren Tod.«
»Der steht mir ohnehin auf der Stirn geschrieben.« Ein Sturm von Leidenschaft und Qual tobte in Memeds Zügen. »Ich halte es einfach nicht mehr aus, dieses Feuer, das mir im Herzen frißt. Ich muß zu ihr, sonst verbrenne ich. Morgen früh ...«
Ali der Hinkende unterbrach ihn: »Und wenn sie dich fangen? Dich, auf den wir unsere ganze Hoffnung setzen? Nicht nur ich, ein ganzes Dorf ...«
Memeds Gesicht verdüsterte sich. »Ein ganzes Dorf? Was für ein Dorf meinst du?« Mit dem Ausdruck abgrundtiefer Verachtung spuckte er aus.
»Das ist nicht recht, Bruder«, sagte Ali ruhig. »Du darfst nicht den Stab über sie brechen. Ja, es hat den Anschein, als würden sie zum Aga halten. Das ist nur, weil sie vor ihm zittern. Aber mit dem Herzen sind sie alle auf deiner Seite. All ihre Hoffnung bist du. Ganz Değirmenoluk blickt auf dich. In den anderen vier Dörfern ist es genauso.«
Memed brach das Gespräch ab. Er stand auf, ging bergwärts, taumelnd wie ein Trunkener. Der kieferndufende Sturm umrauschte ihn. Auch Ali der Hinkende erhob sich, verwirrt und benommen kehrte er in den Unterstand zurück.

Neugierig und mit klopfendem Herzen fragte Cabbar den Hinkenden: »Was hat dir Memed erzählt, sag, Bruder Ali!«
»Noch vor Sonnenaufgang will er in die Kreisstadt hinunter.«
»Der Mann ist verrückt geworden!« schrie Cabbar. »Man muß ihn festbinden. Wohin ist er jetzt gegangen?«
»Den Berg hinauf«, antwortete Ali der Hinkende. »Er taumelte.«
Cabbar lief ihm nach, immer bergaufwärts. Der Nordostwind knickte die Äste der Bäume. In der Luft lag der Geruch von herannahendem Schnee. Am Himmel ballten sich dunkle Wolken. Plötzlich wurde es finster. Es regnete in dicken, warmen Tropfen.
Er fand Memed auf einem verfaulten Baumstamm sitzen, unter einer Kiefer, deren mächtige Äste keine Rinde mehr trugen. Er näherte sich ihm. Memed war ganz in Gedanken versunken. Er bemerkte Cabbar nicht einmal.
Cabbar setzte sich bedächtig neben ihn. »Bruder«, sagte er, »laß das sein. Du hast es schon jedem erzählt. In Çiçeklideresi gibt es niemanden, der nicht schon davon erfahren hat. Sicher weiß man es auch in der Kreisstadt. Sie werden dich festnehmen. Laß das sein!«
Memed hob den Kopf und schaute ihn böse an. »Das hast du richtig gesagt, da hast du recht, Cabbar. Aber du mußt auch einmal mich fragen. Du weißt nicht, wie es in meinem Inneren aussieht. Zwei Hände umklammern mein Herz und drücken und drücken. Ich kann nicht mehr. Ich kann nicht mehr leben, ohne Hatçe zu sehen. Und wenn ich sie nicht sehe, dann sterbe ich. Dann werde ich eben auf diese Weise sterben … Du bist für mich wie ein Bruder, wirst du mir auch dieses letzte Mal deine Hilfe geben?«
»Es gibt nichts, was ich nicht für dich tun würde. Wir haben uns doch verbrüdert. Wir sind Blutsbrüder.«
»Besorg mir ein altes, zerfetztes Gewand … Das ist alles, was ich will.«
Cabbar gab keine Antwort. Er senkte den Kopf.

22

Eines Vormittags kam Osman der Mächtige im vollen Galopp in die Kreisstadt geritten. Das Zaumzeug seines Pferdes troff von Schaum. Auf dem Marktplatz stieg er ab, schlang sich die Zügel um den Arm. Dann durchquerte er den Basar von einem Ende zum anderen. Jedem, dem er begegnete, rief er laut und mit vergnügter Miene ein »Grüß Gott« zu.

Er verließ den Markt, wandte sich abwärts, dem Fluß zu. Vor Tevfiks Kaffeeschenke blieb er neben seinem Pferd stehen, preßte die Stirn an die Fensterscheibe. Endlich! In der Ecke saß Abdi Aga.

Osman band sein Pferd an und trat ein. Abdi Aga wurde blaß, als er ihn sah. »Grüß Gott«, rief Osman der Mächtige, drehte sich um und ging. Abdi Aga kam nicht dazu, etwas zu erwidern, und starrte mit offenem Mund hinter ihm her.

Osman der Mächtige sprengte mit verhängten Zügeln davon. Osmans Auftauchen hatte Abdi Agas ständige Unruhe, die ihn immer wieder an die Stelle seiner Hüfte greifen ließ, wo die kleine Pistole verborgen war, ins Unerträgliche gesteigert. Erregt sprang er auf und eilte zum Bittschreiber. »Achmed der Politiker«, wie er genannt wurde, war der Todfeind des tollen Fahri, des anderen Schreibers, und Ali Safa Beys Vertrauensmann. Die Nachricht vom Tode des Verzinners, dem er in der Stadt als willfähriges Werkzeug und geschickter Mittelsmann gedient hatte, war ihm sehr nahegegangen.

Abdi Aga schoß auf ihn los. »Schreib, Achmed Efendi! Wenn die Regierung wirklich eine Regierung ist, dann soll sie es jetzt beweisen. Schreib genau, wie ich es dir sage. Die Berge wimmeln von Banditen. Unter jedem Busch hat sich eine Rebellenherrschaft aufgetan. Schreib so! Sogar fünfzehnjährige Kinder sind in den Bergen. Schreib! Dörfer brennen sie nieder. Selbst die Stadt überfallen sie. Wir sind unserer Habe, unseres Lebens nicht mehr sicher. Schreib das auf! Sogar die Frauen tragen Waffen. Offener Aufruhr herrscht im Land. Die

Kreisstadt hat sich selbst ihre Obrigkeit aufgestellt. Das Gesetz steht nur noch auf dem Papier. All das schreib! Das Militär muß anrücken und das Gesindel bis auf die Wurzel ausrotten.«
Das stets düstere Gesicht des seltsamen Achmed Efendi umwölkte sich noch mehr. Er nahm seinen schwarzen Filzhut vom Kopf, legte ihn neben sich auf den Tisch, zog ein Taschentuch heraus und trocknete sich die Stirn.
»Das soll ich schreiben, was du da gesagt hast?« brummte er.
»Genau das, Buchstaben für Buchstaben. Ein Regiment von diesen Gendarmen ist nichts gegen Memed, ganz zu schweigen von den anderen. Dieser Ince Memed vertreibt mich von Haus und Hof und verteilt meine Felder an meine Tagelöhner! Meine fünf Dörfer ... Ich kann mich nicht einmal mehr in der Stadt zeigen. Ich habe ein Haus gegenüber der Gendarmeriestation gemietet. Die Fenster habe ich mit Sandsäcken verbarrikadiert, gegen Gewehrkugeln, den Kamin habe ich gegen Bomben zumauern lassen. Neulich sind sie gekommen, um mich vor den Augen der Gendarmen umzubringen. Wenn wir nicht gewarnt worden wären, dann hätten sie das Haus mit Dynamit in die Luft gesprengt! Ince Memed hat verkündet, die ganze Kreisstadt in die Luft zu sprengen. So, das schreib!«
»Aber lieber Freund!« sagte Achmed Efendi, »stell dir einmal vor, wir würden das wirklich schreiben; sie hauen mir ja die Hand ab! Und was würde aus dem guten Namen der Stadt? Der Verzinner hat zwar daran glauben müssen, aber es gibt doch immer noch einen Ali Safa Bey. Der sorgt bald dafür, daß wieder eine neue Bande auf die Beine kommt. Es wäre ihm bestimmt nicht recht, wenn du so etwas an die Regierung schreiben würdest.«
Abdi Aga schäumte. »Schreib, was ich dir gesagt habe!«
»Das kann ich nicht.«
»Schreib, sage ich, Bruder, schreib!«
»Es geht nicht.«
Wütend stand Abdi Aga auf. »Also du willst nicht? Gut, dann lasse ich es von Fahri Efendi schreiben.«

»Meinetwegen laß es schreiben, wo du willst. Es wird nicht zu deinem Vorteil sein.«
Abdi Aga ging geradewegs zu Fahri dem Verrückten. Fahri der Verrückte hörte seine Tritte schon von weitem und hob den Kopf langsam vom Tisch.

23

Über Çiçeklideresi ragt der steile, glatte und moosbewachsene »Falkenfelsen« in den Himmel. Weit oben, fast auf seiner Spitze, entspringt eine Quelle, die zwischen grünen Büschen verborgen ist. Um die »Falkenquelle« herum wächst die aromatisch duftende Poleiminze. Aus dreifacher Pappelhöhe stürzt das Wasser den Felsen hinab, fast könnte man glauben, es brodele unmittelbar aus der glatten Steinwand hervor.
Der Falkenfelsen kommt in vielen Liedern und Balladen vor, die weitum gesungen werden. Sein Name geht auf eine Sage zurück, die von altersher mit ihm verknüpft ist. In alter Zeit lebte hier herum ein Jüngling, der ein großer Falkenliebhaber war. Er wußte, daß die Falken in den Spalten der Felswand nisteten. Eines Tages, zur Zeit des Ausschlüpfens der Jungvögel, stand ihm der Sinn danach, einen jungen Falken zu fangen, um ihn abzurichten. Aber es war unmöglich, über die glatte und steile Wand an das Nest heranzukommen. So band der Jüngling ein langes, starkes Seil am dicksten Baum des Gipfels fest und ließ sich daran herunter, bis er an ein Falkennest gelangt war. Er nahm ein Junges heraus und barg es an seiner Brust. Aber die Falkenmutter hatte ihn beobachtet, flog wütend herbei, schlug mit ihren kräftigen Schwingen gegen das Seil und zerschnitt es wie mit einem Schwertstreich. Der kühne Nesträuber stürzte in die Tiefe. Seither heißt diese Klippe der »Falkenfelsen«.

Ince Memed, der schon mitten in der Nacht aufgebrochen war, ruhte sich nun am Fuße der Klippe aus. Einmal knackte es hinter ihm im Gebüsch. Er wandte sich um. Cabbar stand da, schweißüberströmt, und sah ihn an. Memed blickte schweigend vor sich auf den Boden.
Cabbar rührte sich eine ganze Weile nicht, dann streckte er die Hand nach Memed aus, der weiter vor sich hinstarrte.
»Bruder!« sagte Cabbar leise. Seine Stimme zitterte. Widerstrebend wandte Memed sich um.
»Gib es auf!«
Memed schüttelte vorwurfsvoll den Kopf. »Wenn nicht einmal du meinen Schmerz verstehst, Bruder Cabbar, dann ist es schon besser, zu sterben.«
»Ich verstehe ja deinen Kummer, Memed! Aber die Zeit dafür ist noch nicht gekommen ...«
»Versuche nicht, mich von meinem Weg abzubringen! Ich gehe zu Hatçe. Wenn sie mich fangen, dann hat es das Schicksal so gewollt.« Leidenschaftlich, mit veränderter Miene und leuchtenden Augen, fügte er hinzu: »Aber sie werden mich nicht fangen.«
»So geh, Bruder. Möge dir der Weg leicht werden!«
»Ich danke dir.«
»Drei Tage warte ich hier, im Haus von Temir dem Kurden. Wenn du in drei Tagen nicht zurück bist, dann weiß ich, daß sie dich haben.«
Memed nickte. Er erhob sich und schritt davon.
»Nun haben wir also auch dich verloren, Ince Memed«, murmelte Cabbar hinter ihm her. »So einen wie den werden diese Berge nie wieder sehen.«
Memed hatte sich aus dem Dorf Çiçeklideresi ein Paar zerrissene Bauernschuhe und die aus Baumwolle handgewebten, zerlumpten Kleider eines fünfzehnjährigen Knaben besorgt. Die Jacke war mit Granatapfelschalen rot gefärbt, die Pluderhose mochte wohl einmal weiß gewesen sein. Die eng an ihm sitzenden Fetzen ließen ihn untersetzt und sehr jugendlich erscheinen. In der Hand trug er einen dicken Hirtenstock, auf

dem Kopf hatte er eine abgetragene Kappe. Pistole und Munition hatte er sich unter den Pluderhosen um die Beine geschnallt. Es würde nicht leicht sein, ihn zu erkennen.
Er schritt schnell aus, ohne etwas um sich herum zu beachten. Seine Sinne schienen im leeren Raum zu schweben. Die Außenwelt war für ihn erloschen.
Kurz vor Mitternacht langte er am Stadtrand an. Die Hunde heulten. Was sollte er tun? Wenn er jetzt in die Stadt ging, würde er keine Herberge finden. Womöglich würden sie ihn festnehmen. Aus der Tiefe kam das Klappern einer Mühle. Er drehte sich um und wandte sich in die Richtung, aus der das Geräusch kam. Es dröhnte so laut, daß einem bald Sehen und Hören verging. Aus der Ferne drang ihm warmer Mehlgeruch in die Nase.
Morgen war Freitag, Besuchstag im Gefängnis. Der Gedanke an Hatçes Mutter verursachte ihm Unbehagen. Seit Abdi Aga sich in der Kreisstadt niedergelassen hatte, kam die alte Frau jeden Freitag, um Hatçe Neuigkeiten über Memed zu erzählen – oder das, was sie darunter verstand. Sie erzählte ihr die unglaublichsten Geschichten von ihm, in denen er in immer besserem Licht erschien. Die Ereignisse der Äckerverteilung und des Abbrennens der Distelfelder wurden in ihrer breit ausgeschmückten Darstellung zu einem wahren Heldenlied. »Memed ist ein stattlicher Mann geworden«, sagte sie, »in die Höhe geschossen ist er, wie ein Minarett …«
Hatçe war vor Freude und Stolz wie im siebenten Himmel. Die Gefängniszelle wurde ihr zum Paradies. Immer wieder warf sie sich Iraz in die Arme und bedeckte sie mit Küssen. Iraz freute sich nicht weniger. Seit Memed sich in Çiçeklideresi festgesetzt hatte, war alle paar Tage Nachricht von ihm ins Gefängnis gelangt. Sogar Geld hatte er ihnen zu schicken verstanden.
Draußen waren Mehlsäcke dicht nebeneinander aufgereiht. Die vier schweren Mühlsteine drehten sich und verstreuten dabei Mehlstaub nach allen Richtungen. Jetzt hörte er auch das Plätschern des Wassers. Etwa fünfzehn Bauern saßen im

Halbkreis um ein Feuer. Als Memed näher trat und sein »Grüß Gott« bot, machten sie ihm schweigend Platz. Ohne sich weiter um ihn zu kümmern, setzten sie ihre Gespräche über Felder, Ernten, über Armut und Tod fort. Einer erzählte von einem Raubüberfall bei Deveboynu. Der Räuber sei Ince Memed gewesen, sagten ein paar andere. Von Memed kamen sie auf die Sache mit der Feldverteilung. So war es überall, wo sein Name erwähnt wurde. Ein alter Mann wunderte sich: »Schön, also hat er die Äcker an die Bauern verteilt, aber was hatte der verrückte Hundesohn im Sinn, als er das Distelfeld anzünden ließ?« Daraufhin waren die kühnsten Erklärungen zu vernehmen.

Memed mußte den Atem anhalten. Innerlich fluchte er über so viel Unverstand, dann aber überkam ihn ein Lachen. Was wußten diese Çukurova-Leute denn von Graudisteln und welche Plage sie bedeuteten.

Schließlich streckten sich die Männer zum Schlafen aus. Memed tat es ihnen gleich.

Als er wieder erwachte, war es heller Tag. Einer der Bauern stand neben ihm. »He, Junge! Es ist mitten am Vormittag, nun laß es aber genug sein. Liegst den Pferden und Eseln zwischen den Beinen herum! Steh jetzt auf!« Benommen erhob er sich, dann marschierte er beinahe im Laufschritt zur Stadt zurück. Auf dem Basarplatz hämmerte der blinde Haci frohgemut auf seine Hufeisen ein, wie damals. Er sang dazu das Lied von Kozanoğlu. Der Dampf von Kebab quoll aus den Kebabstuben. Bäuerinnen in schwarzen Pluderhosen gingen von Laden zu Laden.

Unter Herzklopfen fragte er beim Garten des Rathauses einen Vorübergehenden nach dem Gefängnis. »Geradeaus weiter und dann durch das steinerne Tor«, war die Antwort.

Memed schritt durch das Tor. Im Hof stand ein Zug Gendarmen angetreten. Einen Augenblick lang trieb es ihn, umzukehren und in die Berge zu fliehen; es war ein zu seltsames Gefühl, so viele Gendarmen auf einmal vor sich zu haben.

Das einstöckige, moosbewachsene Haus ohne Fenster, vor

dem einige Dorffrauen warteten, mußte das Gefängnis sein. Auf dem flachen Dach schritt ein Wachtposten auf und ab. Memed machte seinen Rücken so krumm wie er nur konnte, um wie ein Halbwüchsiger zu erscheinen. Mit schweren Schritten ging er auf den Bau zu, der ganz dem Bild entsprach, das er sich aus vielen Erzählungen von einem Gefängnis gemacht hatte.
Ein übelgelaunter Aufseher fuhr ihn an: »Was hast du hier zu suchen, Junge?«
»M – meine Schwester ist hier drin ...«, druckste er heraus.
»Wer ist das?« fragte der Mann in strengem Ton. »Hatçe etwa?«
Memed senkte den Kopf. »Ja, die ist es.«
»Hatçe!« brüllte der Aufseher, »Hatçe, dein Bruder ist da!«
Sie war verstört, als sie etwas von einem Bruder hörte, aber sie kam sofort heraus.
Memed war an der Wand zusammengesunken. Sein Gesicht war kreidebleich.
»Da ist er!« sagte der Aufseher.
Hatçe blieb wie angewurzelt stehen, als sie Memed erblickte. Sie brachte keinen Ton heraus. Sie taumelte ein paar Schritte, dann lehnte sie sich halb ohnmächtig an die Mauer. Lange standen sie nebeneinander, wortlos, Seite an Seite, als hätten sie beide die Sprache verloren. Sie sahen sich nur in die Augen.
Iraz kam dazu. Sie war verwundert, Hatçe so erschüttert zu sehen. Und warum sprachen die beiden nicht miteinander?
»Willkommen, Junge«, sagte sie freundlich.
Memed murmelte etwas Unverständliches. Iraz fand zu allem keine Erklärung.
Gegen Mittag kam der Aufseher zurück. »So, genug jetzt. Auseinander mit euch!«
Memed bemühte sich beim Aufstehen wieder, so klein wie möglich zu erscheinen. Dabei zog er einen Beutel mit Geld aus der Tasche und warf ihn Hatçe in den Schoß. Er wandte sich um und ging.

Hatçe starrte ihm nach, bis er hinter dem steinernen Tor verschwunden war.
»Was ist denn nur, mein Mädchen?« fragte Iraz. »Wer war das?«
»Laß uns hineingehen, Tante Iraz«, stöhnte Hatçe.
In der Zelle warf sie sich erschöpft auf ihr Bett.
»So sag doch, was ist?« drängte Iraz.
»Memed ...«
»Was?«
»Der Junge war Ince Memed.«
»Oh! Mögen meine Augen erblinden!« schrie Iraz und schlug sich auf die Brust. »Oh! Und ich habe unseren Löwen nicht einmal richtig angesehen! Die Augen sollen mir auslaufen!«
Tränenüberströmt hielten sie sich in den Armen.
Dann saßen sie nebeneinander auf dem Bett und lächelten sich an.
»Die Ebene von Yüreğir ...«, seufzte Hatçe.
»Unser Haus!«
»Mit roter Erde verputze ich es ... und dreißig Dönüm Land. Ich lasse dich keine schwere Arbeit tun, Tante Iraz.«
Iraz widersprach: »Das Haus gehört uns allen. Also machen wir auch alle Arbeit gemeinsam.«
Sie waren jetzt von neuer Hoffnung beseelt. Seit Tagen sprach das ganze Gefängnis von einer Amnestie. Ein Abgeordneter sollte aus der Hauptstadt gekommen sein und angekündigt haben, daß schon in den allernächsten Monaten ein Amnestie-Gesetz erlassen werde.
Unter den Häftlingen liefen selbstverfaßte Lieder über die kommende Amnestie um. Ein alter Gefängnisinsasse, Mustafa Aga, galt unter seinen Mitgefangenen als der Klügste und Erfahrenste. Hatçe bestürmte ihn an jedem Tag, den Gott werden ließ, mit der gleichen Frage: »Sag, Onkel Mustafa, ob wohl auch Memed begnadigt wird, wenn sie die Gefängnisse leer machen?« Der Alte antwortete jedesmal: »Memed, nach dem fragst du? Selbst die wilden Tiere in den Bergen werden begnadigt!« Dann war sie einen Tag lang überglücklich.

Längst wußte sie von anderen Gefangenen, welche die Ebene von Yüreğir kannten, alles über diesen gesegneten Landstrich und seine Dörfer. »Wir siedeln uns in Karataş an, nicht wahr, Tante Iraz?«
Wenn Iraz dazu lächelnd genickt hatte, ging sie in den Männerbau hinüber, um sich von Mustafa Aga noch einmal bestätigen zu lassen, was sie schon so oft gehört hatte. Hatte der Alte dann zum soundsovielten Male wiederholt, die Amnestie zu Ehren der Regierung werde für alle und für jeden gelten, so huschte sie glückstrahlend zu der wartenden Iraz in die Zelle zurück.
Diesmal wußte Iraz etwas Neues: »Am Mittwoch bringen sie uns nach Kozan. Hier können sie uns nicht aburteilen, heißt es. Wenn nur die Straffreiheit noch vorher käme!«
Hatçe erschrak. »Ach, hätte ich doch mit Memed gesprochen! Meine Zunge war wie angebunden. Bis nach Kozan kann er ja nicht kommen.«
»Hätte ich nur geahnt, daß es Memed war ...«
»Heute ist Freitag. Noch fünf Tage. Könnte ich es nur Memed sagen.«

Memed war kaum bei Besinnung, als er das Gefängnis verlassen hatte. Es wurde ihm schwarz vor den Augen, er glaubte zu Boden zu stürzen. Mit knapper Not konnte er auf dem weißen Stein inmitten des Basarplatzes Halt suchen. Allmählich kam er wieder zu sich. Sein Blick fiel auf die kleinen Berge von Orangen und von Kohl, die auf dem Basar aufgetürmt waren. Schließlich schritt er über den Platz.
Vor Tevfiks Kaffeestube fiel ihm eine Gruppe von Männern in langen Filzumhängen auf. Alle trugen zweizinkige Grabschaufeln über der Schulter. Ein gedrungener Mensch mit einem Seidenschal um den Hals schimpfte auf sie ein, was das Zeug hielt. Also auch hier gibt es so etwas wie einen Abdi Aga, dachte Memed bei sich und blieb neugierig stehen. Die Männer mit den Werkzeugen ließen die Worte unbeweglich, mit gesenkten Köpfen, über sich ergehen. Plötzlich veränderte

der kleine Mann seinen Ton. »Brüder, ihr seid mir lieber als mein Leben.«
Memed wußte nicht, was er davon halten sollte. Nun kam Bewegung in die Gruppe, die Männer entfernten sich mit langsamen Schritten auf den Fluß zu.
»Sie gehen auf die Reisfelder«, sagte jemand hinter ihm.
Der Kebab-Dampf aus einer der Kebabstuben erinnerte ihn daran, daß er schon lange nichts mehr gegessen hatte. Er trat ein. Es war die Garküche, in der er vor Jahr und Tag bei seinem ersten Besuch in der Stadt mit Mustafa eingekehrt war.
»Mach schnell, Bruder!« rief er dem Bedienten zu.
»Schür das Feuer an!« sagte er zum Kebab-Brater.
Als Memed sich umblickte, traute er seinen Augen nicht. Furcht überlief ihn; er kniff die Augen zusammen und sah noch einmal zurück. Er hatte sich nicht getäuscht. Unmittelbar hinter ihm saß Ali der Hinkende. Hundert schlimme Gedanken flogen ihm durch den Kopf. Ali lächelte ihm verstohlen zu. Nachdem sie sich eine Weile schweigend angesehen hatten, stand Ali der Hinkende auf und kam zu Memeds Tisch.
»Du brauchst nicht zu erschrecken, Bruder«, flüsterte er Memed zu, »ich sage dir nachher, warum ich hier bin.«
Als sie gegessen hatten, gingen sie zusammen hinaus. Der Sirupverkäufer schlenderte mit seinem gelbglänzenden Behälter auf und ab. »Einen Sirup für mich«, sagte Memed.
Der Händler lachte, als er ihn mit scheuer Hand das Metall berühren sah. »Ja, das ist pures Gold, junger Mann!«
»Cabbar sagte, du seist in die Stadt gegangen«, berichtete Ali der Hinkende. »Da bin ich hierher geritten, so schnell ich konnte. Es soll ihm nichts zustoßen, habe ich mir gesagt. Am Gefängnistor habe ich lange auf dich gewartet. Was macht Hatçe? Geht es ihr gut? Aber wie kannst du dich nur ohne Pferd in die Stadt hinuntergetrauen, verrückter Kerl? Wenn du zu Fuß fliehen mußt, haben sie dich doch sofort! Deshalb bin ich also mit dem Pferd hinter dir her. Wenn dich einer erkennt, springst du auf und galoppierst in die Berge ...«

Memed kamen die Tränen in die Augen. »Wie soll ich dir das danken, Ali Aga?«
»Indem du in Zukunft besser auf der Hut bist, Bruder.«
»Darf ich dich noch um etwas bitten, Ali Aga?«
»Sprich nur.«
»Als ich mit Hatçe zusammen war, hat keiner von uns ein Wort herausgebracht. Ich kann es nicht ertragen, sie dort noch einmal zu sehen. Ich gehe nicht mehr hin. Dort ist mir einfach die Zunge gelähmt ... Würdest du zu ihr gehen und sie fragen, ob sie mir etwas zu sagen hat?«
»Gut, Memed«, sagte Ali der Hinkende. »Warte solange auf dem Basar. Der Gaul ist dort in der Ecke an dem Maulbeerbaum. Falls dir irgend etwas in die Quere kommt ...«
Memed ging langsam auf das Pferd zu. Die Herumstehenden warfen fragende Blicke auf den zerlumpten Dorfjungen, der so einfältig daherkam, als könne er nicht bis drei zählen. Er streichelte den eisengrauen, bläulich gescheckten Gaul, dann trat er in das Kaffeehaus und verlangte einen Tee. Hatçe fiel ihm ein. Wie sie sich verändert hatte, wie blaß sie geworden war! Ihr Gesicht war jetzt voller, aber der hoffnungslose Zug darin! Es zerriß ihm das Herz. Er starrte auf die Straße.
Ali kam zurück. Sein Gesicht verhieß nichts Gutes. Memed ging ihm entgegen.
»Was hat sie gesagt?«
»Frage lieber nicht.«
»Nun sag es schon. Daß es nichts Gutes sein kann, weiß ich. Ich habe die ganze Zeit solch ein elendes Gefühl gehabt ...«
»Am Mittwoch bringen sie Hatçe ins Gefängnis nach Kozan. Du sollst sie vergessen, sagt sie. Dorthin kommen nur solche, die zu vielen Jahren verurteilt werden. Iraz muß auch dorthin.«
Memed schien zunächst wie vom Blitz getroffen. Aber er hatte sich rasch wieder in der Gewalt. Er vergaß Ali und lächelte still vor sich hin. Plötzlich saß er auf dem Pferd. Die wenigen Augenblicke hatten ihn völlig verwandelt.
»Geh vor mir her, Ali Aga. Ich weiß jetzt, was ich zu tun

habe.« Ali lief vor dem im Trab reitenden Memed her, aus der Stadt heraus, am Berg der Tausend Stiere vorbei, bis sie an die Stelle oberhalb Dikirli kamen, wo Osman aus Karacali jetzt seinen Orangengarten hat. Dort fiel Ali der Hinkende dem Pferd in die Zügel.

»Was ist denn nun? Heraus mit der Sprache!«

Memed stieg ab. »Ich werde sie den Gendarmen aus den Händen reißen.«

Ali der Hinkende geriet außer sich. »Bist du wahnsinnig? Mitten in der Çukurova, am hellichten Tage? Du hast den Verstand verloren!«

24

So froh hatten sie Memed noch nicht gesehen. Cabbar und Ali freuten sich über seine Veränderung. Er ging im Unterstand auf und ab und sang ausgelassene Lieder:

»Fünf Birnen hingen vom Zweig herab.
Der neue Morgen tagte bald
Weil Mutter ihr keine Decke gab
Wurden die weißen Brüste kalt.«

»Los, Ali!« rief er ungewohnt laut. »Nimm deine Saz und spiel uns eine lustige Melodie!«

Ali der Arme ließ eine übermütige Weise erklingen und sang dazu: »Ich kam ans Eisentor und fand es fest verschlossen – mit Gold geflochten war das schwarze Haar ...«

Memed summte mit. Als er Ali den Hinkenden an der Tür stehen sah, hängte er sich bei ihm ein. »Ein Tanzlied!« befahl er dem Spielmann. Ali der Arme spielte auf, und die anderen wirbelten im Tanz durch den Raum, bis Memed sich atemlos gegen die Wand lehnte. Aber er war immer noch nicht zur

Ruhe gekommen; seine Finger schlugen weiter den Takt zur Musik.
»Cabbar! Der Tag ist gekommen!«
»Was meinst du? Was für ein Tag?«
»Der Tag ist gekommen, sage ich dir, der Tag, uns als Männer zu erweisen ...«
»Ich bitte dich, sprich nicht in Rätseln!«
Memed erhob sich und vertauschte die zerrissenen Knabenkleider mit den eigenen. Seine Schuhe waren aus dickem, rissigem Maraş-Leder. Ihre Gummisohlen waren aus einem Autoreifen geschnitten. Die grobwollenen, kaffeebraunen Pluderhosen hatten sie einem Kaufmann abgenommen, der ihnen über den Weg gelaufen war. Nach dem Scharmützel mit der Bande des Verzinners hatten sie sich ein paar Wochen an der Straße nach Maraş in den Hinterhalt gelegt und Vorüberziehende ausgeplündert. Dabei hatten sie so gute Beute an Geld, Kleidung und Munition gemacht, daß sie beschlossen hatten, das einträgliche Geschäft bald wieder aufzunehmen. Sie hatten jetzt silberbeschlagene Leibgurte und Gewehrriemen. Den Fes trug Memed nun auch nicht mehr; statt dessen hatte er sich ein blaues Seidentuch um den Kopf geschlungen. Eine prächtige Pistole und die Tasche dazu, beides verziert mit kostbarer Goldarbeit, hatte der Yürüken-Aga ihm gesandt. Auch die goldbeschlagenen Patronengurte, die er kreuzweise auf der Brust trug, waren ein Geschenk Kerimoglus.
Cabbar wurde ungeduldig. »Ali der Hinkende, sprich du wenigstens! Was ist denn nun los?«
Ali schmunzelte. »Am Mittwoch bringen sie Hatçe aus der Kreisstadt nach Kozan. Er hat sich in den Kopf gesetzt, sie unterwegs zu entführen. Deshalb ist er so guter Dinge.«
Cabbar gab keinen Laut von sich. Seine Miene wurde düster. Auch Ali der Arme schwieg. In solche Angelegenheiten pflegte er sich ohnehin nicht zu mischen.
Memed wußte, was das Schweigen zu bedeuten hatte. Er blieb gleichmütig. Hilfe erwartete er von niemandem. Sein Entschluß war gefaßt.

In den ersten Tagen ihrer Bekanntschaft hatte Ali der Arme eine Ballade von Köroglu vorgetragen. Lange war sie Memed nicht aus dem Sinn gegangen. Sie kündete davon, wie aus dem jungen Köroglu der Held der Überlieferung geworden war:
Es war eines Tages in der Stadt Bolu, als Köroglu einen winzigen, nur eben handgroßen Hund auf der Straße sah. Vier oder fünf große, starke Hunde bedrängten ihn. Aber der Kleine hielt stand und wehrte sich so tapfer, daß die Angreifer einer nach dem anderen das Weite suchten. Köroglu wunderte sich sehr darüber. So klein und doch mutiger als die Größten ... Nach diesem Erlebnis wurde er der berühmte Köroglu, der nichts auf der Welt fürchtete und dessen Namen jeder kennt. Als seinem Vater jene Ungerechtigkeit widerfahren war, ging er in die Berge, und der Ruhm seiner Taten verbreitete sich schnell im Lande. Dieses Lied hatte einen sehr großen Eindruck auf Memed gemacht. Damals hatte er seinen Schwur erneuert, den Aga zu töten.
»Was verdrießt dich denn so, Bruder Cabbar? Ich will dich ja nicht in die Sache hineinziehen, sei nur unbesorgt.«
»Ach was! Es tut mir leid um dich, das ist alles.«
Memed wurde zornig. »Ständig tut es dir leid um mich! Jetzt reicht es allmählich. Warum stellst du dich denn nur so an?«
Nun verlor auch Cabbar die Beherrschung. »Da fragst du noch?« schrie er. »Warum heißt die Çukurova die Banditenfalle? Weil noch keiner am hellen Tage dort lebend herausgekommen ist! Und du kennst dich dort nicht einmal aus! Ja, wenn du so einen wie Sergeant Recep bei dir hättest! Aber du tappst ja hinunter wie ein Blinder!«
Memed straffte sich. »Kommst du mit oder nicht?« fragte er mit schmalen Lippen.
»Ich gehe nicht mit offenen Augen in diese Falle!«
»Sprich offen heraus. Laß das Gerede und sag es klipp und klar: Gehst du mit oder nicht?«
»Nein.«
»Gut. Und nun zu dir, Ali. Kommst du mit?«

»Ich kenne ja die Çukurova überhaupt nicht, Bruder«, sagte Ali der Arme. »Ich würde dir nur schaden. Ich habe Angst vor der Çukurova. Aber wenn du es unbedingt willst, dann gehe ich dennoch mit dir. Für einen Freund tut man alles.«
Cabbar warf ihm einen bitterbösen Blick zu.
Als sie miteinander zu Nacht aßen, schwieg jeder verstockt vor sich hin. Der einzige, der seine gute Laune behalten hatte, war Ali der Hinkende.
»Legt euch schlafen«, sagte Cabbar. »Ich halte Wache.«
Um Mitternacht fühlte er sich geweckt. Cabbar stand an seinem Lager. Memed hatte nicht schlafen können. Wütend fuhr er hoch: »Was willst du noch von mir? Hast du deine Freundschaft nicht schon genug bewiesen?«
»Bruder! Laß diese Sache! Hatçe kommt doch ohnehin frei! Haben nicht die Zeugen alle ihre Aussagen widerrufen? Sie müssen sie doch freilassen.«
»Und warum schicken sie sie nach Kozan zum Schwurgericht? Ich allein trage die Schuld daran, daß sie von Gefängnis zu Gefängnis geschleift wird. Entweder ich befreie sie, oder ich muß sterben. Ich will dich nicht zwingen, mit mir zu gehen. Bei dieser Sache ist nur der Tod zu holen! Ich kann dich verstehen.«
»Für dich würde ich alles tun, Memed, aber das ist reiner Wahnsinn. Hör doch auf mich!«
»Du kannst dir jedes Wort ersparen. Was habe ich denn davon, wenn ich so weiterlebe?«
Cabbar ließ Memeds Hand fahren. »Wer durch eigene Schuld umkommt, den beweint man nicht.«
Er zog sich in seine Ecke zurück.
Drei Tage gingen sie sich aus dem Weg. Memed stieg jeden Morgen in aller Frühe in die Berge hinauf und kam erst bei Dunkelheit zurück.
Am Dienstagmorgen erhob er sich vor Sonnenaufgang und weckte Ali den Hinkenden.
»Ich gehe jetzt, Ali Aga.«
Ali sprang vom Lager auf. »Das ist keine Sache für einen

allein. Ich komme mit dir.« Er lachte. »Aber glaube nicht, daß ich dabei einen Schuß abgebe. Du schießt, und ich sehe von weitem zu. Ich werde dir aus Çiçeklideresi ein gutes Pferd besorgen, und eines für mich. Du mußt ihnen irgendwo auflauern, wo es nicht weit zu den Bergen ist. Am besten im Röhricht bei Sitir. Warte hier solange, ich gehe jetzt ins Dorf.«
Memeds Augen leuchteten vor Freude. »Wie kann ich dir das je vergelten, Ali Aga?«
Ali schüttelte traurig den Kopf.
Etwa zwei Stunden später – die Sonne war inzwischen aufgegangen – hörte Memed vor der Erdhütte ein Pferd schnauben. »Ein Hochzeitspferd!« lachte Ali. »Ich habe es schön geschmückt!« Um den Hals des Pferdes hingen blaue Glasperlen und bunte Schnüre. Sattel und Zaumzeug waren silberbestickt. »Eine Satteldecke habe ich auch mitgebracht. Nicht nur für den Regen. Du ziehst sie über dich. Dann sieht man deine Waffen nicht. Komm jetzt, laß uns keine Zeit verlieren.«
Sie saßen auf. Cabbar, leichenblaß, und Ali der Arme standen an der Tür. Memed ritt auf sie zu. Er sah Cabbar nicht ins Gesicht. »Leb wohl, Bruder Cabbar. Leb wohl, Ali.« Seine Stimme versagte.
Cabbar rührte sich nicht.
»Leb wohl, Bruder!« rief Ali der Arme. Sie galoppierten den Abhang hinunter. Cabbar blieb noch lange unbeweglich stehen.

25

Obwohl die Sonne schien, ging ein feiner Regen nieder, der dann und wann aufhörte und wieder einsetzte. Das Schilfrohr tropfte. Die kleinen Wasserlachen auf den Blättern glitzerten in der Sonne. Damals erstreckte sich ein großes Schilfdickicht unterhalb Sitir. Die Straße verlief über diesem Röhricht den myrtenbewachsenen Berghängen entlang.

Die beiden erreichten das Dickicht vom Dorf Küçük Çinar aus. Als die Sonne sank, hörte der Regen auf.

»Einen besseren Platz zum Auflauern gibt es in der ganzen Çukurova nicht«, sagte Ali der Hinkende.

»Hör mal, Ali Aga«, fragte Memed, »wie hast du all das nur herausgefunden? Du kennst ja jeden Stein hier.«

»Als ich jung war, habe ich hier unten Pferde gestohlen und sie in die Berge hinaufgebracht. Da werde ich mich wohl hier herum auskennen!«

»Ach so. Bist du aber sicher, daß sie diese Straße entlangkommen?«

»Nach Kozan gibt es zwei Wege«, sagte Ali. »Der andere führt über Çukurköprü. Gut, daß es geregnet hat. Auf der Çukurköprü-Straße würden sie im Schlamm steckenbleiben. Also müssen sie unbedingt hier vorbei. Günstiger könnte es nicht stehen! Du siehst zu, daß du schnell mit der Sache fertig wirst, und machst, daß du in die Berge kommst, bevor sie wieder bei Besinnung sind. Hätte Cabbar geahnt, daß es so glattgehen würde, dann wäre er mitgekommen.«

Memeds Miene verdüsterte sich, als er Cabbars Namen hörte.

»Er hat Angst gehabt«, fuhr Ali fort, »und nicht ohne Grund. Von allen Banditen, die in die Ebene heruntergekommen sind, ist nicht einer am Leben geblieben. Das weiß er genauso gut wie ich.«

»Nicht einer ist zurückgekommen?«

»Kein einziger.«

Sie öffneten ihren Vorratsbeutel und aßen. Dann sagte Ali der

Hinkende: »Ich gehe jetzt der Stadt zu und komme dann hinter ihnen her. Lege du dich da oben irgendwo schlafen. Bei Morgengrauen kommst du wieder hierher. Binde das Pferd an einer Stelle an, wo es keiner sieht, und gehe dann dicht an den Straßenrand. Auf morgen also! Am Nachmittag werden sie hier sein.« Er schwang sich in den Sattel und sprengte davon.

Sobald Ali der Hinkende außer Sichtweite war, saß Memed auf und ritt bergan. Er fand einen Steinbruch, der Schutz vor Regen zu bieten versprach. In ihm hatte sich Wasser angesammelt. Er häufte ein paar große Steine auf, um sich trocken betten zu können. Sein Pferd band er an einer großen Eiche fest. Dann wickelte er sich in die Satteldecke und schlief bald ein.

Als er erwachte, dämmerte gerade der Morgen herauf. Er ritt wieder hinab zum Röhricht und setzte sich dort abwartend nieder, gegen einen Haufen trockenen Schilfs gelehnt. Seit dem Abend fühlte er sich seltsam; es schmerzte ihn am ganzen Körper. In den Halmen klebten die Waben eines Wespennestes. Auch Spinnen hatten hier ihre Netze ausgespannt.

Während er sich umsah, fielen die ersten Sonnenstrahlen auf das Röhricht. Nichts fiel ihm so schwer wie Warten. Wie lange würde es dauern? Eine feuchte Hitze drückte auf die Ebene. Die Schatten der gegenüberliegenden Berge verlängerten sich nach Osten. Memed nahm seine Flinte und wechselte in eine Mulde nahe dem Straßenrand. Alle paar Minuten hielt er von der Straßenmitte Ausschau. Es war nichts zu sehen. Ungeduldig biß er die Zähne zusammen. Die Minuten wurden ihm zu Jahren. Am liebsten hätte er sinnlos in die Gegend geschossen, um sich von der unerträglichen Spannung zu befreien.

Dann zog er seinen Dolch heraus und begann die Mulde zu vertiefen. Er grub mit aller Kraft. Die ausgehobene Erde warf er mit den Händen über den Rand der Grube. Atemlos rannte er wieder zur Straße. Nichts weit und breit! Seine Hoffnung begann zu schwinden. Er holte seine Flinte aus der Grube und stellte sich mitten auf die Straße. Bald würde die Sonne untergehen. Endlich – am anderen Ende der Straße bewegte sich ein großer Umriß, kam näher. Das Herz pochte ihm bis in den Hals. Er sprang jedoch noch nicht gleich in seine Dekkung zurück. Erst als er zwei Frauengestalten und dahinter vier Gendarmen erkennen konnte, tauchte er langsam wieder ins Schilf unter.

Über dem Berg war nur noch die Hälfte der Sonnenscheibe zu sehen. Er zielte auf das Bein des einen Hochgewachsenen am Ende der Gruppe und drückte ab. Der Mann drehte sich aufschreiend im Kreis herum, dann fiel er zu Boden. Memed feuerte so schnell er konnte weiter und strich die Straße nach rechts und links ab. Es klang wie Maschinengewehrfeuer. Die kleine Bedeckungsgruppe lief verstört durcheinander.

»Ihr habt es mit Ince Memed zu tun!« schrie er. »Laßt die Frauen los und verschwindet!«

Noch ein weiterer Gendarm stürzte mit einem Schrei nieder. Die beiden anderen warfen sich in den wassergefüllten Straßengraben und versuchten, Memeds Feuer von dort aus zu erwidern. Es wurde dunkel, der Regen setzte wieder ein. Die Frauen hatten zunächst zitternd auf der Straße gestanden und sich dann verängstigt in den Schmutz geworfen.

»Habt ihr gehört, Gendarmen, ihr sollt verschwinden! Ihr könnt es nicht mit mir aufnehmen, und wenn ihr eine ganze Abteilung wäret!«

Die beiden Verwundeten schrien und jammerten, daß es meilenweit zu hören war.

»Kümmert euch lieber um eure Kameraden! Nehmt sie mit und verschwindet von hier!«

Die Gendarmen stellten ihr Feuer eine Zeitlang ein. Allmählich kamen die Frauen wieder ein wenig zu sich. Iraz stieß Hatçe an: »Los, du! Wir müssen vorsichtig zu Memed hinüber!«

»Mein Gott!« wimmerte Hatçe. Geräuschlos, mit angehaltenem Atem, krochen sie über die Straße.

»Memed!«

»Seid ihr da?« In der Dunkelheit war nichts mehr zu erkennen. Memed sprang aus seiner Grube, ging den beiden taumelnden Schatten entgegen, faßte die Frauen an den Händen und zog sie in das Röhricht, wo das Pferd stand.
Die Gendarmen schossen wahllos nach allen Richtungen. Das Pferd wieherte langgezogen, als es Schritte näher kommen hörte.
»Steigt auf«, sagte Memed, »folgt mir.«
Als sie das Schilfdickicht verließen, hatten die anderen zu feuern aufgehört. Sie sprachen mit ihren verwundeten Kameraden. Vor ihnen preschte ein Reiter auf den Berghang zu, in so rasendem Galopp, daß die Hufeisen Funken sprühten. Kurz darauf kehrte er zurück. »Ince Memed!« rief er leise, »Ince Memed?«
»Hier sind wir, Ali! Hier! Komm her!«
Ali der Hinkende stieg schwer atmend neben ihnen ab. »Nimm das Pferd, Bruder Memed, steig auf. Gib es dann in Çiçeklideresi zurück. Sieh zu, daß du zum Akçadağ kommst! Morgen ist Sergeant Asim mit allen seinen Leuten hinter dir her. Bis Çiçeklideresi mußt du es heute nacht schaffen. Halt dich nicht auf! Reite so schnell, wie du kannst! Gott beschütze dich!« Er wandte sich um und verschwand in der Dunkelheit.
»Das werde ich dir nie vergessen, Ali Aga!« rief Memed hinter ihm her. Er schwang sich auf das Pferd: »Hatçe! Komm, sitze hinter mir auf!«
Sie kletterte von dem anderen Pferd herab und eilte zu ihm. Er half ihr hinauf. In der Dunkelheit kam er ein paarmal vom Weg ab, aber sie erreichten Çiçeklideresi noch vor Sonnenaufgang. Sie ritten sofort ins Dorf. Memed hielt aufs Geratewohl vor einem Haus und jagte die Bewohner mit lauten Rufen aus den Betten. Ein junger Bursche öffnete verschlafen. Als er Memed erkannte, strahlte er, sofort hellwach geworden, und brachte die erschöpften Pferde in den Stall.
Hatçe und Iraz standen mit verstörten Gesichtern aneinandergedrängt, in der Morgenkühle fröstelnd.

Im Hause hatten sie schon Feuer gemacht und Decken neben dem Herd ausgebreitet.
»Freunde, mir ist, als hätte ich zwei Tage nichts in den Magen bekommen!« rief Memed.
»Sofort, sofort, Ince Memed«, antworteten die Hausleute diensteifrig.

26

Abdi war nur noch ein Schatten seiner selbst. Im Kaffeehaus war von früh bis spät nur noch von Ince Memed die Rede. Das brachte ihn zur Raserei, aber er war machtlos dagegen. Angst und Wut ließen ihn an keinem Fleck stillsitzen. Ununterbrochen war er auf den Beinen. Von Mustafa Efendis Laden hastete er in Tevfiks Kaffeehaus, von dort zum Gemüseladen von Remzi dem Hahn, vom Gemüseladen zu »Achmed dem Politiker«, dem Bittschreiber. Überall hielt er stundenlange Reden. Niemand kam dazu, auch nur den Mund aufzutun.
»Nun seht ihr es ja! ›Ein kleiner Junge‹ habt ihr gesagt. Aber ich habe ihn schon immer gekannt, diesen teuflischen Unmenschen. Wundert euch nur nicht über das, was noch kommen wird – sagt nur nicht, Abdi habe euch nicht gewarnt! Eine Rebellenherrschaft wird er errichten! Ein Mann, der meine Felder an die Bauern verteilt, meine Felder, die schon auf meines Vaters Namen im Grundbuch standen, der hat damit den offenen Aufruhr proklamiert! Ich habe ja schon an die tausend Depeschen nach Ankara geschickt. Aber meint ihr, auch nur eine Antwort sei gekommen? Nicht einmal erkundigt hat man sich danach, was hier vorgeht. Eine seltsame Obrigkeit, muß ich schon sagen, die soundso viele Mitbürger der Willkür eines Taurusbanditen preisgibt – statt Truppen zu schicken und dem Skandal ein Ende zu machen. Nicht, daß

ich unserer Regierung etwa den schuldigen Respekt versagen wollte … Nein, Efendi, das sei ferne von mir! Aber ich muß mich doch fragen, warum geschieht nichts? Warum liefert man uns ein paar lumpigen Mordgesellen aus?«

Nachdem die beiden Verwundeten in die Stadt gebracht worden waren und die Kunde von Memeds neuestem Abenteuer sich verbreitet hatte, verlor Abdi vollends den Kopf. Er verschmähte sein Mittagessen und fegte wie von Sinnen über den Basar. »Habe ich es nicht gesagt?« rief er jedem zu.

Dann wankte er zu Tevfik, ließ den Kopf auf die Tischplatte sinken und brütete stumpf vor sich hin. Plötzlich stand jemand neben ihm. Langsam hob er den schmerzenden Kopf.

»Der Bey wünscht Euch zu sehen«, sagte der Mann.

Ali Safa Bey trat ihm an der Tür seines Hauses entgegen und ergriff seinen Arm. »Komm, mein Lieber! Du hast uns wohl ganz vergessen, wie?«

Abdi starrte ihn aus blutunterlaufenen Augen an. »Habe ich es euch nicht gesagt?«

Der Bey lächelte. »Komm erst mal herein, mein Bester. Wir wollen alles in Ruhe bereden.«

Ächzend ließ Abdi sich auf den Diwan fallen. Die Schale Kaffee, die man ihm brachte, wäre ihm fast aus der zitternden Hand geglitten.

Ali Safa Bey setzte sich neben ihn, streichelte ihm den Bart. »Aber mein lieber Abdi Aga! Willst du uns denn alle ruinieren mit deinen dauernden Eingaben? Am Ende schickt die Regierung noch die ganze Armee hierher! Es wäre doch ein Jammer, wenn der gute Ruf der Stadt zum Teufel ginge, nur weil in den Bergen zwei Strauchdiebe herumstrolchen!«

Abdi Aga schüttelte den Kopf und stöhnte, aus tiefster Brust seufzend: »Du hast gut reden, mein Sohn! Aber mir geht es an den Kragen. Ich weiß nicht mehr ein noch aus. Mit meiner Gesundheit geht es bergab. Nicht, als ob ich den Tod fürchten würde – was mir so zu schaffen macht, ist die Ohnmacht der gewaltigen Obrigkeit gegenüber einem schmächtigen Bürschchen! Er verteilt meine Felder und sagt den Leuten, er habe mich lebendig verbrannt. Das frißt an einem, glaube mir nur! Morgen schon kann ein anderer daherkommen, der deine Felder verteilt, und so immer fort. Das ist es, was ich befürchte!«

Ali Safa Bey klopfte ihm beschwichtigend auf die Schulter. »Nein, nein, Abdi Aga. So weit wird es nicht kommen, beruhige dich nur. Die werden ihrer Strafe schon nicht entgehen, verlaß dich darauf.«

Abdis Augen blitzten; sein Gesicht rötete sich. »Heute gilt es mir, morgen dir! Was kümmern mich die anderen Räuber und Banditen? Aber dieser ist zu gefährlich. Wenn sich diese Ackerideen bei den Bauern festsetzen, kommt man nicht mehr dagegen an. Davor habe ich Furcht, nicht davor, umgebracht zu werden. Dieser Bursche muß sterben, sage ich dir, bevor noch ein weiterer Tag vergeht. Was der Kerl getan hat: weißt du denn, was das bedeutet? Du kennst doch das Sprichwort: ›Dem Esel Appetit auf Melonenschalen beibringen.‹ Darum geht es hier! Vergiß es nicht. Selbst die Bauern von Vayvay betrachten ihn als ihren Schutzherren.«

Ali Safa Bey lachte, noch immer nicht beeindruckt.

»Ich verstehe schon, was du meinst. Aber mache dir keine Sorgen; bald wirst du seinen Kopf vor deiner Tür aufgepflanzt sehen. Wenn heute nicht, dann morgen. Sergeant Asim ist mit einer ganzen Abteilung unterwegs, und dazu der schwarze Ibrahim mit fünfzig Freiwilligen. Was die Gendarmen nicht fertigbringen, das schafft Ibrahim, dessen bin ich sicher. Er ist nicht umsonst ein alter erfahrener Bandit. Er kennt die Berge! ›Schneidet dem Kerl den Kopf ab‹, habe ich ihm gesagt, ›steckt ihn auf eine Stange und pflanzt ihn vor Abdi Agas Haus auf.‹ Und das tut er, darauf kannst du dich verlassen. Du kennst doch Ibrahim den Schwarzen?«

Abdi atmete erleichtert auf. Er schöpfte neue Hoffnung.

»Gebe es Gott! Zu ihm habe ich Vertrauen ... Ah – und Vayvay? Wie steht es damit?«

»Nicht gut, seit der Verzinner tot ist – sie haben keine Angst mehr.«

»Nun, wenn er erst aus dem Wege geräumt ist ...«
»Das wird geschehen, und zwar bald!« schloß Ali Safa Bey das Gespräch.

27

Für die Bauern waren schlimme Tage angebrochen. Die zu Memeds Verfolgung ausgesandten Gendarmen waren keine geringere Plage als die brutalsten Banditen. »Bringt Ince Memed lebend oder tot, und wehe euch, wenn ihr ohne ihn zurückkommt«, lautete ihr Befehl. Die Folge war, daß kaum einer in den Bergdörfern, ob jung oder alt, von ihren unbarmherzigen Stockschlägen verschont blieb. Trotzdem wußte niemand etwas über Ince Memeds Schlupfwinkel, und niemand machte sich auf, ihn zu suchen. Wenn einer den Gendarmen eine Wegauskunft gab, dann führte er sie mit Sicherheit in die Irre. In Değirmenoluk und in den anderen Bergdörfern wurde nur noch davon gesprochen, daß Memed ein unschuldig eingekerkertes Mädchen befreit hatte. Täglich entstanden neue Lieder, in denen die Tat besungen wurde.
Zwei Tage nach dem Überfall auf den Transport kamen die Gendarmen nach Değirmenoluk. Ihre grimmigen Gesichter ließen das Schlimmste befürchten. Zuerst drangen sie in Durmuş Alis Haus ein, holten den Alten heraus und verhörten ihn. Er sagte kein Wort, sosehr sie ihn auch bedrohten.
Dann bearbeiteten sie ihn mit dem Gewehrkolben. Hürü, seine Frau, umflatterte ihn wie ein aufgescheuchter Vogel und überschüttete die Peiniger mit Verwünschungen, bis einer sie mit einem Kolbenstoß zum Schweigen brachte.
Sie ließen die beiden Alten in ihrem Blut liegen und zogen weiter. Bis zum Abend hatten sie eine ganze Anzahl der Bewohner übel zugerichtet. Über Nacht blieben sie in Abdi Agas Haus zu Gast. Am nächsten Morgen fuhren sie schon in aller Frühe mit ihren Drangsalierungen fort. Eine Welle des

Schreckens verbreitete sich über alle Bergdörfer bis hinauf zu den Gipfeln.

Ince Memed hatte sich auf den Alidağ zurückgezogen, auf die steilen, unzugänglichen Felsenhöhen, wo der langgehörnte Purpurhirsch haust. Die Felsen dort sind so schroff, daß es unmöglich ist, sie zu erklettern.

Die alten Märchen erzählen von einem Berg aus Feuerstein – ein solches Bergmassiv ist der Alidağ. Der Baumwuchs hört schon weit unterhalb seines Gipfels auf, der nur aus kahlen Felsen besteht. Dort oben bleibt der Schnee das ganze Jahr über liegen. Memed war oft zur Hirschjagd auf dem Alidağ gewesen. Er kannte den Berg bis in die letzte Felsspalte. Ganz oben, auf dem höchsten Gipfel war eine Höhle. Aber zu ihr führte kein Weg; man mußte an den Fels geklammert fünfhundert Meter weit kriechen.

Kurz nach ihrer Ankunft in Çiçeklideresi waren sie von den Gendarmen in die Enge getrieben worden. Bald hatten sie auch erfahren, daß Ibrahim der Schwarze hinter ihnen her war. Hirten, Bauern und Waldarbeiter sorgten dafür, daß Memed täglich erfuhr, was draußen vorging. Er konnte mit den Frauen nur noch bis zu den Bergen oberhalb von Çiçeklideresi ziehen. Hatçe und Iraz waren von den ungewohnten Strapazen zu sehr mitgenommen, und ihre aufgeschwollenen Füße schmerzten.

Zwar jagte der Onkel des Sängers Ali noch seinen Hirten zu Memed mit der Botschaft, sie seien in der Zange und es sei höchste Zeit zu fliehen. Aber nun war es zu spät. In der Morgendämmerung des nächsten Tages hatten Ibrahim der Schwarze und die Gendarmen sie von allen Seiten eingekreist. Ein Feuerüberfall begann. Memed ging sparsam mit seiner Munition um und schoß nur, wenn einer der Verfolger zu nahe herankam. Sergeant Asim forderte ihn immer wieder auf, sich zu ergeben.

Dicht nebeneinander klebten die Gendarmen an der Bergwand. Sie konnten sich nicht vom Fleck rühren. Memeds Flinte wurde unbrauchbar, als eine Patrone im heißgewordenen Lauf steckenblieb. Er bohrte den Lauf in die Erde, um ihn sich abkühlen zu lassen, und schoß mit der Pistole weiter. Mit schweißüberströmtem, pulvergeschwärztem Gesicht lachte er über Hatçes verängstigtes Zittern.

Iraz aber war eine umsichtige Kampfgefährtin. Geschickt holte sie den steckengebliebenen Schuß aus dem wieder abgekühlten Lauf und drückte Memed die feuerbereite Flinte in die Hand. Gegen Abend hörten die anderen auf zu schießen. Es war die Taktik von Ibrahim dem Schwarzen, vorzutäuschen, als ziehe er sich zurück. Sobald seine Gegner sich in Sicherheit wiegten und zur Flucht ansetzten, würde er sich mit allen Kräften vom Rücken her auf sie stürzen.

Memed begriff sofort, was Ibrahim im Sinn hatte. Er mußte ihm zuvorkommen und seine Leute durch einen gewagten Angriff in Panik versetzen. Mit wilden Rufen sprang er aus der Deckung und stürmte, wie toll feuernd, hinter den Gendarmen her. Hatçe kreischte auf. Für die anderen kam Memeds wahnwitziger Ansturm völlig unerwartet. In heillosem Durcheinander flohen sie bergab. Memed blieb ihnen bis zum Sonnenuntergang auf den Fersen.

Als er um Mitternacht zurückkam, warf sich Hatçe weinend an seine Brust. Iraz zog sie von ihm fort: »Was gibt's denn da zu jammern, dumme Gans! Geht vielleicht die Welt deswegen unter? Als Banditenfrau muß man etwas ertragen können. Laß das Heulen! Glaubst du, der Junge hat dich befreit, nur damit du ihm das Leben schwermachst?«

»Hört zu«, keuchte Memed, »wenn wir hier bleiben, sind wir verloren. Wir müssen alle unsere Kräfte aufbieten und bis zum Alidağ hinaufklettern. Ein anderer Ausweg bleibt uns nicht. Wir haben Mundvorrat für eine Woche. In zwei Tagen können wir oben sein. Ich weiß einen Platz, wo wir uns bequem einrichten können. Niemand sonst kennt ihn. Ich habe ihn auch nur gefunden, weil einmal ein angeschossener Hirsch dahin geflüchtet ist. Dort oben können wir unser ganzes Leben ungestört zubringen!«

»Nicht unser ganzes Leben«, wandte Hatçe ein, »nur die Zeit

bis zur Amnestie. Sie kommt nächstes Jahr, zum Jahrestag unserer Regierung.«
»Amnestie?« Memed war verblüfft. »Aber diese Sache muß ich erst noch hinter mich bringen ...« Er verstummte. »Dann muß ich es eben vorher schaffen.«
»Das mußt du«, sagte Hatçe. »Und mag Abdi sich verkriechen, wohin er will! Du wirst ihn finden.«
»Das werde ich! Nun laßt uns aber aufbrechen.«
Die Nacht war sternenhell und kalt. Das ganze Firmament schien mit einer schimmernden Eisschicht überzogen. Wenn sie die Zweige streiften, tropfte die Nässe auf sie nieder. Hatçe biß die Zähne zusammen. Iraz' Vorwürfe hatten ihre Wirkung getan. Sie traten vorsichtig auf, um sich nicht zu verraten.
Bei Tagesanbruch lag der Berg von Çiçeklideresi hinter ihnen. Memed blickte Hatçe in die Augen. Iraz stieg mit schnellen Schritten weiter bergab und ließ die beiden zurück. Bald war sie zwischen den Felsen verschwunden.

28

Das schwierigste Stück ihrer Wanderung war der Aufstieg auf den Gipfel. Das Felsgestein schnitt ihnen in Hände und Füße. Ganz unten in der Tiefe, zwischen den Wolken hindurch, sahen sie die handtellergroße Distelplatte liegen. Ihre fünf Dörfer waren als kleine Punkte zu erkennen.
Es schwindelte den Flüchtigen, als sie am Fuß der steilen Wand angelangt waren, die zur Höhle führte. Memed traute sich selbst zu, an ihr hinaufzuklettern und wieder hinunter. Wie aber sollten die Frauen das schaffen?
»Wartet hier«, sagte er. »Ich bringe erst unser Gepäck in die Höhle, dann hole ich euch.« Die Frauen staunten über die Leichtigkeit, mit der er auf dem glatten Felsstück nach oben klomm.

Nach einer halben Stunde kehrte er glückstrahlend zurück. »Besser und sicherer als ein Haus! Gleich daneben sind Adlernester. Wir haben die Adler als Nachbarn.« Er zog Hatçe an der Hand hoch. »Komm du zuerst. Tante Iraz soll hier auf mich warten. Ich bringe dich den Adlern zum Opfer!«
»Muß ich diese Wand dort hinauf?« fragte Hatçe beklommen.
»Die Wand braucht dich nicht zu schrecken. Du hältst dich an mir fest! Vorwärts!«
Sie kletterten hinauf. Zweimal wurde Hatçe schwindlig, und sie schrie auf. Memed fuhr sie heftig an. Iraz machte sich allein an den Aufstieg, ohne auf Memed zu warten. Sie hatte Angst, aber als Memed sich umwandte, sah er sie schon auf der obersten Felsplatte stehen.
»Tante Iraz! Du bist wohl schon als Bandit auf die Welt gekommen?«
»Wird wohl so sein«, lachte sie.
Der Eingang zur Höhle war gerade so groß, daß sie einschlüpfen konnten. Sie war tief und langgestreckt, der mehlweiche, kohlenstaubschwarze Boden über und über mit Vogelmist bedeckt; die Höhlenwände zeigten weiße Gesteinsadern.
»Hierhin ist noch nie ein Mensch gekommen«, sagte Memed.
»Um so besser«, meinte Iraz.
Hatçe hatte Freudentränen in den Augen. »Jetzt wollen wir unser neues Heim erst einmal saubermachen!«
»Ich gehe jetzt ins Dorf hinunter. Die Pistole lasse ich euch hier. Braucht ihr noch etwas für die Einrichtung?«
»Einen Spiegel ...«, sagte Hatçe.
Iraz lachte. »Was diese jungen Dinger immer im Sinn haben.«
»Wart nur! Wir brauchen zwei Matratzen, zwei Schlafdecken, ein Trinkglas, einen Kochtopf, ein Eisenblech, Mehl und dazu gute Gesundheit. Den Rest weißt du selber!«

Um Mitternacht stand er vor Durmuş Alis Haus. Die alte Frau öffnete. »Still«, flüsterte sie erschrocken, als sie Memed vor sich sah. Leise trat er ins Haus.
»Was ist denn, Mutter Hürü?«

Die Alte zündete einen Span an, schloß sorgfältig alle Fenster, verließ den Raum und ging ums Haus herum. Erst nachdem sie sich überzeugt hatte, daß niemand in der Nähe war, flüsterte sie: »Wie kannst du nur hierherkommen, Junge! Das ganze Dorf steckt voller Gendarmen! Deinen Onkel haben sie am Bart hin und her gezerrt und halbtot geschlagen. Alle im Dorf haben Prügel abbekommen. Onkel Durmuş Ali sollte ihnen sagen, wo du dich versteckt hältst. Sie haben ihn so zugerichtet, daß er immer noch liegen muß!«

»Was macht Ali der Hinkende?« fragte Memed.

Die Alte hob zornig die Stimme. »Der? Da fragst du noch? Ah, Memed, dir müßte man mit einem stumpfen Messer den Hals durchschneiden! Habe ich dir nicht gesagt: ›Mach Schluß mit ihm‹, als er in deiner Hand war? Warum hast du nicht auf mich gehört? Jetzt ist er Vertrauensmann des Agas. Der hat ihm euer Haus gegeben. Jetzt läuft er vor den Gendarmen her und sucht deine Spur! Des Agas Anteil treibt er bei den Bauern ein und läßt sie von den Gendarmen verprügeln!«

»Wo schläft er jetzt?«

»Wo wird er denn schlafen?« rief die Alte erbost, »in eurem Haus wohnt er! Gestern ist er mit Sack und Pack dort eingezogen. Der Dreckskerl und seine Schlampe im Haus meiner schönen Döne!«

Memed stand auf. »Ich werde zu ihm hingehen.«

»Dort ist alles voller Gendarmen. Aber wenn du es richtig anstellst, kommst du durch. Bring den Kerl um und suche das Weite!«

Auf dem Weg zu seinem Elternhaus drang der Duft von Frühlingskräutern und der Milchgeruch von Kälbern an seine Nase.

»Ali Aga!«

Der Hinkende sprang sofort aus dem Bett. »Jetzt ist er wirklich wahnsinnig geworden«, sagte er leise bei sich. Aufgeregt eilte er hinaus, hielt Memed die Hand vor den Mund und rief, so laut er konnte: »Gut, daß du da bist, Bruder. Also nach Akçadağ ist er? Ein Glück, daß du Bescheid sagst. Wir

wären sonst vergeblich bis nach Akkale marschiert. Fein hast du das gemacht!«
Er beugte sich zu Memeds Ohr. »Geh vor, zu deinem Onkel. Ich komme gleich nach.« Dann trat er stolz ins Haus zurück. »Der Kerl ist weitergezogen, Kameraden! Nach dem Akçadağ ist er. Dort könnt ihr ihn jagen wie ein Rebhuhn. Eben war einer von meinen Leuten hier. Jetzt muß ich gleich zu Abdi Agas Frau und ihr die Nachricht bringen!«
Er ging ins Dunkel hinaus, immer noch verblüfft über Memeds Waghalsigkeit.
Hürü war sprachlos, als sie ihn in ihr Haus kommen sah. Sie warf Memed böse Blicke zu.
»Wir haben etwas zu bereden, Mutter Hürü«, sagte Memed.
»Ja, redet nur!« erwiderte sie giftig, »es macht mir nichts aus, dieses dreckige Gesicht zu sehen!«
Ali lachte: »Was habe ich dir nur getan, Mutter Hürü? Jedesmal, wenn du mich siehst, gehst du auf mich los!«
Die Alte knirschte mit den Zähnen und schüttelte den Kopf. »Ich kenne dich, du hinkendes Schwein! Jetzt steckst du mit den Gendarmen unter einer Decke. Wenn Memed nicht dabei wäre, dann wärst du mir nicht über die Schwelle gekommen, verlaß dich darauf! Mit einem Stein hätte ich dir den Schädel zertrümmert!« Verwünschungen murmelnd, zog sie sich zurück.
»Um Himmels willen, Memed, wie bist du bloß hierher gelangt, wo ringsumher die Hölle los ist? Ibrahim der Schwarze, der Bandenführer, ist hinter dir her. Abdi und Ali Safa Bey haben ihn auf deine Spur gesetzt. Sie halten große Stücke auf den schwarzen Ibrahim. ›Der macht reinen Tisch‹, sagen sie. Eine Menge Geld sollen sie ihm auch gegeben haben. Aber Ibrahim ist nicht mehr der, der er einmal war. Er ist fett und faul geworden! Legt sich irgendwo an einem Paß mit seinen Leuten auf die Lauer und wartet ab, bis du vorüberkommst. Also sei auf der Hut! Ich muß dir auch noch sagen, daß ich inzwischen Abdis Liebling geworden bin. Wegen jeder Kleinigkeit kommt er nur noch zu mir. Man muß es nehmen, wie

es ist. Aber lieber wäre es mir schon, ihr hättet die Frau damals nicht in das brennende Haus hineingelassen.«
»Konnten wir das ahnen?« seufzte Memed. »In der Aufregung und bei dem Durcheinander …«
»Deinen Kopf wollen sie vor Abdi Agas Haus aufpflanzen. Ali Safa Bey hat es ihm versprochen.«
»Laß sie schwatzen. Jetzt besorge mir erst einmal zwei Matratzen, zwei Schlafdecken, einen Spiegel, einen Kochtopf, ein Trinkglas und einen Sack Mehl. Pack das ganze Zeug auf einen Gaul, daß ich es mitnehmen kann. Und Salz, Pfeffer und Butter brauchen wir auch!«
»Nichts leichter als das! Du kannst meinem Aga dankbar sein, daß er mich über sein Haus gesetzt hat! Es wird dir an nichts fehlen.«

29

Eine Abteilung Gendarmen unter Sergeant Asim und Ibrahim dem Schwarzen mit seinen Banditen blieben den Herbst und Winter über in den Bergen. Sie kämmten alle Höhlen nacheinander durch. Jeder Dorfbewohner wies sie in eine andere Richtung. Auf dem Akçadağ und den Göğsün-Bergen, dem Beritdağ und den Tausend Stieren, auf dem Aladağ, dem Kayranlidağ, dem Konurdağ und dem Paß von Meryemçil blieb kein Gebüsch undurchsucht. Von Ince Memed war keine Spur zu finden. Er schien vom Erdboden verschwunden. Dann bezogen sie in Değirmenoluk Winterquartier, um von dort aus den Alidağ bis zum letzten Mauseloch zu durchstöbern. Dann und wann jagten sie auf dem Gipfel nach Hirschen. Einmal kamen sie dabei sogar der Höhle nahe; entdecken aber konnten sie nichts.
Ali der Hinkende war überall dabei. Jedesmal schwor er tausend Eide, Memed könne ihnen nicht entgehen, und führte sie dann auf die Tausend Stiere. Wenn sie ihn nach neuer,

vergeblicher Suche fragten, wo denn seine berühmte Spürnase geblieben sei, dann seufzte er betrübt: »Ach ja, das Alter! Ich kann die Spuren nicht mehr so klar auseinanderhalten.« Doch schien er eher verjüngt und sprühte vor Energie.

Nachdem sie monatelang vergebens über Berge und Täler gestreift waren, kehrten die Verfolger ermattet in die Kreisstadt zurück. Zwei große Banden hatten sie zwar aufgerieben, aber der Zweck ihrer Expedition war nicht erreicht. Die Agas und die Mächtigen in der Stadt schienen der Verzweiflung nahe.

Ibrahim der Schwarze sah zehn Jahre älter aus. »So einer ist mir noch nicht vorgekommen«, sagte er immer wieder. »Um diesen Menschen ist ein Geheimnis. Er hat sich einfach in nichts aufgelöst! Aber ich finde ihn noch. Ich habe eine Rechnung mit ihm zu begleichen. In Çiçeklideresi habe ich mindestens hundert Schuß auf seinen Kopf abgefeuert. Und keiner davon hat ihm auch nur ein Härchen gekrümmt. Er muß unverwundbar sein, unfehlbar hätte es ihn sonst erwischt!«

Bald hieß es in der ganzen Kreisstadt: »Memed ist unverwundbar.«

Auch Abdi Aga bekam das zu hören. Er schien nur noch aus Haut und Knochen zu bestehen. Das Warten auf die ersehnte Nachricht von Memeds Ende hatte ihn entnervt. Ständig lag er Ali Safa Bey in den Ohren, der ihn von Mal zu Mal vertröstete. »Nur Geduld, Onkel«, pflegte er zu sagen, »mit Geduld werden die sauersten Trauben zu Helva.« Dann malte er ihm den versprochenen Triumph aus, wenn Memeds Kopf vor seinem Haus aufgepflanzt sei.

Als Abdi Aga von Memeds Unverwundbarkeit hörte, schnappte er über. Im Laufschritt kam er im Laden des Politikers an. Er teilte ihm die Neuigkeit mit. Er forderte ihn auf, sofort ein Telegramm nach Ankara zu schreiben. Der Politiker sah noch dümmer drein als sonst, die Zunge klebte ihm am Gaumen fest, so daß er kein Wort mehr hervorbrachte.

»Schreib«, befahl Abdi Aga, »schreib an die Regierung, daß in diesen Bergen ein Bandit haust, der Blut trinkt, Kinder ermordet, Jungfrauen in die Berge entführt und vergewaltigt. Er hat die Herrschaft über die Berge. Sein Ansehen wächst von Tag zu Tag. Er verteilt Äcker und pflanzt den Bauern den Gedanken ins Hirn, daß die Äcker verteilt werden müssen. Mache das deutlich in deinem Schreiben! Schärfe es ihnen ein! Heb diese Stelle hervor! Er zerstückelt die Mädchen, die er entführt und vergewaltigt, und hängt jedes Stück an einen anderen Baum. Seine Bande hält die Straße von Maraş nach Adana unter Kontrolle und läßt niemanden vorüberziehen. Schreib, Politiker Efendi, schreib, mein Bruder! Zeig, was du kannst! Damit jeder in Ankara, der den Brief liest, den Mund nicht mehr zubringt. Die Regierung soll eine Armee hierher schikken. Ich gehe jetzt Briefmarken kaufen.«

In der Kreisstadt ging es drunter und drüber.

»Also dieser Ince Memed! Also dieser Däumling! Er soll alles getan haben und trotzdem niemandem in die Hände gefallen sein.«

Abdi Agas wohlberechnete Wehklagen und Ali Safa Beys Intrigen erreichten schließlich, daß Sergeant Asim eine Woche nach seiner Rückkehr erneut in die Berge ziehen mußte. Diesmal wurde ihm eine ganze Kompanie von Gendarmen unterstellt. Zur gleichen Zeit rückte auch Ibrahim der Schwarze mit seinen Spießgesellen wieder aus. Er schwor Abdi Aga in die Hand, nicht ohne Memeds Kopf zurückzukehren.

30

Zwischen den Felsen war ein leuchtendgelber Teppich von Krokusblüten ausgebreitet, die auf ihren kaum sichtbaren Stengeln dicht am Boden haften. In das Gelb mischten sich als purpurne und violette Tupfen kniehohe Hyazinthen und feuchtglänzende Veilchen. In diesen Höhen blüht auch eine Steinblume, deren kristallenes Rot keinem anderen Rot vergleichbar ist.
Blickte man vom Gipfel des Alidağ auf die Hänge, so schien es, als sei ein grüner Regen gefallen. Sprudelfrisch sproß das Frühlingsgras aus der Erde. Die Felsen waren bunt gemustert, die Luft sanft und voll Blütenduft. Talwärts gingen die Felsen in ein purpurnes Rot über. Der Gipfel lag in einer Wiege schwebender weißer Wolken.
Am Hang, auf der zu den Tausend Stieren abfallenden Seite, sprudelte eine Quelle zwischen ein paar vereinzelten Kiefern. Dort holte Memed das Wasser. Alles lag im strahlenden Sonnenschein. Die Distelplatte mit ihren Bäumen, Disteln und Felsen schwamm im Licht.
Hatçe lag vor dem Eingang der Höhle, den Kopf auf Iraz' Knien. Iraz suchte ihr die zahlreichen Läuse ab. Den ganzen Winter hatten sie in der Höhle zugebracht. Ihre Wohnstatt war bald behaglicher als das Haus manches reichen Dorf-Agas geworden. Den Boden hatten sie mit Wermutkraut ausgelegt. Darüber waren kunstreich gewebte Yürüken-Kelims gebreitet, aus deren Farben ein einziger Frühling leuchtete, die Brautgabe des Stammesführers der Saçikarali. An den Wänden hingen goldschimmernde Hirschfelle und mächtige Geweihe.
Sie hatten einen harten Winter hinter sich. Wenn der Orkan über den Gipfel raste und die Schneestürme unbarmherzig tobten, hatten sie jede Nacht den Tod vor Augen, wenn auch das Feuer in der Höhle bis zum Morgen brannte. Wohl anderthalb Monate lang hatte Memed sich damit abgemüht, für den Rauch ein Abzugsloch zu schaffen, aber es nützte nichts.

Der Rauch füllte die ganze Höhle, und sie mußten selbst im schlimmsten Unwetter nach draußen, um nicht zu ersticken. Wenn sie von der bitteren Kälte zu erstarren drohten, wichen sie zurück in die erstickende Wärme.
Was sie an Fellen, Decken und Teppichen besaßen, legten sie über sich und krochen darunter dicht zueinander. War die Nacht überstanden, ging Memed auf die Hirschjagd, während die Frauen kochten und strickten. An Fleisch hatte es ihnen den ganzen Winter hindurch noch keinen Tag gemangelt. Was sie sonst zum Leben brauchten, Mehl, Öl, Salz und alles andere, schaffte Ali der Hinkende herbei. Aber selbst er kannte ihren Schlupfwinkel nicht. Er versteckte die Vorräte immer in einer Höhle am Fuße des Berges, und Memed holte sie von dort ab. Um ihre Spuren im Schnee zu verwischen, zogen sie jedesmal, wenn sie die Höhle verließen, ein dickes Bündel Reisig von Schwarzdornsträuchern hinter sich her, deren Spur nach einer halben Stunde verschwindet. Durch dieses unfehlbare Tarnmittel konnten die Verfolger auf dem ganzen Alidağ stets nur unberührten Schnee finden.
»Mustafa Aga hat mit der Amnestie wohl doch gelogen«, meinte Hatçe.
»Sie wird schon schon kommen. Nur Geduld, Mädchen. Hinter jedem Berg geht die Sonne auf.«
Die beiden Frauen waren zäh und dürr geworden. Ihre Augen schienen doppelt so groß als vordem, aber sie hatten einen lebendigen, zuversichtlichen Glanz. »Manchmal kommt mir alles wie ein Traum vor«, murmelte Hatçe. »Wie wir hier auf dem Gipfel hausen und was wir in dieser kurzen Zeit alles erlebt haben …«
Wenn gerade nichts anderes zu tun war, lehrte Memed die beiden Frauen, mit der Waffe umzugehen. Iraz hatte eine ruhige Hand und war bald ein treffsicherer Schütze geworden; Hatçe dagegen konnte ihren Abscheu vor dem Schießzeug nicht überwinden. »Ach, ich wünschte, dies alles hätte bald ein Ende«, seufzte sie.
Iraz hatte Tränen in den Augen. »Jetzt steht das grüne Korn

in der Çukurova kniehoch. Es dauert nicht mehr lange, bis die Ähren erscheinen. Die Ameisen kommen aus ihren Bauten und wimmeln in der Sonnenwärme über die Wege ... Ach, der Boden von Adaca ... Bevor die Amnestie kommt, muß Memed Rizas Mörder getötet haben. Ich wollte, ich könnte es selbst tun ... Wenn es keine Amnestie gibt, dann gehen wir irgendwohin, wo uns niemand kennt, geben uns andere Namen ... Wir könnten uns ja gleich aufmachen, aber erst müßten wir Memed seinen Plan mit Abdi ausreden.«

»Ach, das ist alles so verworren«, stöhnte Hatçe.

»Ja. Mit mir ist es auch ganz sonderbar«, sagte Iraz. »Manchmal verlangt es mich nicht mehr nach Vergeltung für Riza, dann sage ich mir: ›Du hast ja in Memed wieder einen Sohn gefunden.‹ Und dann wieder schreit es aus der Brust, an der Riza getrunken hat, nach Blutrache, und mein Herz sagt: ›Nimm die Flinte und töte Ali, komme was da wolle!‹«

»Nur Geduld. Morgen sieht alles anders aus. Was glaubst du, wie mir zumute ist? Ich habe eine solche Furcht in mir ...«

»Fängst du wieder damit an?« rief Iraz zornig. »Du wirst ihn noch ins Verderben bringen, mit deinem albernen Getue!«

Hatçe ließ den Kopf sinken. »Er ist nun schon eine ganze Woche fort. Ich habe Angst, daß es mir das Herz zusammenschnürt. Es muß ihm etwas zugestoßen sein – er bleibt doch nie länger als drei Tage weg! Ich muß hinunter ins Dorf, ich muß wissen, was mit ihm ist!«

»Rühr dich ja nicht von der Stelle!« fuhr Iraz die Schluchzende an. »Ich schlage dich eher tot, bevor ich dich fortlasse, elende Närrin! Es kann ihm nichts passiert sein. Willst du, daß er deinetwegen umkommt?«

Hatçe rannte in die Höhle und warf sich zu Boden, von Weinkrämpfen geschüttelt. Iraz kam ihr nach und setzte sich zu ihr. »Hatçe, meine schöne Tochter! Willst du dich denn zugrunde richten? Memed kann nichts zustoßen, das weißt du doch. Er nimmt es mit hundert Männern auf. Wozu diese Dummheiten?«

Unten stieg der Nebel von der Distelplatte hoch. Dunkle

Wolken segelten über den Himmel, als am Abend Memed in die Höhle stürzte, blutüberströmt und nach Atem ringend. Hatçe warf sich mit einem Aufschrei an seine Brust.
»Nun hör doch schon auf!« Er streichelte ihr Haar. »Hör doch mal auf und laß mich erzählen, was ich alles erlebt habe: Der schwarze Ibrahim hat mir in der Sarica-Ebene aufgelauert, als ich von Kerimoğlu zurückkam. Der Mann ist nicht zu verachten, sage ich euch. Tapfer, und dazu noch gescheit! Drei Tage habe ich mit ihm Katze und Maus gespielt. Bis hierher an den Hang hat er mich gejagt. Ich hatte schon befürchtet, sie würden den Weg zum Berg entdecken. Aber mit Cabbars Hilfe konnte ich sie rechtzeitig täuschen ...«
Die Frauen kümmerten sich um seine Wunde. Als sie die in die Schulter eingedrungene Kugel entfernt hatten, begann er zu fiebern. Schüttelfrost überfiel ihn. Hatçe war verzweifelt und hilflos.
Eine Woche lang lag er im Fieber. Die Wunde hatte sich schlimm entzündet. Es dauerte noch eine weitere Woche, bis er wieder so weit bei sich war, daß er die Ereignisse zusammenhängend schildern konnte:
»Noch vor der Sarica-Ebene bin ich mit Sergeant Asim und knapp einem Dutzend Gendarmen zusammengestoßen. Weiß Gott, dieser Sergeant wird noch einmal durch meine Hand umkommen! Geht der Kerl doch ohne alle Deckung auf mich los! Wie ich auf ihn halte, schreit er auf und wirft sich auf die Erde. ›Nur keine Angst, Sergeant‹, sage ich ihm, ›du kannst ja nichts dafür. Wenn ich gewollt hätte, dann hätte ich dich schon zehnmal totschießen können. Troll dich, ich tue dir nichts!‹ Mein Sergeant steht auf, lächelt mir zu, nimmt seine Leute und verschwindet ohne ein Wort!
Dann sollte mir einer auf der Sarica-Ebene Munition übergeben. Am Treffpunkt werde ich von einem Feuerhagel überschüttet. Das war Ibrahim der Schwarze. Da hat es mich an beiden Händen erwischt. Als sie mich zum Berg hin verfolgen, da ist es mir mit einem Mal, als hörte ich Cabbars Stimme! Weiß der Teufel, wo er plötzlich hergekommen ist, aber

er muß sich auf sie gestürzt haben, um sie von mir abzulenken. Auf jeden Fall müssen wir jetzt von hier weg. Der Boden wird zu heiß. Ali Safa Bey steht jetzt dahinter!«
Er blieb noch eine Woche liegen. Unten am Hang fielen dann und wann Schüsse. Nach und nach verheilten Memeds Wunden.

31

Es wurde Herbst. Die Menschen auf der Distelplatte gingen mit Eifer ihrer Arbeit nach. Die Ernte fiel reich aus. Die Ähren waren voll und schwer. Mutter Hürü fegte wie ein Wirbelwind umher, überall unablässig schwatzend und lästernd. Bei jedem Atemzug verzog sie schmerzvoll das Gesicht. Auf der rechten Seite trug sie seit den Mißhandlungen durch die Gendarmen ein Pflaster über den Rippen.
Unermüdlich redete sie auf die Bauern ein: »Ihr Leute, Abdi Aga kann nicht mehr zurückkommen. Und da wollt ihr ihm noch seine zwei Drittel geben? Schön dumm wäret ihr! Sagt doch, die Ernte sei mißraten und verdorrt, ihr hättet nicht einmal genug für euch selbst!« Sie zog von Dorf zu Dorf und predigte überall das gleiche. Unterwegs sprach sie laut vor sich hin. Wo sie einen Bauern beim Mähen oder hinter dem Dreschschlitten antraf, verweilte sie. »Betet für meinen Memed, Tag und Nacht! Ihm habt ihr es zu verdanken, wenn Abdi Aga jetzt nicht wie ein Geier über euch ist! Der ist jetzt in der Stadt und pflegt sich. Hat er je für den Boden einen Finger krumm gemacht? Nicht ein Körnchen dürft ihr dem Schmarotzer geben!« Wen sie so ins Gebet genommen hatte, der nahm die Kappe ab und kratzte sich nachdenklich den Kopf: »Zu welchem Ende wird dies nur führen?«
Die Leute waren verwirrt und ratlos. Aber als dann die Ernte eingebracht war, bekam Abdi Aga von niemandem auch nur

ein Korn Weizen zu sehen. Ali der Hinkende und die anderen Aufseher gingen vergebens von Haus zu Haus. Jeder, den sie an seine Abgabenpflicht mahnten, pries den Aga und verwünschte Memed, der ihn von Haus und Hof verjagt hatte. Ein Jammer, den geliebten Aga darbend in der Fremde zu wissen, ohne ihm helfen zu können! Aber sie hatten ja selbst nichts.

»Nächstes Jahr gibt es, wenn Allah will, eine bessere Ernte«, sagten sie, »dann wollen wir ihm um so mehr geben ... Wir wollen hungern und alles unserem Aga geben. Fünf Dörfer stehen auf der Distelplatte, die alle unserem Aga Opfer bringen wollen ...«

»Seit die Distelplatte ihren Namen bekam, hat es noch keine solche Ernte hier gegeben. Warum lügt ihr? Sagt es doch frei heraus, daß wir seinen Anteil nicht anerkennen. Sagt, daß wir dem Aga nicht einmal eine Krume von unserem Brot abgeben.«

Die Bauern seufzten: »Oh, unsere Augen sollen auslaufen, unser Aga muß in der fremden Stadt dahinvegetieren, und wir können ihm nicht seinen Anteil geben. Wo gibt es denn das? Unser Leben gehört unserem Aga. Möge Ince Memed verrecken!«

Die alte Hürü war außer sich vor Freude darüber, daß sie nicht den ganzen Sommer umsonst redend umhergezogen war. Sie färbte sich die weißen Haare mit Henna und band statt des weißen Kopftuchs leuchtend grüne und rote Seidentücher um, wie sie zur Festtracht der jungen Mädchen gehören. Sogar einen seidenen Rock trug sie, hängte sich drei Goldstücke um den Hals und kramte auch noch die bunte Glaskette aus ihrer Jugendzeit hervor. Um die Hüften schlang sie sich eine tripolitanische Seidenschärpe.

»Hürü ist wieder jung geworden«, lachten die Leute, wenn sie übermütig durch das Dorf tänzelte und dabei so gewagte Lieder sang, daß es den Mädchen die Röte ins Gesicht trieb.

Als Abdi Aga erfuhr, daß die Bauern sich unter allen möglichen Ausflüchten weigerten, ihm seinen Anteil zu geben,

entfaltete er eine fieberhafte Tätigkeit. Der Schreiber mußte wieder eine neue Alarm-Depesche nach Ankara aufsetzen. Dann lag Abdi dem Landrat und dem Kommandant der Gendarmen so lange in den Ohren, bis erneut ein Aufgebot von Gendarmen nach Değirmenoluk beordert wurde. Hürü wurde in einem Haus eingesperrt, die Bauern neuen Drangsalierungen unterworfen und zum Verhör wie eine Herde Schafe hin und her getrieben.
Es nützte alles nichts. In allen fünf Dörfern der Distelplatte blieben sie verstockt bei der Behauptung, sie hätten eine Mißernte gehabt. Es kam so weit, daß sich der Bezirksvorsteher selbst hinbemühen mußte. Mit starren, einfältigen Gesichtern blickten ihn die Leute an. Schließlich nahm Ali der Hinkende das Wort.
»Für unseren Aga geben wir unser Leben, wenn es sein muß. Hätten wir auch nur ein Körnchen eingebracht, mit tausend Freuden hätten wir es ihm geopfert. Aber wenn wir dieses Jahr nicht verhungern, dann können wir von Glück sagen. Ich bin des Agas Aufseher, und ich muß genauso Hunger leiden wie alle anderen auch.«
Der Bezirksvorsteher glaubte von all den Beteuerungen kein Wort und ließ jedes Haus nochmals gründlich durchsuchen. Nirgends war auch nur ein nennenswertes Maß Getreide zu finden. Was mochten die Leute mit der Ernte angefangen haben? Es war und blieb ein Rätsel.
Von Tag zu Tag besprach man in der Kreisstadt, was sich auf der Dikenlidüzü zutrug. Endlich hatte sich auch für die einsame Hochebene das Tor zur Außenwelt geöffnet. Abdi Aga raufte sich in ohnmächtiger Wut Haare und Bart. Zu allem Unheil hatte ihn dieser Tage auch noch die Nachricht erreicht, daß Hüseyin Aga in Aktozlu nachts in seinem Bett erschossen worden war. Wer anders konnte der Täter sein als Ince Memed?
Sergeant Asim war ein unerschrockener Mann, ein Wolf der Berge, aber all seine Tapferkeit reichte nicht aus, Ince Memed dingfest zu machen. Er bekam manches harte Wort von sei-

nen Vorgesetzten zu hören. Seit man angefangen hatte, sich auf dem Basar über den Bärenkerl lustig zu machen, der sich von einem Däumling um den kleinen Finger wickeln lasse, wagte er kaum noch über die Straße zu gehen. Er war in seiner Ehre gekränkt und brannte darauf, die Scharte auszuwetzen.

32

Der Alidağ war tief eingeschneit. Die Farbe des froststarren Himmels über ihm unterschied sich nicht von der des Berges. Die endlose Weiße erstreckte sich vom Alidağ bis zur Dikenlidüzü, von dort bis zum Akçadağ und nach Çiçeklideresi, bis hinunter in die Çukurova. Wenn die Sonnenstrahlen auf den Schnee fielen, dann war ein millionenfaches Glitzern in der Luft, das die Augen blendete. Dann und wann glitt ein riesiger Wolkenschatten verdunkelnd über die makellos weiße Fläche.

Um die drei Menschen in der Höhle stand es schlecht. Sie hatten nichts mehr zu essen und nichts mehr zu brennen. Memed sah erschreckend verwildert aus; Haar und Bart waren ineinander verfilzt. Iraz war nur noch ein düsterer Schatten ihrer selbst. Hatçe war hochschwanger; ihr spitzes Gesicht hatte alle Farbe verloren, das einst so glänzend schwarze Haar war stumpf und struppig geworden.

Sergeant Asim ließ sie nicht zur Ruhe kommen. Seit dem Herbst war er ununterbrochen zwischen Değirmenoluk und den Alidağ-Hängen unterwegs.

Iraz zog Memed vor die Höhle. »Heute hat der Schneesturm ausgesetzt. Wir müssen etwas unternehmen, mein Sohn. Das Mädchen kann jeden Tag niederkommen. Wir müssen uns schlüssig werden, ob wir sie in ein Dorf bringen wollen oder ob wir versuchen, hier damit fertig zu werden.«

Memed zog sein unter dem Bartgestrüpp zusammengeschrumpftes Gesicht in Falten. »Hinunterbringen kommt nicht in Frage. Sie patrouillieren von Haus zu Haus. Wir müssen das hier erledigen.«

Hatçe lehnte gegen die Höhlenwand und starrte reglos, mit stumpfen Blicken, vor sich nieder.

»Iraz und ich gehen ins Dorf hinunter, Hatçe. Lade das Gewehr durch. Bis zur Nacht sind wir zurück.«

»Allein bleibe ich nicht hier. Laßt mich mitgehen.«

»Sei nicht töricht, Mädchen. Dann soll Mutter Iraz bei dir bleiben.«

»Ich bleibe nicht hier!«

»Was hast du denn? Warum bist du so widerspenstig?«

»Ach, laßt mich in Ruhe.«

»Bleibe doch hier, Mädchen«, sagte Iraz beschwörend.

»Ich kann nicht. Ich sterbe vor Angst.«

»Seit wir hier oben sind, ist mit dir nicht mehr zu reden.«

»Dann laßt mich doch in Frieden!«

Memed stürmte zornig davon. Schneller noch als sonst machte er sich an den Abstieg. Über dem Gipfel kreiste ein Adler.

»Was ist denn nur los mit dir, Mädchen?« herrschte Iraz Hatçe an. »Hat der Junge nicht schon genug auf dem Hals? Mußt du ihm auch noch zusetzen?« Hatçe gab keine Antwort.

Als Iraz später vor die Höhle trat, schrak sie zusammen. Memed hatte das Bündel Schwarzdornreisig, das zum Spurenverwischen diente, zurückgelassen! Sie schrie aus Leibeskräften über die Schneefelder hinweg, aber Memed war längst außer Hörweite. Verzweifelt kehrte sie zurück.

»Das gibt ein Unglück. Und wir haben keinen Schneesturm, der die Spuren verwischen könnte. Er kommt auch nicht. Die Luft ist so still wie selten.«

Erst am nächsten Abend kam Memed zurück, bleich von der Anstrengung und unter seiner Traglast fast zusammengebrochen.

»Diesmal war mir dabei nicht wohl«, sagte er. »Erst unten habe ich gemerkt, daß ich das Reisig liegengelassen hatte.

Zum Umkehren war es da zu spät. Aber jetzt habe ich Angst vor Ali dem Hinkenden. Die Gendarmen haben ihn ja nicht mehr in Ruhe gelassen. Und wenn er eine Spur sieht! Nicht umsonst hat er mich immer wieder beschworen: ›Um Gottes willen, Bruder, zieh Reisig hinter dir her.‹ Er hatte Furcht vor sich selber. Es steht alles schlecht, und jetzt um diese Zeit …«
»Solch eine Schurkerei begeht Ali der Hinkende nicht«, meinte Iraz. »Für dich gibt er sein Leben.«
»Das weiß ich. Aber wenn er eine Spur sieht, kann er nicht widerstehen. Ich hätte den Hinkenden noch am ersten Tag erschießen sollen.«

33

Sergeant Asim war schon fast lebensmüde geworden. »Diesen Kerl hat mir der Teufel auf den Hals gehetzt«, stöhnte er. »Wenn er sich doch nur davonmachen und anderswo sein Unwesen treiben würde, damit ich endlich vor ihm Ruhe hätte …«
Auch die Gendarmen waren entmutigt und am Ende ihrer Kraft. »Im bittersten Winter, jeden Tag, den Allah werden läßt, hoch oben in den Taurusbergen herumklettern! Und wozu das alles?« Wenn ihnen irgendwo eine Spur vor die Augen kam, die der eines Menschen ähnelte, wenn ihnen eine aufgewühlte Stelle im Schnee begegnete, dann spürten sie tagelang hinterher. Immerhin hatten sie auf der Suche nach Ince Memed schon einige andere Banden dingfest gemacht.
Jetzt bewegten sie sich seit einem Monat im Kreise um den Alidağ herum. Einem Hütejungen, den sie gestellt und verprügelt hatten, war in der Angst entfahren, er habe Ince Memed auf dem Alidağ gesehen. Daraufhin hatten sie den Berg förmlich zu belagern begonnen. Ringsumher waren Posten aufgestellt.

Sergeant Asim konnte sich zwar nicht vorstellen, wie Memed sich in diesem grausamen Winter auf dem Berg am Leben erhalten könnte, aber nachdem das Gerücht nun einmal aufgekommen war, klammerte er sich mit aller Zähigkeit an den Gedanken, ihn auf dem Alidağ zu finden.
Eines Tages kam ein Gendarm zu Pferde, der sich durch den Schnee hindurchgekämpft hatte, atemlos bei ihm an.
»Wir haben ihn gesehen, Sergeant. Er hat Reisig über seine Spur gezogen, bergaufwärts. Als er uns bemerkt hat, ist er geflohen, ohne einen Schuß abzugeben. Aber die Spur muß auszumachen sein, auch wenn er versucht hat, sie zu verwischen. Der Schnee ist verharscht; da nützt es nichts, Reisig darüberzuziehen. Wir haben uns die Spur angesehen, sie ist alt.«
Der Sergeant triumphierte. Endlich ein vernünftiger Anhaltspunkt! Er schickte einen seiner Männer zu Abdi Aga, um Ali den Hinkenden herbeizuholen.
»Wir haben eine Spur für dich«, sagte er, als der Hinkende bei ihm war.
»Im Schnee kann ich sie nicht ausmachen. Wenn ich keinen Erdboden sehe, schaffe ich es nicht.«
»Das stimmt«, fielen andere Bauern ein, »im Schnee findet er keine Spur. Er führt euch nur in die Irre.«
Sergeant Asim packte Ali am Kragen. »Finden oder nicht finden, du kommst mit uns!«
Ali der Hinkende zitterte wie Espenlaub. »Ich will deine Fußsohlen küssen, Sergeant, aber schleppe mich nicht in dieser grimmigen Kälte umher!«
»Spar dir deine Worte.« Ali lehnte hilflos an einer Mauer und ließ verzweifelt den Kopf hängen. Der Sergeant gab den Abmarschbefehl in Richtung auf das Alidağ-Massiv.
Wie ein Lauffeuer ging es durch das ganze Dorf: »Sie haben Ince Memeds Spur gefunden!«
Männer, Frauen und Kinder zogen hinter den Gendarmen her. Am Fuße des Alidağ drängten sie sich um die Spur. Jeder wollte sie sehen.

Als Ali der Hinkende die Fährte im Schnee sah, schnürte es ihm das Herz zusammen. In seinem Schrecken begann er vor sich hinzureden, ohne darauf zu achten, was er sagte. »Warum zieht der Narr nicht Reisig hinter sich her?« murmelte er. »Wie kann er so unbedacht sein! So muß man ihn ja finden. Diese Spur sieht ja ein Kind ...«

Sergeant Asim packte ihn am Arm und führte ihn an die Trittspuren heran. »Was knurrst du da vor dich hin? Sag mir, ist er das oder nicht?«

»Nein«, stöhnte Ali der Hinkende, »das ist eine Hirtenspur. Und mindestens einen Monat alt.«

Der Sergeant geriet in Wut und schleuderte Ali in den Schnee. »Hinkender Schurke!« schrie er, »der Kerl ist beim Aga im Dienst, ißt sein Brot und steckt dabei mit Ince Memed unter einer Decke! Jeder von euch hier ist ein Ince Memed! Möge Allah euch einen Strich durch die Rechnung machen!«

Dann befahl er den Gendarmen, die Spur den Hang hinauf zu verfolgen.

Zwei Tage folgten sie der Fährte im Schnee, während ihnen vom Frost fast die Hände abfielen. Die Spur führte sie bis an den Gipfel. Sie kreisten ihn ein.

Trauer überfiel das Dorf. Ali der Hinkende war mit hängendem Kopf zurückgekehrt und hatte mit tränenerstickter Stimme berichtet. Mutter Hürü schrie: »Und wenn sie ihn zehnmal finden! Und wenn es ihrer tausend sind – mein Memed entkommt ihnen doch!«

Gegen Abend kam es zum ersten Kampf. Die Gendarmen hatten den Weg zur Höhle gefunden und den Eingang entdeckt. Von oben warfen sie eine Handgranate nach der anderen vor die Öffnung. Memed nahm Sergeant Asim aufs Korn, um die Angreifer nicht näher herankommen zu lassen. Es wäre noch Zeit genug gewesen, zu entfliehen.

Aber sie konnten nicht an Flucht denken. Hatçe lag in den Wehen. Als sie es draußen schießen hörte, begann sie zu weinen. »Habe ich es nicht gesagt?« rief Iraz aus. »Das Reisig ...«

»Sie hätten uns trotzdem nicht gefunden«, antwortete Memed. »Ich wette, Ali der Hinkende hat es nicht ausgehalten, er mußte wieder eine Spur verfolgen. Ich hätte ihn wohl doch damals erledigen müssen. Käme doch nur ein Schneesturm, dann würden sie sich keine Minute halten! Wenn sie erst abgezogen wären, könnten sie frühestens in einer Woche wieder da sein. Oh, dieser Hinkende!«
Sergeant Asim rief im Ton freundlicher Überredung: »Memed, nun ergib dich, mein Junge! Diesmal bist du in der Falle, von allen Seiten eingekesselt. Heraus kommst du nicht mehr. Über kurz oder lang kommt die Amnestie. Komm her, ergib dich! An deinem Tod liegt mir nichts.«
Memed antwortete nicht.
Unmittelbar vor dem Sergeanten wurde ein Stein von einem Geschoß zersplittert. Jetzt wurde es auf beiden Seiten Ernst. Der Kugelwechsel ging weiter hin und her.
»Ich kann hier warten, bis dir die Munition ausgegangen ist!« rief Sergeant Asim. »Meinetwegen eine Woche, einen Monat lang!«
Memed knirschte mit den Zähnen. »Ich weiß, Sergeant, ich weiß. Aber bis dahin ist keiner von euch mehr übrig. Ich knalle euch alle ab. Meine Leiche kannst du aus dieser Höhle herausbringen. Aber warte nicht darauf, daß ich mich ergebe!«
»Ein Jammer um solch einen Burschen wie dich. Wenn du uns wirklich alle abschießen würdest, was hättest du davon? Dann kommen eben andere! Die Amnestie kommt noch dieses Jahr. Sei kein Narr, Ince Memed, ergib dich!«
»Spar dir deine Reden, Sergeant! Diesmal treffe ich dich. Bisher habe ich es nicht gewollt, aber diesmal mache ich Ernst. Du hast mich lange genug gehetzt!«
Die Schießerei wurde nun so heftig, daß nichts mehr zu verstehen war. Neben Memed häuften sich die leeren Patronenhülsen. Er hatte noch zwei Sack Munition, aber er war in Sorge, weil er zu schnell feuern mußte.
Iraz mühte sich um die unablässig schreiende Hatçe. »Daß es an so einem bösen Tag sein muß«, murmelte sie, dann ließ sie

die Kreißende einen Augenblick allein, packte ein Gewehr und eilte Memed zu Hilfe. Sie schoß neben ihm, bis Hatçe wieder einen langen Schrei ausstieß. Dann kehrte sie zu der sich schweißüberströmt am Boden Windenden zurück.
»Oh, Mutter«, wimmerte Hatçe, »hättest du mich doch nie geboren ...«
Memed und Iraz waren schwarz vom Pulverdampf. Die Höhle war voll von saurem Schweißgeruch.
»Ich bin getroffen!« schrie Memed plötzlich auf. Er schwieg sofort wieder, tief beschämt, und biß sich im Schmerz auf die Lippen.
Bei seinem Aufschrei war Hatçe wie ein Pfeil vom Boden hochgeschnellt. Neben Memed fiel sie nieder. »Bist du tot, mein Memed? Dann will ich nicht mehr leben!«
Iraz streifte Memeds Jacke zurück. »Du bist an der Schulter verwundet.« Sie verband ihn. Memed schoß weiter.
Sergeant Asim begann sich über Memeds unerschöpflichen Munitionsvorrat zu wundern. Schon waren einige seiner Männer getroffen. Allmählich geriet seine Zuversicht ins Wanken.
Hatçe stieß wieder einen langen Schmerzensschrei aus. Ihr Gesicht war verzerrt. Iraz hielt sie fest, richtete sie auf. »Durchhalten, mein Mädchen!«
Plötzlich war der Schrei des Neugeborenen zu hören. Memed drehte sich um. Er sah das Kind, noch unkenntlich von Blut, und Hatçes wächsernes Gesicht. Er wandte sich sofort wieder ab. Die Hände zitterten ihm so, daß ihm die Waffe entfiel.
Iraz sprang hinzu, hob die Flinte auf und schoß weiter, während Hatçe wie tot dalag. Memed hatte sich bald wieder in der Gewalt und streckte die Hand nach dem Gewehr aus. Iraz reinigte das Kind und bestreute es mit Salz. »Ein Knabe!« rief sie aus.
Auf Memeds Gesicht erschien ein bitteres Lächeln: Ein Knabe!
Der Kampf dauerte bis zum Nachmittag an. Memed konnte nur noch eine Hand gebrauchen, aber er verteidigte sich und die Seinen immer noch mit aller Verbissenheit. Iraz lud immer

wieder nach, und er schoß mit einer Hand, das Gewehr auf einen Stein aufgelegt. Dann aber ließ Iraz den Kopf hängen.
»Wir haben jetzt nichts mehr«, flüsterte sie erschöpft.
Aus Memeds Kehle drang ein röchelnder Laut wie der letzte Schrei eines Erstickenden. Er sank über seinem Gewehr zusammen. Dann stand er wieder auf, taumelte auf das Kind zu. Lange stand er da, wie vor einem Wunder, und starrte in das fremde kleine Gesicht. Er lächelte, als er zum Eingang der Höhle zurückkehrte. Dann hob er das Gewehr vom Boden auf, zog sein Taschentuch heraus und band es am Lauf fest.
Iraz saß, vor Erschöpfung und Verzweiflung weinend, unter einem Felsvorsprung.
»Tante Iraz!« rief er. Sie hob den Kopf und sah zu ihm auf.
»Hör zu: Sie werden mich nicht lebend davonkommen lassen. Ich will, daß ihr meinen Sohn Memed nennt.«
Er verließ die Höhle und reckte das Gewehr mit dem Tuch hoch in die Luft. »Sergeant Asim«, schrie er, »ich ergebe mich! Ich ergebe mich!«
Der Sergeant, ein stark gebauter, schnauzbärtiger Mann mit großen Augen und gleichmäßigen Gesichtszügen, glaubte seinen Ohren nicht zu trauen. »Willst du dich endlich ergeben, Ince Memed?« rief er hinüber.
»Ja, ja, ich ergebe mich, Sergeant«, antwortete tonlos Memeds Stimme, »du hast es geschafft.«
Asim drehte sich zu seinen Männern um. »Bleibt in Deckung. Ich gehe allein. Wer weiß, ob es nicht nur eine Falle ist!«
Bald stand er am Eingang zur Höhle. Er reichte Memed lachend die Hand. »Nimm es nicht so schwer, Ince Memed! Hast dich wacker geschlagen.«
Iraz kauerte zusammengekrochen in der Ecke.
»Ich kann es immer noch nicht recht glauben, Ince Memed«, sagte der Sergeant, als er ihm die Handfesseln anlegte. Memed hielt ihm schweigend seine Hände hin.
Da sprang Iraz vom Boden auf: »Sergeant! Du glaubst, Ince Memed hat vor dir die Waffen gestreckt?«
Sie trat zu dem Neugeborenen und zog die Decke zurück, so

daß das mit halbgeschlossenen Augen daliegende Kind zu sehen war.

»Das da hat Ince Memed zur Strecke gebracht! Aber ihr werdet euch jetzt rühmen, was für Männer ihr seid!«

Das kam für Asim unerwartet. Sprachlos blickte er auf Hatçe, auf Iraz und auf Memed. Das Lächeln auf seinen Zügen erstarrte. Dann streckte er die Hand aus und löste Memeds Fesseln. »Ince Memed«, begann er zu stammeln, aber gleich verstummte er wieder. Die beiden blickten sich stumm in die Augen.

»Ince Memed! ...« Die Stimme des Sergeanten dröhnte in der Höhle. »Ince Memed! Es wäre nicht meine Art, dich in dieser Lage gefangenzunehmen!« Er zog fünf Streifen Munition aus dem Gurt, warf sie auf den Boden. »Da, schieße hinter mir her.« Er stürzte laut rufend aus der Höhle, während Memed nach ihm her in die Luft schoß.

Bei seinen Gendarmen angekommen, rief Asim atemlos: »Dieser Schurke und sich ergeben! Eine niederträchtige Finte, um mich niederzuknallen! Hätte ich mich nicht im letzten Moment auf die Erde geworfen, dann wäre es um mich geschehen gewesen. Ein Glück, daß ich mich vorsichtig bewegt habe. Jetzt müssen wir sehen, daß wir hinunterkommen. Ein Unwetter braut sich zusammen. Wenn wir uns nicht beeilen, kommen wir um!«

Die Gendarmen, müde und mitgenommen von dem Feuergefecht mit Memed, warfen noch einen letzten Blick auf die Höhle, dann machten sie sich an den Abstieg. Um das Massiv brodelten schon schwarze Wolken. Es begann zu schneien. Bald darauf brach das Unwetter los. Gegen Abend hatte der von Fels zu Fels rasende Schneesturm den Berg in eine tobende weiße Hölle verwandelt. Der Gipfel war nicht mehr zu erkennen. Um ihn lag alles in einer kochenden weißen Gischt.

34

Im Dorf und in der Kreisstadt verbreitete sich mit Windeseile die Nachricht, Ince Memed sei erschossen worden. Sein Leichnam werde ins Tal gebracht werden, wenn der Schneesturm sich gelegt habe. Die Augen der Leute von Değirmenoluk hefteten sich auf den sturmumtosten Gipfel des Alidağ. Er, der majestätische Berg aller Berge, war also stärker gewesen als Memed. Alle blieben in ihren Häusern. Sie warteten auf Abdi Aga. Sobald er die Nachricht hörte, würde er zurückkehren.

Die Bauern von Vayvay hatten Ali Safa Bey Stück um Stück ihres Ackerlandes wieder abgerungen. Osman den Mächtigen hatte der Triumph um Jahre verjüngt. Er war zu offenem Widerstand gegen den Bey übergegangen.

Nun kam auch nach Vayvay die Nachricht, Memed der Falke sei tot. Als Osman der Mächtige es hörte, schien er wie gelähmt. Tränen strömten ihm aus den Augen; lange Zeit konnte er kein Wort herausbringen. Dann aber klagte er um seinen Helden: »Oh, mein Falke, mein Tapferer! Was hattest du für große Augen, was für dichte Brauen, was für schlanke Finger! Zypressengleich war dein Wuchs, mein Falke. ›Onkel Osman‹, sagtest du zu mir, ›eines Tages werde ich in deinem Hause zu Gast sein!‹ Es hat nicht sein sollen. Er hatte seine junge Frau bei sich. Was wird sie nur anfangen, die Ärmste? Hört, Freunde: Memed hat uns aus den Händen dieser Ungläubigen befreit. Nun müssen wir seine Frau zu uns holen und für sie sorgen. Wir wollen ihr ein Stück Land geben. Wenn sie ins Gefängnis kommt, dann müssen wir auch dafür sorgen, daß sie dort keinen Mangel leidet.« Alle Bauern stimmten ihm zu, trotz der Furcht vor Ali Safa Bey, die sich jetzt wieder in ihre Herzen eingeschlichen hatte.

Nun eilte Abdi Aga gleich zu Ali Safa Bey. Er traf den Bey nicht zu Hause an. Seine Frau sagte zu ihm: »Aber ich habe es dir ja gleich gesagt. Jeder findet die Strafe, die er verdient.«

»Danke, meine Tochter«, gab Abdi Aga zur Antwort und ging wieder. Er lief weiter, zum Landrat. »Allah möge nie Ungemach über die Regierung bringen, Herr Landrat!« rief er aus, nachdem er die Hand und den Rocksaum des Beamten geküßt hatte. »Sergeant Asim ist ein Held; alles würde ich für ihn tun!«
»Ich gratuliere dir, Abdi Aga«, sagte der Landrat. »Du hast dich ja in einem fort bei der Regierung beschwert! Wäre Ali Safa Bey nicht gewesen, dann hättest du den guten Namen unserer Stadt aufs Spiel gesetzt. Zum Glück hat Ali Safa Bey dafür gesorgt, daß deine Depeschen nicht abgeschickt wurden.«
Abdi Aga riß die Augen auf. »Was? Sie sind alle nicht abgeschickt worden?«
Der Landrat lachte. »Nicht eine. Sei froh darüber – sonst hätten sie dazu ausgereicht, uns beide an den Galgen zu bringen. Sage mal, hattest du eigentlich den Verstand verloren? Wie kann man so nach Ankara telegrafieren!«
Abdi überlegte einen Augenblick, dann lachte auch er schallend. »Wie gut, daß sie nicht abgegangen sind! Wirklich, der Name unserer Stadt hätte sonst keine fünf Kuruş mehr gegolten. Ja, ja, wenn man zu aufgeregt ist, dann weiß man nicht mehr, was man tut. Es wollte mir nun mal nicht in den Sinn, daß eine mächtige Regierung es nicht mit einem spannenlangen Knaben aufnehmen könnte. Die Nerven sind mir durchgegangen. Ihr dürft mir's nicht nachtragen, Herr Landrat. Verzeiht mir …«
Sein nächster Besuch galt dem Gendarmeriekommandanten, dem er seine Freude und Dankbarkeit kundtat. Er fragte ihn auch, ob er dem Sergeanten Asim ein Geschenk machen dürfe, und sprach die Bitte aus, Memeds Kopf solle an der Tür seines Hauses in Değirmenoluk aufgepflanzt werden. Das sei wirkungsvoller, als wenn es hier in der Stadt geschehe. Diesem Ansuchen wurde bereitwillig entsprochen.
Nach Hause zurückgekehrt, nahm er sich Ali den Hinkenden vor. »Sergeant Asim mag dich ein wenig unfreundlich behan-

delt haben. Das darfst du ihm nicht nachtragen. Er ist ein Held! Sieh, er hat unseren Feind vom Erdboden vertilgt.«
Dann ließ er seinem Unmut freien Lauf. »Diese Bauern, dies Hungerleiderpack, dies undankbare! Ein ganzes Jahr war ich von ihnen fort, und sie haben mir nicht ein Körnchen abgeliefert. Morgen gehe ich hin. ›Voriges Jahr war wohl Hungersnot, daß ihr mir meinen Anteil nicht gegeben habt, wie? Ehrloses Pack, undankbare Schurken! Auf Ince Memed habt ihr euch verlassen! Hier habt ihr ihn! Ihr könnt mit seinem schönen Kopf machen, was ihr wollt. Nun, habt ihr ihn jetzt gesehen, euren Ince Memed? Jetzt werde ich euch zeigen, was Hungersnot heißt!‹ Bei Gott, ich werde es ihnen zeigen!«
Er faßte Alis Hand. »Ali!«
»Ja, Herr?«
»Dieses Jahr war die Ernte doch besser als in allen anderen Jahren, nicht wahr?«
»Zweimal so gut.«
»Ali!«
»Ja, Herr?«
»Wie soll ich diese Bauern bestrafen?«
»Du weißt es am besten, Herr.«
Abdi zog seine besten Kleider an, bestrich seine Perlenkette mit wohlriechender Essenz und ließ sich beim Barbier rasieren. Er konnte sich nicht mehr fassen vor Freude. Lachend betrat er Mustafa Efendis Laden.
»Man freut sich nicht über jemandes Tod, Abdi Aga. Auch wenn es ein Feind ist«, sagte Mustafa Efendi tadelnd. »Man weiß nie, was noch kommt.«
Er schlenderte von Laden zu Laden durch den ganzen Basar, zeigte überall seinen Triumph und heimste manchen Glückwunsch ein, bevor er sein Pferd bestieg, um nach Değirmenoluk zu reiten. Unterwegs erreichte ihn die schlimme Nachricht.
»Ince Memed ist Sergeant Asim entkommen. Er war nur verwundet.«
»Wer hat das gesagt?«

»Sergeant Asim selbst.«
»Wo ist der Sergeant Asim?«
»Er kommt bald. Ich habe ihn in Şabapli gesehen.«
Abdi Aga wendete sofort sein Pferd. Zusammen mit den Gendarmen ritt er niedergeschlagen wieder in die Stadt ein. Im Hof seines Hauses fiel er fast vom Pferd, aber dann ging er sofort zu Fahri dem Verrückten, dem Bittschreiber.
»Schreib, Bruder. Direkt an Ismet Pascha! Der Landrat, der Telegrafist, Ali Safa Bey und der Gendarmeriekommandant, sie alle stecken mit Ince Memed, dem Banditen, unter einer Decke. Schreib! Pascha, alle meine Telegramme an dich haben sie unter den Tisch fallen lassen! Schreib das genau so ...«

35

»Mein Falke hat den Agas das Rückgrat gebrochen«, frohlockte Osman der Mächtige. »Ali Safa Bey mag ruhig versuchen, neue Männer in die Berge zu schicken. Mein Falke wird auch mit ihnen aufräumen.«
Sie waren auf dem Dorfplatz versammelt, unter dem großen Maulbeerbaum, dessen Blätter schon herbstlich gelb waren.
»Wir haben alle unsere Felder zurückgewonnen, oder etwa nicht?«
»Alle.«
»Und wem haben wir das zu verdanken?«
»Ince Memed.«
Osman der Mächtige erhob sich. »Ali Saip Bey, der Volksvertreter, ist aus Ankara gekommen.«
Alle horchten gespannt auf.
»Er hat mit Ismet Pascha gesprochen. Zum großen Fest, zum Nationalfeiertag, gibt es eine Amnestie. Das sind nur noch ein paar Wochen, und dann wird auch Ince Memed straffrei sein. Wir müssen ihm ein Feld geben. Noch dazu hat er jetzt auch

ein Kind. Er soll sich bei uns im Dorf ansiedeln. Was meint ihr dazu?«

Die Leute aus Vayvay stimmten aus einem Munde zu. »Ja, er soll zu uns kommen! Unsere Felder gehören ihm und unser Leben!«

Osman der Mächtige suchte hundert Dönüm vom besten Ackerland für Ince Memed aus. Der Kaufpreis wurde durch eine Sammlung im Dorf aufgebracht. Dann pflügten sie das große Feld gemeinsam und bestellten es mit Weizen.

Der Alte war überglücklich, als er in die weiche Erde griff, die ihm wie Wasser aus den Fingern rann. »Jetzt kann ich in Ruhe sterben«, sagte er. »Ali Saip Bey lügt nicht. Auf das, was er sagt, kann man sich verlassen – er ist ja Ismet Paschas Vertrauter.«

In der Kreisstadt aber war die Hölle los. Ali Safa Bey ließ es den Landrat und den Gendarmeriekommandanten büßen, daß sie Ince Memed nicht erwischt hatten. Er jagte ein Telegramm nach dem anderen nach Ankara und beschuldigte die Beamten, die Banditen zu begünstigen. Der Landrat erhielt von der Regierung scharfe Order, nun endlich mit dem Unwesen aufzuräumen. Die Gendarmen wurden jetzt vom Hauptmann selbst angeführt. Die Bevölkerung der Taurusdörfer stöhnte unter den Heimsuchungen durch die Gendarmen, wie zuvor unter den Banditen.

Ince Memed konnte sich nun nicht mehr in die Dörfer hinunterwagen. Tagelang mußten sie Hunger und Durst leiden. Ein paarmal konnten sie sich nur mit knapper Not aus den Fallen befreien, die Hauptmann Faruk ihnen gestellt hatte. Memeds Lage wäre ohne Kerimoğlus Hilfe aussichtslos gewesen. Der Stammesälteste wußte ihn in jedem Schlupfwinkel zu finden und sorgte für Munition, Nahrung und Geldmittel. Die regelmäßigen Sendungen aus Vayvay gelangten ebenfalls mit seiner Hilfe in Memeds Hände. Kerimoğlu wartete ebenso wie Osman der Mächtige ungeduldig auf das Fest und die Amnestie.

In Değirmenoluk und auf der ganzen Distelplatte hatten sie

wenig Freude an den Nachrichten von der Amnestie. Wenn Memed von den Bergen herunterkäme, dann würde Abdi Aga sofort ins Dorf zurückkehren. Die Furcht davor saß ihnen schon jetzt im Nacken.
»Was heißt denn schon Amnestie – ein Bandit gehört in die Berge«, meinten sie. »Jetzt hat die ganze Welt Angst vor ihm. Aber wenn er herunterkommt und das gleiche armselige Leben führen muß wie wir …«

36

»Hast du gehört, Memed?« fragte Ali der Hinkende aufgeregt.
»Was denn?« lachte Memed mit großen Augen.
»Weißt du es wirklich noch nicht? Osman der Mächtige – ich habe dir ja schon in Çiçeklideresi gesagt, was der für ein Mann ist. Nun höre: Ali Saip Bey ist aus Ankara gekommen. Zum großen Feiertag kommt eine große Amnestie, sagt er. Was macht unser mächtiger Osman? Er versammelt die Bauern. ›Ince Memed ist unser Falke‹, spricht er zu ihnen, ›lassen wir ihn hierher zu uns kommen und geben ihm ein schönes Feld.‹ – ›Für ihn ist bei uns immer Platz‹, erwidern sie. Ein Feld für hundert Dönüm haben sie für dich gekauft! Osman der Mächtige hat es selbst ausgesucht. Ein Haus bauen sie dir auch. Auf Ali Saip Bey ist Verlaß, sagt Osman der Mächtige. Du sollst vorsichtig sein, damit du die paar Wochen bis zum Fest heil überstehst, meint er. Nun, was sagst du jetzt?«
»Dieser Hauptmann läßt uns nicht mehr zu Atem kommen«, antwortete Memed angespannt. »Die blutbefleckten Mordbrenner läßt er in Frieden; nur hinter mir ist er her. An die zehnmal sind wir schon aneinandergeraten. Aber beim nächsten Mal mache ich mit ihm Schluß.«
»Laß es sein, Memed. Denke an die Amnestie, halte ihn so lange hin!«

»Er verfolgt mich aber unablässig. Ich werde ihn erschießen!«
»Laß es bleiben. Warte noch etwas. Halte ihn hin!« Dann lief Ali der Hinkende fort.

Die Erde von Alayar ist blutigrot. So sieht das Fleisch einer Melone aus, die man mitten durchgeschnitten und in die Sonne gelegt hat. Seit drei Tagen hielten sie sich auf dieser roten Erde verborgen. Obwohl Hauptmann Faruk wie ein beutegieriger Habicht über ihnen war, konnten sie nicht zufriedener sein. Die beiden Frauen sangen den ganzen Tag. Der kleine Memed gedieh prächtig. So schöne Wiegenlieder wie jetzt hatte er selten zu hören bekommen. Hatçe warf ihren Sohn oft in die Luft und fing ihn immer wieder. »Sieh nur, Tante Iraz«, seufzte sie glücklich, »was Gott alles für uns getan hat! Wir haben immer von dreißig Dönüm gesprochen, und hundert hat er uns gegeben! Und noch ein Haus dazu ...« Sie war nicht mehr wiederzuerkennen. Mit ihren Einfällen und übermütigen Scherzen glich sie einer Zwölfjährigen. Nur eines bereitete ihr Kummer: daß Memed sich nicht ebenso auf die Zukunft freute wie sie. Sie wollte auch ihn lachen sehen, aber sie konnte ihm nur ein bitteres Lächeln entlocken.
Noch vor Tagesanbruch waren sie von Hauptmann Faruk gestellt. »Jetzt wird's ernst, Ince Memed!« schrie der Hauptmann zu ihm hinüber. »Ich bin kein Sergeant Asim!« Memed erwiderte nichts. Er kannte die Gendarmen jetzt zur Genüge und ließ sich nicht beirren. Er feuerte, was er konnte, um sie erst einmal bis zur Dunkelheit hinzuhalten. Dann würden sie zwischen ihnen hindurchschlüpfen. Iraz zeigte sich geistesgegenwärtiger und mutiger als der berühmteste Bandit. Auch in der Treffsicherheit konnte sie es mit jedem aufnehmen. Sie hätte die Gendarmen ganz allein drei Tage hinhalten können. Der Hauptmann tobte vor Zorn. Ein Mann und eine Frau! Mit denen müßte man im Handumdrehen fertig werden! Noch dazu hatten sie einen Säugling bei sich.
»Ince Memed, hier gibt es kein Entkommen mehr!«

Memeds Plan stand fest. Er wollte den Hauptmann töten. Das verleitete ihn zu seiner ersten großen Unvorsichtigkeit. Er kämpfte sich bis mitten in die Reihe der Angreifer hinein. In diesem Augenblick hörte er Hatçe aufschreien. Er fühlte sich zu Eis erstarren, ging aber nicht zurück. Er legte einen Feuerring um den Hauptmann und warf noch alle Handgranaten, die er bei sich hatte, in die Richtung seines Todfeindes. Dann erst lief er nach hinten. Hatçe lag leblos auf dem Rücken, sie schien zu lächeln. Das Kind saß neben ihr.
Memed begann zu rasen. Er schoß wie ein Besessener und schleuderte eine Handgranate nach der anderen. Der Hauptmann war verwundet. Seine Gendarmen hielten dem wütenden Geschoßhagel nicht mehr stand und zogen sich zurück.
Iraz lag zusammengebrochen über Hatçes Leichnam. Ihr Gesicht zeigte den gleichen starren Ausdruck wie an den ersten Tagen im Gefängnis. Memed saß verzweifelt und schluchzend daneben, das Gewehr auf den Knien. Hatçes Blut mischte sich mit der roten Erde von Alayar. Hoch über den Gipfeln zogen Kraniche dahin.
Das Kind begann zu weinen. Memed nahm es auf den Schoß und drückte es an sich. Er summte ihm ein Schlummerlied, um es zu beruhigen.
»Ich gehe ins Dorf«, sagte Iraz. »Sie sollen sie begraben.«
Memed blieb mit dem Kind zurück, reglos wie ein Stein. Die Augen in seinem verzerrten Gesicht waren starr auf die Tote gerichtet.
Bald kamen sie aus dem Dorf, Junge und Alte, und traten an die Leiche heran. »Oh, das böse Schicksal! Ince Memeds unglückliche Hatçe!«
Memed ließ den Dorfvorsteher zu sich kommen und gab ihm Geld. »Ich will, daß meine Hatçe begraben wird, wie es sich gehört.« Lange blickte er noch in das lächelnde Gesicht der Toten. Dann nahm er das Kind auf den Arm. »Iraz, wir gehen.«
Er schritt bergaufwärts voraus. Auf dem Gipfel fanden sie eine Höhle. Am Eingang setzten sie sich auf einen Stein.

Blätter fielen von den Bäumen. Ein Vogel sang. Vom gegenüberliegenden Felsen schwang sich eine Wolke weißer Tauben in die Luft. Eine Eidechse huschte über einen Baumstumpf.
Das Kind auf Memeds Schoß erwachte und begann zu schreien. Iraz trat zu ihm, faßte Memed am kleinen Finger und sah ihm in die Augen. »Bruder! Ich muß dir etwas sagen, Memed.« Er rührte sich nicht.
»Bruder, gib mir das Kind. Ich gehe mit ihm nach Antep hinunter. Es muß ja sterben hier in den Bergen. Es wird verhungern. Ich will keine Rache mehr für meinen Riza. Gib mir deinen armen Kleinen dafür. Ich werde ihn nun großziehen.«
Langsam, zögernd, reichte er ihr das Kind hin.
Sie drückte es zärtlich an sich. »Mein Riza!«
Mit der freien Hand streifte sie die Patronengurte ab. »Ich wünsche dir viel Gutes, Ince Memed.«
Sie wandte sich zum Gehen. Memed faßte ihren Arm. Das Kind hatte aufgehört zu weinen. Er sah ihm lange in das kleine Gesicht.
»Glück auf den Weg.«

37

Die Kruppe des Pferdes war mehr langgestreckt und oval als rund. Die Ohren fein und hoch aufgerichtet. Auf der Stirne hatte es eine lange Blesse. Die Beine waren im Verhältnis zu dem langen Rumpf eher kurz zu nennen. Seine Farbe war nicht rot, nicht braun, auch nicht grau, eher unbestimmt gesprenkelt, auf eisengrauem Grund. Wiehernd und stampfend stand es vor Osmans Haus. Seine Augen glichen glänzenden, traurigen Mädchenaugen. Der Schweif hing bis zu den Hufen hinunter. Die lange Mähne fiel nach rechts.

Der große Feiertag hatte die erwartete Amnestie gebracht. Fast alle Banditen kamen von den Bergen und lieferten ihre Waffen ab. Im Hof der Polizeistation drängte sich wartend eine kunterbunte Schar verwegener Gesellen.
Osman der Mächtige streichelte dem Pferd die Mähne. »Dieses Pferd ist meines Falken würdig«, sagte er zufrieden.
»Das schönste weit und breit«, bekräftigten die anderen. »Es ist Ince Memeds würdig.«
Der Alte schwang sich geschmeidig in den Sattel. »Spätestens in zwei Tagen bin ich wieder hier. Ruft ihr inzwischen die Trommelschläger aus Endelin her. Sie sollen die großen Doppeltrommeln schlagen. Das wird Vayvays Willkomm für Ince Memed sein. Die anderen Banditen müssen sich zu Fuß nach Hause schleichen, unser Ince Memed kommt auf einem arabischen Renner!« Dann galoppierte er auf die blauen, sich ins Purpurne verfärbenden Taurusberge zu.

Cabbar war zu Memed gekommen, um ihm die Freudenbotschaft von der großen Amnestie zu bringen. Die beiden Freunde hatten sich lange in den Armen gelegen und dann schweigend Seite an Seite gesessen.
»Ich gehe jetzt und stelle mich«, sagte Cabbar schließlich.
Memed blieb stumm.
An einem Mittag kehrte er nach Değirmenoluk zurück. Sein Gesicht war dunkel, die Augen lagen tief in den Höhlen. Tiefe Falten waren in seine Stirn eingegraben. Das einzige Zeichen von Leben in seinen düsteren, erstarrten Zügen waren die Augen mit ihrem trotzigen Funkeln. Seit langer Zeit war es das erste Mal, daß er am hellen Tage in sein Heimatdorf kam. Er taumelte, wie in Trunkenheit. Die Frauen in den Haustüren blickten neugierig und mit furchtsamer Scheu auf ihn. Die Kinder liefen schweigend und ängstlich in weitem Abstand hinter ihm her.
Sobald die alte Hürü von Memeds Ankunft erfahren hatte, rannte sie ihm entgegen. Seinen Arm packend, schrie sie ihm aus Leibeskräften ins Gesicht: »So, Memed? Erst läßt du Hatçe

da oben umkommen, und jetzt gehst du hin und ergibst dich? Damit Abdi Aga zurückkommen und wieder wie ein Pascha regieren kann? Also stellen willst du dich? Hasenherziger Tropf! Dieses Jahr hat die Distelplatte zum ersten Mal genug Brot gehabt. Und nun willst du Abdi Aga wieder über uns bringen? Ach, Memed! Du bist ein Weib geworden!«

Inzwischen hatte sich das ganze Dorfvolk im Halbkreis um die beiden versammelt. Sie standen reglos und schweigend im Kreise.

»Schande über dich, Memed, du Hasenherz! Da schau nur, all die Menschen hier sehen dir ins Gesicht. Und du willst dich ergeben? Abdi Aga soll wieder über uns befehlen? Döne würde sich im Grabe umdrehen. Und, ach, unsere schöne Hatçe ...«

Memed war leichenblaß geworden. Er zitterte am ganzen Leibe.

Hürü ließ jäh von ihm ab. »Geh nur, geh, Feigling! Es gibt ja Amnestie ...«

In diesem Augenblick preschte Osman der Mächtige zwischen die Menge. »Ince Memed!« rief er, sprang ab und schloß ihn in die Arme. »Mein Falke: dein Haus ist fertig! Das Feld habe ich schon bestellen lassen. Das Pferd hier hat das ganze Dorf für dich gekauft. Mit Trommeln und Pfeifen wird dich Vayvay einholen. Ali Safa und Abdi Aga sollen erbeben vor Zorn! Steige auf, mein Sohn!«

Durch die Menschenansammlung ging ein unwilliges Murren. Verwünschungen gegen den Alten wurden laut.

Memed nahm Osman dem Mächtigen die Zügel aus der Hand und schwang sich auf das Pferd. Am Rande der Menge stand Ali der Hinkende. Memed bedeutete ihm mit einer Kopfbewegung, ihm zu folgen. Dann gab er dem Pferd die Sporen und verschwand in einer Staubwolke. Die Bauern starrten bewegungslos hinter ihm her.

Am Falkenfelsen stieg er ab und band das Pferd an eine kahle Platane, um deren Fuß sich die goldgelben Herbstblätter häuften.

Bei der von leuchtendem Grün umgebenen Quelle setzte er sich auf einen Stein und stützte den Kopf in die Hände.
Eine Weile später kam Ali ihm nach. Atemlos und erregt setzte er sich zu ihm. »Ach, Bruder, ich bin halb tot«, keuchte er, während er sich den Schweiß von der Stirn wischte.
Memed hob langsam den Kopf. In seinen Augen glommen die wilden Lichter. »Bruder Ali – ob ich ihn um Mitternacht in seinem Haus antreffe?«
»Sicherlich! Er geht ja vor Angst keinen Schritt vor die Tür.«
»Beschreibe mir das Haus noch einmal ganz genau.«
»Also hör zu: Das Gefängnis kennst du ja. Rechts davon ist die Gendarmeriestation. Wenn du daran vorbei bist, kommt gleich ein alleinstehendes Haus. Es steht einzeln für sich und hat einen langen Kamin, der wie ein Minarett aussieht. Du kannst es daran erkennen, wirst es nicht verfehlen. Ein langes, zweistöckiges Gebäude; die anderen Häuser dort sind alle einstöckig. Abdi Aga schläft allein, in dem Zimmer, das nach Westen liegt. Die Haustür ist verriegelt, aber da ist ein kleiner Spalt. Du mußt deinen Dolch hineinstecken und den Riegel aufdrücken.«
Memed stand ohne ein Wort auf, machte das Pferd los und ritt schnell davon. Das Pferd lief mit flatternder Mähne wie der Wind. Erst als das Geräusch der Mühle an seine Ohren drang, hielt er einen Augenblick inne und lauschte. Dann ritt er im Schritt weiter, während er Gewehr und Pistole durchlud.
Er überquerte den Basar. In den Kaffeehäusern brannte noch Licht. Ein paar Männer sahen dem Reiter erstaunt nach; er bemerkte es nicht. Daß ein Bewaffneter auftauchte, war in diesen Tagen nichts Außergewöhnliches, und die Neugierigen wandten ihre Aufmerksamkeit bald wieder von ihm ab.
Er ritt die Straße neben der Moschee hinauf. Auf der linken Seite erschien das Haus mit dem hohen Kamin, und er stieg ab. An einem tiefhängenden Ast des großen Maulbeerbaumes im Hof machte er das Pferd fest und öffnete die Tür. Oben im Haus brannte Licht. Er nahm drei Stufen auf einmal. Frau-

en und Kinder kamen überall zum Vorschein; ein fürchterliches Geschrei brach los, als sie Memed erkannten.
Ohne Zögern schritt er auf das beschriebene Zimmer zu. Abdi Aga reckte sich bei seinem Eintreten mit ausgebreiteten Armen im Halbschlaf. »Was ist?« murmelte er und streckte sich wieder.
Memed trat an das Bett, packte ihn am Arm und schüttelte ihn. »Aga! Ich bin da!«
Abdi Aga riß die Augen auf, er starrte einen Augenblick ungläubig. Dann stand das Entsetzen in seinen Augen, die nur noch das Weiße zeigten. Im Haus war das Chaos ausgebrochen.
Memed hielt sein Gewehr gegen Abdis Brust. Dreimal drückte er ab. Der Raum lag nun im Dunkel; der Luftzug hatte die Lampe ausgeblasen.
Mit Blitzesgeschwindigkeit raste Memed die Stufen hinab, sprang auf das Pferd, während die inzwischen alarmierten Gendarmen ziellos das Feuer eröffneten. Die Schüsse klatschten hinter ihm auf das Pflaster.
Bei Sonnenaufgang erreichte er das Dorf. Das Pferd war schaumbedeckt und dunkel vor Nässe. Auch Memed lief der Schweiß den Rücken hinab. Die Schatten erstreckten sich endlos nach Westen. Das nasse Fell des Pferdes glänzte im Licht.
Memed hielt auf dem Dorfplatz an. Hochaufgerichtet, einem Standbild gleich, saß er im Sattel. Langsam versammelten sich die Leute von Değirmenoluk um ihn. Schweigend kamen sie alle, die Alten und die Jungen. Fast konnte man sie in der großen Stille atmen hören. Aller Augen waren stumm auf Memed gerichtet. Niemand brach das Schweigen. Das Pferd ging ein paar Schritte, dann stand es wieder. Der Reiter hob den Kopf, seine Blicke wanderten über die Menge. Mutter Hürü, mit weitaufgerissenen Augen in dem eingeschrumpften blutleeren Gesicht, wartete auf ein Wort, auf ein Zeichen von ihm. Wieder kam Bewegung in das Pferd. Memed ritt auf die Alte zu.

»Mutter Hürü! Es ist geschehen. Nun habt ihr nichts mehr von mir zu fordern. Vergelt's Gott.«
Er wandte sein Pferd und galoppierte in einer schwarzen Wolke aus dem Dorf, in die Richtung des Alidağ. Bald war er den Blicken entschwunden.

Es war die Zeit des Pflügens. Alles Volk aus den fünf Dörfern der Distelplatte strömte zusammen. Die Mädchen trugen ihre schönsten Kleider. Die alten Frauen hatten schneeweiße Kopftücher umgetan. Bei Trommelschlag wurde ein großes Fest gefeiert. Selbst Durmuş Ali, so krank er war, hüpfte ausgelassen im Reigen. Eines Morgens in der Frühe zogen alle gemeinsam auf die Distelfelder und steckten sie in Brand.
Von Ince Memed hat man nie wieder etwas gehört.
Die Bauern der Distelplatte brennen noch heute, jedes Jahr, bevor das Pflügen beginnt, unter fröhlichem Treiben die Distelfelder ab. Dann rasen die Flammen drei Tage und drei Nächte über die Ebene, und die Disteln geben ihre singenden Töne von sich. Hoch oben, auf dem Gipfel des Alidağ, erscheint eine Feuerkugel. Drei Nächte lang ist der Berg dann taghell erleuchtet.